W03827977

Fantasy

Herausgegeben von Friedel Wahren

Von JENNIFER ROBERSON erschienen in der Reihe
HEYNE SCIENCE FICTION & FANTASY:

Der Schwerttänzer-Zyklus

Schwerttänzer · 06/5072
Schwertsänger · 06/5073
Schwertmeister · 06/5074
Schwertmagier · 06/5178

Der Cheysuli-Zyklus

Wolfsmagie · 06/5671
Das Lied von Homana · 06/5672
Das Vermächtnis des Schwerts · 06/5673
Die Fährte des weißen Wolfs · 06/5674
Die Ehre der Prinzen · 06/5675 (in Vorb.)
Die Tochter des Löwen · 06/5876 (in Vorb.)
Der Flug des Raben · 06/5877 (in Vorb.)
Ein Gobelin mit Löwen · 06/5878 (in Vorb.)
Löwenmagie · 06/5879 (in Vorb.)

Jennifer Roberson

Die Fährte des weißen Wolfs

4. Roman
des Cheysuli-Zyklus

Deutsche Erstausgabe

WILHELM HEYNE VERLAG
MÜNCHEN

HEYNE SCIENCE FICTION & FANTASY
Band 06/5674

Titel der Originalausgabe
TRACK OF THE WHITE WOLF
CHRONICLES OF THE CHEYSULI: BOOK FOUR
Übersetzung aus dem Amerikanischen von
Karin König

Das Umschlagbild malte Attila Boros
Die Karte auf Seite 6/7 zeichnete Erhard Ringer

Umwelthinweis:
Dieses Buch wurde auf
chlor- und säurefreiem Papier gedruckt.

2. Auflage

Redaktion: Joern Rauser

Printed in Germany 1998
Umschlaggestaltung: Atelier Ingrid Schütz, München
Technische Betreuung: M. Spinola
Satz: Schaber Satz- und Datentechnik, Wels
Druck und Bindung: Presse-Druck Augsburg

ISBN 3-453-11983-5

Dieses Buch ist Mark O'Green gewidmet,
der mich mit einem Computer ausgestattet
und dann geheiratet hat.
Bisher sind beide Experimente gelungen.

Ozean von Thule
algaard
Atvia
Andemir
Rondule
Kilore
Homana
Mujhara
Erinn
Lestra
Idrianischer Ozean
Solinde
Hondarth
N
Kristallinsel

Bortall
Rheghed
Falia
Ellas
Die Einöden
Tessalay
Meer von
Septre
Nona
Caledon

Vorwort

Ich kniete schweigend und geduldig, das rechte Knie von einer Schicht regendurchtränkter Blätter geschützt. Ein Stiefelabsatz drückte gegen das Gesäß, und der Fuß im Stiefel drohte sich boshafterweise plötzlich zu verkrampfen.

Nicht jetzt, belehrte ich ihn, als würde er zuhören. Mein linkes Bein ragte hoch, so daß ich es für den Arm, der den massiven Bogen hielt, als Stütze zur Verfügung hatte. Und ich brauchte diese Stütze dringend. Ich hatte sehr lange Zeit in dem nebligen Wald gekniet und nur aufgrund der mir von meinem Vater und Bruder anerzogenen Ausdauer Schweigen und Geduld bewahrt – ich hatte sie endlich einmal geübt. Vielleicht lernte ich endlich.

Wie viele Male hat Carillon so dagekniet wie jetzt ich – und auf den Feind gewartet?

Der Name meines Großvaters kam mir leicht in Mund und Sinn. Für einen anderen Mann, für einen anderen Enkel, wäre es vielleicht anders gewesen. Aber mir klang dieser Name wie ein Vermächtnis, das mir nicht immer angenehm war.

... Carillon *könnte stundenlang Stille bewahren* ... Carillon *würde niemals sprechen* ... Carillon *würde die Aufgabe am besten erfüllen können* ...

Aufgewühlt durch meine Gedanken, hörte ich das Geräusch hinter mir nicht. Ich spürte den Schatten nur, das *Gewicht* der heranschleichenden Bestie ...

Gerade als ich mich auf meinem verkrampften Fuß umwenden wollte, wurde mir der Bogen aus den Händen geschlagen. Halb eingezogene Krallen zerfetzten mein ledernes Jagdwams und das Leinenhemd darunter. Ein Gewicht sank auf mich herab und drückte mich zu Boden, bohrte mein Gesicht in feuchte Blätter und durchweichtes Gras.

In der Kälte drang mein Atem aus Nase und Mund wie Rauch aus einem Drachenschlund. *Rotluchs*.

Ich wußte es sofort, noch in dem Augenblick, als die Katze ihr Gewicht verlagerte und mir Raum gab, mich zu rühren. Katzen umgibt ein Geruch, ein nicht unangenehmer Geruch. Ein Gefühl von *Gegenwart*. Eine bestimmte Atmosphäre, die sofort spürbar wird, wenn eine Katze auftaucht.

Ich rollte mich herum, kniete, riß das Messer aus der Scheide an meinem Gürtel …

… und erstarrte.

Ein Weibchen. Gut im Futter und in ausgezeichneter Verfassung. Ihr üppiges rotes Fell war an den Schultern und den Lenden kastanienbraun gesprenkelt. Der Schwanz schlug in kurzen, heftigen Bögen hin und her, während sie am Boden kauerte. Die Ohren mit den dunklen Spitzen waren flach an den keilförmigen Kopf angelegt, während sie fauchte und furchteinflößend viele gebogene Zähne zeigte.

Sie zischte, wie es eine Hauskatze tut, wenn sie überrascht wird.

Und dann schnurrte sie.

Ich fluchte. Steckte das Messer ruckartig wieder in die Scheide. Spie Dreck aus und entfernte vermoderte Blätter aus Gesicht und Haaren. Und fluchte erneut, als ich das Lachen in ihren bernsteinfarbenen, schrägstehenden Augen bemerkte.

Und plötzlich *wußte* ich …

Ich schaute sofort zurück. Auf der Lichtung, ganz in der Nähe des Platzes, an dem ich so geduldig gewartet hatte, lag tot der Rothirsch, der Königsrothirsch mit dem schönsten Geweih, das ich jemals gesehen hatte. Und ein rotbefiederter Pfeil stand wie eine Standarte aus seinen Rippen hervor.

»Ian!« schrie ich. »Ian… *komm heraus!* Das war nicht gerecht!«

Die Katze setzte sich auf der Lichtung nieder, leckte sich eine große Pranke und schnurrte weiterhin geräuschvoll.

»Ian?« Ich betrachtete die Katze mißtrauisch. »Nein… Tasha.« Noch immer keine Antwort. Mir blieb nichts anderes übrig, als den Wald anzuschreien. »Ian, das war *mein* Rothirsch… hörst du mich?« Ich wartete. Wackelte im Stiefel mit dem Fuß. Der Krampf ließ, Gott sei Dank, nach. *»Ian«*, sagte ich drohend, und brüllte es dann geschlagen noch einmal heraus: »Das war *mein* Rothirsch, nicht *deiner!*«

»Aber du warst viel zu langsam.« Eine menschliche Stimme antwortete, keine Katze. »Viel zu langsam. Glaubst du, der König würde ewig auf einen Prinzen warten?«

Ich fuhr herum. Ich hatte seinen Standort, wie immer, falsch eingeschätzt. Manchmal hätte ich schwören können, daß er seine Stimme aus einem Felsen oder einem Baum erklingen ließ, während ich umsonst nach einem Menschen Ausschau hielt.

Mein Bruder trat aus Bäumen, Gestrüpp und dahingeworfenen, verschwommenen Schatten auf die Lichtung neben den toten Rothirsch. Jetzt, da ich ihn deutlich sah, wunderte ich mich, daß ich ihn nicht schon zuvor bemerkt hatte. Dabei hockte er schon seit einer Weile vor mir. Hatte mich beobachtet. Hatte abgewartet. Und zweifellos über seinen närrischen, jüngeren Bruder gelacht.

Aber schweigend, um sich nicht zu verraten.

Ich fluchte. Laut, unglücklich, was ihm noch mehr Grund zum Lachen gab. Aber er tat es nicht, nicht laut. Er grinste nur sein zähnebleckendes Grinsen und wartete mit belustigter Nachsicht darauf, daß ich meine königliche Tirade beenden würde. So entsprach ich seiner Erwartung nicht, um ihm keinen weiteren Grund zu geben, über mich zu lachen oder – noch schlimmer –

eine weitere seiner Predigten über das angemessene Verhalten eines Prinzen zu halten.

Ich sah ihn eine Weile an, unfähig, nicht wenigstens *das* zu tun. Ich sah den Bogen in seinen Händen und die aus dem Köcher hinter seiner Schulter herausragenden, rotbefiederten Pfeile. Und schaute erneut zu dem dazu passenden Pfeil in den Rippen des Königsrothirschs.

Ich erklärte: »Es war bei den Regeln des Wettbewerbs nicht vorgesehen, mich mit Hilfe deines *Lir* halb bewußtlos zu schlagen.«

»Es gab keine Regeln«, konterte er sofort. »Und was Tasha getan hat, war ihre eigene Angelegenheit, es war nicht mein Vorschlag – obwohl sie zugegebenermaßen *tatsächlich* zu meinen Gunsten gehandelt hat.« Ich sah erneut das provozierende Grinsen. Geschwungene schwarze Brauen hoben sich, um in ebenso rabenschwarzem Haar zu verschwinden. »Und zu ihren eigenen natürlich, da sie Anteil an der Tötung hatte.«

»Natürlich«, stimmte ich ihm mürrisch zu. »Du würdest sie niemals *absichtlich* auf mich ansetzen ...«

»Das ist nicht die Aufgabe eines Gefolgsmannes«, bestätigte er sanft, mit gleichermaßen sanftem Lächeln. Mein älterer Bruder machte mich wütend.

»Du solltest ihr ein wenig Benehmen beibringen.« Ich sah den Rotluchs an, nicht meinen Bruder. »Aber andererseits ist sie eingebildet genug, um so wie sie ist zu dir zu passen, so daß sie dir sicherlich so lieber sein wird.«

Ian lachte laut, aber er antwortete nicht. Statt dessen kniete er sich neben den Rothirsch, um seine Tötung zu begutachten. In der rehfarbenen Lederkleidung verschmolz er leicht mit dem Blätterwerk und den herabgefallenen Blättern. Ein anderer, dem das Können fehlen würde, das ich erlernt habe, hätte Ian überhaupt nicht bemerkt, bis er sich bewegte. Und sogar dann, dachte ich, hätte ihn nur das Schimmern des Goldes an seinem Arm verraten.

Ich hätte es wissen müssen. Ich hätte es erwarten

müssen. Man braucht ihn nur anzusehen, um zu wissen, daß er der bessere Jäger ist. Denn jemand, der meinen Bruder ansieht, sieht einen Cheysulikrieger.

Aber jemand, der mich ansieht, sieht nur einen Homaner. *Oder Carillon, bis er ein zweites Mal hinsieht.*

Auch wenn wir den gleichen Cheysulivater teilen, haben Ian und ich sonst aber gar nichts gemeinsam. Sicherlich nicht das Aussehen. Ian ist vollkommen Cheysuli: schwarzhaarig, dunkelhäutig, gelbäugig. Und ich bin ganz Homaner: hellbraunes Haar, helle Haut, *blaue* Augen.

Vielleicht ähneln Ian und ich uns in einer bestimmten Geste oder einer besonderen Bewegung. Vielleicht in gewissen Redewendungen. Aber selbst das scheint unwahrscheinlich. Ian wurde im Keep vom Stamm aufgezogen, ich dagegen im königlichen Palast ana-Mujhars geboren und vom Adel aufgezogen. Sogar unsere Akzente unterscheiden sich ein wenig: Er spricht Homanisch mit dem singenden Unterton der Alten Sprache der Cheysuli und entgleitet häufig ganz in diese Sprache, wenn er seine Umgebung vergißt. Meine Sprache ist stets das Homanische, geprägt von den Eigenheiten Mujharas, und ich verfalle so gut wie nie in die Alte Sprache meiner Vorfahren.

Nicht daß ich es nicht wollte. Ich bin genauso sehr Cheysuli wie Ian – nun, fast genauso sehr. Er ist es zur Hälfte und ich zu einem Viertel – und doch würde mich niemand als Cheysuli bezeichnen. Niemand würde jemals mein Gesicht betrachten und mich – im Zorn oder aus Ehrfurcht – einen Gestaltwandler nennen, weil ich nicht die gelben Augen habe. Ich habe überhaupt nicht die Cheysulifärbung, nicht das Gold und nicht einmal die Sprache.

Nein. Der Cheysuliprinz von Homana ist kein Gestaltwandler.

Denn außer dem Cheysuliaussehen fehlt mir auch ein *Lir*.

Teil I

Kapitel Eins

Wahrscheinlich kann niemand ganz verstehen, was Schmerz und sinnlose Leere bedeuten. Nicht so, wie *ich* es verstehe – ein Mann ohne *Lir*. Und ich verstehe es nicht aus dem Körper, sondern aus dem Geist heraus. Aus der Seele. Denn es ist eine außerordentliche Qual zu wissen, daß man ein *lirloser* Cheysuli ist, eine Qual, die ich keinem Menschen wünschen würde, nicht einmal, um mich zu retten.

Mein Vater war jung, *zu* jung, als er seinen Lir bekam, und dann verband er sich sogar mit zweien: Taj und Lorn, Falke und Wolf. Ian war fünfzehn, als er seinen Bund mit Tasha einging. Mit zehn Jahren hoffte *ich,* wie mein Vater zu sein und meinen *Lir* früh zu bekommen. Mit dreizehn und vierzehn hoffte ich, zum Zeitpunkt des Lirbundes *zumindest* jünger als Ian zu sein, wenn ich es schon meinem Vater nicht gleichtun konnte. Mit fünfzehn und sechzehn betete ich zu allen für mich erreichbaren Göttern, mir meinen Lir so bald wie möglich zu schicken, *auf der Stelle,* so daß ich mich als Mann und Krieger des Stammes ansehen könnte. Mit siebzehn begann ich zu fürchten, daß es niemals geschähe, überhaupt niemals, daß ich mein weiteres Leben als *lirloser* Cheysuli verbringen müßte, als halber Mann, dem alle Magie meiner Rasse verwehrt war.

Und jetzt, mit achtzehn, wußte ich, daß diese Ängste berechtigt gewesen waren.

Ian kniete noch immer neben dem Königsrothirsch. Tasha – die hagere, wunderschöne und biegsame Tasha – lief geschmeidig über die Lichtung zu ihrem *Lir* und rieb den Kopf an seinem bloßen Arm. Ian legte ihn sofort um sie, liebkoste den glänzenden Katzenkopf und zog liebevoll an buschigen Ohren. Tasha schnurrte lauter denn je, und ich sah das abwesende Lächeln auf Ians Gesicht, als er die Zuneigung des Rotluchses erwiderte. Ein Krieger in der Gemeinschaft mit seinem *Lir* ähnelt sehr einem Mann in vollkommener Vereinigung mit einer Frau. Und ein anderer Mann, der aus beiden Beziehungen ausgeschlossen ist, ist doppelt verflucht ... und doppelt einsam.

Ich wandte mich jäh ab, erkannte erneut das vertraute Aufwallen der Qual und beugte mich herab, um meinen Bogen aufzunehmen. Der Pfeil war gebrochen. Durch Tashas vorgetäuschten Angriff war ich darauf gefallen. Eine wunde Hüfte sagte mir, daß ich auch über den Bogen hinweggerollt war. Aber zumindest ermöglichte mir der Schmerz, an etwas anderes als an meinen Bruder und seinen *Lir* zu denken.

Ich war noch nie ein grämlicher oder melancholischer Mensch gewesen. Als Prinz und Erbe des Thrones von Homana aufzuwachsen, war für die meisten mehr als genug und wäre auch für mich mehr als genug gewesen, wenn ich nicht cheysuligeboren gewesen wäre. Aber die *Lirlosigkeit* – und das Wissen, daß es so bleiben würde – hatten mein Leben verwandelt. Nichts würde sich daran ändern, jetzt nicht mehr. Kein Krieger aller Stämme hatte jemals seinen achtzehnten Geburtstag erlebt, ohne seinen *Lir* zu bekommen. Und, was das betraf, auch nicht seinen siebzehnten Geburtstag. Und so versuchte ich mich mit meinem Rang und Titel – nach der *homanischen* Denkungsart keine unwichtigen Dinge – und dem Wissen zufriedenzugeben, daß ich noch immer ein Cheysuli war, auch wenn ich keinen *Lir* hatte. Ich stammte dennoch unmittelbar von ihnen ab. Und diese Abstammung würde mich an dem Tag, an dem mein Vater starb, auf den Löwenthron von Homana bringen.

Das war zumindest etwas, was mein Bruder nicht beanspruchen konnte – nicht daß er es gewollt hätte. Daß er als Mischling der Cheysuli*meijha* – auf homanisch: Gespielin – meines Vaters geboren worden war, bedeutete für ihn bei den Stämmen keinen Makel.

Cheysuli legten nicht soviel Wert auf die Rechtmäßigkeit. Bei den Stämmen ist die Geburt eines weiteren Cheysuli alles, was zählt, aber soweit es die Homaner betraf, wurde Donals ältester Sohn im homanischen Adel nur geduldet, weil er der Sohn des Mujhar war. Und so wußte Ian ebenso wie ich, was es bedeutete, wenn die vollkommene Anerkennung fehlte. Das war vermutlich sein eigener Teil der mißtönenden Harmonie einer ansonsten schönen Melodie. Es entstand nur aus einem anderen Grund.

»Niall …?« Ian erhob sich mit der gewohnten Anmut, die ich vergeblich nachzuahmen versuchte. Ich war zu groß, zu schwer. Mir fehlte die völlige Leichtigkeit der Bewegung, die so vielen Cheysuli eigen ist. »Was ist denn?«

Ich dachte, ich hätte es gelernt, mein Gesicht auch Ian gegenüber zu tarnen. Es hatte keinen Sinn, ihm zu erzählen, welche Qual es war, meinen Bruder oder meinen Vater mit ihren *Lirs* zu beobachten. Die meiste Zeit blieb dieses Gefühl ein dumpfer und erträglicher Schmerz, so wie man einen entzündeten Zahn so lange ertragen kann, wie er nicht im Kiefer fault. Aber gelegentlich pocht der Zahn und sendet unerträgliche Schmerzen in meinen Geist. Meine Maske war gefallen, und Ian hatte das Gesicht gesehen, das ich dahinter trug.

»*Rujho* …«, so schnell glitt er in die Alte Sprache hinüber … »bist du krank?«

»Nein.« Eine jähe Antwort, zu schnell. Ich betrachtete erneut den Bogen, wollte mit dieser Handlung meinen kurzen Ausrutscher vertuschen. »Nein, nur …« – ich suchte nach einer Lüge, die den Schmerz verbergen konnte – »… nur enttäuscht. Aber ich sollte es besser wissen, als zum Wettbewerb gegen dich anzutreten, wenn es um etwas so …«, ich hielt inne, »… etwas so *cheysuli*haftes wie das Erlegen eines Rothirschs geht. Du mußt nur *Lir*gestalt annehmen, und der Wettbewerb ist beendet.«

Ian deutete auf den Pfeil. »Keine *Lir*gestalt, *Rujho*. Nur die menschliche Gestalt.« Er lächelte, als wüßte er, daß wir einander nur hänselten, aber etwas sagte mir, daß er nur zu gut wußte, was meine Enttäuschung ausgelöst hatte. »Wenn du möchtest, Niall, werde ich ihn dir überlassen. Ohne Tashas Eingreifen hättest sehr wohl du den Rothirsch erlegen können.«

Ich lachte ihn offen an. »O ja, das *hätte* ich. Solch ein Zugeständnis, *Rujho!* Du wirst mich noch glauben machen, ich wüßte, was ich tue.«

»Ihr wißt, was ich Euch gelehrt habe, Mylord.« Ian grinste. »Und jetzt werde ich, wenn Ihr wollt, wie ein richtiger Gefolgsmann die Pferde holen, so daß wir den toten König in Ehren nach Hause begleiten können.«

»Nach Homana-Mujhar?« Der Palast war mindestens zwei Stunden entfernt, und es drohte erneut zu regnen.

»Nein, ich dachte an den Stammeskeep. Wir können den Rothirsch dort für eine angemessene Schau vorbereiten. Der alte Newlyn kennt alle Tricks.« Ian beugte sich hinab und zog den ungebrochenen Pfeil mit einem schnellen Ruck aus den Rippen des Rothirschs. »Außerdem ist der Stammeskeep näher.«

Ich schluckte eine Antwort hinunter und sagte nicht, was ich gern gesagt hätte: daß ich den Palast bei weitem vorgezogen hätte. Der Stammeskeep ist ein Cheysuliort. Ohne *Lir* fühle ich mich dort äußerst unbehaglich und meide ihn nach Möglichkeit.

Ian schaute auf. »Niall, der Keep ist genauso dein Zuhause wie Mujhara.« So leicht durchschaute er mich, selbst durch mein Schweigen hindurch.

Ich schüttelte den Kopf. »Homana-Mujhar ist mein Zuhause. Der Stammeskeep ist *deines*.« Ich wandte mich ab, bevor er etwas erwidern konnte. »Ich werde die Pferde holen. Meine Beine sind jünger als deine.«

Das ist ein alter Scherz zwischen uns, diese fünf Jahre, die uns trennen, aber dieses Mal wollte er es nicht auf sich beruhen lassen. Er trat über den toten Königsrothirsch hinweg und ergriff meinen Arm.

»Niall.« Die Sorglosigkeit war aus seinem Gesicht gewichen. »*Rujho,* ich kann nicht behaupten zu wissen, wie es ist, *lirlos* zu sein. Aber ich kann auch nicht behaupten, daß *deine Lirlosigkeit* mich nicht berührt.«

»Tatsächlich?« Sofort flammte Groll auf und überraschte sogar mich selbst mit seiner Wucht. Aber damit drang er in einen Teil meines Lebens ein, den er *möglicherweise* nicht verstehen konnte. »Berührt es dich, Ian? Stört es dich, daß die Krieger des Stammes mich als Homaner anstatt als Cheysuli betrachten? Berührt es dich, daß sie, wenn sie es könnten, den *Shar Tahl* bitten würden, meine Geburtsrune aus den dauerhaften Geburtslinien herauszuschaben?« Sein dunkles Gesicht wurde grau wie der Tod, und ich erkannte, daß er nicht gewußt hatte, daß ich mir sehr wohl dessen bewußt war, was einige der eher offen sprechenden Krieger sagten. »O *Rujho,* ich weiß, daß ich damit nicht allein bin. Ich weiß, daß es *dich* stören muß, besonders dich – einen ausgewachsenen Krieger und Mitglied des Stammesrates –, daß dem Mann, der nach Donal regieren soll, die Gaben der Cheysuli fehlen. Wie könnte dem auch nicht so sein? Du dienst der Prophezeiung genauso gut wie jeder andere Krieger, und doch schaust du mich an und siehst einen Mann, der *nicht geeignet ist,* ein nicht geschmiedetes Bindeglied.« Es schmerzte mich, die Qual in seinen gelben Augen zu sehen, Augen, die einige Menschen noch immer als Bestienaugen bezeichneten. »Es berührt dich, es berührt unsere Schwester, es berührt unseren Vater. Es berührt sogar meine Mutter.«

Ians Hand fiel von meinem Arm herab. »Aislinn? *Wie?*«

Er hatte sich nicht die Mühe gemacht, sich zu verstellen, so daß ich den erstaunten Unterton aus seiner Stimme heraushören konnte. Nein, er hätte nicht erwartet, daß meine *Lirlosigkeit* meine Mutter bekümmern würde. Wie auch, da die Königin von Homana selbst vollkommen Homanerin und ohne einen Tropfen Cheysuliblut war?

Wie auch, da so wenig Zuneigung zwischen ihnen bestand? Nicht Haß, das niemals. Nicht einmal echte gegenseitige Abneigung. Nur – Duldung. Eine gegenseitige Gleichgültigkeit.

Denn meine Mutter, die Königin, erinnerte sich zu gut daran, daß die Liebe, die mein Vater zu geben gehabt hatte, großzügig seiner Cheysuli*meijha,* Ians Mutter, zuteil geworden war und nicht der homanischen Prinzessin, die er geheiratet hatte.

Zumindest nicht *damals*.

Ich lächelte, wenn auch bitter und ziemlich enttäuscht. »Inwiefern es meine Mutter berührt? Ihrer Meinung nach unterstreicht meine *Lirlosigkeit* eine gewisse andere Blutlinie in mir. Es erinnert sie daran, daß ich, zusätzlich zu der Tatsache, ihrem Vater zu gleichen, alle seine homanischen Züge widerspiegle. Es ist nichts von den Cheysuli in mir, o nein. Ich bin durch und durch Homaner. Ich bin der wiedergeborene Carillon.«

Letzteres klang ein wenig verbittert. Auch wenn ich an die Tatsache gewöhnt bin, meinem Großvater so ähnlich zu sehen, ist es doch keine leichte Bürde. Ich käme recht gut ohne sie zurecht.

Ian seufzte. »Ja, ich hätte es wissen müssen. Die Götter wissen, daß sie sich nach wie vor oft genug mit Carillon beschäftigt, den Sohn mit ihrem Vater in Verbindung bringt. Manchmal denke ich, daß sie euch beide verwechselt.«

Ich scheute fast augenblicklich vor diesem Gedanken zurück. Er klang nach Krankheit, Besessenheit. Kein Sohn möchte seine Mutter besessen sehen, selbst wenn sie es ist.

Und sie war es nicht. Sie war es nicht.

»Der Stammeskeep«, sagte ich unvermittelt. »Nun gut, dann sollten wir gehen. Wir schulden diesem Herrscher mehr als nur ein Bett aus Blättern und blutgetränktem Gras.«

Ein Muskel an Ians Kinn zuckte. »Ja«, sagte er nur, mehr nicht.

Ich ging davon, um die Pferde zu holen.

Einst waren einzelne Keeps über ganz Homana verstreut errichtet worden, waren wie Pilze im Land emporgeschossen. Einst hatten sie sogar hier und da einen Finger nach Ellas ausgestreckt, als Shaines *Qu'mahlin* ausgeführt wurde. Die Verfolgung hatte sowohl mit der Zerstörung von Cheysulibesitz als auch der eines großen Teils der Rasse selbst geendet. Später hatte der solindische König, Bellam, den Löwenthron an sich gerissen und Homana im Namen Tynstars, des Ihlinimagiers und eifrigen Anhängers des Gottes der Unterwelt, brachgelegt. Da sich Carillon im Exil befunden hatte und die Cheysuli von Solindern, Ihlini und Homanern gleichermaßen gejagt wurden, wurden die noch übriggebliebenen Cheysuli fast vollständig ausgerottet. Die Keeps waren in Haufen zerbrochener Steine und Fetzen bemalten Stoffs verwandelt worden.

Dann war mein legendärer Großvater, Gott sei Dank, nach Hause zurückgekehrt, um seinen gestohlenen Thron zurückzuerobern. Seine Rückkehr beendete die Herrschaft der Solinder und Ihlini und auch die von Shaine veranlaßte Verfolgung. Von der Bedrohung der Auslöschung befreit, waren auch die Cheysuli aus geheimen Keeps nach Hause zurückgekehrt und hatten sich wieder in Homana niedergelassen. Der Stammeskeep selbst, der sich über die Grenze hinweg zwischen Wald- und Wiesengebieten erstreckt, wurde errichtet, nachdem Donal Carillon nach dessen Tod auf den Löwenthron gefolgt war. Und obwohl den Cheysuli freigestellt wurde zu leben, wo sie es sich, nach Jahrzehnten der Ächtung, erwählten, zogen sie die Abgeschlossenheit der Wälder doch immer noch vor. Der Stammeskeep, der von unverputzten Mauern unbehauener graugrüner Steine umgeben war, war das einer Stadt Ähnlichste, was die Cheysuli jemals beanspruchten.

Während wir in den sich weit ausbreitenden Keep einritten, spürte ich, wie immer, das vertraute Gefühlswirrwarr: Sorge... eine Spur Angst... ein flüchtiges Gefühl der Verärgerung... unterschwelliger Stolz. Ein Schwarm bloßliegender Gefühle verwirrte meine Seele... aber hauptsächlich, mehr als alles andere, empfand ich ein sehnsüchtiges Verlangen, so dazuzugehören, wie *Ian* dazugehörte.

Der Stammeskeep ist das Herz der Cheysuli, ungeachtet der Tatsache, daß mein Vater von Homana-Mujhar aus regiert. Der Stammeskeep nährt den Geist jedes Cheysuli. Im Stammeskeep halten die *Shar Tahls* die Geschichten, Überlieferungen und Rituale von allem Makel frei. Hier bewachen sie die Überreste der Prophezeiung der Erstgeborenen, beschützen die bruchstückhafte Hülle mit aller ihnen zur Verfügung stehenden Macht.

Und hier im Stammeskeep wollte Niall von Homana seine Zeit verbringen, auch wenn er der Prinz des Landes war.

Um ein Cheysuli zu sein.

Es begann erneut zu regnen, obwohl der Regen jetzt weniger heftig fiel als zuvor. Dies war mehr ein auf dem Wind dahingleitender Nebel. Schwaden schwebten vor meinem Pferd dahin und wurden vom Wind zerteilt. Der Nebel dämpfte die Geräusche des Keep und trieb die Cheysuli in ihre bemalten Zelte.

Außer Isolde. Ich hätte es wissen müssen. 'Solde bewundert den Regen und liebt Donner und Blitz in Hülle und Fülle. Aber dieser nebelartige Schauer würde, wie ich wußte, auch genügen. Er war besser als langweiliger Sonnenschein.

»Ian! Niall! Meine beiden *Rujholli* auf einmal?« Sie trug Karmesinrot, das ihr entsprach, denn es hob sich von dem dumpfen Grau des Tages ebenso ab, wie es ihre strahlende Überschwenglichkeit tat. Ich sah sie durch die schwebend feuchten Vorhänge heraneilen, als würde sie sie kaum spüren, die feuchten Stoffröcke gerafft, so daß die Fellstiefel aus glattem, dunklem Otterfell sichtbar wurden. Silberglocken säumten die Ränder der Stiefel und klangen, während sie lief. Dazu passende Glocken waren in ihr dichtes schwarzes Haar eingeflochten. Wie Ian war auch sie vollkommen Cheysuli. In ihren Venen floß sogar noch das Alte Blut.

»Was ist das?« Sie blieb, genau wie wir, stehen und streckte eine Hand aus, um ein forderndes, nasses Maul aus ihrem Gesicht zu schieben. Ians grauer Hengst war neugierig und unserer Schwester seltsam zugeneigt. Aber vielleicht war genau das die Magie ihrer Erscheinung. »Der *Königs*rothirsch!« Gelbe Augen weiteten sich, während sie zu Ian und mir hochschaute. »Wie seid ihr dazu gekommen?«

'Solde schien vom Regen, der jetzt heftiger fiel, ihr das Haar an den Kopf klatschte und den Glanz all ihrer Glocken dämpfte, unbeeindruckt. Eine Hand noch immer am Maul des Hengstes, hoffte sie erwartungsvoll auf eine Erklärung.

Ich blies einen Wassertropfen von meiner Nasenspitze. »'Solde, du hast einen guten Blick. Der Königsrothirsch, ja, und durch Ians Hand niedergestreckt …« – ich hielt inne – »… sozusagen.«

Ian schaute nur. »Was ist das für ein Unsinn? ›*Sozusagen*‹. Ich habe ihn mit einem einzigen Pfeil niedergestreckt! *Du* warst dabei.«

»Wie freundlich von dir, dich daran zu erinnern.« Ich lächelte zu 'Solde hinab. »Er hat Tasha in dem Augenblick auf mich gehetzt, als ich mich bereitmachte, meinen Pfeil abzuschießen, und die Katze hat meinen Schuß verdorben.«

'Solde lachte, erstickte das Lachen mit einer Hand und versuchte dann vergebens, Ian einen strengen und tadelnden Blick zuzuwerfen. Da sie drei Jahre jünger als Ian und zwei Jahre älter als ich war, tat sie alles in ihrer Macht Stehende, uns zu bemuttern. Meine Mutter lebte in Homana-Mujhar, aber 'Solde und Ian hatten keine Mutter mehr, da Sorcha schon lange tot war.

Es regnete jetzt noch heftiger. Mein kastanienbrauner Wallach schnaubte und schüttelte sich, wobei er alle meine Knochen durcheinanderrüttelte. Ich war von Tashas Scheinangriff bereits ein wenig steif. Ich brauchte keine weitere Erinnerung an die menschliche Zerbrechlichkeit. »'Solde, hast du etwas dagegen, wenn wir in Ians Zelt gehen? Du magst den Regen vielleicht, aber wir sind schon länger darin herumgeritten, als mir lieb ist.«

Ihre schlanken braunen Finger liebkosten die Krone auf dem Kopf des Königsrothirschs. »So schön, so schön ... ein Geschenk für unseren *Jehan?*« Sie richtete die Frage an Ian, da der Rothirsch vor seinem Sattel befestigt war.

»Ich denke, er wird sich freuen«, bestätigte Ian. »'Solde, Niall hat recht. Ich werde zusammenschrumpfen wie eine alte Tunika, wenn ich auch nur einen Augenblick länger in diesem Regenguß stehenbleibe.«

'Solde trat beiseite, schüttelte enttäuscht den Kopf, und alle glänzenden Glocken klangen. »Ihr seid beide so wetterempfindlich wie Kinder. *Krieger* müssen auf alles vorbereitet sein. *Krieger* beschweren sich niemals über das Wetter. *Krieger ...*«

»'Solde, sei ruhig«, sagte Ian und führte seinen Hengst ruhig auf das nächste Zelt zu. »Was du über Krieger weißt, würde in eine Buchecker passen.«

»Nein«, sagte sie. »Mindestens in eine Walnuß. Zumindest sagt Ceinn mir das.«

Der Hengst wurde jäh gezügelt, so eilig, daß mein Pferd fast gegen den gesprenkelten Rumpf geprallt wäre, was bei seiner Wildheit nicht sehr ratsam gewesen wäre. Aber noch unternahm der Graue nichts.

Anders als Ian. »Ceinn?« Er wandte sich im Sattel um und schaute zu unserer selbstgefällig dreinschauenden Schwester zurück. »Was hat *Ceinn* darüber zu sagen, wieviel du über Krieger weißt?«

»Eine ganze Menge«, antwortete sie offen. »Er hat mich gebeten, seine *Cheysula* zu werden.«

»Ceinn?« Ian, der die Krieger besser kannte als ich, konnte es sich erlauben, erstaunt zu klingen. Ich sagte nichts dazu. »Bist du sicher, daß er *Cheysula* und nicht *Meijha* gesagt hat?«

»Die Worte klingen vollkommen unterschiedlich«, erklärte 'Solde ihm deutlich, was Ian überhaupt nicht gefiel. Aber das war andererseits auch nicht ihre Absicht. »Und ich kenne den Unterschied.«

Ian runzelte die Stirn. »Isolde, er hat mir gegenüber nichts davon erwähnt.«

»Du warst in Mujhara«, erinnerte sie ihn. »Wochenlang. Monatelang. Und außerdem ist er nicht verpflichtet, dir etwas zu sagen. Er wirbt um *mich.*«

Ian warf mir mit noch immer gerunzelter Stirn einen Blick zu. »Nun? Willst du nichts zu ihr sagen?«

»Vielleicht könnte ich ihr Glück wünschen«, antwortete ich ernst. »Wann hat jemals etwas, was wir zu ihr gesagt haben, auch nur die geringste Kleinigkeit geändert?«

»O doch«, sagte Isolde. »Ihr habt es nur niemals bemerkt.«

Ian schloß die Augen. »Ihr Geist, wie gering er auch ist, erstaunt mich, wenn erst eine Entscheidung gefallen ist, durch seine Fähigkeit zum Eigensinn.« Er öffnete die Augen wieder und verzog den Mund zu einer verzerrten Grimasse der Entmutigung. »Niall hat recht: Nichts, was wir sagen, wird etwas ändern. Aber … warum Ceinn?«

»Ceinn gefällt mir«, antwortete sie einfach. »Sollte es noch einen anderen Grund geben?«

Ian sah mich an, und ich wußte, daß unsere Gedanken gleiche Wege gingen: Für eine Frau wie unsere Schwester, eine freie Cheysulifrau mit lediglich unehelichen Banden zum Königshaus, war kein anderer Grund nötig.

Für den Prinzen von Homana gab es jedoch vielfältige andere Gründe. Weshalb ich schon in der Wiege mit einer Cousine verlobt worden war, die ich noch niemals gesehen hatte.

Sie hieß Gisella. Gisella von Atvia. Tochter Alarics und der Schwester meines Vaters, Bronwyn.

Ich lächelte zu meiner Cheysulihalbschwester hinab. »Nein, 'Solde. Es muß keinen anderen Grund geben. Wenn er dir gefällt, genügt das Ian und mir.«

»Ja«, stimmte Ian mürrisch zu. »Und jetzt, da du uns so überrascht hast, 'Solde, wie du es auch die ganze Zeit vorgehabt hast, können wir jetzt vielleicht dem Regen entfliehen?«

'Solde grinste das Grinsen, das sonst Ian eigen war. »In deinem Zelt ist ein Feuer entfacht worden, *Rujho*, und heißes Honigmet, frisches Brot, Käse und ein wenig Wildbret warten auf euch.«

Ian seufzte. »Du wußtest, daß wir kommen würden.«

'Solde lachte. »Natürlich wußte ich es. Tasha hat es mir gesagt.«

Und mit diesen wohlabgewogenen Worten erinnerte mich meine Schwester einmal mehr daran, daß sie Gaben beanspruchte, die ich nicht beanspruchen konnte.

Kapitel Zwei

Der Regen nahm noch ein wenig zu. Isolde versetzte uns beiden einen Klaps und sagte: »Geht hinein, geht hinein, bevor Essen und Trinken kalt werden. Ich muß mich um mein eigenes Feuer kümmern und werde dann zurückkommen.«

Sie war fort, die karmesinroten Röcke von dem Gewicht des Regens dunkel gefärbt. Ich hörte das Klingen der Glocken, während 'Solde auf ihr Zelt zulief (teilte sie es jetzt mit Ceinn?), und dachte, daß das Geräusch zu meiner Schwester paßte. Um Isolde war nichts von düsterem Schweigen.

»Geh schon hinein«, sagte Ian. »Der alte Newlyn wird den Rothirsch jetzt sehen wollen, um festzulegen, wie er am besten zubereitet werden kann. Du brauchst nicht noch nasser zu werden. Tasha wird dir Gesellschaft leisten.«

Ian wartete meine Antwort nicht ab. So ungern ich es auch zugebe, aber Ian ist daran gewöhnt, daß ich tue, was er mir sagt. Prinz von Homana – Gefolgsmann. Man sollte meinen, Ian täte, was *ich* ihm sage, aber das ist nur selten der Fall und auch dann nur, wenn es dem entspricht, was er als ein für einen Gefolgsmann angemessenes Verhalten ansieht.

Ich schaute genauso hinter ihm her, wie ich hinter 'Solde hergeschaut hatte, sah ihn im Wind und Regen verschwinden wie ein aus beidem geborenes Wesen. Und sie hatte recht, meine *Rujholla*. Krieger beschwerten sich nicht über das Wetter. Krieger waren auf alles vorbereitet.

Oder vielleicht wußten sie nur, wie man vorbereitet wirkte, und hielten uns so alle zum Narren.

Ich grinste, schwang mich von meinem Wallach und schlang die Zügel über einen Holzpflock vor dem Zelteingang. Als ich den Eingang zurückschlug, drängte sich Tasha neben mir ins Innere, das feuchte Fell an Muskeln und Knochen angeklatscht, während sie sich kurz an mein Bein preßte. Ich fragte mich, ob sie den Regen ebenso haßte wie die meisten Hauskatzen. Aber andererseits würde sie es mir kaum danken, wenn ich sie mit einem gewöhnlichen Tier wie jenen verglich, die nur die gezähmte Freiheit der Straßen Mujharas und der Gänge Homana-Mujhars kannten.

Ians Zelt war hell safrangelb gefärbt. Außen war das gemalte Bild eines Rotluchses in Zinnoberrot zu sehen, womit sein *Lir* geehrt wurde. Das Innere war von dem kleinen Feuer erleuchtet, das 'Solde entfacht hatte, im Grau des Tages lagen die Schatten darin aber tief und dicht. Kisten verschmolzen mit Wänden und Teppichen, der Trennvorhang mit dem schwachen Schleier des silbernen Holzrauchs. Nichts außer dem Feuer in der Feuergrube schien wirklich zu sein.

Tasha verschwendete keine Zeit. Sie streckte sich in ihrer ganzen feuchten Länge auf dem silberblauen Fell eines Eisbärs aus und begann sich trockenzulecken. Leider konnte ich es ihr mit meiner regengetränkten Haut nicht gleichtun, da mir dafür die geeignete Zunge fehlte.

Nasses Leder riecht. Ebenso nasse Rotluchse. Zwischen mir und Ians *Lir* war wenig übriggeblieben, was meine Nase nicht beleidigte. Und weil Ian und ich alles andere als gleich groß waren – ich war eine Handbreit größer und mindestens dreißig Pfund schwerer – konnte ich mir keine trockene Lederkleidung aus einer seiner Kleiderkisten nehmen. Also wickelte ich mich in ein weiteres Bärenfell – jetzt ein kastanienbraunes – und kauerte mich mit dem Rücken zum Zelteingang neben das Feuer. Ich goß mir einen Becher heißes Honigmet ein und inhalierte den stechenden Dampf.

»Ian.« Die Stimme vor dem Zelt überraschte mich so, daß ich fast mein Getränk verschüttet hätte. »Ian, wir müssen miteinander reden. Über die Zukunft deines *Rujholli* und die Zukunft des Löwen ...« Ohne auf eine Aufforderung zum Eintreten zu warten, riß der Mann, der diese Worte gesagt hatte, den Zelteingang beiseite und betrat geduckt das Zelt. »Du darfst deine Entscheidung nicht läng ...«

Er brach sofort ab, als ich mich auf den Knien umwandte und ihn ansah. Er war mir unbekannt, ich ihm aber offensichtlich gar nicht.

Ich erhob mich, legte das Bärenfell ab und sah ihn an. Er war jung, aber doch etliche Jahre älter als ich. Er war ganz offensichtlich vollkommen ein Cheysuli und ebenso offensichtlich vollkommen ein Krieger. Er trug an den Schultern feucht gewordene Lederkleidung in der Farbe von Buchenblättern. Auf seinem Gold waren die eingravierten Umrisse eines Felsenbärs zu sehen, eine Rasse, die kleiner war als die meisten, üblicherweise in Homana zu findenden Bären, aber doppelt so tödlich. Ich hatte noch nie von einem Krieger gehört, der sich über Jahre mit einem Felsenbär verbunden hätte.

Ich beurteilte den Mann nach dem *Lir*. Und seinem Aussehen nach war er niemand, der einem anderen Mann Zeit zu sprechen einräumte, wenn er selbst etwas zu sagen hatte. Sein Gesicht war, trotz seiner Jugend, hart, ungewöhnlich scharf geschnitten. Seine Nase bildete eine sein Gesicht halbierende Klinge. Eine nur noch schwach sichtbare Narbe durchschnitt die Haut in einem Augenwinkel. Obwohl er den Jahren nach nicht so viel älter war als ich, erkannte ich, daß sein Selbstvertrauen um Jahrzehnte überwog.

Aber ich hatte bereits gelernt, daß große Männer kleinere Männer gelegentlich einschüchtern konnten. Ich streckte die Hand aus und nahm die Waffe auf. »Ja?« fragte ich. »Ihr habt von mir gesprochen?«

Ich wartete ab. Er errötete, wodurch sein dunkles Gesicht noch dunkler wurde, aber nur kurz. Die gelben Augen verschleierten sich sofort. Er war kein Mann, den ich mit Größe oder Rang einschüchtern konnte. Aber ich hätte es auch besser wissen müssen, hätte es gar nicht versuchen sollen, denn Cheysuli lassen sich von niemandem einschüchtern.

»'Solde sagte, daß ihr *Rujholli* hier sei.« Weder Verhalten noch Sprache gaben etwas preis.

»Das stimmt«, sagte ich. »Sagte sie nicht … *beide?*«

Er taxierte mich. Ich konnte es sehen. Er musterte mich, als suche er in meinem Gesicht, meiner Stimme, meinen Augen nach etwas. Und dann bemerkte ich den kurzen Blick zu meinem linken Ohr, das kein Gold trug, und wußte, daß er verstand.

Oder sich vielleicht einfach nur erinnerte, als sei es nichts Neues. »Nein«, sagte er glatt. »Sie hat nur Ian erwähnt.«

Meine Finger verkrampften sich kurz um den Becher. Vorsichtig lockerte ich die steifen Gelenke. Mühsam hielt ich die Qual, die seine beiläufigen Worte bewirkt hatten, aus meiner Stimme heraus. Soviel hatte ich von meinem Vater gelernt: Die Herrscherkunst erfordert oft sowohl eine vorsichtige Ausdrucksweise als auch Ausflüchte. Dieses Zusammentreffen würde mir die Möglichkeit bieten, beides zu üben. »Mein *Rujholli* ist bei Newlyn. Aber wenn Ihr wollt, könnt Ihr hier auf seine Rückkehr warten.« Ich hielt inne. »Oder eine Nachricht für ihn dalassen.«

Ich wußte, daß er es nicht tun würde. Ich konnte es riechen: ein ausgeprägtes Bedürfnis nach Heimlichtuerei, nach Verschwiegenheit. Sein Verhalten verriet zurückhaltende Erwartung. Die Nachricht, die er für Ian hatte, war für sie beide wichtig. Und wäre daher auch für mich wichtig, dachte ich ein wenig verwirrt. Ich wunderte mich erneut über die Art des Fremden.

»Bei Euch?« Er lächelte beinahe. Und dann lächelte er tatsächlich, und ich sah, daß er gar nicht so viel älter war als ich. »Vielen Dank, aber nein. Ich glaube nicht, Mylord. Das sollte ich besser persönlich erledigen.«

Er sprach höflich, aber ich wußte nur zu gut, was er tat. Cheysulikrieger fühlen sich nur selten unterlegen, und wenn, dann nur einem Homaner gegenüber, wie mein Großvater einer gewesen war. Und sie fühlen sich niemals einem anderen Krieger unterlegen, da Cheysuli alle gleich geboren werden und bis zu ihrem Tod gleich bleiben. Und so erinnerte er mich daran, wie er es ja auch vielleicht beabsichtigt hatte, daß er mich als nicht mehr als einen Homaner ansah.

Ein ungeweihter Mann, wie lirlose Homaner genannt werden. Nun, vielleicht hat er gar nicht so unrecht.

Dann beugte er in kaum merklicher Anerkennung meines Ranges doch noch höflich den Kopf. Diese Würdigung nagte an meiner Seele. Ich würde jeglichen homanischen Rang der Welt für die Anerkennung aller Stämme eintauschen.

»Richtet Eurem Bruder aus, daß Ceinn eine Nachricht für ihn hat«, sagte er ruhig in homanischer Sprache, als sei ich für die Cheysulisprache taub. »Und entschuldigt die Störung.«

Er war fort, bevor ich ihn aufhalten konnte, bevor ich auch nur ein Wort über die Heirat meiner Schwester sagen konnte. Es war nicht an mir, dieser Verbindung zuzustimmen oder sie abzulehnen. Cheysulifrauen können ihren Partner frei wählen, aber es war wenig sinnvoll, nicht zu versuchen, den Mann ihrer Wahl zu mögen.

Nun, der Versuch würde warten müssen.

Der Becher in meiner Hand war abgekühlt. Es wäre nur zu leicht gewesen, den kalten Alkohol auszuschütten und den Becher erneut zu füllen, aber plötzlich wollte ich keinen Alkohol, kein Essen, kein von dem *Lir* meines Bruders bewohntes Zelt mehr. Dank Ceinn und seinen gewählten Worten wollte ich mit niemandem mehr etwas zu tun haben.

Tasha lag noch immer auf dem Fell. Sie hatte das Pflegeritual unterbrochen, um mich mit dem üblichen starren wilden Blick des Rotluchses anzusehen, als wolle sie meine Gedanken lesen. Ich wußte, daß sie Ians Gedanken lesen konnte, aber meine blieben ihr verschlossen. Genauso wie mir ihre verschlossen waren und immer sein würden.

Ich setzte den Becher jäh ab und trat wieder in den Regen hinaus. Ich begann sofort zu zittern, ließ mich aber dadurch nicht von meiner Absicht abbringen. Ich riß die Zügel von dem Holzpfahl und schwang mich in den nassen homanischen Sattel.

Homaner hin, Homaner her – es ist kein Wunder, daß mich die Cheysuli mit Mißtrauen betrachten!

»Niall!« Ian kam ohne Hengst und ohne Rothirsch durch den Regen heran. »*Rujho* …«

Ich unterbrach ihn. »Ich reite doch nach Mujhara weiter. Ich finde heute keinen Gefallen am Stammeskeep.« Ich wendete meinen störrischen Kastanienbraunen. »Ceinn hat dich gesucht.«

Schwarze Brauen wurden ein wenig angehoben, aber ich konnte auf seinem Gesicht nicht entdecken, was ich gesucht hatte. Es war keine Schuld, kein Ertapptsein darüber zu erkennen, daß er hinter meinem Rücken über mich sprach.

Aber ich frage mich … was sagt er?

Ian zuckte die Achseln und vergaß Isoldes Krieger sofort wieder. »Niall, bleib wenigstens über Nacht. Warum willst du in diesen Regen zurückkehren?«

»Der Regen hat aufgehört.« Er hatte aufgehört, während wir miteinander sprachen, aber die Luft war schwer vom Versprechen weiteren Regens. »Ian, es ist nur … laß mich einfach gehen.« Das kam eher unbeholfen heraus, was mich noch mehr verwirrte. »*Rujho* … laß mich gehen.«

Das tat er. Ich sah die Bestürzung auf seinem Gesicht und eine kurze Anspannung seines Mundes, aber er schwieg. Eine braune Hand gab dem vom Regen dunklen Leib meines Kastanienbraunen einen Klaps, und schließlich ritt ich los.

Fort. Wieder. Fort. Götter, wie ich es hasse davonzulaufen …

… und doch schien es, wie immer, die einzige Antwort.

Bei Sonnenuntergang hörte ich auf davonzulaufen, weil mein Pferd lahmte. Nicht weit von Mujhara entfernt – ich konnte den Fackelschein schon vor mir sehen – hievte ich mich mühsam aus dem feuchten Sattel (nasses Leder auf nassem Leder hindert die Beweglichkeit erheblich) und ließ mich in den vollgesogenen Schlamm fallen. Ich fluchte, riß die Stiefel frei und rutschte und glitt um den rechten Vorderlauf herum, um den verletzten Huf zu begutachten. Der Wallach stieß mich mit der Nase an und schnaubte, als ich darauf bestand, daß er sein Bein hob. Ich versuchte die feuchten, fordernden Nüstern an meinem Nacken nicht zu beachten, während ich den zusammengeballten Schlamm aus seinem Huf kratzte.

Ein Stein hatte sich in das weiche Fleisch unter dem Huf gebohrt. Meine kalten, steifen Finger konnten nicht viel ausrichten. Ich zog mein Messer aus der Scheide und kratzte vorsichtig an dem Stein, bis ich ihn losgehebelt hatte. Das Fleisch war gequetscht. Es war nichts, was nicht in einem oder zwei Tagen wieder heilen würde, aber jetzt konnte das Lahmen nur schlimmer und die Heilung verzögert werden, wenn ich weiterritte. Und so nahm ich die Zügel auf und führte mein Pferd in die Randgebiete Mujharas.

Die Stadt ist Jahrhunderte älter als ich. Mein Vater erzählte mir einmal, daß ursprünglich die Cheysuli Mujhara erbaut hatten, bevor sie sich von den Burgen und

Häusern der Freiheit der Wälder zugewandt hatten. Aber die Homaner behaupten, daß ihre Vorfahren die Stadt erbaut hätten, obwohl in alten Grundmauern ursprünglich von den Cheysuli stammende Gebrauchsgegenstände gefunden worden waren. Ich wußte nicht, wer recht hatte, da beide Rassen Hunderte und aber Hunderte von Jahren in Homana gelebt hatten, aber ich hielt es für wahrscheinlich, daß die Cheysuli zumindest Homana-Mujhar erbaut hatten, da der Palast voller in den rötlichen Stein und das üppige dunkle Holz eingemeißelter *Lir*figuren bestand.

Mujhara selbst ähnelt jedoch kaum der Stadt, die einst auf dem Lande Hof gehalten hat. Ursprünglich hatten Mauern sie umgeben und so Schutz vor dem Feind geboten. Aber Mujhara war wie ein kleiner Junge, der plötzlich und ohne Vorwarnung erwachsen wird. Es hatte sich durch seine neue Erwachsenengröße und -stärke aus seinen Kinderknochen und -sehnen befreit wie auch ich auf so dramatische Weise vor zwei Jahren. Jetzt lagen die Stadtmauern und die Tore mit den Wachtürmen schon fast eine halbe Meile innerhalb der Randbezirke, so daß Hunderte von Menschen außerhalb der offiziellen Schutzzone Mujharas lebten.

Aber wir hatten seit fast zwanzig Jahren keinen Krieg mehr gehabt und alle Verträge eingehalten. In Homana herrschte Frieden.

Der Wallach hinkte hinter mir her, während ich ihn durch die engen, schlammverschmutzten Straßen führte. Innerhalb der Mauern waren sie gepflastert. Außerhalb waren sie es nicht, da niemand wußte, welche Behausungen über Nacht emporschießen und dadurch immer neue Straßen schaffen würden. Meist war der Boden trocken und festgestampft oder im Winter festgefroren. Aber jetzt war erst Herbst, zu früh für einen richtigen Winter. Und so stapfte ich mit dem hinkenden Pferd hinter mir durch den Schlamm.

Ich eilte geradewegs auf das nächstgelegene Tor zu,

das ins Innere der Stadt führte, aber in Mujhara kann man keinen Punkt auf geradem Weg erreichen. Straßen und Gassen und Höfe verlaufen immer wieder in Windungen wie eine erinnische Flechtarbeit, der Anfang und Ende fehlt. Also folgten der Prinz von Homana und sein königliches Pferd diesen Windungen ebenfalls immer wieder.

Im Herbst erstirbt das Licht schnell. Wenn die Sonne untergegangen ist, liegen die Straßen von Schatten durchzogen in der zunehmenden Dunkelheit. Ich runzelte die Stirn im Schein der wenigen Fackeln, die die Straße aus den Häusern heraus nur unzureichend beleuchteten, da sie die Augen foppten, indem sie wirkliche Hindernisse genauso verbargen wie sie unwirkliche erschufen.

Dein eigener Fehler, erinnerte ich mich, Ian hat mir ein warmes Zelt, ein trockenes Lager, gutes Essen, Gesellschaft und Getränke angeboten.

Nun, das würde auch in Homana-Mujhar geschehen, vorausgesetzt das Pferd ließ es mich erreichen, bevor die Nacht zu Ende war.

Der anschwellende klagende Schrei einer erregten Katze brach in meine Gedanken ein. Das Geräusch kam noch näher und nahm sowohl an Lautstärke als auch an Höhe zu. Ich wandte mich um, suchte und sah dann den dunklen Strich aus der umschatteten Gasse auf mich zulaufen. Hinter der Katze kam ein Hund, der einzig darauf bedacht war, sie zu seiner Beute zu machen. Keines der beiden Tiere beachtete mich oder mein Pferd, da beide nur dem Augenblick Beachtung schenkten. Die Katze schoß an mir vorbei, dicht gefolgt von dem Hund, und als ich mich erneut umwandte, um ihnen hinterherzuschauen, stand ich von Angesicht zu Angesicht einem Mann mit Umhang und Kapuze gegenüber.

Ich blieb sofort stehen. Mein Pferd ebenso. Es lief beinahe in mich hinein. Und wie nicht anders zu erwarten, traf ein Huf meine Ferse, bevor ich zur Seite treten konnte.

Die verhüllte Gestalt versuchte nicht, mir auszuweichen, und entschuldigte sich auch nicht. Er hielt stand. Ich dachte, er würde mich vielleicht verwechseln. Aber als er Einhalt gebietend eine Hand ausstreckte, während ich an ihm vorbeigehen wollte, wußte ich, daß dem nicht so war und schloß meine freie Hand um das Heft meines Messers.

»Einen Augenblick Eurer Zeit«, sagte die verhüllte Gestalt leise.

Der Wallach, der sehr dicht hinter mir stand, schnaubte laut in mein linkes Ohr und besprühte mich mit Schleim, während ich zur Seite sprang und fluchte. Der Fremde schob sich die Kapuze vom Kopf und ließ sie auf seine Schultern herabsinken. Ich konnte sein Gesicht in dem schwachen Licht der Fackeln nur undeutlich sehen. Er lächelte. Die Antwort meines Pferdes hatte ihn belustigt.

Ich ließ die Messerklinge ein wenig sichtbar werden und hoffte, daß meine Stimme sicherer klang, als ich mich fühlte. Räuber und Taschendiebe gibt es in jeder Stadt reichlich, sogar in Mujhara, und ich befand mich in einer Gegend, die ich nicht allzu gut kannte. Aber ich gehe nur selten überhaupt allein in die Stadt. Meistens ist Ian bei mir oder ein anderer Bewohner des Palasts.

»Ich habe nichts Wertvolles bei mir«, forderte ich ihn heraus und versuchte damit, älter und zuversichtlicher zu klingen, als es den Tatsachen entsprach. »Ich habe nur dieses Pferd, das gerade nicht sehr wertvoll ist, denn sonst würde ich reiten.«

Das Lächeln vertiefte sich noch ein wenig. »Wenn ich Euer Pferd und Euren Reichtum wollte, mein junger Herr, würde ich mir beides nehmen. Aber so, wie die Dinge liegen, begehre ich nur einen Augenblick Eurer Zeit. Doch zunächst sollten wir besseres Licht suchen. Ich möchte Euch erkennen lassen, mit wem Ihr sprecht.«

Ich öffnete den Mund, um seine Anmaßung und Beanspruchung meiner Zeit zurückzuweisen, schwieg aber. Ich schwieg, weil ich nichts anderes tun *konnte,* da ich von der Helligkeit, die er aus der Luft heraufbeschwor, wie betäubt war.

Eine Hand. Eine kaum sichtbare Bewegung ausdrucksvoller Finger, die etwas skizzierten – und eine Rune glühte in der Luft. Tiefstes, üppigstes Purpur, das die Dunkelheit verschlang und taghelles Licht schuf.

Ich riß einen Arm hoch, um die plötzliche Helligkeit abzuwehren, und wich zwei Schritte zurück. Ich spürte kurz das Bollwerk der Brust meines Pferdes hinter mir. Aber dann bekam auch der Wallach Angst vor dem Feuer und scheute stark, sprang so schnell zurück, daß er mir die Zügel entriß. Ich wirbelte herum, versuchte, ihn einzufangen, aber jetzt war sein Lahmen vergessen. Er wandte sich jäh um und lief den Weg zurück, den wir gekommen waren, wobei er dicke Klumpen Schlamm in die Luft wirbelte und meine Kleidung sowie mein ungeschütztes Gesicht reichlich beschmutzte.

Aber das Pferd war noch meine geringste Sorge. Genauso wie der Hengst herumgewirbelt war, wirbelte auch ich jetzt erneut herum, aber nicht fort. Noch nicht. Statt dessen wandte ich mich dem Mann zu, wenn auch zugegebenermaßen nur aufgrund äußersten Erstaunens und nicht weil ich besonders mutig war. Aber ich konnte ihn durch die Helligkeit seiner Rune kaum sehen.

Er ließ die Hand wieder an die Seite sinken, wo sie in Falten dunkelsten Blaus verschwand. Die Rune blieb, zischend und Ranken strahlender Flammen ausstreuend … und doch war keine Hitze zu spüren. Nur die Bitterkälte eines äußerst strengen Winters.

»So.« Er war zufrieden mit seinem Werk. »Licht, Mylord. Helligkeit. Nicht solche, die Ihr vielleicht gewohnt seid, aber immerhin Helligkeit. Was mich glauben läßt, daß es in meiner Magie keine Dunkelheit gibt, wenn ich Helligkeit heraufbeschwören kann.«

Helligkeit erfüllte jeden Winkel seines Gesichts. Er war ein äußerst anziehender Mann, wie es manchmal der Fall ist. Nicht wirklich schön, aber mehr als nur hübsch. Er mußte ein wunderschönes Kind gewesen sein. Aber er war schon seit Jahren kein Kind mehr.

Mit der Rune flammte ein Verdacht auf, blendend und alles vereinnahmend. Ich blickte sofort zu den verräterischen Augen und fand die Geschichten bestätigt. Eines blau. Eines braun. Die Augen eines Dämons, sagen die Menschen von Leuten mit ungleichfarbigen Augen. In diesem Fall traf es zu, denn sein Name war mit einem Dämon verbunden. Mit Asar-Suti selbst, dem Gott der Unterwelt, der die Dunkelheit geschaffen hat und darin lebt.

Schwarzes, offenes und sehr langes Haar wurde von einem schmalen Silberdiadem aus dem Gesicht zurückgehalten. Er war glattrasiert, als wollte er, daß alle sein Gesicht sehen und die Reinheit seiner Züge bewundern sollten. Strahan war kein bescheidener Ihlini. Er trug Stolz und Macht wie einen zweiten Umhang, der edler als jede Seide war. Ich sah das Schimmern von Silber an einem Ohr. An seinem linken Ohr, als wollte er dem *Lir*gold der Cheysuli spotten.

Aber vielleicht verspottete er auch niemanden, denn er konnte an seinem rechten Ohr keinen Ohrring tragen, weil es ihm fehlte.

Ich trat nur einen einzigen Schritt zurück. Blieb dann stehen. Erneut, nicht weil ich plötzlich mutig geworden wäre, sondern weil ich merkte, daß ich mich nicht mehr bewegen konnte. Da ich dem Magier gegenüberstand und selbst erkannte, welche Art Mensch er war, konnte ich mich nicht sofort aus seiner Gegenwart entfernen.

Hatte er mich verhext? Vielleicht. Aber ich nannte es lieber verzehrende Begeisterung.

Ich befeuchtete meine Lippen. Der Atem fühlte sich in meiner Kehle rauh an. Es war schwer zu schlucken. Ein Gewicht drückte auf meine Rippen. Der Inhalt meines Magens drohte sich aus seiner Umgebung zu befreien.

Die seltsamen Augen beobachteten mich. Strahan taxierte mich, wie Ceinn mich taxiert hatte. Und, wie Ceinn, sah der Ihlini, daß ich selbst kein Gold trug. Aber andererseits wußte Strahan zweifellos bereits nur zu genau von meinem Mangel.

Er lächelte. Ich fragte mich, wieviel von Tynstar, seinem Vater, den die Menschen gutaussehend nannten, auch in ihm war. Und wieviel von seiner solindischen Mutter, Electra, die Carillons Frau und Königin gewesen war, bevor er selbst, Carillon, sie getötet hatte. O ja, ich fragte mich, wieviel von Electra in ihm war, denn sie war auch in mir.

»Verwandt«, bestätigte er kühl das in uns beiden fließende Blut. »Ihr müßt Eurem Vater meine Grüße übermitteln, wenn ich mit Euch fertig bin.«

Ich kümmerte mich nicht um das, was diese Feststellung besagte. Und doch wußte ich, daß ich kaum eine Chance gegen ihn hatte, was auch immer er tun würde. Ohne *Lir* fehlte mir die Magie meiner Rasse. Nichts würde die Macht des Ihlini abwenden können, wenn er sie gegen mich einsetzen wollte.

Strahan lächelte erneut. Frauen würden von der Macht seines Reizes sofort vollkommen vereinnahmt werden, wie ich wußte. *Und* Männer. Vielleicht aus einem anderen Grund, aber die Ergebnisse wären dieselben. Wo Strahan treue Diener brauchte, würde er sie finden. Er würde sie sich *nehmen*. Und sie verschleißen, bevor er sie jemals wieder gehen ließe.

»Ich habe Geschichten über Euch gehört, Niall.« *Das* beruhigte mich überhaupt nicht. »Geschichten darüber, daß der Prinz von Homana, so jung er auch ist, erschreckend an Carillon erinnert. Natürlich liegt es Euch im Blut, da Ihr sein Enkel seid, aber ich frage mich ...« Er lächelte erneut. Nachdenklichkeit war in seinen ungleichfarbigen Augen zu sehen. »Als ich ihn kannte, war er ein alter Mann, der durch die Künste meines Vaters noch älter gemacht worden war, und er war krank. Krank und dem Tode geweiht, einem langsamen Tod, da das Leiden ihn erschöpfte. Aber er war noch immer ein starker Mann, so stark, wie er nur sein konnte.« Schwarze Brauen wurden unter dem Silberdiadem ein wenig herabgezogen. Er taxierte mich erneut und maß mich an meinem Großvater. Wie meine Mutter. Wie so viele *Homaner*. »Er war natürlich der Feind, ein Mann, den ich töten wollte – *besonders* nachdem er meinen Vater getötet hatte.« Die kühle Stimme wurde härter. »Aber endlich hat Osric von Atvia die Tötung für mich erledigt.« An einem seiner wohlgestalteten Mundwinkel war ganz kurz Gereiztheit zu erkennen. »Und jetzt muß ich auf eigenartige Weise erkennen, daß ich mich Carillon erneut zu stellen habe.«

»Nein.« Ich atmete innerlich so tief wie möglich ein. Es dämpfte die Angst nicht, aber es füllte die Leere meines Bauchs mit etwas anderem als äußerster Furcht.

Strahan hob die Brauen. »Nein?«

Ich wollte mich räuspern, bevor ich meine Stimme erneut versuchte. Ich tat es nicht, weil ich wußte, daß er es als Zeichen meiner Angst gedeutet hätte. Und dann, als ich in das Gesicht des Magiers blickte, war es mir gleichgültig, was er dachte oder wußte.

Dieser Mann ist mit mir verwandt ... er ist vielleicht ein Ihlini und hat Macht, aber er ist noch immer ein Mensch wie ich.

»Ihr müßt Euch *mir* stellen, Strahan«, belehrte ich ihn so ruhig wie möglich. »Nicht meinem Großvater. Nicht meinem Vater. *Ich* bin es, dem Ihr Euch stellen müßt.«

Der Ihlini lächelte leicht. »Also *Ihr*.« Beiläufig gesagt, als sei es kaum wichtig. So leicht konnte Tynstars Sohn mich verunsichern. »Noch einmal, Ihr werdet Eurem Vater, dem Mujhar, meine Grüße überbringen.«

Ich lächelte. Ich spürte, wie das Lächeln meine Lippen ein wenig streckte, und hörte die Festigkeit meiner Stimme. Sie klang so fest, wie ich es mir nur wünschen konnte. »Seid dessen versichert, Strahan. Und wißt, daß er erfreut sein wird, daß Ihr Euch in Mujhara gezeigt habt. Er sucht Euch schon seit vielen Jahren.«

»Und wird mich noch viele weitere Jahre lang suchen.« Meine gespielte Tapferkeit beeindruckte ihn offensichtlich nicht. »Was zwischen Donal und mir besteht, wird eines Tages geklärt werden, aber nicht heute abend. Heute abend habe ich Euch gesucht.«

»Und wenn ich sagte, daß ich weder die Zeit noch die Neigung hätte, leere Drohungen mit Euch auszutauschen?«

Strahan lachte. Die Rune zischte und spuckte und pulsierte gegen die Dunkelheit an, als lache sie ebenfalls. »Die zuschnappenden Fänge eines Wolfsjungen – das Falkenkind, das seine Flügel zu einem Flugversuch ausbreitet.« Das Gelächter endete genauso plötzlich wie es begonnen hatte. Er sagte sanft: »Ein Vorschlag, mein Prinz: Verschwendet keine Bemühungen damit, Eure Überlegenheit zu zeigen, wenn Ihr keinen *Lir* habt, den Ihr nachahmen könnt.«

Von einem Homaner oder einem Cheysuli waren solche Schmähungen schlimm genug, aber von einem *Ihlinimagier* …

Zorn wallte in mir auf. Ich hörte eine Stimme Strahan anschreien, ihn mit Schimpfworten in der homanischen und der Alten Sprache gleichermaßen belegen. Soviel kannte ich von dieser Sprache. Ich spürte meinen Körper zwei Schritte vorwärtsgehen, sah meine Hände sich heben, als wollten sie die Kehle des Ihlini ergreifen. Und dann schlugen meine Hände durch die flammende Rune hindurch, und die Knochen wurden von Schmerz erfüllt.

Kalt. Nicht heiß. *Kalt.*

Ich schrie auf. Ich spürte, wie ich im Schlamm der Straße auf die Knie gedrängt wurde. Die Rune fraß sich durch Leder und Haut bis auf die Knochen und verwandelte mein Blut zu Eis.

Durch den Nebel des Schmerzes und den blendenden Glanz der lebendigen Flamme sah ich das unmenschlich schöne Gesicht des Ihlini. Ich nahm verschwommen wahr, wie er mich beobachtete, die glitzernden Augen verengt, die schwarzen Brauen herabgezogen, als betrachte er ein seltenes Beispiel unserer Rasse. Er wartete ab. Beobachtete. Begutachtete das Ergebnis der Torheit des seltenen Beispiels.

Ich beobachtete ihn dabei, wie er mich beobachtete, und erinnerte mich, wer er war.

Und erinnerte mich ebenso daran, *was* er war.

Schließlich sprach er. »Nicht jetzt. Noch nicht. *Später.*«

Nicht mehr. Eine geschmeidige Geste einer Hand, und die Rune löste sich von meinem Körper, floß aus meiner Haut heraus wie Blut aus einer geöffneten Vene. Sie lief meine Oberschenkel hinab und klatschte auf den Schlamm, wo sie eine Lache bildete wie ranziges Wasser. Eine Pfütze, die in sich selbst verlief. Und dann hochschnellte, um in den Schatten der Nacht ihre Gestalt zu erneuern.

Strahan blickte auf mich herab, während ich im Schlamm der Straße kniete. Er lächelte erneut. Ich sah echte Belustigung und eine Spur Vergnügen in seinen Augen, die sich mit Genugtuung zu erinnern schienen.

»Euer Vater hat auch einst vor mir gekniet«, sagte er vollkommen zufrieden. Er weidete sich nicht. Ich glaube, er brauchte es nicht zu tun. »Hat er es Euch niemals erzählt?« Er nickte mit dem Kopf, als ich weiter schwieg. Das schuldete ich meinem Vater. »Nein, er würde es niemals erzählen, nicht Euch, aber es ist wahr.

Und jetzt auch sein Sohn.« Strahan hielt inne. »Sein *homanischer* Sohn – die Cheysuli würden das niemals tun.«

So leicht griff er in meine Seele ein und berührte die Seite meines Charakters, die ich haßte. Nicht mein Bruder. Niemals Ian. Nein… *ich selbst,* weil ich es übelnahm, daß Ian – und andere – diese Gaben beanspruchten. Gaben, die ich selbst beanspruchen können sollte.

Ich mühte mich aus meiner ungewollt unterwürfigen Haltung hoch. Eine kleine Sache, einem stehenden Magier gegenüberzutreten, aber der Anfang einer Auflehnung. Es war das Mindeste, was ich ihm bieten konnte.

»Sagt, was Ihr wollt«, meinte ich gleichgültig. Ich habe von meinem Vater, der die Notwendigkeit diplomatischen Vorgehens haßt, etwas über königliche Ungeduld gelernt. Er wird zu häufig von beharrlichen Bittstellern bedrängt.

Strahans Augen verengten sich ein wenig. »Ihr seid mit Eurer Cousine, Gisella von Atvia, verlobt: *Heiratet das Mädchen nicht.*«

Ich wartete benommen auf mehr. Und als er nichts mehr sagte, lachte ich. Es geschah unbeabsichtigt. Die Lage rechtfertigte eigentlich keine Sorglosigkeit, aber er hatte mich so unvorbereitet erwischt, daß ich nichts anderes tun konnte.

Ich lachte ihn aus. Und das gefiel Strahan nicht.

»Ihr *Narr*«, fauchte er. »Ich könnte Euch im Schlamm zerquetschen, bevor Ihr auch nur ein Wort hervorbringen könntet, und brauchte mich dafür nicht einmal zu rühren.«

Er wirkte plötzlich nicht mehr so furchteinflößend. Ich hatte einen wunden Punkt berührt. »Tut es doch«, forderte ich ihn, durch seine unerwartete Verletzlichkeit ermutigt, heraus. »Welchen *besseren* Weg gäbe es, mich von der Heirat mit meiner atvianischen Cousine abzuhalten?«

Etwas schleuderte mich flach auf den Boden und hielt mich auf dem Rücken fest. Halb im Schlamm versunken, lag ich dort, und sah zu dem verärgerten Magier hinauf. »Ertrinkt«, stieß er zwischen zusammengebissenen Zähnen hervor. »*Ertrinkt* in all dem Schlamm!«

Ich konnte mich nicht bewegen. Ich spürte, wie sich der Boden unter meinem flach ausgestreckten Körper bewegte. Er warf sich unter mir auf, überschwemmte meine Glieder und begann meinen Körper zu verschlingen. Ich spürte ihn in den Ohren, in den Augenwinkeln.

Aber selbst während ich ertrank, war ich mir einer bohrenden Frage bewußt. Warum war es für *Strahan* wichtig, ob ich Gisella heiratete oder nicht?

Der Schlamm erreichte meinen Mund. Mein Körper war schon fast ganz versunken. Ich spürte die erste Berührung in meinen Nasenlöchern. Ich schrie, aber mein Mund füllte sich mit Schlamm.

Ich ertrank ...

Wahnwitzigerweise dachte ich nicht ans Sterben selbst. Ich dachte statt dessen daran, daß ich andere durch die Hilflosigkeit meines Sterbens enttäuschte. *O Götter, nicht so ... Carillon wäre niemals so gestorben ... so sinnlos.*

Plötzlich erlöschte die Rune. Dunkelheit machte sich in meinem Kopf breit.

Ich dachte, es wäre der Schlamm. Ich dachte, es wäre vielleicht der Tod. Und dann erkannte ich, daß ich von dem erstickenden Schlamm befreit war, obwohl ich noch immer flach mit dem Rücken auf der Straße lag.

Ich lag dort. Alles war still, bis auf meinen abgehackten Atem. Das plötzliche Verschwinden der blendenden Rune ließ meine Augen fast erblinden. Ich sah nichts, nicht einmal das Licht der nahe stehenden Wohnhäuser. Nur Dunkelheit.

Ich drehte mich. Stützte eine zitternde Hand im

Schlamm auf und stemmte mich langsam hoch. Schlamm hing von Kopf bis Fuß an mir, aber er drohte mich nicht mehr zu ertränken. Ich war todmüde, als sei mir alle Kraft entzogen worden. Ich fror, war naß und schmutzig und stank nach meiner Angst... und ich war zornig, daß ich ein solch unbedeutender Gegner für den Ihlini gewesen war.

»Warum sollte *ich* es tun?« fragte Strahan. »Warum sollte ich mir mit *Euch* Umstände machen?«

Ich zuckte zusammen. Fuhr erneut herum, um ihn anzusehen. Ich hatte mich allein geglaubt, hatte geglaubt, daß Strahan in der Dunkelheit verschwunden wäre. Und dann sah ich im Licht des Viertelmondes die geisterhafte Lumineszenz seines Gesichts, und ich erkannte, daß die Wolkendecke schließlich aufgebrochen war.

Ich spie Schlamm aus. Meine knappe Rettung machte mich vorübergehend mutig. »Ich glaube, ich verstehe, Ihlini. Wenn ich Gisella heirate und Söhne mit ihr zeuge, schaffe ich ein weiteres Verbindungsglied. Einen weiteren Faden im Wandteppich der Erstgeborenen.« Ein Muskel an seinem Kinn zuckte einmal. »Ja, das *ist* es! Atvianisches Blut, vermischt mit homanischem, solindischem und Cheysuliblut bringt uns der Erfüllung der Prophezeiung entschieden näher.« Ich mußte plötzlich lachen. Ich verstand endlich. »Wenn Ihr mich von der Heirat mit Gisella abhieltet, würdet Ihr das Verbindungsglied zerschlagen, bevor es richtig geschmiedet ist.«

»*Heiratet* sie«, sagte er scharf und änderte den Kurs auf diese Weise plötzlich. »Heiratet das atvianische Mädchen. Mir ist es gleich. Eines Tages werdet Ihr zu mir kommen. *Ich fordere Euch jetzt auf, es zu tun.*« Seine seltsamen Augen verengten sich ein wenig.

»Wenn Ihr Söhne habt, werde ich sie zu meinen machen. Ich werde sie mir *nehmen*... aber ich glaube, Ihr werdet mit Gisella niemals Söhne zeugen können, weil die anderen Euch tot sehen wollen.«

»Die *anderen?*« Ich konnte die unbesonnene Frage nicht unterdrücken. »Wer außer *Euch* würde meinen Tod wünschen?«

Jetzt war es an Strahan zu lachen. »Hat Euer Vater Euch nichts beigebracht? Halten sie Euch unwissend, um Euren Stolz zu schützen? Das Wissen, im Mittelpunkt des Sturmes zu stehen, ist nicht leicht zu ertragen.« Silber glitzerte an seinem einzigen Ohr. »Denn Ihr solltet besser fragen: Wer wünscht *nicht* Euren Tod?«

»Nicht …?« flüsterte ich hohl, als sei ich eine Marionette und er der Puppenspieler.

Strahan schürzte nachdenklich die Lippen. Schwarze Brauen hoben sich bis unter das Diadem. »Oder wenn sie nicht Euren *Tod* wünschen … dann zumindest, daß Ihr durch jemand anderen ersetzt würdet.«

Ersetzt. Ich? Aber das war nicht möglich. Ich war der Prinz von Homana, der rechtmäßige Sohn von Donal, dem Mujhar, und der Königin Aislinn, Carillons Tochter. In meinen Venen floß das richtige Blut. Es gab keine anderen rechtmäßigen Kinder. Die Königin war unfruchtbar, sagten die Ärzte. Es gab nur mich und würde immer nur mich geben. Wie konnten sie daran denken, mich zu ersetzen, und – bei den Göttern! – durch *wen?*

Eine Hand zerteilte die Dunkelheit und erfüllte sie wieder mit Licht. »Soll ich Euch die Zukunft voraussagen, Mylord?« fragte die zwingende Stimme. »Soll ich Euch zeigen, was sein wird, ganz gleich wie sehr Ihr auch versucht, neu zu schreiben, was die Götter selbst geschrieben haben?«

Er wartete nicht auf meine Antwort. Er hob erneut die Hand und verlieh ihr dann die geschmeidig beredte Sprache eines Pinsels auf lebendiger Leinwand. Ich sah die Finger sich bewegen und in der Dunkelheit Umrisse formen.

Farben flossen aus Strahans Fingerspitzen: silbriges Purpur, tiefstes Lavendel, äußerst hell das silberne Lila. Und ein unheimliches Rot frisch vergossenen Blutes.

Er malte ein Bild aus lebendigen Flammen: einen wilden homanischen Löwen und einen massiven Cheysulikriegsbogen. Alles sehr genau, sogar bis zu der sich rollenden Zunge im weit geöffneten Rachen des Löwen und der Ornamentierung des Kriegsbogens. Sie hingen wie erwartungsvoll in der Luft. Als müßte ich sie nur aus der Dunkelheit pflücken und einen Pfeil auf den Löwen abschießen.

Ich schaute. Schluckte schwer. Ich konnte nichts sagen. Ich empfand nur ein Gefühl ehrfürchtiger, aber schrecklicher Offenbarung: Das von ihm gemalte Bild schien die Wirklichkeit zu malen, ungeachtet der Tatsache, daß der Künstler ein Feind war.

»Die Homaner wollen keinen Cheysuligestaltwandler auf dem Thron«, sagte Strahan über das Zischen der Flammen hinweg. »Die Cheysuli wollen keinen ungeweihten Homaner auf dem Thron. Aber Donals Sohn ist beides und beides nicht. Was glaubt Ihr also, was geschehen wird?« Die ungleichfarbigen Augen wirkten im Licht der glühenden Umrisse unheimlich. »Achtet auf Euer Volk, Niall«, sagte er. Er sprach so sanft, sein Tonfall klang so freundlich. »Achtet auf Eure Freunde ... Eure Feinde ... Eure Verwandten – damit keiner von ihnen ein Bündnis gegen Euch eingeht.«

Langsam ließ er die Umrisse des Bogens und des Löwen miteinander verschmelzen. Und aus der Flamme sah ich das Gesicht meines Bruders entstehen – und das Gesicht, das ich als meines erkannte.

»Ich glaube, ich muß mir mit Euch keine Umstände machen«, sagte Strahan mit ruhiger Zufriedenheit. »Ich werde es die anderen für mich erledigen lassen.«

Kapitel Drei

Du hättest *zuerst* zu mir kommen sollen.« Sie hatte das Temperament und auch die flinke Zunge, die dem rotgoldenen Glanz ihres Haars entsprachen. »Hast du eine Ahnung, wie sehr ich mich um dich gesorgt habe, seit dieses Pferd ohne dich zurückkam?«

Dieses Pferd war tatsächlich zurückgekehrt (natürlich ohne mich), und mein Ausbleiben hatte den Palast in Aufruhr versetzt. Genauer gesagt, meine Mutter hatte dies getan. Die meisten Angehörigen der mujharischen Wache waren von wichtigeren Pflichten abgezogen und auf die Suche nach mir geschickt worden, als sei ich ein dummes, neugieriges Kind, das in den Straßen umherirrte. Und sie hatten mich gefunden, einige von ihnen, als ich mich gerade den Toren Homana-Mujhars näherte. Es war eine erniedrigende Erfahrung gewesen, erklären zu müssen, wie mein Pferd und ich voneinander getrennt wurden.

Besonders da ich nichts von Strahans Anwesenheit in der Stadt sagen konnte. Nicht ihnen gegenüber. Nicht sofort. Nicht bis ich meinem Vater gegenüberstand.

Aber jetzt, als ich das blasse Gesicht meiner Mutter betrachtete, wußte ich, daß es für sie weitaus schlimmer als nur erniedrigend gewesen war. Sie machte sich stets Sorgen. Sie regte sich auf und sagte, Ian allein reiche zu meinem Schutz vor Unheil nicht aus. Dies mußte Öl auf ihre Flammen sein.

Ganz tief innen berührte es mich, daß sie sich solche Sorgen machte, da ich wußte, daß es aus Unsicherheit geschah, weil sie nur einen Sohn geboren hatte –, aber hauptsächlich war ich ärgerlich. O ja, sie meinte es gut, aber manchmal war die Last, die sie mir damit auflud, fast nicht zu ertragen.

Du bist vielleicht nicht sein Sohn, sagte sie oft, *aber du trägst sein Blut in dir, seine Knochen und sogar seine Haut. Hast du in das polierte Silber geschaut?*

O ja, das hatte ich getan, viele Male. Und jedes Mal sah ich das gleiche: ein grobes Gefäß, dem der Glanz fehlte, dem die Glätte fehlte. Aber niemand sah die Trübung, weil sie von der schimmernden Patina *Carillons* überdeckt wurde.

Selbst jetzt ließ sie mir keine Zeit für Erklärungen – oder Zeit, um meinen Vater anzusprechen, als er in mein Zimmer kam und die schwere Tür schloß.

Und so ließ ich den Unmut für mich sprechen. »Willst du mich also in meinem schmutzigen Zustand belassen? *Sieh* mich doch an!« Es war mir bisher nur gelungen, die schlammverschmierten Stiefel und das durchweichte Wams auszuziehen. Ich stand ihr in schmutziger Lederhose und feuchtem Leinenhemd gegenüber. Dünne Bäche schlammigen Wassers rannen hinab und befleckten den mit Teppichen belegten Boden.

»Niall.« Das kam von meinem Vater, nur das. Aber es war mehr als genug.

Ich schaute zurück in das angespannte Gesicht meiner Mutter. »Es tut mir leid«, sagte ich zerknirscht zu ihr und meinte es auch so. »Aber ich wollte erst baden und mich umziehen, bevor ich zu dir käme.«

»Das hätte warten *können*. Ich habe schon Männer in schlimmerem Zustand gesehen, und sie waren nicht meine Söhne.« Die Anspannung zeigte sich in ihren Augen- und Mundwinkeln. Sie war noch immer auf eine Weise schön, die Harfenisten und Dichter seit Jahren zu beschreiben versuchten, aber es war eine zerbrechliche, spröde Schönheit, als könne sie an dem Gewicht dessen, wer und was sie war, zerbrechen. Aislinn von Homana, Tochter Carillons, einst eine Prinzessin, jetzt Königin und die Mutter des Enkels ihres geliebten Vaters.

Ich glaube, sie beurteilte sich allein nach der Tatsache, daß sie Carillon einen Erben geboren hatte. Einen *wahren* Erben, einen Mann mit einem großen Teil seines Blutes, keinen sorgsam ausgewählten Cheysulikrieger, weil Carillon keine andere Wahl hatte. Nein, meine Mutter sah sich nicht als Frau, Gattin, Mutter oder Königin. Nur als ein Mittel, die anwachsende Legende ihres Vaters fortzusetzen.

Der Unmut schwand, während ich sie ansah. Ich konnte nicht benennen, was an seine Stelle trat, denn es war keine einzelne Empfindung erkennbar. Nur ein Wirrwarr vieler Gefühle, die wie die Fäden eines Wandteppichs miteinander verflochten waren. Aber es zeigte sich die Rück-, nicht die Vorderseite, so daß kein Muster erkennbar wurde.

Ich seufzte. »Es geht mir gut. Ich bin nur naß und schmutzig. Und sehr, sehr hungrig.« Ich schaute zu meinem Vater und wollte ihm so gern sofort von meiner Begegnung mir Strahan erzählen. Aber das würde ich nicht tun, solange meine Mutter im Raum war. Ich sah keinen Nutzen darin, ihr noch einen weiteren Grund zur Aufregung zu geben.

»Ian?« fragte er.

Ich zuckte die Achseln und wandte mich ab, um mich meines klammen Hemdes zu entledigen. »Er ist im Stammeskeep. Ich glaube, er wird die Nacht über bleiben.« Ich hörte die Diener im Vorraum, die die Badewanne mit heißem, wohlriechenden Wasser füllten. Dem Geruch nach befand sich Nelkenöl darin.

»Niall …« Erneut meine Mutter, die auf mich zutrat, dann aber doch nicht weiterging. Mein Vater legte ihr die Hände auf die Schultern und wandte sie von mir ab. Er tat dies sehr sanft, aber ich bemerkte den kaum sichtbaren Nachdruck seines Griffs.

»Überlaß ihn mir, Aislinn. Wir haben Gäste zu unterhalten.«

Wie bei Frauen üblich führte sie sofort eine Hand zu

dem im Nacken verschlungenen Knoten rotgoldenen Haars, um ihr Aussehen zu überprüfen. Es war nicht nötig. Sie sah, wie immer, makellos aus. Das helle Haar, das trotz ihrer sechsunddreißig Jahre noch immer glänzte, wurde von einem mit Perlen besetzten Goldnetz gehalten. Ihr Samtgewand war rein weiß und schmucklos bis auf den ebenfalls mit Perlen versehenen Goldgürtel und die goldene Halskette – das Brautgeschenk meines Vaters an sie vor ungefähr zwanzig Jahren.

»Das tun wir.« Ihre Stimme klang gleichgültig, fast tonlos. »Aber ich wundere mich, daß du sie überhaupt alle bewirten willst.«

»Könige tun, was Könige tun müssen.« Ich hörte auch den Unterton in der Stimme meines Vaters. »Wir haben Frieden mit Atvia, Aislinn, also sollten wir das Bündnis nicht durch Unhöflichkeit brechen.«

Ihr Blick schwenkte flackernd zu mir zurück. Große, graue, langlidrige und schläfrige Augen. Electras Augen, sagte man, sich an die Schönheit ihrer Mutter erinnernd. Aber indem sie Electras Namen heraufbeschworen, beschworen sie auch Tynstars Namen.

»Dies betrifft auch dich, Niall«, sagte sie jäh. »Noch mehr als *uns*, wenn man es genau nimmt. Und wenn dein Vater dir nicht alles darüber erzählt, dann komm zu mir. Ich werde es dir erzählen.«

Die Anspannung zwischen ihnen war greifbar. Ich schaute von Mutter zu Vater, aber sein Gesicht blieb mir verschlossen. Nun, ich konnte den ganzen Abend warten. Mein Vater hatte mir mehr als nur seinen Anteil an Sturheit vererbt.

Meine Mutter ging zur Tür und zog sie auf, bevor mein Vater oder ich ihr helfen konnten. Sie hob die schweren Röcke an und eilte sofort hinaus, womit sie es mir überließ, die Tür wieder zu schließen und meinem Vater endlich allein gegenüberzustehen.

Mein Vater. Er war der Mujhar von Homana, aber für

mich mehr und auch weniger als das. Er war ein Cheysulikrieger.

Ein Sohn, der seinen Vater betrachtet, sieht selten den Mann, sondern eher den Elternteil. Den Mann, der mich gezeugt hat, nicht ihn selbst. Ich war nicht anders. Ich sah ihn tagein, tagaus und sah ihn doch auch wieder nicht. Ich sah, was ich zu sehen gewohnt war, was der Sohn in seinem Vater, dem König, dem Krieger sehen konnte. Ich sah zu oft nicht den *Menschen*.

Noch kannte ich ihn wirklich.

Jetzt sah ich ihn an. Ich sah das Gesicht, das meines mitgeprägt hatte und doch keinerlei Ähnlichkeit zeigte. Die Knochen waren charakteristisch kantig, hart, fast scharf. Sogar bei hellhäutigen Cheysuli zeigt sich das Erbe in der Gestaltung der Knochen unter der Haut. Die Verantwortlichkeiten eines Mujhar und Kriegers, seinem *Tahlmorra* geweiht, hatten Falten zwischen die schwarzen Brauen gegraben, Runzeln von den gelben Augen ausgestreut und die Höhlungen auf beiden Seiten der kerzengeraden Nase vertieft. Sein Haar war von Silberfäden durchzogen, hell wie Winterfrost, aber nur ein wenig. Wir altern in dieser Beziehung schnell und mit unendlicher Anmut.

Zum ersten Mal seit sehr langer Zeit betrachtete ich wieder die Narbe an seiner Kehle und erinnerte mich daran, wie Strahan einst versucht hatte, meinen Vater zu töten, indem er einen Dämonenfalken auf ihn losließ. Sakti hatte sie geheißen, und sie hatte ihre Klauen gekonnt eingesetzt, sogar noch im Tod. Aber mein Vater war dank Finn, meinem Verwandten, und den Göttern, die uns die Erdmagie schenkten, nicht gestorben.

Die Erdmagie. Noch etwas, was mir fehlte.

Mein Vater war groß, aber nicht so groß wie ich, da ich vollkommen Carillons Statur besitze. Er hatte auch nicht mein Gewicht, obwohl niemand ihn einen leichtgewichtigen Mann nennen würde. Cheysulimänner messen selten weniger als sechs Fuß, und er war sogar noch drei Fingerbreit größer. Er war gewiß anmutiger als ich, da er sich feiner bewegte. Ich fragte mich, ob diese vollkommene Leichtigkeit der Bewegungen durch die Rasse oder durch das Alter bedingt war. Die Götter wußten, daß ich das noch herausfinden mußte.

Während ich mich auszog, betrachtete ich meinen Vater unter gesenkten Lidern hervor und fragte mich, wie er sich wohl gefühlt hatte, als Carillon ihm den Löwenthron überließ. Ich fragte mich, was er wohl gedacht hatte, da er wußte, daß so vieles der Cheysulitradition geändert werden müßte, um der Prophezeiung gerecht zu werden. Um *ihm* gerecht zu werden, dem ersten Cheysulimujhar seit vierhundert Jahren.

Ich würde der zweite sein.

Er sprach mit mir nicht über meine Mutter. Mein Vater schien ein verschwiegener Mann, obwohl er in einigen Dingen sehr offen war. Nur ... nicht in bezug auf das, was ich hören wollte.

»Nun?« Das hieß, daß er wartete.

Ich schlüpfte aus meiner Hose und betrat nackt den Vorraum. Dampf stieg von der Wanne auf. Der Geruch von Nelken schwebte in der Luft. Und dann winkte ich die Diener fort, damit mein Vater und ich vertraulich miteinander sprechen konnten.

Ich überlegte, ihm alles vom Beginn der Jagd bis zu meiner Ankunft in Homana-Mujhar zu erzählen. Aber das wäre unnötig hart von mir, und ich dachte, daß die Umstände mehr Ernst erforderten. Also kam ich geradewegs zu dem für uns beide wichtigsten Punkt der Angelegenheit.

»Ich bin heute abend einem Mann begegnet«, begann ich. »Einem Fremden, zumindest für mich. Aber er hatte eine für den Prinzen von Homana bestimmte Nachricht.« Ich nahm die Seife auf und seifte meine schlammverschmutzte Haut ein. »Er sagte, ich solle meine atvianische Cousine nicht heiraten.«

Mein Vater, der sich gerade mit einem Fuß einen Stuhl heranziehen wollte, hielt mitten in der Bewegung inne. Er setzte sich gar nicht mehr erst hin, sondern sah mich mit einem überraschten und wahrhaft verwirrten Gesichtsausdruck an.

Nach einem Augenblick bestürzten Nachdenkens runzelte er die Stirn. »Wie eigenartig, daß so etwas heute gesagt wird.«

Ich tauchte unter, um meine Haare naß zu machen, und tauchte, während Wasser von meinem Gesicht herabströmte, wieder auf. »Warum ist das nur *heute* seltsam?« Ich spie Seifenwasser aus und verzog wegen des Geschmackes das Gesicht.

»Weil die Atvianer, die wir heute nacht bewirten, in Sachen der Verlobungsangelegenheit hier sind.« Nun zog er sich den Stuhl doch heran und setzte sich hin. »Anscheinend hat Alaric beschlossen, daß es an der Zeit ist, aus der Verlobung eine Hochzeit zu machen.«

Ich starrte ihn an. Der Geruch von Nelken erfüllte meine Nase. Wasser rann noch immer mein Gesicht herab. Aber ich versuchte es nicht fortzuwischen. »Jetzt?«

»Sobald wie möglich.« Er seufzte und streckte seine langen Beine aus. »Alaric und ich haben vor fast zwanzig Jahren eine Übereinkunft getroffen. Er hat jedes Recht der Welt zu erwarten, daß diese Übereinkunft eingehalten wird.«

Seine Stimme klang ein wenig zu nüchtern. Mein Vater mag die Atvianer nicht besonders, da er sie früher im Krieg bekämpft hat. Und er mag Alaric, den Herrscher Atvias selbst, noch weniger. Zum einen hatte Alarics Bruder Carillon getötet, weshalb mein Vater zum Mujhar wurde. Und Alaric selbst hatte, nachdem er Donal von Homana die Treue schwor, um die Hand der Schwester meines Vaters angehalten, das Bündnis zu besiegeln. Obwohl meinem Vater dieser Gedanke verhaßt gewesen war, hatte er letztlich zugestimmt, weil er, der im Dienst der Prophezeiung der Erstgeborenen stand, keine andere Möglichkeit gesehen hatte, die richtigen Blutlinien zusammenzuführen.

Und um sie noch fester zu verbinden, hatte er erklärt, daß sein erstgeborener Sohn die erstgeborene Tochter Bronwyns und Alarics heiraten würde.

O ja, Alaric bekam die gewünschte Verbindung. Er bekam sogar die Tochter namens Gisella. Aber keine weiteren Kinder. Denn Bronwyn starb bei der Geburt meiner Halbcheysulicousine.

Ich betrachtete das Gesicht meines Vaters. Er ist ein ernster Mann, dieser Mujhar, nicht sehr ausgelassen oder fröhlich. Vielleicht war er früher anders, aber die Verantwortlichkeiten, wurde mir gesagt, können oft sogar die überschwenglichsten Menschen verändern. Die Götter wußten, daß mein Vater mehr davon erfahren hatte, als die meisten. Ihm waren Mutter, Vater, Onkel und Mujhar genommen worden – im Namen der Prophezeiung. Im Namen des Ihliniverrats.

Das *Lir*gold schimmerte an seinen bloßen Armen. Er war der Mujhar von Homana, aber er gab die Cheysulibräuche nicht auf, auch nicht die äußerlichen. Bestimmte Gelegenheiten erforderten, daß er homanische Kleidung anlegte, aber meistens trug er das Leder seiner Rasse.

Unserer Rasse.

Ich ließ mich die geschwungene Holzwand der Wanne hinabgleiten und schnippte die Seife ins Wasser. »Nun, ich habe erwartet, daß die Hochzeit eines Tages stattfinden würde. Du hast mir mein *Tahlmorra* niemals verschwiegen.« Ich grinste, denn das war ein alter Spaß zwischen uns. »Nur… ich habe es noch nicht jetzt erwartet.«

Mein Vater lächelte. Kein Mensch könnte ihn als alt bezeichnen. Er ist noch nicht viel älter als vierzig, aber eine Frau würde ihn auch nicht als jung bezeichnen. Noch immer verbannte sein Lächeln die Ernsthaftigkeit seines Titels und machte ihn wieder frei davon. »Nein, noch nicht *jetzt*. Aber bald.« Ein belustigtes Schimmern zeigte sich in seinen gelben Augen. »Du hast noch ein wenig Zeit. Die atvianischen Bräuche verlangen eine Trauung mit einem Stellvertreter, bevor die richtige Hochzeit vollzogen wird.«

Ich runzelte wegen eines blauen Flecks an meinem rechten Knie die Stirn. »Wie bald wird diese Trauung mit dem Stellvertreter vollzogen werden?«

»Oh, ich denke, morgen früh… ich sagte ja bereits, daß du noch ein *wenig* Zeit hast.« Jetzt wurde das belustigte Schimmern in seinen Augen noch deutlicher.

»Morgen früh!« Ich sah ihn entsetzt an. »Ohne Vorwarnung?«

Er seufzte. »Ja, das wäre mir auch lieber gewesen. Und das ist es auch, was deine *Jehana* aufregt. Sie schwört, daß es eine beabsichtigte Beleidigung sei und daß wir die Atvianer sofort nach Hause schicken sollten, bis angemessene Ehrerbietung gezeigt und eine respektvolle Bitte ausgesprochen wird, da Alaric *mir* Treue schuldet und nicht umgekehrt.« Er lächelte bitter. Meine Mutter, die mit königlichen Rechten und Erwartungen geboren worden war, legte sehr viel mehr Wert auf die Einzelheiten, die mein Vater für weniger wichtig hielt. »Aber Alarics Gesandter sagt, es sei vor Monaten eine Nachricht geschickt worden, die allerdings niemals hier angekommen ist. Aber vielleicht stimmt es.« Er zuckte offensichtlich zweifelnd die Achseln. »Ungeachtet dessen und des Mangels an angemessener Ehrerbietung wurde die Verlobung in gutem Glauben vereinbart. Alaric hat das Recht, auf dem Vollzug der Heirat zu bestehen. Und Gisella ist mit siebzehn Jahren alt genug. Wenn die stellvertretende Trauung erst vollzogen ist, wirst du nach Atvia ziehen, um deine *Cheysula* zu einer homanischen Hochzeit nach Hause zu bringen.«

Cheysula. Er gebrauchte das Wort der Alten Sprache für Ehefrau. Aber sein Mund formte es anders als meiner. Wie Ian, war auch er im Keep aufgewachsen. Mein

Vater und mein Bruder waren sich sehr ähnlich. Ich ähnelte keinem von beiden.

Wie Strahan mit außerordentlicher Mühe deutlich gemacht hatte.

Ich vergaß *Cheysulas* und stellvertretende Trauungen fast augenblicklich. »*Jehan*.« Das Cheysuliwort entschlüpfte mir leichter als gewöhnlich. »Der Mann, der mir gesagt hat, ich solle Gisella nicht heiraten …« Ich unterbrach mich einen Augenblick, weil ich nicht wußte, wie ich es sagen sollte. »Es war der Ihlini. *Jehan* … der Mann war Strahan.«

Mein Vater stand sofort auf, so schnell, so jäh, daß er den Stuhl umstieß. Ich hörte das Poltern von Holz auf Stein. Das Zischen seines eingezogenen Atems.

Aber er sagte nur: »*Strahan*.«

Ich fror in der Hitze des duftenden, dampfenden Wassers. Diesen Blick in den Augen meines Vaters zu sehen …

»Ja.« Es war kaum ein Flüstern. »*Jehan* …«

»Du bist dir sicher.« Der Klang seiner Stimme war wie das Geräusch eines Peitschenhiebs. Ich stand nicht mehr meinem Vater gegenüber. Ich stand auch nicht mehr dem Mujhar gegenüber. Ich stand einem von wildem Haß erfüllten und der Rache geweihten Krieger gegenüber.

»Ich bin mir sicher«, wiederholte ich. »Ich habe seine Augen gesehen: eines blau, eines braun. Und ihm fehlte ein Ohr.«

»Ja, ihm fehlt ein Ohr! Dafür hat Finn noch gesorgt, bevor er starb!«

Er brach ab. Ich sah, wie sich sein Gesicht vor Gram verzerrte. Aber fast ebenso schnell senkte sich die Maske wieder darüber. Doch seine Augen verbarg er nicht. Vielleicht konnte er es nicht. Und das, was ich sah, ließ mir einen eisigen Schauer den Rücken hinablaufen. »*Jehan* …«

»Bei den Göttern, ich habe darum gebetet, daß mir

dieser *Ku'reshtin* in die Finger geraten würde.« Er hatte beide Hände ausgestreckt. Zu Fäusten geballt. Ich sah die Sehnen sich unter der Haut anspannen, die Nägel sich in die Handflächen graben. »Bei den *Göttern,* ich habe darum gebetet!«

Ich hatte nicht gewußt, daß meinen Vater solcher Haß bewegte. Er kann Zorn zeigen, ja, und Verärgerung und große Unduldsamkeit bei Dingen, die er für töricht hält, aber solch bitteren Haß in seinen Augen zu sehen, ihn in seiner Stimme zu hören, ließ mich wieder zum Kind werden. Es beraubte mich der Größe und des Vertrauens und machte mich wieder klein.

Ich saß in dem um meine Brust schwappenden Wasser und betrachtete den Krieger, der mich gezeugt hatte. Und fragte mich, welche Art Mann *ich* wohl wäre, wenn der Ihlini mir soviel Schmerz und Kummer bereitet hätte.

»Er hat dir nichts angetan?«

Ich schüttelte langsam den Kopf. »Er ... hat mir einen Vorgeschmack seiner Macht gegeben. Aber er hat mir keinen dauerhaften Schaden zugefügt.« Ich dachte erneut über seine Abschiedsworte an mich und die Lebendigkeit seines Gemäldes nach. Wahrheit? Oder Fälschung? Ein Trick, um mein Vertrauen in Homaner und Cheysuli zu untergraben? Äußerst wahrscheinlich. Das war die Art der Ihlini.

Und ich wußte, daß er Erfolg haben könnte.

Ich schaute von meinem Vater fort. Mich ersetzen, hatte Strahan gesagt. Durch jemand anderen. Freunde, Feinde, Verwandte. Ein sie vereinendes Bündnis.

»Niall.« Er streckte die Hand nach unten und ergriff mein linkes Handgelenk. »Er *hat dir nichts angetan?*«

»Nein.« Ich sprach so ruhig wie möglich. »Er sagte, ich solle dir seine Grüße überbringen.«

Kurz darauf ließ mein Vater meinen Arm wieder los. Er fluchte leise. »Ja, das sieht ihm ähnlich. Strahan ist immer höflich, sogar wenn er tötet.«

»Aber warum *hat* er mich leben lassen? Es wäre sicherlich besser für seine Pläne, wenn ich ihm den Weg zum Thron nicht versperrte.«

»Du *versperrst* ihn ihm nicht, nicht wirklich.« Mein Vater, der jetzt unendlich viel älter wirkte, schüttelte den Kopf und seufzte. »Die Götter wissen warum, aber es ist ein Merkmal der Ihlini, mit einem Feind zu spielen, bevor sie ihn töten. Sie verkehren den Geist, bevor sie den Körper verkehren, als machte das den letzten Schlag um vieles befriedigender. Tynstar hat es vor Jahren mit Carillon so gemacht, obwohl letztlich, wie du weißt, Carillon Tynstar getötet hat.«

Natürlich wußte ich es. Auch das war Teil der Legende. »Es ist vielleicht ein grausamer Beweis der Macht.« Er zuckte erneut die Achseln. »Wer weiß? Strahan hat dich nicht aus Freundlichkeit leben lassen. Nein. Eher aus einer Art... Erwartung.« Sein Gesichtsausdruck war sehr grimmig. »Es bedeutet, daß er andere Pläne für dich hat. Es bedeutet, daß du Teil seines *Spiels* bist. Und wenn er nach dem Spiel mit dir fertig ist, wird er es beenden. Wie er es für Finn beendet hat.«

Wenn er nach dem Spiel mit dir fertig ist, wird er es beenden. Ich erschauderte. Die Stimme meines Vaters klang so nüchtern, sich Strahans Absichten so sicher. Er schrie und tobte nicht und behauptete auch nicht, wir könnten Strahans Pläne durchkreuzen. Und das unterstrich die Macht des Ihlini nur noch.

Ich erinnerte mich daran, wie Strahan mich aufgefordert hatte, eines Tages zu ihm zu kommen. Ich erinnerte mich daran, wie er gesagt hatte, er wollte meine Söhne nehmen. Und ich fragte mich, wie er so sicher sein konnte, daß es Söhne zum Nehmen geben würde, wie auch, daß er sie nehmen würde.

Aber hauptsächlich beschäftigte ich mich mit meinem Vater. *Was bedeutet Strahan ihm?*

Sein Gesicht war starr. Der Mann war mir fremd. *»Jehan.«* Ich richtete mich in der Wanne auf. »Wenn...

wenn ich gewußt hätte, wie sehr du ihn haßt... hätte ich ihn zu töten versucht.«

Zunächst antwortete er überhaupt nicht. Er sah nur zu mir herab, als hätte er nicht gehört, was ich gesagt hatte. Vollkommen still, vollkommen schweigend, eine aus menschlicher Haut gestaltete Statue.

Und dann sagte er etwas in der Alten Sprache, etwas, das völlig atemlos aus seinem Mund drang, und ich sah die Tränen in seinen Augen aufsteigen, als er sich auf ein Knie niederließ und meine Hand in seine beiden Hände nahm.

»Niemals«, sagte er rauh. »Niemals, *niemals,* Niall. Er würde dich töten. Er würde dich töten. Er würde dich mir nehmen, wie er mir alle anderen genommen hat, und ich wäre *allein.*«

Ich sah ihn an. Seine Hände waren kalt, so kalt, und ich erkannte, daß er Angst hatte. Ich hatte ihn trösten wollen, ihn meiner vollkommenen Treue versichern. Statt dessen hatte ich den Fuchs aus seinem Bau gejagt und die Meute auf seine Spur gesetzt.

Bei den Göttern, mein Vater hat Angst...

»Wie?« fragte ich, als ich wieder dazu in der Lage war. »Wie könntest du *allein* sein, wenn du so viele andere hast?«

»Nenne sie mir«, sagte er zögernd. »Nenne mir die Namen.«

»Meine *Mutter!*« Ich war erstaunt, daß er es nicht selbst tun konnte. »Taj und Lorn. General Rowan. Ian und Isolde.« Ich sah ihn an. »*Jehan,* wie könntest du allein sein?«

Er atmete rauh. »Ich habe sie, ja, ich habe sie alle: *Cheysula, Lirs,* Kinder, einen zuverlässigen General. Aber... das ist nicht dasselbe.« Er stand plötzlich auf und wandte mir den Rücken zu. Sein Rückgrat blieb starr unter dem Lederwams und der menschlichen Haut. Dann wandte er sich genauso plötzlich wieder um und sah mich an. »Sieh nur, was ich deiner *Jehana* angetan habe. Ich würde ihr gern die Art Liebe geben, die sie ersehnt, wenn ich könnte, aber so vieles wurde aus mir herausgebrannt, als Sorcha … starb.« Selbst jetzt konnte er nicht die Wahrheit sagen: daß seine Cheysuli*meijha,* Ians und Isoldes Mutter, Selbstmord begangen hatte, weil sie es nicht ertragen konnte, ihn mit einer Homanerin zu teilen. »Aislinn und ich mögen uns natürlich sehr und ehren, achten und schätzen einander … aber das ist nicht das, was sie möchte. Noch das, was sie braucht.« Seine Qual war offensichtlich. »Aber ich kann ihr keine Lüge anbieten, wenn sie soviel Besseres verdient.«

Ich hörte entsetzt schweigend zu, dankbar, daß ich die Wahrheit endlich erfuhr, aber auch unsicher, während ich sie hörte. Er war ein Erwachsener, der zu einem Erwachsenen sprach. Ein Mann, der zu einem Mann sprach, und dennoch fühlte ich mich so sehr jung.

Mein Vater seufzte und strich sich eine Locke schwarzen Haars aus den Augen. »Was Taj und Lorn betrifft … ja, ich teile mit meinen *Lirs* alles, was ein Krieger mit ihnen teilen sollte. Aber sie sind *Lirs,* keine Menschen. Keine Verwandten. Und was Rowan betrifft …« Er verzog das Gesicht. »Rowan und ich arbeiten in der Verwaltung des Reiches gut zusammen, aber wir werden in persönlichen Angelegenheiten niemals gut miteinander auskommen. Ich bin nicht Carillon, den er verehrt hat.« Er beugte sich herab und rückte den Stuhl zurecht. »Ian und Isolde sind alles, was sich ein *Jehan* von seinen Kindern wünschen könnte. Aber ich bin der Mujhar von Homana, und die Homaner betrachten sie als Bastarde. Das macht sie anders. Es beschmutzt sie in den Augen der Homaner, und diese Wahrnehmung beeinträchtigt mich. Also bleibst nur du mir, Niall.« Er lächelte leicht, aber bittersüß verzerrt. »Keiner von ihnen gleicht dir. Keiner von ihnen ist der Prophezeiung geboren.« Ich sah Spuren von Qual in seinen Augen. »Keiner von ihnen wird die Dinge erfahren, die ich erfahren habe. Nicht so, wie *du* sie erfahren wirst.«

Ich schwieg eine Weile, ich konnte nicht sprechen. Aber als ich wieder dazu in der Lage war, fragte ich, was vielleicht alle Menschen die Krieger und Mujhare fragen wollten. »Hättest du es gern anders?«

Mein Vater lachte, aber es klang nicht belustigt – nur schmerzlich. »Welcher Krieger, der sich seinem *Tahlmorra* vollkommen stellt, würde das nicht wollen?« Sein Lächeln war verzerrt und bedauernd. »Ich würde alles ändern. Ich würde nichts ändern. Es ist derart ohne Aussicht, Niall, wie es nur wenige Menschen kennengelernt haben. Und wie es nur wenige Menschen kennenlernen *werden*.« Er seufzte. »Carillon könnte es dir erklären. Ebenso Duncan und Finn. Aber sie sind alle tot, und mir fehlen die richtigen Worte.«

»Jehan ...«

Aber in dem Augenblick, da ich weitersprechen wollte, wandte er sich um und verließ den Raum.

Kapitel Vier

In meinen Träumen war ich ein Raubvogel, der am Himmel kreiste. Ich spürte den tragenden Aufschwung warmer Luft unter meinen Flügeln, der mich himmelwärts hob und immer höher trug. Aber ich wollte nicht noch höher fliegen. Und so winkelte ich die ausgebreiteten Schwingen an, neigte mich der Erde zu und schoß hinab, hinab, in einer immer enger werdenden Spirale, bis ich müßig über die Mauern des Schloßgartens schwebte und die beiden Mädchen deutlich sah.

Jung. Sehr jung, ungefähr im selben Alter. Sie knieten auf dem üppigen Gras einer frischen Quelle, umgeben vom Überfluß leuchtender Blüten, und spielten ein selbsterfundenes Spiel. Ich hörte süße Sopranstimmen sich auf der zischenden Brise erheben. Und doch wurde die Süße von einer merkwürdigen Habgier beeinträchtigt.

Näher heran. Mein Schatten war ein flüchtiger Fleck auf dem Boden, die Dunkelheit selbst, die über das Gras strich, bis sie beide Mädchen ganz verschlang. Es reichte aus, dachte ich, um sogar einen Mann unter der Vorahnung erschaudern zu lassen. Aber die beiden kleinen Mädchen beachteten meinen Schatten – und auch mich – gar nicht. Statt dessen sahen sie einander mit wilden, ärgerlichen Blicken an und zerrten an etwas, das sie zwischen sich hielten.

Mein Schatten strich weiter, wandte sich um und eilte dann wieder zurück. Ich schwebte noch näher heran, die Augen des Raubvogels wurden von dem Glitzern des Gegenstandes, den die Mädchen festhielten, angezogen. Noch näher. Es war, wie ich sah, eine Stoffpuppe, mehr nicht, an deren Stirn als kindliche Nachahmung einer Krone eine billige Brosche befestigt war. Aber nur eine Puppe und zwei Mädchen. Daraus würde nichts Gutes erwachsen. Teilen allein genügt oft nicht.

Die Brosche glitzerte. Ein Funke, hell wie Glas. Wie ein Rabe, verlangte es mich danach, diese Helligkeit zu besitzen. Aber ich war kein Raubvogel und auch kein Rabe. Wenn ich herabschoß, um nach einem Preis zu verlangen, dann niemals wegen eines Stücks Blech oder Glas. Nein. Wegen etwas weitaus Wertvollerem.

Verärgerte, anklagende Stimmen, voller Haß und Verachtung. Ich hatte in meiner Kindheit Ähnliches gehört, hatte diese Stimmung ein- oder zweimal mit Ian und Isolde geteilt. Aber jene Zeit war längst vergangen, und die Mädchen unter mir waren Fremde.

Ich sah keine Gesichter, nur die Farbe ihres Haars, während sie steif auf dem Gras knieten und die Puppe mit den Händen umklammerten. Sie waren sehr gegensätzlich: blauschwarzes Haar und dichtes goldenes Haar. Junge kupferbronzefarbene Haut und junge cremefarbene Haut.

Gegensätzlich, ja. Wie Ian und ich.

»Meine, meine!« schrie das schwarzhaarige Mädchen.

»Meine, meine!« schrie das goldhaarige Mädchen.

Näher. Näher. Ich sah, wie die Arme und Beine der Puppe gespreizt wurden und fest daran gezogen wurde, gezogen, bis die Nähte zu platzen drohten. Unter die vergoldete Broschenkrone hatte jemand mit buntem Faden ein Gesicht gestickt. Der rote Mund lächelte. Die blauen Augen starrten leer himmelwärts, gnädigerweise blind gegenüber ihrem sich so deutlich abzeichnenden Schicksal. Und gerade, als ich den Schnabel öffnete, um einen Warnschrei auszustoßen, riß das gemarterte Spielzeug entzwei und vergoß sein Blut aus getrockneten Bohnen über das Gras. Ich hörte das Zischen und Rasseln, als sich die Bohnen verteilten, und dann einen Schrei von jedem der Mädchen.

Mein Schatten strich über sie beide hinweg. Jetzt sahen sie mich. Jetzt bemerkten sie meine Nähe. Jetzt warfen sie die beiden leeren Hälften der zerstörten Puppe zu Boden und wandten ihre Gesichter himmelwärts.

Und ich sah deutlich, was ich zu Anfang nicht sehen konnte, daß keines der Mädchen ein Gesicht hatte. Da war nur Leere, endlose Leere in dem schwarzen und goldenen Haar, bar jeglicher Züge.

Ein Gewicht senkte sich auf mich herab. Ich versuchte panisch mich aufzusetzen und konnte es nicht. Ich wurde zu fest auf dem Bett gehalten. Gerade als ich den Mund öffnete, um aufzuschreien, drang der warme stechende Atem eines Rotluchses ein und ersetzte den Laut, den ich hatte ausstoßen wollen.

Tasha ragte über mir auf. Ich hörte das tiefe, abgehackte Rasseln ihres grollenden Schnurrens. Ihre kühle Nase berührte kurz meine, und dann legte sie ihre Zunge an meine Haut und begann zu lecken.

»Ian!« Mein Schrei wurde fast von Tashas Zunge erstickt. Ich wagte mich nicht zu bewegen. Die Vorderpfoten auf meinen Schultern hielten meinen Oberkörper fest, die Hinterpfoten lagen zwischen meinen nackten Oberschenkeln. Nein, es *war* das Wagnis *nicht* wert. »Tasha – *genug!*«

Ich spürte das Klopfen des Schwanzes an meiner Kniescheibe. Das Lecken hörte kurzzeitig auf, aber die kräftige Zunge blieb mir an Wange und Kinn. Meine gemarterte Haut brannte, das nächste Rasieren würde schmerzvoll sein.

Das Lecken begann erneut, aber nur noch einmal. Unbeeindruckt von den gazeartigen Sommerbettvorhängen, sprang Tasha mitten hindurch zu Boden und ließ mich wieder frei.

Ich setzte mich sofort auf und zog schnell die Bettdecke über meine Nacktheit. »Ian! Was …«

»Du mußtest geweckt werden«, warf er glatt ein. Durch die cremefarbene Gaze konnte ich ihn allein am Fußende meines Bettes stehen sehen, wenn auch durch den Stoff der Vorhänge nur verschwommen. »Natürlich wollte Torvald kommen. Aber ich sagte ihm, daß ich mich um die Vorbereitungen zu deiner Hochzeit kümmern würde.« Ian grinste. »Ich bin natürlich kein *richtiger* Leibdiener, aber ich weiß, wo die Arme und Beine hingehören. Ich sollte diese Aufgabe recht gut erfüllen können.«

Das plötzliche Gewecktwerden im Anschluß an einen häßlichen Traum machte mir Kopfschmerzen. Ich sah Ian an und rieb mir die Stirn, um den Schmerz zu vertreiben. »Ich sollte lieber nackt zu meiner Hochzeit erscheinen, als das Ankleiden *dir* zu überlassen.«

»Du hast die Wahl.« Ian zuckte, noch immer lächelnd, die Achseln. »Der Braut ist es, ob stellvertretende Trauung oder nicht, so vielleicht lieber.«

Ich grunzte. »Nur wenn Alaric ein hübsches Mädchen an Gisellas Stelle schickt ...« Ich sah ihn durch die Vorhänge stirnrunzelnd an. »Was machst du hier? Ich dachte, du wolltest im Stammeskeep bleiben.«

Ian schüttelte den Kopf. In dem dürftigen rötlichen Licht der Dämmerung schimmerte der katzenförmige Ohrring vor der Schwärze seines Haars. »*Jehan* hat gestern abend durch Taj eine Nachricht geschickt, und ich bin vor der Dämmerung aufgebrochen.« Er runzelte kurz die Stirn. »Dachtest du, ich wollte deine Hochzeit verpassen?«

»*Stellvertretende* Trauung.« Ich kämpfte mich durch Schichten zarter Gaze und stand dann neben dem Bett. Es war trotz des Frühjahrs noch kalt. Torvalds Abwesenheit bedeutete auch fehlende Wärme, da Ian sich nicht um die Kohlepfannen oder die Feuerstelle gekümmert hatte. Ich blinzelte in Richtung des nächstgelegenen schmalen Fensters. »Dämmerung, erst. Genug Zeit, vor dieser Zeremonie noch etwas zu essen und mich anzukleiden.«

»Du wirst *beim* Hochzeitsfrühstück essen, nicht eher.« Ian lachte, als ich leise fluchte. »Fasten könnte deine Stimmung verbessern.«

»Genauso wie Tasha mein Gesicht verschönert hat.« Ich betrachtete verärgert den Rotluchs, der still neben der Tür saß. Die bernsteinfarbenen Augen waren verengt, die Spitze ihres Schwanzes zuckte einmal. »Deine Idee, *Rujho?*«

»Tasha mag dich.« Ian, der diese Erklärung für ausreichend hielt, setzte sich auf die nächste meiner Vorratskisten, lehnte sich gegen die mit einem Wandteppich verkleidete Wand und rieb über einen Fleck auf einer ansonsten makellosen Stiefelspitze. Sein Hochzeitsstaat: Er trug ein weiches Damhirschwams und eine sanft honiggelb gefärbte Damhirschhose. Die Stiefel, die er gerade bearbeitete und die mit kupferfarbenem Garn genäht waren, paßten gut dazu. Troddeln erbebten, während er an dem Fleck rieb. Und an den bloßen Armen schimmerte das *Lir*gold.

Ich sah ihn an. Ich sah, was ich nicht war, was ich niemals sein konnte. *Ach Götter, ich wünschte, ihr würdet mir das Recht geben, einen Lir zu bekommen und das Gold an meinen Armen und meinem Ohr zu tragen.* Aber ich sagte es nicht laut. Statt dessen ging ich auf Ians Bemerkung ein.

»Sie mag mich«, wiederholte ich trocken. »Wenn sie mich liebte, würde sie dann statt dessen ihre Zähne gebrauchen?«

»Und auch viele ihrer Krallen.« Ian betrachtete nachdenklich eine alte Narbe an der Unterseite eines seiner Handgelenke.

Auf dem Weg zu einer meiner Kleiderkisten hielt ich inne. Fuhr wieder herum. »Frage *sie*«, sagte ich kurz. »Frage Tasha, warum ich keinen *Lir* habe.«

Darum hatte ich ihn noch niemals zuvor gebeten. Der Bund, den er und Tasha teilten, war persönlicher Natur, und kein Krieger würde jemals darum bitten, persönliche Dinge *nicht* zwischen dem menschlichen *Lir* und dem Tier ruhen zu lassen. Und doch konnte ich die Bitte keinen Augenblick länger zurückhalten. Etwas trieb mich dazu.

Falls Ian überrascht war, verbarg er es gut. Zunächst bemerkte ich nur seine starren Schultern. Er saß aufrecht auf der Kiste, lehnte nicht mehr an dem Wandteppich. Und als er die Finger in einer schweigenden und kaum wahrnehmbaren Bitte um Kraft an jemand anderen als mich (vielleicht an die Götter?) auf dem Holz der Kiste ausbreitete, bemerkte ich die Anspannung in seinen Händen.

»Das habe ich schon getan«, sagte er tonlos. »Wiederholt. Dachtest du, ich würde das nicht versuchen?«

»Und ihre Antwort?« Inzwischen völlig von dem Wunsch beseelt, Tashas Antwort zu erfahren, mißachtete ich den schmerzerfüllten Unterton in Ians Stimme. Ich hatte ihn getroffen, aber ich dachte, daß seine Beeinträchtigung nicht so gravierend war wie meine.

Ian schaute fort. Er starrte offensichtlich besorgt zu Boden. Der unbedeckte Fels unter seinen Stiefeln war rot, ein helles Rot, wie es auch die Mauern Homana-Mujhars zeigten. Ein Lichtstrahl, der sich durch ein Paneel blau gefärbten Glases im Fenster mühte, färbte das Rot noch eine Spur tiefer, bis der Schatten fast purpurfarben wirkte.

Ich stand barfuß auf einem kaledonesischen Teppich und wartete nackt auf meine Antwort.

»Ich habe gefragt«, sagte Ian erneut. Ich sah, wie die Muskeln unter der straff gespannten Haut an seinem bartlosen Kinn einmal zuckten. Scharf wie eine Klinge stand der Knochen unter der Haut hervor. Und ja, bartlos. Weil einem Cheysuli kein Bart wächst.

Aber ich mußte mich jeden Morgen rasieren, sonst sah ich Carillon ähnlicher denn je. »Und die Antwort?«

Als er wieder dazu in der Lage war, erwiderte er meinen Blick und schüttelte den Kopf. »Ich habe keine Antwort für dich.«

»Nicht *deine* Antwort«, sagte ich rauh, *»ihre.«* Ich neigte den Kopf in Tashas Richtung. »Sie ist ein *Lir*. *Lirs* kennen alle Antworten. Sie wissen viel mehr, als jeder Krieger jemals wissen kann. Bitte sie erneut um eine Antwort!«

Ian atmete tief ein. »Nein.« Tonlos gesagt, ohne Raum für Drängen oder Streiten.

Ich öffnete den Mund, um ihn zu bewegen, mit ihm zu streiten, ihn zu bitten. Und schloß ihn wieder, weil ich einsah, daß es keinen Sinn hatte. Aller Zorn verging, als ich meinen älteren Bruder ansah. Ja, er hatte gefragt. Mehr als einmal. Aber er hatte mir bis jetzt nichts davon gesagt, weil es mich verletzen würde, wenn er es mir erzählte.

Gefolgsmann. *Rujholli*. Und mehr. *Ach Götter, ich danke euch für meinen Bruder*.

»Niall.« Er stand auf und sah mich an. Ich war größer, schwerer, heller – zwei von verschiedenen Müttern geborene Jungen, die aber stärkere Familienbande teilten, als Brüder gleichen Blutes. »*Rujho,* ich schwöre dir, ich würde dir die Qual nehmen, wenn ich es könnte.«

»Ich weiß.« Ich konnte ihn nicht ansehen. Sein Schmerz spiegelte meinen wider, und das konnte ich nicht ertragen. »Ich will *dich* nicht schelten.«

»Und du solltest auch dich selbst nicht schelten.« Er lächelte nicht. »Glaubst du, ich merke es nicht? Ich weiß von den Nächten, in denen du nicht schlafen kannst, nicht essen kannst. Ich weiß, wann du zuviel trinkst. Ich weiß, wann du nach einer Frau Ausschau hältst, um den Schmerz zu lindern. Ich bin dein *Rujholli,* ja, und auch dein Gefolgsmann, aber ich bin nicht immer bei dir. Und doch – weiß ich es. Ich kann die Male auf deinem Rücken sehen, auch wenn die Peitsche unsichtbar ist.« Er streckte die Hand aus und ergriff meine Arme über den Ellbogen, wo die *Lir*bänder sitzen sollten. »Für *mich* bist du dadurch nicht weniger ein Mann.«

Seine Bestimmtheit war überzeugend, obwohl er das nicht beabsichtigt hatte. Für ihn war ich ein Mann. Aber für die Krieger des Stammes war ich nur ein Homaner.

Ich sah ihn an. »Was wollte Ceinn dir sagen?«

Das hatte er nicht erwartet. Seine Finger spannten sich sofort an, bevor er meine Arme loslassen konnte. »Ceinn?« Ich sah kurzzeitig Widerwillen in seinen Augen. »Ceinn ist ein … Narr.« Er wollte mehr sagen, aber er tat es nicht.

»Es hatte etwas mit mir zu tun.«

»Es hatte mehr mit mir zu tun.« Er schüttelte den Kopf. »Es würde nichts Gutes dabei herauskommen. *Rujho,* vergiß es.«

»Und wenn ich das nicht tue?«

Er versuchte zu lächeln, aber es mißlang. »Wann hast du mich jemals zum Sprechen bringen können, wenn ich es nicht wollte?«

Das war nur zu wahr. Ich deutete mürrisch auf eine der messingbeschlagenen Kleiderkisten, die zwei ganze Wände meines Zimmers säumten. »Was trage ich für diese Gelegenheit, *Rujho?* Welchen Staat lege ich an?«

Ian sah mich gleichmütig an. »Das kommt darauf an«, sagte er ruhig, »welcher Mann du sein möchtest.«

Ich sah ihn überrascht an. »Welcher Mann?«

»Cheysuli«, sagte er, »oder Homaner.«

Ian und ich wurden zu einem der kleineren Empfangsräume geführt. Ich hatte erwartet, daß die Zeremonie in der Großen Halle stattfinden würde, die so voller Atmosphäre und Geschichte war. Aber der Mujhar hatte die kleinere Halle gewählt, so wurde uns gesagt, um Vertrautheit zu bewirken, nicht einzuschüchtern.

»Das ist vielleicht ein Fehler«, sagte Ian leise, während wir den Empfangsraum betraten. »Ich weiß nur wenig über Staatskunst, aber ich glaube, die Atvianer brauchen vielleicht alle Einschüchterung, deren wir fähig sind.«

»Sie werden Cheysuli gegenüberstehen«, sagte ich leichthin. »Das sollte genügen.«

Ian lachte. »Ein gutes Omen: Mein *Rujho* macht an seinem Hochzeitstag Scherze.«

»Es ist eine *stellvertretende* Trauung«, erinnerte ich ihn, als der Diener hinter uns die Tür schloß. Obwohl dieser Raum erheblich kleiner war als die Große Halle mit ihrem Löwenthron, war er doch auf seine eigene, vertraute Art ausreichend beeindruckend. Hier waren die rötlichen Mauern weiß bemalt. Farbige Glasgemälde, die die Geschichte Homanas darstellten, füllten die schmalen, aber tiefen Fensterrahmen und verliehen den weißen Wänden einen sanften Anstrich unzähliger Farben. Die Steinfußböden waren nicht mit Teppichen ausgelegt, und hier war auch die natürliche rötliche Oberfläche nicht übermalt worden. Sonnenschein und gefärbtes Glas erfüllten den Raum mit einem matt perlmuttartigen Schimmer.

»Eine stellvertretende Trauung«, stimmte mein Vater mir zu. »Und genauso bindend wie eine richtige homanische Heirat.« Der Mujhar erhob sich von seinem gepolsterten Stuhl auf dem niedrigen Podium am anderen Ende des Raumes. Lorn saß zusammengesunken an einem hölzernen Stuhlbein, als sei seine einzige Aufgabe im Leben, den Stuhl aufrechtzuhalten. Auf der Rückenlehne hockte der goldene Falke, Taj, und neben diesem Stuhl stand ein zweiter Stuhl für die Königin von Homana, der jedoch gerade noch unbesetzt war.

Ich sah mich schnell um und suchte nach Atvianern, sah aber keine. Nur meine Mutter, die an einem der schmalen Fenster stand und in den Innenhof hinaussah.

Sie wandte sich jäh um. Die gelben Röcke wirbelten um ihre Füße. Ich sah das Schimmern von Seide, hörte das Geräusch sich aneinander reibender Falten. »Bindend!« sagte sie verbittert. »Was uns jetzt bindet, ist *Dummheit*. Niall wäre mit einer anderen Frau besser dran.«

»Aislinn, das haben wir alles schon besprochen«,

sagte mein Vater müde und gereizt. »Und warum wäre er mit einer anderen Frau besser dran? *Wie* sollte er besser dran sein? Gisella ist seine Cousine und durch deine Heirat mit mir deine *Harana*. Wirf Gisella etwas vor, Aislinn, und du wirfst dir selbst etwas vor.«

Gold glitzerte am Hals meiner Mutter. Ihre Hände waren in den Falten ihrer Seidenröcke verschränkt. Auch an den Händen glitzerte Gold, das von ihrem schweren Gürtel durch starre Finger auf den Stoff herabfiel. Ihr üppig rotes Haar war auf dem Kopf aufgesteckt, und auf ihrer Stirn lag ein Diadem aus gedrehtem Golddraht.

»Es ist nicht *Gisella*«, sagte sie fest. »Es ist ihr Vater. *Er*. Der Herr von Atvia selbst. Hast du vergessen, daß Alarics *Bruder* meinen Vater getötet hat?«

»Ich habe es nicht vergessen«, sagte er tonlos. »Du *läßt* es mich nicht vergessen.«

Sie wollte zu ihm gehen. Ich konnte es ihrem Gesicht ansehen, den grauen Augen, von denen Harfenisten sangen und so ihre Schönheit zur Legende machten. Aber sie ging nicht. Sie stand statt dessen am Fenster und sah ihn an, stolz wie der Mujhar selbst und gleichermaßen unbeugsam.

Ich schaute kurz zu Ian, der noch immer neben mir stand. Sein Gesicht zeigte die höfliche Maske, die er vor der Königin von Homana und Solinde immer aufsetzte. Aber ich fragte mich, was er dachte. Ich fragte mich, was der schreckliche Stolz meiner Mutter dem Mann antat, der nicht ihr Sohn war.

Ich seufzte. Meine Kopfschmerzen drohten wieder einzusetzen. »Findet diese Zeremonie also nun statt? Oder soll ich in meine Räume zurückgehen und meinen Staat wieder ablegen?«

Meine Mutter sah noch immer meinen Vater an, genauso wie er immer noch sie ansah. Ich fragte mich, ob sie mich überhaupt gehört hatten. Ich fragte mich, ob sie sich auch nur bewußt waren, daß Ian und ich im

Saal standen. Sie fochten irgendeinen privaten Kampf aus, und ich hatte keine Ahnung, worum es ging.

»Nein«, erklang es schließlich von meiner Mutter, die weiter meinen Vater ansah, obwohl die Antwort mich meinte. »Nein, das sollst du nicht tun.«

Es war weder Triumph noch Erleichterung im Gesicht meines Vaters zu erkennen. Anerkennung der Aufgabe meiner Mutter, dachte ich. Und vielleicht eine Spur Mitgefühl, weil er wußte, warum sie so wild kämpfte.

»Du siehst gut aus.« Mein Vater wandte sich mir zu. »Ich schätze die Wahl des Cheysulileders.«

Ich zuckte ein wenig die Achseln. »Es… ich hatte keine Wahl. Aber… ich wünschte, daß meine Arme nicht so nackt wären.«

»Und du wünschst es dir *wirklich*«, sagte mein Vater. »Ich weiß es, Niall. Mehr als du denkst.«

Der Schmerz kehrte zurück. Ich hatte gewählt, aber die Wahl fühlte sich nicht gut an. Sie ließ meinen Magen sich umwenden und mich mit einem vertrauten brennenden Schmerz quälen. Aber ich hatte das Leder nicht verdient.

»Du bist *auch* Homaner«, begann meine Mutter wie immer. Es war ihre Litanei. »Lege nicht so viel Wert auf Äußerlichkeiten, sondern denke an das Blut in deinen Venen.«

»Carillons Blut?« Ich konnte wegen des Schmerzes nicht lächeln. »Ja, ich denke stets daran. Und du willst ja auch, daß ich mich daran erinnere.«

Ihr makelloses Gesicht errötete stark. Die grauen Augen zuckten zu Ian. »War das dein Vorschlag?«

»Nein, Mylady«, sagte er sanft. »Ich habe ihm nur angeboten, daß er wählen könne.«

Sie schloß kurz die Augen, als wollte sie seine Worte abwenden. Aber sie öffnete sie fast augenblicklich wieder und sah ihn fest an. Ihre Stimme klang nicht mehr so verbittert wie noch kurz zuvor. »Nein, nein, du würdest ihm nicht das eine oder das andere aufbürden. Ich kenne dich besser als du denkst, Ian. Ich *selbst* ...«

Aber sie beendete den Satz nicht, weil der livrierte Diener, der uns in den Raum geführt hatte, die Tür erneut öffnete. Und dieses Mal betraten Atvianer den Saal.

Ein Mann und eine Frau. Der Mann war groß, vornehm, zurückhaltend in blauen Samt gekleidet und mit einer zu gut einstudierten Haltung, als daß sie etwas anderes als Achtung und Freundlichkeit preisgegeben hätte, und doch spürte ich eine Macht in ihm, eine gezügelte Macht, als sei er ein Falke, der auf das Durchschneiden seiner Fußfesseln wartete. Sein Haar war sehr dunkel, fast schwarz, seine Augen von einem seltsam hellen Braun. Sein einziger Schmuck bestand in einem Silberring an der linken Hand und dazu passenden Ohrringen an den Ohrläppchen.

Mit dieser ausgestreckten linken Hand geleitete er die Frau. Obwohl ihre rechte Hand an seiner Handfläche lag, berührten sie einander kaum. Ein seltsamer Tanz zweier großartiger Tiere. Eine bizarre Art von Werberitus, dachte ich, wenn die Frau mir ausgewählt war.

Während ich sie betrachtete, erinnerte ich mich sofort daran, daß die Zeremonie nur eine vorläufige war. Ich wußte genausoviel über den Brauch wie jeder andere: Ich würde die Frau an Gisellas Stelle heiraten, um sicherzustellen, daß das Bündnis zwischen Homana und Atvia durch das Blut unserer jeweiligen Häuser besiegelt würde, aber ich würde nicht mit ihr schlafen. Das würde Gisella vorbehalten bleiben.

Und doch stellte ich fest, daß ich es bedauerte.

Sie erinnerte mich an eine Harfensaite – im Besitz einer ungeheuren, wenn auch kaum wahrnehmbaren Macht. Auf verschiedene Arten gezupft würde sie immer einen Ton hervorbringen, der jeden Mann an ihre Kraft binden und in seiner Seele widerhallen würde. Ich dachte fast augenblicklich an die Mutter meiner Mutter, Electra von Solinde, die einen Menschen, wie die Legende sagte, mit einem einzigen Blick aus funkelnden Augen behexen konnte. Und doch paßte das, was ich über sie wußte, nicht zu dieser Frau. Das weißblonde Haar wirkte schwarz. Die eisgrauen Augen ebenso. Das Samtgewand war strahlend karmesinrot.

Sie lächelte ein wenig und ließ sich von dem Mann vorwärts führen. Der Saum ihrer Röcke strich über den Steinfußboden. Ich hörte ihren leisen Gesang. Dieser Klang einer Frau war unerhört machtvoll. Aber ich betrachtete nicht ihre Röcke.

Sie hielt den Kopf vollkommen ergeben gebeugt, aber in ihrer Haltung war auch Stolz zu erkennen und das Bewußtsein ihrer Kraft. Sie war wunderschön, ja, und beanspruchte diese Macht ganz natürlich, aber es war mehr an ihr als nur einfache Schönheit. Sie strahlte auch Vertrauen aus. Eine Anerkennung ihres Platzes in der Welt der Könige und Prinzen.

Meine Mutter trat geschmeidig an die Seite meines Vaters. Sie standen zusammen auf dem Podest vor den gepolsterten Stühlen, in Titeln und Zielen vereint, und machten sich bereit, den atvianischen Gesandten und die Gisella vertretende Braut zu empfangen.

Silber glitzerte. Die Frau trug es an Hüfte und Stirn. Eine Kette ineinander übergreifender Silberfedern formten einen Gürtel. Ein einfaches Silberdiadem berührte ihre Stirn und lief dann an beiden Schläfen zu zarten, nach unten gebogenen Schwingen aus, die um den Kopf herumführten. Schwarzes Haar, ungebunden bis zur Enge des geschwungenen Silberdiadems, fiel als seidiger Vorhang auf die gegürteten, karmesinroten Hüften.

»Bei den Göttern«, flüsterte ich Ian zu, »gibt es eine Möglichkeit, daß ich die *stellvertretende* Braut anstatt der echten Braut heiraten kann?«

Er lächelte. »Das könnte Gisella durcheinanderbringen.«

»Wie auch das Bündnis.« Ich seufzte theatralisch. »Ah, nun… *Tahlmorras* müssen befolgt werden.«

»Welch ein Opfer«, spottete Ian. »*Ich* bin jedoch noch nicht an solchen Kurs gebunden.«

Ich öffnete den Mund, um eine passende Erwiderung zu geben, aber der Gesandte sprach bereits, und so versagte ich mir die Antwort.

»Ich bin Varien, vom atvianischen Hof hierher gesandt«, sagte der Atvianer ruhig. »Mylord Mujhar, Aislinn, Königin von Homana und Solinde, Niall, Prinz von Homana ... darf ich Euch Lady Lillith vorstellen, von Alaric, dem Herrn der idrianischen Inseln selbst gesandt.«

Shea von Erinn würde diesen besonderen Titel anfechten. Und tat das, wie ich wußte, auch jetzt schon. Eine kleinliche Sache, über kleinliche Titel zu streiten, aber das war nicht Homanas Sache.

Varien hatte eine weichgebildete Baritonstimme. Er sprach mit gewandter, übergenauer Höflichkeit in makellosem Homanisch. Gesandte müssen mehrere Sprachen beherrschen, aber jetzt fragte ich mich seltsamerweise, wie er mit der Alten Sprache der Cheysuli zurechtkäme, die jenen, die ihren Rhythmus und ihre Lyrik nicht von Geburt an kennen, Schwierigkeiten bereitet.

Lillith. Ein seltsamer, nicht unangenehm klingender Name. Ich ließ ihn im stillen über meine Zunge rollen und stellte fest, daß er schwieriger auszusprechen als zu verstehen war.

Karmesinrote Röcke bauschten sich und legten sich dann an, als sie vor dem Podest in einen Knicks versank. Ich sah, daß ihre Nägel silbern lackiert waren und ihr Mund rot angemalt war.

Ian sog neben mir plötzlich entsetzt den Atem ein. Ich sah ihn scharf an und stellte fest, daß er die Frau regelrecht anstarrte, als sie sich aus ihrer beredten Ergebenheitshaltung erhob. Und doch war sein Blick nicht der eines Mannes, den die Schönheit einer Frau trifft, sondern ein Blick der Erkenntnis.

Und dann hörte ich Tashas Grollen.

Der Raum war fast augenblicklich von Spannung erfüllt. Tasha grollte noch immer, während ihr Schwanz an Ians rechtes Bein schlug. Lorn stand auf und stellte sich, von Kopf bis Fuß angespannt, vor die Stühle. Und Taj, der noch immer auf der Stuhllehne hockte, schlug aufgeregt mit den Flügeln.

Mein Bruder hatte eine Hand an sein Messer gelegt. Mein Vater war vom Podest herabgestiegen und stand jetzt vor der Frau. »Ihr *wagt* es, meine Halle zu betreten?« Sein Zorn und sein Erstaunen waren greifbar. »Ihr *wagt* es, meine Stadt zu betreten?«

»Alaric hat mich gesandt.« Ihre Stimme klang leise und heiser. Die homanischen Worte wurden mit fremder Betonung ausgesprochen.

»Weiß *er*, was Ihr seid?«

Kurz darauf lächelte Lillith. Aber nur ein wenig. »Alaric weiß alles über mich.«

Ich konnte nicht so ruhig bleiben, wie die Frau es offensichtlich tat, aber ich konnte auch nicht das Entsetzen empfinden, das jedermann außer meiner Mutter empfand. »Ian … was *ist* sie?«

»Eine Ihlini«, zischte er leise. Und dann lauter: »Bei den Göttern, sie ist eine *Ihlini!*«

»Was bedeutet das?« schrie meine Mutter. »Alaric schickt einen *Feind,* um seine Meinung über die Verlobung kundzutun?«

»Ganz und gar nicht«, sagte Varien glatt. »Er sendet eine Lady, die er sehr hoch schätzt.«

»Ich bin eine Ihlini«, sagte Lillith ruhig. »Das leugne ich nicht. Aber was zwischen Eurer Rasse und meiner besteht, hat nichts mit der Verlobung zu tun. Seid versichert, daß Alaric die Heirat wünscht.«

»Ihlini und Cheysuli handeln nicht miteinander.« Der Tonfall meines Vaters klang tödlich ernst. »Ist dies ein Trick von Strahan?«

Gebogene schwarze Brauen wurden bis unter das Silberdiadem angehoben. »Mylord Mujhar, ich wiederhole: Alaric wünscht die Heirat. Strahan hat nichts damit zu tun. Habt nicht Ihr selbst diesem Bündnis zugestimmt, das durch eine Heirat zwischen Eurem Sohn und der Tochter Eurer Schwester besiegelt wird?«

»Es geschah im Einvernehmen Homanas und Atvias«, sagte der Mujhar. »Von Ihlini war nicht die Rede.«

»Damals kannte er mich noch nicht.«

Es war ihr bitterernst. Aber ich fragte mich, ob sie wirklich so ruhig war, wie sie schien. Eine Ihlini in den Hallen Homana-Mujhars? Nicht ruhiger, dachte ich, als ich in den Hallen des Ihlinivalgaard wäre.

»Wußte er, als er Euch sandte, daß er uns damit jede Gelegenheit böte, diese Verlobung zu lösen?« fragte mein Vater.

Lilliths Blick schwankte nicht. Ihr Gesichtsausdruck veränderte sich nicht. »Die Feindschaft zwischen den Ihlini und den Cheysuli ist allen bekannt, Mylord. Aber Alaric wollte Euch nicht beleidigen. Er hat mich gesandt, weil es sein Wille war, ungeachtet meines Blutes.« Die schwarzen Augen verengten sich kurz. »Sind die Cheysuli so feindlich gesinnt, daß sie ihren Haß nicht zugunsten der Reiche und der Kinder beiseite lassen können?«

»Fragt uns doch, wo unser Haß herrührt«, befahl mein Vater. »Fragt uns, wie es kam, daß wir beinahe von unseren eigenen homanischen Verbündeten vernichtet wurden. Wegen der Ihlini, *Lady Lillith von Atvia*. Weil die Ihlini Angst und Feindseligkeit geschürt haben und Nutzen aus der von einem wahnsinnigen König betriebenen Auslöschung meiner Rasse gezogen haben.«

Lillith antwortete nicht sofort. Ich hatte meinen Vater zuvor erst ein- oder zweimal so zornig gesehen, und es gefiel mir dieses Mal auch nicht besser. Ein Mann mit eiserner Kontrolle – es ist schmerzlich zu sehen, wenn er sie verliert.

Varien machte Anstalten zu sprechen, aber Lillith legte eine Hand auf sein Handgelenk, woraufhin er dann schwieg. Statt dessen trat sie einen Schritt auf meinen Vater zu. Sehr nahe an ihn heran. Sehr nahe. Sie mußte nur die Hand ausstrecken, um ihn zu berühren. Ich dachte unbehaglich an Strahan und sein kaltes Ihlinifeuer.

Ich hörte das metallische Schaben eines Messers, das aus der Scheide gezogen wird. Ians Lippen bewegten sich in stummem Gebet oder stillem Fluch, während seine Hand das Heft umklammerte. Ich konnte nicht verstehen, was es war. Aber ich sah, wie die vergrößerten Pupillen seine gelben Augen schwarz werden ließen. Ich sah, wie er die Ihlinifrau beobachtete, und wußte, daß sie nicht länger leben würde, als nach menschlichem Ermessen möglich, wenn sie daran dachte, unseren Vater zu töten.

»Mylord Mujhar«, sagte sie mit ihrer schmeichelnden, heiseren Stimme ruhig. »Ich sehe keinen Ihlini in den Hallen Homana-Mujhars. Ich würde sagen, daß wir den Kampf um den Löwen *verloren* haben.«

Donal von Homana lachte nur. »O ja, Ihr habt den Kampf um den Löwen verloren. Aber erweist uns niemals, *niemals,* die Unhöflichkeit zu glauben, wir wären töricht genug, die Ihlini so lange unberücksichtigt zu lassen, wie sie dem Gott der Unterwelt dienen.«

Lillith erwiderte seinen unverwandten Blick. Sie blinzelte nicht einmal. »Und glaubt Ihr, Mylord Mujhar, daß *ich* Asar-Suti diene?«

Kurz darauf lächelte mein Vater. »Lady, ich würde wetten, daß Ihr mit dem finsteren Gott selbst schlaft.«

Nun war es an Lillith zu lachen. Der heisere Klang erfüllte den Raum. »O *nein,* Mylord Mujhar... ich schlafe nur mit Alaric.«

Kapitel Fünf

Meine Mutter wich einen Schritt zurück und fing sich dann, als zöge sie es vor, die Ihlinifrau nicht merken zu lassen, daß sie überrascht werden konnte. »Ihr seid Alarics Hure?«

Lillith betrachtete sie gleichmütig. »Hure? In der Alten Sprache der Cheysuli werden Frauen wie ich *Meijhas* genannt und erfahren Ehre. In der homanischen Sprache ist das richtige Wort *Gespielin*. Und doch greift die Königin selbst auf die niedrige Sprache der Gosse zurück?«

»Wenn es die Wahrheit ist«, antwortete meine Mutter. »Ihr beleidigt den Mujhar, *Lady Lillith*. Habt Ihr vergessen, daß seine Schwester Alarics Frau war?«

»Bronwyn ist schon seit fast achtzehn Jahren tot«, belehrte Lillith sie ruhig. »Bevor sie starb, hieß sie meinen Herrn im Bett kaum noch willkommen. Und als sie erst empfangen *hatte*, verweigerte sie sich ihm gänzlich. Erwartet Ihr, daß Alaric treu bleibt, wenn er mit einer solchen Frau verheiratet war?«

Die Hand meines Vaters war nur verschwommen sichtbar, als er sie ausstreckte und eines von Lilliths samtbekleideten Handgelenken ergriff. »Das *reicht* von Euch, Ihlini! Ihr werdet den Namen meiner *Rujholla* nicht mehr in den Mund nehmen!«

Die Heftigkeit meines Vaters überraschte mich ein wenig. Er und meine Tante waren im bösen auseinandergegangen, als Alaric mit seiner Werbung aus Atvia kam. Meine Mutter hatte mir erzählt, daß Bronwyn diese Heirat nicht gewollt hatte, aber mein Vater hatte sie aus Gründen der Staatsführung und wegen der Prophezeiung dennoch, auch gegen ihren Wunsch, mit

Alaric verheiratet. Sie hatten einander weder noch einmal gesehen, noch später wieder miteinander gesprochen –, obwohl ich wußte, daß mein Vater alles gegeben hätte, um mit seiner Schwester Frieden zu schließen.

Lillith hob ein wenig das Kinn. Der Sonnenschein ließ das geschwungene Diadem auf dem rabenschwarzen Haar erglühen. »Das war sehr offen gesprochen, das gebe ich zu. Ich meine es so, genau wie die Königin ihre Frage wörtlich gemeint hat. Aber ich frage Euch Folgendes, *Mylord:* Wenn die Cheysuli der Duldung *aller* Rassen so verschrieben sind – wie in der Prophezeiung der Erstgeborenen behauptet wird –, warum werde ich dann aufgrund meiner Rasse abgelehnt?«

»Alarics Hure«, wiederholte meine Mutter deutlich. »O ja, ich gebrauche die niedrige Sprache der Gosse. Weil Ihr nichts Besseres verdient.« Sie trat von dem Podest herab und stellte sich neben ihren Mann, womit sie Lillith unmittelbar entgegentrat. Der erste Schreck war vergangen. Sie stellte sich der Frau, die von einer ruhigen Würde und einer gleichermaßen überzeugenden Haltung der Befehlsgewohnheit beseelt war. »Ihr könnt nach Atvia zurückkehren, Lady Lillith, und Alaric sagen, daß er woanders nach einem Ehemann für seine Tochter suchen muß.«

»Nehmt Eure Hand von mir.« Lillith mißachtete die Worte meiner Mutter und blickte weiterhin stetig meinen Vater an. *»Nehmt Eure Hand von mir.«*

Kurz darauf folgte mein Vater der Aufforderung, als könnte er es nicht ertragen, sie zu berühren.

»Mylord.« Varien, der lächelnd danebenstand, verbarg seine Worte noch immer hinter unerschütterlicher Höflichkeit. »Mylord Mujhar, ich verstehe die Gefühle der Königin in dieser Angelegenheit sehr gut. Aber ich glaube, sie möchte vielleicht gern noch einmal über ihre Worte nachdenken.« Er neigte den Kopf in Richtung meiner Mutter. »Es stimmt, daß Lady Lillith eine Ihlini ist. Aber es ist so, wie ich bereits sagte: Mylord Alaric schätzt sie sehr.«

»In seinem *Bett.*« Das kam von Ian, der uns mit seiner Schärfe alle erschreckte. Ich sah ihn überrascht an.

Lillith wandte den Kopf weit genug, um ihm einen fragenden Blick aus beredten Augen zuwerfen zu können. Eine zarte Silberschwinge schimmerte auf ihrem Haar. »In seinem Bett *und* außerhalb davon. Warum? Wollt Ihr es auch teilen?«

Ians Lachen war ein mit aller Macht des Unglaubens entlassener Luftstoß. »Lieber würde ich mit einer Aussätzigen schlafen.«

Lillith senkte die Lider, als würde sie eine innere Stimme zu Rate ziehen. Diese Geste verlieh ihr ein verschlossenes, geheimnisvolles Aussehen von tiefer Einsamkeit. Es erweckte in mir den Wunsch, laut zu fragen, was sie dachte, was sie sagen wollte. Aber ich tat es nicht. Welcher Ihlini würde einem Cheysuli die Wahrheit sagen?

In ihren Gedanken gefangen, vermittelte sie ein ungewohntes Bild mädchenhafter Schicklichkeit. Aber ich wußte es besser. Sie war eine *Ihlini,* und ich hatte Strahan gegenübergestanden. Was die mädchenhafte Schicklichkeit betraf, so hatte sie bereits verkündet, Alarics Gespielin zu sein. Dadurch hielt sie den Schlüssel zur Gewöhnlichkeit in Händen, wenn sie ihn benutzen wollte.

Aber das wollte sie offensichtlich nicht tun. Als sie die von Antimonpulver schwarz verschmierten Lider wieder hob und allen ihre Augen zeigte, sah ich nichts anderes als unbeirrbare Arglosigkeit.

Sie hob kurz den Kopf. Ihr Kinn und Kiefer waren wohlgebildet, so daß ein Neigen ihres Kopfes in diese oder jene Richtung eine Vielfalt von Dingen offenbarte, die sonst unbemerkt geblieben wären. Jemand hatte sie im Gebrauch ihres Körpers gut geschult.

Oder vielleicht sind Hexen wie Lillith und Electra dazu

geboren, Männer mit einem Lächeln, einem Blick, einem Seufzen zu lenken.

Helle Hände rafften schweren Samt. Sie wandte dem Mujhar und der Königin von Homana geschmeidig den Rücken zu und wandte sich statt dessen mit schwingendem Haar, wirbelnden Röcken und silbern angemalten Fingernägeln Ian und mir zu.

Sie sah mich an, aber nur kurz. Ihre Aufmerksamkeit galt überdeutlich Ian. »Seid Ihr mit dem Prinzen von Homana verwandt?«

Das war nicht, was wir alle erwartet hatten. Ich runzelte die Stirn. Ian antwortete aus angeborener Höflichkeit, obwohl sein Tonfall gar nicht höflich klang. »Wir teilen denselben *Jehan*.«

Es war deutlich zu erkennen, daß sie das Wort kannte. Die bemalten, noch immer lächelnden Lippen trennten sich in stummem Begreifen. »Also seid Ihr der *Bastard*.«

Ihr betont beiläufiger Satz überraschte uns alle, aber Ian wohl am meisten. Ich sah alle Farbe aus seinem Gesicht weichen, bis es kreideweiß war. Sonst störten ihn Beleidigungen nicht sehr – da er so offensichtlich Cheysuli war, war er gelegentliche homanische Beschimpfungen gewöhnt – und Unehelichkeit bedeutet bei den Stämmen keinen Makel. Aber in diesem Fall war die Beleidigung betont lässig von einer Frau ausgegangen, und noch dazu von einer Ihlinifrau. Und ihre Deutlichkeit hatte die Worte noch schärfer klingen lassen. Das Messer schnitt zweifellos tiefer ein als jemals zuvor.

Ich riß ärgerlich eine starre Hand zurück, mit der vollen Absicht, sie über ihr wunderschönes Gesicht zu ziehen. Aber Ian hielt mich auf, indem er die Hand ausstreckte und mein Handgelenk ergriff. »Nein.«

»*Rujho* ...«

»Nein«, sagte er tonlos. »Mach dir nicht die Hände schmutzig.«

»Lillith.« Die ruhige und kühle, die Lage völlig unter

Kontrolle haltende Stimme meiner Mutter. Sie war jetzt ganz Königin, stand in gelber Seide und königlichem Gold vollkommen aufrecht. Ich wurde Zeuge von Carillons Vermächtnis.

Ich sah, daß sich die Ihlinifrau fast augenblicklich umwandte. Ich sah auch ihre Überraschung. Und wie sehr es sie beunruhigte.

»Lillith.« Meine Mutter lächelte ihr liebliches, aber tödliches Lächeln. »Ich werde Euch genauso wenig erlauben, den Sohn meines Mannes zu beleidigen, wie ich Euch erlauben werde, meinen Sohn zu beleidigen.« Ihr Gesicht war glatt und unbewegt. Ich sah ein zufriedenes Glitzern in ihren Augen. »Sonst werde ich Euch, ungeachtet, in *wessen* Bett Ihr schlaft, tatsächlich aus diesem Palast hinauswerfen lassen.«

Ich keuchte fast vor Überraschung. Zu hören, wie sie Ian so entschieden verteidigte, war genauso erschrekkend wie willkommen. Sie sprachen wenig genug miteinander, da sie bestenfalls unsichere Weggefährten waren und in der Vergangenheit sicherlich nichts eine solche Treue von seiten meiner Mutter garantiert hätte. Und doch klang sie so grimmig, als verteidige sie statt Ian *mich*.

Innerlich lächelnd, warf ich Ian einen erfreuten Blick zu. Sein Gesicht hatte wieder Farbe bekommen, obwohl es jetzt ein wenig mehr gerötet war als sonst. Das Entsetzen war durch den Zorn auf die Ihlinifrau ersetzt worden. Zweifellos bestürzte ihn die Verteidigung durch meine Mutter genauso sehr wie mich, aber er zeigte es nicht. Er zeigte nur eine Maske.

Lillith neigte den Kopf. »Wie Ihr wünscht, Lady. Keine Beleidigungen mehr. Ich biete statt dessen folgende Wahlmöglichkeiten.«

Die Maske fiel. »Wahlmöglichkeiten?« fragte Ian schroff. »Welche Wahlmöglichkeiten könnte eine *Ihlini* uns bieten?«

Lillith schaute zum Mujhar. »*Eure* Wahl, Mylord:

Schickt Varien und mich nach Atvia zurück und löst die Verlobung.« Sie neigte den Kopf ein wenig zu einer Seite. »Ich habe Euch Grund genug dazu gegeben.«

»Absichtlich«, sagte er leichthin. »Ja, ich habe es deutlich bemerkt. Dies alles geschah absichtlich.« Er lächelte. Es war nicht das Lächeln eines Mannes, das er ihr gönnte, sondern das eines räuberischen Wesens, dessen Aufmerksamkeit auf die Fährte eines prickelnden Spiels gerichtet ist. »Nun, Lady Lillith, gebt mir noch die andere Hälfte, damit ich die Wahlmöglichkeiten erkenne.«

Aber nicht Lillith antwortete ihm. Varien spreizte die Hände. »Es ist ganz einfach, Mylord: Mißachtet das Erbe der Lady und laßt uns die Zeremonie fortführen.«

Meine Mutter lachte laut. »Erwartet Ihr von uns, daß wir unbeachtet lassen, was sie gesagt hat, ganz abgesehen von dem, was sie *ist?*«

Nein. Meine unwillkürliche Antwort erfolgte sofort. *Und wenn auch aus keinem anderen Grund als dem, daß sie meinem Bruder Qualen bereitet hat – ich würde sie zu Alaric zurückschicken.*

»Wahlmöglichkeiten«, sagte Varien. »Mylord?«

Mein Vater antwortete nicht sofort. Ich sah die kaum wahrnehmbare Anspannung meiner Mutter, während sie abwartete, und spürte sie auch selbst. Nicht weil ich Gisella unbedingt heiraten wollte – Cousine oder nicht, ich kannte das Mädchen nicht –, sondern weil ein tieferliegender Sinn mir sagte, daß die Wahlmöglichkeiten, denen mein Vater gegenüberstand, mehr Gewicht hatten als üblich.

Er wußte es genauso gut wie ich, vielleicht sogar besser, da er Donal war. Ich sah ihn erneut lächeln, überwiegend für sich selbst, und dann wandte er sich ganz dem atvianischen Gesandten zu. »Alaric und Shea haben einen Waffenstillstand geschlossen.«

Ich runzelte die Stirn. Das machte keinen Sinn, nichts davon. Was hatte ein Waffenstillstand zwischen Alaric von Atvia und Shea von Erinn mit meiner Hochzeit zu tun?

Varien preßte die Lippen zusammen. Kurz, o so kurz sah ich Zorn in seinen Augen aufflammen, und dann verbarg er ihn. Er war wieder verbindlich, diplomatisch, und doch wußte ich, daß er die Antwort meines Vaters nicht erwartet hatte.

Ich schaute sofort zu der Frau, denn ich ahnte, daß sie ihre Gefühle deutlicher zeigen würde. Aber wenn sie verärgert war, so verbarg sie es gut. Statt dessen lächelte sie und nickte einmal wie zu sich selbst. Als hätte sie eine Wette gewonnen.

Oder als verstünde sie uns besser als jedermann glauben wollte.

»Einen Waffenstillstand«, wiederholte mein Vater. Noch immer lächelnd, setzte er sich schließlich auf den gepolsterten Stuhl und bedeutete meiner Mutter, es ihm gleichzutun. Nach kurzem Zögern kam sie seiner Aufforderung nach. Aber ich wußte, daß sie das Verhalten meines Vaters nicht besser verstand als ich, selbst nicht, als er lachte. »Laßt mich einen Augenblick laut vermuten, Gesandter. Bitte korrigiert mich, wenn ich mich irre.« Er richtete sich ein wenig auf und tippte mit einem Finger auf die hölzerne Armlehne. »Alaric und Shea haben, ungeachtet ihrer jeweiligen Gründe, einem Waffenstillstand zugestimmt. Ich halte es für unwahrscheinlich, daß sich Shea aus irgendeinem Grund mit Alaric verbünden würde, wenn man nach der bewegten Geschichte der Inseln urteilt. Dennoch läßt ein Ruhen der Feindseligkeiten Alaric zum erstenmal seit Jahrzehnten in den Besitz eines vereinten Kriegsheeres kommen.« Er hielt inne, und ich bemerkte, daß er nicht mehr lächelte. »Habe ich soweit recht?«

Variens geübtes Gesicht zeigte weder Unmut noch Bedauern. Er bestätigte die kurze Zusammenfassung meines Vaters nur mit einem kurzen Nicken.

»Was tut er?« flüsterte ich Ian zu. »Was hat ein Waffenstillstand zwischen Alaric und Shea mit alledem zu tun?«

Ich sah ihn spöttisch den Mund verziehen. Lilliths Beleidigung hatte ihm seinen Sinn für Humor nicht genommen. »Wenn du den Mund schließen und die Ohren öffnen würdest, könntest du es vielleicht herausfinden.«

Mein Vater fuhr fort, bevor ich etwas erwidern konnte. »Wenn ich die Verlobung aus Gründen lösen würde, die jedermann in diesem Raum wohlbekannt wären, hätte Alaric das Recht, das Bündnis als gescheitert anzusehen und einen Krieg zu erheben.« Das Gesicht des Mujhar zeigte keinerlei Anspannung, sondern nur Ruhe. Er hatte recht. Kriege waren wegen unbedeutenderen Angelegenheiten als dieser angezettelt worden. »Die Vergangenheit hat bewiesen, daß Atvia Homana nicht im Kampf besiegen kann, weil seine Heere geteilt wurden. Sheas *Einmischung* hat es notwendig gemacht, daß ein Teil des Kriegsheeres zum Schutz Atvias zurückbleiben mußte, und so war es für Homana weitaus einfacher, den Feind zu besiegen. Jetzt, da Erinn und Atvia im Frieden sind, gleichgültig wie kurz er andauert, kann Alaric natürlich anderthalbmal so viele Männer gegen Homana erheben.«

»Mylord.« Mehr sagte Varien nicht. Es war nicht mehr nötig. Das begann sogar ich zu verstehen.

»Und wenn die Verlobung also gelöst wird und Alaric mich angreift, wie es sein Recht wäre, könnte Homana besiegt … und Alaric Mujhar werden.« Damit schloß mein Vater den Mund und hielt seine Erörterung offensichtlich für beendet.

Varien schwieg. Er wagte angesichts seines Auftrags, bei dem Zurückhaltung vorausgesetzt wurde, nichts zu sagen.

Aber Lillith wagte es. »Genug erinnische Verknüpfungen, Mylord Mujhar. Wir sollten offen miteinander sprechen.« Sie sah Varien nicht einmal an, während sie vor ihn trat, um sich meinem Vater gegenüberzustellen. »Ihr könnt den Grund für meine Anwesenheit hier natürlich deuten, wie Ihr wollt. Und vielleicht habt Ihr mit Eurer Deutung sogar recht. Aber erinnert Euch daran, daß Atvia sehr wohl alles verlieren könnte, *wenn* es wegen einer gelösten Verlobung zu einem Krieg käme. Diese Möglichkeit besteht in einem Krieg immer. Sicherlich erkennt Ihr, Mylord Mujhar, daß Alaric mehr gewinnen kann, wenn er dafür sorgt, daß Euer Sohn und seine Tochter heiraten, als wenn er die Verlobung löste.«

»Warum dann diese künstliche Farce?« fragte mein Vater. »Bei den Göttern, Frau, ob Ihr nun eine Ihlini seid oder nicht – habt Ihr eine Erklärung?«

Lillith lächelte. »Natürlich. Aber ich überlasse es Euch, sie zu ergründen.«

»Eine Beleidigung«, murmelte mein Bruder mir zu. »Nur das, ein kleinlicher Versuch eines kleinlichen Mannes, seinen Oberherrn zu reizen.«

Ich runzelte die Stirn. »Alles *das* nur *dafür?*«

»Ob er ein vereintes Heer zur Verfügung hat oder nicht, Alaric wäre ein Narr zu glauben, daß Atvia Homana besiegen könnte. Aber er kann ständige Abhängigkeit nicht einfach ertragen. Er ist verschlagen, er ist reizbar. Sein Stolz ist getroffen, so daß er diese Idiotie nur begonnen hat, um uns die Nesseln ins Bett zu legen.« Ian zuckte die Achseln. »Ich bezweifle, daß Alaric dumm genug ist zu glauben, daß wir auf seine Torheit hereinfallen werden.«

Mein Vater sah mich an. »Ich werde den Prinzen von Homana die Wahl treffen lassen. *Er* soll Alarics Tochter heiraten, nicht ich.«

Das hatte Varien nicht erwartet. Und Lillith, wie ich merkte, auch nicht. Sie hatten mich schon zu Beginn dieses Spiels als zu jung und zu unwichtig abgetan, als daß sie mich noch in Betracht gezogen hätten. Sie hatten ihre Falle für den Mujhar errichtet.

Nun, *ich* hatte es auch nicht erwartet.

Nichts würde mir mehr gefallen, als Alarics Gespielin in Ungnaden nach Atvia zurückzuschicken. Aber ich glaube, das ist keinen Krieg wert.

Ich neigte kurz den Kopf, um mich für das Vertrauen meines Vaters zu bedanken. Und dann durchquerte ich den Raum bis zu der Frau in Karmesinrot und nahm ihre Hand.

Die silbern lackierten Nägel glänzten. Die geschminkten Lippen lächelten leicht und warteten auf meine Antwort. Sie schien aus der Nähe noch schöner. Aber es war eine scharfkantige Schönheit ohne Nachgiebigkeit.

Nein, sie würde niemals die Beute sein. Sie würde die Farben des Jägers tragen. Sie würde die Beute zu Tode hetzen … und ihr in ihren Bau folgen.

»Lady Lillith«, sagte ich ruhig, »nichts würde mich mehr erfreuen, als diese Hochzeit durchzuführen.«

Antimonpulververschmierte Lider zuckten kurz. Ich sah kurz den auf mich gerichteten nachdenklichen Blick aus beredten Augen, ebenso schwarz, wie das ungebundene Haar. Das Lächeln wurde breiter. Und dann lachte sie ihr heiseres Lachen. »Ihr kennt das Spiel doch.«

»Nein«, erwiderte ich lächelnd. »Aber ich bin ein recht gelehriger Schüler.«

Mein Vater schaute zu meinem Bruder. »Läßt du nach dem Priester schicken?«

Ian folgte der Aufforderung schweigend, selbst als Lillith noch weiter lachte.

Lachte, als hätte sie gesiegt.

Kapitel Sechs

Wollt Ihr, der Prinz von Homana, versprechen, die Prinzessin von Atvia mit allem für ihren Stand und ihr Wohlergehen Wichtigen zu versorgen‹«, zitierte mein Bruder. »›Wollt Ihr, Niall, dem Cheysulistamm geboren, versprechen, Gisella von Atvia Ehre, Achtung und Aufmerksamkeit zu erweisen?‹ Und so weiter, und so weiter.« Er lachte. »Du siehst, das Wort *Liebe* hat er ausgelassen. Er hat außerordentlich viel Verständnis für einen homanischen Priester.«

»Auch wenn es eine stellvertretende Trauung war, es war schwer, die Worte auszusprechen.« Ich trank sauren roten Wein, um den Geschmack der Schwüre, die ich geleistet hatte, hinabzuspülen. »Ich habe mir immer wieder gesagt, daß die Schwüre für Gisella gedacht waren, aber ich mußte *Lillith* ansehen.«

»Und jetzt bist du für immer an sie gebunden«, sann Ian. »Das homanische Gesetz ist eine unversöhnliche Angelegenheit, da es keinem Mann – und keiner Frau – die Möglichkeit läßt, eine Ehe zu beenden, die niemandem guttut.« Er schüttelte den Kopf. »Torheit. Denk an Carillon. Er hätte sicherlich mehr als jeder andere das Recht haben sollen, seine Ehe zu beenden. Wenn er Electra für immer hätte verlassen und eine andere Frau heiraten können, dann hätte er vielleicht einen Sohn gezeugt. Und du wärest nicht Prinz von Homana und Anwärter auf den Löwenthron.«

Nein, das wäre ich nicht ... und ich wäre zweifellos nicht für immer an Gisella gebunden.

Ich wandte mich von dem Buntglasfenster ab und sah meinen Bruder an. Wir waren allein in dem Empfangsraum. Die Zeremonie war vor einer guten Stunde beendet worden. Ich war noch nicht gegangen, weil ein Diener uns allen Wein gebracht hatte, der für die Feier gedacht gewesen war. Aber niemand aus meiner Verwandtschaft wollte mit Varien oder Lillith über den üblichen Hochzeitsbecher hinaus anstoßen. Alle, einschließlich Tasha, waren gegangen, und jetzt leisteten Ian und ich uns in der Leere Gesellschaft.

Er saß auf dem gepolsterten Stuhl meines Vaters. Ich hatte nicht so viel Wein getrunken, daß ich meine Gedanken nicht mehr beisammen gehabt hätte, aber ich konnte nicht umhin zu bemerken, wie gut er auf diesen Platz paßte. Er ähnelte unserem Vater mit jedem Jahr mehr, als würde sich seine Haut lockerer um seine Knochen legen. Seine Mutter, Sorcha, hatte sich das Leben genommen, bevor ich geboren wurde. Ich konnte ihn nur mit dem Mujhar vergleichen. Und jetzt, während ich ihn ansah, bemerkte ich, daß Ian in entspanntem Zustand denselben Zug um den Mund besaß. Ich hatte meinen Vater nur selten so entspannt gesehen.

Ich trank noch mehr Wein. Er rann so leicht hinab, zu leicht. Ich würde bald aufhören müssen, sonst würde ich am Morgen darunter leiden. »Hast du dich jemals gefragt, wie das Leben für dich aussähe, wenn *du* der Erbe des Löwenthrons wärst?«

Auch er hielt einen Becher Wein in Händen. Aber er trank nicht daraus. Er sah mich über den Rand hinweg fest an. »Warum fragst du?«

Ich zuckte die Achseln. »Aus keinem anderen Grund als aus Neugier. Wir sind so verschieden. Ich fragte mich nur, wie du dich fühlen würdest, wenn du an meiner Stelle wärst.«

»Tot«, sagte er knapp.

»Warum?« Ich war entsetzt. »Warum würdest du dich *tot* fühlen?«

»Weil ich wahrscheinlich tot *wäre*.« Ian richtete sich ein wenig auf. »Glaubst du, die Homaner würden zulassen, daß ich den Thron einnehme?«

»Warum nicht?«

»Zum einen bin ich ein Bastard, und zum anderen ein Cheysuli.« Er hielt inne. »*Offensichtlicher* ein Cheysuli.«

Ich winkte ab. »Laß uns ersteres aus der Welt schaffen und sagen, daß du kein Bastard bist. Wie würdest du dich *dann* fühlen?«

Er lächelte zögerlich. »Du schaffst das so *leicht* aus der Welt ... nun gut ... ich bin ehelich. Ich bin der Prinz von Homana. Aber ich wäre noch immer tot, weil die Homaner dafür sorgen würden, daß ich getötet würde.«

»Ermordet?«

Er zuckte die Achseln. »Wenn es kein *Unfall* wäre.«

Ich spürte einen kalten Finger mein Rückgrat hinabgleiten. »Weil du ein Cheysuli bist.«

»Ja.«

»Unser Vater ist auch ein Cheysuli.«

»Carillon hat unseren *Jehan* erwählt. Sie hätten jeden Mann *seiner* Wahl gebilligt.« Er sah mich weiter an. »Niall, *du* bist nicht in Gefahr. Du bist Aislinns Sohn. Du trägst das Blut dieses Mannes in dir.«

»Wie ich auch seine *Haut* trage.« Ich fluchte und schaute in den blutroten Wein. »Also überlebe ich lediglich aufgrund stillschweigender Duldung.«

»Versteh mich nicht falsch, ich beschuldige nicht alle Homaner, daß sie die Cheysuli tot sehen wollen«, sagte er mit Nachdruck. »Mehr und mehr von ihnen söhnen sich mit der Wiedereinsetzung unseres Volkes und sogar mit der Thronfolge aus. Aber *einige* hätten es lieber anders.«

»Oh. *Jene.*« Ich verzog das Gesicht. »Die Eiferer.«

»A'saii«, murmelte mein Bruder in seinen Becher. »Wie Ceinn.«

»Was?«

Er blinzelte und schaute zu mir hoch. »Ein Wort der Alten Sprache: *A'saii.* Auf homanisch bedeutet es *Eiferer* oder etwas dem sehr Ähnliches.«

»Was hat das Wort mit Ceinn zu tun?«

»Nichts.« Er preßte den Mund fest zusammen. Und dann begann Ian seinen Wein zu trinken.

Ich setzte meinen Becher auf dem Fenstersims ab und trat zu meinem Bruder. Bevor er etwas sagen konnte, ergriff ich sein Handgelenk und hielt ihn von weiterem Trinken ab. »Ich bin nicht taub, *Rujho*. Und ich bin auch nicht dumm. Ceinn kam im Stammeskeep zu deinem Zelt, um dir eine Nachricht zu überbringen. Er machte einen Fehler: Er begann zu sprechen, bevor er merkte, daß ich da war. Du selbst sagtest, er sei ein Narr. Jetzt nennst du ihn *A'saii*. Ich möchte wissen, was das bedeutet.«

»Es bedeutet, was ich gesagt habe: Ceinn ist ein Narr.« Ian entwand sich mir, stand auf und überließ mich meinem Becher Wein. »Er ist den alten Weisen – den alten *Zeiten* – noch mehr verschrieben als andere im Stamm.«

»Der Zeit der Erstgeborenen?«

»Der Zeit unmittelbar danach, als die Prophezeiung zuerst entdeckt wurde.« Ian wandte sich zu mir um. »In jener Zeit haben sich die Cheysuli nur mit Cheysuli vereinigt, um das Blut makellos rein zu erhalten. Letztlich hat uns das beinahe vernichtet. Wir *brauchen* das in der Prophezeiung versprochene neue Blut.«

Ich nickte. »Ich weiß. Ian ...«

»Ich antworte!« sagte er scharf. »Götter, Niall, mußt du es erst in Stein gemeißelt sehen? Ceinn klammert sich an die Ansichten von früher, denen zufolge unsere Frauen nur mit unseren Männern schliefen. Um das Blut rein zu erhalten.«

»Und meines ist natürlich nicht rein.« Ich lächelte angespannt, obwohl die Offenbarung von Ceinns Einstellung mich nicht besonders entsetzte. »Er denkt, ich sollte nicht zur Erblinie gehören.«

»Ja.« Kurz und bündig. Ian war ärgerlich auf sich selbst, weil er mich die Wahrheit hatte wissen lassen.

»Laß mich raten: Ceinn denkt, *er* sollte den Thron erben.«

»Nein«, sagte Ian. »Er sagt, der Löwenthron sollte mir gehören.«

Ich schloß den Mund, um nicht wie ein Dummkopf zu wirken. »Du«, sagte ich. *»Du?* Aber ... ich dachte, *er* würde ihn doch bestimmt wollen. Ist das nicht der Grund, warum er Isolde begehrt? Um seine Ansprüche zu stärken?«

»Nein.« Ian atmete tief ein und ließ den Atem dann durch angespannte Lippen wieder ausströmen. »Der *A'saii* ...« Er hielt jäh inne. »Ceinn glaubt, ich hätte mehr Rechte als du. Er glaubt, daß mein Blut reiner ist.«

»Er vergißt, daß Sorcha zur Hälfte Homanerin war«, sagte ich verbittert. »Du bist nicht *reineren* Blutes als ich!«

»Wir haben einen *Jehan,* in dem das Alte Blut von Alix, unserer Großmutter, fließt. Das sichert *mein* Recht. Aber du hast von seiten deiner *Jehana* solindisches Blut. Electra war deine Großmutter, niemals meine.« Ians Gesicht wurde zu einer Maske. »So. Ich habe es für dich in Stein gemeißelt. Kannst du es verstehen?«

»Electra, die Mutter meiner Mutter, war auch Tynstars *Meijha*«, sagte ich tonlos. »Ja, ich kann es verstehen. Das Blut, das mir die Homaner geneigt macht – die Königin ist Carillons Tochter, und dafür sehen sie sogar über die *solindische Electra* hinweg –, wertet mich in den Augen der Cheysuli ab.« Der Schmerz dehnte sich auf meinen ganzen Bauchraum aus. Mit verzerrtem Gesicht fuhr ich herum und warf Ians Becher gegen die nächste Wand. Aber er zerbrach statt dessen ein Fenster.

Buntglas regnete auf den Boden herab. Ich starrte erschrocken hin, als sich die Scherben wie Blut über den Steinfußboden ergossen. Sonnenschein drang durch den leeren Rahmen herein. Nacktes Licht blendete meine Augen, bis sich die Tränen Bahn brachen.

Mein Stamm will mich nicht anerkennen. Meine Rasse schmäht mich.

»Niall.« Ians Hände lagen auf meinen Armen. »Setz dich hin... *setz dich hin!*« Er führte mich zu einem der Stühle und drückte mich darauf. »*Shansu, Rujho, shansu*. Solcher Zorn kann der Seele schaden.«

Wie auch Bauchschmerzen verursachen. Zusammengekauert stützte ich mich auf eine der gepolsterten Stuhllehnen. »Wie viele, Ian? Wie viele *A'saii* gibt es?«

»Zu wenige, das verspreche ich dir. Und das Krebsgeschwür ist sehr klein.«

»Krebsgeschwüre wachsen. Krebsgeschwüre können den gesundesten Menschen überwuchern.«

»Und Krebsgeschwüre können herausgeschnitten werden.« Er kniete sich vor mich hin. »Glaubst du, ich würde jemals zulassen, daß Ceinn oder irgendein anderer Krieger meinem *Rujholli* Schaden zufügt? Welche Art Gefolgsmann bin ich? Welche Art Bruder bin ich für dich?«

Bruder. Er sprach das homanische Wort betont aus. Ian war mehr an die Cheysulisprache gewöhnt. *Während ich nur selten auf die Alte Sprache zurückgreife.*

»Würdest du ihn wollen?« fragte ich. »Den Löwenthron?«

Für mich überraschend, lächelte Ian. »Wenn ich den Löwenthron jemals beanspruchen sollte, würden die Homaner meinen Kopf fordern. Sehe ich für dich wie ein Märtyrer aus?«

Mein Lachen erinnerte eher an ein Keuchen. »Nein, und auch nicht wie ein sonderlich ehrgeiziger Mann.« Ich lehnte mich auf dem Stuhl zurück, als der Schmerz in meinem Bauch nachzulassen begann. »Ich brauche dich, Ian. Gefolgsmann, *Rujholli,* Gefährte... Ich brauche dich bei mir, Ian. Hier oder in Atvia.«

»Atvia«, sagte er. »Ich dachte mir schon, daß es dazu kommen würde.«

»In diesem Augenblick arbeitet das homanische Konzil als Teil des Ehevertrags Handelsvereinbarungen mit Varien aus. In einer Woche wird das Schiff ablegen. Und ich muß mit Varien und Lillith fahren, um meine atvianische Braut zu treffen.«

Ich zwang mich zu einem Lächeln. »Ich habe nicht die Absicht, mit der Ihlinihexe *allein* dorthin zu fahren.«

Er seufzte. »Ich habe vermutlich keine Wahl.«

Jetzt konnte ich leichter lächeln. »Du hast niemals eine Wahl. Dein *Tahlmorra* ist mit mir verbunden.«

Ian setzte sich auf den anderen Stuhl. »Eine lange Reise«, prophezeite er. »Tasha haßt das Wasser.«

Die Woche vor der Abreise war sowohl die längste als auch die kürzeste meines Lebens. Der Gedanke an die Reise selbst war aufregend, ungeachtet der Tatsache, daß mich an ihrem Ende meine zukünftige Frau erwartete. Ich war noch niemals zuvor aus Homana herausgekommen, und der Gedanke an eine Seereise wirkte fast berauschend. Zunächst hatte es einige Unstimmigkeiten darüber gegeben, ob ich mitfahren sollte. Es wäre für Alaric einfach genug, seine Tochter nach Homana zu schicken, aber schließlich wurde vereinbart, daß ich sie, als Zeichen der Ehrerbietung, selbst abholen sollte.

Aber jetzt mußte ich an andere Dinge denken. An Dinge, die untergründig an mir nagten, auch wenn ich meine Aufmerksamkeit auf Wichtigeres zu lenken versuchte.

A'saii, hatte Ian sie genannt. Cheysulikrieger, die der Reinheit des Alten Blutes *zu* sehr verschrieben waren.

Und da war Lillith. Variens Freundschaftsangebot konnte nur zu leicht beiseite geschoben werden. Er war ein Gesandter, kein Prinz, sein Rang entsprach nicht dem meinen, und ich stellte bei mir den Gebrauch einer bisher nicht gekannten ungeduldigen Herablassung fest. Aber mit Lillith war es anders. Da sie eine wunderschöne Frau war, wußte sie, wie man die Männer reizen kann. Da sie eine Ihlinihexe war, hatte sie Zugriff zu mehr Künsten als die meisten anderen Menschen. Und so bemerkte ich plötzlich, wie ich zustimmte, sie nach Mujhara zu begleiten, um ihr die Sehenswürdigkeiten der Stadt zu zeigen.

»Allein?« fragte ich, als wir den Gang entlanggingen. »Ihr und ich?«

Sie band das weinrote mit ihrem Zopf verflochtene Band neu. »Wir sind verheiratet. Es gibt kein Gesetz dagegen.«

Sie sagte es mit ernstem Gesicht, während wir uns dem Haupteingang näherten, aber ich sah ein belustigtes Glitzern in ihren Augen. Es verwirrte mich genauso, wie sie es beabsichtigt hatte.

»Nicht *wir* sind verheiratet«, erklärte ich. »Die Verbindung wurde niemals vollzogen.«

Lillith lächelte. »Wir könnten uns die Mühe machen, es zu *tun*.«

»Nein.« Ich sagte es kalt und unterband damit jeden Versuch, höflich oder diplomatisch vorzugehen.

Lilliths rauhes Lachen erklang. »Wenn Ihr *Angst* vor mir habt, Mylord, warum begleitet uns Euer Kriegerbruder dann nicht? Seine Magie wird mich daran hindern, die meine zu benutzen.«

Ein anderer Mann hätte die Möglichkeit, einen Verbündeten zu gewinnen, vielleicht sofort verweigert, da er vielleicht zu stolz und von sich selbst eingenommen wäre. *Ich* war kein Narr. Strahan hatte mir bereits deutlich gemacht, wie leicht es für einen Ihlini war, Magie gegen mich einzusetzen, und ich wollte Lillith gar nicht erst eine Gelegenheit dazu geben. Ich löste Ian aus einer Unterhaltung mit einer der Gesellschafterinnen meiner Mutter, überhörte sein drohendes Murmeln und erklärte ihm die Angelegenheit. Er hörte auf, sich zu beklagen, rief Tasha aus seinen Räumen herbei und ging mit Lillith und mir in die Stadt.

In den fünfunddreißig Jahren, seit Carillon aus dem

Exil nach Hause zurückgekehrt war und die Cheysuli in ihrer Heimat wieder willkommen geheißen hatte, hatten die meisten Homaner gelernt, mit Kriegern und *Lirs* zusammenzuleben. Tashas Anwesenheit beunruhigte die Einwohner Mujharas nicht mehr so, daß sie etwas gegen sie unternahmen, wie sie es früher bei einem Rotluchs getan hätten, der sich in die Stadt verirrt hatte. Obwohl niemand sie wirklich *willkommen* hieß – sie ist groß, gefährlich und unfaßbar kräftig –, griff jedoch auch niemand mehr nach einer Waffe, um sie zu töten.

Ian und ich nahmen Lillith aus Höflichkeit, nicht mehr, in die Mitte. Tasha lief voraus und bahnte uns einen Weg durch die bevölkerten Straßen, denn ihr machten die Fußgänger sofort Platz. Obwohl die Straßen gepflastert waren, erhob sich eine dünne Schicht Staub, ließ sich auf Lilliths weinroten Röcken nieder und verwandelte sie in ein blasses Ocker-Rot. Aber sie schien es kaum zu bemerken. Sie beobachtete alles um sie herum mit ruhigen aufmerksamen Augen, als passe sie die Stadt in eine persönliche Ordnung ein. Sie schien sich nicht der Blicke bewußt, die die Männer ihr zuwarfen, und auch nicht der gemurmelten Bemerkungen der Frauen. Sie konnten nicht wissen, daß sie eine Ihlini war, aber ihre lebhafte *Schönheit* ließ sie in den Straßen auffallen.

Ian und ich führten sie zum Marktplatz, dem Mittelpunkt jeder Stadt und jedes Dorfes. In Mujhara ist dieser Platz sehr groß und an jeder Seite von Gebäuden umgeben. Hierhin brachte jedermann seine Waren zum Kauf und Verkauf, Waren zur wettbewerbsmäßigen Verteilung. Segeltuchstände erfüllten den Platz und verengten die Gassen und Straßen zu gewundenen Pfaden, die kaum breit genug waren, daß drei Menschen nebeneinander gehen konnten. Sogar für Tasha wurde das Vorankommen schwieriger.

»Ist es hier immer so?« fragte Lillith.

Ian ging vor ihr, ich hinter ihr. Ich wurde angerempelt und stolperte dadurch einen Schritt näher auf sie zu. »Heute ist Markttag. Sonst ist es nicht so schlimm, obwohl der Platz stets voll ist.« Ich trat auf ein durchweichtes Konfekt, das jemand fallen gelassen hatte. Ich verzog das Gesicht und schüttelte die Überreste von meiner Stiefelsohle ab. »In Summerfair ist es schlimmer.«

Lillith hielt ihre Röcke mit beiden Händen hoch, während Ian uns einen Weg durch die Menschenmenge bahnte. »Rondule ist nicht so groß wie Mujhara. Aber Atvia ist auch nicht so groß wie Homana.«

»Kommt Ihr nicht aus Solinde?« Ich mußte über das Geplapper der Menge hinweg fast schreien.

»Ursprünglich.« Sie warf mir über die Schulter einen Blick zu. »Jetzt ist Atvia meine Heimat.«

»Wegen Alaric.«

»Weil ich es mir zu meiner Heimat *erwählt* habe.«

Ian wurde von einem Mann auf einem Pferd, ein stets schwieriges Beförderungsmittel auf dem Platz, aufgehalten. Lillith, die noch immer zu mir schaute, stieß gegen ihn. Ian wandte sich um, um ihr Halt zu geben. Er hielt inne. Einen Augenblick sahen sie einander nur an, als forderten sie sich gegenseitig heraus.

Dann lachte Lillith. Ian schaute fort.

»Rujho«, sagte ich scharf. »Sieh nur.« Ian wandte sich erneut um. Wir waren am Stand eines Pelzhändlers aufgehalten worden, und die frisch gegerbten Felle rochen stechend. Es gab Felle aller Art: Kaninchen, Fuchs, Biber, Bär, Wolf, Rotluchs und unzählige andere. Die größten Felle waren an der Rückseite des Standes am Holz befestigt. Die edleren Felle lagen auf Bänken und den Verkaufstresen selbst aufgestapelt.

Meine Hand hatte sich gesenkt, um mich durch Abstützen am Stolpern zu hindern. Sie versank in glatter Weichheit. Ein Blick sagte mir, daß das Fell einst eine lebendige Katze umhüllt hatte.

Ich schrak zurück. Die Farbe des Felles entsprach der

Tashas: üppiges, mit kastanienbraunen Spitzen versehenes Rot. Obwohl man bei den Stämmen nichts gegen das Fangen oder Töten von Tieren hatte, die keine *Lirs* waren, genügte die Ähnlichkeit mit Tasha, um ein angewidertes und abergläubisches Frösteln mein Rückgrat hinablaufen zu lassen.

Ians Gesicht war starr. Wir sahen hier Hunderte von Fellen, und alle diese Tiere waren tot.

»Herrlich«, sagte Lillith und liebkoste die Überreste des Rotluchses.

Ein Mann trat hinter den Fellen hervor. Er war klein, schnell und herrisch. »Ein urteilsfähiges Auge«, sagte er und lächelte Lillith freundlich, aber nicht *zu* vertraut an. Ein schlauer Blick zu Ian und mir sagte ihm, daß wir den Preis von jedem der Pelze aufbringen konnten. Sein Lächeln wurde unterwürfig. »Ein pelzgesäumter Umhang vielleicht? Ein wenig Kaninchen für den Kragen?« Er nahm ein nachtschwarzes Pumafell auf und legte es Lillith um die Schultern. »Schwarz auf schwarz«, sagte er. »Lady, Ihr seid wunderschön.«

Aber Lillith schaute an dem Mann vorbei und hob eine schlanke Hand. »Nein«, sagte sie, »das weiße.«

Der Pelzhändler schaute über die Schulter. Sein braunes Haar war mit einem Stück blaugefärbtem Leder zurückgebunden. Seine Lederkleidung wies am Kragen, an den Aufschlägen und am Saum des Wamses Fellstreifen auf. Rotfuchs, wie ich wußte. Ich dachte, daß es zu seinem Verhalten paßte.

»Lady, das weiße Fell ist noch nicht zum Verkauf bereit.« Noch immer lächelnd nahm er das schwarze Fell von Lilliths Schultern und bot ihr statt dessen ein silbernes an. »*Dieses* paßt gut zu Euch.«

»Jenes«, sagte Lillith, und ihr Tonfall ließ keinerlei Zweifel aufkommen.

Der Pelzhändler preßte die Handflächen gegen seine Lederkleidung. »Es ist gerade erst hereingekommen. Es muß noch behandelt werden. Ich werde es erst aufbereiten.« Er nickte in Ians und dann in meine Richtung. »Vielleicht etwas anderes für die Lady?«

»Hier gibt es nichts für sie«, sagte Ian tonlos. »Ich jage und töte Tiere, wenn es sein muß, als Nahrung, zum Warmhalten und als Schutz, aber ich töte – oder *verkaufe* – nicht so viele, um davon leben zu können.«

Der Pelzhändler warf einen unruhigen Blick in Tashas Richtung. Die bernsteinfarbenen Augen der Katze waren auf sein Gesicht gerichtet, als wollte sie ihn jeden Augenblick anspringen.

»Ich möchte es sehen«, sagte Lillith und warf den Silberpelz hin.

Der Pelzhändler kam ihrer Aufforderung nach. Er breitete das weiße Fell vor Lillith aus und faltete die Arme über der Brust.

»Wolf«, sagte sie, und ich glaubte Befriedigung aus ihrer Stimme herauszuhören.

»Ja«, bestätigte der Pelzhändler. »Heute morgen hereingekommen. Der Pelztierjäger hat es nur wenig gesäubert.« Flinke Finger hoben eine Ecke des Felles an, um die Haut darunter zu zeigen. »Es muß weich gewalkt, gebürstet und gefärbt werden, alles das, was ich mit Fellen tue, damit sie für eine wunderschöne Frau wie Ihr seid schön genug sind.« Das war nicht mehr das Geplapper eines Händlers. Er meinte seine Worte ehrlich.

Lillith befühlte das Fell. »Wird es wieder weiß sein? Wirklich weiß?«

»Es muß gesäubert werden.« Er nickte.

Sie lächelte. »Der Wolf muß ein wunderschönes Tier gewesen sein, als er noch lebte.«

»Er mußte getötet werden«, sagte der Pelzhändler. »Er war verseucht.« Er sah mich mit Unbehagen an. »Jetzt natürlich nicht mehr. Ich würde niemals verseuchte Felle verkaufen.«

»Welche Seuche soll er gehabt haben?« Ich runzelte die Stirn. »Es gibt in Homana keine Seuchen.«

»Aber im Norden, jenseits des Blauzahnflusses«, sagte er. »Hirten wurden krank, nachdem ein weißer Wolf zwischen ihre Schafe geraten war.«

»*Dieser* Wolf?« fragte Ian.

Der Pelzhändler zuckte die Achseln. »Pelztierjäger töten gegen Geld jeden weißen Wolf, den sie finden können. Hirten zahlen in gutem Silber.«

»Wie zahlt *Ihr?*« fragte ich.

Er wich meinem Blick nicht aus. »In Kupfer«, sagte er und lächelte. »Es gibt in Mujhara keine Seuchen.«

»Und wofür werdet Ihr ihn verkaufen?« fragte Ian.

»Für Gold«, antwortete der Pelzhändler. »Weiße Wölfe sind selten. Es gibt Menschen, die das Ungewöhnliche wollen.«

»Herrlich«, murmelte Lillith und barg ihre Finger in dem Fell.

»Genug«, sagte ich da, »es gibt noch mehr für Euch zu sehen.« Ich legte eine Hand auf ihren Arm und wandte sie von dem Stand ab.

»Nichts für die Lady?« fragte der Mann. »Nichts für Euch beide?«

»Wir wollen das Ungewöhnliche nicht«, antwortete Ian, »wenn es um den Preis des Lebens eines Tieres verkauft wird.«

»Er hatte eine *Seuche!*« beharrte der Mann, schloß aber dann den Mund, als erkenne er, daß er seinen geforderten Preis vielleicht senken müßte.

»Seuche«, sagte Ian angewidert, während wir uns unseren Weg durch die Menschenmenge bahnten. »Es ist eher wahrscheinlich, daß die *Hütehunde* die Krankheit hatten.«

»Oder die Hirten selbst.« Lillith lächelte. »Ich habe genug gesehen. Ich möchte zum Palast zurückkehren.«

»Ihr habt nichts gesehen«, sagte ich überrascht. »Ihr habt kaum Mujharas …«

»Ich habe genug gesehen«, wiederholte sie bestimmt.

Eine schlanke Hand schlich sich in meine Armbeuge. »Werdet Ihr mich nach Hause begleiten, Mylord?«

Sie berührte mich mit leichtem, aber dennoch offensichtlichem Nachdruck, und Ian hatte es ganz sicher bemerkt. Ich sah, wie er leicht den Mundwinkel verzog, belustigt oder verwirrt oder vielleicht auch beides. Er sah mich an, lächelte, gab großmütig nach. Aber ich dachte, daß er und Tasha mit einem ungebührlichen Maß an Entgegenkommen einige Schritte zurückblieben.

Lillith sagte wenig genug, während ich sie nach Homana-Mujhar zurückgeleitete, sondern wahrte ihr freundliches Schweigen. Ian und Tasha folgten uns, aber sie übersah sie beide. Ihre Hand lag noch immer in meiner Armbeuge. Ich konnte sie kaum fortschieben, obwohl es mich danach verlangte. Die übliche Höflichkeit verweigerte mir das Vergnügen.

Ob Ihlini oder nicht, sie ist Alarics Geliebte – im Bett oder außerhalb, *wie sie sagt. Das wenige, was ich von meinem Vater über Staatskunst gelernt habe, verbietet mir gezielte Grobheiten, es sei denn, ich hätte keine andere Wahl. Und im Augenblick habe ich eine Wahl.*

Dennoch fragte ich mich, ob Lillith wirklich genug gesehen hatte. Oder ob sie, was wahrscheinlicher war, genau gesehen hatte, was sie hatte sehen *wollen*.

Kapitel Sieben

Wir fuhren von Hondarth aus mit dem Schiff weiter nach Atvia. Man konnte über Solinde auch auf dem Landweg den westlichen Hafen Andemir erreichen und dann mit dem Schiff zu der Insel weiterfahren, aber es ging am schnellsten, wenn man die ganze Strecke mit dem Schiff zurücklegte. Außerdem wollten wir mit Lillith als unserer Begleiterin nicht in Ihlini-Umgebungen vordringen.

Außer Varien, Lillith, Ian, Tasha und mir war noch eine Eskorte von sechzehn sorgfältig ausgewählten Männern der persönlichen mujharischen Wache meines Vaters mit uns unterwegs.

Ian, der weniger geneigt war, Dinge wie königliche Eskorten und Etikette anzuerkennen, belächelte dies alles. Ich empfand eine Mischung aus Stolz und Mutlosigkeit. Ich war sehr zufrieden damit, meine Rolle als Homanas Erbe mit allen dazugehörigen Überlieferungen zu spielen, aber ich erkannte, wenn auch recht verspätet, daß ich niemals wieder die Freiheit haben würde, meinen prinzlichen Belangen zu entfliehen. Die Heirat, stellvertretend oder nicht, hatte den Ring um meinen Kopf geschlossen.

Wir hatten auf unserer Fahrt von Hondarth aus gutes Wetter. Der Regen war ganz gewichen und hatte einen klaren Himmel und ein angenehmeres Klima zurückgelassen. Nur eine schwache kühle Brise ließ die blauen Segel unseres Schiffes sich blähen und die scharlachroten Fahnen fliegen.

Hinter uns lagen die getünchte Stadt und die fliedergesprenkelten Hügel. Vor uns schwamm die von Silbernebeln umgebene Kristallinsel. Ian, der neben mir an der Reling stand, deutete mit dem Kopf auf die Insel. »Dort liegt die ganze Geschichte, *Rujho*. Denkst du jemals daran?«

»Ich habe genug daran gedacht, als die *Shar Tahls* mich all diese Geschichten auswendig lernen ließen.« Wachsam beobachtete ich die gegen den Bug schlagenden Schaumkronen. Ich hatte mich noch nicht entschieden, für das Meer oder für das Land geboren zu sein.

Ian lachte. »Ich auch ... aber jetzt scheinen diese Geschichten lebendiger. Ich denke, wir hätten *damals* hierherkommen sollen. Anschauung macht die Lektionen verständlicher.«

»Ich habe nicht die Absicht, diese Lektionen *jetzt* vorzutragen. Vielleicht hätten wir tatsächlich früher herkommen sollen.«

»Warum tragt Ihr sie mir nicht vor?« fragte die heisere Stimme hinter uns. »Sicherlich wißt Ihr, daß ich eine *andere* Geschichte gelernt habe.«

Ich wandte den Kopf zu Lillith. Ian tat es nicht. Tasha saß mit weit ausgestreckten Krallen neben ihm, knurrte und preßte sich an sein Bein.

Sie trug einen indigofarbenen Umhang. Die mit einem Goldfaden bestickten Kanten flatterten im stärker werdenden Wind. Ihr ungebundenes Haar flog frei um ihre Schultern. Ich wurde an ein Leichentuch erinnert. Schwarz. Seidig. Und alles umhüllend.

»Soll ich Euch dann erzählen, was *ich* über die Insel weiß?« Sie glitt zwischen Ian und mich, berührte keinen von uns, und doch war ich mir ihrer so bewußt, als sei sie ein zu berauschender Wein. Ich wußte nicht, wie sie auf Ian wirkte, aber ich bemerkte seine angespannte Haltung. »Sie ist der Geburtsort der Cheysuli«, erklärte Lillith uns. »Das Herz von Homana, wenn man so will.«

Was auch immer ich von ihr erwartet hatte – das war es nicht. Niemals die Wahrheit. Ich sah sie von der Seite an und bemerkte das entrückte Lächeln. »Die Ihlini entstammen Solinde«, sagte ich. Das war allgemein bekannt.

Eine dicke Haarsträhne wehte ihr ins Gesicht. Schlanke Finger fingen sie ein und entzogen sie dem fordernden Griff des Windes. Silbern gefärbte Fingernägel blitzten auf. »Die Ihlini entstammen *Homana*.« Sie lächelte nicht mehr, aber ihr Tonfall war nicht feindselig, nur sachlich. »Sicherlich hat Tynstar es Carillon gesagt und vielleicht sogar Eurem Vater. Es ist die Wahrheit, Niall. Einst waren sich die Ihlini und die Cheysuli so nah – noch *näher* – als Ihr und Ian.«

Sie hatte meinen Namen noch nie zuvor ausgesprochen. Durch den fremden Ton klang er anders. Er klang vertraut, was mir überhaupt nicht gefiel.

»Lady«, leugnete ich die Vertrautheit nur zu gern, »ich glaube, daß Ihr Lügen erzählt, denen wir lieber nicht zuhören sollten.«

»Dann erzählt mir Eure Wahrheiten«, forderte sie uns auf. »Ihr beide: Erzählt mir, was allen Cheysulikindern gesagt wird, wenn die *Shar Tahls* das in den Geschichten bewahrte Wissen weitergeben.«

Ian wandte sich jäh um. »Was wißt Ihr von Tynstar?«

Das überraschte sie. Geschwungene Brauen hoben sich leicht. Dann lächelte sie, und ihre Augenwinkel kräuselten sich. Der Wind färbte ihre Wangen rosig. Aber bevor sie Ian antworten konnte, stellte ich ihr selbst eine Frage.

»Wie alt seid Ihr, Lillith?« Durch meine gespannte Aufmerksamkeit bemerkte ich kaum, daß ich den uns genannten Namen gebrauchte. »Ich habe die Geschichten über das andere Altern gehört.«

Lillith lachte. »Und über andere Künste.« Sie sah uns beide an, einen nach dem anderen, und ihr Lächeln vertiefte sich noch. »Ich werde Euch beiden antworten: Ich bin mehr als hundert Jahre alt, und Tynstar war mein Vater.«

Ian schrak sichtbar zurück. Tasha knurrte hinter ihm.

»Tynstar!« platzte ich heraus. »Wie ist das möglich?«

»Wie ist es *nicht* möglich?« erwiderte sie. »Oh, ich weiß, Ihr denkt an Electra, Tynstars Gebieterin. Eure Großmutter, nicht wahr?« Lillith nickte, bevor ich antworten konnte. »Nun, ich kann nur sagen, daß ein Mann wie Tynstar, wenn er mehr als dreihundert Jahre lang lebt, mehr als eine Frau nimmt. Electra war vielleicht die *letzte,* aber wohl kaum die erste.« Sie hob den Kopf in den Wind und ließ ihn ihr Gesicht liebkosen. »Meine Mutter war eine Ihlini. Wir messen den Wert eines Menschen nicht nach seinem Rang, sondern nur nach seiner Macht... aber nach Euren Begriffen wäre sie eine Königin gewesen. Wie mein Vater der König war.« Ihre Lippen trennten sich in sinnlichem Vergnügen. Mit geschlossenen Augen zeigte sie ihr makelloses Gesicht dem Wind.

»Strahan ist Euer Halbbruder.« Ich dachte erneut an den Mann, den ich in Mujhara getroffen hatte und der mich beinahe im Schlamm ertränkt hätte.

»Mein jüngerer Bruder«, stimmte Lillith ihm zu. »*So* jung... und so unerfahren in seinen Künsten.« Sie öffnete die schwarzen Augen und sah mich an. »Er muß noch viel lernen.«

»Aber Ihr nicht mehr«, sagte Ian barsch. »Wollt Ihr das damit sagen? Wollt Ihr uns vor Eurer Macht warnen? Gebt Euch keine Mühe, Lady. Ich habe nicht die Absicht, außer acht zu lassen, wer oder was Ihr seid.«

»Nein«, sagte sie, »das ist offensichtlich. Aber warum müßt Ihr annehmen, daß ich Euch oder Eurem Bruder Böses will?«

»Ihr seid eine Ihlini.« Das war eine Erklärung in sich.

»Und mit Euch verwandt, seit irgendeinem, Jahrhunderte lang vergangenen Zeitpunkt.« Lillith hielt ihr fliegendes Haar fest und umschloß es mit einer schlanken Hand. »Ich bin, wenn auch nur insgeheim, die Königin von Atvia. Ich bin zufrieden mit Alaric. Was sollte ich mit Homana anfangen? Warum nehmt Ihr an, daß ich es *wollte?*«

»Ihr seid eine Ihlini.« Dieses Mal kam die Erklärung von mir und war ebenso unerschütterlich gemeint.

»Ihlini«, sagte sie. »Zweitgeborene der Ersten und daher eine Bedrohung für Euch.« Lillith schüttelte den Kopf. »Nicht alle von uns versuchen die Prophezeiung zu verhindern.«

Ian öffnete den Mund und schloß ihn dann wieder. Ich sah ihn seine schwindende Toleranz merklich zusammennehmen. »Lady«, sagte er schließlich mit der unendlichen Geduld eines Mannes, der seinen Gegner verachtet, »Ihr habt recht, wenn Ihr sagt, daß Tynstar mit Carillon und meinem *Jehan* gesprochen haben muß. Ja, ich kenne die Wahrheit, die den Dämon getrieben hat: Die Erfüllung der Prophezeiung bedeutet das Ende der Ihlini. Wie könnt Ihr da *nicht* gegen uns arbeiten?«

Lillith stand sehr still. Sie sah jetzt hauptsächlich Ian an, aber ich konnte selbst an ihrem Profil einen Ausdruck erhabenen Triumphs erkennen. »Ja«, sagte sie abschließend, »ich denke, Ihr beginnt zu verstehen.«

Ian schüttelte den Kopf. »Eine Ihlini verstehen? Ich glaube nicht.«

Sie wich vor uns beiden zurück, plötzlich ein windgepeitschter Geist, Indigoblau und Schwarz. Und großartig in ihrem Stolz. »Warum sollten wir denn anders sein?« fragte sie. »Warum sollten wir von Euren Hunden der Rechtschaffenheit gejagt werden, bis niemand auf der ganzen Welt mehr den *Sinn* dessen erkennen kann, was wir tun – warum wir um unser Überleben kämpfen! Versteht Ihr? Versteht Ihr das alles?« Ihr Blick forschte in meinem und Ians Gesicht. »Böse nennt Ihr uns, *Dämonen* nennt Ihr uns, Samen des finsteren Gottes selbst. Und warum? Weil wir tun, was wir tun müssen, um zu überleben. *Überleben!* Würdet *Ihr* etwas anderes tun, wenn Euch durch die Erfüllung einer Prophezeiung die Vernichtung drohte?« Der Umhang peitschte im

Wind. »Worte«, sagte sie verbittert. »Worte. Und damit kann man eine ganze Rasse auslöschen. So wie auch Ihr beinahe ausgelöscht wurdet. Wollt Ihr uns dasselbe antun? Ein Cheysuli*qu'mahlin* durchführen?«

»Es reicht«, sagte Ian mit bleichem Gesicht. »Ihr habt *genug* gesagt.«

»Tatsächlich?« fragte Lillith. Sie sah mich an und begegnete dann Ians unheilvollem, gelbäugigen Blick. »Wenn ich Euch ansehe, muß ich sagen, daß ich das nicht getan habe. Aber andererseits seid *Ihr* einseitig genug, um *A'saii* zu sein.«

Die letzten Worte klangen verbittert. Aber bevor ich sie fragen konnte, woher sie soviel von der Alten Sprache kannte, wandte Lillith uns beiden den Rücken zu und verließ uns.

A'saii. Ian? Ich wußte es besser. Bis ich ihm ins Gesicht sah.

»*Rujho* ...«, begann ich.

Ians Gesicht zeigte die Maske, die ich so gut kannte. Aber seine Aschfarbe kannte ich nicht. »Sie spricht wie eine Schlange.«

»Kann eine Schlange die Wahrheit sagen?«

Er riß den Kopf herum und sah mich entsetzt an. »Du *glaubst* ihr?«

»Nein«, erklärte ich ihm besorgt. »Ich glaube, kein Ihlini würde uns jemals etwas anderes als bösen Willen entgegenbringen. Aber was ist, wenn sie die Wahrheit über ihre *Gründe*, uns zu hassen, sagt?«

»Wahrheit, Lügen, was macht das schon? Ihre Messer sind jedenfalls scharf.« Ian schüttelte den Kopf. »Wärest du weniger tot, wenn der Mann, der dich tötet, glaubte, er diene seiner Rasse?«

Ich hatte einen salzigen Geschmack im Mund. »Nein, *Rujho*. Nein.«

»Erinnere dich stets daran«, belehrte Ian mich tonlos. »Sorge dafür, daß du das niemals vergißt.«

Ich beobachtete ihn, als er Tasha mit zur anderen

Seite des Decks nahm. Allein, völlig allein, stand ich an der Reling und fragte mich, ob es, bis auf das Offensichtliche, einen wirklichen Unterschied zwischen Ihlini und Cheysuli gab.

Wir lieben und hassen und kämpfen mit gleicher Überzeugung. Aber das kann auch zwischen Bruder und Bruder, zwischen Schwester und Schwester so sein.

Ich erschauderte. Der Wind war entschieden kalt. Das Idrianische Meer ist eine widerspenstige Bestie – an einem Tag zahm und am nächsten wild. Als wir die zerfallene Landspitze Südwestsolindes passierten und uns den beiden als Erinn und Atvia bekannten Inseln näherten, wurde die Bestie entschieden unangenehm. Ich entdeckte, daß ich bei gutem Wetter auch ein guter Seemann war, aber bei schlechtem Wetter war ich ein schlechter Seemann.

Ich blieb die meiste Zeit unter Deck und vergaß das rollende Schiff geflissentlich, aber als die Dünung schlimmer wurde und das Holz beunruhigend zu ächzen begann, zog ich mich die rutschige Leiter zu dem vom Meerwasser überspülten Deck hinauf.

Die Sonne war hinter Wolken verschwunden. Ich wußte nicht, ob es Abend oder Nachmittag war. Vom Wind gebeutelt, vom Meer überspült, wußte ich nicht einmal, ob es regnete oder ob das Wasser vom Meer kam. Ich wußte nur, daß ich im Handumdrehen durchweicht auf dem ungewöhnlich glatten Deck stand.

»Ian?« Er war an Deck, wie ich wußte. Er verbrachte genauso viel Zeit oben wie ich unten. »Ian!« Rutschend, gleitend, fluchend bahnte ich mir meinen Weg zur Reling und klammerte mich mit aller Macht daran. Gischt ertränkte mich fast, und der Wind versuchte mich zurückzutreiben.

Ich spie den Geschmack von Salz aus. Überall um mich herum herrschten eigenartige Lichtverhältnisse, ein unirdisch, ockerartiges Grün. Mein Magen begann innerhalb der Beschränkungen meines Körpers zu tanzen.

»Götter«, murmelte ich laut, »wenn dies nur ein sanfter Wind ist, möchte ich keinen Sturm erleben.«

Der Wind peitschte meine Worte, zusammen mit dem salzigen Speichel des Meeres, zu mir zurück. Die Augen brannten, der Mund protestierte. Ich spie wieder aus und versicherte mich, es *mit* dem Wind und nicht gegen ihn zu tun.

Ian kam hinter mir heran, tauchte aus dem tiefhängenden Himmel auf. »Der Kapitän schlägt uns vor, nach unten zu gehen.«

»Nein«, platzte ich sofort heraus. »Hier oben kann ich wenigstens atmen.«

Ian lächelte, als ich mich umwandte, um erneut auszuspeien. »Tatsächlich?« Sein Humor schwand, während er an mir vorbei in den Wind blinzelte. »Niall… vielleicht sollten wir seinem Rat folgen. Die Wogen werden uns sicherlich überschwemmen.«

Ich betrachtete das aufgewühlte Meer. Die Dünung bestand aus Wasserbergen, deren Wellentäler an Gräber erinnerten.

Ich schaute wieder zu Ian. Schwarzes nasses Haar war flach an seinen Kopf geklatscht. Da er seine Arme nicht bedeckt hatte, polierte das Wasser sein Gold. Seine Lederkleidung war durchweicht, aber nicht mehr als meine Stoffhose und das gefütterte Wams.

»Wo ist Tasha?« fragte ich.

»Ich habe sie nach unten geschickt. Sie haßt das Wasser so sehr, daß ich es nicht ertragen konnte, sie bei mir zu lassen.« Ian blinzelte in den schräg fallenden Regen. »Götter, Niall… sieh dir *das* an!«

Ich sah hin. Aus dem zinngrünen Himmel drang ein fliederfarbenes Flechtwerk hervor. Zarte Finger streckten sich hierhin und dorthin aus und schlichen sich zwischen die übereinanderlappenden, schweren Wolken. Es breitete sich aus, breitete sich weiter aus und begann die Wogen ebenso wie den Himmel zu verschlucken.

»*So* etwas habe ich noch niemals zuvor gesehen«, erklärte ich.

»Ich auch nicht«, stimmte er mir grimmig zu, »aber wir sind auch beide keine Seeleute.«

Nein, wir waren beide keine Seeleute. Aber man muß kein Seemann sein, um zu wissen, wann ein Sturm schlimm ist oder wann Wogen mehr als *Wasser* sind.

Götter ... wie sie ansteigen ... wie sie sich bereitmachen, uns alle zu verschlingen ...

Und dann vergaß ich die Wogen und starrte nur noch in den Himmel. »Bei den Göttern, der Himmel *lebt!*«

Das Schiff fiel, mit dem Bug voran, in ein tiefes Wellental. Es schien fast auf der Spitze zu stehen. Ich umklammerte die Reling und stemmte mich gegen das glatte Deck.

»Niall ... die Woge ... *halt dich fest ...*«

Ein niederschmetterndes Gewicht senkte sich auf mich herab. Es schleuderte mich auf das Deck, schlug auf Haut und Knochen ein, bis ich losgelöst über das überflutete Deck schlidderte und an einem Stapel wuchtiger Seile zum Halten kam – wie vorläufig auch immer. Ich umklammerte die nächste Seilrolle und krampfte die starren Finger darum, während die riesige Woge über das Deck spülte. Holzplanken ächzten. Das Schiff buckelte unter meinem Körper wie ein mißlauniger Hengst.

Das Wasser lebte. Es versuchte mich in den Schlund eines Seedrachens hinabzuziehen, saugte, *saugte,* bis ich mir auf die schmerzenden Zähne biß und um mich trat, *trat,* wobei ich noch immer meine Seilrolle umklammerte. Der Seedrache stieg empor und spie mich aus. Spie sowohl blutige, schreiende Trümmer als auch schweigende Bündel gebrochener Knochen und zerfetzter Kleidung aus.

Mein Mund war blut- und salzerfüllt. Meine Ohren, sowohl von dem Druck als auch von den Geräuschen wie taub, pochten schmerzhaft. Wasser und Blut strömten aus meiner Nase.

»Ian«, murmelte ich mit belegter Stimme. »Ian – *wo bist du, Rujho?«*

Der Mast knickte ein. Sparren brachen und wurden durch die Luft geschleudert, durchbohrten Haut und Segeltuch. Zerfetzte Segel stürzten auf das Deck und verwickelten Männer in ihren schweren Falten und den tödlichen Verzierungen der Knoten und Windungen.

»Niall!« Ich hörte ihn entfernt rufen. »Niall … *wo bist du?«*

»Hier!« Aber im Zentrum des Sturms konnte ich mich kaum selbst hören.

Etwas durchbohrte mein Bein. Ich versuchte, mich mit dem Schwanken des Schiffes auf Hände und Knie zu ziehen, aber das rutschige Deck verweigerte mir jeden Erfolg. Mit dem Gesicht nach unten glitt ich von der Seilrolle auf die skelettartige Silhouette der Heckreling zu, ein zerbrechliches Versprechen gegen die Gewalt des Sturms.

Und hörte den Schrei eines Rotluchses.

Ian? Nein. Eher Tasha, die nach ihrem *Lir* suchte.

Schwanken, Rollen, Heben … Ich glitt näher an die Seite des Schiffes heran, wobei ich mir bewußt war, daß ein Abwehrschlag des Drachenschwanzes das Holz zerschmettern und mich ins Meer spülen konnte.

Tasha. Sie schrie. Ian?

Ich erhob mich schwankend und suchte nach festem Untergrund. Ich fand ihn. Ich wußte nicht, was es war, da ich überhaupt so wenig über Schiffe wußte. Es knarrte. Ächzte. Aber es hielt stand.

Gespenstisches Licht drang wie Blut durch die verdunkelten Wolken und beleuchtete das untergehende Schiff. Ich sah Tasha in seinem Glanz an eine schwere Seekiste gekauert. Da die Kiste verkeilt war, machte sie nicht den Anschein, als würde sie dem Sturm nachgeben. Ich schätzte das Anschwellen der Wogen ab, löste meinen Halt und lief los.

Das Schiff rollte, schwankte wie ein Betrunkener in

einer Pfütze Urin und Erbrochenem. Ich fiel auf beide Knie, rutschte, glitt in die erschrockene Katze hinein, entschuldigte mich lautlos und rappelte mich wieder vom Deck hoch. Die Kiste hatte Messinggriffe. Ich umklammerte einen davon und hielt mich fest.

Tashas bernsteinfarbene Augen wirkten in dem bleifarbenen Licht gelbgrün gefärbt. Die Pinselohren lagen flach an ihrem Kopf an. Fest, ganz fest hatte sie ihren Schwanz um die bebenden Hinterläufe geschlungen. Durch den Sturm beeinträchtigt, war sie kaum mehr als eine erschrockene Hauskatze.

Es machte mich furchtbar zornig, daß die Götter – oder die Dämonen – dem Rotluchs so übel mitspielten.

»Tasha, Tasha ... *shansu*. Sei ruhig, meine Schöne ... der Sturm wird bald aufhören.« Als ich meine Hand auf ihre durchweichte Schulter legte, spürte ich ihre angespannte Haut und die verhärteten Sehnen. Sie schüttelte sich, genau wie ich, wegen des Regens, wegen der Kälte, aus Angst.

»Tasha, wo ist dein *Lir?*« Ich wußte, daß sie es mir nicht sagen konnte, aber ich konnte die Frage auch nicht zurückhalten.

Die Katze fauchte, entblößte vor Zorn und Schmerz die Zähne. Als ein Blitz vom Himmel herabzuckte, konnte ich das klaffende Loch in ihrer Flanke sehen.

»O Tasha ... *nein!*«

Es war tief. Gezackt. Es blutete stark, aber der Regen wusch es wieder frei. Und wieder. Ich beobachtete, wie sich ihr Leben über das Deck ergoß.

»Nein!« Der Schrei entrang sich meiner Kehle. »Götter, Tasha, *nicht du* ... wenn du stirbst, stirbt auch *Ian* ...«

Ein schweres Tau schlug quer über mein Gesicht und warf mich aufs Deck. Wie betäubt, spürte ich das Stechen an meiner Wange und den zunehmenden Schmerz in einem Auge. Tastende Finger suchten die Wunde und fanden sie und den Schnitt über meinem Auge. Das Lid schwoll bereits zu.

»Tasha …« Ich sah, wie sich das dritte Augenlid der Katze hob. Benommen, schwach, fauchte sie und offenbarte die schlaffe, rötliche Zunge. Tief aus ihrer Brust erklang weiter das schmerzerfüllte und erschöpfte Heulen. Es stieg an und fiel ab. Ein Gesang des Todes und des Bedauerns.

Wenn Ian nicht bereits tot war, würde Tashas Tod ihn vollkommen vernichten. Ihn in den Wahnsinn, zum Todesritual treiben.

Ich dachte an meinen Großvater, Duncan. Tynstar hatte seinen *Lir,* Cai, den Falken, getötet. Und so hatte er auch Duncan getötet.

O Götter, wenn mein Bruder sterben muß, ich bitte Euch … laßt ihn auf andere Art sterben … Es war keine Bitte, auf die ich stolz war, aber ich konnte es nicht ertragen, ihn zweimal zu verlieren.

Ich kroch zu Tasha. Zog mein gefüttertes Wams aus, das durchweicht war und von Regen troff, faltete es zusammen und preßte es auf die Wunde in ihrer Flanke. Mein Leinenhemd klebte an meinem zerschlagenen Körper. Ich zitterte. Meine Wange und mein Auge schmerzten. Die Sicht blieb auf das linke Auge beschränkt.

Das Schiff schwankte. Fing sich wieder. Erschauderte wie ein Mann, der sich in eine Frau ergießt. Hielt jäh vollkommen inne.

Ich wurde aufs Deck geworfen, weit von Tasha fortgeschleudert, und sah die Heckreling sich unheimlich neigen. Dahinter lag der Horizont, safrangelb und silbern angestrahlt. Der Mond balancierte auf der Klinge des Horizonts, wie ich erkannte.

Von der Seekiste, dem Griff und Tasha losgelöst, schlidderte ich auf den Schlund des Drachen zu. Starre Finger und Stiefelspitzen scharrten auf dem nassen Holz.

Das Schiff erbebte erneut, neigte sich noch stärker und sank noch tiefer ins Meer. Eine weitere Woge trieb es dann noch tiefer und schabte allen Schutt vom Deck.

An der zerbrochenen Reling wurde ich von Takelwerk aufgehalten und wieder hochgezogen, als das Schiff herumrollte, wieder tiefer sank und sich dem Meer zu entziehen versuchte. Während ich nach Seil und Sparren griff, sah ich, wie Tasha an mir vorbei in den Drachenschlund geschwemmt wurde.

Ich konnte vor Entsetzen keinen Kummer verspüren. Ich konnte nur die Namen meines Bruders und seines *Lir* formen.

Das Schiff erbebte erneut und ächzte, als der Rumpf an gezackten Felsen zersplitterte. Ich spürte die Erschütterung im ganzen Körper und wußte, was es bedeutete.

»Land?« krächzte ich laut. »Aber wie kann das sein?«

Ich schlug ins Takelwerk – in dem Versuch, mich aufzurichten. Das Schiff, das fest auf Grund lag, schwankte und rollte nicht mehr. Aber es hatte sich beunruhigend stark geneigt. Es gab kein Deck mehr, auf dem ich hätte stehen können. Die Knie schabten auf dem Takelwerk, das von Wasser umspült wurde und sich durch die Wucht der Wellen löste.

»Niall!«

Ich riß den Kopf herum und sah die Frau sich an einen Sparren klammern. Er schlug eine schräge Wunde über das Himmelstuch. Der Sturm hatte nachgelassen. Hinter ihr blutete der Mond Silberlicht aus.

»Lillith.« Der Name war kaum hörbar.

Durchnäßtes Haar hing wirr um ihre Hüften. Sie hatte den indigofarbenen Umhang abgelegt. Ihr Gewand war tiefschwarz, so daß sie, außer ihrem Gesicht und den Händen, Teil der Dunkelheit selbst war. Ich sah, wie sie eine Hand ausstreckte. Ich sah das silberne Aufblitzen ihrer bemalten Fingernägel. Aber hauptsächlich sah ich ihr verführerisches Lächeln, das Leben, Überleben, Beständigkeit versprach.

»Ihr habt die Wahl«, sagte sie. »Ich werde sie nicht für Euch treffen.«

Ich atmete zitternd ein. »Und der Preis für die Ihlinihilfe?«

»Was immer Euer Leben wert ist.«

Ich versuchte zu schlucken und empfand es als zu schmerzliche Aufgabe. »Mein Bruder«, krächzte ich, »und sein *Lir*.«

Lillith lächelte. Und dann lachte sie. »Es tut mir leid«, sagte sie schließlich. »Sein Schicksal ist bereits besiegelt.«

Ich spie aus. Und dann verfluchte ich sie.

Die helle Hand wurde angehoben. Ich sah eine purpurfarbene Flammenlinie zischend aus der Dunkelheit herankommen und auf ihrer Handfläche tanzen. In ihrem gespenstischen Licht wurde Lilliths Gesicht als Relief gezeichnet, ausgehöhlt: eine zerbrechliche Totenmaske.

Sie führte die Flamme zum Mund, schürzte die Lippen und blies darauf. Und dann verschwand Lillith in einer Rauch- und Feuerentladung.

Allein, ganz allein, verfluchte ich die Frau. Und dann warf ich den Kopf zurück. »Wenn ihr mich wollt, *wenn ihr mich wollt* ... dann müßt ihr mich, bei den Göttern, *holen!*«

Einen Augenblick herrschte auf dem Schiff Stille. Ein angstvolles und ehrfürchtiges Erschaudern durchlief meinen Körper.

Der Sparren, an den Lillith sich geklammert hatte, zerbrach. Noch im Fallen verfing ich mich in seinem Takelwerk. Sein Gewicht zerdrückte meine Brust.

Ich stürzte hilflos ins Meer.

Kapitel Acht

Ich erwachte mit dem Geschmack von Salz im Mund und an den Zähnen wie auch in den verkrusteten Schnitten an meinen Lippen. Ich wollte ausspeien, aber mein Mund sich nicht bewegen.

Meine Haut brannte und juckte ebenfalls. Die ekelhafte Berührung des Salzes war in jeder Hautfalte und in den Fetzen, die von meiner Kleidung übriggeblieben waren, zu spüren. Eine Hand zuckte. Ich bewegte sie schwach hin und her und besänftigte eine juckende Stelle, indem ich den Handrücken gegen den feuchten, gerundeten Felsen rieb. Als das getan war, fiel meine Hand wieder schlaff ins Wasser.

Wasser.

Diese Erkenntnis weckte meinen trägen Geist. Wasser. Überall um mich herum. Es durchweichte meine Kleidung und bildete unter meiner Wange Pfützen.

Ich verlangte nicht mehr von meinem Körper als mich die Augen öffnen zu lassen – was mit dem ersten auch geschah.

Sand und Kieselsteine knirschten unter meinem Gesicht. Ich leckte über meine Lippen, schmeckte Salz, das ewig gegenwärtige Salz, und spürte die geschwollene, aber trockene und aufgeplatzte Haut, die verkrusteten Verletzungen.

Bewege dich, Arm. Der Arm bewegte sich. Er hob sich und führte nasse Finger an mein Gesicht. Die Finger wischten vorsichtig den Sand aus meinem gesunden Auge und schabten das verkrustete Salz ab.

Ich sah verschwommen übereinandergestürzte Felsen und abgerundete, vom Wasser geschliffene Steine.

Und das Meer. Die Wellen umspülten sanft den neben mir gelegenen Fels, und ich erkannte, daß die Flut kam.

Ich mußte weiterkommen.

Ich hatte große Schmerzen, wie ich sie noch niemals zuvor verspürt hatte, nicht einmal, als mir der Barbier einen faulen Zahn gezogen hatte. Die Heftigkeit des Schmerzes erstaunte mich. Meine Hand, die vorsichtig umhertastete, spürte feuchte Kleidung auf meiner Brust und verletzte Haut darunter. Mein Leinenhemd war stark zerfetzt. Die Knochen in meinem geschundenen Körper schmerzten unterschiedlich stark.

Ich zuckte einmal heftig zusammen. Die unfreiwillige Bewegung brannte dumpf in jedem meiner Glieder und ließ mich noch wacher werden. Ich erinnerte mich an alles.

Ian ...

Ich setzte mich vorsichtig auf und umfaßte mit einem Arm meine wunde Brust. Den anderen Arm stützte ich auf den Sand auf, um mich aufrecht zu halten. Ich starrte benommen aufs Meer hinaus und sah, daß das Schiff verschwunden war.

Rujho ...?

Der Schrei einer Möwe durchbohrte die Dumpfheit in meinen Ohren und beeinträchtigte meine brennenden Augen. Schwärme weiterer Möwen schwebten schrill schreiend über mich hinweg und zogen in der Luft ihre Kreise. Ich erkannte, daß ich gar nicht an Land, sondern auf einem schroffen Felsgebilde gestrandet war. Einige Felstaschen waren von Sand verstopft und in anderen stand Wasser. Meine Rettungsinsel lag nur dreißig Schritte vom Strand entfernt. Dennoch fühlte ich mich zu schwach, um einen Versuch zu wagen.

Ian.

Wellen umspülten meine Füße. Ein Stiefel fehlte, war von der Boshaftigkeit des Seedrachen vertrieben worden. Ich erschauderte. Das Meer war mein Feind, wie es auch der Feind meines Bruders gewesen war.

O Götter, ihr habt mir meinen Bruder genommen …

Aber ich war zu ausgetrocknet, um weinen zu können.

Ich befühlte meine Taille und stellte fest, daß mein Gürtel und auch die silbergeschnürte Scheide heil geblieben waren. Das Messer selbst war fort. Aber der Rubinsiegelring an meiner rechten Hand schimmerte im Sonnenschein hell, und ich erkannte, daß es mir gelungen war, mich zu retten. Für den Gegenwert dieses Ringes würde mir sicherlich *irgend jemand* Hilfe zuteil werden lassen.

Ich erhob mich mühsam auf die Knie, dann auf die Füße und schwankte unsicher. Meine Knochen waren spröde und hohl. Ich fürchtete, sie könnten jeden Augenblick zerbrechen. Mein rechtes Auge schmerzte und brannte. Der Schmerz in meiner Brust ließ mich krümmen, um den Druck auf meine Rippen zu mildern.

Die Flut kommt. Wenn du nicht weiterkommst, wird das Meer vollenden, was die Ihlinihexe begonnen hat.

Langsam und unglaublich vorsichtig watete ich über die flache, schmale Bucht zum Strand. Als ich ihn erreichte, hatte das Meer meinen Felsenplatz verschluckt. Und so blickte ich landeinwärts, da ich wußte, daß es nur dort Sicherheit für mich geben konnte, und fragte mich, ob ich letztlich, auf wie tragische Weise auch immer, nach Atvia gelangt war.

Karten.

Ich dachte an die Karten zurück, die ich in den Versammlungsräumen meines Vaters gesehen hatte. Ich erinnerte mich an die gezackte Küste des westlichen Solinde und auch an die Erinn und Atvia trennende Wasserstraße. Aber wie genau ich auch zurückdachte, ich konnte mich nicht erinnern, ob Rondule nördlich oder südlich, östlich oder westlich lag. Und ich konnte nicht einmal annähernd sagen, wo ich mich aus der Sicht der Stadt befand.

Ian würde sagen, daß ich es verdiene, weil ich mich um

meinen Geographieunterricht gedrückt habe. O Ian, ich würde alles darum geben, wenn du da wärst. Deine Rüge wäre willkommen.

Ich hörte den Hufschlag, bevor ich die Reiter sah. Ich wandte mich sofort dem Geräusch zu. Berittene Männer donnerten auf mich zu, in einfacher Kleidung, ohne Abzeichen, die zweifellos nicht zu Bedienten gehörte. Die Männer trugen Kappen auf den Köpfen. Hellgrün gefärbte Gehenke hingen schräg über ihren Brustkörben.

Vielleicht doch eine Art Bedienstetenabzeichen.

Ich wartete, hielt mich starr aufrecht und versuchte, mir zu überlegen, was ich sagen würde.

Zwölf Männer. Sie umrundeten mich fast sofort mit auf mich gerichteten Lanzenspitzen. Durch ihren Empfang erschreckt – ich war ein einzelner, noch dazu durchnäßter Mann –, betrachtete ich zunächst die schimmernden Spitzen und dann die Männer, die sie trugen.

Ich erkannte sofort, daß es alles kräftige Männer waren. Da ich von der Größe und Statur Carillons bin, kann man mich kaum als klein bezeichnen. Aber selbst jetzt, wo sie noch auf den Pferderücken saßen, glaubte ich nicht, daß auch nur einer von ihnen nach dem Absteigen zu mir hätte hochblicken müssen. Sie waren bärtige, abgehärtete Krieger mit aller Erfahrung des, wie ich annahm, erinnisch/atvianischen Krieges. Ich wußte, als ich sie ansah, daß ich selbst in sauberem, satten und heilen Zustand keine Bedrohung für sie bedeutet hätte.

Ich nahm meine ganze, mir verbliebene Würde zusammen. »Ist dies Atvia?« Das von mir hervorgebrachte Krächzen klang kaum menschlich. Bei einem zweiten Versuch wurde eine zwar heisere, aber verständliche Frage erkennbar.

Elf Männer blieben vollkommen ruhig auf ihren aufmerksamen Pferden sitzen. Der zwölfte ritt langsam voran, bis die Spitze seiner Lanze schließlich an meiner bloßen sonnenverbrannten Kehle lag. Er trug eine vom Alter glänzende Kappe mit einem Band unter dem Kinn, das von einem dichten blonden Bart verborgen wurde. Seine grünen Augen wirkten gewitzt. Sein Gesichtsausdruck war unerbittlich.

»Atvia«, sagte er leise. »Wolltet Ihr nach Atvia?«

Das Schlucken schmerzte. Ich brauchte Wasser, aber ich würde ihn nicht darum bitten. »Mein Schiff war nach Atvia unterwegs. Es ist im Sturm gesunken. Ich weiß nicht, wo ich bin.«

Ein böses Lächeln schnitt tiefe Falten in seine Augenwinkel. »Ihr seid nicht in Atvia, Bursche. Dies ist Erinn, das von Shea, dem Herrn der Idrianischen Inseln, selbst regiert wird. Erinn, Bursche, nicht Atvia. Atvias *Feind*.«

»Es herrscht Waffenstillstand«, brach es bestürzt aus mir heraus.

Die grünen Augen verengten sich. »Was solltet *Ihr* über einen Waffenstillstand zwischen Euren Herren wissen?«

»Herren«, murmelte ich. Ich hatte Schmerzen. Ich brauchte diese Fragen nicht. »Bringt mich zu Eurem Herrn, wenn Ihr wollt. Was ich zu sagen habe, ist für ihn bestimmt.«

Die Lanze bohrte ein Loch in meinen Hals, schnitt aber nicht hinein, nicht ganz. »Was würdet Ihr zu Lord Shea sagen, Ihr durchnäßter, junger Hund?«

Ich wollte lachen, aber ich hatte nicht die Kraft und Stimme dazu. Also versuchte ich, den Siegelring von meinem Finger zu streifen, um mein Recht auf eine königliche Audienz zu beweisen, aber ich erkannte, daß meine Gelenke zu angeschwollen waren, um dies zu tun. Schließlich streckte ich dem Mann meinen Arm entgegen. »Wenn Ihr Euch den Stein ansehen wollt, werdet Ihr einen wilden Löwen erkennen. Ich bin Niall von Homana.«

»Niall von Homana«, spottete der Erinnier. »Was sollte Homana von Erinn wollen?«

Ich schwankte. »Nichts Besonderes, außer Hilfe für einen durchnäßten, jungen Hund von Prinz.« Ich versuchte, entwaffnend zu lächeln. »Ich hatte nicht die Absicht, hierher zu kommen. Der Sturm war schuld.«

»Ja, der Sturm«, fiel der andere ein. »War ganz schön heftig, nicht wahr?« Er grinste und zeigte dabei starke, weiße Zähne. »Wir sind hier in Erinn hin und wieder an ziemliche Unwetter gewöhnt. Wie geht es Euch in Homana?«

Ich sah zu ihm hoch und war zu erschöpft, um auf Eindrücke zu achten. »In Homana werde ich, als Erbe des Mujhar, besser behandelt.«

Der Mann tauschte grinsende Blicke mit seinen Gefährten aus. »Der Erbe seid Ihr, der Erbe des Mujhar? Ihr sprecht von Donal? Und Ihr sagt, Ihr wärt sein Sohn?«

»Ja.« Mehr konnte ich nicht hervorbringen.

»Und auch der rechtmäßige Sohn, oder erwarte ich da zuviel?«

»Ku'reshtin«, fluchte ich schwach. »Ich sagte, ich bin sein Erbe ...« Ich wollte noch mehr sagen, konnte es aber nicht tun, da ich von einem schmerzhaft quälenden Husten geschüttelt wurde. Ich beugte mich sofort vor. Ein Teil des Meerwassers, das ich geschluckt hatte, kam mir hoch und brannte in meiner Kehle und an den Zähnen.

Ich sah einen Sonnenstrahl von der Lanzenspitze abstrahlen, als der Mann die Waffe schließlich senkte. »Habt Ihr es schwer gehabt, junger Hund?« fragte er spöttisch besorgt. »Nun, ich werde dafür sorgen, daß Ihr Eurem Rang entsprechend behandelt werdet ...« Als er innehielt, blickte ich auf und sah, wie sich seine grünen Augen erneut verengten. »Sobald Euer Rang bewiesen ist.«

»Ku'reshtin«, murmelte ich erneut. »Seht Euch den Ring an, Ihr Narr.«

Der Krieger blickte stirnrunzelnd zu mir herab. »Was heißt das? Dieses Wort? Wie nanntet Ihr mich?«

Es gelang mir zu lächeln. »*Ku'reshtin?* Das ist natürlich ein Cheysuliwort. Das Haus Homana ist ein Cheysulihaus – oder war Euch das nicht bewußt?«

Ich hatte weitere Fragen erwartet oder zumindest einen spöttischen Kommentar. Statt dessen wandte sich der Krieger um und gab einem seiner Gefährten einen leisen Befehl. Überrascht und wachsam beobachtete ich, wie der Mann abstieg und sein Pferd zu mir führte. Die Zügel hielt er mir einladend entgegen.

»Nehmt das Pferd«, sagte der Anführer. »Ich werde Euch nach Kilore begleiten.«

»Kilore.« Ich runzelte die Stirn. »Sheas Schloß?«

»Es ist das Heim meines Vaters.«

Ich erstarrte in der Bewegung, die Zügel ergreifen zu wollen, und blickte streng zu dem blondbärtigen Mann hoch.

»Ja«, sagte er, als ich mir nicht die Mühe machte zu fragen. »Habt Ihr nicht sogar in Homana gehört, daß Shea selbst einen Sohn hat? Es ist nicht *so* weit entfernt!« Er grinste. »Ich bin Liam. Prinz von Erinn. Sheas höchstpersönlicher Erbe.«

»Nein«, sagte ich entschieden.

Er lachte. »Oh, ich gebe zu, daß ich im Augenblick nicht gerade wie ein Prinz aussehe. Dennoch bin ich es. Unter dieser Kriegerkleidung befindet sich ein Prinzenkörper, das schwöre ich. Aber es genügt, die Atvianer zu narren, wenn sie mit ihren Schiffen anlegen wollen.« Er deutete mit dem Kopf auf das Pferd. »Dort ist Euer Pferd, junger Hund. Wir sollten nach Hause reiten.«

Langsam erwachte Unmut. »Junger Hund«, murmelte ich mißmutig. »Wenn ich mich nicht mehr so schwach fühle, werde ich Euch diese Bezeichnung austreiben.«

Liam von Erinn lachte und zog sich die Lederkappe vom Kopf. Blonde Locken fielen um sein Gesicht, und ich sah die Jahre mit ihnen herabfallen. Mit der Kappe, dem Bart und den wettergegerbten, windgeröteten Wangen hätte ich den Mann auf vierzig Jahre geschätzt. Aber jetzt belehrte er mich leicht eines Besseren. Er war nicht mehr als zehn Jahre älter als ich.

Ich schwankte, und Liams Gelächter erstarb. »Das Meer hat Euch schlecht behandelt, Bursche, und ich nicht besser, nicht wahr? Steigt auf Euer Pferd, Erbe Homanas, und ich werde dafür sorgen, daß Ihr die Ehre erfahrt, die einem Prinzen gebührt.«

Ich wandte mich schweigend zu dem Pferd um, umklammerte Sattelknauf und Hinterpausche und zog mich vom Boden hoch. Aber wenn der erinnische Prinz nicht die Hand ausgestreckt und meinen Arm ergriffen hätte, wäre ich wieder herabgefallen.

Ich sank in den Sattel und beugte mich nach vorn über den Sattelknauf. »Ian«, murmelte ich, »wo bist du?«

»Hier, Bursche«, belehrte Liam mich, weil er dachte, ich hätte seinen Namen genannt.

»Nein ...« Ich wollte natürlich erklären, aber das Tageslicht erlosch bereits.

Seile lösten sich von meinen Handgelenken. Ich erkannte verspätet, daß mein Gesicht in der geflochtenen Mähne eines Pferdes vergraben war. Ich spie den beißenden Geschmack des Pferdehaars aus, stieß mich vorsichtig hoch und wünschte, ich könnte das Atmen vermeiden, bis meine Rippen geheilt wären.

Liam stand neben dem Pferd, und die Seile baumelten von seinen Händen herab. »Ich hatte Euch festgebunden, weil ich fürchtete, Ihr könntet herabfallen.«

Das wäre auch zweifellos geschehen. Ich blinzelte und blickte mich in dem gepflasterten Hof eines Schlosses um. Die elf Krieger – eine Prinzengarde, wie ich erkannte – stellten sich um mich herum auf. »Kilore?« krächzte ich.

»Kilore. Das königliche Haus von Erinn, Mylord.« Liam grinste und ließ seine Kappe an ihrem Lederband kreisen. »Bevor Ihr fragt: Ich habe diesen protzigen Ring betrachtet. Ich kenne den wilden Löwen genauso gut, junger Hund, wie ich meine Hunde kenne.« Er schüttelte die herabfallenden messingfarbenen Locken. »Also seid Ihr ein Cheysuli? Euch fehlen die gelben Augen.«

Ein Frösteln überlief mich. *Sogar hier kennen sie den Unterschied.* »Ich *bin* ein Cheysuli«, murmelte ich, »aber ich gleiche Carillon.«

Liams dichte Brauen hoben sich bis unter die langen Haare. »Carillon, ja? Ich habe von ihm gehört. War er nicht einer Eurer Helden?«

»Ein Mensch«, sagte ich ärgerlich, denn ich wollte die Verdienste meines Großvaters in Erinn genauso wenig erörtern wie in Homana. »Nur das: ein Mensch.«

Liam sah mich ausdruckslos an. »Ein Mensch, der Legenden schändet, erschafft selbst kaum welche.«

»Ich *will* keine Legende erschaffen«, sagte ich erschöpft und angewidert. »Ich will nur einen *Lir*.« Ich schloß den Mund fast sofort wieder. War Liam ein Magier, daß er solche Bekenntnisse aus mir herauslockte?

»Einen *Lir?*« fragte er. Also war er kein Magier, sonst hätte er das sicherlich gewußt. »Das ist ein Zauber, nicht wahr?«

»Ein Tier«, antwortete ich. »Ein von den Göttern selbst verliehenes Geschenk. Ohne *Lirs* können wir nicht gestaltwandeln.«

Liams Begleiter murmelten einander etwas zu. Liam selbst sah fragend zu mir hoch. »Und Euch fehlt ein *Lir*.«

»Ja.«

»Und somit alle Cheysulimagie.«

»Ja.« Ich sprach es mit zusammengebissenen Zähnen aus.

Er schüttelte grimmig den Kopf. »Kein kluges Bekenntnis, Bursche. Einige Menschen könnten Euch für ihre Zwecke einspannen wollen. Es wäre besser, Ihr ließet sie in dem Glauben, die Magie zu besitzen.«

»Es wäre besser, du würdest ihn von diesem Pferd absteigen lassen«, sagte eine volltönende grollende Stimme, »bevor er auf den Kopf fällt.«

Ich schaute in Richtung Schloß und sah einen großen breitschultrigen Mann in edler Stoffkleidung die Treppe des tiefliegenden Eingangs herabkommen. Er schien wesentlich älter als Liam, aber seine Art und seine Bewegungen waren die eines jüngeren Mannes. Sein blondes Haar und der Bart wiesen bereits viel Grau auf, zeigten aber noch immer die üppigen Zeichen der Jugend. Grüne Augen strahlten unter sehr dichten Augenbrauen.

»Shea«, murmelte ich, »endlich.«

»Laß ihn absteigen«, sagte der alte Mann. »Wenn er kein Atvianer ist, schuldet er mir eine Erklärung.«

»Er ist Homaner«, belehrte Liam ihn und trat vor, um mir hinabzuhelfen. Das Absteigen war schmerzhaft. Ich verkniff mir einen Fluch. »Er sagt, sein Schiff sei im Sturm untergegangen.«

»Der verfluchte Ihlinisturm«, grollte Shea. »Das war wieder Alarics Hexe.« Er betrachtete mich genauer. »Homaner seid Ihr also? Welche Nachricht habt Ihr für mich?«

»Keine, Mylord. Ich wollte eigentlich nicht hierher kommen.« Ich lächelte erschöpft. »Dennoch zweifle ich nicht daran, daß mein Vater Euch herzlich grüßen lassen würde.«

Shea schaute. »Warum sollte Euer Vater mich grüßen lassen, und wer ist er, der mich grüßen lassen sollte?«

»Donal«, sagte Liam ihm. »Donal, der Mujhar.«

Sheas dichte Augenbrauen schossen in die Höhe. Wenn man ihn sich vierzig Jahre jünger vorstellte, hätte er sein Sohn sein können. »Ist das wahr?«

»Es ist wahr.« Liam deutete auf meinen Ring. »Der Löwe, Mylord. Der Löwe aus dem Wandteppich meiner Großmutter.«

»Bringt ihn herein!« bellte Shea. »Sorgt dafür, daß er etwas zu essen und zu trinken bekommt!«

Ich lächelte einfältig. Liam grinste nur. »Ein königliches Willkommen, junger Hund. Shea selbst hat gesprochen!«

Essen: Roastbeef, heißes Brot, süßer Käse. Trinken: schweren, rauchigen Branntwein, soviel ich schlucken konnte. Ich aß die Menge, die ich in meinem geschädigten Magen behalten konnte, und trank zuviel des Branntweins.

Shea saß auf einem eisenbeschlagenen Stuhl inmitten der Halle. Liam ging schweigend hin und her, den Kopf gebeugt, und drehte seine Kappe in den schwieligen Händen hin und her. Ich beobachtete ihn genau und fragte mich – mit Unbehagen –, warum der Prinz von Erinn nicht zu Hause bei seinem Vater war.

»Seid Ihr fertig?« grollte Shea. »Habt Ihr den Hunger getötet und Euren Durst gelöscht?«

Seine Sprache war manchmal fast altmodisch. Ich hatte durch meinen verwirrten Geist Schwierigkeiten, die Aussprache zu verstehen. »Im Augenblick ja«, antwortete ich schließlich. »Mylord …«

»Ein Schiffbruch, sagt Ihr. Das glaube ich. Was könnte die Einmischung dieser verfluchten Hexe überstehen?« Er fluchte in einer Sprache, die ich nicht kannte. »Wenn Ihr nicht hierher kommen wolltet, was war *dann* Euer Ziel, Bursche?«

»Ich war auf dem Weg nach Atvia.« Ich sah Liam von der Seite an.

Shea runzelte die Stirn und betastete das Heft des wuchtigen Messers an seinem Gürtel. »Was habt Ihr mit meinem Feind zu tun?«

Ich sagte erneut: »Ich dachte, es herrsche Waffenstillstand.«

Liam hielt kurzzeitig in seinem Lauf inne. Er betrachtete seinen Vater eindringlich.

Shea barg das bärtige Kinn in seiner Hand, während er sich auf einen Arm stützte. Er betrachtete mich schweigend, die grünen Augen fast in den gesenkten Augenbrauen verborgen. Ich wartete ängstlich auf seine Antwort.

»Warum wolltet Ihr nach Atvia?« befragte mich der Herr von Erinn, und ich erkannte, daß *das* meine Antwort war.

»Ich soll Alarics Tochter heiraten.«

Sheas Brauen schossen erneut in die Höhe. »Das Cheysulimädchen?«

Ich beobachtete ihn wachsam. »Sie ist meine Cousine, Mylord. Ihre Mutter war meine Tante.«

Shea regte sich auf seinem Stuhl. »Ich habe Bronwyn einmal gesehen, bevor sie starb. Das Mädchen ähnelt ihrer Mutter, wie man mir sagte, nicht ihrem Vater. Und doch ähnelt Ihr keinem von beiden.«

Liam ging erneut auf und ab. »Nein«, stimmte ich ihm zu. »Das Erbgut ist gemischt. Wenn Gisella ihrer Mutter ähnelt, zeigt sie ihr Cheysuliblut. Bei mir … ist das nicht der Fall.«

»Warum heiratet Ihr das Mädchen?«

Der Branntwein machte mich nach all dem Essen schläfrig. »Ein Bündnis«, sagte ich knapp, weil ich mehr nicht mehr zustande brachte.

Liam schritt zwischen seinen Vater und mich und sah mich an. »Alaric von Atvia nennt meinen Vater einen Thronräuber und Geächteten. Er beansprucht den Titel Herr der Inseln für sich selbst, wozu er überhaupt kein Recht hat. Warum wünscht Homana ein Bündnis mit dem Schakal von Atvia?«

Kurz darauf nickte ich. »Es herrscht *kein* Waffenstillstand, wie ich sehe.«

»Alaric glaubt es.« Shea zeigte gelbe Zähne. »Manchmal helfen eine oder zwei Lügen, einen Krieg zu gewinnen.«

Ich sah Shea lange an. Dann schaute ich zu Liam.

Keiner der beiden Männer war ein Narr. Keiner der beiden Männer war ein Freund.

Meine Finger und Zehen waren taub. Ich rieb verwirrt das Salz aus meinem Haar. Die Müdigkeit machte mich gefährlich offenherzig. »Waffenstillstand oder nicht, das ist unwichtig. Für Homana bedeutet es keinen Unterschied, *wer* den Inseltitel beansprucht. Wir haben unsere eigenen Sorgen.«

Shea saß aufrecht auf seinem Stuhl. »Eine unwichtige Fehde zwischen unwichtigen Königreichen. Wollt Ihr das damit sagen?«

»Nein.« Ich konnte nicht mehr tun, als es auszusprechen.

»Also was wollt Ihr *dann* sagen, Junge?«

Liam ähnelt seinem Vater. Ich leckte mir über die Lippen und schmeckte den rauchigen Branntwein. »Mein Vater hat Alaric vor fast zwanzig Jahren im Kampf besiegt. Seit dieser Zeit hat Alaric Homana zweimal im Jahr Abgaben gezahlt. Atvia ist unser *Vasall.*« Ich kämpfte darum, taktvoll zu sprechen. »Mylord, außer der Tatsache, daß wir die Abgaben annehmen, wissen wir kaum, was Atvia tut. Eure Kämpfe sind Eure Angelegenheit.«

»Ich habe die Schiffe mit den Abgaben gesehen«, sann Shea. »Zweimal im Jahr, wie Ihr sagtet.« Seine Augen schimmerten gewitzt. »Als Vasall Homanas hat Alaric das Recht, homanische Hilfe anzufordern.«

»Er würde sie niemals bekommen.« Ich versuchte, mich auf meinem Stuhl aufrecht hinzusetzen. »Mylord ... mein Vater verabscheut den Mann. Alarics Bruder, Osric, hat Carillon – meinen Großvater – getötet und so meinen Vater zum Mujhar gemacht.«

»Er wollte den Titel nicht?«

»Nicht um den Preis von Carillons Leben.«

Shea nickte nachdenklich. »Warum verheiratet er seinen Sohn dann mit Alarics Tochter?«

Mein gesundes Auge wollte sich schließen. Mein Denkvermögen schwand zu schnell. »Mylord ...?«

»Warum verheiratet Donal Niall mit Gisella von Atvia?«

Der trügerisch freundliche Tonfall weckte mich wieder, wie nichts anderes es vermocht hätte. Ich betrachtete Shea genauer. »Wegen des Bündnisses«, sagte ich. »Wir können keine Schwierigkeiten mit Atvia gebrauchen. Wir haben mit Solinde und mit Strahan genug zu tun.«

»Ein Ihlini«, sagte Liam. »Mit Alarics Hexe verwandt.«

Shea rieb seinen Bart. »Alaric wünscht diese Heirat?«

»Ich glaube ja, Mylord. Ich bin bereits stellvertretend verheiratet mit...« Ich hielt inne. Ich konnte es nicht ertragen, ihren Namen auszusprechen: meines Bruders Mörderin.

»Alaric wünscht die Heirat.« Shea nickte. »Gut.«

Ich atmete unruhig ein und versuchte, meinen Kopf freizubekommen. »Was werdet Ihr mit mir tun, Mylord? Werdet Ihr mich nach Atvia schicken?«

Erinns rauher Herr erhob sich und kam zu mir. Er blieb stehen. Lächelte freundlich zu mir herab, mit unendlichem Einfühlungsvermögen. »Ihr seid müde, Bursche, und verletzt. Ihr braucht Ruhe. Ich werde meinen Sohn bitten, Euch in Euer Gemach zu führen.«

Shea schwankte vor meinen Augen. »Ihr habt meine Frage nicht beantwortet.« Ich wartete. »Mylord«, fügte ich schwach hinzu.

Shea und Liam lächelten einander zufrieden zu. Aber nur der ältere Mann sprach. »Wenn Alaric diese Heirat also so sehr wünscht, wird er dafür bezahlen, nicht wahr?«

»Dafür bezahlen?« fragte ich benommen.

»Ja«, sagte Shea zufrieden. »Auf die eine oder andere Art werde ich die Zugeständnisse bekommen, die ich von ihm haben will. Im Austausch für den Verlobten seiner Tochter.«

Die Müdigkeit wurde mit einer Woge der Erkenntnis aus meinem Körper herausgespült. »Und wenn er jene Zugeständnisse nicht gewähren will?«

Shea machte eine sprechende Geste. »Ihr seid der Erbe des Throns von Homana, Bursche. Wir werden Euch entsprechend behandeln. Ihr braucht nicht um Euer Leben zu fürchten.« Er grinste. »Ihr werdet als unser Gast geehrt werden … so lange, wie Alaric darauf beharrt.«

Kapitel Neun

Das erhöht liegende königliche Haus von Erinn, genannt Kilore. Wie passend, dachte ich. *Sicherlich zieht Shea Adler anstatt Söhne und Töchter auf.*

Kilore stand an einem markanten Punkt Erinns auf einer kalkweißen felsigen Landspitze. Es gewährte jedem weitsehenden Menschen einen Blick auf Atvia – nördlich über die Wasserstraße, die die Erinnier den Drachenschwanz nannten. Jetzt war nur ein unklarer Blick möglich, da die Meeresgischt und die Entfernung ihn verzerrten. Und auch die Tränen des Kummers und die Verbitterung der Enttäuschung verzerrten meinen Blick.

Ich stand auf der zugigen Festungsmauer, blickte auf die bewegte Wasserstraße hinaus und verfluchte den Drachen, dessen Launenhaftigkeit mir meinen Bruder genommen hatte. Ein erinnischer Wind blies mir in die Ohren und sang ein Klagelied, das ich nur zu gut kannte. Es hielt mich jede Nacht wach. Es ließ mich jede Nacht träumen – von meinem Bruder träumen.

Kummer dämpft den Schmerz körperlicher Wunden und Schmerzen. Meine Rippen heilten, mein Auge ließ sich wieder öffnen, die Kratzer und Quetschungen heilten. Ich wurde durch erinnische Pflege wieder gesund, aber ich bedauerte es. Es verschaffte mir Zeit, erneut an Ian zu denken.

»Sehnt Ihr Euch nach Eurer atvianischen Braut?«

Ich wandte mich um. Der Wind trocknete die Überreste meiner Tränen. Ich sah, daß Liam die einfache Kriegerkleidung gegen eine edlere aus blaugefärbtem Stoff eingetauscht hatte, die von gehämmerten Goldplättchen gehalten wurde. Seine schimmernden Locken waren glattgebürstet, aber der Wind brachte sie bereits wieder in messingfarbene Unordnung.

»Nein«, sagte ich tonlos. »Es ist schwierig, sich nach einer Frau zu sehnen, die man noch niemals gesehen hat.«

Liam preßte seinen Bauch, genau wie ich, gegen die Mauer und stützte die Ellbogen auf den oberen Rand der Schießscharte, die auf beiden Seiten von höheren Schartenbacken begrenzt wurde. »Sie ist ein bemerkenswertes Mädchen. Ich habe sie einmal gesehen, als sie den Drachenschwanz entlangsegelte, um einen besseren Blick auf Sheas unfolgsame Kinder zu erhaschen.« Er grinste. »Atvia ist so nahe, daß sie genauso gut hätte rufen können.«

Ich wollte nicht mit ihm sprechen, nicht mehr als sonst. Aber Liam bemerkte mein mürrisches Schweigen nicht… oder er verhielt sich so, um das Schweigen zu brechen. »Ihr wollt sie für Euch selbst.« Das konnte man sagen. Ich sagte es.

Liam lachte lange und laut. »Eine einfache Erklärung, nicht wahr? Eine weitere Sache, die man mir übelnehmen kann? *Hah!* Ich bin bereits verheiratet, Bursche. Ich will nichts von dem Mädchen. Ihr könnt sie haben.« Er betrachtete mich aus nachdenklichen grünen Augen genau. »Aber Ihr solltet nicht solches Vertrauen in diese Art der Bündnisse setzen, mein Junge. Sie halten nicht immer.«

»Was solltet *Ihr* darüber wissen?«

Liam nickte und blickte zu der fernen Insel hinaus. »Mehr als Ihr vielleicht denkt. Meine Mutter war Atvianerin.«

Das ließ mich den Kopf ruckartig wenden. »Eure *Mutter?*«

Liam klopfte mit einem plumpen Finger auf den Mörtel. Der Nagel war bereits geschwärzt, und nun würde er abgeschält werden. »Ja, sie war Atvianerin. Shea hat sie geheiratet, um diese verfluchte Fehde zwischen den Königreichen zu beenden. Eine Zeitlang gelang es. Dann wurde ich geboren, und Shea wollte einen Titel für seinen Sohn. Also beanspruchte er erneut den Titel des Herrn der Idrianischen Inseln.« Er sah mich ruhig an. »Alaric ist mein Onkel.«

Ich schaute angewidert fort. »Meine Heirat wird uns, Euch und mich, zu Verwandten machen.«

»*Wenn* Ihr das Mädchen heiratet.«

»Und was sollte mich davon abhalten?« Ich wandte mich um und sah ihn an. »Habt Ihr die Absicht, mich davon abzuhalten?«

Liam lächelte. Dann lachte er. »Der junge Hund knurrt. Ihr könnt knurren, so laut Ihr wollt. Ich weiß es besser, als daß ich einen Hund nach dem Klang seiner Stimme beurteilen würde.«

Innerlich fluchte ich, aber äußerlich zeigte ich ihm ein ausdrucksloses Gesicht. »Ich bin bereits stellvertretend mit Gisella verheiratet. Und die eigentliche Hochzeit wird auch stattfinden.«

»Stellvertretend mit dieser *Hexe* verheiratet.« Liam fluchte, spie über die Mauer hinweg aus und machte das Schutzzeichen gegen Ihliniübel. »Aber zumindest habt Ihr nicht mit ihr geschlafen, sonst wären Eure Lenden sicherlich verflucht.«

Ich brummte. »Wenn ich mit ihr geschlafen hätte, wäre *diese* Heirat Wirklichkeit.«

Liam klopfte erneut auf den Mörtel. »Bursche, Ihr *müßt* es verstehen. Alaric wird Sheas letzten Forderungen wohl kaum nachgeben. Er hat es auch niemals zuvor getan. Sie sind zwei alte Jagdhunde, die die verfaulten Zähne wegen einer Hündin blecken, die das nicht kümmert.« Der Sonnenschein vergoldete Bart und Locken. »Das soll keine Beleidigung für Euch sein, Bursche, aber er kann überall einen Mann für seine Tochter finden. Homana ist wohl kaum das einzige Königreich auf der Welt, noch seid Ihr der einzige Prinz.«

Ich griff hilflos nach dem Messer, das nicht in seiner Scheide steckte. Nicht um Liam, den ich als den besseren Kämpfer einschätzte, Schaden zuzufügen, sondern aus dem fast krankhaften Wunsch heraus, *irgend jemanden* anzugreifen, nur um die bittere Enttäuschung zu dämpfen. »Alaric hat noch keine Nachricht gesandt?«

»Noch nicht, bis auf diese erste seines berechnenden Zorns.« Liam grinste verzerrt. »Mir scheint, daß der Wert des Prinzen seiner Tochter fällt.«

Ich biß geräuschvoll die Zähne zusammen und zwang den nächsten Satz hervor. »Laßt mich eine Nachricht an meinen Vater schicken, und Ihr werdet *sehen*, welchen Wert ich habe.«

Liam lehnte sich lachend und nachlässig gegen die Mauer. »Ich bezweifle nicht, daß Donal seinen Erben wertschätzt. Aber eine solche Handlungsweise würde uns das gesamte homanische Heer auf den Hals hetzen, obwohl es doch nur um ein Handgemenge zwischen Erinn und Atvia geht.«

Ich hielt mich nur mit größter Anstrengung davon ab, die Mauer mit meiner Stiefelspitze zu bearbeiten. »Woher wollt Ihr wissen, daß Alaric meinem Vater keine Nachricht geschickt hat? Nichts wäre ihm lieber, als wenn Donal von Homana etwas von ihm bräuchte.«

»Ich kenne Alarics Stolz«, antwortete Liam. »Ich habe selbst einen gewissen Anteil daran, Bursche, habt Ihr das vergessen?« Er rieb aufgebracht über eine von Meersalz überzogene Schnalle. »Alaric wird warten. Alaric wird das Spiel zu Ende spielen. Im Augenblick ist Homana noch nicht einbezogen. Es ist nicht notwendig.«

»Wie kann es nicht notwendig sein?« schrie ich. »Mein Vater weiß nicht einmal, daß sein anderer Sohn tot ist!«

Liam ließ die Schnalle augenblicklich los und sah mich entsetzt an. »Ihr hattet einen *Bruder* auf jenem Schiff?«

»Hatte«, echote ich wie betäubt. *Götter, warum mußte es Ian sein?* »Ja. Er ist untergegangen, wie auch all die anderen, die vom Drachen verschlungen worden sind.«

Alle Leichtfertigkeit war aus Liams Gesicht gewichen. »Ihr seid sicher, daß er gestorben ist?«

Ich zuckte teilnahmslos die Achseln und wandte mich ab. Drehte mich um und schaute auf den weißbekrönten Drachenschwanz hinaus. »Wie konnte er überleben?«

»*Ihr* habt überlebt, Bursche. Vielleicht ist er genauso an Land gespült worden wie Ihr.«

»Er ist tot«, sagte ich. »Ohne Tasha ...«

Liam strich sich die Haare aus dem Gesicht. »Es ist hart für einen Mann, eine Frau zu verlieren, aber das bringt ihn nicht immer um, Niall. Es besteht immer noch eine Möglichkeit ...« Er brach ab, als ich ihn ungläubig anstarrte. »Warum starrt Ihr mich so an, Bursche? Es ist keine Narrheit, die ich von mir gebe, sondern die Wahrheit!«

Ich schüttelte langsam den Kopf. »Tasha war nicht seine Frau, Liam, nicht einmal seine Gespielin. Tasha war sein *Lir*. Ohne sie ist er ein toter Mann.«

»Wie könnt Ihr dessen so sicher sein? War er denn ein kränklicher Mensch? Ein Schwächling?« Der Wind zerrte an Bart und Haaren. »Wenn ich *Euch* betrachte, Niall, denke ich, daß er zäher sein muß, als Ihr annehmt.«

»Es hat nichts mit Zähigkeit zu tun.« *Und es hat* alles *damit zu tun.* Ich streckte die Hand aus, ergriff sein Handgelenk und wandte die sehnige Unterseite himmelwärts. »Wenn ich ein Messer nähme und tief genug einschnitte, um all Euer Blut über den Fels zu ergießen, würdet Ihr dann sterben?«

»Seid ihr verrückt, Bursche? *Natürlich* würde ich ausbluten – sterben!«

»Weil Ihr das Blut zum Leben braucht.« Ich ließ sein Handgelenk los. »Betrachtet die *Lirs* wie dieses Blut. Ohne Tasha stirbt Ian.«

Liam blickte auf sein Handgelenk hinab. Die dichten blonden Brauen zogen sich zusammen. Jetzt ähnelte er seinem Vater noch mehr als sonst. Aber als er mich anblickte, sah ich Mitgefühl in seinen Augen. »Das ist er also? Der Preis? Der Preis dafür, ein Cheysuli zu sein?«

Ich hielt seinem Blick unbewegt stand. »Für jeden Krieger, außer natürlich für mich selbst.«

Grüne Augen verengten sich, während er mich betrachtete. »Würdet Ihr das dann also wollen? Diesen Preis bezahlen zu müssen? Wenn Ihr wüßtet, daß Ihr sterben müßtet, wenn man Euch das Tier nähme, obwohl Ihr *gesund* wärt – würdet Ihr es dann immer noch wollen?«

»Ja«, sagte ich. »Wenn ein Gott zu mir käme und mir im Austausch für ein Auge einen *Lir* böte, würde ich ihm sogar beide Augen geben.«

»Es tut mir leid«, sagte er jäh. »Prinz oder nicht – Ihr seid ein ehrenwerter Mann und verdient eine bessere Behandlung.«

Hoffnung stieg auf. »Also werdet Ihr mich meinen Vater benachrichtigen lassen?«

»Nein.«

Ich streckte die Hände nach seiner Kehle aus, schloß noch in der Luft die Fäuste und schüttelte sie vor seinem Gesicht. »Götter, Erinnier, tut Ihr das, um mich zu quälen? Ihr seid schlimmer als die Ihlini!«

»Es wäre meinem Vater nicht dienlich«, erklärte Liam, aber ich sah das verärgerte Glitzern in seinen Augen.

»Eurem Vater!« spie ich aus. »Diesem alten Narren? Ihr nennt ihn doch selbst einen alten Jagdhund mit verfaulten Zähnen.«

Liam griff meinen linken Arm mit eisernem Griff und unterbrach den Blutstrom. »Würdet Ihr mir an meiner Stelle erlauben, eine Nachricht an meinen Vater zu schicken? Würdet Ihr es wagen, ein Heer von Gestaltwandlern in Euer Land zu locken? Ich glaube nicht, junger Hund – das glaube ich ganz und gar nicht!«

Liam schüttelte mich, und ich bekam einen Eindruck von seiner Kraft. Ich bekam einen Eindruck von seinem Zorn. »Shea kann Donal keine Nachricht zukommen lassen, da er uns sonst den Künsten aussetzt, die Ihr Gestaltwandler treibt!«

»Götter, ich wünschte, ich *hätte* sie!« schrie ich zurück. »Ich würde Euch wie einen brüchigen Knochen zerbrechen!«

Eine ruhige Stimme mischte sich ein. Aber es war nicht Sheas vertrautes Brummen. »Manchmal wünschte ich, jemand würde meinen Bruder *tatsächlich* zerbrechen. Seine Einbildung kennt keine Grenzen.«

Liam stieß mich gegen die Mauer, während er meinen Arm losließ. Ich stöhnte, als mein Rückgrat auf den Stein auftraf, stand aber fast sofort wieder aufrecht. Ich versuchte, die Taubheit in meinem Arm nicht zu beachten.

Liam lachte laut, während er mir den Rücken zuwandte und sich an die Mauer lehnte, wobei alle Verärgerung verflogen schien. »Sie ist wieder da, Bursche. Jetzt werden wir gar keinen Frieden mehr haben.« Das Gelächter erstarb. »Dies ist Deirdre von Erinn, Niall. Meine Schwester.«

Sie war ein weiblicher Liam, aber ohne all die rauhen Kanten. Sie war ebenso groß wie er, aber schlanker. Das Haar war von demselben hellen messingfarbenen Gold. Ungebunden, wurde es ihr vom Wind aus dem Gesicht geweht. Sie trug Grün, passend zu ihren Augen, und keinerlei Schmuck. Sie brauchte keinen Schmuck.

»Deirdre kommt und geht, wie es ihr gefällt«, sagte Liam beiläufig. »Shea läßt ihr viel Freiheit.«

»Für eine Frau?« fragte sie. »Er läßt dir genauso viel Freiheit – sogar noch *mehr,* da du ein Mann bist.« Ihre Gesichtszüge waren eher männlich als weiblich, da sie deutliche Merkmale ihres Vaters trugen, was aber ihr bemerkenswertes Aussehen nicht beeinträchtigte. Es verlieh ihm nur einen anderen Wert. »Warum sollte ich in diesem zugigen Stapel Ziegelsteine und Mörtel bleiben, wenn es dort draußen eine Welt zu entdecken gibt?«

»Die Welt besteht aus Erinn«, erwiderte Liam. »Gib es auf, Mädchen. Solange der Krieg andauert, wirst du die Insel nicht verlassen.«

»Dieser Krieg wird ewig dauern.« Sie strich sich das Haar aus den Augen, hielt es fest und drehte es zu einem einzigen dicken Zopf. Auf ihrer Nase waren zwei goldene Sommersprossen zu sehen. Ihre Wangenknochen waren stark gewinkelt – genau wie Liams, dachte ich, aber seine blieben unter dem Bart fast verborgen – und der Wind trieb Farbe in ihre cremehelle erinnische Haut. Sie lächelte ein warmes, aber verschwörerisches Lächeln, als wären wir in ein sorgloses Kinderbild eingebundene, fröhliche Gefährten. »Könnt Ihr Liam wirklich für mich zerbrechen?« fragte sie. »Wie einen brüchigen Knochen?«

»Wenn ich die Gelegenheit dazu hätte.« Und doch wußte ich, daß ich es nicht konnte.

Schön geschwungene Brauen hoben sich nachdenklich. »Dann sollte ich dafür sorgen, daß Ihr sie bekommt.« Sie sah Liam an. »Ist das der Prinz, den wir als Geisel hierbehalten?«

Liam stöhnte. »Als *Gast*, Deirdre ... Niall ist unser *Gast*.«

Sie zuckte die Achseln. »Geisel, Gast, Gefangener ...« Deirdre sah mich an. »Ihr seid Niall von Homana. Mein Vater hat mir gesagt, daß Ihr hier seid.«

»Gegen meinen Wunsch, ja.«

Sie faltete die Arme über ihren Brüsten und entriß ihre Haare den beharrlichen Fingern des Windes. »Er hat mir nicht gesagt warum. Wirst du es mir sagen, Liam?«

Liam streckte einen Stiefel aus und berührte sanft ihre Schuhspitze. »Wenn er es dir nicht gesagt hat, Mädchen, dann hat er einen Grund dafür.«

»Ich bin eine *Frau*. Shea vergißt, daß ich seine Tochter bin, die genauso viel Verstand hat wie du.« Sie lächelte mit kaum wahrnehmbarem Spott, hauptsächlich in meine Richtung. »Warum seid Ihr hier, Niall von Homana?«

Ich wollte scharf und verbittert antworten, einen weiteren von Sheas stolzen Adlern treffen. Aber ich tat es nicht. Sie verdiente es nicht.

»Ich habe Schiffbruch erlitten. Shea behält mich hier, weil ich für seinen Feind von Wert bin.«

Ihre Augenbrauen schossen in die Höhe. »Für Alaric? Welchen Wert solltet *Ihr* für ihn haben?«

Bei ihr klang der singende Rhythmus der Stimme weicher, anziehender, obwohl ich nicht bezweifelte, daß Frauen auch Liams Stimme gefiel. »Ich soll seine Tochter heiraten.«

»Aha«, sagte sie weich, wie begreifend. Und dann lachte sie laut und wandte sich der Mauer zu, um nach Atvia hinauszuschauen. »Also wird meine Verwandte die Hochzeitsnacht vor mir erleben.«

»Hast du es anders erwartet?« fragte Liam gespielt verwirrt. »Du schickst alle Bewerber fort.«

»Seid Ihr formell verlobt?« fragte Deirdre mich und überging ihren Bruder damit einfach.

»Ich bin stellvertretend verheiratet.«

Sie nickte nachdenklich. »Ich war einmal verlobt. Als ich noch sehr jung war.«

Liam brummte tief in der Kehle. »Du hättest mich ihn töten lassen sollen, Mädchen, weil er die Verlobung gebrochen hat.«

»Ich *wollte*, daß er sie bricht. Er hatte sein Herz an eine andere verloren.« Sie zuckte die Achseln. »Er ging wieder nach Hause nach Ellas und war vollkommen glücklich, mich weit zurückzulassen.«

»*Ellas!*« Ich betrachtete sie genau. »Er war Ellasier?«

»Evan«, sagte sie. »Der Bruder des Hochkönigs Lachlan. Er kam hierher, weil sein Bruder ihn, auf ein Bündnis hoffend, geschickt hatte. Aber es gab eine andere Frau für Evan. Er wollte nichts von mir.«

»Evan hat eine Verwandte von mir geheiratet!« belehrte ich sie. »Meghan, die Tochter von Finn, dem Onkel meines Vaters.«

Deirdre beobachtete mich über eine angehobene Schulter hinweg. Sie runzelte leicht die Stirn und zuckte dann die Achseln. »Ich kenne die Namen nicht. Ihr werdet mir eines Tages ein wenig von der homanischen Geschichte erzählen müssen.«

Ich lachte. »Lady, es wird kein ›eines Tages‹ geben, wenn ich etwas dazu zu sagen habe. Ich beabsichtige, nach Atvia zu gehen.«

Deirdre lächelte verständnisvoll. »Eine sinnlose Absicht, glaube ich. Shea wird es niemals zulassen.«

»Es gibt eine Möglichkeit.« Liam wandte sich zu mir um, die Mauer im Rücken. »Geht ein *neues* Bündnis ein, Bursche. Statt dessen eines mit Erinn.«

Ich seufzte. »Ich bin stellvertretend verheiratet, Liam. Nach homanischem Recht ist das dasselbe, wie richtig verheiratet zu sein… und wir beenden rechtmäßige Ehen nicht. Wenn ich Gisella jetzt nicht heiraten würde, da ich bereits mit ihrer Stellvertreterin verheiratet wurde, wäre Alaric berechtigt, einen Krieg zu fordern und mit jedem verfügbaren Krieger nach Homana zu segeln.« Ich schüttelte den Kopf. »Ich bin kein Narr, Erinnier.«

Außerdem ist da die Prophezeiung… wenn ich Gisella nicht *heiratete, was würde dann aus meinem Tahlmorra werden? Würde ich die Nachwelt vernachlässigen?*

Liam blinzelte nachdenklich und kratzte sich seinen messingfarbenen Bart. »Alaric auch nicht. Er würde mehr als einmal darüber nachdenken, nach Homana zu segeln, während Erinn an seiner Flanke steht.« Er nickte leicht und lächelte. »Wenn er nach Homana zöge, würde er nur die Hälfte seines Heeres mitnehmen. Den Rest würde er zurücklassen. Denn wenn er töricht genug wäre, *jedermann* mitzunehmen, dann gehörte Atvia mir.«

Ich schüttelte den Kopf. »Gleichgültig ob er ein halbes oder ein ganzes Heer mit sich nähme, es gibt keinen Grund, Homana wieder in den Krieg zu stürzen. Selbst bei einem sicheren Sieg nicht.«

Liam zuckte die Achseln. »Nur eine Idee, Bursche, und die Mühe wert, sie zu überdenken. Ich wollte damit nur verdeutlichen, daß es außer Gisella noch andere Prinzessinnen auf der Welt gibt.«

Wie beabsichtigt, schaute ich sofort zu Deirdre. Sie stand mit dem Rücken zu mir. Aber jetzt fuhr sie herum und sah uns beide an. »Ich beteilige mich nicht an einem eurer törichten Spiele!« schrie sie. »Glaubt ihr, ich hätte darum niemals geheiratet, weil ich auf *ihn* wartete?«

»Deirdre, ich möchte dich bitten, dich weniger laut zu äußern.« Liam lächelte gewinnend. »Es war nur eine Idee.«

»Verbanne sie wieder in die Seepocke, die du deinen Kopf nennst«, belehrte sie ihn barsch. »Und überlasse meine Heirat mir.«

»Dann wirst du niemals verheiratet werden.«

»Vielleicht wäre mir das lieber.« Sie lächelte, knickste und raffte ihre Röcke. »Ich werde Euch jetzt verlassen, *Mylord,* wenn Ihr nichts dagegen habt.«

Er seufzte. »Geh nur, Deirdre. Geh mit deinem Geplapper zu deinem Vater.« Sie lief mit schwingenden grünen Röcken davon, und Liam schüttelte den Kopf. »Sie ist wild, zu wild, das Mädchen meines Vaters. Aber unsere Mutter ist vor zehn Jahren gestorben, als Deirdre erst acht war. Shea hat sich eine zweite Frau genommen – eine gute Frau, aber zu zaghaft bei der Erziehung von Kindern. Sogar ich kann keine Fortschritte erzielen, ganz gleich wie sehr ich es versuche.«

Ich dachte an Isolde, die auf ihre eigene Art wild war. Ian kannte sie besser – *hatte sie besser gekannt* – als ich, da er ihr richtiger Bruder, nicht nur ihr Halbbruder war, und doch hatte auch er über ihre Unbekümmertheit geschimpft. Aber ich wußte, daß 'Solde arglos war. Und ich hielt auch Deirdre für arglos.

»Sie ist nicht hübsch«, sagte Liam offen, »aber sie hat eine ganz eigene Art an sich. Euer Besuch wird jetzt, da Deirdre zu Hause ist, angenehmer verlaufen.«

»Warum?« fragte ich offen. »Wird sie mein Bett mit mir teilen?«

Schnell, so schnell, packte er mich an beiden Armen und hob mich vom Boden über die Schießscharte hinüber. Fest angespannte Lippen und zusammengebissene Zähne teilten die Maske, die Bart und Schnurrbart bildeten.

»Sagt das noch einmal«, forderte er mich leise auf, »und ich verspreche Euch, daß die *Felsen dort unten* Euer Bett sein werden.«

Ich mußte nicht hinsehen. Ich mußte nichts sagen. Ich nickte ihm nur zu.

Liam ließ mich los. Ich sank an der Schießscharte zusammen und umklammerte eine der nächsten Schartenbacken. »Ihr seid aufgebracht«, sagte er, »das weiß ich. Mich würde das alles auch verrückt machen. Aber macht meine Schwester nicht zum Ziel Eures Zorns.«

Ich rückte gemächlich meine Kleidung zurecht. Ich wußte nichts zu sagen.

Liam schüttelte den Kopf. »Tut, was Ihr wollt. Aber wenn Ihr Euch meine Schwester zur Feindin machen wollt, macht Ihr Euch auch meinen Vater zum Feind. Und was mich selbst betrifft, so kümmert es mich wenig, was aus Donals kläffendem jungen Hund wird.«

Er ließ mich auf Kilores zugigen Festungsmauern allein. Als er ging, verspürte ich ein tiefes Bedauern.

Für ihn ebenso sehr wie für mich.

Kapitel Zehn

Liams Verärgerung hielt nicht an. Er war ein gerechter Mensch, zu zufrieden mit dem Leben, um zuzulassen, daß Düsterkeit seine Seele allzu lange vereinnahmte. Sein Einfühlungsvermögen in meine unerfreuliche Lage überraschte mich in seiner Stärke. Er verstand anscheinend besser, was ich empfand, als ich selbst es verstand. Und so machten wir unseren Frieden, ohne ein Wort darüber zu verlieren, und das Leben wurde unendlich viel leichter.

Mit der Zeit wurden die Fesseln ein wenig gelockert. Ich bekam ein Pferd aus den königlich erinnischen Ställen zugewiesen, einen hellgrauen Wallach, und konnte ausreiten, wann immer ich wollte. Ich ritt häufig, galoppierte über die endlosen Höhen und Vorgebirge. Liam teilte mir sechs Männer zu, die mit mir reiten sollten, wenn er selbst nicht mitkommen konnte, und so lernte ich, eine Geisel der Gastfreundschaft zu sein. Aus Gründen meiner Ehre als Prinz – der entsprechend ich keine Beschwerden bezüglich meiner Behandlung äußern konnte – war kein Fluchtversuch möglich.

Ich suchte häufig Zuflucht in der Einsamkeit der zugigen, dem Drachenschwanz vorgelagerten Gebirge. Auch an diesem Morgen beobachtete ich, was ich stets beobachtete: die Fischer, Atvianer und Erinnier gleichermaßen, die mit der Flut aufs Idrianische Meer hinaussegelten und fischten, bis die Ebbe sie wieder zurückbrachte.

An diesem Morgen hatte sich der Nebel gelichtet, aber die messingfarbene Sonne konnte die Kälte des herannahenden Herbstes nicht ganz verbannen. Ich zog meinen pelzgesäumten Umhang enger um die Schultern und zügelte mein Pferd, um freudlos den Strand unter mir zu betrachten.

Es wird bald Herbst. Es sind schon Monate vergangen, seit ich von Hondarth losgesegelt bin. Drei Monate, sagten sie mir, von Hondarth nach Atvia. Ich könnte schwören, daß es schon doppelt so lange her ist – und mein Vater ist noch immer im ungewissen.

Das ferne Klirren von Pferdegeschirr verriet einen herannahenden Reiter. Ich schaute verärgert auf, bereit, meine menschlichen Wachhunde weiter fortzuschicken. Sie wußten es besser, und belästigten mich nicht durch eine zu enge Überwachung. Aber die Worte erstarben mir im Mund, als ich Deirdre sah, deren karmesinroter Umhang im Rhythmus ihres galoppierenden Pferdes mitschwang. Ein einzelner Zopf schlug beim Reiten gegen ihren Rücken, und sie saß ganz vornübergebeugt im Sattel, um den dunkelgrauen Wallach ungehindert voranjagen lassen zu können.

Sie ritt geradewegs auf mich zu, gezielt zum Ende des Vorgebirges, zum Rande Erinns selbst. Sie lachte. Ich sah karmesinrot gefärbte Damhirschstiefel in Eisensteigbügeln, und ihr Umhang flatterte, flatterte, flatterte, während sie dahingaloppierte und in freudigem Jubel lachte. Ich hatte das Gefühl selbst gekannt, aber seit meiner Gefangenschaft nicht mehr.

Seit Ians Tod nicht mehr.

Sie setzte sich jäh im Sattel auf, nahm die Zügel hoch und rief dem Wallach etwas zu. Ich beobachtete, wie er die dunklen Beine verhielt und rutschte, wobei er durch das feuchte Gras pflügte, daß es wie schlammiger Regen hinter ihm aufstob. Aber er blieb stehen. Er blieb am Rande der Welt stehen.

Deirdre lachte atemlos. Der Wind und der Ritt hatten Strähnen ihres Haars aus dem Zopf befreit, die sich in vergoldeter Unordnung um ihr gerötetes Gesicht kringelten. Ihre grünen Augen strahlten, während sie den Wallach neben meinen führte. Die Pferde rieben ihre Nasen aneinander, dunkles und helles Grau, schnaubten und zupften dann mit gierigen Zähnen in völliger Eintracht an saftigem Gras. Gebißstücke und Zaumzeuge klirrten als Kontrapunkt zum Schreien der Möwen.

»Also habt Ihr den Frieden im Sturm entdeckt«, sagte sie.

Ich schaute von ihr zum windgepeitschten Drachenschwanz. »Sind sie einander nicht feindlich gesinnt?«

Die Damhirschhandschuhe paßten zu den Stiefeln. Sie machte eine weitschweifige Geste. »Unter uns seht Ihr das aufgewühlte, wilde Meer und spürt den kalten Atem des Drachen, der durch seine Zähne pfeift. Wind und Wasser haben ihren eigenen Frieden und sind Balsam für eine besorgte Seele.« Ihre Augen waren sehr grün und sehr klar, als sie mich ansah. »Und sucht Ihr nicht diesen Frieden?«

»Aber warum solltet *Ihr* ihn suchen«, erwiderte ich. »*Ihr* seid keine Gefangene.«

Sie trug ein edles, weißes, tunikaartiges Gewand unter dem karmesinroten Umhang, das mit goldplattiertem Leder gebunden war. Die Farben standen ihr genauso gut wie der rauhe Wind, der ihren Zopf zauste und ihr die Strähnen ins Gesicht wehte. »Ist eine Frau nicht zunächst die Gefangene ihres Vaters und später die ihres Ehemannes?«

Ich lächelte. »Wenn *Ihr* eine Gefangene Eures Vaters seid, ist das die unsteteste Gefangenschaft, die ich jemals erlebt habe. Und was einen *Ehemann* betrifft, so müßtet Ihr nur Eure Zunge hüten und wärt zweifellos innerhalb eines halben Jahres verheiratet.«

Deirdre lachte laut und unbeeinträchtigt. »Aber was würde mein Vater ohne mich anfangen?« Plötzlich erstarb ihr Lachen. »Er hat zwei Töchter in fremde Länder verheiratet und eine dritte im Kindbettfieber verloren. Ich bin seine Jüngste, sein Liebling … von allen seinen Mädchen. Er würde mich lieber bei sich behalten, wenn ich bleiben wollte.«

»Und wollt Ihr bleiben?«

Sie zuckte halbherzig die Achseln. »Ich würde gern die Welt sehen. Aber nicht zu dem Preis, einen Ehemann nehmen zu müssen, den ich nicht will.«

»Shea würde Euch niemals zwingen, eine Ehe unter politischen Gesichtspunkten einzugehen.«

»Nein«, stimmte sie mir zu. »Mein Vater ist, trotz all seiner schroffen Worte und seiner Art, ein liebevoller Mann. Er ist kein harter Herr, ganz gleich was *Ihr* glaubt.«

»Er hält mich gegen meinen Willen fest.«

Sie lächelte nicht. »Ihr könntet entkommen. Dort hinunter.« Sie schaute nicht einmal hinab. »Das könntet Ihr tun.«

Ich könnte. Hier war das Kalkriff gebrochen und zum Meer hinabgebröckelt wie an einem ausgewaschenen Flußufer. Es war nicht unmöglich.

Und doch war es das. »Ich habe Eurem Vater mein Ehrenwort gegeben. Wenn ich es breche, dann schade ich auch der Ehre meines Hauses. Das würde ich niemals tun.« Eine Möwe schrie über uns. »Ich habe *einigen* Stolz, Deirdre.«

»Fast soviel wie Liam«, sagte sie leise. »Und auch einen genauso tödlichen Stolz, denke ich.« Sie blickte auf scharlachrotes Leder hinab, während sie die Mähne ihres Wallachs neu flocht. »Er sagte mir, Euer Bruder wäre mit dem Schiff untergegangen.«

»So ist es.«

Sie sah mir ins Gesicht und verbarg ihr Mitgefühl nicht. »Das tut mir leid, Niall. Ich habe einen Bruder verloren, als ich sehr klein war. Er starb an einem Fieber, aber ein Tod ist immer ein Tod, wie auch immer er sich zeigt.« Sie sah mich noch etwas länger an, wandte dann den Kopf und blickte angestrengt aufs Meer hinaus, westwärts. »Was würdet Ihr tun, wenn Ihr jetzt in Homana wärt?«

Fast hätte ich ihr gesagt, daß ich vielleicht mit meiner atvianischen Frau schlafen würde, aber ich tat es nicht. Ich konnte vor Sheas vergoldeter, grünäugiger Tochter nicht über Gisella sprechen.

»Ich befände mich in Homana-Mujhar – dem Palast meines Vaters – und würde von seinen Ratsherren die Staatskunst erlernen. Die Götter wissen, daß ich solche Übung nötig habe.« Ich schaute, genau wie Deirdre, westwärts nach Homana. »Oder ich würde mich im Stammeskeep aufhalten … und wünschen, ich wäre vollständig.«

Sie schaute schnell zu mir zurück. »Vollständig? Also vermißt Ihr einen Teil von Euch?«

Ich lächelte, aber dieses Lächeln verging nur zu schnell. »Nein. Nicht an Haut und Knochen. Ich spreche vom Geist, von der Seele … von dem, was einen Mann der Welt wert macht. Es ist eine Cheysuliangelegenheit.« Ich wartete auf den vertrauten, nagenden Schmerz in meinem Bauch. Als er dann auftrat, war er nicht so stark wie sonst. Ich empfand dasselbe Bedauern wie üblich, die Sehnsucht eines Mannes, der Sicherheit braucht, aber ihr Mangel war jetzt nicht so schmerzlich. »Ein Krieger ohne *Lir* wird als nicht vollständig angesehen«, belehrte ich sie. »Solche Männer bleiben nicht beim Stamm, sondern suchen als seelenlose Menschen in den Wäldern den Tod, bis er ihnen gewährt wird.«

Ich hatte gewiß erwartet, daß sie entsetzt zurückschrecken und eine Bemerkung zu dem barbarischen Glauben der Cheysuli machen würde, aber sie tat es nicht. Sie betrachtete mich nur schweigend, als dächte sie über das nach, was meine Worte beinhalteten.

»Ihr steht hier vor mir, lebendig«, sagte sie schließlich. »Warum lebt Ihr dennoch?«

Ich wich ihrem Blick aus. »Weil ich keinen *Lir* verloren habe, denn ich hatte niemals einen. Von mir erwartet man nicht, daß ich das Ritual vollziehe. Aber... auch, weil ich eigentlich zwei Männer bin.« Und ich sprach verbittert. »Prinz und Krieger. Homaner und Cheysuli. Ich bin nicht ganz der eine, noch vollständig der andere.«

»Und niemand erkennt Euch vollkommen an.«

»Nein.« Der Atem des Drachen pfiff. Ich spürte die Berührung seiner eiskalten Zähne.

»Was seid Ihr, Niall?« fragte sie. »Sagt mir, wer Ihr seid.«

»Was ich bin...« Ich schaute in den Himmel hinauf. »Ich bin ein Gefäß, das die Götter benutzen wollen, um eine Prophezeiung zu gestalten.«

»Das ist das Schicksal aller Menschen. Ein Teil ihrer *eigenen* Prophezeiung zu sein, ungeachtet des Ursprungs.«

Kurz darauf streckte ich die Hand aus und berührte ihre behandschuhte Hand. »Ich verstehe, warum Euer Vater Euch nicht verlieren will. Wenn ich Shea wäre, würde ich Euch niemals gehen lassen.«

Der Wind peitschte ihr die Haare in die Augen, bis diese tränten. Sie lächelte traurig, zog ihre Hand von meiner zurück und wandte ihr Pferd von mir ab. Ich beobachtete, wie sie es zum Galopp antrieb. Dann wandte ich mich wieder um und suchte den Frieden im Sturm.

Ich träumte. In meinem Traum war ich ein Raubvogel, der am Himmel kreiste. Unter mir spielten in einem Schloßgarten zwei Mädchen mit einer Puppe, die eine vergoldete Broschenkrone trug. Die beiden Mädchen waren sehr gegensätzlich: blauschwarzes Haar/sehr dichtes goldenes Haar. Junge kupferbronzefarbene Haut/junge cremefarbene Haut.

Und als die Nähte rissen und sich Blut aus getrockneten Bohnen auf den Boden ergoß, sah ich Deirdres tränen-

überströmtes, von hellem goldenen Haar umrahmtes Gesicht.

Aber das Gesicht des anderen Mädchens kannte ich nicht.

Ein Geräusch weckte mich. Ich konnte es nicht benennen, ich wußte nur, daß es grob in meine Träume eingedrungen war und mich veranlaßt hatte, mich in etwas verwirrtem Zustand ruckartig aufzusetzen. Ein Blick auf die mit Stundenmarkierungen versehene Kerze sagte mir, daß ich kaum geschlafen haben konnte. Vielleicht etwas mehr als eine halbe Stunde. Nur ausreichend lange, um mich so vollständig loszulösen, daß es jetzt schwierig war, meine Sinne alle wiederzuerlangen.

Da. Erneut. Eine Stimme. Durch das Holz meiner schweren Tür gedämpft, aber deutlich genug, daß ich sie erkennen konnte.

Deirdres Stimme.

Sie klang drängend, bittend und verärgert zugleich. Ich hörte sie den Namen ihres Bruders rufen, und dann konnte ich keinen Sinn mehr in den Worten erkennen.

Ich überlegte, ob ich versuchen sollte, wieder einzuschlafen. Es war nicht meine Angelegenheit. Aber meine Neugier war geweckt. Ich glitt aus dem Bett, zog Hose, Hemd und Stiefel an und ging, um meine Tür zu öffnen.

Die Angeln quietschten. Ich streckte meinen Kopf in den Gang und sah, wie immer, den Wächter an einem Ende stehen, an der Wendeltreppe, von wo aus er mich im Auge behalten sollte. Am anderen Ende sah ich, als ich mich umwandte, Deirdre stehen, die sich bereits halbwegs für die Nacht umgekleidet hatte. Sie hatte die Enden ihres Nachtgewandes in den Hosenbund gesteckt, aber ein Teil des Leinenstoffes hing ihr hinten noch immer bis in die Kniekehlen. Und über dem Leinen hing ihr messingfarben-helles Haar, ungebunden, ungekämmt und unendlich erregend.

»Du *Skilfin*«, sagte sie gerade zu der geschlossenen Tür vor ihrer Nase. »Warum betrinkst du dich sinnlos, wenn ich dich brauche?«

Die Tür wurde geöffnet. Ich sah nur einen Teil des Gesichts in dem Spalt zwischen Tür und Türpfosten, aber es waren ohne Zweifel nicht Liams bärtige Züge.

Es war Ierne. Liams Frau.

»Ja, er ist betrunken«, belehrte Ierne Deirdre. »Hab Mitleid mit seinem armen Kopf, Deirdre, und sprich leiser.«

»Aber ich *brauche* ihn!«

»Werden wir angegriffen?« fragte Ierne ruhig. »Hat Alaric uns wieder über den Drachenschwanz hinweg zu stürmen versucht?«

»Nein, aber ...«

»Dann laß den armen Mann schlafen, Deirdre. Er tut das jetzt nicht mehr oft, nicht wahr?«

»Nein, aber ...«

Ierne sagte fest: »Es ist das Vorrecht einer Ehefrau, ihren Ehemann im Bett zu behalten, Deirdre. Eines Tages wirst du es *selbst* so tun.« Und genauso fest schloß Ierne die Tür dann vor Deirdres Nase.

»Skilfin«, murmelte Deirdre und drohte der Tür mit der Faust. Dann wandte sie sich seufzend ab und sah mich. Sie reckte den Kopf. Ihr Gesicht erhellte sich. »Nun, dann kommt Ihr mit. Ihr genügt auch.«

»*Ich* genüge auch? Wozu genüge ich auch?«

Sie schob ihr schweres Haar zurück, schritt in schlammigen Stiefeln den Gang hinab und schloß ihre Hand um mein Handgelenk. »Ihr genügt auch, weil ich niemand besseren habe, da Liam so betrunken ist. Es geht um Brenna, versteht Ihr. Kommt mit.«

Sie wartete gar nicht erst, bis ich die Tür geschlossen hatte. »Brenna?« fragte ich, während ich mit ihr ging, mein Handgelenk noch immer in ihrem Griff gefangen.

»Brenna«, sagte sie fest. »Sie braucht die Hilfe eines Mannes.«

»Eines … Mannes?«

»Ja. Sonst hole ich immer Liam zu Hilfe, aber auf ihn kann man heute nacht nicht zählen. Brenna kennt Euch nicht, aber wenn ich Euch erst vorgestellt habe, wird es in Ordnung sein. Sie mag die anderen nicht.«

Deirdre führte mich an dem Wächter vorbei und ließ dann mein Handgelenk los, während sie die Wendeltreppe hinabblickte. Hinter ihr stehend, sah ich, wie sich ihr Haar im Fackellicht zu geschmolzenem Gold verwandelte. Eine schlanke Hand glitt über rauhes Gestein, während sie hinab- und hinab- und hinabstieg ohne zu zögern. Die Schwester des Prinzen, die ich auf den Festungsmauern von Kilore gesehen hatte, grün gekleidet vor dem Grau des Himmels und der Mauern des königlichen Hauses, war fort. Die vornehme Prinzessin von Erinn in weißem Stoff, Karmesinrot und gehämmertem Gold auf einem sturmgrauen Pferd auf den Kreideriffs war fort. Jetzt sah ich eine andere Frau: zerzaust, unvollständig angezogen, ganz mit einer Sache beschäftigt. Und als sie den Kopf wandte und mich über eine Schulter ansah, als sie den Fuß der Treppe erreicht hatte, stellte ich – plötzlich, unvernünftigerweise – fest, daß ich den Wunsch verspürte, sie zu küssen.

»Kennt Ihr Euch mit Pferden aus?« fragte Deirdre.

Ganz vorsichtig entfernte ich mich aus ihrer unmittelbaren Nähe, indem ich die Treppe wieder zwei Stufen hinaufstieg. »Pferde?« Pferde waren das letzte, was ich im Sinn hatte.

»Ja. Wieso … dachtet Ihr, Brenna sei eine Frau?« *Ihre* Gedanken waren zweifellos nur halb auf mich gerichtet. Sie runzelte die Stirn und lachte dann. »Nein. Nein, sie ist eine *Stute.* Und zwar eine Stute, die gerade fohlt. Also kommt mit, sonst ist es vorbei, bevor wir hinkommen.«

»Wäre das so schlimm?« Ich dachte, daß eine Stute

sicherlich am besten wußte, wie sie ihr Junges auf die Welt bringen mußte.

»Also kennt Ihr Euch nicht mit Pferden aus?« fragte sie ungeduldig. »Dann geht wieder schlafen. Ich werde es allein schaffen.«

Brenna war offensichtlich ein Lieblingspferd. Nun, ich hatte selbst welche gehabt. Und jetzt wollte ich nicht wieder gehen. »Ich werde mitkommen.«

Deirdre führte mich aus dem Schloß heraus gezielt auf die Ställe innerhalb der Außenmauer zu. Es war fast kein Mond zu sehen, so daß ich über unebene Pflastersteine stolperte, wie ein Kind, das gerade laufen lernt. Deirdre, die den Burghof kannte, warf mir einen ungeduldigen Blick zu und eilte mit nur einer Fackel in der Hand weiter. Die Fackel rauchte und flackerte.

Bei den Ställen erwartete uns ein Mann. Er sah mich mit milder Überraschung an und wandte seine volle Aufmerksamkeit dann Deirdre zu. Er schien unbeeindruckt von der Tatsache, daß die Tochter seines Herrn mitten in der Nacht in Nachtgewand, Stiefeln und Männerhose im Stall erschien. Er nahm Deirdre einfach die Fackel aus der Hand und sagte, wir sollten weitergehen.

»Sie wird von mir genug haben«, sagte er ruhig. »Zumindest bis das Fohlen geboren ist. So ist es bei Brenna immer.«

»Ja.« Deirdre ging besorgt an ihm vorbei in den Stall, und ich folgte ihr.

»O *Breagha, Breagha*«, sagte Deirdre sanft, während sie in eine Box schlüpfte. »O meine Brenna *Breagha,* du wirst uns ein schönes Fohlen zeigen.«

Die Ställe lagen in dichten Schatten, nur von einigen wenigen Laternen beleuchtet. Als ich in die Box schaute, die Deirdre betreten hatte, konnte ich nur Dunkelheit erkennen, und dann bewegte sich die Dunkelheit.

Ich sah das Schimmern von Augen. Hörte das zitternde Schnauben von Samtnüstern. Roch den schwach beißenden Geruch eines äußerst angestrengten Pferdes.

Die Stute lag auf der Seite. Sie hob den Kopf, berührte mit der Nase sanft Deirdres Hand, versteifte sich vor Anstrengung. Ich sah das Schütteln den hoch aufgerichteten, schimmernden Bauch durchlaufen.

Deirdre trat sofort zurück, kam näher zu mir, um der Stute Platz zu machen. Die schwarze Brenna brummte, spannte sich an und legte sich wieder zurück.

»Da«, keuchte Deirdre. »Seht Ihr die Hufe genau unter Brennas Schweif? Das Fohlen wird sehr bald kommen.«

Sie sprach sanft, so sanft mit der Stute, beruhigte sie mit unendlicher Sorgfalt und Zuneigung. Brenna schien ruhiger zu sein, wenn Deirdre während der Geburt mit ihr sprach. Sie spannte sich noch einmal an, und das Fohlen glitt in das saubere Stroh des Stallbodens hinaus.

»Jetzt«, keuchte Deirdre und kniete sich hin, um das neugeborene Fohlen von der nassen Fruchtblase zu befreien. Brenna half ihr, ergriff, was sie von der Fruchtblase zu packen bekam, mit den Zähnen und begann das Fohlen dann zu lecken.

Und hörte fast genauso jäh wieder damit auf.

»Brenna *Breagha*«, tröstete Deirdre. »Ein schönes Stutfohlen für uns, nicht wahr?«

Sie war von Geburtsflüssigkeit durchnäßt, die Spitzen ihres hellen Haars hatten sich zu klebrigen Locken versteift. Ich sah das feuchte Schimmern an ihren Unterarmen, als sie die Ärmel ihres Nachtgewandes über die Ellbogen schob und hinabgriff, um die Nase des Füllens von Resten zu befreien.

»Ach, nein«, sagte sie plötzlich. »Ach, *nein*.« Ihr Haar wippte, als sie den Kopf herumriß. »Seamus? Seamus – bist du da? Schnell, Mann. Das Fohlen atmet nicht!«

Er war sofort bei uns und hängte seine Laterne an

einen Nagel. Jetzt konnte ich deutlich erkennen, wie still das Fohlen war, wie schlaff es in Deirdres Armen und in dem jetzt beschmutzten Stroh lag.

Seamus beugte sich gerade in dem Augenblick herab, als die Stute schwankend aufstand. Brenna wandte dem Fohlen den Rücken zu. Ihre Erschöpfung war deutlich zu erkennen, wie auch ihre Ablehnung des totgeborenen Jungen.

»Haltet sie fest«, sagte Seamus einfach zu mir. Ich tat, wie mir geheißen, ergriff Brennas Halfter und hielt sie in einer Ecke der Box fest, während dem Füllen geholfen wurde.

Die Stute war zu müde, um sich an meiner Anwesenheit zu stören. Sie schloß die Augen, als ich ihren Kopf streichelte und mich über die Reinheit ihrer Färbung wunderte. Schwarz, ganz schwarz, ohne einen einzigen Fleck Weiß. Unschätzbar.

»Breagha«, sagte Seamus, und ich wußte, daß er nicht mit der Stute sprach. »*Breagha*, wir können nichts mehr tun. Er ist von uns gegangen.«

»Du *Skilfin*, du hast es nicht stark genug versucht.«

»Doch, das habe ich«, sagte er ernst. »Wir können ihn nur noch den *Cileann* übergeben.«

»Nur das«, echote Deirdre. »Elf Monate lang haben wir auf diese Geburt gewartet, und jetzt ist da *nichts* ...«

»Ihr habt die Stute, *Breagha*.«

»Ja«, sagte sie schließlich und erhob sich. Sie kam zu mir, zu Brenna und legte ihr die Arme um den Hals. »O Brenna, Brenna, er war solch ein schönes kleines Fohlen, so *schön* ... für die *Cileann* geeignet, denke ich. Sie werden ihm alle Ehre und alle Freiheit seiner Zeit geben.«

»Dann bringe ich ihn hin«, sagte Seamus.

»Nein.« Deirdre fuhr herum, aber erst nachdem ich das plötzliche Aufflackern in ihren Augen gesehen hatte. »Nein, diese Aufgabe bleibt Niall überlassen, wenn er es tun mag.«

Sie hätte mich nicht fragen müssen. Und ich glaube, daß sie es genauso gut wußte wie ich, obwohl wir einander nicht anzusehen wagten.

Seamus' Gesicht verschloß sich. »Ein Homaner«, sagte er nur. Und dann fügte er hinzu: »Ein Gestaltwandler.«

»Sicherlich werden die *Cileann* ihm nicht seinen gerechten Anteil an der Magie mißgönnen«, schalt Deirdre. »Sie sind ehrenwerte und großzügige Leute. Sie werden ihn willkommen heißen, Seamus, genauso wie Shea selbst.«

Eine feine Rüge, dachte ich, die den treuen Diener daran erinnerte, daß die Frau, der er diente, die Tochter eines Königs war. Und die ihn ebenso daran erinnerte, daß mir die Achtung, die mir dieser König erwies, auch von ihm gebührte.

»Dann werde ich mich um die Stute kümmern. Sie wird mich jetzt wieder bei sich haben wollen.«

Deirdre sah mich an. »Könnt Ihr ihn heben?«

Ich nahm den nassen, leblosen Körper schweigend auf die Arme. Er wog erheblich weniger als einer der Wolfshunde Liams.

Sie nickte. »Dann bringt ihn mit. Wir haben etwas zu erledigen.«

Deirdre führte mich aus Kilore hinaus in die Hügel Erinns. Ohne nennenswerten Mondschein war die Sicht schlecht, und doch schien Deirdre den Weg zu kennen. Ich folgte der blassen Lumineszenz ihres Leinennachtgewandes und dem schwachen Schimmern glänzenden Haars. Sie blieb nicht stehen, sprach nicht, wandte sich nicht einmal um, als wollte sie nicht sehen, wie ich mit dem Gewicht des Fohlens zurechtkam. Sie ging einfach weiter, in ihren Gedanken verloren, und ich überließ sie dem Schweigen.

Schließlich blieb sie auf einem zerfallenen Hügelkamm stehen. Über das Fohlen hinweg sah ich das steinerne Hügelgrab und den niedrigen Altar daneben, der ebenfalls aus Stein bestand und in den rundum fremdartige Runen eingemeißelt waren. Ich wußte auch ohne Deirdres Anweisung, was ich tun mußte, und so legte ich das Fohlen auf dem Altar nieder. Dann bedeutete Deirdre mir, zurückzutreten, und ich sah, daß ein dünner Kreis ins Gras geschnitten war. Da er kalkweiß schien, schimmerte er in der Dunkelheit schwach.

»Das Hügelgrab«, sagte sie, »gehört den *Cileann*, dem alten Volk. Sie lebten lange vor uns in Erinn. Viele haben sie vergessen, aber nicht alle. Und keines der Häuser des Adlers.« Ihre Augen wirkten in der Dunkelheit schwarz, obwohl ich wußte, daß sie am Tage grün waren. »Wir werden die Nacht hindurch bis zur Dämmerung warten, damit wir wissen, daß er sicher angenommen wurde.«

»Angenommen...?« Ich betrachtete das Hügelgrab und den Altar. »Ich will nicht respektlos sein, aber was sollte das alte Volk mit Brennas totgeborenem Fohlen anfangen?«

»Was sie mit allem anfangen, was ohne Atmung im Körper geboren wird – es willkommen heißen, ihm Leben geben, ihm die Freiheit der *Cileann* geben.« Sie seufzte leise. »Ich habe Frauen totgeborene Kinder hier zurücklassen sehen und Kinder getötete Kätzchen, alle mit der gleichen Trauer. Aber auch mit der gleichen Gewißheit, daß der Tod nur auf der Erde gilt und nicht im Land des alten Volkes.«

Sie klang so sicher, so unbedingt in ihrer Überzeugung. »Und habt *Ihr* schon zuvor gewartet?« fragte ich.

»Zweimal«, antwortete sie ruhig. »Zuerst bei Callum, meinem Bruder. Und dann bei Orna, der Schwester, die im Kindbett starb.«

»Und hat das alte Volk sie angenommen?«

»Diese Frage sollte am besten in der Dämmerung beantwortet werden«, belehrte sie mich ruhig. »Und dann von den *Cileann* selbst.«

Es war kalt und zugig auf dem Grabhügel, und die Luft wog schwer von uralter Magie. Ich hatte zwar keinen *Lir,* aber ich war nicht blind und taub gegenüber solch starker Macht. Ich versuchte zu schlafen, aber es gelang mir nicht. Deirdre machte sich nicht einmal die Mühe, die Augen zu schließen. Wir lagen auf dem Rücken im kühlen Gras, das Hügelgrab und der Altar hinter uns, schauten zu den Sternen empor, sprachen über Träume und Sehnsüchte, teilten Seiten unseres Wesens, die wir niemals zu teilen gedacht hatten, da wir sie für zu kostbar hielten, und warteten auf die Dämmerung.

Und als sie kam, gerade als ich eine Hand ausstreckte, um sie zu berühren, mühte Deirdre sich hoch und wandte sich zum Altar um.

Ich war vergessen. Sie war im Ritus des Willkommenheißens eines neuen Tages verloren.

Sonnenlicht vergoldete das Hügelgrab. Die Welt war wiedergeboren. Und der Altar – vollkommen leer.

Ich trat langsam zu dem Hügelgrab. Jetzt konnte ich ihr Gesicht sehen, wo die Sonne es berührte, wie ich es zu berühren ersehnte, als das Licht ihr Haar entflammte. Ich sah ein Lächeln freudiger Zufriedenheit. Sie murmelte etwas in einer Sprache, die ich nicht kannte, und dann sah sie mich an.

Sie trug ein beschmutztes Nachtgewand und eine ausgebeulte Männerhose. Sie hatte die Nacht auf dem geweihten Grabhügel mit einem Mann verbracht, den sie kaum kannte und doch jetzt besser kannte als er sich selbst. Wir hatten die Winkel unserer Herzen geöffnet, die Männer und Frauen voreinander geheimhalten, zu ängstlich, sie zu beleuchten, aus Angst, daß der andere lachen oder, noch schlimmer, die Geheimnisse nicht wert finden würde zu verbergen.

Und ich hatte darauf gewartet, daß sie trauern würde, als sie von dem Fohlen sprach. Aber sie tat es nicht. Sie verschloß die Trauer in sich wie eine Cheysuli. Aber ich ahnte, daß sie auf etwas wartete.

Ich sah sie an. Ihr verschmutztes, stolzes Gesicht mit dem Ausdruck eines jungen Adlers, der darauf wartete, den Horst zu verlassen. Der weiß, daß der Tag kommen wird, an dem er auf der Luft dahinschweben und die ganze Welt besitzen wird.

Deirdre betrachtete den leeren Altar. Sie seufzte leise und wandte ihr Gesicht dann wieder mir zu. »Jetzt«, sagte sie. »*Jetzt* kann ich weinen.«

Und als die Tränen ihr Gesicht herabflossen, schloß ich meine Arme um sie.

Meine Gefangenschaft dauerte an. Ich wurde gut behandelt, wegen meines Ranges geehrt und hatte warme, gemütliche Räume zugewiesen bekommen. Ich durfte mit Liam und seinen Jagdhunden auf die Jagd und sogar auf Falkenjagd gehen. Shea brachte mir einiges über Schiffe und den Krieg bei.

Aber Deirdre lehrte mich, was es bedeutete, eine Frau zu lieben.

Die Abende wurden mit der Familie verbracht: Shea, seine Frau, sein Sohn, seine Tochter und Liams Frau und ihr zweijähriger Sohn. Sean war bisher Liams einziges Kind, aber Ierne war erneut schwanger und sollte in sieben Monaten gebären. Der Junge hatte die braunen Augen seiner Mutter, aber sein Haar war, wie das Liams, messinggolden. Shea hatte ihnen allen den Stempel aufgedrückt: Kilore, der königliche Horst von Erinn war das Heim großartiger junger Adler.

Und Deirdre. Stets anwesend und mir dienend, wie ihre Stiefmutter Shea diente, wie Ierne Liam diente. Sie machte keine Versprechen, die sie nicht halten konnte, sagte nichts über die Zukunft. Aber sie hatte die gleichen Sehnsüchte wie ich.

Ich saß nach dem Essen vor dem tiefliegenden Kamin und starrte schweigend in die Flammen. Diener eilten leise umher und räumten Teller und leere Krüge fort. Shea und seine Familie versammelten sich in einiger

Entfernung. Ich wurde stets solange als Teil der Familie behandelt, bis das Gespräch auf Politik kam. Dann war ich eine Geisel, die über ihre Zukunft im ungewissen bleiben mußte.

Sean, der seinen Eltern gegenüber trotzig war, kam über den Gang gelaufen und ließ sich an meinen Beinen fallen. Er umklammerte ein Knie, grinste mich an und sagte etwas in einer Sprache, die ich für die alte erinnische Sprache hielt, bis ich erkannte, daß es nur sein kindliches Geplapper war. Ich nahm ihn notgedrungen auf den Schoß. Er wand sich, bis er sich an meine Brust lehnen konnte, den Kopf an mein Schlüsselbein geschmiegt und eine Faust in mein Stoffwams gebohrt. Genau wie ich, blickte er in tief nachdenklichem Schweigen in die Flammen.

Ich erkannte, daß ich noch niemals zuvor ein Kind gehalten hatte. Ich fühlte mich entschieden unbehaglich. Hatte ich seine Arme und Beine bequem genug gelagert? Sean schien meine Sorge nicht zu bemerken, so daß ich annahm, es ginge ihm recht gut. Aber ich war nicht sicher, daß mir die Verantwortung behagte. Kinder, so hatte ich immer angenommen, waren schreiende, launenhafte Wesen, wenn sie nicht im Spiel schrien und kreischten, und doch blieb Sean recht still. Langsam ließ mein Unbehagen nach und ein Gefühl zögerlichen Wohlbefindens stellte sich ein.

Ich spürte ihre Gegenwart wie immer, bevor sie sprach. »Du kommst gut mit ihm zurecht.« Deirdre stand hinter mir. »Er läßt sich nicht immer so leicht zufriedenstellen.«

Ich wollte den Jungen nicht stören und wendete mich daher nicht zu ihr um. »Noch bin ich für ihn ein Fremder. Er wird nur zu bald die Neugier verlieren.«

»Sean verliert niemals die Neugier an etwas. Er ist genauso wie sein Vater.«

»Und wie du.«

Leise lachend, trat sie um meinen Stuhl herum und

setzte sich zu meinen Füßen. Hellgelbe Röcke aus weichstem Stoff legten sich um sie wie eine Wolke. »Du wirst eines Tages ein guter Vater sein.« Sie beobachtete mich angestrengt und wartete wie abwesend, während eine schlanke Hand den Stoff meiner Hose berührte.

Ich sagte offen: »Wenn ich jemals freigelassen werde, um meine Verlobte zu heiraten.«

Ihr Blick flackerte als Antwort auf die unterschwellige Herausforderung in meinem Tonfall. Sie nahm ihre Hand fort. »Also begehrst du noch immer Gisella.«

»Ich begehre nicht *sie,* Deirdre ... nur meine Freiheit, damit ich sie heiraten kann. Das ist ein Unterschied.«

Der Feuerschein hinter ihr entflammte ihr helles Haar. Ihr Gesicht lag im Schatten, aber ich sah sie deutlich. Ich kannte sie inzwischen ebenfalls zu gut. »Was ist mit mir?« fragte sie ruhig.

Ich schaute fort. Ich mußte fortschauen. »Was *soll* mit dir sein?«

Ihr Tonfall wurde härter. »So unbedeutend ist das also für dich, diese Sache zwischen uns? Diese Sache, die uns beide verbindet?«

Ich atmete vorsichtig ein. *Ach Götter, vergebt mir, daß ich sie verletze ...* »Es gibt eine Prophezeiung, Deirdre, an die ich fester gebunden bin als an jede Frau.«

»Sogar fester als an Gisella?« Der Stachel saß. »Ist sie nicht *Teil* dieser Prophezeiung?«

»Sie ist Teil meines *Tahlmorra,* meines Schicksals, wie ihr es nennen würdet. Sie ist halb Atvianerin. Wir brauchen ihr Blut für die Prophezeiung der Erstgeborenen.«

»Also hast du es vergessen? Ich bin *auch* zur Hälfte Atvianerin.«

Sie und Gisella sind genauso Cousinen wie Gisella und ich es sind. Götter, welch ein wirres Geflecht ...

Sean wand sich, denn er spürte die Spannung zwischen Deirdre und mir. Ich setzte ihn hinunter und beobachtete, wie er zu seinem Vater ging, der in der Nähe der Tür noch immer mit Shea sprach.

»Aber du hast kein Cheysuliblut«, sagte ich schließlich. »Deirdre, ich habe dir gesagt, was mir fehlt. Ich habe keinen Lir, keine Gaben, keine Kräfte, wie die Krieger sie kennen. Ich habe nicht einmal die *Hautfarbe* ...« Ich hielt inne. Es hatte keinen Sinn, meine Unsicherheiten und meinen Unmut offenzulegen. *»Eines Tages wird ein Mann aller Rassen vier kriegführende Reiche und zwei magische Völker in Frieden vereinen«*, zitierte ich. *»Aller Rassen,* Deirdre. Wenn ich nicht die richtigen Gaben an meine Kinder weitergeben kann, wird der Prophezeiung nicht angemessen gedient sein.« Ich atmete durch eine schmerzhaft verengte Kehle ein. »Gisella ist zur Hälfte Cheysuli. Sie hat, was *ich* nicht habe. Ich brauche sie, Deirdre, dafür.«

Sie saß starr und aufrecht vor mir, starr und stolz. »Und ich brauche *dich.*«

Ich streckte die Hand aus und berührte ihr flammendes Haar. Sie zitterte von der Kraft ihrer Überzeugung, von der Kraft ihres Verlangens unter meiner Hand. Ebenso wie ich.

Ich sagte mit trockenem Mund: »Ich kann nichts dagegen tun.«

Und haßte den Mann, der das sagte.

Der alte Herr rief mich Wochen später in sein Privatgemach. Ich ging mit einer Vorahnung in der Seele zu ihm, denn die Hoffnung war mir schon vor Monaten vergangen. Auch Liam war dort.

Shea winkte mich zu einem Stuhl. »Setzt Euch hin, setzt Euch hin, Junge ... was ich zu sagen habe, sollte besser persönlich gehört werden.«

Ich beobachtete Liams Gesicht, um einen Hinweis auf das zu finden, was kommen würde. Es verriet nichts, überhaupt nichts, bis auf die Ernsthaftigkeit der Angelegenheit.

Shea setzte sich ebenfalls. »Wir bekamen Nachricht von Donal, Eurem Vater.« Sein Mund verzog sich hinter dem Bart zu einer Grimasse. »Alaric hat ihm nun endlich über Euren Aufenthalt bei mir berichtet und hat gesagt, weitere Boten müßten sich verirrt haben.« Er brummte. »Ich glaube, Donal ist kein Narr, Junge. *Das* wird er nicht glauben.«

Mir wurde vor Erleichterung schwindelig. »Was sagt mein Vater?«

»Er fragt nach Eurer Gesundheit. Ich habe dem homanischen Boten gesagt, sie sei ausgezeichnet. Er wird dem Mujhar diese Nachricht bereits überbringen.«

Alle Erleichterung verging. *»Ihr habt ihn fortgeschickt?«*

»Den Boten? Ja. Ich sah keinen Grund, Euch mit ihm sprechen zu lassen, Junge. Ich wollte nicht, daß Ihr beunruhigt würdet.«

»Beunruhigt!« Mein Stuhl fiel um, als ich schwankend aufsprang. »Bei den Göttern, Ihr sperrt mich fünf Monate lang ein und schickt dann einen Mann fort, der Nachricht von meinem Vater bringt?«

Sheas dichte Augenbrauen schossen in die Höhe. »Seid Ihr schon so lange hier? Ich hätte geglaubt, es wären erst drei Monate, nicht fünf.« Er wandte sich stirnrunzelnd an Liam. »Fünf Monate, sagt er. Ist das wahr?«

»Es ist wahr«, antwortete Liam.

Shea schaute wieder zu mir. *»Setzt Euch!«* brüllte er. Ich richtete den Stuhl wieder auf und setzte mich hin. Er rieb sich beruhigend und nachdenklich den Bart. »Ich habe ihn Euch ansehen lassen, Junge, damit er erkennen konnte, wie es Euch geht.« Seine grünen Augen wirkten eigenartig wachsam. »Ihr wart mit meiner Tochter zusammen ... Liam sagt, Ihr saht recht zufrieden aus.«

Ich spürte Hitze und Röte mein Gesicht überziehen. Ich versagte mir einen Fluch, sah aber Liam ärgerlich an. Er lächelte boshaft und zuckte die Achseln.

»Er möchte einen persönlichen Gesandten nach Kilore schicken«, sagte Shea. »Um über Eure Freilassung zu verhandeln.«

Meine Hände schlossen sich um die Stuhllehnen. »Und?«

»Ich war einverstanden.«

»Mit meiner *Freilassung?*«

»Mit seinem Kommen. Nur das, Junge ... mehr kann ich Euch im Augenblick nicht zusagen.«

Ich stieß mich von dem Stuhl hoch und sah den alten Mann an. »Mylord ...«

»Ihr werdet hierbleiben, bis ich es für passend erachte, Euch gehen zu lassen.«

Ich atmete langsam ein. »Und wenn der Mujhar mit jenem Gesandten Streitkräfte schickt?«

»Ich glaube, das wird er nicht tun«, bemerkte Shea. »Er ist im Augenblick ausreichend mit Solinde beschäftigt.«

»Solinde«, wiederholte ich verständnislos.

»Die Ihlini haben sich erhoben, Junge.«

O Götter ... es ist Strahan ... »Mylord«, bat ich, »laßt mich nach Hause zu meinem Vater zurückkehren.«

»Ihr werdet nirgendwo hingehen, bevor Alaric nicht nachgibt.« Shea sah mich an und regte sich auf seinem Stuhl. »Ich muß Euch etwas fragen, Junge. Werdet Ihr mir ehrlich antworten?«

»Fragt mich.« Ich war zu aufgeregt, um mich zu verstellen.

»Wärt Ihr gewillt, Euer Versprechen an Gisella zu brechen?«

Ich sah ihn entsetzt an. »Das könnte ich nicht.«

»Und wenn ich Euch dann Eure Freiheit böte?«

Ich sah Liam an. Ich sah Mitgefühl in seinen Augen. Er wußte, was mich die Antwort kostete. »Nein«, sagte ich erneut. »Ich ... kann nicht.« Aber ich würde ihm die Gründe nicht nennen. Ich dachte, Shea würde sie nicht verstehen. Und ich dachte, *ich* würde sie *auch* nicht mehr verstehen, wenn ich sie jemals laut ausspräche.

Der alte Mann nickte bedächtig, als sei die Antwort genauso ausgefallen, wie er es erwartet hatte. »Nun«, sprach er, »Deirdre sagte mir, was Ihr antworten würdet. Aber ich bedaure, daß Ihr nicht mein Sohn sein könnt.«

Ich konnte nicht sprechen. Eigenartig berührt, konnte ich den Mann nur ansehen.

Liam zuckte die Achseln. »Ihr werdet tun, was Ihr tun müßt. Das macht Euch zu dem Mann, der Ihr seid.«

Ich wandte den beiden den Rücken zu und wollte den Raum verlassen. Dann wandte ich mich aber noch einmal zu ihnen um. »Wartet. *Wartet* … vielleicht gibt es eine Möglichkeit.« Ich atmete tief durch. »Ich kann kein Sohn oder Bruder sein, aber ich *kann* ein Verwandter sein.«

Shea starrte mich an. Er tippte auf seine Stuhllehne. »Legt Eure Gedanken hier offen, Junge, wo erwachsene Männer sie frei betrachten können.«

»Ich werde Gisella heiraten«, erklärte ich, »und wenn wir eine Tochter bekommen, werde ich diese Tochter Sean anbieten. Er wird eines Tages Herr dieser Insel sein – und zweifellos Herr aller Inseln –, und meine Tochter wird eine Prinzessin von Homana sein. Würde Euch das genügen?«

Shea brummte. »Mir selbst würde es genügen. Aber ich werde nicht mehr da sein, um es zu erleben. Liam muß sagen, wen sein Sohn zur Frau nehmen wird.«

Ich blickte erwartungsvoll zum Prinzen von Erinn. Er lächelte seltsam, das Lächeln halb in seinem vergoldeten Bart verborgen. »Ich glaube, Sean ist noch ein wenig zu jung, als daß wir schon seine Heirat für ihn regeln könnten, aber ich werde darüber nachdenken.« Er nickte. »*Wenn* Ihr eine Tochter von dem Mädchen bekommt.«

»Gisella und ich wurden bereits in der Wiege miteinander verlobt«, erklärte ich. »Und Sean *läuft* zumindest schon.«

Liam lachte. »Aber Ihr habt noch nicht einmal mit Gisella *geschlafen.*«

»Das wird geschehen. Wenn ich erst hier freikomme.«

Shea brummte erneut. Ich sah Zuneigung und Belustigung in seinen Augen. »Entfernt Euch, Junge, und laßt mich mit meinem Sohn allein.«

Ich entfernte mich mit einem seltsam befreiten Gefühl.

Kapitel Elf

Liam ließ mir ausrichten, daß ich ihn in einem der Empfangsräume Kilores treffen sollte, aber als ich hinging, stellte ich fest, daß ich allein war. Zweifellos hielten ihn *wichtige* Angelegenheiten fern: Einer seiner Wolfshunde sollte werfen oder eine Stute fohlen, oder vielleicht forderte auch Sean seine Aufmerksamkeit. Ich dachte mürrisch darüber nach, daß sich die Prioritäten des Prinzen von Erinn von denen der meisten anderen Menschen unterschieden.

Es war kalt in dem Raum. Man hatte das Feuer ausgehen lassen, oder ein Diener hatte versäumt, es anzuzünden. Sonnenschein drang durch eines der tiefliegenden, grob geschnittenen Fenster kaum bis zur Mitte des Raumes vor. Kilore war kein verschwenderischer Horst für die erinnischen Adler, eher eine Festung als ein Palast, aber es erfüllte seinen Zweck ausreichend gut. Für mich war es nicht wichtig, daß die binsenbestreuten Böden uneben, die Wandteppiche verblaßt und zerschlissen und die Möbel nur grob aus knotigem, grünlichen Holz zusammengezimmert waren. Hier war Deirdre aufgewachsen. Das allein zählte.

Ich lehnte mich an den Rand des Fenstersimses und schaute hinaus. Von hier aus konnte ich weder den Drachenschwanz noch Atvia sehen. Ich sah nur das grüne erinnische Gras sich unendlich bis zum Rande der Welt erstrecken, wo sich das Lebensrad für jedermann außer mir selbst weiterdrehte.

Die Tür öffnete sich quietschend (keine der schweren, mit Lederscharnieren versehenen Türen Kilores ließ sich lautlos öffnen), und ich hörte Liams Stiefelschritte. »Niall.«

Es war nicht Liam. Ich wandte mich um und stieß mich dann heftig von der Wand ab. Ein Fremder stand mir gegenüber –, der mir sehr vertraut war. Er war seit meiner Geburt ein Teil meines Lebens gewesen. »Rowan!«

Der vertrauteste Gefährte meines Vaters – und Cheysulifeldherr aller homanischen Heere – starrte mich an, als mißtraue er seinen Augen. Ich bezweifelte nicht, *daß* dem – nach fast einem Jahr – so war. Und dann lächelte er ein Lächeln, das, wie ich befürchtete, sein Gesicht zu sprengen drohte, so groß und offenkundig war seine Erleichterung, und ich ging ihm halb durch den Raum entgegen, um ihn ungestüm zu umarmen, was weder eine Entschuldigung noch eine Erklärung erforderte.

Der wilde schwarze Löwe auf Rowans karmesinroter Tunika riß kraftlos an der Seide, als ich aus der Umarmung zurücktrat. In den Monaten meiner Abwesenheit war der Feldherr gealtert. Einem Cheysuli sieht man sein Alter nicht so leicht an wie einem Homaner, aber Rowan war nicht mehr jung. Ich konnte sein Alter nicht genau benennen, aber er war erheblich älter als fünfzig, wie ich wußte. Und man begann es zu sehen.

»Die Götter waren freundlicher, als wir erwartet hatten«, sagte Rowan mit erleichtertem Seufzen. »Ich glaubte Euch schwach und matt wie ein Albinokalb vorzufinden.«

»Nein.« Gefühle wallten mit solcher Kraft in meiner Brust auf, daß ich fürchtete, ich könnte mich beschämen. Ein Cheysuli zeigt selten genau, was er empfindet. Seltsamerweise bemerkte ich denselben Kampf auf Rowans sorgenzerfurchtem Gesicht.

Warum auch nicht? Er und ich teilen die gleichen launenhaften Götter.

Wir sind beide *lirlos*. Den Cheysuli geboren und bei ihnen aufgewachsen, und doch beanspruchte keiner von uns einen *Lir*. Rowans Erklärung war nur zu leicht zu verstehen: Da er vor ungefähr fünfundvierzig Jahren während Shaines Säuberung der Gestaltwandler verwaist war, hatten ihn eingewanderte ellasische Pächter als Pflegekind angenommen, die nicht gewußt hatten, daß er ein Cheysuli war. In jenen gefährlichen Zeiten war kein Gestaltwandler sicher. Er wagte seine Herkunft nicht zu offenbaren, sonst hätte er sich dem sicheren Tod überantwortet. Und so war er als Homaner aufgewachsen und in die homanischen Gewohnheiten und Überlieferungen hineingewachsen. Als die Zeit für ihn kam, hinauszugehen und sich mit dem für ihn gedachten *Lir* zu verbinden, tat er es nicht. Er war *lirlos* und würde es auch bis zu seinem Todestag bleiben.

Und ich? Vielleicht war es an der Zeit, daß ich genauso damit zu leben lernte, wie Rowan es tat.

Ich nickte. »Was Ihr hier seht, war mein Gefängnis. Aber Kilore ist kein unangenehmes Gefängnis.«

Obwohl Rowans schwarzes Haar bereits entschieden silbergrau wurde, blickten seine grünen Augen noch immer scharf und stetig wie die Ians oder die meines Vaters drein. Das Netzwerk der Sonnenlinien und silberweiß werdenden Narben in seinem Gesicht hoben die Jahre, die er an der Seite des Mujhar von Homana verbracht hatte, nur noch hervor und bestätigten häusliche und persönliche Sicherheit.

Er runzelte ganz leicht die Stirn, gerade genug, daß sich die Augenlider kräuselten und sich seine wettergegerbte Haut über den kantigen Wangenknochen verzog. Ich dachte, daß er mehr meinem Tonfall als meinen Worten lauschte.

»Haben sie dich damit bestochen?« Ich hörte erhebliche Zurückhaltung, aber auch eine Vielzahl von Empfindungen aus *seinem* Tonfall heraus. Nur schwach, aber genug, um zu betonen, was mein Verschwinden für meinen Vater und meine Mutter bedeutet hatte. Und vielleicht auch für Rowan.

Ich wollte ihn anlachen, seine Schultern umfassen,

ihn zu einem Stuhl führen, ihm rauchigen erinnischen Alkohol eingießen und dann *mit* ihm darüber lachen, daß er mir eine solche Frage stellte. Aber ich tat nichts von alledem. Ich sah ihn so fest an, wie ich noch niemals zuvor einen Mann angesehen hatte und sagte ihm die Wahrheit.

»Nein. Aber ich werde nicht lügen und Euch erzählen, daß Shea ein harter oder unmenschlicher Herr gewesen wäre, wo er mir doch Ehre und Zuneigung hat zuteil werden lassen.«

»Acht Monate lang? Vorausgesetzt natürlich, *du* hast für die Reise ebenso wie ich drei Monate gebraucht.« Rowan zeigte die starre Haltung eines langgedienten Soldaten und Offiziers im Ruhestand, was bedeutete, daß er sich eigentlich nicht im Ruhezustand befand. Und sein bemüht beiläufiger Tonfall war genauso unbeugsam wie sein Rückgrat. »Ich denke, daß wir deine Antwort auf mein Kommen vielleicht falsch beurteilt haben. Aislinn sagte, Carillons Enkel würde sofort eine Abreisemöglichkeit beschaffen. Donal sagte, es sei wahrscheinlicher, daß du mir die Beschaffung überlassen würdest.« Der Feldherr blieb ernst. »Aber du hast *überhaupt nichts* von Abreise gesagt.«

Carillons Enkel. Selbst jetzt *nennt sie mich nicht ihren Sohn, sondern nur den Erben ihres legendären Vaters, womit sie eine Generation überspringt.*

»Es ist nicht notwendig, etwas zu *sagen*«, belehrte ich ihn kurz. »Shea wird mich nicht gehen lassen, nicht bevor Alaric nicht die Zugeständnisse macht, die Shea fordert.«

»Und welche Zugeständnisse sind das?«

Ich zuckte die Achseln. »Darüber spricht er mit mir nicht.«

Rowan blickte kurz von mir fort zum Fenster. Dann wandte er sich um, ging hin und starrte genauso hinaus, wie ich es vor seinem Eintreten getan hatte. »Es ist unwahrscheinlich, daß Alaric Shea irgend etwas gewähren wird. Er ist zu sehr damit beschäftigt, Männer zu erheben, um Strahan gegen Homana zu helfen.«

Ich stutzte. »Aber … das Bündnis …?«

»Das hängt davon ab, ob du seine Tochter zur Prinzessin von Homana machst.« Rowan klang abwesend. »O ja, die stellvertretende Zeremonie macht euch nach homanischem Recht zu Mann und Frau, aber bis Gisella richtig verheiratet und zur Prinzessin von Homana ernannt ist, ist das Bündnis noch nicht geschlossen. Und jetzt scheint es unmöglich, daß es jemals geschlossen *wird,* nicht wahr? Zumindest solange Shea dich hierbehält.« Er wandte sich zu mir um, und der Löwe kräuselte sich und umkrallte seine rechte Schulter. »Es ist elf Monate her, seit du Homana verlassen hast, um Gisella zu einer homanischen Hochzeit nach Hause zu holen. Wenn man einmal von den Umständen absieht, hat Alaric jedes Recht der Welt, die stellvertretende Hochzeit für ungültig und die in der Wiege geschlossene Verlobung für gelöst zu erklären.« Sein Gesicht wurde zur Maske. Sein Tonfall allerdings war nicht so eingeübt. »Eine gelöste Verlobung und eine ungültige, stellvertretende Hochzeit bedeuten sowohl für eine Frau als auch für einen Mann einen Makel, Niall. Ein Vater hätte das Recht, im Namen seiner geschädigten Tochter einen Krieg anzuzetteln. Und was dich betrifft, wen würdest du noch zum Heiraten finden? Wer würde dich noch wollen?«

Deirdre würde mich wollen …

»Wer würde das richtige Blut in die Prophezeiung einbringen?«

Das wäre bei Deirdre nicht der Fall … Ich sah ihn verärgert an. »Ich habe mich nicht *selbst* hierhergebracht!«

»Nein.« Rowan starrte stirnrunzelnd auf seine Stiefelspitzen hinab. »Nein, das hast du nicht getan. Dessen ist sich Alaric bewußt, zweifellos mehr als *wir,* da er Erinn so nahe ist, aber … ungeachtet dessen …« Er sah mich erneut an, und ich erkannte eine so vollkommen fremdartige Ermüdung des Geistes, daß ich unwillkürlich durch den Raum zu ihm hinging.

»Rowan…«

Seine erhobene Hand unterbrach mich jäh. Mir des Mannes und seiner Empfindungen tiefer bewußt denn je, bemerkte ich die schwieligen Handflächen und die arg mitgenommenen Knöchel, die zerstörten Fingernägel und die verkrümmten Finger, alles die Male seines Berufes. Seines Lebens. Und ich sah die Rauheit in seinen Augen.

»Niall, es gibt zu Hause Schwierigkeiten. Ernsthafte Schwierigkeiten.«

Furcht entstand in mir. »Mein Vater? *Mutter?* Rowan…«

»Es geht beiden gut«, sagte er sofort. »Nein, es hat nichts mit ihrem Wohlergehen zu tun. Es ist…«

»Strahan«, beendete ich seinen Satz, »nicht wahr?«

»Nicht… ganz.« Er richtete sich auf, stieß sich von der Wand ab und trat von mir fort auf die kalte Feuerstelle zu. Ich bemerkte zum ersten Mal, daß er hinkte, wenn auch nur ein wenig, als wenn seine betagten Knochen und Muskeln ihn daran erinnerten, daß er in zu vielen Schlachten gekämpft hatte – die meisten davon mit Carillon, dem er fast fünfundzwanzig Jahre lang gedient hatte. Die letzten zwanzig Jahre hatte er meinem Vater gedient, aber ich wußte, daß ihr Bund nicht mit dem zwischen Rowan und Carillon vergleichbar war.

Und jetzt muß er eine weitere Schlacht schlagen.

Er wandte sich um. Ich sah ihn die für einen fähigen und tüchtigen Feldherrn notwendige trockene Nüchternheit heraufbeschwören – die übrigens auch für einen Regenten wesentlich war. Eines Tages würde ich sie auch in mir finden müssen. »Es betrifft dich«, sagte er tonlos. »Und… Carillon.«

»Carillon!« Ich blickte ihn unverständig an. »Wie kann etwas einen Mann betreffen, der schon zwanzig Jahre tot ist?«

»Weil er zu Lebzeiten Kinder gezeugt hat«, antwortete Rowan mit der gleichen tonlosen Stimme.

Verblüfft bestätigte ich das Offensichtliche mit einem Kopfnicken. »Wie sonst könnte ich sein Enkel sein?«

»Ich sagte nicht *Kind,* Niall.«

Nein. Das hatte er nicht gesagt. Er hatte *Kinder* gesagt.

Ich fror plötzlich. Der Raum verdunkelte sich um mich herum. »Einen Sohn«, sagte ich wie abwesend. »Einen *Sohn.*«

»Einen Bastard.« Rowans Stimme klang sehr ruhig. »Wir wissen nur sehr wenig. Sein Alter: fünfunddreißig. Seine Mutter: eine homanische Frau, die Carillons Rebellenarmee gefolgt ist, als er von Ellas nach Mujhara zog.« Er zuckte die Achseln. »Ich kann mich selbst an sie erinnern. Carillon war kein Mann, der bei jeder Mahlzeit eine Frau brauchte, und wenn er eine nahm, dann behielt er sie auch. Sarne war es … wert, behalten zu werden.«

»Aber er hat sie *nicht* behalten, nicht wahr?« Ich war entfernt von dem Menschen, der die Fragen stellte. »Nein. Als sie erst mit einem *Bastard* schwanger war …«

»Nein.« Das Wort schnitt durch meine zunehmende Verbitterung hindurch. »Als Electra kam.«

Natürlich. *Electra.* Die Hexe, die sogar Carillon den Großen in ein Netzwerk von Täuschung und Verhexung verstrickt hatte, bis er fast Tynstar selbst zum Opfer gefallen wäre. Electra die Hexe.

Electra: die Mutter meiner Mutter.

Ich suchte einen Stuhl, fand ihn und brach darauf zusammen. Strich mir wie abwesend über den Kopf. Er juckte vom plötzlichen Prickeln der Angst. »Nun«, sagte ich schließlich, »er muß sie fortgeschickt haben.«

»Sie bat darum, gehen zu dürfen. Sie kam zu mir und sagte, sie sei schwanger. Sie wollte nicht mehr beim Heer bleiben. Sie wollte nach Hause gehen.«

»Mit Carillons Bastard in ihrem Bauch.«

»Ich gab ihr Geld. Ein Pferd. Ein Krieger begleitete sie.« Rowan lächelte ganz leicht. »Ein zum Krieger gemachter Kleinpächter, der entdeckte, daß er viel besser im Schwingen einer Sense als eines Schwertes war. Er heiratete sie.«

Ich sah ihn scharf und stirnrunzelnd an. »Woher wollt Ihr dann *wissen*, daß er Carillons Sohn ist? Wenn sie den Kleinpächter geheiratet hat …«

»Er ist dein älteres Abbild, Niall. Oder ein jüngeres Abbild Carillons, bevor die Krankheit ihn hat altern lassen – wie ein homanischer Priester und ein Cheysuli *Shar Tahl* bezeugten.«

Er hat seine Brut wie Shea gekennzeichnet … »Sie haben ihn *gesehen?* Ist er so unverfroren, auf Unehelichkeit begründete Forderungen zu stellen, obwohl ich ehelich bin?«

Rowan wich meinem Blick nicht aus. »Es gibt Homaner auf der Welt, die lieber einen Abkömmling Carillons auf dem Thron sähen, der kein Cheysuli ist.«

Mein Lachen klang eher wie ein Bellen. »Wie können sie mich einen Cheysuli nennen? Ich habe keinen *Lir*, keine Magie und kann nicht gestaltwandeln … Ich bin mehr Homaner als alles andere.«

»Es heißt, du würdest deine Magie verbergen, um die Homaner glauben zu *lassen*, du wärst ganz Homaner und eine geringere Bedrohung als ein Mann, der die Gestalt eines Tieres oder eines Vogels annehmen kann.« Ein Muskel an seinem Kinn zuckte. »Ich wiederhole nur, was von den Eiferern gesagt wird.«

Ich fluchte leise. »Ich wünschte, ich *hätte* Magie, die ich verbergen könnte.«

»Ich weiß, Niall.« Sein Tonfall veränderte sich. Ich hörte zum ersten Mal eine Spur von Einfühlungsvermögen heraus. »Sie behaupten, du würdest dein wahres Selbst erst offenbaren, wenn du den Thron besteigst.«

»Also wollen sie mich durch Carillons Bastard ersetzen, der *wirklich* ganz Homaner ist.«

»Ja.«

»Ich bin von dem Blut der solindischen Hexe befleckt.«

»Ja.«

Ich beugte mich vor und rieb mir mit starren Fingern die Augen. »Was würden sie sagen, wenn sie wüßten, daß es einige Cheysuli gibt, die genauso empfinden?« fragte ich erschöpft. »Götter, ich glaube, ich war niemals dazu bestimmt, den Löwenthron zu erben.«

»Doch, du warst dazu bestimmt. Und du wirst ihn erben.«

»Habt *Ihr* ihn gesehen?« Ich hob den Kopf. »Habt Ihr dieses uneheliche Abbild meiner selbst gesehen?«

»Nein. Er wird zu gut von einigen damit beauftragten Homanern bewacht. Sie sagen, wenn sein Aufenthaltsort offenbart würde, ließe Donal ihn töten. Sie warten darauf, Männer zu seinem Nutzen zu sammeln.« Er spreizte die Hände in einer Geste, die Sinnlosigkeit verdeutlichte. »Sie haben dem Priester und dem *Shar Tahl* erlaubt, ihn zu sehen, um sein Dasein zu beweisen. Das ist alles. Niemand hat mit ihm gesprochen.«

Ich ließ mich auf dem Stuhl wieder zurücksinken. »Ein hübsches Durcheinander, Rowan. Wie können wir uns daraus befreien?«

»Indem wir dafür sorgen, daß du Erinn verläßt und nach Atvia gehst, wo du mit Alaric alles regeln und Gisella dann nach Hause bringen kannst«, sagte Rowan tonlos. »Deine Abwesenheit hat die Stellung des Bastards gestärkt. Als wir befürchteten, daß du tot seist ...« Er zuckte die Achseln. »Wir brauchen dich zu Hause. So bald wie möglich. Mit Gisella und Ian ... Ich glaube, nur Ian kann diese Sache mit den *A'saii* regeln, da er derjenige ist, den *sie* auf dem Thron sehen wollen.«

»Ihr wußtet es«, sann ich und dachte an die *A'saii*. Dann sprang ich auf. »Du weißt es *nicht!* Götter, Rowan, es *gibt* keinen Ian mehr! Er ist im Sturm umgekommen.«

Alle Farbe wich aus seinem Gesicht und ließ es als

starre, leere Maske des Entsetzens zurück, die nur langsam wieder von Verständnis und einem so tiefen Kummer erfüllt wurde, daß ich am liebsten vor dem Mann, dem Raum, dem Schloß davongelaufen wäre.

Um meinen Bruder im Bauch des Drachen zu finden.

»Rujho«, sagte ich. Nicht mehr. Der Schmerz überfiel mich erneut.

Kurz darauf räusperte Rowan sich. »Ich muß Donal eine Nachricht schicken.«

»*Bringt* sie ihm«, sagte ich schließlich. »Ich glaube ... es wäre besser, wenn Ihr es ihm selbst sagtet.«

»Und was sage ich ihm über *dich?*«

»Daß ich lebe.« Ich atmete tief ein, um einen klaren Kopf zu bekommen. »Daß ich sobald wie möglich mit Gisella nach Hause kommen werde.«

»Und wenn Shea dich nicht gehen läßt?«

»Dann werde ich mein Ehrenwort brechen müssen.«

Rowan sah mich fest an und schüttelte den Kopf. Nur leicht. »Was auch immer diese Gefangenschaft sonst bewirkt hat, sie hat das Schwert auch stumpf werden lassen.«

»Was ist geblieben, um die Klinge zu schärfen?« fragte ich. »Der Krieg?«

»Gewiß«, antwortete er weich und trat dann vor, um mich erneut zu umarmen. »Die Götter seien mit dir, Niall.«

»Mit ihnen, ohne sie – was macht das schon?« fragte ich. »Sie sind diejenigen, die dieses *Tahlmorra* gestaltet haben.«

Ich konnte nicht schlafen. In der Dunkelheit meines Zimmers, meines Bettes, meines Geistes starrte ich blind die gewebten Vorhänge an, die meinen erinnischen Mutterleib bildeten, und versuchte an andere Dinge als an Krieg, *A'saii* und Bastarde zu denken. Ich versuchte, an alles zu denken, und nichts ergab einen Sinn.

Bis Deirdre zu mir kam.

Ich dachte in der Dunkelheit und vollständig unvorbereitet an einen Feind. Ich rollte mich herum, griff durch einen Spalt im Vorhang nach meinem Messer und erinnerte mich dann, daß ich keines mehr besaß.

»Du wirst gegen *mich* keine Waffe brauchen, Niall.«

»Deirdre ...«

»Ich habe dich mit dem Gesandten deines Vaters sprechen hören. Sieht so ein wahrer Cheysuli aus? So grimmig, so erhaben ... so *gefährlich*. Ich glaube, du gefällst mir als Homaner besser.«

»Deirdre ... du hast alles *gehört?*«

»Es gibt Geheimnisse in Kilore, die nicht einmal Shea kennt oder die er bereits wieder vergessen hat. Mach dir keine Gedanken darüber. Es war sonst niemand da, als du davon sprachst, dein Ehrenwort zu brechen.«

»Deirdre ...«

»Haben wir dich vertrieben, Niall? Haben wir dich zu sehr eingeengt, wie einen von Liams Wolfshunden?«

Die Schwärze des Raumes ließ nach, als sich meine Augen darauf eingestellt hatten. Ich konnte Deirdre in meinem Bett gerade so sehen, streckte eine Hand nach ihr aus und zog sie zu mir. Als sie herankam, verzog sich die Bettdecke, und ich erkannte, daß sie nackt war.

»Götter, du treibst mich nur zum Wahnsinn ...«, stöhnte ich an ihrer Kehle. »Deirdre ...«

Ihre Hand bedeckte meinen Mund, während ich mich anschickte, den ihren zu schließen. »Sag nichts. Ich bin nicht zum Sprechen hierhergekommen. Ich glaube, zwischen uns, zwischen dir und mir, besteht mehr als das.«

Ich verschränkte meine Finger in ihrem Haar. Seine Farbe war in der Dunkelheit gedämpft, aber ich genoß seine Fülle. »Die Götter wissen, daß ich nicht derjenige bin, der dir in dieser Angelegenheit hereinreden wird ...« – inbrünstig – »... aber weißt du, was du zu tun im Begriff stehst?«

Sie drängte sich an mich, sich ringelnde, schwere Locken legten sich um meinen Hals, als wollte sie mich damit fesseln. »Ich weiß nur selten *nicht*, was ich zu tun im Begriff stehe, Mylord.« Ihr Atem fühlte sich an meinem Ohr warm an. Sie sagte leise: »Mach dir keine Sorgen über das, was ich heute mit angehört habe. Ich habe nicht die Absicht, meinem Vater oder meinem Bruder etwas davon zu erzählen. Wir werden dies unter uns belassen.«

Ich zog sie mit mir herab, zitternd vor Freude über die Berührung ihres Haars und ihrer Haut. *»Meijha ...«* Dann wechselte ich bewußt zur erinnischen Sprache über »... du möchtest mich glauben machen, daß du nicht auf Gisella eifersüchtig bist ... aber ich weiß es besser.«

Leise lachend streichelte sie meine nackte Schulter, zog auf träge, verführerische Art selbst erfundene Umrisse nach und legte dann Lippen und Zunge darauf. »Ich bin eine eifersüchtige Frau, aber ich weiß, wann ich verloren habe. Wie hast du mich genannt?«

»Meijha«, keuchte ich, »ein Cheysuliwort ...«

»Das habe ich mir schon selbst gedacht.« Ein zitternder Zeigefinger zog die Linie meines Mundes nach. »Was bedeutet es?«

Ich küßte ihre Fingerspitze, griff dann nach ihrer Hand, dem Arm, der Brust. »Beurteile nicht zu schnell ein Volk, das du nicht kennen kannst«, flüsterte ich. »Bei den Stämmen können Krieger sowohl eine Frau als auch eine Gespielin haben – *Cheysula* und *Meijha*. Die Frau, die nicht die Ehefrau ist, wird in keiner Weise entehrt. Ich schwöre bei allen Göttern Erinns und Homanas ...«

»Schwöre nicht bei Göttern, über die du nichts weißt.« Sie atmete noch heftiger. »Es wird verhängnisvoll, wenn sie es bemerken.«

»Gisella ist eine Cheysuli. Ich glaube, sie würde den Brauch verstehen, wenn ich ihn ihr erst erklärt hätte.«

Sie zog sich ein wenig zurück. »Willst du mir damit sagen, daß ich dann *das* wäre? Deine … *Meijha?*«

Durch ihren fremden Ton klang das Wort falsch. Aber ich verbesserte sie nicht. »Wenn du es willst, Deirdre.« *Ich will es, ich will es.*

Ich konnte ihren Gesichtsausdruck in den Schatten nicht erkennen. »Ich wäre lieber eine Ehefrau.«

Ich lehnte meine Stirn geschlagen an ihre Schulter. »Deirdre …«

»Aber wenn ich dich nicht *auf diese Art* bekommen kann, werde ich dich auf die andere Art nehmen. Und jetzt genug von diesem Geplapper, Niall. Wir sollten unser *eigenes* Bündnis zwischen Erinn und Homana schließen.«

Jubelnd in ihr ungezähmtes Haar hineinlachend, bedeckte ich ihren Körper mit meinem.

Kapitel Zwölf

Erst drei Tage später konnte ich meine Absicht zu fliehen verfolgen, aber selbst dann war es ein Zufall, der mir die Gelegenheit verschaffte. Liam, der mit mir an den Klippen entlang zur Falkenjagd hinausritt, wurde von einem Diener des Schlosses zurückgerufen. Und weil Liam selbst mit mir gekommen war, blieben die sechs menschlichen Wachhunde zurück.

Ich zögerte nicht. Ich trieb meinen grauen Wallach auf die zerbrochene Klippenoberfläche zu und ritt vom Rand der Welt hinab.

Der Graue tauchte den kreidehaltigen Hang hinab und rüttelte mein Rückgrat durch, bis ich mich eine Handbreit kleiner fühlte. Ich fluchte leise, denn ich wagte mein Unbehagen nicht laut hinauszuschreien, und drückte die Steigbügel nach vorn, um mich gegen den erschütternden Abwärtsschwung abzustützen.

Unter mir lagen die Fischerboote wie Kieselsteine an der Küste verstreut, wobei die meisten unbeobachtet waren, da die Fischer gerade volle Netze auf den Sandstrand zogen. Ich mußte schnell eines stehlen und, indem ich das Wissen gebrauchte, das Shea mir offenbart hatte, irgendwie über den Drachenschwanz zu der Felsenküste Atvias segeln.

Ich war fast unten …

Das Pferd stolperte unter mir und fiel taumelnd auf die Knie. Ich konnte nicht warten, um festzustellen, ob er sich verletzt hatte oder weitergehen konnte. Ich warf die Zügel von mir und kletterte aus dem Sattel …

… rutschte, rutschte, suchte an dem kalkhaltigen, steilen Abhang des brüchigen Fußes der Klippe verzweifelt Halt …

Götter, bringt mich mit gesunden Beinen und Armen hier herab …

… rutschte, wirbelte Wolken weißen Kalkstaubs auf, die mein Gesicht, meine Kleidung bedeckten, sich auf meine Zunge legten, was mich dazu veranlaßte, meinen Abscheu zu zeigen. Ich wollte ausspeien, aber das würde warten müssen, bis ich unten war.

Ich glitt auf dem Gesäß hinab, hinab, *hinab,* eine Hand nach hinten ausgestreckt, um mich auf der zerfallenen Klippe abzustützen. Kalk bröckelte ab und rieselte über mich hinweg, als wäre ich ein runder Felsen in einem sturmgepeitschten Strom. Ich fiel und rollte mich im Fallen ab …

… kam in kauernder Haltung am Fuß der Klippe auf die Füße, spie aus, stieß mich hoch und lief los.

Ich hörte einen Aufschrei vom oberen Rand der Klippe und erkannte die Stimme als Liams. Ich konnte nicht verstehen, was er schrie. Ich hörte nur Verärgerung heraus und erkannte, daß er mich beschimpfte. Ich sah mich nicht um, wollte nur die Boote erreichen, bevor Liam einen fähigen Verfolgungstrupp aufstellen konnte. Ich warf ihm seinen Zorn nicht vor, nicht mehr, als ich mich selbst dafür verurteilte, ihn verursacht zu haben.

Und doch verurteilte ich mich *tatsächlich.* Ein gebrochenes Ehrenwort ist keine leichte Angelegenheit. Ich dachte daran, wie ich mich unfähig erklärt hatte, die Verlobung mit Gisella zu lösen, weil ich keinen Schwur brechen konnte. Jetzt brach ich einen gleichermaßen wichtigen Schwur.

Zum Nutzen Homanas – und dessen war ich mir sicher. Genauso wie Gisella zu heiraten der Prophezeiung diente.

Kalkstaub füllte meine Lungen. Ich hustete, spie wieder aus, keuchte und lief weiter auf die Boote zu. Fast. *Fast.*

Ich stolperte über Netzwerk und fiel flach auf den nassen Sand. Ich rappelte mich auf und versuchte weiterzulaufen, aber das Netz hatte sich in meinen Sporen verfangen. Laut fluchend riß ich panisch an den Fäden, hielt dann in der Bewegung inne, fluchte noch immer und zupfte die Fäden vorsichtiger frei. Schließlich lief ich weiter.

Das erste Boot war zu weit entfernt, tanzte am Ende seines Halteseils auf den Wellen. Ich lief zum nächsten Boot weiter und griff nach dem Seil, das es am Ufer festhielt. Wellen schlugen um meine Stiefel, als ich mich hinabbeugte, um das Seil loszureißen.

Ich hörte das Donnern von Hufen an den Klippen widerhallen. Näher, es kam *näher*.

O Götter, es ist Liam!

Ich sah sein zorniges Gesicht, während er sein Pferd schneller vorantrieb und auf mich zuritt. *Auf mich zu*, als wollte er mich niederreiten.

Ich verzichtete auf das Boot, ließ das Seil fallen und rannte los.

Die Pferdebrust erwischte mich an der linken Hüfte. Ein Huf zerfetzte die Hacke meines Stiefels vollständig, schnitt in meine Ferse ein und ließ mich der Länge nach zu Boden fallen. Ich rollte mich zusammen und sog hastig Luft ein, als mich ein weiterer Huf seitlich am Oberschenkel traf. Das Pferd schrie schrill, schlug verzweifelt mit den wuchtigen Beinen um sich und wollte mir genauso entkommen, wie ich ihm zu entgehen versuchte. Ich schmeckte Sand und Salz und Meerwasser. Und Blut von einer zerbissenen Lippe.

Die Hufe waren fort. Ich versuchte aufzustehen, weiterzulaufen, aber Liam beugte sich aus dem Sattel herab und schlug mir mit einer behandschuhten, mächtigen Faust gegen die Schläfe. »Verräterischer Prinz!« schrie er. »Verräterischer Freund!«

Ich fiel hin. Spie Blut aus. Sah alles doppelt. Versuchte meine Sicht zu klären. Noch während ich es versuchte, sprang Liam von seinem Pferd und riß mich hoch.

»Ich sollte Euch gleich hier töten, selbst da Ihr unbewaffnet seid!«

Ich bin groß, ich bin schwer, aber Liam ist selbst auch nicht klein. Und in seinem Zorn war er größer als jeder andere Mensch, der jemals gelebt hat. Er hob mich an meiner Tunika fast vollständig vom Sand hoch. »Liam…«

»Ich sollte Euch *töten!* Hört Ihr mich, Ihr treuloser Köter einer räudigen Hündin? Bei den Göttern, ich schwöre, ich *werde* es tun!«

Aber er tat es nicht. Er ließ mich ruckartig los, als könnte er es nicht länger ertragen, mich zu berühren, und stand dann da und starrte mich mit Kalk und Speichel in seinem vergoldeten Bart an. Seine Brust hob und senkte sich heftig. Er keuchte, genau wie ich.

»Liam…« Atemlos wie ich war, konnte ich kaum ein Wort hervorbringen. »Liam… ich mußte… ich *mußte*… für den Krieg, für das Reich.« Ich versuchte zu Atem zu kommen. »Alaric… *Alaric* will sich Strahan anschließen… zu Hause herrscht Uneinigkeit!«

»Eure blutschänderischen Privatkriege kümmern mich *überhaupt nicht!*« brüllte Liam. »Nicht wenn Ihr in *Erinn* seid und meine Schwester verführt!«

Bereit, unsere blutschänderischen Privatkriege im Augenblick außer acht zu lassen, entdeckte ich, daß es um etwas anderes ging. Etwas, gegen das ich mich überhaupt nicht wehren konnte. Und so schloß ich den Mund.

»Verräterischer Prinz«, sagte Liam heiser, »Ihr habt das Vertrauen meines Vaters mißbraucht, und meines auch. Obwohl wir Euch mit unserem Wohlwollen geehrt haben!«

»Liam…«

»Wärt Ihr bewaffnet…«

»Dann gebt mir ein Messer!« schrie ich. »Ich weiche dem Kampf nicht aus!«

Liam spie Blut und Kalk aus. Seine grünen Augen

blickten hart wie Glas. »Ich werde *Euch* nicht die Ehre eines Kampfes zuteil werden lassen! Ich werde Euch die Feindschaft schmecken lassen, die Ihr schon *zuvor* hättet kennenlernen sollen.«

Kein Einwand. Ich konnte nichts einwenden. Denn bevor ich ein Wort hervorbringen konnte, holte Liam zu einem Schlag aus, der mich zu Boden streckte wie einen Getreidehalm.

Die Kerker von Kilore sind feucht und muffig. Wund und äußerst verdrießlich saß ich an eine feuchtkalte Mauer gelehnt, weil ich keine andere Möglichkeit hatte. Jemand – zweifellos Liam – hatte befohlen, mich hier anzuketten, obwohl ich ohnehin nirgendwohin hätte entkommen können.

Der Fels unter meinem Gesäß war kalt und feucht. Das wenige vorhandene Stroh stank schimmelig, verdorben und war zweifellos voller Ungeziefer. Meerwasser tropfte von der Decke. Ich fror und fühlte mich einsam und verängstigt und auch voller Schuld.

Deirdre kam freiwillig zu mir, aber wie kann ich das ihrem Vater und Bruder sagen? Welchen Sinn hätte es, ihren Ruf zu beschmutzen?

Es hätte keinen Sinn. Die mir nach dem Bruch meines Ehrenwortes noch verbliebene Ehre hielt mich davon ab, dieses Eingeständnis zu machen, ungeachtet der Wahrheit.

Meine Ohren klangen. Mein Kopf schmerzte. Liams Schlag hatte mich fest am Kinn getroffen und einige Zähne gelockert. Ich berührte sie vorsichtig mit der Zunge, wobei ich befürchtete, sie damit vollständig herauszudrücken. Sogar mein Wangenknochen schmerzte.

Schritte. Ich wandte das Gesicht der Tür zu, lauschte und versuchte herauszufinden, ob die Schritte jemanden zu mir oder zu einem anderen Gefangenen brächten, wenn es noch andere Gefangene gab. Ich hatte keine Kerze im Raum, um etwas zu sehen. Es gab kein

Licht in der Zelle, bis auf das, was unter der Holztür hindurchdrang. Und die Götter wußten, daß *das* nur allzu wenig war.

Die Schritte hielten inne. Eisen rasselte: Schlüssel. Schließlich wurde einer in das Schloß meiner Tür gesteckt. Ich wartete ab, und dann wurde die Tür aufgeschoben. Sie schabte über den schmierigen Boden.

Shea selbst. Nicht Liam, der sich an meinem Anblick weiden wollte. Statt dessen der alte Herr, der eine dicke Kerze in einer Hand hielt. Sie tropfte, die Flamme tanzte und flackerte wieder auf, als sie durch den Luftzug vom Gang zu neuem Leben erwachte.

Seine Haut war straff über die vom Alter gezeichneten Wangenknochen gespannt. Sein Kinn mahlte kraftlos unter dem dünner werdenden Bart. Ich sah das ärgerliche Glitzern in den gekränkten katzengrünen Augen.

Götter, vergebt mir, was ich diesem Mann angetan habe.

»So erzieht Donal seinen Sohn also zum Mujhar, nicht wahr? Um sein Ehrenwort und seine Schwüre zu brechen, wenn er ehrenwert behandelt wurde?« Tränen zeigten sich kurz in seinen Augen. »Um einem Mädchen unter dem Dach ihres Vaters die Ehre zu nehmen?«

Ich schaute fort, starrte blind auf meine gefesselten Hände hinab. »Nein.«

»Nein? *Nein*? Mehr habt Ihr nicht zu sagen?«

Ich schluckte mühsam. »Beurteilt den Vater nicht nach dem Sohn.«

Die Kerzenflamme flackerte heftig. Ich sah Shea nicht an.

»Nun«, sagte er heiser, »kommt mit hinauf. Ich werde Euch das, was ich zu sagen habe, oben sagen.« Er betrat den Gang und deutete dann mit dem Kopf in meine Richtung. »Entfernt das Eisen und bringt ihn hinauf. Ich werde ihn in der Halle treffen.«

Der alte Herr blieb im Gang stehen, während der

Wächter vorbeischlüpfte und sich hinkniete, um meine Fesseln zu lösen. Wegen meines schwer gequetschten Oberschenkels hinkend – das Pferd hatte mich hart getroffen –, folgte ich Shea die gewundenen Treppen hinauf zur Audienzhalle. Ich hatte schon erwartet, daß Liam auch dort sein würde. Aber er war nicht da. Und auch Deirdre nicht. Shea allein würde ein Urteil fällen.

Er bedeutete dem Wächter, uns allein zu lassen. Ich hörte die Tür zuschlagen. Dann wandte ich mich um und sah den alten Mann an.

Seine Nasenflügel bebten. »Ihr stinkt«, sagte er, durch meinen Kerkergeruch offensichtlich beleidigt.

Ich fühlte mich außerordentlich beschämt.

»Habt Ihr eine Erklärung abzugeben?«

»Nein.«

»Habt Ihr es nur in Anspruch genommen, weil es angeboten wurde, oder habt Ihr es wirklich gewollt – so sehr wie ein Sterbender um Wasser bittet?«

Ich hatte gedacht, er fühle sich durch das, was ich seiner Tochter angetan hatte, herabgewürdigt. Jetzt erkannte ich, daß dem nicht so war. Ich stand nur einem Mann, nicht einem König gegenüber. Einem Vater, nicht einem Mann.

Ich atmete ein und dann sehr langsam wieder aus. »Ich brauchte es«, erklärte ich ihm offen. »Ich *war* jener Sterbende.«

Shea hakte die Daumen in seinen breiten Gürtel und dachte darüber nach. Dann sprach er, und sein Tonfall zeigte all die rauhe Zuneigung, die ich von ihm zu erwarten gewohnt war. »Sie wollte Euch nicht verraten, Junge. Ihr Unglück hat Euch verraten. Ihre fehlende Ungezähmtheit und Fröhlichkeit.«

»Mylord?«

»Oh, es hat sie ausreichend glücklich gemacht, sich trotz all der widrigen Umstände mit Euch einzulassen. *Das* hat sie mir gesagt. Nein. Es war das Wissen, daß Ihr gehen mußtet. Aber als ich erkannte, was sie meinte, wart Ihr schon mit Liam losgeritten.« Er hielt inne. »Sie sagte, daß sie es freiwillig getan hat, Junge.«

Ich schwieg. Selbst jetzt wollte ich nichts sagen, daß auf seine Tochter, die eine Prinzessin war, hätte ungünstig zurückfallen können. Dazu kannte ich die Bedeutung dieses Ranges zu gut.

»Nach erinnischem Recht darf ich Euch töten lassen.«

»Nach jedem Recht, Mylord.«

»Aber Ihr seid der Sohn des Mujhar von Homana. Sein Erbe. So wie Liam mein Erbe ist.«

»Ja, Mylord.«

Shea seufzte. »Bursche, Bursche, ich fühle mich sehr hilflos. Ich würde Euch beide gern verheiratet sehen, aber das ist wegen dieses Schwurs gegenüber Alarics Tochter nicht möglich. Ihr dürft ihn nicht brechen, auch wenn Ihr den Schwur mir gegenüber gebrochen habt.« Es war keine Verbitterung aus seiner Stimme herauszuhören. »Deirdre erzählte mir, was der Cheysulifeldherr Euch gesagt hat. Über den Krieg und über Bastarde und einen Thron in Gefahr. Ich verstehe solche Dinge. Und so werde ich Euch nicht vorwerfen, Euer Ehrenwort gebrochen zu haben. Es gibt Schwüre, die Vorrang vor anderen Schwüren haben.« Ich sah die Spur eines erschöpften Lächelns durch seinen Bart hindurch. »Ich werde Euch nicht hierbehalten, wenn Euer Vater Euch so sehr braucht. Ich werde dafür sorgen, daß Ihr noch vor Tagesende nach Atvia gesandt werdet.«

»Mylord?« Ich sah ihn verblüfft an.

»Homana ist nicht mein Feind. Ich möchte Euren Vater nicht von diesem Ihlinidämon oder auch von Alarics Gehässigkeit zerbrochen sehen. Geht und heiratet Eure atvianische Cousine und kehrt zu Eurem Vater zurück.«

Ich hoffte wieder. »Und … Deirdre?«

»Sie bleibt«, belehrte er mich tonlos. »Meine Tochter wird niemandes Gespielin sein, ganz gleich wieviel

Ehre dieser Status bei den Cheysuli besitzt.« Er seufzte. »Aber ich möchte Euch um etwas bitten, Junge. Um ein Versprechen. Und dieses solltet Ihr nicht brechen, dafür wird Liam sorgen.«

Ich berührte mein schmerzendes Gesicht. »Ja, Mylord. Ich gebe es gern.«

»Ierne wird ihr Kind bald bekommen. Sollte das Kind ein Mädchen sein, dann laßt sie Euren erstgeborenen Sohn heiraten. Oder die nächste Tochter für *Euren* nächsten Sohn, wenn dieses kein Mädchen und jenes kein Junge wird. Aber ich will es, Bursche. Ich will, daß eine Enkelin Sheas von Erinn eines Tages Königin von Homana wird.«

Ich lächelte. »Ein nur zu gerechter Tausch, Mylord. Eine Tochter von mir für Sean, eine Enkelin von Euch für meinen Erben. Ich denke, das wird die Götter erfreuen.«

»Es wird *mich* erfreuen«, grollte Shea. »Und das wird wohl genügen.«

Ich streckte dem Mann meine schmutzige Hand entgegen. Er schien den Schmutz nicht zu bemerken, als er sie mit seinen Händen ergriff. »Deirdre ...«, begann ich.

»Nein«, sagte er. »Ich werde ihr Eure Abschiedsgrüße überbringen.«

Kurz darauf nickte ich. Aber ich wußte, daß es nicht dasselbe sein würde.

Ich hatte gebadet, mich rasiert und mich frisch gekleidet. Ich stank nicht mehr. Aber der Kummer, den ich bei dem Gedanken empfand, Deirdre zurücklassen zu müssen, war nicht mit fortgewaschen worden.

Liam kam selbst, um mich zum Schiff zu begleiten. Mit seinem harten, starren Gesicht war er die Unnachgiebigkeit in Person. Er sagte überhaupt nichts, während er mir voran die gewundene Treppe zum Eingang hinabging. Wir wurden von den elf Männern, die ihn am Tag meiner Rettung – meiner Rettung und meiner

Gefangenschaft – begleitet hatten, in Empfang genommen.

Die Sonne schien nur schwach. Die Messingfarbe von Liams Locken wurde vom Grau des Tages gedämpft, wie auch durch seine ungewohnte Ernsthaftigkeit. Sein Mund mahlte im Bart ein wenig und brachte die Worte schließlich hervor.

»Wo würdet Ihr gern noch hingehen, Bursche, bevor wir Euch zu Eurer Braut schicken?«

Wohin würde ich gern gehen? Zu Deirdre natürlich … und doch wußte ich, daß er es mir verweigern müßte, wenn ich um das bäte, was ich am meisten wollte.

Ich blickte in das gedämpfte Sonnenlicht hinaus. »Zum Grabhügel«, sagte ich. »Zum Altar der *Cileann*.«

Liams grüne Augen flackerten. Er lächelte noch immer nicht. Er nickte einmal und hieß uns aufsteigen. Elf Männer des Prinzen, ein Erbe von Sheas wildem Horst, eine fremde Geisel. Wir ritten zusammen zum Grabhügel hinaus.

Im Tageslicht, im nunmehr vollen Sonnenschein, wirkte der Ort anders. Entschieden anders. Ich schmeckte keine Magie, roch keinen Hinweis auf uralte Macht. Und ich sah nur einen Altar voller Erinnerungen.

Deirdre. Deirdre und ihr Fohlen. Und der *lirlose* Mann, der sie liebte.

Liams elf Männer blieben in einiger Entfernung auf den Pferden sitzen. Liam kam näher heran, aber selbst er hielt den ihm möglichen Abstand. Ich wurde jetzt nicht gestört. Und so nutzte ich den Augenblick. Ich nutzte ihn, um auf dem Grabhügel außerhalb des alten Kalkkreises zu stehen und mich von Deirdre zu verabschieden.

»Zeit zu gehen«, sagte Liam, als er sah, wie ich den Arm hob und mein Gesicht rieb.

Ja … Zeit zu gehen. Ich wandte mich um. Der Prinz von Erinn hielt die Zügel meines Pferdes. Ich schritt von dem Grabhügel herab, nahm sie aus seiner Hand entgegen und stieg auf den hellgrauen Wallach. Und dachte an Deirdres wildes Lachen, als sie ungestüm am Rande der kalkhaltigen Landzunge, die den Drachenschwanz überragte, entlanggeritten war.

»Bursche«, sagte Liam. Ich konnte nur nicken.

Am Dock hielt die Eskorte plötzlich an. Ich ging langsam, so langsam, an Bord, wandte mich dann um und umfaßte die Reling. Liam stand auf dem Dock. Der Wind peitschte seine messingfarbenen Locken, ließ seine hohen, scharfgeschnittenen Wangenknochen erröten und zog an seinem Bart. Seine katzengrünen Augen blickten kühl. »Also, junger Hund, Ihr verlaßt Erinn als reicher Mann.«

»Reich?«

»Ihr habt das Vertrauen meines Vaters erlangt, die Liebe meiner Schwester gewonnen und Kinder einander versprochen, die, außer Sean, noch gar nicht geboren sind. Ihr geht mit einem *kleinen* Quentchen mehr von dem, womit Ihr gekommen seid.«

Der Wind blies mir das frischgewaschene Haar aus dem Gesicht. »Vielleicht hättet Ihr mich an dem Tag, an dem Ihr mich fandet, wieder ins Meer werfen sollen ...« Ich blinzelte gegen den Wind an. »Vielleicht hättet Ihr mich dem Drachen überlassen sollen.«

»Nein«, sagte er. »Ihr wart zu schwach, zu zerschlagen. Die Mühe, einen erinnischen Drachen zu füttern, nicht wert. Ich denke, das hätte wenig Vergnügen bereitet.«

»Das Versprechen, das wir einander gegeben haben, und das, welches ich mit Eurem Vater ausgetauscht habe ...« Ich zuckte die Achseln. »Nach Shea werdet Ihr der König sein. Ihr könnt die Versprechen brechen, wenn Ihr es dann wirklich wollt.«

Liam beugte sich herab und spie von dem Dock in den Drachenschwanz. Er faltete die Arme über seiner breiten Brust. »Das glaube ich nicht. Ich glaube, ich bin nicht der Mann, der Versprechen bricht. Anders als *Ihr*.«

Ich umklammerte die Reling. »Ich kann auch noch später nach Atvia segeln. Wir könnten diese Angelegenheit jetzt regeln. Mit Messern oder Schwertern oder Fäusten.« Ich grinste. »Das überlasse ich Euch, *Mylord*.«

Liam grinste ebenfalls widerwillig. Der grüne, um seine breiten Schultern liegende Umhang kräuselte sich und flatterte im Wind. »Ich glaube, wir sind uns jetzt ebenbürtig, Bursche. Ich habe fast fünfzehn meiner neunundzwanzig Lebensjahre damit verbracht, Atvianer zu bekämpfen, und *Ihr* seid ein Cheysuli – auch ohne *Lir*. Ich glaube, es wäre nicht sehr klug, Donal und Shea in einem albernen, jungenhaften Kampf, in dem einer – *oder beide* – von uns getötet werden könnten, ihrer Söhne zu berauben.« Er zuckte die Achseln. »Außerdem liebt meine Schwester Euch. Warum sollte man einen Mann dafür schlagen?«

Ich lachte. »Aber es wäre ein Erlebnis gewesen.«

Liam seufzte und nickte dann. »Ja, das ist wahr. Nun – vielleicht ein anderes Mal, junger Hund. Jetzt kehrt erst einmal nach Atvia zurück.«

Ich beugte mich über die Reling, als er das Zeichen zum Ablegen gab. »Liam ... eine Nachricht für Deirdre?«

Er blinzelte in den Wind. »Was wollt Ihr ihr *jetzt* noch sagen?«

»Daß sie, wenn sie mich will – wenn sie mich *braucht* – nicht zögern soll, mich benachrichtigen zu lassen. Auch nach Homana! Ich verspreche, daß ich kommen werde.«

»Ich werde mich hier um sie kümmern.«

»*Liam* ...«

»Nein, Bursche. Sie braucht mehr von Euch.« Er sah mich unerbittlich an. Dann glätteten sich seine bärtigen Gesichtszüge. »Aber ich werde Ihr ausrichten, was Ihr gesagt habt.«

Ich klammerte mich an die Reling, während das Schiff in den Kanal hinausglitt. Windgepeitschte Wogen krachten gegen den Bug. Aber ich bemerkte es kaum. Ich beobachtete das dunkle, vor dem Himmel scharf gezeichnete Bollwerk des Horstes und dann das erinnische Ufer. Bis ich nur noch den grünen Fleck von Liams Umhang erkennen konnte. Und dann wandte ich mein Gesicht Atvia zu.

Und meiner Cheysulibraut.

Teil II

Kapitel Eins

Rondule war, genau wie Sheas Stadt Kilore, ein Fischereihafen. Ich bemerkte, bis auf geringfügige Abweichungen im Baustil, keinen wirklichen Unterschied zwischen Rondule und Kilore oder auch zwischen Rondule und Homanas Hondarth. Ich war viele hundert Meilen westwärts gesegelt, und doch konnte ich nur wenig entdecken, was diesen Teil der Welt von meinem unterschied.

Bis ich die Sprache hörte. In den acht Monaten mit Shea und seiner Familie hatte ich mich an den lyrischen Rhythmus der erinnischen Sprache gewöhnt, der sich bis auf Feinheiten und einige wenige, aus den früheren Zeiten Erinns übernommene Wörter kaum vom Homanischen unterschied. Zweifellos hatte ich nach so vielen Monaten selbst eine Spur dieses Akzents angenommen. Aber ich wußte, daß ich niemals den Klang der atvianischen Sprache annehmen würde, ganz gleich *wie* lange ich auf der Insel bliebe.

Ich hielt sie für eine häßliche Sprache, die mehr aus Konsonanten als aus Vokalen bestand, die noch dazu scharf ausgesprochen wurden. Es war eine zischende Sprache, die mich an den Klang einer in der Dunkelheit drohenden Schlange erinnerte. Diese Vorstellung gefiel mir nicht. Ich wünschte mehr denn je, ich könnte Atvia vollständig meiden.

Das Schiff legte an. In der erinnischen Kleidung, die ich mir von Liam geborgt hatte (obwohl wir beide groß waren, paßte sie mir kaum; die Götter hatten uns unterschiedlich gestaltet) verließ ich das Schiff und tauchte in einen Mahlstrom der Geschäftigkeit ein. Die Gezeiten wechselten. Es war die Zeit, da die Fischer mit dem Tagesfang nach Hause zurückkehrten. Und ich befand mich mittendrin.

Ich hörte das zischende Plappern der Männer, während sie ihre Netze einholten, und der Frauen, die hinabeilten, um ihren Männern zu helfen. Ich roch überall Fisch. Der Geruch verstopfte meine Nase und schlich sich in meinen Mund, in meine Kleidung, in mein Haar. Ein flüchtiger Gedanke sagte mir, daß es in Kilore nicht anders gewesen war, aber ich zog es vor, Rondule mit kritischeren Augen zu betrachten.

»Mylord.« Die Stimme eines Jungen, der eine Art getöntes Homanisch sprach. Die vertrauten Worte wurden fast in seiner Kehle erstickt, aber ich konnte sie gerade noch verstehen.

Er war halb so groß wie ich und trug eine hellblaue Tunika. Ein feiner Saum in weißem Garn zog meinen Blick auf sich. Es war eine sehr saubere erinnische Handarbeit. Aber etwas störte. Auch in der Haltung des Jungen mir gegenüber. Er war nicht wirklich unhöflich, aber er war auch nicht so freundlich wie die Erinnier.

»Ja«, sagte ich kurz angebunden. »Hat Alaric dich gesandt, mich abzuholen?«

Er lächelte nicht. Ich schätzte ihn auf elf oder zwölf Jahre, obwohl seine braunen Augen älter wirkten. »Wenn Ihr Niall von Homana seid.«

»Oh, ich glaube schon. Und wer bist du, Junge?«

»Belen«, antwortete er. Er deutete auf zwei Pferde, die in der Nähe angebunden waren und geduldig warteten. »Kommt mit.«

Ich ging mit ihm. Belen führte mich durch die gewundenen Pflasterstraßen auf den Kern der Stadt zu. Und als wir ihn erreicht hatten, stellte ich fest, daß ich bewußt den Mund schließen mußte, damit der Junge mein Erstaunen nicht bemerkte.

Wie Kilore, thronte auch Alarics Festung auf einer Felsenklippe. Aber hier erstreckten sich keine Landzunge und Heideland in alle Richtungen. Statt dessen krönte das Schloß eine Palisade, die aus der Stadtmitte emporragte. Der vorspringende Teil war kegelförmig, aber ihm fehlte die einheitliche glatte Rundung, er zeigte statt dessen unebene Seiten voller Risse und verräterischer Fehler im Gestein selbst. Ich sah keinerlei Straße oder Weg, die zu dem Schloß auf dem Gipfel der Welt hinaufgeführt hätten. Und ich begann zu verstehen, warum Shea mir wieder und wieder gesagt hatte, daß ein Angriff auf Alarics Schloß der Plan eines Wahnsinnigen – oder eines Narren – sein müßte.

Da er keines von beidem war, versuchte er es auch niemals. Sie fechten ihre Kriege auf den Meeren und Stränden aus.

»Kommt mit.« Belen stieß seinem gesprenkelten Pferd die Sporen in die Seiten.

Es gab doch einen Weg. Er verlief entlang der natürlichen Maserung des Gesteins, stieg an, wand sich, verlief im Zickzack durch Brüche und quadratisch geschnittene Ausbuchtungen. Hier und dort bedeckten Grasflecken die terrassenförmige Vorderseite des Hügels, aber das meiste war Fels. Harter kalter Fels.

Der Wind schlug mir ins Gesicht und griff mit winzigen Fingern durch das Gewebe meiner geborgten Kleidung. Ich erschauderte. Belen, der vor mir ritt, schien den frostigen Atem des Drachen nicht zu bemerken. Er ritt stetig vorwärts, immer bergauf, und schaute niemals zurück. Ich hörte den vertrauten, klagenden Gesang des Drachen, als sich sein Atem um die Felsen wand und mich vor- und zurückstieß. Ich dachte an Deirdre. Ich dachte an die kreidehaltigen, windgepeitschten Höhen Erinns, die fast so nahe wirkten, daß ich sie berühren konnte. Ich mußte nur die Hand ausstrecken und über den Drachenschwanz hinweggreifen, und Deirdre würde mein sein.

»Drachenzähne.« Der Junge hatte sich im Sattel umgewandt. Er drehte den Kopf ein wenig und deutete auf die felsigen Wallanlagen der Klippen. »Das Schloß liegt dahinter.«

Es ging noch höher und dann auf den vorspringenden Teil des Hügels hinauf. Der Wind spie mir ins Gesicht.

»Das Schloß«, sagte Belen.

Ein Junge mit wenig Worten. Aber ich achtete nicht auf ihn. Ich betrachtete statt dessen Alarics Festung.

Unangreifbar, ja. Kein Mensch, der töricht genug war, sein Leben dem sicheren Tod zu überantworten, würde jemals versuchen, dieses Schloß einzunehmen. Vielleicht Rondule oder andere Städte. Aber niemals diese Festung. Sie war, genau wie Homana-Mujhar, unanfechtbar.

Aber einmal war Homana-Mujhar gefallen.

Belen führte mich durch ein mit Wachtürmen versehenes Tor, das von sechs wuchtigen Fallgittern geschützt wurde, und in den dahinterliegenden äußeren Burghof. Wächter sicherten die Postengänge und Brustwehren. Farbige Fahnen peitschten im Wind. Ich hörte die Echos von Eisen auf Pflastersteinen, als wir in den inneren Burghof einritten.

Jungen kamen angelaufen, um sich um die Pferde zu kümmern. Ich stieg ab, zischte leise, als ich mir dabei meinen gequetschten Oberschenkel anstieß, und nickte gereizt, als Belen mir bedeutete, ihm zu folgen. Man hätte denken können, daß ich hier ein Gefangener sei, nicht Gisellas Verlobter.

Der Junge brachte mich durch kerzenbeleuchtete Gänge in ein Privatgemach. Hier war der Felsenboden mit Teppichen bedeckt, die ich als kaledonesische Arbeiten erkannte. Wir besaßen in Homana-Mujhar, einschließlich meines Schlafzimmers, ähnliche Teppiche. Kohlenpfannen wärmten den Raum. Es gab keine Fenster. Ich konnte nicht hinaussehen, um von der Spitze des Drachenkopfes aus Erinn zu suchen.

»Es wird jemand kommen«, verkündete der Junge und schloß dann die Tür.

Als ich allein war, sah ich mich in dem Raum um. Es gab Stühle, einen Tisch, eine Kiste, einen Krug Wein und Silberbecher. Da ich nichts Besseres zu tun hatte, goß ich mir einen Becher Wein ein.

Aber es war kein Wein. Es war reiner, beißender Alkohol. Ich hob den Becher, erkannte den schweren Inhalt und setzte ihn dann wieder ab. »*Usca*«, sagte ich überrascht.

»Er kommt über die Handelsrouten«, erklärte eine Stimme ruhig. »Den ganzen Weg von den Steppen nach Atvia.« Als ich mich umwandte, lächelte der Mann und schloß die Tür. »*Ich* bin kein Ihlini, Niall. Habt Ihr geglaubt, daß ich ihn heraufbeschworen hätte?«

Alaric. Ich erkannte ihn sofort, obwohl ich ihn noch nie zuvor gesehen hatte. Meine Mutter hatte ihn mir einmal beschrieben und mir erzählt, wie er nach Homana gekommen war und die Schwester des Mujhar als Ehefrau erwählt hatte. Damals, sagte sie, war er groß, schlank, braunhaarig und braunäugig gewesen. Stattlich, hatte sie hinzugefügt, wenn man Männer mit sanfter Art und Silberzungen mochte. Bronwyn hatte es nicht gemocht, aber sie hatte ihn dennoch geheiratet. Mein Vater hatte ihr keine Wahl gelassen.

Seitdem waren neunzehn Jahre vergangen. Ich hielt ihn für ein oder zwei Jahre älter als mein Vater. Aber er wirkte jünger, obwohl die Zeit und die Kriege die zu glatten Kanten aufgerauht hatten. Er war nicht dicker geworden, hatte sich eine geschmeidige Schlankheit bewahrt, und er bewegte sich im Gefühl einer tiefen, aber bewußten Kraft sowohl des Körpers als auch des Geistes.

In seinem unscheinbaren Schwarz erinnerte er mich an Strahan. Und er erinnerte mich an Lillith.

Er lächelte. Sein Homanisch war recht gut, sein Akzent nur gering. »Seid willkommen in Atvia. Obwohl ich einen Augenblick dachte, ein Toter stünde vor mir.«

»Carillon.« Ich zwang mich, wie stets, zu einem Lächeln. »Nein.«

Alaric trat zum Tisch und goß uns beiden *Usca* ein. Ich nahm den Becher aus Höflichkeit an. Ich mag *Usca* nicht. »Ich bin Carillon einmal begegnet«, sagte er sich erinnernd. »Ich war noch ein Junge, nicht älter als Belen, aber ich wußte genug, um beeindruckt zu sein. Es war kurz nachdem Tynstar ihm zwanzig Jahre seines Lebens gestohlen hatte. Die Krankheit verzehrte bereits seine Knochen.« Noch immer lächelnd, trank er einen Schluck. Ich tat es ihm nicht nach.

»Mylord ...«, begann ich.

»Ich habe ihn niemals wiedergesehen.« Alaric hatte seine Rede offensichtlich noch nicht beendet. Er hatte noch nicht die Absicht, mir Sprecherlaubnis zu erteilen. »Ich war hier, als mein Bruder ihn tötete. Ich habe erinnische Wolfshunde von meinen Stränden vertrieben.« Alaric lächelte weiter.

Ich setzte meinen Becher geräuschvoll ab. *Usca* schwappte über den Rand. »*Ihr* hättet meine Gefangenschaft beenden können.«

Falls ihn meine Schroffheit überraschte, zeigte er es nicht. Er setzte seinen Becher aus Höflichkeit ebenfalls ab – er würde nicht trinken, wenn ich es nicht tat – und bedeutete mir ruhig, mich hinzusetzen. Ich überlegte, ob ich es ablehnen sollte. Aber mein verletzter Oberschenkel schmerzte, und mein Kopf klang noch immer von Liams Schlag wider. Ich setzte mich.

»Ich hätte Eure Gefangenschaft beenden können.« Alaric setzte sich ebenfalls und kreuzte die Beine. Seine Stiefel wiesen wuchtige Sporen aus mit Runen versehenem Gold auf. »Und habt Ihr mich dafür verflucht, daß ich es nicht tat, während Ihr mit Deirdre von Erinn geschlafen habt?«

Ich atmete eilig aus. Ich wußte nichts zu sagen, wollte keine ungeschickte Erklärung abgeben. Nicht vor *diesem* Mann. Er war Gisellas Vater.

Alaric rieb müßig über sein glattrasiertes Kinn. Er hatte eine ruhige, eine zu ruhige Art, die mich an eine Katze, die sprungbereit vor einer Maus sitzt, erinnerte. »Nun?«

»Ihr verbündet Euch mit Strahan und den Ihlini. Gegen meinen Vater.«

Ein Mundwinkel zuckte amüsiert. Er wußte sehr gut, warum ich das Gespräch darauf brachte. »Was ich tue, ist meine Sache.« Er regte sich umständlich auf seinem Stuhl. Die goldenen Sporen schimmerten. Seltsamerweise erinnerten sie mich an *Lir*bänder. »Ich habe nicht die Absicht, Euren Kopf mit atvianischer Geschichte vollzustopfen, Niall. Es sei hier nur gesagt, daß es niemals mein Wunsch war, Donal einen Treueschwur zu leisten.« Er zuckte locker die Achseln, tat es damit ab. »Wir sind bestenfalls unbequeme Bettgenossen. Er nimmt – ich gebe. Und das habe ich satt.«

Ich stand auf. »Mylord, wenn Ihr nicht die Absicht habt, das Bündnis zu ehren, habe ich nicht die Absicht, Euch zuzuhören.«

»Setzt Euch«, befahl er mir kühl. »Wenn ich Euch verärgert habe, entschuldige ich mich dafür. Aber ich will ehrlich mit Euch sein, Niall. Ihr seid kein Junge mehr.«

Nein, das war ich nicht. Die schnelle Verärgerung und Verletztheit schwanden fast sofort. Ich setzte mich wieder. Es würde nichts schaden, dem Mann zuzuhören.

»Überlegt einmal, was ich gewänne, wenn das Bündnis beendet würde«, schlug er vor.

»Den Krieg«, antwortete ich prompt. »Und mein Vater hat Euch einmal besiegt.«

Braune Augen verengten sich ein wenig. Er betrachtete mich kurz. Und dann lächelte er. »Den Krieg. Aber selbst Homana wird schwächer, wenn sich ein Krieg über Jahrzehnte hinzieht.« Die Höflichkeit war vergangen. Er streckte die Hand aus, nahm seinen Becher und trank erneut *Usca*. »Ihr *seid* hier«, sagte er. »Vielleicht ein wenig unpünktlich, aber das war nicht Euer Fehler. Ich sehe keinen Grund, die stellvertretende Hochzeit für ungültig zu erklären. Gisella wäre … beunruhigt.«

Er sprach so ruhig von seiner Tochter und der Hochzeit, obwohl er doch von Deirdre und mir wußte. Ich fragte mich mit Unbehagen, woher er es erfahren hatte. Wenn er irgendwo in Kilore einen treuen atvianischen Diener hatte – oder auch einen *un*treuen erinnischen –, konnten Shea und jedermann sonst in Gefahr sein.

»Mylord, wenn Ihr diese Hochzeit wirklich vorantreiben wollt, warum habt Ihr dann Sheas Forderungen nicht entsprochen?«

»Weil ich niemandes Forderungen entspreche.«

Jetzt war es an mir zu lächeln. »Aber Ihr habt den Forderungen meines Vaters entsprochen. Ich weiß alles darüber. Ihr knietet auf dem Boden, küßtet sein Schwert und schwort ihm die Treue.«

»Und bekam im Gegenzug seine Schwester zur Frau. Und meine Tochter Gisella.« Er hob seine dunklen Brauen an. »Wer hat gewonnen, wer hat verloren? Zweifellos habe *ich* mehr Nutzen von alledem gehabt als Donal.«

Das war zweifellos richtig. Und er wußte, daß ich es wußte. »Ist ein Titel so wichtig? So viele Kriege wert?«

»Dieser ja.« Ein Siegelring aus Silber und schwarzem Marmor glitzerte an Alarics Hand. »Er hat schon vor meiner Geburt dem Herrn von Atvia gehört. Mein Großvater, Keough, hat ihn von Ryan von Erinn errungen. Shea hat nicht darum gekämpft, bis sein Erbe geboren wurde.«

»Eure Schwester war mit Shea verheiratet. Bedeutet Euch das nichts?«

Er stellte die Beine nebeneinander und beugte sich vor, die Ellbogen auf die Knie gestützt. »Junge, Ihr müßt etwas über die Anwendbarkeit von Bündnissen und Kriegen lernen. Wenn eines gebrochen wird, folgt unweigerlich das andere.« War das vielleicht eine Warnung? Er stand auf. »Mehr als zweihundert Jahre lang lagen Erinn und Atvia miteinander im Krieg. Mit Unterbrechungen natürlich – wir können nicht *immerzu* kämpfen. Aber der Kampf ist genauso sehr Teil des atvianischen und erinnischen Lebensstils wie das Gestaltwandeln ein Teil des Euren ist.« Er hielt in der Bewegung inne. »Ach, aber natürlich … Ihr könnt es ja nicht. Ich habe gehört, daß Euch ein *Lir* fehlt.«

Ich stieß mich vom Stuhl hoch. Unnützer Zorn wallte in mir auf, während Alaric weiterhin lächelte.

Götter, wenn ich diesen Mund nur für immer schließen könnte …

»Niall«, sagte er freundlich. »Habt Ihr erwartet, daß wir Freunde würden?«

Sehr mühsam sagte ich: »Ich habe erwartet, daß wir uns zivilisiert betragen.«

Er stellte seinen leeren Becher auf dem Tisch ab. »Dies *ist* zivilisiert, Junge. Ich bin nicht Shea von Erinn.«

»Shea von Erinn besitzt mehr Rechtschaffenheit, Ehre und Manieren, als Ihr jemals zu besitzen *hoffen* könnt!«

»Zweifellos«, sagte er leichthin. »Dennoch ist er ein Narr.« Er blickte über meine Schulter hinweg, lächelte und machte eine Willkommensgeste. »Niall, da ist jemand, der Euch sehen möchte.«

Gisella. Ich wandte mich um und versuchte meinem Gesicht die Maske der Höflichkeit überzustülpen – das war ich Gisella schuldig, auch wenn dies für ihren Vater nicht galt – und sah Lillith statt Gisella.

Sie trug wieder Karmesinrot. Ihr üppiges Haar umhüllte sie. »Ich habe Euch die Wahl gelassen«, sagte sie ruhig. »Ihr habt es abgelehnt, meine Hilfe anzunehmen. Aber ich sehe, daß Ihr noch andere Möglichkeiten hattet.«

Ich würde dieser Frau niemals wieder ausweichen. Ich erwiderte ihren Blick beharrlich. »Die Götter kümmern sich darum.«

Nach einem Augenblick des Zögerns begann Lillith zu lächeln. »Diese Monate haben Euch gutgetan«, sagte sie geheimnisvoll. Und dann lachte sie.

Ich beobachtete sie, während sie zu Alaric ging und ihn innig küßte, wobei sie meine Anwesenheit vollkommen überging. Er versenkte eine Hand im Vorhang ihrer

Haare. Mit der anderen hielt er sie gegen seine Lenden gepreßt. Weil sie wollten, daß ich mich unbehaglich fühlte, schaute ich nicht fort.

Lillith befreite sich von Alaric und wandte sich zu mir um. Ihre schwarzen Augen schienen jetzt noch schwärzer. »Ich bin gekommen, um Euch in angemessene Gemächer zu geleiten. Heute abend wollen wir Euch mit einem Fest ehren. Bis dahin werdet Ihr Ruhe benötigen.«

Ihre Hand ruhte auf meinem Arm. Sie wartete. Aber bevor ich ging, schaute ich über die Schulter zu Alaric.

Der Herr von Atvia lächelte.

Meine mir zugewiesenen Räume lagen in tiefen Schatten, als ich die Tür vor Lilliths hübschem Gesicht schloß. Wieder gab es keine Fenster, die Sonnenlicht hereingelassen hätten. Nur Kerzen, von denen die meisten nicht einmal entzündet waren. Obwohl es erst Nachmittag war, wirkte der Raum düster. Ich wollte nichts damit zu tun haben.

Lillith hatte meinen Mangel an Kleidung erwähnt und gesagt, jene, die in dem Schiffswrack verlorengegangen sei, würde durch andere ersetzt werden. Jetzt, wo mir deutlich gemacht worden war, daß ich außer dem Rubinsiegelring und meinem versilberten Gürtel nichts Eigenes besaß, stellte ich fest, daß ich mich nach Cheysulilederkleidung sehnte.

»Niall.« Eine Gestalt trat aus den Schatten des Raumes. Ich fuhr herum, griff nach dem Messer, das ich noch immer nicht besaß, und hielt dann vollkommen in jeglicher Bewegung inne.

Das Gesicht war zu schmal, so schmal, so *hager,* mit hervorstehenden Schädelknochen und gespannter Haut. Ich sah Höhlungen unter hohen kantigen Wangenknochen, wie Quetschungen wirkende Kreise unter den Augen, den gelben Augen, die mit einem Dutzend gespenstischen Erinnerungen daran erfüllt waren, was es bedeutete, einen Bruder zu verlieren. Was es bedeutete, eine Seele zu verlieren. Mein Bruder war mir fremd, und doch kannte ich ihn so sehr gut.

»Ian!« Und fast sofort: *O Götter, was haben sie meinem Bruder angetan?*

Er war dünn. Seine Kleidung war atvianisch geschnitten – hier gab es kein Cheysulileder. Wo Ian doch niemals etwas anderes getragen hatte. Sein dichtes Haar war stumpf, wenn auch sauber, und viel kürzer als üblich geschnitten. Es bedeckte seine Ohren nicht mehr ganz. Ich sah die Nacktheit seines linken Ohrläppchens und erkannte, was er getan hatte. Oder wozu sie ihn gezwungen hatten.

Was haben sie aus meinem Bruder gemacht?

»Rujho?« fragte ich zögerlich und sah, daß er begriff.

Ich trat einen einzigen Schritt auf ihn zu. »Götter! Ian, ich dachte, du wärst tot! Ich dachte, du wärst im Sturm ertrunken!« Ich hielt inne. Ich wollte zu ihm gehen, ihn genauso umarmen, wie Rowan und ich einander umarmt hatten, ihn willkommen heißen wie keinen anderen Menschen. Aber ich tat es nicht. Etwas an seiner Haltung hielt mich zurück.

»Niall«, sagte er. »O ... Götter ... ich dachte, sie hätte gelogen ... ich dachte, sie hätte mir *Lügen* erzählt ...« Er schloß die Augen, damit ich seine Tränen nicht sehen konnte. »Aber du bist *hier* ...«

»Hier«, wiederholte ich wie betäubt. *O Rujho, was haben sie dir angetan?* »Ian ...« Schließlich streckte ich die Hand aus, um seine Schulter zu berühren. Aber als ich ihn berührte, trat er steif zurück. Wie ein Hund, der Angst vor seinem Herrn hat.

»Sie sagte, daß du kommen würdest«, belehrte er mich. »Sie *sagte* es, aber ich glaubte ihr nicht. Sie erzählt mir so vieles.« Sein mühsames Schlucken war sogar in den Schatten zu sehen. »Wenn es nur eine Wahrheit unter zwanzig Lügen gibt, kann ich nicht immer wissen, welcher Aussage man glauben darf.«

»Ian, was *stimmt* nicht? Was stimmt mit dir nicht?«

Er zuckte zusammen. Sichtbar. Als hätte der Herr den Hund geschlagen. »Ich weiß es jetzt. Ich weiß jetzt, wie es ist. Der Schmerz. Die Leere. Die Sinnlosigkeit in einem Herzen.« Er atmete zitternd ein. »Ich habe erfahren, wie es ist, wie es all diese Jahre für *dich* war ...«

»Ian.«

»... und jetzt weiß ich es selbst ...«

»Ian.«

»... was ein *lir*loser Mann durchmacht ...«

»Ian!«

»... wenn ihm sein *Lir* genommen wird.« Die Sehnen und Muskeln an seinem Kinn verhärteten sich. »Ich *weiß*, was ich tun muß. *Aber sie wird es mich nicht tun lassen!*«

Ich hielt mich nicht mehr zurück. Ich ging mit einem einzigen Schritt zu ihm hinüber und nahm ihn in die Arme. Und ich dachte, wie seltsam es war, daß ich, der jüngere, der *lirlose* Prinz von Homana, jetzt einen *lirlosen* Krieger des Stammes tröstete, der immer mich getröstet hatte.

Mit und ohne Worte.

Ich spürte die Nacktheit seiner Arme unter dem atvianischen Stoffwams und dem Leinenhemd und zog mich erschreckt zurück. »Wo ist dein *Lir*gold?«

»Fort. Ich habe es abgelegt.« Er drängte fort, wandte sich ab, drehte mir den Rücken zu.

Als wenn er mich nicht ansehen kann. »Ian ...«

»Ein *lirloser* Krieger hat kein Recht, das Gold zu tragen.« Und dann wandte er sich ab. »*Du* solltest das wissen, Niall.«

Niall. Nicht mehr *Rujho.* Hatte Tashas Verlust ihn auch andere Bünde vergessen lassen?

Oder ist daran schuld, was sie aus ihm gemacht haben?

Ich wollte ihn anschreien. Ich tat es nicht. Ich atmete tief ein, um mich zu beruhigen, und sagte ihm ruhig, ganz ruhig: »Du hast mehr Recht, das *Lir*gold zu tragen als jeder andere Krieger, den ich kenne.«

Ian lachte bitter. Nur die weite Leere eines Mannes, der sich verloren hatte. »Ein wahrer Krieger legt das Gold ab«, belehrte er mich traurig. »Ein wahrer Krieger. Ein Krieger, der sich entsprechend der Cheysuliüberlieferung verhält ...«

»... und er sucht das Todesritual?« beendete ich seinen Satz. »In Homana würde ich das niemals in Frage stellen. Aber wir befinden uns in Atvia, und ...«

Mich grob unterbrechend, als weiterer Hinweis darauf, daß Ian nicht er selbst war, spie er einen Fluch in der Alten Sprache aus. »Glaubst du, *das* sei wichtig? In welchem Königreich ich mich befinde? O Niall, unsere Bräuche werden nicht davon bestimmt, *wo* wir sind, sondern *wer* wir sind. Ich bin ein Cheysuli. Mein *Lir* ist verloren. Es bleibt nur eines zu tun.«

»Warum bist du dann hier?« Ich wollte es herausschreien, da ich wußte, daß die Frage der einzige Weg war, einem Mann eine Erklärung zu entlocken, der mir mit solch unendlicher Geduld keine Erklärung geben wollte. »Wenn du vor mir stehen und über Cheysuliüberlieferung und *Lirlosigkeit* schwatzen willst, warum führst du das Ritual dann nicht aus? Lebe deinem Erbe gemäß, Gestaltwandler. Gehe hinaus und suche deinen Tod.«

Er zuckte. Plötzlich stand nicht mehr Ian vor mir, nicht mein Bruder, nicht der Junge, der mein Vorbild gewesen war, noch der Mann, dessen Gesellschaft und Schutz ich am Hof des Löwenthrons gesucht hatte. Er war irgendwie ... *verringert*.

»O *Rujho*«, sagte ich verzweifelt, »was haben sie dir angetan?«

»Nicht mehrere«, sagte eine weibliche Stimme bestimmt. »*Eine* nur.«

Dieses Mal *war* es Gisella. Ich mußte sie nur ansehen, als sie die Tür mit der Schulter zuschob. »Also leugnet Ihr es nicht?«

Sie antwortete nicht. Sie trat im Kerzenschein vor, und

ich sah ihre Augen: gelb wie die meines Bruders. Nein. Alaric hatte Gisella nicht seinen Stempel aufgedrückt, wie Shea Liam und Deirdre seinen aufgedrückt hatte. Und auch nicht so wie Carillon, der über seine Tochter in mir wieder zum Leben erwacht war. Gisella war in Haut und Knochen und Geist mehr Cheysuli als ich.

Ian schwieg. Ich schwieg ebenfalls, denn ich konnte nicht schnell etwas Treffendes ersinnen, was meine Gefühle angemessen ausgedrückt hätte.

Sie trug ein blutfarbenes Gewand. Nicht das helle Karmesinrot von Lilliths Samtröcken, sondern die Farbe tagealten Blutes. Stumpf, würde ein Mann sie vielleicht nennen. Häßlich, würde eine Frau sie vielleicht nennen, aber zu Gisella paßte die Farbe.

Sie lächelte. Ian nicht beachtend, lächelte Gisella mich an. »Ich wollte eigentlich nicht, daß Ihr mich vor dem Fest heute abend seht. Aber ich konnte es nicht abwarten.« Sie trug ihr schwarzes Haar auf Cheysuliart: geflochten, hochgedreht und mit goldenen Kämmen am Kopf befestigt, die vor eisweißen Edelsteinen glitzerten. Sie hatte eine Witwenspitze. Es ließ sie vornehm und reif wirken, und doch wußte ich, daß sie beides nicht war. Sie war seltsam kindisch. Oder eher *kindlich?* »Mein Vater wollte, daß ich Euch gefalle. *Gefalle* ich Euch?«

Es ist so, als wenn Ian gar nicht im Raum wäre. »Ich glaube, Ihr würdet mir noch besser gefallen, wenn ich wüßte, was Lillith meinem Bruder angetan hat.«

Gisella zuckte die Achseln. Ihr Gewand war an den Schultern weit geschnitten und offenbarte glatte, dunkle Haut, einen schön gebogenen Hals und eine Kette aus Gold und Edelsteinen. »Nur das, was sie schon zuvor getan hat. Obwohl die anderen keine Cheysuli waren.« Sie sah Ian an und lächelte. Ihre Augen begannen zu strahlen, und sie lachte. »Weil sie es tun *wollte*. Weil er sie haßte. Weil ihm ein *Lir* fehlte.«

»*Mir* fehlt ein *Lir*.«

Ihre Lippen teilten sich überrascht. »Lillith würde niemals *Euch* verhexen!«

Ich wandte mich an Ian. »Wir werden herausfinden, was sie getan hat, *Rujho,* das verspreche ich dir. Und dann werden wir ...«

»... *was* tun?« Gisella kam mit schwingenden Röcken näher heran. »Er ist *lirlos,* Niall. Ohne *Lir* wird er wahnsinnig werden. Aber Lillith wird ihn davon abhalten. Sie *sagte* es ... sie sagte, sie *will* ihn.«

Ich starrte sie an. Ihre Stimme klang vollkommen unbekümmert, als sei es ihr gleichgültig, daß die Hexe meinen Bruder verkehrt hatte. »Gisella ...«

Sie fuhr herum und drehte sich weiter, so daß sich ihre blutroten Röcke bauschten. »Hat Lillith mich nicht hübsch gemacht?«

»Gisella!« schrie ich. »Bei den Göttern, Mädchen, seid Ihr blind? Die Frau ist eine Ihlini!«

Sie hörte auf, sich zu drehen. Die Röcke legten sich an. Die Edelsteine hörten auf, mich mit ihrem strahlenden Glitzern zu blenden. »Die Frau ist meine Mutter.«

»Eure *Mutter!*« Ich starrte sie entgeistert und mit offenem Mund an. »Hat sie Euch den Verstand ausgetrieben? Lillith ist nicht Eure Mutter. Eure Mutter war Bronwyn, die Schwester von Donal von Homana. Meine Tante – *Su'fala* in der Alten Sprache. Ihr seid mit mir verwandt, Gisella ... Ihr seid meine Cousine. Ganz gleich was sie Euch erzählt hat, Lillith ist *nicht* Eure Mutter.«

Gisella runzelte die Stirn. Hob eine Hand. Ihre Nägel waren, wie die Lilliths, silbern lackiert. Und sie riß ein Loch in die Luft, um es mit einer lebendigen Flamme auszufüllen.

Mit einer kalten, *kalten* Flamme ... und in gespenstischem Ihlinipurpur.

Kapitel Zwei

Götter! Sie riß die Luft nur eine Handbreit vor meinem Gesicht auseinander. Ich taumelte unsicher zurück, versuchte der Flamme zu entkommen. Ich verlor das Gleichgewicht und stolperte gegen einen Stuhl, warf ihn um, fiel selbst hin, rollte mich herum und versuchte wieder aufzustehen, bevor sie einen weiteren Sturm einer eisig schluckenden Flamme aussenden konnte.

»Gisella ... *nein!*« hörte ich meinen Bruder rufen.

»Aber ich *will* es«, sagte sie einfach, und ich warf mich zur Seite und hob einen Arm über meine geblendeten Augen.

Die Flamme streckte sich aus, liebkoste schrumpfende Haut, verbrannte Wolle und Leinen ... versengte die rötlichen Haare an meinem Unterarm. Ich stolperte weiter zurück, schnappte nach Luft, richtete mich an der Steinmauer auf und wurde aufgehalten. »Gisella«, keuchte ich, *»nein!«*

Funken zischten aus silberfarbenen Fingerspitzen und erloschen noch im Fallen. Eine knisternde Aureole lebendiger Lavendelfarbe umhüllte ihre schlanken Finger. *»Gottesfeuer«*, sagte sie, »seht Ihr?«

Ian trat einen Schritt auf sie zu. Hielt inne. Ich konnte es ihm nicht vorwerfen. Kein Mann, der einem so unvernünftigen Mädchen wie Gisella gegenübersteht, würde näher an sie herangehen wollen.

Was hat Lillith ihr angetan? Was hat diese Hexe ihnen beiden angetan?

»Ian«, begann ich, »warte ...«

Er erhob Ruhe gebietend eine Hand.

Gisellas Augen waren mit undurchdringlich festem

Blick auf mich gerichtet. Edelsteine glitzerten. »Lillith sagte, Ihr würdet *mir* gehören.«

Götter … erwarten sie von mir, daß ich dieses Mädchen heirate? Erwarten sie wirklich von mir, daß ich mit ihr schlafe?

Ians Hand bedeutete mir, genau dort zu bleiben, wo ich war. Entschieden – er war wieder Ian. Und ich sah zum ersten Mal seit Gisellas Angriff meinen Bruder, nicht meine Cousine an.

Er stand starr vor ihr, das Profil zu drei Vierteln mir zugewandt. Er sah aber nur Gisella an, ihre Haltung, ihre Stellung im Verhältnis zu mir, zum übrigen Raum, zu ihm. Er war, genau wie ich, unbewaffnet, aber ich wußte, als ich ihn ansah, daß er auch ohne Messer oder Bogen sehr gefährlich war.

Ein seltsamer Vergleich. Sie waren einander sehr ähnlich, Ian und Gisella, spiegelten sowohl die Verwandtschaft als auch den Ursprung ihres Volkes wider. Wieder war *ich* es, der so anders war. Ich war genauso *lirlos* wie Ian, aber dennoch so sehr anders.

Langsam streckte Ian eine Hand zu Gisella aus. Ihre Fingerspitzen berührten sich beinahe. Gisella sah ihn unverwandt an, als versuchte sie seine Absichten zu ergründen. Das *Gottesfeuer* umspielte noch immer ihre Hand.

Und dann auch seine, als er die Fingerspitzen an ihre legte.

Ian?

»Nein«, sagte er sanft zu ihr. »Wendet keine Magie auf ihn an, sonst werdet Ihr die Götter ganz sicher verärgern.«

»Götter?« flüsterte sie. *»Götter?«* Wie eine zubeißende Schlange schoß ihre andere Hand hervor und krallte sich in sein Gesicht. Die Hand zog das Nachglühen der Flamme an sich, die die Luft so leicht wie Stahl zerschnitt.

Ian fing ihre zuschlagende Hand ab. Die andere ergriff er ebenfalls. Er hielt sie an den Handgelenken fest und hob sie fast vom Boden auf. Sie spie ärgerliche Flüche aus, die ich nicht kannte und für eine atvianische oder, schlimmer noch, eine Ihlinischmähung hielt. Solche Flüche konnten Dämonen heraufbeschwören.

Blut lief von starren Fingerspitzen, dunkel blaurotes Blut. Oder Feuer. Ich konnte es nicht sagen. Es lief die Finger zu den Handgelenken hinab und ergoß sich über Ians Hände. Gisella lachte, während er fluchte.

Ich rappelte mich auf, stieß mich vom Boden hoch. Sicherlich konnte sie nicht gegen uns beide bestehen. Ich trat in der Absicht auf sie zu, Ian nach besten Kräften zu helfen.

Gisella sah mich. Ihre in dem gedämpften Kerzenschein schwarz erweiterten Pupillen verengten sich plötzlich zu Nadelstichgröße. Gelb, so *gelb* und von der Wildheit einer Bestie erfüllt.

Und das war sie. Obwohl Ian dagegen anschrie, sah ich die ersten Anzeichen des Gestaltwandels. Ein Erschaudern. Ein nebelhafter Eindruck. Das Gefühl erschütterten Gleichgewichts. Und dann die Leere, so allumfassend, während sie die Frau ganz verschlang und den Rotluchs ausspie.

Sie schlug zu, krallte, zerriß die Luft an der Stelle, an der Ian noch einen Augenblick zuvor gestanden hatte. Sie war schwarz, schwarz wie Pech, die Pinselohren eng an den keilförmigen Kopf angelegt. Gelbe Augen starrten uns mit wilder Eindringlichkeit an.

Ich habe Hauskatzen gesehen, die zornig und wie verängstigt zurückgewichen waren. Und ich habe die kaum wahrnehmbaren seitlichen Bewegungen ihrer Köpfe gesehen, habe das unheimliche Wehklagen ihrer Gesänge gehört, die ehrfurchtgebietende Großartigkeit ihres Zorns gespürt. Bei Gisella war dieser Zorn genauso offenkundig wie ihr Wahnsinn.

Sie schlug noch zweimal mit gebogenen Krallen zu. Wäre Ian nicht schneller gewesen, hätte sie seine Kleidung und Haut zerfetzt. Sie versuchte nicht, mich zu erwischen. Ian war ihr Ziel.

Er bewegte sich so, wie sich nur ein Cheysuli bewegen kann, mit einer Anmut und Geschmeidigkeit der Bewegung, die denen der Katze entsprach. Ich fragte mich, ob das angeboren war oder ob es mit dem *Lir*bund einsetzte. Ich glaubte eher letzteres. Ich besaß die Anmut meines Bruders nicht. Aber *er* war auch nicht so groß wie ich.

Sie schrie. Das ließ meine Nackenhaare sich aufrichten. Es war der Schrei eines Rotluchses auf der Jagd, der sich seine Beute erwählt hat.

Ich kann sie töten, dachte ich benommen und sprang in dem Augenblick hinter den umgestoßenen Stuhl, als Ian gegen die Wand prallte. *Ich kann sie töten und diesen Wahnsinn* beenden.

Aber das zu tun, würde bedeuten, die Prophezeiung vor ihrer endgültigen Erfüllung zu beschließen.

Ein Mann aller Rassen soll vier kriegführende Reiche und zwei magische Völker in Frieden vereinen.

Aber wie soll ein Mann von einer Frau wie Gisella Kinder bekommen?

»*Gisella!*« brüllte Alaric vom Eingang her.

Sie kehrte fast augenblicklich in ihre menschliche Gestalt zurück. Sie verschränkte die Hände in ihren schweren Röcken und wich in dem Maße zurück, wie ihr Vater voranschritt. »Nein«, sagte sie, »nein. Bitte. Nein.« Die einst so sehr von bitterem Zorn erfüllten Augen spiegelten jetzt die Angst eines ertappten, ungehorsamen Kindes wider. »Es ist so schwer, *nicht ...*«

Alaric ergriff mit schlanken Händen schlanke Schultern. Gisellas Hände breiteten sich über ihre Wangen, während sie sein verärgertes Gesicht mit ihrem Blick zu meiden versuchte. »Wieder«, sagte er kurz angebunden, »wieder. Wirst du niemals dazulernen, Gisella? Es gibt *Gründe* für das, was ich verbiete.«

»Ich werde es lernen«, versprach sie, »ich werde es. Aber … manchmal *muß* ich es tun!«

»Sogar gegen den Wunsch deines Vaters?«

Sie warf den Kopf zurück und lachte. *Lachte*. Und dann entwand sie sich seinen Händen und stellte sich ihm so trotzig entgegen, wie sie sich uns entgegengestellt hatte. »Du bist nur verärgert, weil *du* nicht gestaltwandeln kannst! O nein. *Du* nicht. Nicht einmal *Lillith* kann es.« Sie warf die Arme hoch und ließ den Kopf nach hinten fallen. Sie drehte sich auf der Stelle. Wie sie sich drehte, meine arme wahnsinnige Cousine. »Ich kann es«, sang sie. »Ich kann es … und niemand sonst kann es tun!« Sich drehend und drehend, wirbelte sie durch den Raum. Gold und Edelsteine drehten sich mit ihr und glühten im Kerzenlicht. Und dann blieb sie jäh stehen, ganz plötzlich. So nahe an Ian, daß sich ihre Röcke an seinen Stiefelspitzen verfingen. »Nicht einmal *du* kannst es«, belehrte sie ihn grausam. »Nicht mehr, seit dir Lillith deinen *Lir* genommen hat.«

Ich sah den Herrn von Atvia an. »Sie ist wahnsinnig«, sagte ich ihm. »Vollkommen wahnsinnig.«

Er lächelte gelassen. »Aber Ihr werdet sie dennoch heiraten.«

»Heiraten!« schrie seine Tochter. »Niall muß mich *heiraten!*« Sie ließ Ian stehen, kam sofort zu mir und verschränkte ihre Hände in den Stoff meines Wamses. »Sie haben mir gesagt, daß ich Euch heiraten und Königin von Homana sein muß. Werdet Ihr mich zur Königin von Homana machen?«

Götter. Eines Tages *würde* ich es tun.

»Gisella.« Ich versuchte ihre Finger sanft zu lösen. »Gisella, ich glaube, ich habe etwas mit Eurem Vater zu besprechen.«

»Warum?« schrie sie. »Er wird Euch nur sagen, daß auch *Ihr* nicht gestaltwandeln sollt. Das sagt er mir immerzu.« Sie entriß ihre Hände meinem Griff und legte mir die Arme um den Hals. »Niall«, fragte sie, »wann werden wir heiraten?«

»Sobald er dich nach Homana bringt«, belehrte Alaric sie ruhig. »Wenn alle Feierlichkeiten hier beendet sind.«

Ich befreite mich von Gisella und schob sie beiseite, um Alaric Auge in Auge gegenüberzutreten. »Es wird keine Feierlichkeiten geben«, sagte ich kurz. »Bei den Göttern, Ihr Narr, warum hat man uns das niemals gesagt? Warum wurde diese Farce weitergeführt? Glaubt Ihr, ich wollte *das* heiraten?«

»Ist das wichtig?« fragte er. »Ihr werdet es tun. Weil Eure Prophezeiung es erfordert.« Gerade als ich etwas erwidern wollte, bedeutete er mir mit einer Geste zu schweigen. »Wendet meiner Tochter den Rücken zu, *Kind der Prophezeiung,* und ihr verfälscht eben jene Prophezeiung. Vielleicht macht Ihr sie sogar vorschnell zunichte.« Er lächelte. »Zusätzlich wird Euer Vater mich an seiner Schwelle entdecken. Bewaffnet. Mit wenigstens fünftausend bewaffneten Männern. Wollt Ihr das erleben?«

»Zweitausendfünfhundert«, erwiderte ich verbittert. »*Soviel* hat Liam mir versprochen.«

Alaric hob die Brauen an. »Der Waffenstillstand ist bereits gebrochen? Ah, nun, ich habe andere Pläne. Ich bezweifle, daß Liam Atvia so bereitwillig den Krieg erklären würde, wenn seine ganze Verwandtschaft getötet wurde ... einschließlich seiner widerspenstigen Schwester.« Er lächelte erneut. »Ich dachte mir schon, daß das Eure Aufmerksamkeit erregen würde.«

»Ihr habt *tatsächlich* einen Spion in Kilore ...«

»Spione«, verbesserte er mich. »Oder noch besser Mörder. Ein Wort von mir – oder ein Signalfeuer auf der Klippe – und die königlichen erinnischen Adler werden die Felsen hinabgestürzt.« Alaric lächelte. »Ich könnte es sogar heute nacht geschehen lassen.«

Götter ... Ich biß die Zähne zusammen. »Warum nicht?« fragte ich. »Was nützen sie Euch lebend?«

»Ich bin beraten worden, daß es besser wäre, dieses Spiel vorsichtig zu spielen.« Alaric zuckte die Achseln. »Ich bin nicht zu stolz, um Beistand von jemand ... Geduldigerem, als ich selbst es bin, anzunehmen.«

»Lillith?« fragte ich. »Ja, sie ist geduldig! Und was ist sie *noch,* Mylord?«

»Meine Mutter«, sagte Gisella prompt. Und dann flog fast augenblicklich eine Hand auf ihren Mund. Sie sah ihren Vater angstvoll an. »Aber ... das ist nicht *wirklich* wahr ... nicht wahr? *Du* hast mir gesagt ...«

»Ich habe dir die Wahrheit gesagt«, erwiderte Alaric ruhig. »Bronwyn hat dich geboren, und Lillith hat dich aufgezogen.« Er lächelte. »Wie sonst könntest du Ihliniblendwerk mit Cheysuligestaltwandel verbinden können?«

»Blendwerk«, sagte ich bestürzt. »Nichts davon war wirklich?«

Gisella strecke eine Hand aus. Sie öffnete die Finger. Sogar Alaric mußte im Schein der blendenden Flamme blinzeln. »Wirklich«, sagte sie tonlos. *»Wirklich!«*

»Wirklich«, stimmte er ihr geduldig zu. »Natürlich ist es das, Gisella.« Er sah meinen Bruder an und lächelte. »Lillith verlangt nach Euch, Ian. Solltet Ihr nicht lieber gehen?«

Ich sah meinen Bruder vor meinen Augen kleiner werden. Er schwieg, gab weder durch seine Haltung noch durch eine Bewegung etwas preis, aber er konnte den Abscheu in seinen Augen nicht verbergen.

Abscheu vor sich selbst. Nicht vor Lillith.

»Rujho ...«, begann ich.

Ian sah mich nicht einmal an. Er ging an mir vorbei und verließ den Raum.

Alaric lachte. »Reizvoll, nicht wahr? Einen Cheysuli gedemütigt zu sehen?«

»Nicht Ian.« Aber selbst in meinen Ohren klang diese Erklärung hohl. »Beabsichtigt Ihr auch mich zu demütigen?«

Alaric schaute zu seiner Tochter. »Gisella. Das Spiel.«

Sie lächelte erfreut. Mit strahlenden Augen streckte sie die zu Fäusten geballten Hände aus. Mir entgegen. »Wählt.«

»Nicht *zu* schnell«, bremste Alaric sie. »Warte einen Augenblick.« Er trat hinter sie und legte seine Hände auf die nackte Haut ihrer Schultern. Dann lächelte er mich an, und ich erkannte, daß das Spiel begonnen hatte. »Sollten wir Euch demütigen, Niall, wie Lillith Ian gedemütigt hat? *Könnten* wir das? Ihr seid ganz anders. Ihr beide seid vielleicht Halbbrüder, aber ganz unterschiedlich. Wie zwei Perlen aus derselben Muschel: eine schwarz ...« Gisella öffnete ihre rechte Hand und zeigte eine Perle, eine vollkommene Perle, blauschwarz auf kupferfarbener Haut ... »und die andere weiß. Seht Ihr?« Ich sah. In ihrer anderen Handfläche ruhte die andere Perle. Weiß. Glühend auf ihrer Hand.

»Sehr hübsch.« Ich gewährte dies, weil ich wußte, daß sie es forderten.

Alaric trat um seine Tochter herum und nahm ihr die Perlen aus den Händen. Betrachtete sie. »Ja«, stimmte er mir zu, »sehr hübsch. Aber sie geben nur ihr Bestes, wenn sie der Obhut einer *Frau* übergeben werden.« Seine braunen Augen sahen mich fest an. »Versteht Ihr?«

»Was hat sie mit ihm vor?« Ich achtete nicht darauf, was Alarics Spiel mit Perlen und Menschen bedeuten konnte. »Was tut sie ihm *an?*«

Alaric lächelte achselzuckend. »Einige Männer halen sich Hunde, einige Frauen Katzen. Lillith hält sich Männer.«

»Und Ihr?« Ich hielt es für eine merkwürdige Vereinbarung: die Gespielin eines Königs, die dennoch andere Männer sammelt.

Alarics Augen glänzten. »Sie kam vor zwanzig Jahren von Solinde nach Atvia. Die Machenschaften ihres jüngeren Halbbruders hätten sie gelangweilt, sagte sie.

Sie wollte ihre eigenen Intrigen ausprobieren. Ich sah sie, begehrte sie. Und als ich genau erfuhr, was sie war, ergab ich mich anmutig.« Sein Lächeln wurde breiter. »Sie sagte, daß sie schon immer einen gezähmten Cheysuli besitzen wollte.«

»Er wird sterben«, sagte ich rauh, »oder sich dem Tod überantworten.«

»Weil ihm sein *Lir* fehlt?« Alaric lachte. »Das glaube ich nicht.« Er ließ die Perlen zu Boden fallen. Sie trafen platschend auf. Und ich erkannte, daß es nur Tränen waren.

»Ich muß gehen«, sagte Alaric auf einmal. »Ich habe mich um ein Fest zu kümmern – *Euch* zu Ehren, Mylord Prinz von Homana. Werden wir Euch dort sehen?«

»Habe ich eine Wahl?«

»Natürlich«, sagte er höflich. »Ihr könnt kommen oder nicht, ganz wie Ihr wollt.« Er sah seine Tochter an, während er die Hand auf die Türklinke legte. »Gisella … du weißt, was zu tun ist.«

»Ich weiß, was zu tun ist«, sagte sie fröhlich. »*Ich* weiß, was zu tun ist!«

Alaric schloß die Tür.

Ich stand ganz still inmitten des Raumes. Und dann richtete ich langsam, ganz langsam und kaum ohne mir dieser Handlung bewußt zu sein, den umgestürzten Stuhl wieder auf und setzte mich unbeholfen hin, wie ein Mensch, der zu wenig Schlaf bekommen hat. Meine Augen brannten, als ich Gisella ansah.

Sie begann sich mit ausgestreckten Armen auf der Stelle zu drehen. »Hat Lillith mich nicht *hübsch* gemacht?«

Ich schloß die Augen. *O Götter …*

»Niall!«

O Götter …

»Ni-all!«

»Hübsch«, murmelte ich. »Ja.«

»Aber Ihr seht mich nicht *an!*« Plötzlich lagen ihre

Hände auf meinem Gesicht und öffneten meine Lider. »Wie könnt Ihr mich sehen, wenn Eure Lider geschlossen sind?«

Ich ergriff ihre Handgelenke und warf ihre Hände von mir. Ich erhob mich trotz ihrer Abwehr. »Bronwyns Tochter, das seid Ihr? Bei allen Göttern von Homana, Mädchen, wie konntet Ihr so werden? Wegen Lillith? Wegen Alaric? Weil Ihr es nicht besser wißt?«

Sie versuchte sich aus meinem Griff zu befreien, aber ich hielt sie zu fest. Ich mußte noch immer daran denken, was sie auf Ians Berührung hin getan hatte. Wie sie die Gestalt eines Rotluchses angenommen hatte, wie um ihn wegen seines Verlustes von Tasha zu verspotten.

»Bronwyns Tochter«, sagte ich erneut. »Ihr beansprucht das Alte Blut, nicht wahr? Und nehmt jede beliebige Gestalt an?«

»Wenn er mich *läßt*«, sagte sie schmollend. »Er läßt es nicht sehr oft zu.«

»Warum nicht? Verliert Lillith dann die Kontrolle?«

»Wegen dem, was mit meiner Mutter geschehen ist. Mit meiner *richtigen* Mutter.« Sie versuchte sich erneut zu befreien. Dieses Mal ließ ich sie los.

»Was ist mit Eurer Mutter geschehen?« Ich wurde von plötzlichem Mißtrauen und auch von Besorgnis erfaßt. »Was ist mit Bronwyn geschehen, Gisella?«

»Sie starb.« Bronwyns Tochter rieb sich die wunden Handgelenke und sah mich unter gesenkten Brauen an. »Sie ist gestaltgewandelt und starb.«

»Gestaltgewandelt! Warum? Und *wie* ist sie gestorben?« Das Mißtrauen verstärkte sich. »War es Lillith?«

»Nein. Mein Vater.« Gisella zuckte die Achseln. »Er wollte es nicht. Er *sagte* mir, daß er es nicht gewollt hatte. Weil er *mich* nicht töten wollte.«

»Gisella!« Ich ergriff ihre Oberarm. *»Sagt mir, wie sie gestorben ist!«*

»Er hat sie *erschossen!*« schrie sie. »Mit einem Pfeil! Er dachte, sie sei ein Rabe!«

»Ein *Rabe?*«

»Sie bedeuten in Atvia Tod«, belehrte sie mich. »Raben sind Todesomen.« Sie zuckte die Achseln. »*Jeder* erschießt sie.«

Also hatte Bronwyn versucht, ihrem atvianischen Ehemann zu entfliehen. »Gisella!« Ich festigte meinen Griff. »Was hat er Euch erzählt, was ist geschehen?«

Sie wand sich hin und her, wehrte sich auch noch nutzlos, während sie schon antwortete. »Er sagte ... er sagte, er wollte nur einen Raben töten. Aber *sie* war es ... es war sie ...« Sie hielt in der Bewegung inne. Ihre Augen blickten ganz klar. »Er hat meine Mutter getötet, Niall. Als sie mit mir schwanger war.«

»Und sie stürzte ...«

»Ich wurde an jenem Tag geboren«, sagte Gisella mir, »bevor meine Mutter starb.«

Ich sah ihr in die Augen und erkannte keinen Schmerz, keinen Kummer. Nur eine ruhige Nüchternheit, nur die Unschuld eines Kindes, das wiederholt, was ihm gesagt wurde. Was Alaric seiner Tochter *niemals* erzählen wollte.

»Gisella«, sagte ich sanft. »Es tut mir leid.«

Ihre glatte Stirn kräuselte sich. »Glaubt Ihr, daß es weh getan hat?« fragte sie. »Der Sturz? Ich kann mich an keinen Schmerz erinnern.«

»Kein Schmerz«, sagte ich. »Nicht jetzt.« Ich ließ ihre Arme los. Aber Gisella drängte sich an mich, wie ein Kind, das Trost sucht, so daß ich sie in die Arme nahm und dem Kind den ersehnten Trost gab. »Niemals wieder Schmerz.«

Ihr Gesicht lag an meinem Hals. »Ich habe manchmal Angst.«

»Ich werde die Angst vertreiben.«

Sie murmelte an meiner Kehle etwas. Und dann entzog sie sich mir lachend und griff aufwärts, um mein Kinn mit beiden Händen zu umfassen.

»Gisella ...«

»Sie sagte, Ihr würdet *mir* gehören ...«

... und ich fiel, *fiel,* während ich dort stand, während ich zu sprechen versuchte und es nicht vermochte, während ich mich auszustrecken versuchte, mich zu entwinden versuchte, mich von der Frau zu befreien versuchte, die mich in ihren Händen gefangen hielt.

In mir ist etwas, in mir ... etwas ... etwas ...

... etwas Unsagbares ... etwas, das in meinen Geist, meine Seele, mein *Selbst* eingriff ...

... bis nichts mehr übrig war ...

... nichts übrig ...

... überhaupt nichts von Niall.

»Niall«, flüsterte sie, »wir müssen zu *Bett* gehen.«

Kapitel Drei

Mir wurde eine Fackel in die Hand gedrückt. »Entzündet das Signalfeuer, Niall. Wir müssen die Schiffe vor der Gegenwart des Drachen warnen.«

Der Drache. Ja, der Drache mit seinem kalten Atem und dem unendlichen Appetit, der hilflose Schiffe verschlang.

»Entzündet das Feuer, Niall.«

Der Wind frischte auf. Die Fackel flackerte, brüllte, Flammenbänder wurden von dem pechgetränkten Stofffetzen gerissen und in der Luft zerfetzt, der *kalten* Luft, dem Atem von Alarics Drachen.

Oder war es Lilliths Drachen?

»Entzündet das Feuer, Niall.«

Ich streckte den Arm zu dem keilförmigen Holzhaufen aus. Flammen griffen danach, peitschten ihn, *gelbe* Flammen, reines, klares *Gelb* ohne die geringste Spur von Purpur.

Die Flammen zogen meinen Blick an. Ich starrte wie gebannt darauf. Ich konnte nicht fortschauen.

»... oder ein Signalfeuer auf der Klippe ...«, hatte Alaric gesagt. Aber ich konnte mich nicht mehr an den Grund erinnern.

Wir standen auf der Kuppel des Drachenkopfes, eingehüllt in den Atem des Drachen. Sichtbar, wenn auch nicht greifbar, erhob er sich und umhüllte uns wie ein Mantel, uns alle fünf: Ian, Gisella, Lillith, Alaric und mich. Selbst jetzt, bei Sonnenuntergang, als das Licht aus dem Himmel wich und der Mond schien, war über den Drachenschwanz hinweg zu sehen, wie die Platinplatte über das gezackte, kalkhaltige Vorgebirge der Insel hinwegeilte.

Erinn. So nahe. So *fern.*

Der Adlerhorst.

»Entzündet das Feuer, Niall«, befahl Alaric mir sanft.

Ich zuckte zusammen. Blinzelte. Meine Augen waren voller Feuer. Ich konnte nichts als das Feuer sehen.

Hände lagen auf meinem rechten Arm, zogen mich auf den Scheiterhaufen zu. Schlanke weibliche Hände, aber fast männlich fordernd. »*Tut* es«, sagte sie sehnsüchtig. »Ich möchte das Feuer sehen.«

Und für sie würde ich alles tun.

Ich steckte die Fackel tief in das Herz des Holzstapels. Kienspäne fingen Feuer und loderten auf. Ich wich zurück und schirmte mein Gesicht vor den Flammen ab.

»Feuer«, flüsterte sie. »So schön ...«

Alaric nahm mir die Fackel aus der Hand. Er lächelte, aber auf seltsam nachdenkliche Art, voller geheimen Wissens. Er trat an den Rand des Vorsprungs, wo er vor dem aufgehenden Mond eine Silhouette bildete. Lachend warf er die Fackel so weit wie möglich in die dahinterliegende Dunkelheit.

Ich beobachtete, wie sie fiel, sich drehte, *sich drehte* und Licht und Rauch und Flammen ausstreute.

»*Das* ist für Shea von Erinn.« Seine Worte troffen vor freudiger Befriedigung.

»Und für *Deirdre*«, sagte Gisella scharf. »*Auch* für Deirdre.«

Alaric wandte sich um. Einen erstarrten Augenblick lang betrachtete er nur seine Tochter, sah den unverwandt wilden Blick ihrer gelben Augen und trat dann vom Rand des Vorsprungs fort, um sie in die Arme zu nehmen. Er umfaßte sie fest, barg ihren Kopf an seiner Schulter. Im Licht des lodernden Signalfeuers sah ich Tränen in ihren Augen schimmern. »Nicht mehr«, sagte er sanft zu ihr und wiegte sie in seinen Armen. »Nicht mehr Deirdre, mein liebes Mädchen, mein hübscher, zerbrechlicher Spatz. Keine Bedrohung deines Glückes mehr. Das verspreche ich dir.«

»Wann wird das Kind kommen?« fragte sie. »Wann wird mein Kind kommen?«

»In sechs Monaten«, belehrte er sie sanft. »In sechs Monaten wirst du dein Kind im Arm halten.«

Ihre Hände glitten zu ihrem Bauch und spreizten sich über den schweren Röcken. Und dann befreite sie sich von ihrem Vater und warf die Arme in die Luft. Sie drehte sich, *drehte sich,* neigte den Kopf zurück und ließ das schwarze Haar sich in den Wind fallen, peitschend, *peitschend,* während sie auf der Kuppel des Drachenschädels umherwirbelte.

»Ein Kind!« schrie sie. »Ein eigenes Kind ...«

»Niall.« Ich hörte die andere Frau über das Heulen des Windes hinweg. »Es ist an der Zeit, daß du nach Hause zurückkehrst.«

Ich sah Lillith mit meinem Bruder im hellen Licht der brüllenden Flammen stehen. Sie berührte ihn nicht. Sie brauchte es nicht. Sie mußte ihm nur nahe sein, und er war verloren.

Verloren.

Aber ich sah in seinen kummervollen Augen ein Spiegelbild meiner selbst.

Der Mann kam zu mir, als ich auf dem Dock stand, bereit, an Bord des Schiffes zu gehen. Er wirkte vertraut, aber ich erkannte ihn nicht sofort. »Mylord«, sagte er mit weich gebildetem Bariton, »ich werde mit Euch segeln. Als Gesandter zum Hof Eures Vaters und als Begleiter für die Prinzessin.« Als ich schwieg, lächelte er. »Mein Name ist Varien. Erinnert Ihr Euch nicht an mich?«

Und dann erinnerte ich mich natürlich. »Ich dachte, Ihr wärt ertrunken«, sagte ich. »Ich dachte, Ihr wärt vom Drachen verschlungen worden.«

»Nein, Mylord.« So höflich, so offen, so sehr kontrolliert. Ich beneidete ihn. »Lady Lillith hat dafür gesorgt, daß ich überlebte.«

»Sie ist sehr großzügig«, sagte ich bloß. »Sie hat auch meinen Bruder vor dem Ertrinken gerettet.«

»Und Euch?«

»Nein.« Ich schüttelte den Kopf. »Nein. Ich wurde an Land gespült… Ich glaube, es war in der Nähe von Rondule. Dort fanden sie mich.«

»Natürlich, Mylord, ich erinnere mich.« Er deutete anmutig auf die Rampe. »Wollt Ihr an Bord gehen? Es ist alles vorbereitet. Sogar Euer Bruder wartet.«

»Ian?« Ich sah Varien scharf an. »Ich dachte, Lillith hielte ihn fest.«

»Nein, Mylord. Sie hat von Eurem Bruder bekommen, was sie wollte. Ian fährt mit Euch nach Hause.«

Alaric stand auf dem Dock und umarmte seine bekümmerte Tochter. »Weine nicht«, sagte er. »Gräme dich nicht, Gisella. Du wirst eine Königin werden.«

»Aber ich möchte hier bei dir bleiben!«

»Ich weiß. Aber dein Platz ist bei deinem Ehemann, nicht bei deinem Vater.«

»Aber ich werde dich so vermissen!«

»Nicht mehr, als ich dich vermissen werde.«

Sie klammerte sich noch einen Augenblick länger an ihn, als wollte sie ihn niemals wieder loslassen, und zog sich dann jäh zurück, um ihn erwartungsvoll anzusehen. »Wird er mir weitere Kinder schenken?«

Alaric lächelte und strich über ihr vom Wind zerzaustes, rabenschwarzes Haar. »Er wird dir alles geben, was du willst.«

Sie streckte die Arme aus und küßte ihn. Und dann ging sie an Bord des Schiffes.

»Ein Geschenk«, belehrte Lillith mich, »das dafür sorgen wird, daß du sicher deine Heimat erreichst.« Und sie legte mir etwas in die Hände.

Ich betrachtete es. Ein Zahn. Ein glatter weißer Zahn, an einem Ende dick, am anderen dünn und gebogen.

Der Zahn eines Hundes oder eines Wolfes. Er war in einen Deckel mit einem Goldhaken eingelassen, der an einem Lederband hing.

»Tragt ihn«, sagte sie lächelnd. »Tragt ihn und denkt an mich.«

Ich legte das Lederband um meinen Hals.

Das Meer ist unendlich, ein Teil der Welt, wo die Zeit fast stillsteht und ein Mensch nur Geduld verspürt. Ich hatte das wenige an Geduld gefunden, das ich besaß, teilte es mir gut ein und schaffte es, ein ganzer Mensch zu bleiben. Aber von Ian konnte ich das nicht behaupten.

Er stand an der Reling nahe dem Bug des Schiffes und blickte ostwärts, immer ostwärts, nach Homana. Ich hatte ihn während der letzten zwei Monate zu einem Schatten schwinden sehen, der kaum noch überhaupt ein Mensch war. Er war zwar körperlich anwesend, aber mehr auch nicht.

Für mich ist Homana die Heimat. Für Ian bedeutet es seinen Tod.

Wellen schlugen gegen die Seiten des Schiffes. Holzplanken ächzten. Segeltuch bauschte sich, knatterte angespannt. Ich hörte den Gesang eines Schiffes unter voller Besegelung.

Es war schon fast Mittsommer. Aber es würde noch einen Monat dauern, bevor wir nach Hause kämen. Ich glaubte, daß wir den Sommerjahrmarkt in Mujhara verpassen würden. Es wäre das erste Mal, seit ich mich erinnern konnte. Für uns beide das erste Mal.

Uns beide.

Ich schritt gemächlich über das Deck. Obwohl ich wußte, daß er mich hörte, wandte er sich nicht um. Er stand an der Reling, hielt sie umklammert, die dunklen Hände um das Holz geschlossen. Es waren bereits zwei Monate vergangen, seit wir Segel gesetzt hatten. Sein Haar war gewachsen und bedeckte die Ohren jetzt, verdeckte das Zeichen seiner Schande. Verbarg das nackte

Ohr. Selbst jetzt, wo er von Lillith befreit war, trug er kein Cheysulileder, sondern statt dessen die gleiche atvianische Kleidung wie ich: niedrige Stiefel, enganliegende Hosen und ein langärmeliges Leinenhemd, das sich in der salzigen Brise bauschte.

Ich legte eine Hand auf seine Schulter. »Ian…«

»Nein.«

»Rujho…«

»Nein.«

»Tu mir *zumindest* den Gefallen und laß mich deine Gesellschaft teilen, solange du noch lebst«, fauchte ich. »Götter, *Rujho,* du wirst bald genug von mir gehen. Warum gehst du jetzt schon?«

Er wandte sich so jäh um, daß ich einen Schritt zurückwich. »*Ich* bin nicht gegangen – das warst *du!*« Er umklammerte mit einer Hand meinen Arm. Seine Augen waren von Verzweiflung erfüllt. »Götter, Niall… *weißt* du überhaupt, was du getan hast? Was sie dir angetan haben? Oder sollte ich sagen: was *sie* dir angetan *hat,* da nur ein Cheysuli tun kann, was sie getan hat.«

»*Dir* wurde etwas angetan.« Ich war erstaunt. »Es war Lillith…«

»*Ja«,* sagte er rauh. »Lillith. Und wer hat dir etwas angetan?«

»Ich«, sagte sie. »Ich war es.«

Ich wandte mich um. »Gisella!«

»Ich war es«, sagte sie noch einmal. »Lillith sagte mir, ich könnte es tun. Sie sagte, ich *sollte* es. Sonst würdest du niemals mit mir schlafen.« Hände bedeckten schützend den Bauch. »Und dann würde es kein Kind geben.«

Das Kind wurde bereits sichtbar. Gisella war schlank, *zu* schlank. Sie trug das Kind nicht gut. Obwohl sie erst im fünften Monat war, wirkte sie bereits dick. Plump. Durch das Gewicht ermüdet. Die Sommerwärme quälte sie grausamer als die anderen. Obwohl sie nur ein dünnes Leinengewand trug, dessen Ärmel abgeschnitten worden waren, sah ich den feuchten Schweiß den Stoff durchtränken. Ein feiner Schweißfilm bedeckte Gesicht und Arme, die von der Sonne bereits dunkler gefärbt waren. Sie hatte das schwere schwarze Haar zurückgebunden, aber einzelne Strähnen hatten sich gelöst und hingen seitlich ihres Gesichts herab.

Sie sah Ian an. »Ich bin eine Cheysuli. Ich kenne einige Cheysulibräuche – jene, die sie mich haben erfahren lassen.« Ein Großteil ihrer Kraft war geschwunden und durch erschöpfte Leere ersetzt worden. Sie schien dessen müde geworden zu sein, was sie ihr zu sagen und zu tun befohlen hatten. »Ohne *Lir* sterbt Ihr.«

»Dazu gehört noch ein Ritual«, sagte er vollkommen zustimmend.

»Aber Ihr *sterbt*.« Gelbe Augen begegneten gelben Augen. »Ich glaube, das würde Niall nicht gefallen. Ich glaube, ich werde Euch Euren *Lir* zurückgeben.«

Ian lachte. Ich konnte es nicht.

Schnell erfüllten Tränen Gisellas Augen. »Glaubt Ihr, ich *lüge?* Glaubt Ihr, ich würde Euch belügen?«

Er öffnete den Mund, um sofort zu antworten. Ich wußte, was er ihr sagen würde. *Ja, Gisella, Ihr lügt. Ich glaube, daß Ihr mich belügen würdet*. Aber er schloß den Mund und schwieg, weil wir beide wußten, daß sie nichts dafür konnte. Sie war unfähig, den Unterschied zu erkennen.

Die Tränen liefen über. Ein leises Wehklagen drang aus einem zitternden Mund, und dann wandte sie sich plötzlich um und lief davon. Da ich an das Kind dachte, wollte ich ihr folgen. Ian riß mich zurück.

»Laß sie gehen. Sie weint wie ein Kind. Und dann wird sie einschlafen, und die Welt wird wieder in Ordnung sein, wenn sie erwacht.«

Ich entwand mich seiner Hand. »Wie kannst du nur so kalt sein? Es hat einmal eine Zeit gegeben, in der *du* vielleicht Trost angeboten hättest.«

»Gisella?« fragte er. »Nein. Sie hat einen Makel an sich. Den Geruch einer Ihlini.«

»Tricks«, sagte ich. »Lillith hat ihr nur Tricks beigebracht. Sie hat keine Ihlinimacht.«

»Tricks«, spottete Ian. »Ja. Die Art Tricks, die Tynstar Electra beibrachte.« Er sah mich eindringlich an und schüttelte den Kopf. »Aber was macht es schon, wenn sie einige Ihlinitricks kennt? Sie hat dir mit den Gaben, die die Götter *uns* schenkten, schon genug Schaden zugefügt.«

Und dann war Gisella wieder da und weinte noch immer. In ihren Händen schimmerte Gold. »Lüge ich?« fragte sie. *»Lüge ich?«*

Sie warf das Gold zu Boden. Es schlug klingend auf dem Deck auf: ein Ohrring in Katzengestalt und zwei wuchtige Sporen. Alarics mit Runen versehene Sporen.

Ian rührte sich nicht. Aber *ich* tat es. Ich kniete mich hin. Hob den Ohrring und dann die schweren Sporen mit ihren schwarz gefärbten Lederriemen auf. Sah überrascht zu Gisella hoch.

Sie rieb mit dem Handrücken ihre schweißbedeckte Stirn. »Er hat sie eingeschmolzen«, erklärte sie. »Die Armbänder. Er wollte sie für sich selbst.«

»Keine Armbänder«, sagte ich wie benommen. *»Lir*bänder. Das Zeichen dafür, daß ein Junge zum Mann geworden ist.« *Götter, was würde ich für eigenes Gold geben ...* Ich stand auf und wandte mich zu Ian um. Ich streckte die Hände aus und schüttelte sie. *»Rujho ...?«*

Er rührte sich nicht. »Das ist Gold. Das ist nicht mein *Lir*.«

»Ich konnte *sie* nicht tragen«, sagte Gisella weinerlich. »Nicht in meinem Zustand.«

Ians Kopf fuhr herum. *»Sie?«*

Sie rieb sich die Tränen von den sonnengebräunten Wangen. »Unten«, sagte sie. »Unten.«

Ich legte die Lederriemen über mein Handgelenk und ergriff ihren Arm, bevor Ian es tun konnte. »Wo?« fragte ich. *»Zeige uns wo.«*

Gisella zeigte es uns. Sie nahm uns mit in den Laderaum hinunter, wo hinzugehen wir sonst keinen Grund hatten. Sie führte uns zur Rückwand, in die Nähe des Kielraums.

»Wartet«, sagte sie scharf und drängte sich durch Kisten und anderes Gerät. Schließlich beugte sie sich über einen mit Segeltuch abgedeckten Lattenverschlag. Sie entnahm dem Verschlag etwas und wandte sich dann um, wobei sie es hinter dem Rücken verbarg. »Jetzt könnt ihr kommen.«

Die Sporen klirrten, ich ergriff Gisella und zog ihre Hand nach vorn. »Gisella, laß es mich sehen.«

Sie widerstand mir. Gab dann auf. Öffnete ihre Hand, wie ich es ihr gesagt hatte. In ihrer Handfläche lag der ausgetrocknete Fuß eines Raubvogels, dessen gebogene Krallen wie zum Angriff gespreizt waren.

Gisella zuckte abwehrend die Achseln. »Sie sagte mir, es sei von dem *Lir*. Von einem Falken, sagte sie. Sie sagte, sie brauche es für den Zauber.« Sie sah Ian von der Seite an. »Damit Ihr nicht wissen solltet, daß die Katze in Rondule ist.«

»Rondule!« schrie ich. »Tasha ist die ganze Zeit in Rondule gewesen?«

»Lillith wollte sie behalten. Um *ihn* zu behalten.« Sie sah Ian erneut an. »Aber dann … sie sagte, sie wollte ihn nicht länger, weil er ihr gegeben hätte, was sie haben wollte. Sie sagte, jetzt wäre es süßer zu wissen, daß er sich dem Tod überantwortet hätte, während sein *Lir* ihm so nahe war.«

Ich betrachtete den Gegenstand in ihrer Hand. Aber noch während sie sprach, zerfielen der ausgetrocknete Fuß und die gebogenen Krallen zu gräulichem Staub.

Gisella sog den Atem ein. »Kein Zauber mehr!« rief sie verzweifelt. Und dann sang sie leise: »Alles fort …« Sie wandte die Handfläche nach unten und verschüttete den gräulichen Staub. »Alles … fort … fort …«

Ian riß den Lattenverschlag auf, während ich das

Mädchen anstarrte, das meine Frau war. Meine arme, mit einem zerbrechlichen Geist ausgestattete Frau.

Flüsternd: *»Alles … fort … fort …«*

»Gisella …«

»Götter, es ist *Tasha*. Sie *ist* es!« Ian war fast außer sich. »*Rujho*, hilf mir …«

Er hatte mich so lange nicht mehr darum gebeten. Ich wandte mich von Gisella zu Ian um und half ihm, den schlaffen Körper vom Boden des Verschlages anzuheben. Wir zogen Tasha ganz aus dem Verschlag heraus und legten sie auf den Boden. Sie lebte, aber nur gerade noch. Dennoch erkannten ihre Augen uns beide. Eine Pfote streckte sich schwach aus und tätschelte Ians Fuß.

Er setzte sich unbeholfen hin, als könnte er nicht länger stehen, und zog die Katze auf seinen Schoß. Ich konnte an seinen Augen erkennen, daß er über die Verbindung mit ihr sprach. Ich war erneut ausgeschlossen. Aber dieses Mal kümmerte es mich nicht.

»Vollständig«, flüsterte er. *»Kein lirloser Mann mehr …«*

Dieses Mal – nur dieses eine Mal – schien es mir nicht wichtig, daß ich es noch immer war.

Als er sich versichert hatte, oder von Tasha versichert bekommen hatte, daß der Rotluchs überleben würde, blickte Ian zu Gisella hoch. Ich sah Tränen in seinen Augen. *»Leijhana tu'sai«*, sagte er bebend. *»Leijhana tu'sai,* Gisella.«

Ich stand auf. Ich umfaßte ihre Schultern mit beiden Händen. »Diese Worte sind ein Cheysulidank«, belehrte ich sie, als ich wieder dazu in der Lage war. »Du hast ihn wieder vollständig werden lassen.«

»Aber *dich* nicht«, sagte sie geheimnisvoll.

Und dann setzte sie sich und malte die Bilder eines ermordeten *Lir* in den Staub.

Kapitel Vier

Sie sang leise ein Lied, das ich nicht kannte. Es war nicht für mich bestimmt, sondern galt nur ihr selbst. Und vielleicht dem Kind.

»Gisella«, sagte ich sanft, »nichts und niemand wird dir hier etwas antun. Dies ist Homana-Mujhar.«

Sie stand in einer Ecke des Vorraums und hatte die Arme um sich gelegt. Hatte die Arme um sich gelegt, wiegte sich hin und her und sang vor sich hin. Sanft, so sehr sanft. Sie wollte niemanden stören. Sie wollte nur der Angst vor dem entweichen, was kommen mußte.

Ich strich ihr das Haar aus den Augen. Sie war von mir fort an jenen sehr persönlichen Ort gegangen, den sie immer häufiger aufgesucht hatte, je näher wir Mujhara gekommen waren. Ich hatte sie auf dem Weg von Hondarth hierher verloren. Sie war körperlich bei mir, aber sonst war sie es nicht.

Sie sang. Sie umfaßte sich. Sie wiegte sich hin und her.

Ich nahm sie in die Arme und versuchte, das Wiegen aufzuhalten. Ihr gerundeter Bauch preßte sich gegen mich, drängend und unnachgiebig. Sie war noch voller als zuvor, da es nur noch zwei Monate dauern sollte, bis das Kind geboren würde. Nur zwei Monate noch, bis ich ein Vater sein würde.

»Niall? Bist du hier? Man sagte mir, du wärest hier!« Meine Mutter betrat eilig den angrenzenden Raum. Ich spürte, wie Gisella in meinen Armen erstarrte.

»Warte«, rief ich, vielleicht ein wenig kurz angebunden. Zweifellos war dies das letzte Wort, was sie von mir zu hören erwartet hatte. »Gisella«, sagte ich sachte, »Gisella, ich verspreche es dir. Niemand wird dir etwas antun.«

Sie sang weiter und wiegte sich in meiner Umarmung. Und so überließ ich sie sich selbst und betrat den angrenzenden Raum, um meine Mutter zu begrüßen.

Ich schwieg. Ich konnte auf ihrem Gesicht deutlich ablesen, was sie empfand. Ich ging zu ihr hinüber und ließ sie mich in die Arme nehmen, mir plötzlich der Tatsache bewußt, wie groß ich im Vergleich zu meiner Mutter war. »Mutter ...«

»Sage nichts.« Ihre Worte klangen gedämpft. Der größte Teil ihres Gesichts lag an meine Brust gepreßt. »Laß mich ... laß mich dich einfach nur *festhalten*.«

Und so ließ ich sie mich festhalten, genauso wie ich sie festhielt. Es war seltsam, an sie als an die Frau zu denken, die mich vor neunzehn Jahren geboren hatte, so wie Gisella *mein* Kind gebären würde. Es war unmöglich, die Königin von Homana sich als eine Frau in den Wehen vorzustellen, die versuchte, Homana einen Erben für den Löwenthron zu schenken.

»Vierzehn Monate«, flüsterte sie. »O Niall, ich hatte befürchtet, dich niemals wiederzusehen! Selbst als Alaric die Nachricht sandte, daß Shea von Erinn dich gefangenhielt. Selbst als *Rowan* nach Hause kam und sagte, es gehe dir in der erinnischen Gefangenschaft recht gut.« Sie entzog sich mir und blickte mir ins Gesicht. »Entsprach das der Wahrheit?«

»Vollkommen«, belehrte ich sie. »Ich wurde niemals schlechter behandelt, als es meinem Rang gebührte.«

Sie seufzte erleichtert. »Den Göttern sei Dank!« Sie umarmte mich erneut und trat dann fort. »So. Genug. Ich will dich nicht mit Tränen oder zu großer Anhänglichkeit verwirren.« Sie lachte ein wenig und preßte eine Hand auf den Mund. »Siehst du? Ich weine schon wieder.«

Ich lächelte. »*Mich* verwirren? Du kannst mich nicht mehr verwirren, als ich dich verwirren könnte. Götter, es ist gut, wieder zu Hause zu sein!« Und ich zog sie zurück in meine Arme und drückte sie noch einmal.

»Dann hatte der Bote mit dem Zeitpunkt deiner Ankunft also recht«, sagte mein Vater, während er den Raum betrat. »Seine Worte waren das Gold wert, das ich ausgab.«

Ich ließ meine Mutter los und trat sofort zu ihm, um seine Arme auf Cheysuliart zu umfassen und ihn dann in eine Umarmung zu ziehen. Das hatte ich schon mein ganzes Leben lang tun wollen, und doch hatte ich es aus irgendeinem Grund niemals geschafft. Er war mir gegenüber immer verschlossen gewesen, nicht für Zeichen der Zuneigung zugänglich.

»Leijhana tu'sai«, murmelte er inbrünstig. »Ich mußte all diese Monate für deine *Jehana* stark sein ... aber es gab niemanden, der für den *Jehan* stark war.«

Ich konnte mir nicht vorstellen, daß mein Vater jemand anderen als sich selbst brauchte. Und doch – früher hätte ich dasselbe auch über meinen Bruder gesagt. »Du weißt von Ian?« Ich trat aus der Umarmung zurück. »Der Bote *hat* dir gesagt, daß er lebt?«

»Ja«, sagte meine Mutter trocken. »Dein Vater hat es ihn viermal wiederholen lassen, nur um sicher zu sein.«

Ich suchte nach Unmut und fand keinen. Sie war wirklich erleichtert. Aber ich war nicht sicher, ob das mehr meinem Vater als meinem Bruder galt.

»Wo ist er?« fragte mein Vater. »Ich hatte erwartet, daß er bei dir sein würde.«

»Ian ist ... im Stammeskeep.« Ich bemerkte, wie er kurz zusammenzuckte. »Er sagte, er brauchte ... *Reinigung* ... und daß du es verstehen würdest.«

»I'toshaa-ni.« Mein Vater kehrte sich von mir ab, als wollte er seine Gedanken und Gefühle vor mir verbergen. Aber als er sich mir dann wieder zuwandte, erkannte ich einen Rest Angst, den ich nicht verstand. »Geht es ihm gut?«

»Ausreichend gut«, antwortete ich. »Tasha ist fast wieder genesen, so daß Ian mehr er selbst wird, aber ...«, ich konnte die Wahrheit nicht länger umgehen, und so wollte ich es auch nicht mehr, »... er ist nicht mehr der Krieger, den ich kannte, bevor wir nach Atvia aufgebrochen sind.«

»Nein. Nicht wenn er *I'toshaa-ni* braucht.« Jetzt, da er besorgt war, wirkte mein Vater noch grimmiger, als ich von einem Mann erwartet hätte, der wußte, daß seine beiden Söhne lebten, obwohl er sie verloren geglaubt hatte.

»Was *bedeutet* es?« fragte meine Mutter. »Ich weiß so wenig von Cheysulibräuchen ... aber was könnte Ian von seinem Vater fernhalten, da er doch gerade erst zurückgekehrt ist?«

»Ein Reinigungsritual«, sagte mein Vater, dem es offensichtlich widerstrebte, überhaupt darüber zu sprechen. »Es ... ist eine persönliche Angelegenheit ... Wenn ein Krieger das Gefühl hat, daß sein Geist durch etwas beschmutzt wurde, was er getan hat – oder durch etwas, was andere ihm *an*getan haben –, versucht er sich durch *I'toshaa-ni* zu reinigen.« Er machte eine Geste äußerster Endgültigkeit, und ich wußte, daß das Gespräch damit beendet war.

Offensichtlich wußte meine Mutter es ebenfalls. Sie wollte sprechen, tat es aber nicht, da sie seine Stimmungen so gut kannte. Ich fragte mich, ob Gisella jemals meine Stimmungen erkennen würde.

Oder ob irgendein *Mensch ihre erkennen könnte.*

»Niall«, sagte meine Mutter. »Niall, ist dies *Gisella?*«

Ich wandte mich jäh um. Sie war es. Sie stand im Eingang zum Vorraum. Der Vorhang hatte sich an einer ihrer Schultern verfangen, so daß sie halb verborgen war. Aber nicht ausreichend. Sie war offensichtlich erschöpft, zu erschöpft durch die Last des Kindes. Ich hatte ihr Zeit zum Ausruhen, Baden und Umziehen lassen wollen ... aber jetzt war uns beiden diese Zeit genommen.

Ich trat sofort zu ihr. Sie war ruhig, sehr ruhig. Sie sang nicht mehr, umfaßte sich nicht mehr und wiegte sich nicht hin und her. Sie zitterte unter meinen Händen. »Gisella, ich verspreche dir, du brauchst keine Angst zu haben.« Ich schob den Vorhang von ihrer Schulter und führte sie in den Raum.

»Bei den *Göttern!*« Die Stimme meiner Mutter klang, durch die grausame Ehrlichkeit des Entsetzens völlig unbeabsichtigt, fassungslos. »Das Mädchen ist bereits schwanger!«

Mein Vater war weniger ungestüm als meine Mutter, aber seine Überraschung war nicht weniger offensichtlich. »Niall ...«

»Sie ist müde«, belehrte ich sie beide ruhig. »Die Seereise war sehr schwer für sie und die Reise von Hondarth hierher noch schwerer. Wenn sie sich erst ausgeruht hat, werdet ihr eine andere Gisella kennenlernen.«

»Niall«, sagte meine Mutter hilflos, »was soll ich *sagen?*«

»Heiße sie willkommen«, sagte ich zu ihr. »Oder ... ist sie es nicht?«

»Niall.« Von seiten meines Vaters gab es kein Zögern, kein vorsichtiges Suchen nach Höflichkeit. »Sie ist so willkommen, wie deine *Cheysula* es nur jemals sein könnte ... aber deine *Jehana* will ausdrücken, daß die Homaner behaupten werden, dieses Kind sei nicht dein eigenes.«

»Ist es wichtig, was sie behaupten?« Gisella zitterte unter meinen Händen noch immer. »Wann hat *dich* das jemals gekümmert?«

Mein Vater lächelte nicht, denn er war wenig erfreut über mich. »An dem Tag, an dem ich endlich verstand, was mein *Tahlmorra* wirklich bedeutete, wurde ich *gezwungen,* mich zu kümmern. Aber du bekommst vielleicht nicht die Möglichkeit dazu.« Er sah Gisella nicht an, denn er war zu sehr mit mir beschäftigt. »Selbst jetzt gibt es zunehmend viele Homaner, die sich um einen gesichtslosen, namenlosen Bastard scharen, der nur als Carillons Sohn bekannt ist. Nicht als sein Enkel, Niall … als sein *Sohn*. Und so wie die Anzahl derer wächst, wächst auch die Bedrohung für dich. Und damit die Bedrohung für den Löwenthron. Und – bei den Göttern! – *damit auch die Bedrohung für die Prophezeiung der Erstgeborenen!*«

»Donal.« Meine Mutter versuchte wie immer, seinen Zorn von ihrem geliebten Sohn abzuwenden.

»Nein, Aislinn. Er muß die Wahrheit erfahren.« Er trat näher zu mir heran, stellte sich vor mich und übersah Gisella noch immer. »An dem Tag, an dem dich unser Verwandter im Namen *homanischen* Rechts töten läßt – wirst du dann fragen, ob es wichtig ist, was die Homaner behaupten?« Sein Gesicht und seine Stimme waren vor unterdrückten Empfindungen angespannt. Und jetzt schaute er zu Gisella. »Wirst du diese Frage stellen, wenn sie auch *sie* getötet haben, weil sie ein Kind trägt, das eine Bedrohung für sie bedeuten könnte? Denke wenigstens *daran,* Niall, wenn schon nicht an dich selbst.« Er lächelte bitter. »Und jetzt … frage mich erneut.«

»Nein.« Ich war gescholten worden, aber ich wandte den Blick nicht ab. »Nein, das ist nicht nötig. Ich habe zu voreilig gesprochen.« Ich atmete tief durch und begann erneut. »Dies ist Gisella. Und ja, sie trägt mein Kind.« Ich schaute kurz zu meiner Mutter, die vor Entsetzen noch immer schwieg, und schaute dann zu meinem Vater zurück. »Zweifellos sollte die Hochzeit sehr bald stattfinden. Nicht nur wegen des Kindes, sondern auch wegen Carillons Bastard.« Ich zuckte die Achseln. »Wie könnten wir den Thron besser für *unsere* – und gegen seine – Geburtslinie sichern?«

Meine Mutter wandte sich ab. Ihr Rückgrat wirkte starr. Zweifellos störte es sie zutiefst zu wissen, daß ihr Vater einen Bastard gezeugt hatte. Und zweifellos beunruhigte es sie noch mehr zu wissen, daß dieser Bastard eine große Bedrohung für mich darstellte.

»Niall.« Sie wandte sich mit schwingenden Röcken wieder mir zu. »Niall … wirst du ihm vergeben?«

Götter, wie sehr sie es brauchte, daß ich das sagte, daß ich sagte: *Ja, natürlich vergebe ich ihm.* Als spräche sie das von ihrer Schuld frei, so sehr an ihn zu glauben. Damit sie wieder weiter an ihn glauben konnte.

»Carillon war kein Gott«, sagte ich deutlich. »Er war ein Mensch. Ein *Mann*. Und das gilt auch für seinen Bastardsohn. *Und es gilt auch für den Sohn seiner Tochter.*«

»Niall?« Gisella brach ihr Schweigen. »Niall, ist er der Mujhar?«

Ich lachte laut, erleichtert ihre Stimme zu hören, nachdem sie so lange geschwiegen hatte. »Mehr als das«, sagte ich. »Er ist der Bruder deiner Mutter. Dein *Su'fali*, in der Alten Sprache.«

Ihr wachsbleiches Gesicht bekam Farbe. Ein Teil der Erschöpfung fiel von ihr ab. »Donal von Homana! Mein Vater spricht oft von Euch.«

Mein Vater lächelte. »Ja, zweifellos. Und spricht er freundlich von mir?«

Er erwartete nicht, daß sie ehrlich antworten würde. Er erwartete bestürzte Ausflüchte. Aber andererseits kannte er Gisella nicht.

»Nein«, sagte sie mit aller Arglosigkeit eines Kindes. »Er sagt, Ihr wärt ein Blutsauger in der Schatzkammer Atvias, und daß er Euch eines Tages zerquetschen wird.«

Bevor meine Mutter ihr Entsetzen zeigen konnte, lachte mein Vater laut auf. »Ja, nun, ich könnte mir gut vorstellen, daß er das sagt. Ich würde an seiner Stelle vielleicht dasselbe sagen. Aber andererseits ist es eine Stelle, die *Alaric selbst* geschaffen hat.« Kein Taktgefühl von seiner Seite, nicht wenn sie *ihm* keines zuteil werden ließ. »Das könnt Ihr ihm von mir ausrichten, wenn Ihr ihn wiederseht, Gisella.«

»Aber ich werde ihn niemals wiedersehen«, belehrte sie ihn ernst. »Ich muß bei Niall bleiben. Niall wird Mujhar sein. Niall wird mich *hier* brauchen.«

»Sicherlich wird er Euch erlauben, Euren Vater zu *besuchen.*« Meine Mutter verbarg ihre zunehmende Abneigung gut, aber ich hörte sie dennoch deutlich aus ihrer Stimme heraus. »Er wird Euch nicht in Homana angekettet halten.«

»Aber er wird mich *brauchen*«, beharrte Gisella. »Sie sagten, er würde mich immer brauchen.«

Ich sah, wie meine Mutter die Stirn zu runzeln begann.

»Gisella«, sagte ich hastig, »dies ist meine Mutter, Aislinn, die Königin von Homana.«

Aber Gisella kümmerte sich nicht um meine Mutter. Ihre Aufmerksamkeit war auf meinen Vater gerichtet. »Ich vergaß«, sagte sie zu ihm. »Es gibt etwas, was ich tun muß.« Sie versuchte kichernd, tief zu knicksen und entbot ihm so alle unbeholfene Ehre, deren sie fähig war.

Er trat sofort vor. »Gisella, *das* ist nicht notwendig ...«

... und sie stand auf und klaubte mit der linken Hand *Gottesfeuer* aus der Luft, während ihre rechte Hand nach seinem Gesicht griff.

Nein. Nicht *griff*. Sie hielt ein Messer in der Hand.

»Gisella ... *nein!*« Ich umfaßte sie gerade in dem Augenblick von hinten, als sie auf meinen Vater zustürzen wollte. Ich hielt ihre Arme fest an ihren Körper gepreßt, umarmte sie mit aller Kraft, während sie freizukommen versuchte, um ihn erneut anzugreifen.

»Tot ... tot ... tot«, rief sie. *»Tot ... tot ... tot ...«*

»Gisella ... *nein* ...«

Die Luft war von fliederfarbenem Rauch erfüllt. Das *Gottesfeuer* war fort, aber seine Nachwirkungen nicht. Meine Mutter hustete und preßte einen Arm gegen Nase und Mund. Mein Vater, der vor Gisellas Angriff zurückgewichen war, griff jetzt nach dem Messer, das sie noch immer umklammert hielt.

»*Tot ... tot ... tot ...*«

»Nein«, sagte ich zu ihm, »laß sie.«

»Niall ...«

»*Laß sie in Ruhe!*« schrie ich. »Sie ist erschöpft, so erschöpft durch das Kind. Sie ist *nicht* sie selbst ... *nicht* Gisella ... überhaupt nicht Gisella.« Ich hielt sie noch immer fest, drückte ihr die Arme an die Seiten. »Du verstehst sie nicht.«

»Ich verstehe, daß sie mich gerade zu ermorden versucht hat«, sagte mein Vater verärgert. »Darf ich da nicht Fragen stellen?«

»*Ich* stelle Fragen!« schrie meine Mutter. »Bei den Göttern, *ich* werde es tun!«

»Nein«, sagte ich tonlos. »Laß Gisella in Ruhe. Es wird ihr besser gehen, wenn sie sich ausgeruht hat.«

»Besser!« Meine Mutter stand jetzt bei meinem Vater, stand ihm zur Seite wie ein Soldat. »Du sprichst, als wäre dies nur eine vorübergehende Verirrung, Niall.«

»Sie ist *erschöpft*.«

»Sie ist *wahnsinnig!*« unterbrach mich meine Mutter kalt. »Glaubst du, daß du *das* heiraten wirst?«

»Ich habe die volle Absicht.«

»Wahnsinnig?« fragte mein Vater. »Oder ist das Lilliths Werk?«

Gisella hörte auf zu kämpfen. »Lillith«, sagte sie. »Lillith ist meine Mutter.«

»Nein, nein ...« Ich konnte das Entsetzen auf ihren Gesichtern sehen. »Nein, Lillith ist *nicht* deine Mutter, Gisella. Bronwyn war deine Mutter.«

»Sie starb«, erzählte Gisella ihnen ernst. »Er hat sie vom Himmel heruntergeschossen.«

Mein Vater zuckte zusammen, als hätte sie ihn erneut angegriffen, aber dieses Mal die Klinge in ihn versenkt.

»Vom Himmel herunter«, wiederholte Gisella. »Und sie fiel ... und sie *fiel* ... und sie schlug auf dem Boden auf ... « Sie seufzte. »Sie starb, nachdem ich geboren war. Sie starb an ihrem zerbrochenen Körper ... «

»Es genügt«, sagte ich sanft. »Gisella, schweig.« Ich konnte den Ausdruck in den Augen meines Vaters nicht ertragen.

»Mein Vater hat meine Mutter getötet«, sagte sie fröhlich und saugte an einer Haarsträhne.

»Götter«, würgte mein Vater hervor. »Dieser *Ku'reshtin* hat Bronwyn getötet, aber *ich* habe sie dorthin geschickt.«

»Donal, *nein,* mach dir keine Vorwürfe!« Meine Mutter legte ihm die Hände auf den Arm. »Ich bitte dich, tu dir das nicht an ... «

»*Ich* habe sie mit diesem Mann verheiratet ... *Ich* habe sie gezwungen, ihn zu heiraten, obwohl sie überhaupt nichts davon wissen wollte!«

»Donal, du hattest keine Wahl«, sagte sie fest. »Du hast es mir selbst erzählt ... du mußtest an die Prophezeiung denken.«

»*Prophezeiung.*« Er sprach das Wort wie einen Fluch aus. »Götter, Aislinn ... wenn ich an die Dinge denke, die ich im Namen dieser Sache getan habe ... all die Leben, die ich verändert habe ... «

»Donal.«

»Sogar *deines*«, sagte er. »Sogar deines.«

Ein bitteres Eingeständnis klang in seiner Stimme mit. »Ja«, sagte sie, »sogar meines. Aber hörst du mich diese Tatsache verfluchen?«

»Nein«, sagte er schließlich, »obwohl die Götter wissen, daß ich es verdient hätte.«

»Sie starb«, sagte Gisella. »Er hat sie vom Himmel heruntergeschossen.«

»Still.« Ich zog ihr die Haare aus dem Mund. »Still, Gisella ... *bitte.*«

Meine Mutter sah Gisella an. »Du kannst *das* nicht heiraten.«

»Er muß es tun«, sagte mein Vater müde. »Die Prophezeiung erfordert es.«

»Sie hat gerade versucht, dich zu *töten!*«

»Und *du* hast einmal dasselbe versucht.«

Ohne Zweifel hatte sie verdrängt, daß sie einst nicht weniger Mordwerkzeug gewesen war als Gisella. Daß einst Tynstar, durch Electra, einen Zwang in ihren Geist eingepflanzt hatte, den Mann zu töten, den sie heiraten sollte. Ich kannte die Geschichte. Mein Vater hatte sie mir einmal erzählt.

»O *Götter*«, sagte sie gebrochen und versuchte sich abzuwenden.

Aber mein Vater ließ es nicht zu. »*Shansu*«, sagte er, »es ist vorbei. Schon lange vorbei.«

Sie wandte sich ihm zu. Sie machte sich nicht die Mühe, ihre Tränen fortzuwischen. Sie – und ihre Qual – blieben. »Und wenn Gisella es erneut versucht?«

»*Du* hast es nicht getan«, erinnerte er sie.

»Weil du Finn mich hast erforschen und die Falle finden lassen«, sagte sie ungeduldig. »Donal, denk nach! Gisella hat ihr Leben sowohl mit einer Ihlinihexe, als auch mit einem Vater verbracht, der dich verachtet. Glaubst du wirklich, daß sie es nicht wieder versuchen wird?«

»Nicht wenn ich die Falle auflöse … wenn es eine Falle gibt.« Er schaute zu mir. »Niall, du weißt, was ich tun muß.«

Ich schüttelte den Kopf. »Du siehst doch, wie müde sie ist.«

»Um so besser. So wird sie weniger Widerstand leisten.« Er sah Gisella an, die noch immer das glitzernde Messer umklammert hielt. »Ich werde weder das Leben meines Sohnes, noch mein eigenes der Gefahr aussetzen, daß sie vielleicht von einer Ihlini beherrscht wird.«

»Mylord …«

»Bereite sie darauf vor, Niall. Ich habe meinen *Lir* bereits herbeigerufen.«

Ich tat mein Bestes, Gisella vorzubereiten, indem ich ihr sagte, was zu erwarten wäre, obwohl ich es kaum selbst wußte. Mein ganzes Leben lang hatte ich gewußt, daß es Cheysulimagie gab, Gaben der Götter selbst, aber ich hatte meinen Vater sie niemals benutzen sehen, außer wenn er einmal die Gestalt eines Wolfes oder eines Falken annahm. Selbst Ian, der genausoviel Macht hatte wie jeder andere Krieger, hatte mich nur den Gestaltwandel sehen lassen. Obwohl mein Vater und mein Bruder auch Heilkräfte besaßen, hatte man meine Verletzungen in der Kindheit natürlich verheilen lassen, ohne Zugriff auf die Magie zu nehmen. Nichts war ernstlich genug gewesen, um es erforderlich zu machen.

Jetzt war es erforderlich, wie ich wußte. Aber ich wollte nicht daran teilhaben.

Ich brachte Gisella zu Bett und bedeckte ihren gewölbten Leib mit einer seidenen Bettdecke, während sie sich in die Kissen zurücksinken ließ. Sie brauchte gutes Essen, Ruhe und Schlaf. Und sie mußte von dem Gewicht des Kindes befreit werden.

»Noch zwei Monate«, sagte ich laut und spreizte meine Hand über ihrem Bauch. »Noch zwei Monate, Gisella, und du wirst diese Last los sein.«

Ihre Hand schob sich über meine. »Ein Kind, Niall. Etwas, das nicht ertrinken wird, wie meine jungen Hunde ertrunken sind, oder zerbrochen werden wird, wie mein Kätzchen zerbrochen wurde.«

Jemand berührte mit kalter Fingerspitze mein Rückgrat. Aber es war niemand im Raum. »Gisella – ein Kind ist kein Tier. Kein *Haustier.*« Ich strich ihr das schwarze Haar aus dem erschöpften Gesicht. »Ein Kind ist wichtiger als alles andere auf der Welt.«

»Wichtiger als der Löwe?«

Ihre Stimme klang ernst. Auch ihr Gesichtsausdruck war ernst. Aber ihre Augen waren verhangen, als verberge sie den zweiten Sinn ihrer Frage vor mir.

Ich atmete vorsichtig ein. »Gisella, wenn dieses Kind ein Junge ist, wird *er* der Löwe werden.«

Sie kicherte. »Wie kann ein Mensch ein Löwe werden? Es *gibt* keine Löwen, Niall. Sie sind ausgestorben. Nicht einmal *ich* kann ein Löwe werden!«

»Er wird der Löwe von Homana sein«, belehrte ich sie. »Der Mujhar.«

Ich streckte die Hand aus und ließ sie den Rubinring sehen. »Siehst du diesen Stein, Gisella? Siehst du den wilden Löwen?«

Ein Finger berührte den Stein. Ich sah ihr nachdenkliches Gesicht, während sie die winzige Gravur in dem flachen Rubinsiegel nachzog. »Der Löwe von Homana ...« Sie blickte mir jäh ins Gesicht. »Bist *du* der Löwe, Niall?«

Ich schüttelte den Kopf. »Noch nicht. Noch lange nicht.«

Sie seufzte. »Aber ich möchte Königin sein.«

Ein Schritt erklang im Raum. »Aislinn hat nicht die Absicht, ihren Titel bald aufzugeben«, belehrte mein Vater sie ungeziert. »Euer Stolz wird mit einem geringeren Titel befriedigt werden müssen.«

»Vater«, tadelte ich, »sie weiß kaum, was sie sagt.«

»Weißt du es?«

»Ob *ich* es weiß? Natürlich!«

»Tatsächlich?« fragte er erneut. »Ist das der Grund, warum du mich fast niemals *Jehan* nennst?« Er lächelte nicht. »Fällt es dir so schwer, das Cheysuliwort auszusprechen?«

Das tat weh. Ich spürte das Knäuel in der Magengrube. »Du kannst die Alte Sprache mit *Ian* benutzen.«

»Und mit dir etwas anderes?« Er schüttelte den Kopf, während er an Gisellas Bett trat. Taj kauerte auf dem Fenstersims, und Lorn legte sich am Fuß des Bettes hin. »Nein, jetzt ist nicht die Zeit. Meine *Lirs* erinnern mich eindringlich daran. Du bist nach mehr als einem Jahr

Abwesenheit gerade erst nach Hause gekommen, und Rügen können warten. Entschuldige.«

Eine Entschuldigung von meinem Vater. Ich starrte ihn an, während er sich gegenüber von mir auf den Rand von Gisellas Bett setzte. Ich konnte mich nicht erinnern, ob er sich jemals zuvor bei mir entschuldigt hatte.

Oder ob ich jemals eine Entschuldigung verdient hatte.

Oder ob ich *jetzt* eine verdiente.

»Ich werde Euch nicht weh tun«, sagte mein Vater sanft. »Das verspreche ich Euch, Gisella. Ihr seid selbst eine Cheysuli. Ihr wißt von allen diesen Gaben.«

»*Ich* weiß davon.« Sie war plötzlich ein launenhaft ungeduldiges Kind, das überragendes Wissen beanspruchte. »Ich weiß viele Dinge.«

Mein Vater blieb ernst. »Ja. Das kann ich mir vorstellen. Ich werde herausfinden, *wieviel* es ist.«

Er berührte sie nicht. Er sah sie nur an, genau wie ich. Und dann sah ich ihn an.

Seine Augen zeigten den gleichen Ausdruck und die gleiche Farbe wie ihre: klar hervorgehobene Pupillen, verhangene Augen, ein Ausdruck völliger Gelöstheit. Obwohl mein Vater auf dem Bett neben Gisella saß, wußte ich, daß er *woandershin* gegangen war und sie suchte. Und ich spürte Gisellas Rückzug.

Ich hielt noch immer ihre Hand. Ich konnte die Anspannung darin spüren, die Starre der Haut und der Sehnen. Sie versuchte nicht, meine Hand festzuhalten. Ich glaube, sie konnte es nicht. Ich glaube, sie war mit meinem Vater in einen Kampf der Willen verstrickt und hatte keine Zeit für mich.

Plötzlich war ich in dem Raum allein. Gisella lag im Bett, mein Vater saß auf der Bettkante, und seine *Lirs* waren ebenfalls da. Und doch war ich allein. So *allein* … weil ich ein Schattenmensch war, eine hohle Schale. Da ich *lirlos* war, fehlte mir jegliche Spur der Macht, die bei meinem Vater offenkundig war. Die bei Gisella offenkundig war.

Ist dies Spott? fragte ich die Götter. *Daß mich gewisse* Homaner *ersetzen wollen, weil sie glauben, ich würde meine Magie verbergen, während gewisse* Cheysuli *dasselbe wollen, weil ich überhaupt keine Magie besitze?*

Spott, ja. Oder mein Untergang.

Gisella preßte ihre Hand in meine Handfläche. Ich spürte die zerbrechlichen, abgerundeten Knöchel sich in die Haut drücken, als wollten sie hindurchbrechen. Und ich hörte ihr schmerzerfülltes Stöhnen.

Ein Ausdruck grimmiger Entschlossenheit lag auf dem Gesicht meines Vaters, obwohl die Augen den leeren, gelösten Blick beibehielten. Es war, als sei er ein hungriger Jäger, der seine erschreckte Beute jagt: unermüdliche Flucht und unaufhörliche Verfolgung.

Gisella wand sich in dem Bett, obwohl niemand außer mir sie berührte. Sie schrie auf.

»Warte…«, platzte ich heraus. »Vater.« Nein. *Jehan.* Aber ich konnte das Wort nicht aussprechen. »Warte…«

Aber seine Finger schlossen sich um das Handgelenk ihrer anderen Hand… sie schrie…

…Götter, wie sie schrie…

»*Jehan*… nein!« Jetzt, wo ich den Griff zu brechen versuchte, kam mir das Wort sehr leicht über die Lippen. Ich versuchte ihn zu brechen… aber ein plötzlich ausbrechendes Feuer in meinem Schädel schleuderte mich zurück, *zurück,* fort von dem Bett, bis ich gegen die Wandteppiche an der Wand prallte.

Die Welt stand auf dem Kopf. Oder stand ich auf dem Kopf? Ich konnte es nicht sagen. Ich kroch auf Händen und Knien zum Bett zurück und hinterließ eine Blutspur. Meine Nase fühlte sich taub an. Ich konnte das Blut nicht spüren, ich konnte es nur schmecken. Meine Ohren summten, klangen, brummten. Meine Sicht war von bruchstückhaften Bildern getrübt.

... mein Vater ... Gisella ... Taj und Lorn ...

Blutend sank ich mit dem Gesicht nach unten auf das Bett und versuchte meinen Vater zu berühren, ihm zu sagen nein, *nein* ... ihm die Macht streitig zu machen, die er gegen sie anwandte. Die Bilder verschwammen, verzerrten sich, kreisten. Die Bewegung ließ mich würgen.

»Niall? *Niall!*«

Die Stimme meines Vaters? Mein Name? Ich konnte mir bei beiden Fragen nicht sicher sein. In meinen Ohren herrschte zuviel Lärm.

»Niall ... o *Götter,* laßt dem Jungen nichts geschehen!« Hände ergriffen mich, zogen mich von dem Bett herab und setzten mich dann auf den Boden, wobei mir das Seitenteil des Bettes als Rückenstütze diente. »Niall?«

Sein Gesicht war in sechs Teile gespalten. Ich konnte die Teile einander nicht zuordnen.

»Niall, kannst du mich hören?«

Blut lief mein Kinn hinab. »Warum? Warum ... mußt du *ihr* ... Schaden zufügen ...?«

Eine seiner Hände glitt hinter meinen Nacken und wiegte meinen schwankenden Kopf. »Berühre niemals, *niemals* einen Cheysuli, der in einer geistigen Verbindung steht, Niall. Bist du davor nicht gewarnt worden?«

Sein Gesicht war jetzt nur noch in drei Teile gespalten – eine Besserung. Und ich konnte ihn gut hören. »Was hast du Gisella angetan?«

»Nichts«, sagte er fest. »Du solltest besser fragen: Was hat sie *mir* angetan?«

»Dir?« Meine Augen schlossen sich aus eigenem Antrieb. Ich legte den Handrücken an mein Gesicht und versuchte das Blut zu stillen.

»Was du gespürt hast, kam nicht von mir, Niall. Es war alles Gisellas Werk.« Sein Tonfall klang grimmig. »Wir werden später darüber sprechen. Nicht jetzt. Nicht vor ihr.«

»Sie wird meine Frau werden«, protestierte ich schwach. »Es sollte alles vor ihr besprochen werden.«

»Sieh mich an.« Ich tat, wie mir geheißen. »Ja, es geht dir wieder besser. Kannst du aufstehen?«

Nur mit seiner Hilfe, und selbst dann fiel ich fast wieder hin. Ich ergriff mit einer zitternden Hand den nahegelegenen Betthimmel. Die andere hielt ich fest unter meine Nase gepreßt. Aber die Blutung ließ bereits nach. »Was ist geschehen?«

»Du hast die Verbindung unterbrochen«, sagte er. Jetzt, da ich ihn wieder unter üblichen Sichtverhältnissen ansehen konnte, bemerkte ich auch an seiner Nase Blutspuren. »Aber es war gut so. Gisella bereitete sich darauf vor, mich aus der Verbindung zu vertreiben, was noch schmerzhafter gewesen wäre.« Er lächelte leicht und rieb sich die blutunterlaufenen Augen. »Dafür daß sie weit von jeglichem Stamm entfernt – und noch dazu von einer Ihlini – aufgezogen wurde, kennt sie viele unserer Möglichkeiten. Und hat viele unserer Kräfte.« Das Lächeln verblaßte. »Aber nicht unseren Verstand, fürchte ich. Als Alaric Bronwyn tötete, tötete er auch den Verstand des Mädchens.« Er schüttelte den Kopf. »Was ihr geschehen ist, kann nicht wiedergutgemacht werden, nicht einmal von einem Cheysuli … nicht einmal von *mehreren* Cheysuli. Der Schaden ist zu groß.«

Ich hob Ruhe gebietend eine Hand und wandte mich, um zu sehen, ob Gisella alles gehört hatte. Aber sie schlief. Sie schlief fest. Sie schlief lächelnd, als sei sie erfreut über das, was sie vollbracht hatte.

Ich zitterte. Und dann sah ich meinen Vater an. »Also gab es keine Falle?«

»Nein. Es gab keinen Hinweis auf Ihlini-Einmischung – zumindest nicht *in* ihrem Geist.« Seine Stimme klang ruhig und unbeugsam. Er würde mit mir nicht spielen. »Vielleicht ist sie nur beeinflußt von dem, was andere ihr erzählt haben.«

Andere. Zweifellos Lillith. Und Alaric.

Ich nickte. »Wie bald können wir die Heirat feiern?«

Ich dachte, er würde widersprechen, würde eine Bemerkung zu *meinem* Unverstand machen wollen. Aber er tat es nicht. Er sagte tonlos: »Sobald alles vorbereitet ist.«

Ich nickte erneut. »Dann wird es besser werden.«

Mein Vater blickte zu Gisella. Aber er schwieg.

Kapitel Fünf

In fast unanständiger Eile wurde alles vorbereitet. Ich wußte, daß es ein homanischer, ein *königlicher* Brauch war, den benachbarten Adel genauso zur Hochzeit einzuladen wie die Mitglieder der Königshäuser – um die Zeremonie zu besiegeln. Auf diese Weise konnte niemand behaupten, daß der Thron ungesichert sei und Pläne schmieden, nach Homana hereinzudrängen. Ich bezweifelte nicht, daß das homanische Konzil, ebenso wie meine Mutter – und möglicherweise sogar mein Vater –, es vorgezogen hätten, dem Brauch treu zu bleiben, um den Nachfolger auf dem Löwenthron und seine Braut so vielen Leuten wie möglich zeigen zu können. Aber wegen Gisellas fortgeschrittenem Zustand und der durch Carillons Bastard als auch durch Strahan selbst bestehenden häuslichen Bedrohung, konnten wir es uns nicht leisten zu warten.

Ich legte die edelste Kleidung an, die ich für die Hochzeit besaß, da wir nicht einmal die Verzögerung riskieren konnten, die ein Anfertigen neuer Kleider bedeutet hätte. Und so stellte Torvald sicher, daß ich bereit war zu erscheinen, bevor die Gäste eintrafen, indem er die von den Homanern bevorzugte Seide und den Samt bereitlegte, während er zusätzlich Cheysulischmuck aus meinem Schmuckkasten wählte. Ich trug Bernsteinfarben, Ocker und Rostbraun, die mit Gold und Granatrot voneinander abgehoben wurden, sowie einen gedrehten, flach gehämmerten Halsreif mit passenden plattierten Armreifen und einen mit unfacettierten, im Sonnenuntergang glühenden Granaten besetzten Gürtel.

Als Torvald fertig war, betrat meine Mutter den Raum. Auf ihr Nicken hin verbeugte er sich und ging. Und dann kam sie zu mir. »Du siehst gut aus. Sehr gut.« Aber sie lächelte nicht. »Niall, es ist noch ein wenig Zeit.«

Ich nickte abwesend und beugte mich herab, um meine bernsteinfarbenen Stiefel zu richten.

»Niall, verstehst du, was ich sagen will? Du mußt diese Sache nicht zu Ende bringen.«

Ich richtete mich seufzend auf. Sie sah in ihrem Gelb wunderschön aus. Es ließ ihr golddurchwirktes Haar lebhafter denn je erscheinen. »Ich sagte es schon zuvor: Ich habe vollkommen die Absicht, Gisella zu heiraten.«

»Warum?« fragte sie. »Dieses launenhafte, verwirrte Mädchen ist eine klägliche Wahl für Donals Erben!«

»Und für Carillons Enkel?« Ich wandte mich von ihr ab und schritt zu meinem Schmuckkasten, um müßig den verbliebenen Inhalt zu begutachten. Mir gefiel Torvalds Wahl, aber so hatte ich etwas zu tun. »Wir wurden bereits in der Wiege miteinander verlobt, Mutter. Solch eine Verbindung wird nicht leicht gebrochen, selbst wenn ich sie brechen *wollte*. Und das will ich nicht.« Ich durchforstete die Broschen, Armbänder und Ringe und wandte mich dann wieder zu ihr um. »Sie ist wahnsinnig. Ja. Das will ich nicht leugnen. Aber das bedeutet nicht, daß sie nicht meine Frau sein kann.«

»Sie wird *Königin* sein.«

»Eines Tages«, stimmte ich ihr zu. »Aber dann wird es ihr vielleicht auch besser gehen.«

Sie sah mich offensichtlich bestürzt an. Dann schüttelte sie zögernd den Kopf. »Ich verstehe nicht. Du bist nicht mehr ... derselbe. Nicht mehr, seit du fortgegangen bist.«

»Ich mußte in den vierzehn Monaten ein anderer Mensch werden.« Ich zuckte die Achseln. »Vielleicht bin ich erwachsen geworden.«

Sie schüttelte erneut den Kopf. »Da ist etwas ...« Aber sie brach ab. »Niall, liebst du sie wirklich?«

»Ich glaube, ich liebe sie so sehr, wie ich überhaupt lieben kann.« Ich zuckte erneut die Achseln. »Ich sage das, weil du fragst. Mein Vater wüßte es besser, da er ein Cheysuli ist. Also liebt sie vielleicht mein homanischer Anteil, während der geringe Anteil Cheysuli in mir das Gefühl nicht zugeben will.«

»Dann hast du *tatsächlich* Zweifel.« Sie kam nahe heran und legte eine Hand auf meinen Arm. »Niall, wenn du dich in dieser Verbindung nicht vollkommen wohl fühlst, möchte ich, daß du sie löst.«

»Um Alaric damit einen Grund zu geben, in Homana einzumarschieren?« Ich schüttelte den Kopf. »Du bist die Königin und hast zweifellos die Macht, den größten Teil des homanischen Konzils – wenn nicht sogar das ganze – umzustimmen... aber ich bezweifle, daß du meinen Vater umstimmen könntest. Und ich bezweifle, daß du die Cheysuli umstimmen könntest.«

Ihr Griff um meinen Arm wurde fester. »Ich *weiß*, daß es die Prophezeiung gibt. Wie sollte ich es *nicht* wissen, da ich die Ehefrau und Mutter der Männer bin, die vollkommen in ihre Forderungen eingebunden sind? Aber sie benennt nicht Gisella! Sie *besagt* nicht, daß sie diejenige sein muß, die du zu heiraten hast, sondern nur, daß du heiraten mußt, um eine andere Blutlinie hinzuziehen zu können. Was ist mit Erinn, Niall? Shaine hat selbst eine erinnische Prinzessin geheiratet, bevor er Lorsilla heiratete. Bewahre dir die atvianische Blutlinie für später auf... die erinnische ist vielleicht genauso geeignet. Wir könnten mit Shea sprechen.«

»*Nein.*« Ich fühlte mich ganz plötzlich elend. Ein hastiges Schlucken beruhigte meinen Magen wieder, aber ich konnte es drohen, warten spüren.

Ein Signalfeuer auf der Klippe.

Und ich hatte das Feuer entzündet.

»Niall?« Eine Hand zog mich sanft am Arm. »Niall?«

Ich konnte nur das Feuer in meinen Augen und die Schwärze der Nacht sehen, in der ich auf dem Drachenkopf gestanden hatte.

»*Niall!*«

Das Bild verblaßte, aber es ließ mich mit dem bitteren Geschmack der Schuld zurück. Eine gewaltige, beständige Schuld, die noch dadurch verstärkt wurde, daß ich nicht einmal wußte, *warum* ich mich schuldig fühlen sollte.

»Nein«, sagte ich. »Ich will Gisella heiraten.«

»Und dann solltest du es auch tun.« Ians Stimme. Er stand im Eingang, funkelnd vor Cheysuligold: Seine *Lir*bänder waren wieder heil und unbefleckt von Alarics Hand. Seine Lederkleidung schien makellos, reines, mit scharlachroter Seide eingefaßtes Weiß. »Unten warten bereits alle.«

»Dann sollten wir gehen.« Ich hielt meiner Mutter den Arm hin, und sie hängte sich widerwillig bei mir ein.

Genau wie die Vorbereitungen, war auch die Zeremonie sehr kurz. Der homanische Priester sprach dieselben Worte, die er vor über einem Jahr bei der stellvertretenden Trauung gesprochen hatte. Der *Shar Tahl,* der vom Stammeskeep herbeigerufen worden war, wiederholte die Worte des anderen, aber in der Alten Sprache. Ich verstand alles ausreichend gut, da ich diese Sprache als Kind gelernt hatte, aber Gisella, die aufmerksam zuhörte, wirkte schlicht ausgeschlossen. Ich dachte, daß das den Bund zwischen uns noch verstärkte. Ich wurde von aller Magie ausgeschlossen, während ihr die Sprache fehlte.

Als es vorbei war und Gisella und ich wahrhaft verheiratet waren, verkündete mein Vater, daß die Feierlichkeiten in einem angrenzenden Audienzraum beginnen würden. Aber jene, die Grund hatten, dem Prinzen und der Prinzessin formell zu gratulieren, mußten zurückbleiben und dies hier tun. Und so konnte ich für mich jene Homaner beobachten und benennen, die mich nicht beglückwünschen wollten, und erkannte, daß mein Vater genau das mit seiner Planung beabsichtigt hatte.

Gisella saß in einem Sessel auf dem Podest, nahe dem Löwen. Ich stand neben ihr und bemerkte besorgt die

Erschöpfung auf ihrem Gesicht. Ihre Schwangerschaft war nicht mehr zu verbergen gewesen, und niemand hatte sich die Mühe gemacht, es zu versuchen. Sie trug lockere, füllige Gewänder, die den größten Teil ihres Körpers verhüllten und sich über der Erhebung, die mein Kind bedeutete, bauschten.

Mein Vater und meine Mutter gingen jetzt selbst in den angrenzenden Raum hinüber, um uns diese Zeit allein zu gewähren. Ich wußte warum. Es gibt Menschen auf der Welt, die, um sich ungeachtet ihrer wahren Gedanken Gunst zu erschleichen, gewisse Dinge nur tun, wenn das Auge ihres Herrn sie überwacht. Und daher stellte der Mujhar dadurch, daß er den Raum verließ, sicher, daß jene, die blieben, um mich zu beglückwünschen, dies aus anderen Gründen als den genannten taten. Er würde zweifellos von mir erwarten, daß ich mir merkte, wer was sagte, und es ihm später berichtete.

Es kamen so viele Homaner mit einigen Worten der Gratulation zu mir, daß ich sie schon bald nicht mehr benennen konnte. Ich machte mir nicht die Mühe, jedem ihrer Worte zu folgen, wie ich es aber auch bei den Cheysuli hielt. Aber als Isolde und Ceinn am Ende der Reihe zu mir traten, vergaß ich meine Gleichgültigkeit vollkommen.

»So hübsch!« Aber 'Soldes helle Augen verspotteten mich, wie sie es schon in der Kindheit getan hatten. »Ich hätte dich gern zu *meiner* Hochzeit willkommen geheißen, *Rujho,* wenn du nicht so lange fortgewesen wärst.«

»Du hast bereits geheiratet?« Ich blickte Ceinn scharf an, dessen Gesichtsausdruck wieder mild und freundlich, mir gegenüber aber äußerst verschlossen wirkte.

»Ja«, antwortete sie. »Ungefähr sechs Monate, nachdem du und Ian nach Atvia gesegelt wart.« Eine Hand streckte sich kurz aus, um Ceinns Hand zu berühren, für eine Cheysuli ein gewaltiges Geständnis von Gefühlen. Aber ich konnte in seinen Augen nichts entdecken, was angedeutet hätte, daß er wünschte, sie hätte dies nicht getan.

Liebt er sie wirklich? Oder ist sie für seine Zwecke so wertvoll, daß er sie tun läßt, was sie will?

'Solde warf einen Seitenblick auf Gisella, die ausdruckslos in die mittlerweile geleerte Halle starrte. »Geht es ihr ... gut?«

Ich wandte mich um. »Gisella«, sagte ich. Dann nachdrücklicher: »Gisella!«

Ihr schwarzes Haar war auf Cheysuliart geflochten und mit – von winzigen Glocken geschmückten – Silbernadeln auf dem Kopf aufgesteckt worden. Als ich ihren Namen rief, zuckte sie zusammen, und alle Glokken klangen.

'Solde, die niemals zauderte, streckte die Hand aus und ergriff Gisellas Hand. »Ich bin Nialls *Rujholla*«, sagte sie, »so daß ich jetzt auch Eure bin.«

»*Rujholla?*« wiederholte Gisella.

'Solde runzelte nur kurz die Stirn. Und dann lachte sie. »Ich vergaß. Ihr seid in Atvia aufgewachsen, also warum solltet Ihr unsere Sprache kennen? Es ist nur so, daß Ihr eher wie eine Cheysuli ausseht, und daher habe ich erwartet, daß Ihr sowohl die Bräuche als auch die Sprache kennen würdet.« Sie sah mich an und lachte. »Niall wird Euch sicherlich *alles* lehren.«

»Isolde ist meine Schwester«, belehrte ich Gisella. »In der Alten Sprache *Rujholla*.«

»Nialls Schwester?« Gisella blickte sie an. »Oh, natürlich, mein Vater sagte es mir. Ihr seid die Bastardtochter des Mujhar.«

Alle Fröhlichkeit wich von 'Solde. Sie starrte Gisella mit bleichem Gesicht wie blind an. Dann ließ sie Gisellas Hand plötzlich los und wandte sich um, um die nun fast völlig geleerte Halle zu verlassen.

»'Solde ... *'Solde ... warte!*« Ich holte sie ein, ließ das Podest und meine so frei heraus plappernde Ehefrau zurück. »'Solde, sie versteht unsere Art nicht. Und sie ist erschöpft, *so* erschöpft durch das Kind. Ich bitte dich, versuche zu verstehen.«

'Soldes Arm fühlte sich unter meinen Händen, die sie aufhalten wollten, starr an. »Ich verstehe«, sagte sie deutlich. »Ich verstehe sehr gut, Niall. Ich hätte es erwarten sollen.« Ich hatte Zorn von ihr erwartet, Zorn und barsche Worte – 'Solde ist sonst nicht sehr friedlich –, aber nicht die Wucht ihres Schmerzes. Sie zuckte die Achseln. »Sie wurde vom Feind aufgezogen.«

»Götter, 'Solde, beurteile sie nicht so hart. Du verstehst nicht.«

Plötzlich stand Ceinn neben mir. »Sie versteht genauso gut wie ich, *Mylord*.« Seine Pupillen hatten sich verengt, so daß ich hauptsächlich Gelb sah, ein tiefes, *unverwandtes* Gelb. »Verzeiht mir meine offene Rede, Mylord, aber Ihr habt Eure Stellung bei den Stämmen verschlechtert, indem Ihr Gisella zur *Cheysula* nahmt.«

»Sie ist zur Hälfte Cheysuli«, erklärte ich ruhig und bemüht, nicht zornig zu werden. »Sie ist die Nichte des Mujhar.«

»Sie ist vielleicht seine *Harana* ...« Das Cheysuliwort sprach er deutlich aus, als sollte mein Gebrauch des Homanischen an seiner Statt betont werden, »... aber sie ist auch Atvianerin. Die Tochter Alarics, der nicht unser Freund ist.«

»Atvianerin, *ja*.« Meine Geduld war zu Ende. »Und *für die Prophezeiung unentbehrlich*.« Ich fing seinen Arm ab, da er die Hand ausstrecke, um Isolde umzuwenden, als wollte er meine Gegenwart verlassen und meine Schwester mit sich nehmen. »Nein«, belehrte ich ihn einfach, »ich bin noch nicht fertig mit Euch.«

Sein bloßer Arm entglitt meinem Griff, als er ihn ruckartig zurückzog. Meine Nägel kratzten über das Gold seines als Bär gestalteten *Lir*bandes. »Ihr seid noch nicht fertig mit *mir?*« wiederholte er, obwohl er genau gehört hatte, was ich sagte. »O *nein*, Mylord. Ich glaube, wir sind fertig mit *Euch*.«

»Ceinn!« 'Solde war über die Heftigkeit seines Tonfalls zweifellos entsetzt.

»Ich glaube, es *ist* an der Zeit, offen zu sprechen.« Es gelang mir, unbewegt zu reden, obwohl ich Ceinn am liebsten angeschrien hätte. »Nun gut, dann hört, was ich zu sagen habe.« Ich trat einen Schritt näher an ihn heran und freute mich zu sehen, daß dieses Mal *er* einen Schritt zurückwich. »Ich bin mir der *A'saii* vollkommen bewußt, und auch der Tatsache, daß man mich in der Erbfolge gern ersetzen würde. Aber ich fordere Euch heraus, mir zu sagen, wie *das* der Prophezeiung dienen sollte, die Ihr besser zu kennen behauptet als andere Krieger.« Ich machte eine einladende Geste. »Nun? Ich warte.«

»Niall.« Wieder sprach Isolde, die meinen aufsteigenden Zorn abzuwenden versuchte, bevor er sich Bahn brach. »Wie kannst du das zu Ceinn sagen? *Natürlich* dient er der Prophezeiung.«

»Indem er dafür sorgt, daß ich getötet werde?« Obwohl ich Ceinn ansah, bemerkte ich, wie sie vor Schreck zusammenzuckte. »Was glaubst du, was er von mir wollte, 'Solde ... daß ich mich friedlich aufs Land zurückziehe?«

»Niall ...«

»'Solde ... *es genügt.*« Das kam von Ceinn, als hätte er keine Zeit mehr für verbale Kämpfe – selbst wenn seine Frau sie führte. »Offen gesagt: *ja.* Und *ja,* ich diene der Prophezeiung! Wie auch alle anderen von uns.« Er wandte sich etwas weiter zu mir um, womit er Isolde vollkommen beiseite stehen ließ. Wir standen einander jetzt unmittelbar gegenüber. »Ihr habt ein wenig dieses Blutes, das ist wahr, aber Ihr tragt auch das *andere* Blut in Euch ...«

»Ian ebenfalls«, sagte ich deutlich. »Wenn es stimmt, daß die *A'saii* eine Rückkehr zu der Zeit der reinrassigen Stämme wünschen – wie dient das dann der Prophezeiung? Die Prophezeiung *fordert* eine Vermischung ... sie *weist* uns auf andere Reiche *hin.*«

»Andere Reiche, ja«, stimmte er mir zu. »Ich zweifle nicht die Notwendigkeit an, das Blut anderer Reiche hinzuzufügen. Aber ich zweifle Euch wegen Eurer vollkommenen *Lirlosigkeit,* Eurem Mangel an Cheysuligaben, Eurem Mangel an Cheysuli*bräuchen* an.« Er atmete durch seinen Zorn, durch die Gewalt seines blinden Eifers stoßweise. »Es sind jetzt nur noch so wenige von uns übrig, so wenige jener mit makellosem Blut, und wenn es möglich wäre, würde ich es lieber sehen, wenn einer der *A'saiis* nach Donals Tod den Löwenthron übernähme. Aber wir sind nicht so blind, daß wir einem Krieger den Rücken kehren, der mehr Rechte darauf hat als die meisten ...«

»... und dieser Krieger ist Ian«, beendete ich seinen Satz. Ich strecke eine Hand aus und deutete auf Gisella, die noch immer auf ihrem Stuhl zusammengekauert saß. »In ihrem Körper ruht die *Saat* jener Prophezeiung, Ceinn ... ein Homana, Solinde, Atvia und den Cheysuli geborenes Kind. Wie könnt Ihr mir sagen, daß *dieses Kind* ersetzt werden sollte?«

»Vielleicht sollte es dennoch ersetzt werden. Und es *wird* ersetzt werden.« Er streckte die Hand aus und ergriff Isoldes Ellenbogen. »Komm, 'Solde. Ich bin fertig mit ihm. Laß uns in die andere Halle gehen.«

»Ceinn ... *warte.*« Sie entzog sich ihm ebenso, wie er sich mir entzogen hatte. »Ist das wahr? Du willst, daß Ian Nialls Platz einnimmt?« Sie hob Ruhe gebietend eine Hand, als er ihre Frage gerade beantworten wollte. »Du weißt, daß Ian das niemals tun würde. Er ist sowohl Nialls treuer Gefolgsmann als auch sein *Rujholli.* Glaubst du, er würde diesen Dienst aufgeben, nur um in *deine* Dienste zu treten?«

Ceinn preßte grimmig die Lippen zusammen. »Wenn nicht, werden wir leicht einen anderen mit einem ähnlichen Erbe finden.«

»Mit einem *ähnlichen Erbe* ...« Isolde wich einen Schritt zurück. Dann stand sie ganz still da. »Wäre *gleich* besser?« fragte sie verbittert. »Zweifellos durch *dein* Erbe verstärkt... glaubst du, ein Kind von uns käme in Frage?« Isolde lächelte, aber es war das Lächeln eines räuberischen Lebewesens. »Mein *Jehan* wird wahrscheinlich noch mindestens zwanzig Jahre leben, wenn nicht sogar länger. Bis *dahin* wäre ein Sohn von uns zweifellos alt genug, um den Löwenthron zu übernehmen. Ist es das? Ist es das, Ceinn?«

»'Solde...«

»Antworte mir!« schrie sie. »*Antworte* einfach. Ich will keine Erklärung. Sag einfach ja oder nein!«

Was immer er auch sonst sein mochte, Ceinn war kein Lügner. »Ja«, sagte er einfach. »Ich möchte, daß unser Sohn regieren wird.«

Isolde zitterte sichtbar vor Zorn, war völlig entsetzt, vollkommen in dem befangen, was sie soeben erfahren hatte. Ich sah Tränen in ihren Augen aufsteigen, aber es waren nicht nur Tränen des Kummers, obwohl auch solche. Es waren Tränen des Zorns und der Entdeckung, einer Entdeckung, die so verheerend war, daß die Welt in Stücke brach.

Zumindest 'Soldes Welt. Ich habe ihr den Mann vorgestellt, den sie geheiratet hat.

»Nun«, sagte sie, und ich war erstaunt über ihre Selbstbeherrschung. »Ich denke, es wird keinen Sohn geben.«

»*'Solde!*«

»Nein.« Sie sprach dieses Wort nicht laut, nicht schreiend, nicht weinend aus. Sie *sagte* es nur. Ich fand in meiner Schwester meinen Vater wieder. »Nein.« Sie zog den Bärenhalsreif von ihrer Kehle und ließ ihn vor Ceinns Füßen auf den Steinboden fallen. »Nein.«

Die karmesinroten Röcke schwangen, als sie sich umwandte. Ceinn streckte die Hand aus, um sie am Arm festzuhalten, aber ich fing sie ab und riß ihn zurück. »Ihr habt gehört, was meine Schwester gesagt hat.«

»*Ku'reshtin!*« fluchte er. »Glaubt Ihr, ich wollte sie nur

wegen des Kindes? Ich wollte sie – und *begehre* sie noch immer – um ihrer selbst willen!«

Ich lachte laut. »Dann sagt mir, daß Ihr sie liebt, Cheysuli. Sagt mir die *homanischen* Worte, da es in der Alten Sprache keine Worte dafür gibt.«

Als ich seinen Arm losließ, beugte sich Ceinn herab und hob den schimmernden *Lir*halsreif, das Zeichen der Cheysuliehe, auf. Als er mich wieder ansah, erkannte ich, wie fest er den Halsreif umklammert hielt und wie fest er die Zähne zusammenbiß. Aber er sagte mir in klar fließendem Homanisch, ohne Akzent oder Zögern, daß er meine Schwester liebte.

Ich hatte keine Antwort für ihn. Und er hatte keine für mich.

Ich beobachtete, wie der stolze, zornige Krieger von mir ging, Isolde nachging. Und mir kam der Gedanke, daß er ein größerer Feind war, als ich zunächst geglaubt hatte. Weil ein Mann, der einer bestimmten Sache so verschrieben ist, daß in seinem Leben kein Platz für etwas anderes als den wilden Eifer ist, nicht überlegt, wie oder was er vernichtet. Aber ein Mann, der liebt, ein Mann, der diese Liebe ausdrücken kann, wird in dem Augenblick, in dem er etwas tut, darüber nachdenken, was er tut, weil er etwas – *jemanden* – hat, den er für das, was er tut, wert hält. Selbst wenn es dabei um einen Mord geht.

»Niall?« Das war Gisella, die neben mich trat. »Niall ... können wir dem Tanz zusehen?«

Ich wollte nicht hingehen. »Du siehst müde aus«, sagte ich wahrheitsgemäß. »Es wäre vielleicht besser, wenn du dich statt dessen ausruhen würdest.«

»Ich möchte dem *Tanz* zusehen.«

Und so nahm ich sie mit mir, um dem Tanz zuzusehen.

Kapitel Sechs

Ich sorgte dafür, daß Gisella bequem auf einem gepolsterten Sessel, bei dem noch drei weitere standen, auf dem Podest sitzen konnte. Zwei der Sessel waren für den Mujhar und seine Königin und einer für mich bestimmt. Aber sie blieben alle drei leer.

Während ich besorgt bei Gisella stand, ergriff sie meine Hand. Diese Bewegung erinnerte mich an 'Solde und wie sie die Hand nach Ceinn ausgestreckt hatte. Es erinnerte mich an den Kampf auf ihrem Gesicht, als sie den *Lir*halsreif abgenommen und Ceinn gesagt hatte, daß es kein Kind geben würde.

Während ich Gisellas Hand hielt, schaute ich auf meine Frau und das Kind hinunter, das ihren Leib wölbte. Die Frucht der Bemühungen eines Mannes und ein Zeichen der für das Haus von Homana so notwendigen Fruchtbarkeit. Und doch – es schien, als könnte ich mich kaum daran erinnern, wie wir das erste Mal miteinander geschlafen hatten. Nur ein ganz schwaches Aufflackern flüchtiger Erinnerung sagte mir, daß ich einst jemand anderen als Gisella gekannt hatte.

Ich verzog insgeheim das Gesicht. Ich hatte mich kaum zölibatär verhalten, bevor wir nach Atvia gesegelt waren. Zweifellos erinnerte ich mich an die unwichtigen Frauen so schlecht, weil mich mehr beschäftigte, *wer* ich war, als was ich zu ihrer Erbauung tun konnte.

Ich dachte plötzlich an die aus solchen Vereinigungen geborenen Kinder, an die Früchte der Bemühungen eines Mannes auf Feldern, die bereits gut bestellt waren. Ich hielt es für wahrscheinlich, daß ich keine Bastarde gezeugt hatte, weil eine Frau, die einen Prinzen empfängt, es in der Hoffnung darauf, Geld oder Schmuck oder Gunst zu erlangen, sicherlich sagen würde. Aber ich wußte auch, daß es gut möglich war, daß ich vor dem Kind in Gisellas Bauch *tatsächlich* eines oder zwei andere gezeugt hatte. Und das ließ mich an Carillon denken, der ein Kind gezeugt hatte, das nun mein pures Dasein bedrohte, ganz zu schweigen von meinem Recht, den Löwenthron zu erben.

Der Löwe von Homana. Gisella hatte gefragt, ob ich selbst der Löwe wäre. Und jetzt betrachtete ich den Mann, der es *tatsächlich* war.

Er trug seine karmesinrot gefärbte Lederkleidung, deren Kragen mit schmalen, auf das Leder aufgenähten Goldplättchen versehen war. Auf seiner Stirn lag ein einfaches Diadem aus gehämmertem Gold und ungeschliffenen Rubinen. Und an seiner linken Seite hing in einer mit Runen versehenen Lederscheide das Schwert, von dem behauptet wurde, daß es magisch sei.

Mein Vater bewegte sich nicht durch den Raum, sondern er ließ den Raum zu sich kommen. Er stand ruhig nahe einem der gewölbten Bögen und empfing jene, die mit ihm sprechen wollten. Er hätte dies von dem Sessel auf dem Podest aus tun können. Aber es gehörte zu ihm, daß er es vorzog, von Fallen wie Thronen und laut ausposaunten Verkündungen seiner Ankunft fernzubleiben. Es überraschte mich, daß er das Schwert trug, da er dessen Gürtel nur selten anlegte. Er legte kaum jemals Hand an das Heft, als widerstrebe es ihm, seine meisterhafte Beherrschung des Schwertes zu zeigen.

Er würde natürlich niemals zugeben, ein Meister zu sein. Er würde sich eher als den Diener des Schwertes bezeichnen. Er hatte mir einmal erzählt, wie der strahlende Rubin in dem Schwert, das Auge des Mujhar, durch Ihlinimagie zu etwas Häßlichem verkehrt worden war. Damals war nur ein toter schwarzer Stein, stumpf und glanzlos, in den goldenen Knaufzacken zu sehen gewesen. Der Stein war fast die ganze Regierungszeit Carillons über dumpf schwarz geblieben.

Bis zu dem Tag, an dem Donal seine Hand darauf gelegt hatte und er wieder zu flammendem Leben erwacht war.

Es gibt bei den Stämmen eine Legende, daß ein mit Cheysulikunstfertigkeit geschaffenes Schwert Cheysulimagie enthält und die Hand seines Herrn erkennt, selbst wenn der Herr nichts davon weiß, hatte er mir gesagt. *Die Götter wissen, daß ich mir bewußt war, daß mein Großvater jenes Schwert gefertigt hatte, aber ich dachte, es sei für Shaine bestimmt, für den Mujhar, der das Qu'mahlin begann, das unsere Rasse beinahe vernichtet hätte. Shaine übergab das Schwert Carillon, der die Klinge während der ganzen Zeit seiner Flucht und während seiner Regierungszeit trug. Es kam erst in meinen Besitz, als er tot war.*

Und nur auf Kosten des Lebens eines Kriegers: Finn, der Onkel meines Vaters. Strahan hatte das Schwert in Finns Körper versenkt und die Magie dadurch unabsichtlich auf meinen Vater übertragen.

Die Magie, die Osric von Atvia, Gisellas Onkel, tötete und Alaric auf den Thron brachte. Ich blickte nachdenklich auf Gisella hinab. *So viele Menschen tot … und alle im Namen der Prophezeiung gestorben.*

Ich sah meine Mutter unter den Gästen einhergehen und ruhig mit zahllosen Angehörigen des Adels, Homanern und anderen, sprechen. Das ihr üppiges rotes Haar umhüllende Goldnetz schimmerte im Licht der untergehenden Sonne, das durch die Buntglasfenster fiel. Der rötliche Boden wurde von leuchtenden Farben überzogen.

Und dann sah ich Isolde.

Ich wandte mich an Gisella. »Verzeih mir, wenn ich dich verlasse, aber ich muß mit meiner Schwester sprechen.«

Ihr Griff um meine Hand festigte sich. »Niall?«

»Es wird dir gutgehen, das verspreche ich.« Vorsichtig löste ich mich von ihr, verließ das Podest und schritt durch die Menschenmenge, die die Tänzer in der Mitte der Halle umstand. Ich antwortete abwesend auf Begrüßungen, zu sehr damit beschäftigt, 'Solde zu erreichen. Als ich es schließlich geschafft hatte, bemerkte ich die Niedergeschlagenheit in ihrer Haltung. Sie stand an einem der Fenster an der Rückseite der Halle, als könne sie, dadurch daß sie die Leute nicht beachtete, auch ihren Verlust vergessen.

Sie wandte sich um, als ich eine Hand auf ihre Schulter legte, und versuchte sich dann noch einmal umzuwenden, um mir den Rücken zuzukehren.

»'Solde ...«

»Laß mich.«

»'Solde, *bitte*.«

»Niall ...« Sie brach ihre begonnene Bitte augenblicklich wieder ab und fuhr herum, um mir ins Gesicht zu sehen. Ich sah bitteren Kummer in ihren verheerten Zügen. »Ich wäre der letzte Mensch auf der Welt, der dich in Gefahr sehen möchte, Niall... aber du kannst es mir sicherlich nicht vorwerfen, wenn ich, für den Augenblick, auch mit dir nichts zu tun haben möchte.«

Ein kurzes Aufflackern von Schmerz, ein deutlicheres Aufflackern von Abwehr. »Ich habe dich nicht *gebeten* ihn zu verurteilen.«

»Was hätte ich *sonst* tun können?« Sie wischte sich ungeduldig die Tränen fort, als seien sie etwas Hassenswertes. Und auf gewisse Weise war dem auch so. Cheysuli zeigen ihren Kummer nicht öffentlich. »Soll ich *dich* verurteilen?«

Ich seufzte schwer, zog sie in die Arme und drückte sie an meine Brust. Sie war starr, versagte sich jeglichen Trost selbst, bis ich meine Wange an ihr Haar legte und ihr sagte, daß ich ihr vergäbe, wenn sie zu Ceinn zurückkehrte.

»*Zurück*kehren!« Sie entzog sich mir und sah zu mir

hoch. »Wie kannst du das sagen – nach dem, was *er* gesagt hat?«

»Weil ich weiß, was er *noch* gesagt hat.« Und ich erzählte es ihr.

Ich dachte, es würde helfen. Ich dachte, es würde sie glücklich machen zu wissen, daß sich ihr *Cheysul* wirklich um sie sorgte und sie nicht nur zu benutzen beabsichtigte, weil sie war, wer sie war. Aber ich hatte sie falsch eingeschätzt. Ich hatte sie vollkommen falsch eingeschätzt.

»Ist dir dein Leben so wenig wert?« fragte sie verärgert. »Bin *ich* dir so wenig wert? Wie kannst du von mir erwarten, daß ich zu einem Mann zurückkehre, der dir deinen Rang, deinen Titel – dein *Leben* nehmen will?«

»Ich glaube nicht, daß es soweit kommen wird«, belehrte ich sie. »Die *A'saii* handeln nicht mehr im verborgenen, und ich habe nicht die Absicht zuzulassen, daß sie Erfolg haben könnten. Sie sind nur ein kleiner Teil der Cheysuli, 'Solde, und ich bezweifle, daß sie so viel Macht haben.«

Sie schüttelte den Kopf. »Ich werde es nicht darauf ankommen lassen.«

»'Solde ...«

»Nein.« Sie erstickte fast an dem Wort. »Wie *könnte* ich, *Rujho*. Ich trage bereits sein Kind!«

Schmerz stieg in mir auf, der altvertraute Schmerz, den ich mit der *Lirlosigkeit* verband. Aber jetzt kam er, weil ich daran dachte, was 'Solde bevorstand, wenn sie das Kind des Mannes, den sie liebte, allein trug.

»Götter«, sagte ich. »Weiß er es?«

»Nein. Ich wollte es ihm nach deiner Hochzeit erzählen. Aber jetzt ...«, sie schüttelte den Kopf, »... jetzt werde ich ihm nichts sagen.«

»'Solde, er ist der *Vater* des Kindes.« Ich dachte an Gisella. Ich stellte mir vor, selbst an Ceinns Stelle zu sein und nicht zu wissen, daß eine Frau mein Kind in ihrem Körper trug. So sehr ich den Mann wegen seines wilden Eifers auch haßte, so konnte ich ihn doch nicht dafür hassen, daß er sich ein Kind wünschte.

Selbst wenn es sich um ein Kind handelte, das er gegen mich benutzen würde.

'Solde atmete tief durch. »Ja. Und gerade jetzt plant er – ohne dessen Wissen –, Ian auf den Thron zu bringen. Du bist solange sicher, wie er und die anderen dieses Ziel anstreben, *Rujho,* weil Ian dem niemals zustimmen würde. Aber wenn er erst weiß, daß ich schwanger bin, werden sie einen neuen Anwärter haben, einen Anwärter, den sie aufziehen können.« Sie lächelte unter Tränen. »Ich bin genauso ein Kind der Prophezeiung wie du. Glaubst du, ich werde zulassen, daß mein *Cheysul* sie zerstört?«

Ihre Entschlossenheit rührte mich, rührte mich zutiefst, aber ich wußte auch, daß sie vorübergehen würde. »'Solde, in einem Monat – oder in zwei, drei Monaten – wird die Schwangerschaft sichtbar werden. Was wirst du ihm dann sagen?«

Sie stand sehr aufrecht vor mir. »In einem oder zwei oder drei Monaten wirst du dieses Krebsgeschwür vielleicht aus unserer Mitte entfernt haben.«

Ich wollte reden, etwas sagen, was ihren Schmerz gemildert hätte, wenn auch nur ein wenig. Aber 'Soldes Stolz und Entschlossenheit verschlossen alle meine Worte, verhinderten sogar *meinen* Stolz, weil sie weitaus stärker war, als ich jemals sein konnte.

Sie überantwortet ihren Ehemann dem Tod.

Und wußte, schon während sie es tat, *genau,* was sie tat.

Ich versuchte den schmerzenden Klumpen in meiner Kehle hinunterzuschlucken. »*Cheysuli i'halla shansu*«, sagte ich mit belegter Stimme. Ich konnte mir nichts Passenderes denken, als meiner Cheysulischwester den Frieden der Rasse zu wünschen, der sie so treu diente.

'Solde lächelte. Und dann streckte sie die Hand aus – die Handfläche nach oben gerichtet, die Finger gespreizt

– und machte die beredte Geste, die eine ganze Rasse geleitete. »*Tahlmorra*«, sagte sie ruhig und verließ die Halle.

Ich sah ihr nach und wandte mich dann jäh um, um zu Gisella zurückzukehren – und blieb genauso jäh wieder stehen, weil mir Varien im Weg stand.

Der atvianische Gesandte lächelte und neigte den Kopf. »Mylord, bitte nehmt meine Glückwünsche zu Eurer Hochzeit mit der Prinzessin von Atvia entgegen.« Das so glatte Lächeln offenbarte nur einen Bruchteil, nicht genug, um beleidigend zu sein. »Und die jetzt die Prinzessin von Homana ist.«

»Meinen Dank.« Ich war schroff, aber es fiel mir schwer, höflich zu sein, nachdem ich 'Soldes Kummer erlebt hatte.

»Mylord.« Er hielt mich allein durch die Betonung des Wortes mit Leichtigkeit auf. »Hier, Mylord. Ich habe Euch Wein gebracht.«

Er hielt in jeder Hand einen Silberbecher. Ich nahm den Becher, den er mir anbot, weil ich *tatsächlich* Wein begehrte ... *irgend etwas,* um den Schmerz in meinem Geist zu lindern. Ich fühlte mich von 'Soldes Entscheidung betroffen. Ich konnte nicht bestreiten, daß es die richtige Entscheidung war, aber ich neigte auch nicht dazu, mich zu freuen, wenn meine Schwester Kummer litt.

Varien hob, salbungsvoll wie stets, zu einer kurzen Ehrenbezeigung den Becher. »Auf Euer Glück, Mylord.«

Ich trank einen großen Schluck, einen so großen Schluck, daß ich den Becher zu schnell leerte. Varien bedeutete einem Diener sofort nachzufüllen. Und dann, als ich erneut trank, trat der Atvianer näher an mich heran. So nahe, daß eine samtbekleidete Schulter die meine streifte.

»Darf ich offen sprechen, Mylord?«

Ich war in Gedanken überhaupt nicht bei Varien. »Natürlich.« Ich schaute an ihm vorbei zum Podest und sah, daß Gisella verzagt an ihren seidenen Gewändern zupfte.

»Mylord, ich werde offen zu Euch sein: Eure Frau ist nicht ganz so wie andere Frauen.«

Während ich sie betrachtete, erinnerte ich mich, wie veränderlich ihre Stimmungen waren, wie heftig die Umschwünge. »Nein«, stimmte ich ihm zu.

»Es ist schwierig, Mylord, aber sicherlich wollt Ihr es dennoch besprochen wissen. Es ist wichtig für Eure Zukunft.«

Ich runzelte leicht die Stirn und sah ihn aufmerksamer an. »Wenn es meine Frau betrifft, ist es natürlich wichtig für meine Zukunft.«

Seine Zähne wurden kurz, so kurz sichtbar, während er lautlos lachte. Und dann schwand das Lachen und es blieb eine kühle ruhige Belustigung. »Mylord, wir sollten uns darauf einigen, daß die Lady zerstreut ist. Wegen dieser Zerstreutheit ist es vollkommen möglich, daß sie nicht immer eine willige Gespielin sein wird.« Er hielt taktvoll inne und hob seinen Becher an die Lippen. Aber er trank nicht. »Eine willige *Bett*gespielin, Mylord.«

Ich betrachtete meine Frau. »Das ist eine Sache zwischen Gisella und mir, Gesandter.«

»Mylord, natürlich.« Er verbeugte sich gerade tief genug, um seine Untertänigkeit zu betonen. »Aber ich habe das Gefühl, vollkommen ehrlich zu Euch sein zu müssen.« Lächelnd sagte er: »Wenn Gisella Euch nicht mehr erfreut, kann ich Euch eine andere Möglichkeit aufzeigen.«

Ich sah ihn stirnrunzelnd und angewidert an. »Verstehe ich Euch recht? Ihr bietet mir am Tage meiner Hochzeit andere Frauen an?«

»Nicht … ganz.« Sein Lächeln schwand nicht. »Mylord, sagen wir, ich bewundere Euch schon, seit wir uns zum ersten Mal begegneten. Es ist Bewunderung, Achtung … *Begehren*, Mylord.«

Der Becher entglitt fast meinen Händen. Aber ich fing mich wieder und umklammerte ihn fest, so fest, daß meine Hand zitterte und der Wein über den Rand schwappte und auf den Boden lief. »*Was habt Ihr gesagt?*«

»Ich sagte, daß ich Euch begehre, Mylord.« Er zeigte keinerlei Anzeichen von Scham, Bedauern oder Verlegenheit. Seine Stimme klang vollkommen fest, als sage er solche Dinge jeden Tag zu einem Mann.

Was er ja vielleicht auch tat. Ich starrte ihn ungläubig an. Ich war zu entsetzt, um verärgert zu sein.

Varien nippte an seinem Wein und lächelte, unendlich geduldig.

Mir wurde bewußt, daß eine Hand ausgestreckt und Variens Handgelenk in eisenhartem Griff umfaßt wurde. Die Hand zog den silbernen Weinbecher von Variens lächelndem Mund. Ruckartig, so ruckartig, daß der Becher herabfiel. Und als er fiel, klirrte er, Silber auf Stein, und vergoß blutroten Wein über den rötlichen Boden.

Und ich erkannte, daß die Hand mir gehörte.

Um uns herrschte Schweigen. Ein herabgefallener Weinbecher und sogar sein vergossener Inhalt waren nicht so ungewöhnlich, als daß dadurch so viele Menschen zum Schweigen gebracht werden könnten. Aber der Anblick des Prinzen von Homana, der einem atvianischen Gesandten feindlich gegenübertritt, *war* ungewöhnlich. Viele Augen beobachteten uns gierig.

Schweißperlen bildeten sich auf Variens Oberlippe. Sein Gesicht war bleich vor Qual. Aber es gelang ihm noch immer zu lächeln.

Ich wollte ihn anschreien, daß das, was er anbot, einer Hinrichtung wert sei, aber ich tat es nicht. Nicht vor so vielen Menschen, vor Gisella, meinem Vater, meiner Mutter. Ich wollte ihm sagen, daß das, was er anbot, seine Ächtung wert war, daß ich ihn zumindest nach Hause schicken konnte. Aber etwas hielt mich zurück. Etwas verschloß mir den Mund und jagte die Worte durch meine Kehle zurück in den Bauch, wo sie sich wanden und verwirrten und meine Eingeweide mit Gallenflüssigkeit verklebten.

Und Varien lächelte *noch immer*.

Ich ließ sein Handgelenk los. »Ihr seid auf Alarics Geheiß hier.«

»Auf Alarics … und Lilliths Geheiß.«

Ich runzelte ein wenig die Stirn. Meine Stiefelspitze stieß gegen den Becher und ließ ihn davonrollen. »Auf Lilliths Geheiß?«

»Natürlich, Mylord.« Varien griff an den Kragen seines indigofarbenen Wamses. Ich sah einen Silberschimmer: eine Halskette. Er zog sie hervor, und von den Gliedern der Kette baumelte ein einzelner, gebogener Zahn herab, der von schimmerndem Silber eingefaßt war. »Lillith.«

Lilliths Gabe. Meine Hand fuhr sofort zu meinem Kragen. Unter der Hochzeitskleidung befand sich ein entsprechender Zahn, der von seinem Band herabhing. Ich hatte ihn beinahe vergessen.

Varien verbeugte sich. »Vergebt mir, Mylord. Ich wollte Euch nicht beleidigen.«

Ich blickte hinter ihm her, bestürzt über den plötzlichen Ansturm von Gefühlen. Kummer, Qual, Leere … eine schreckliche Leere, als habe mir jemand etwas gestohlen, was ich schon immer ersehnt, gefordert, *gebraucht* hatte … bevor ich sagen konnte, was es war.

Ich war verloren. Inmitten der Masse von Gästen, die meiner Hochzeit mit Gisella beigewohnt hatten, war ich verloren: ein Auge der Leere inmitten des Mahlstroms.

Ein Schatten von einem Menschen.

Und als der Diener meinen Becher nachfüllte, trank ich.

Ich trank.

Ich trank …

… und als ich die Enge nicht mehr ertragen konnte, verließ ich die Halle und auch den Palast und erklomm die steilen Treppen zu den Wachgängen entlang der Außenmauer. Mit dem Sonnenuntergang war die Nacht hereingebrochen, aber Homana-Mujhar liegt niemals in völliger Dunkelheit. Fackeln leuchteten entlang den Mauern, und dreifüßige Kohlenpfannen glühten in den Höfen. Es ist stets gelbes Licht da, das im veränderlichen Wind flackert. Und die Schatten jagt.

Jetzt *suchte* ich die Schatten, suchte eine Zuflucht vor dem Licht, dem Lärm, der *Leere*. Nur daß ich selbst hier, auf dem schmalen Wachgang entlang der Brustwehr, keinen Trost fand, keine Antwort auf die Leere. Nur doppelten Kummer und eine fremd geborene Qual.

In meiner Hand befand sich ein Becher Wein. Ein großer Becher, der bis zum Rand gefüllt war. Als ich ihn, unbeabsichtigt, leicht neigte, hörte ich, wie sich der Wein auf den Boden ergoß. Ich richtete den Becher wieder auf, aber es kümmerte mich nicht. Ich hatte bereits soviel getrunken, daß jetzt aufzuhören überhaupt keinen Unterschied mehr bedeuten würde.

Ich hielt mich an der Mauer fest und lehnte mich zwischen den Schartenbacken der Brustwehr dagegen, um mich über eine Zinnenlücke zu beugen und meinen Bauch dagegen zu pressen. Die Lichter der Stadt flakkerten und tanzten und verschmolzen miteinander, bis ich die Benommenheit aus meinen Augen fortblinzelte. Meine Finger gruben sich in den Stein. Ich grub, *ich grub* und spürte den Schmerz abgeschürfter Haut. Aber ich grub dennoch weiter, als könnte mir der Schmerz Ruhe vor dem Dämon in meiner Seele verschaffen.

»Ein leichtes Ziel, für einen Feind.«

Ich stieß mich ruckartig hoch, noch immer an die Schartenbacken gelehnt. Das Fackellicht, das Ian von unten beleuchtete, ließ sein Gold schimmern. Sein ganzes Gold. Ich stellte plötzlich fest, daß ich ihn dafür haßte. »Ich kam hier heraus, um allein zu sein.«

»Ich weiß.« Ians Stimme klang ruhig, selbst von der Angriffslust in meiner eigenen Stimme unbeeinträchtigt. »Darum bin ich dir gefolgt.«

»Warum? Hast du gedacht, ich würde mich von der Mauer stürzen?«

»Du siehst so aus, als wäre dir der Gedanke tatsächlich gekommen.« Auch er hielt einen Weinbecher in der Hand. Aber er trank nicht daraus. »Niall, was hat Varien zu dir gesagt?«

Ich hatte einen Geschmack im Mund, der in mir den Wunsch erweckte auszuspeien. Statt dessen trank ich weiter. »Er sagte, daß er mich begehrt«, sprach ich tonlos, als aller Wein getrunken war. »Vielleicht glaubt er, daß ich sein Bett mit ihm teilen werde, wenn ich Gisellas nicht teilen kann.«

Das Fackellicht glättete sein kantiges Gesicht. Er war Isolde so ähnlich, unserem Vater so ähnlich. »Es gab einmal eine Zeit, da ich dir die Wahrheit über Varien hätte erzählen können. Ich habe ihn in Atvia recht gut kennengelernt, weil ich keine andere Wahl hatte.« Er hielt inne. »Nicht auf die Art, wie er dich kennenlernen möchte, sondern weil wir viel Zeit miteinander verbracht haben. Aber ich war nicht sicher, daß du mir zugehört hättest. Ich war nicht sicher, daß du es gekonnt hättest.« Er sah mir in die Augen. »Kannst du es jetzt, *Rujho?* Kannst du die Wahrheit hören?«

»Welche Wahrheit?« fragte ich. »Ich glaube, ich habe bereits alles gehört.«

Er nahm mir den leeren Becher aus den Händen. »Nein. Du hast nichts gehört.« Er warf den Becher mit einer fliegenden Bewegung über die Zinnenlücke. Ich sah im Fackellicht ein silbernes Blitzen. Dann war es fort. »Hörst du es?« fragte ich bei dem dumpfen Klingen des unten auf die Steine aufschlagenden Bechers.

»Ian…«

»Gisella hat *deinen* Geist genauso sehr verwirrt, wie ihr eigener Geist verwirrt ist«, sagte er einfach. »Ich weiß, daß du es nicht erkennen kannst, aber *ich* kann es. Ich kann genau erkennen, was sie dir angetan hat, und es gefällt mir nicht. Es ist an der Zeit, daß etwas getan wird, um den Makel zu beseitigen.«

»*I'toshaa-ni?*« fragte ich schroff. »Oder liegt das allein in *deiner* Macht?«

»Es liegt in der Macht jedes Cheysulikriegers«, antwortete er ruhig. »Selbst in der Macht eines *lirlosen* Cheysuli.«

Er hätte genauso gut ein Messer nehmen und es mir in den Bauch rammen können. Ich spürte die unsichtbare Klinge eindringen, sich drehen, *sich drehen,* bis ich fast vor Schmerz aufschrie. Zumindest umklammerte ich die Schartenbacke. Schweiß brach auf meinem Gesicht aus.

»*Ku'reshtin*«, verfluchte ich ihn heiser. »Sieh dich *selbst* an, wenn du von Makel sprichst. *Dich* hat Lillith bei sich behalten.«

»Ja. *Dich* hat sie aufgegeben.« Der Silberbecher schimmerte vor der Dunkelheit seiner Hände. »Sie hat dich Gisella überantwortet.«

Ich fluchte erneut, ganz leise. Ich wurde fast vom Schmerz überwältigt. »Gisella ist meine *Frau*.«

»Gisella ist dein Untergang ... und sie *wird* es sein, bis wir etwas tun, um das zu verhindern.«

»Wir?« fragte ich verbittert, noch immer an der Schartenbacke lehnend. »Sprichst du von den *A'saii?*« Ich lachte ins Gesicht seines plötzlichen Erschreckens. »Vielleicht begehrst du den Löwen *tatsächlich*. Vielleicht haben Ceinn und die anderen *tatsächlich* einen willigen Ersatz für mich gefunden.«

»Die Götter mögen dir deine Worte vergeben«, flüsterte er. »Wie kannst du das von mir denken? Ich bin dein *Gefolgsmann ...*«

»Du hast den *Bruder* vergessen«, sagte ich grob. »Läßt du unser Verwandtschaftsverhältnis unberücksichtigt, weil wir nur einen gemeinsamen Vater haben?

Läßt du die Blutsverwandtschaft zwischen uns außer acht, weil ich Homaner und Solinder bin?« Ich lachte. »Warum nicht? *Ceinn* läßt das als ausreichenden Grund gelten, mich von dem Thron zu zerren, den ich noch gar nicht als den meinen beanspruchen kann. Unterstützt du ihn? Unterstützt du die *A'saii?*«

»Nein«, sagte er sanft, als er wieder sprechen konnte. »Ich unterstütze nur die Götter.«

»Wobei? Bei deinem Marsch auf den Thron?« Ich streckte einen starren Arm aus und deutete auf den eindrucksvollen Palast. »Er wartet, Ian. In der Großen Halle. Auf seinen hölzernen Pranken kauernd, leuchten die hölzernen Augen, während das Maul seine hölzerne Zunge freigibt. Der Löwe *wartet,* Ian... warum beanspruchst du ihn nicht selbst?«

Seine Haltung war so starr, daß ich dachte, er könnte zerbrechen. »Weil ich... ihn... nicht *will.*« Er stieß die Worte zwischen zusammengebissenen Zähnen hervor. »Und du wirst eines Tages verstehen warum. Ich glaube, daß du mich eines Tages bitten wirst, dir den Löwen abzunehmen.« Er schob mir seinen Becher in die Hand. »Aber selbst wenn du mich darum *bittest,* werde ich ihn nicht annehmen. Weil ich der Schatten des Löwen bin... nicht der Löwe selbst. Diesen Titel überlasse ich dir.«

»Ian...« Aber er hatte sich bereits abgewandt und trat zurück in die Schatten, bis ich *ihn* nicht mehr sehen konnte, sondern nur noch das Schimmern seines Goldes. Seines ganzen Cheysuligoldes.

Götter, warum kann ich nicht mein eigenes Gold haben...

»Ian! Ian, *warte!*« Ich lief unsicher den engen Wachgang entlang, wobei ich noch immer den Becher mit meiner Hand umklammert hielt. Wein schwappte über den Rand und spritzte auf Oberschenkel, Stiefel und Stein. »Ian... komm zurück! Ich brauche dich, *Rujho*. Ich *brauche* dich... Ich brauche dich, damit du den *Schmerz* von mir nimmst...«

Aber er war fort. Er hörte mich nicht oder machte sich nicht die Mühe zu antworten.

Ich blieb stehen. Sank gegen die Brustwehr und rang keuchend nach Atem, versuchte das Rumoren in meinem Bauch zu besänftigen. Ich wollte allen Wein über die Mauer auf die darunterliegenden Steine speien. Ich wollte ganz neu anfangen, das verdorbene Pergament zerreißen und ein neues beginnen. Ich wollte rufen und schreien und weinen, weil ich mich so leer fühlte, so gottverdammt *leer*.

Und ein Mensch, der aus Leere gemacht ist, kann nicht leben.

Auch der Becher in meiner Hand war leer. Und so warf ich ihn über die Mauer hinter seinem Gefährten her, weit nach unten, und wünschte mir, ich könnte *mich selbst* genauso leicht loswerden.

Wie kann ein Mensch sich selbst loswerden, wenn er nicht sterben will?

Er geht. Er *geht*.

Kapitel Sieben

Ich entfloh Homana-Mujhar auf einem Fluchtpferd und mit dem antreibenden Bedürfnis, der Schwärze in meiner Seele zu entkommen. Ich bezweifelte nicht, daß ich einen Dämon in mir beherbergte. Ich konnte ihn spüren, wie er sich festklammerte, wie er nagte, wie er mein Inneres zerriß. Ich schrie den Wächtern Befehle zu, verließ hufklappernd den äußeren Hof und ritt durch die breiten Vordertore, da sie gerade erst aufgeschoben wurden. Als ich die Außenmauer hinter mir gelassen hatte, sprengte ich durch gewundene Gassen und Straßen, wobei ich die Rufe der Gehenden nicht beachtete. Da ich nie ein unvorsichtiger Reiter gewesen war, versuchte ich, niemanden niederzutrampeln, und so ging tatsächlich auch niemand unter den eisenbeschlagenen Hufen meines Hengstes zu Boden.

Funken flogen. Ich beugte mich tief über den Sattel und drängte das Pferd zu schnellerem Lauf, an der Wache vorbei und durch das wuchtige Außentor, dessen Fallgitter angehoben waren: das Osttor Mujharas. Weiter ging es durch die dichtbevölkerten äußeren Wohngebiete. Ich erinnerte mich an die Nacht, in der ich Strahan begegnet war. So lange her … hatte er mich wirklich gewarnt, Gisella nicht zu heiraten?

Ja, das hatte er getan. Und er hatte versprochen, mir meine Söhne zu nehmen. Jetzt war dieses Versprechen bedrohlicher denn je. Gisella konnte bald meinen ersten Sohn gebären und die Ausführung von Strahans Plänen in Gang setzen.

Ich ritt über die gewundenen Fußwege der Vororte, aus dem Schmutz heraus in die Heide, wobei die Pferdehufe Stücke festgetretenen Grases und Erdklumpen hochschleuderten. Ich schloß die Augen und vertraute auf meine Reitkunst, die mich im Sattel halten würde, während ich die Leere bekämpfte.

Es ist schwer zu beschreiben, wie überwältigend Leere sein kann, wie äußerst vereinnahmend, bis sogar der Gedanke an den Tod kaum wichtiger scheint als das vorwärtstreibende Bedürfnis, *erfüllt* zu werden. Leere ist schlimmer als Schwermut, schlimmer als die Tiefen der Verzweiflung. Es ist ein völliges Außerkraftsein aller Fähigkeiten. Ein Mensch hört einfach auf zu *sein,* und doch weiß er, daß er körperlich noch immer lebendig ist. Nur sein Geist ist zerstört.

Die Not brannte den Alkohol aus meinem Blut fort. Ich war nicht betrunken, obwohl sich ein Teil von mir danach sehnte, es zu sein. Mir war auch durch das Gift, das ich so bereitwillig in meinen Körper gegossen hatte, nicht übel. Ich war einfach *leer*.

Das Pferd und ich ritten unter dem Viertelmond weiter, galoppierten über die freien Ebenen, bis wir nicht mehr konnten und dann langsamer wurden. Ich hörte das Pfeifen im Wind und wußte, daß ich nahe daran gewesen war, den Hengst regelrecht zu Tode zu reiten. Oder ich hätte ihn für immer schädigen können. Er hatte den Kopf sehr stark gesenkt. Seine Ohren waren locker zurückgelegt und wippten beim Laufen. Er taumelte und stolperte wiederholt. Schließlich stieg ich ab und führte ihn. Aber ich wandte mich nicht um. Ich lenkte ihn stets ostwärts, in den dichten Wald, der die östlichen Ebenen umschloß.

Speichel des Hengstes hatte mein Samtwams beschmutzt. Es war später Sommer, fast schon Herbst, aber die Nacht war nicht kalt, sondern nur kühl.

Vor mir, von Meilen von dichtem Wald verborgen, lag der Stammeskeep. Aber ich hatte nicht die Absicht, dorthin zu gehen, ich *konnte* es nicht, nicht in meiner Not. Ich wußte, daß Ceinn und die anderen *A'saii* mich verspotten, mich vor dem Stamm verunglimpfen, meine Leere und *Lirlosigkeit* benutzen würden, um andere Krieger gegen mich aufzuhetzen. Und dann würden es mehr als nur einige sein, mehr als zwanzig oder dreißig. Es würden ausreichend viele Krieger sein, um mich von dem Löwen fortzerren und Ian an meine Stelle setzen zu können.

Schließlich unterbrach ich meinen taumelnden Ritt nach Osten, da ich genauso müde war wie der Hengst, und suchte nach Schutz. Im Unterholz in der Nähe hochgewachsener Buchen sattelte ich den Hengst ab, packte die wenigen Dinge aus, die ich mitgenommen hatte – meinen Bogen, einen vollen Köcher, einen Wasserschlauch, eine Satteltasche voll getrocknetem Fleisch und eine voll Korn, einen Umhang – und bereitete mir aus Blättern ein Bett. Nachdem ich das Pferd angepflockt und gefüttert hatte, warf ich mich auf das Bett und rollte mich in meinem Umhang zusammen. Ich wußte, daß er die Zügel nicht zu zerreißen und umherzulaufen versuchen würde. Er wollte, genau wie ich, nichts mehr als: das Vergessen zu finden im Schlaf.

Ich vergrub mich in den Blättern, überlegte noch, daß die Homaner das von ihrem Prinz nicht glauben würden, und überließ mich dann der Dunkelheit. Ich hörte die Nachtgeräusche, roch die Pflanzen, die Erde, den Wohlgeruch des Waldes. Ich schaute in das gewölbte Gitterwerk der Zweige und zu den Sternen hinauf und dachte an die Götter, die bestimmt hatten, daß es in diesem Land ein Volk geben sollte und darum die Erstgeborenen auf die Kristallinsel gebracht hatten. Ich dachte an die Erstgeborenen, deren Kinder derart ihrem eigenen Blut verschrieben waren, daß ihr Dasein bedroht schien, bis selbst den Erstgeborenen klar wurde, daß sie sich nicht aus sich selbst erholen konnten. Und ich dachte an die Prophezeiung, die die Cheysuli so fest band, die *mich* so fest band, wie der Pranger, der Dieb und Lügner festhält.

Der Hengst brummte. Ich schaute hin und sah ihn niedergehen, sich neigen, bis er auf der Seite lag und sich, dann auf dem Rücken liegend, wand und krümmte und mit den langen Beinen um sich schlug, sich auf dem herabgefallenen Laub und der Erde wälzte. Er rieb sich in dem jahrhundertealten Ritual getrockneten Schweiß und Unbehagen ab. Ich wünschte, ich könnte es ihm gleichtun.

Er lag einen Augenblick still und blinzelte, während der Silbermond sein Auge entflammte. Und dann stand er so unbeholfen auf, wie es bei Pferden stets geschieht. Er stand da, schüttelte sich heftig – warf Fell und Schmutz von sich –, drückte dann die Knie durch und schloß die Augen. Er würde im Stehen schlafen, vollkommen bequem, während ich auf Blättern auf einem Boden liegend zu schlafen versuchte, der am Morgen feucht sein würde.

Die Nacht war kälter, als ich erwartet hatte. Als die Dämmerung die Morgennebel vertrieb, erwachte ich zitternd von einem bis in die Knochen dringenden Frösteln. Ich versuchte, den Umhang fester um mich zu wickeln, aber es war ein Sommerumhang aus feingekämmter Wolle, kein pelzbesetzter Winterumhang. Und so gab ich das Schlafen ganz auf und erhob mich, wobei ich eine Säure in meiner Kehle schmeckte, die von einem Magen, der von zuviel Wein verdorben war, zeugte. Ich hatte geglaubt, daß die Wirkung durch die Flucht aus Mujhara vermieden worden wäre. Dem war nicht so. Der Zustand meines Kopfes sagte mir das ebenfalls.

Ich trank etwas Wasser, aß getrocknetes Fleisch, saß zusammengekauert auf einem kalten Baumstamm, wünschte mir, ich hätte nicht soviel getrunken, und wußte doch, daß ich eines Tages – und wahrscheinlich nur zu bald – dasselbe wieder tun würde.

Schließlich stand ich auf und trat zu meinem Pferd. Ich rieb mit beiden Händen den von der Nacht verbliebenen Schmutz von seinem Rücken, legte die Satteldecke darüber und bereitete mich darauf vor, den Sattel auf die Decke zu heben. Ich hatte die volle Absicht, nach Homana-Mujhar zurückzukehren. Die *volle* Absicht: Mein Bruder und mein Vater machten sich zweifellos Sorgen – ich *wußte,* daß sich meine Mutter ohnehin Sorgen machte –, und ich hatte auch Gisella zurückgelassen. Arme, schwermütige Gisella, der Ordnung in ihrem Geist beraubt, die sie jeden Mannes wert gemacht hätte.

Und doch, dachte ich, war sie meiner wert.

Ich griff mürrisch nach dem homanischen Sattel. Aber gerade als ich ihn genommen und angehoben hatte, erkannte ich, daß die Leere in mir nicht vergangen war. Sie war nur ein wenig träge, sich in meiner Seele erneut breitzumachen.

Götter, was soll ich tun? Sagt mir, was ich tun soll!

Aber die einzige Antwort war das Schnauben meines Kastanienbraunen und das Keckern eines Eichelhähers im Baum.

Soll ich zurückkehren? Hat sich seit der letzten Nacht etwas geändert – bis auf den Zustand meines Kopfes und Bauches? Nein. Ich bin noch immer leer, noch immer nackt, noch immer voller Begehren.

Und so kehrte ich nicht zurück. Ich kümmerte mich sorgfältiger um den Hengst als in der Nacht zuvor, zog die Decke wieder von seinem Rücken und fand ihn fast erholt vor. Ich fütterte und tränkte ihn so gut ich konnte, indem ich den Wasserschlauch unter einen Arm nahm und das Wasser in die gewölbten Handflächen preßte. Er trank zwar, aber ich bezweifelte nicht, daß er einen Strom oder Fluß vorgezogen hätte.

»Später. Zuerst brauchen wir – *ich* – frisches Fleisch. Der Inhalt der Satteltasche wird nicht lange ausreichen.« Ich tätschelte ihn, ließ ihm genug Zügel, daß er um den Baum herum grasen konnte, nahm Bogen und Köcher auf und begab mich zu Fuß auf die Jagd.

Nach einem halben Tag der Spurensuche tötete ich einen Rehbock und trug ihn über die Schultern gelegt zum Lager zurück. Dort hängte ich ihn auf und schlachtete ihn, wobei ich die schmutzige Aufgabe genoß – nicht weil ich gern Tiere schlachtete, sondern weil es mich befriedigte, diese Arbeit selbst zu tun. Es waren so häufig andere da, die sie für mich erledigten. Selbst Ian. Und ich dachte an den Königsrothirsch.

Ich entfachte ein Feuer und briet das Fleisch, mir wohl der Tatsache bewußt, daß das meiste verderben würde, bevor ich es aufessen konnte. Der Hengst knabberte zufrieden am Waldgras und dem Korn, das ich ihm gegeben hatte, unbeeinträchtigt durch seinen Aufenthalt in den Tiefen des schattigen Waldes und fern von allem Luxus. Und obwohl ich mich noch immer leer fühlte, begann ich ein wenig Frieden zu verspüren.

Das Pferd und ich ritten einen Tag später weiter. Der Hengst hatte das Unterholz leergegrast, und ich wollte einen geeigneten Fluß finden. Also sattelte ich ihn, belud ihn, stieg auf und wollte zurückreiten.

Aber statt dessen ritten wir tiefer in den Wald hinein. Und noch tiefer, während die Tage verstrichen, bis ich alle Gedanken an Homana-Mujhar hinter mir ließ und mich mit mir selbst begnügte, wie ich es niemals zuvor getan hatte.

Ich ließ meinen Bart wachsen, da ich nur ein Messer hatte, mit dem ich mich hätte rasieren können, und keinen Spiegel. Ich tötete einen Hirsch und fertigte ein Paar Stiefel, da meine anderen – die nur für die Zeremonie gedacht gewesen waren – fast zerstört waren. Das Hirschfell lag weich an meinen Beinen an. Das verbliebene Fell verarbeitete ich zu einem groben Wams – das Fell nach innen, die Haut nach außen gewendet, ohne Ärmel – und band es mit einem Lederband. Darunter trug ich noch immer die verschmutzte Seide und den Samt meiner Hochzeitskleidung, wie auch die Granate und das Gold.

Das Pferd bekam allmählich sein Winterfell, wobei es den Glanz des Sommers verlor und den verschwommenen Umriß der kälteren Jahreszeit annahm. Seine Mähne, die jetzt nicht mehr beschnitten wurde, wuchs eine Handbreit steil aufwärts, bevor sie herabzufallen begann. In Homana-Mujhar lebte es in einem Stall, wurde liebevoll umsorgt und war vor den Jahreszeiten geschützt. Hier lernte der Hengst nur die Freigebigkeit des Waldes kennen.

Wir ritten noch zweimal weiter, weil die Leere in mir zunahm. Ich wachte jeden Tag mit der Bereitschaft auf zurückzukehren, *nach Hause* zu reiten, und doch fühlte ich mich leerer denn je. Diese Empfindung wich nur dann kurzzeitig, wenn ich mich damit beschäftigte, wie ich jetzt lebte: so lebte, wie ich niemals zuvor gelebt hatte, den Wald kennenlernte, wie ich ihn niemals zuvor wirklich kennengelernt hatte. Ich dachte an Gisella, die mein Kind trug. Ich dachte an Ian, den ich in furchtbarem Zorn und mit noch furchtbareren Worten von mir gewiesen hatte. Ich dachte auch an meinen Vater, der erneut seines rechtmäßigen Sohnes und Erben beraubt war, so kurz nachdem er ihn endlich zurückbekommen hatte und ihn mehr denn je brauchte. Und ich dachte natürlich an meine Mutter, die sich zweifellos zu jeder Stunde jeden Tages und jeder Nacht sorgte. Aber dies war *meine* Zeit, *meine* Freiheit… meine letzte Chance, genau zu erfahren, wer ich war, bevor ich der Mann werden mußte, als den sie mich *sehen* wollten – nicht der Mann, der ich vielleicht von selbst geworden wäre.

Ich kehrte nicht zurück. Weil ich es nicht *konnte,* noch nicht.

Und dann kam eines Morgens, unmittelbar vor der Dämmerung, ein Bär. Ich erkannte ihn sofort am Geruch, gerade als der Hengst mich durch seine lärmende Angst weckte, durch seine Versuche, sich von den Zügeln zu befreien, die ihn an einen jungen Baum banden. Es gelang ihm, sie zu zerreißen, aber als er herumfuhr, um davonzulaufen, griff der Bär ihn bereits an. Ich konnte den Jäger im hellen Licht des Vollmonds deutlich sehen: Es war ein zimtfarbener Felsenbär.

Das Pferd war verloren. Als ich meinen Bogen aufnahm, hatte der Bär es bereits getötet. Und so sammelte ich von meiner Habe schweigend so viel wie möglich zusammen und verließ den Platz sofort, da ich nur wegen eines Lagers *oder* der Ausrüstung gegen einen Felsenbär nicht antreten wollte.

Ich lief so weit wie möglich davon und schlief die restliche Nacht, in meinen Sommerumhang gewickelt, unter den weit ausholenden Zweigen einer riesigen alten Eiche. Und als ich in der Dämmerung erwachte, sah ich den Felsenbär neben mir sitzen.

Ich war aufgesprungen, bevor ich sprechen konnte, lief davon, bevor ich gehen konnte und wurde eingefangen, bevor ich beten konnte. Ich spürte den Schlag mit der gespreizten Pranke an meinem Knöchel. Er wurde ergriffen, es gab einen Ruck, und dann lag ich am Boden, rollte mich herum, versuchte gerade in dem Augenblick mein Messer aus der Scheide zu reißen, als mir der Bär auf die Hand schlug. Das Messer flog davon. Mit unerwarteter Genauigkeit hatte er mir nur mit einer Pranke gegen den Handrücken geschlagen. Der Streifen wurde weiß, rötlich, rot, öffnete sich und ließ Blut durch meine Finger ausfließen.

Ich landete auf dem Gesäß, stützte mich auf einen starren Ellbogen, während meine in den Stiefeln steckenden Füße über totes Laub scharrten und im Schmutz nach Halt suchten. Der Bär setzte sich auf die Hinterbeine. Ich sah die gelben Augen, die Augen eines Cheysuli.

Und dann *wußte* ich natürlich *Bescheid.*

»*Ku'reshtin!*« rief ich. »Willst du es *so* vollbringen?«

Der Bär verschwamm vor meinen Augen. Ich blinzelte, als die Leere ihn verschluckte und einen Menschen ausspie, einen Cheysuli: Ceinn. Er hockte noch immer vor mir, nahe genug, daß ich ihn berühren konnte. Ich regte mich nicht. Ich wußte es besser, als daß ich mich geregt hätte.

»Mylord«, sagte er ruhig, »wir haben etwas zu besprechen.«

»Wir beide haben *nichts* zu besprechen!«

»O doch … wir haben *tatsächlich* alle etwas zu besprechen, Mylord.«

Während er sprach, kamen die anderen aus der Dämmerung heran, glitten von den Bäumen und aus Schattentaschen, alle – bis auf die *Lirs* in menschlicher Gestalt. Das schmerzte mich am meisten, mehr als alles, was ich erwartet hatte: daß es *Lirs* gab, die sich den *A'saii* anschlossen – gegen mich.

Ich konnte sie nicht alle zählen, die Krieger nicht und die *Lirs* auch nicht. Ich wußte nur, daß es mehr waren, als ich erwartet hatte. Mehr als ich in meinen kühnsten Träumen für möglich gehalten hätte.

Ceinn lächelte. Dadurch trat die Narbe an seinem Auge hervor, was ihn wie einen Menschen wirken ließ, der ein guter Freund sein könnte. Ein Mensch, dessen Gesellschaft geschätzt werden dürfte.

Wie ihn zweifellos auch die *A'saii* schätzten.

»Ich bin erstaunt über mein Glück«, sagte er. »Wir waren sehr geduldig und hatten durchaus erwartet, lange Zeit warten zu müssen. Waren darauf *vorbereitet,* lange warten zu müssen. Und doch seid Ihr jetzt hier, und *wir* sind hier, und diese Angelegenheit kann endlich geregelt werden.«

Ich lag noch immer auf dem Rücken ausgebreitet und hatte ein Knie hochgezogen. Die Krallenspuren bluteten. »Wie viele?« fragte ich.

»Wie viele *A'saii?*« Ceinn zuckte die Achseln. »Genügend. Ich habe in letzter Zeit nicht mehr nachgezählt. Es sind mindestens zwei oder drei von jedem Stamm.«

»Von *jedem* Stamm?«

»Sogar von den Stämmen der Nördlichen Einöden jenseits des Blauzahnflusses.«

Ich versuchte, mein Erschrecken nicht offen zu zeigen. Aber ich war wie betäubt von der Gewaltigkeit der Cheysulirebellion. Es gab, nach der letzten Zählung, mindestens dreißig Stämme in Homana, von denen einige groß, manche kleiner, aber alle für die Erfüllung der Prophezeiung unschätzbar wichtig waren. Und jetzt wollten sie diese Prophezeiung in ihrem irregeleiteten Eifer zerstören.

Ich machte mir nicht die Mühe, die anderen anzusehen, obwohl ich auch sie ansprach. Ich blickte nur zu Ceinn. »Ist dies eine persönliche Angelegenheit?«

»Nein«, antwortete er sofort, und es klang so ernst, daß ich ihm glaubte, auch wenn ich es nicht wollte. »Es gab auch schon *A'saii* in Homana, bevor Isolde und ich jemals miteinander geschlafen haben.«

Es war sowohl ein Schock als auch eine unerfreuliche Erkenntnis. »Und jetzt?«

»Jetzt?« Er nickte nachdenklich. »Ich gebe zu, daß mir die Idee jetzt noch besser gefällt.«

Das Begreifen zog mir den Leib zusammen. Ich konnte nichts dagegen tun: Ich zuckte unter dem vertrauten Schmerz zusammen. »Würde es etwas nützen, wenn ich Euch erzählte, daß es Homaner gibt, die das gleiche empfinden wie Ihr? Die mich auch durch jemand anderen ersetzen wollen?«

»Durch den Bastard.« Ceinn nickte. »Das wissen wir.«

Ich hatte gehofft, mir den Weg freikaufen zu können. Ich hätte es besser wissen müssen. »Ian wird dem niemals zustimmen«, belehrte ich ihn. »Und 'Solde hat Euch verstoßen… wen werdet Ihr jetzt für den Löwenthron erwählen? Euch selbst?« Ich dachte, ich könnte vielleicht Zwietracht zwischen den anderen bewirken. Ceinns persönlicher Ehrgeiz könnte sie genug stören, so daß sie ihre augenblicklichen Pläne verschöben.

»Ian stimmt vielleicht nicht zu, solange Ihr lebt«, belehrte Ceinn mich, »aber was geschieht, wenn Ihr tot seid? Die Königin ist unfruchtbar. Donal hat keine anderen Söhne. Wer sonst wird seine Nachfolge antreten?«

»Carillons Bastard.«

Etwas flackerte in seinen Augen.

Ich lächelte bitter. »Wenn ich tot bin, gibt das den homanischen *A'saii* eine größere Chance denn je, den Bastard auf den Thron zu bringen. Sie sind genauso loyal und fanatisch wie ihr. Glaubt Ihr, sie werden es zulassen, daß *Ian* den Thron einnimmt? Ihr seid Narren, Ceinn ... Ihr und die anderen. Ihr werdet erneut die Rebellion nach Homana bringen und alle Hoffnung auf Erfüllung der Prophezeiung zerstören.«

»Sehr beredt«, sagte er, »aber unsere Entscheidung ist gefallen.«

Ich setzte mich langsam und gab meine unterwürfige Haltung auf. Im gedämpften Licht der frühen Dämmerung betrachtete ich so viele Gesichter wie möglich. »Wie wird es sein? Werden die *Lirs* es tun? Oder ihr alle in *Lir*gestalt, und nur Kleidungsfetzen und gebrochene Knochen zurücklassen – vielleicht nur den Ring an meiner Hand – damit man mich erkennt?«

»Das könnte sehr wohl Euer Schicksal sein«, stimmte er mir zu, »aber das werden nicht wir erledigen. Ihr werdet es selbst tun.«

»*Ich* ...« Ich lachte. »Ich glaube kaum ...«

»*Ich* schon.« Er unterbrach mich sanft. »Ihr seid ein *lirloser* Mann, Niall. Ein Cheysuli, auch wenn Ihr das durch homanisches Aussehen und Gehabe vergessen macht.« Er betrachtete angewidert meinen dichten Bart. »Und ein *lirloser* Cheysuli überantwortet sich dem Todesritual.«

»Ich *hatte* niemals einen *Lir*.« Ich nahm all meine Entschlossenheit zusammen, um meine Angst nicht zu zeigen. »Ich bin nicht zu dem Ritual gezwungen.«

»Nein«, stimmte er mir zu, »aber wenn wir mit Euch fertig sind, werdet Ihr *glauben*, einen *Lir* gehabt zu haben ... und Ihr werdet glauben, einen *Lir* verloren zu haben.«

Götter, sie können es tun. Ich versuchte aufzustehen, vor Ceinn zurückzuweichen, aber es war sinnlos. Die anderen kamen sofort näher heran, als er sich erhob und seine Lederkleidung abklopfte.

»Rujho«, ... wie er mich in seinem unbeschreiblich sanften Tonfall verspottete ... »um Isoldes willen verspreche ich, daß wir Euch nicht verletzen werden.«

Götter ...

Ich versuchte, es herauszuschreien. Aber als ich den Mund öffnete, hatte ich bereits die Fähigkeit zu sprechen verloren.

Oder auch nur den Wunsch danach.

Kapitel Acht

O Götter … mein Lir …

… mein Lir ist tot …

… mein Lir …

Ich kniete auf dem Boden, kauerte auf den Knien, so daß sich mir die Fersen ins Gesäß drückten. Meine Stirn war auf eine Schicht brüchiger, herabgefallener Blätter gepreßt. Ich schloß meine Augen so fest, daß ich nur die bleichen Farben meines Todes sehen konnte: schmutziges Blau, schlammiges Schwarz, ein Saum madiges Weiß in der aschfarbenen Dunkelheit meines Kummers.

… mein Lir … mein Lir ist tot …

Die Fäuste gruben Löcher in die zerfallenden Blätter, gruben, *gruben,* bis sie die kühle Feuchtigkeit der darunterliegenden Erde berührten, der nassen, schwitzigen Erde mit der Beschaffenheit von Ton, dem Ton, der benutzt wird, um die Augen eines toten Menschen zu verschließen.

… mein Lir …

Ich habe in meinem Leben Kummer kennengelernt, viel Kummer. Ich erinnerte mich daran, wie es gewesen war, als ich meinen Bruder tot geglaubt hatte, aber ich habe niemals kennengelernt, habe mir niemals *vorstellen* können, wie es sein würde, einen *Lir* zu verlieren. Es war, als habe ein Mann eine Hand durch Haut und Knorpel und Knochen gestoßen, um mein Herz zu ergreifen. Und wenn er es ergriffen hat, windet er es mir aus der Brust und wirft es beiseite, wodurch er mich sowohl tot als auch lebendig zurückläßt. Lebendig, weil ich nicht sterbe, tot, weil alles innerhalb der Schale menschlicher Haut tot ist, so unendlich *tot*. Wie kann ein Mensch so *leben?*

Wie kann ein Mensch überleben?

Er kann es nicht.

Und dann wußte ich, was ich tun mußte.

Ich rappelte mich vom Boden hoch und rannte, *rannte*. Im Laufen spürte ich, wie der Kummer erstickend von meinem Bauch in Brust, Kehle und Mund stieg, bis ich ihn sich von meinen Lippen erheben hörte, um auf dem Wind dahinzugleiten, ein wehklagender Todesgesang, ein wimmernder Kummergesang, ein aus all dem Schmerz in meinem Herzen und meiner Seele und meinem Geist komponierter Gesang: *Mein Lir ist tot, mein Lir ist tot. Warum bin ich nicht auch tot?*

Ich rannte. *Ich rannte.*

So hart. *So hart.*

... Götter ... wie könnt ihr einen Menschen mit einem solchen Wunder, wie ein Lir es ist, beschenken und es diesem Menschen dann wieder fortnehmen ...?

Ich rannte.

Weinranken schlugen mir ins Gesicht. Ein Baumast kratzte über meine Wange, gegen Haut und Bart. Ein dorniges Kriechgewächs schlang sich um meine Kehle, zog daran und riß dann.

Ich rannte.

Farn bremste mich, schlug gegen meine Oberschenkel. Tote Zweige krachten und rollten unter meine Füße. Ich stolperte, fing mich wieder, rannte weiter.

Götter ... wie ich rannte ...

Mein Bauch schmerzt, die Brust, die Kehle. Ich kann meinen Atem keuchen, zischen, pfeifen hören, wie den eines kurzatmigen Pferdes. Meine Kehle ist trokken, so gottverflucht trocken. Sie brennt, sie *brennt ...* Ich glaube, sie wird mich bei lebendigem Leib verbrennen ...

Götter ... warum habt ihr mir meinen Lir genommen?

Ich stolpere. Ich falle. Ich stehe auf.

... ich renne ...

Etwas läuft hinter mir. Ich kann es hören. Ich kann es kommen hören, es den Pfad entlanggleiten hören, den ich beim Laufen schlage, es schneller laufen hören als *ich* laufe, während ich es hinter mir zurückzulassen versuche.

Ich kann es hören. Ich kann es durch die Weinranken und Kriechgewächse und den Farn brechen hören, von den Dornen, den Wurzeln, den Fallen, die Pflanzen für einen Menschen bedeuten können, ungehindert, während es mich zu erwischen versucht.

Ich kann es hören. Ich kann es atmen hören, *atmen*. Ich kann sein schweres Keuchen hören.

Ich kann es *hören …*

… und dann erkenne ich, daß ich *selbst* es bin. Es ist nichts hinter mir, überhaupt nichts, außer Kummer und Schmerz und der schrecklichen Last meines Wissens: *Mein* Lir *ist tot, mein* Lir … *mein* Lir *wurde mir genommen …*

O Götter. Wollt ihr diese Last nicht von meiner Seele nehmen?

Ja, sagen sie mir. *Ja. Du mußt uns nur vertrauen, dich uns anvertrauen, dich uns überantworten.*

Ja. Das ist das Beste. Es ist zum Besten. Es kann nicht so schwer sein.

… Ich überantworte mich euch.

Nein! Eine neue Stimme, die ich nicht erkenne. Nicht ich selbst. Die Götter?

… Ich überantworte mich …

Nein!

… Ich überantworte …

Und noch drängender: *Nein!*

Nein? Wer – oder was – sagt mir *nein?*

Ich werde langsamer. Ich halte inne. Ich wende mich um. Aber ich kann nur das Grau der Endlichkeit sehen. Das Grau wird schwarz, so *schwarz,* daß es Erleichterung verspricht. Es verspricht ein Ende allen Schmerzes und Kummers und aller unseligen *Leere …*

Nein, sagt mir die neue Stimme. Fest, als wäre ich ein Kind.

Und ich denke: *Vielleicht* bin *ich eines*.

Kein Kind. Nein. Sondern ein Mann. Ein Mann. Ein Krieger. Ein Cheysuli.

Und ich lache. Ich rufe laut: »Wie kann ich ein Cheysuli sein, wenn ich keinen *Lir* besitze?«

Und dann erkenne ich, was Ceinn und die anderen mir angetan haben, was sie zu tun versucht haben.

Und was mißlang.

Ich fiel. Ich fiel herab, schmerzerfüllt, und spürte, wie mir Dornen das Gesicht zerkratzten, sich in den Augenwinkeln festsetzten und daran rissen. Ein Stein geriet unter meine Schläfe und drückte unerbittlich darauf. Ich bewegte mich ein wenig, suchte Erleichterung, fand sie.

Götter … ich hätte mich dem Tod überantwortet.

Ich lag mit dem Gesicht nach unten in Schmutz und Blättern und Farn, fast blind vor Überanstrengung. Ich hatte so sehr versucht, sowohl *vor* meinem Ende *davon weg* als auch *zu* ihm *hin*zulaufen, mich der Bestie zu überantworten, die mir das Leben nehmen würde, den Schmerz meines Verlustes zu erleichtern.

Nur daß ich keinen Verlust erlitten hatte. Überhaupt keinen: Ich hatte keinen *Lir*.

Du hast ihn jetzt.

Mein Atem bewegte die knisternden Blattskelette, die keine Blätter mehr waren. Staub wirbelte auf, tanzte, schlich sich unter meine Lider. Ich spürte, wie mir der Schweiß die Nase, die Stirn, das Kinn –, wie mir die Tränen die Wangen hinabliefen.

Lir, du solltest lieber aufstehen.

Ich spürte Steine unter meiner Hüfte. Aber ich hatte nicht die Kraft, mich zu bewegen.

Lir.

Etwas Kühles, etwas Feuchtes, etwas unmöglich zu

Übersehendes. Es fuhr unter meinen Hals und stieß mich an, stieß mich erneut an, *schob* …

Ich kann dich nicht anheben, *Lir … ich bin ein Wolf, kein Mensch, kein Krieger.*

Bin ich es?

Es stieß. Es *schob*.

Ich rollte herum. Öffnete die Augen. Sah eine schwarze Nase, eine silberne Schnauze und grüngoldene Augen.

Und *Zähne*.

Ich sprang auf, fort, *fort*. Kniete mich dann hin, kauerte mich zusammen, beugte mich vor, um den Inhalt meines Magens auf den Boden zu entleeren.

Du bist zu schnell gelaufen. Lir, du hättest nicht so schnell laufen sollen.

Mein Magen war leer, aber er verkrampfte sich immer noch. Und wie er sich verkrampfte, wie er sich wie das Garn um die herabgefallene Spindel einer Frau verknotete.

Ich werde abwarten.

Ich griff nach meinem Messer und fand die Scheide leer vor. Ich stand dem Wolf mit bloßen Händen gegenüber.

Töte mich, und du tötest dich selbst. Der Tonfall wurde unerklärlicherweise freundlicher. *Lir … sei nicht so dumm. Haben sie dich taub und blind gemacht?*

Ein Wolf. Ein Rüde. Silbergrau mit grüngoldenen Augen und einer Maske tiefster Kohlefarbe.

Er setzte sich hin. Er *setzte sich hin*. Und seine Zunge hing ihm aus dem Mund.

»Du bist ein … *Lir?*« krächzte ich laut.

Ich bin Serri. Ich bin dein Lir. Ich war so lange leer, so lange … Plötzlich stand er auf, näherte sich mir, lehnte seinen Kopf an meine Schulter, bevor ich entkommen konnte. *Ich bin erfüllt … ich bin* erfüllt … *mein Geist und meine Seele sind heil …*

Ich fiel fast um. Meine Arme waren voller Wolf, mein *Schoß* war voller Wolf. So … viel … *Wolf …*

Ich bin Serri, sagte er. *Ich bin dein Lir. Und ich bin nicht mehr leer …*

Und ich erkannte, daß das auch für mich galt.

»Serri?« flüsterte ich. »*Serri?*«

Du brauchst nicht laut zu sprechen, wenn du es nicht möchtest. Wir teilen den Lirbund, Lir.

Ich lachte auf. Nur einmal. Ich war zu erstaunt, zu überwältigt, um noch etwas hervorzubringen.

Serri?

Siehst du? Du kannst sprechen, oder du kannst es nicht tun … es ist nicht mehr wichtig, Lir.

»Serri?« Dieses Mal laut, ein Krächzen, kein Wort, aber der Klang trieb mir die Tränen in die Augen.

Tränen der Freude, des Unglaubens, der Erleichterung und des Frohlockens. Aber auch Tränen einer vollkommenen *Erfüllung,* wie ich sie bisher nur bei einer Frau erfahren hatte.

Sul'harai, sagte Serri. *So nennen die Cheysuli es. Aber beurteile es nicht zu schnell.*

Eine Vorahnung ließ die Haare in meinem Nacken sich aufrichten. »Zu schnell?«

Zu schnell. Du wirst sehen. Es ist oft besser als das.

»Besser als *das?*«

Besser. Wenn du deine Gestalt gegen meine austauschst.

Ich lachte. Und dann weinte ich. Und dann zog ich den Wolf in meine Arme und drückte ihn, *drückte* ihn, wie ich niemals jemanden zuvor gedrückt hatte.

Serri! rief ich. *O Götter … warum hat es so lang gedauert?*

Weil das dein Tahlmorra war.

Ich drückte ihn noch fester. Ich drückte ihn, bis er hustete. Ich lachte, bis er brummte.

»Ich bin *neunzehn,* Serri … bin ich nicht ein wenig zu alt?«

Sie sagen, dein Jehan sei zu jung gewesen. Du bist zu alt, sagst du. *Aber das Alter hat nichts damit zu tun, Lir. Es hat etwas mit der Bereitschaft zu tun.*

»Und bin ich bereit?«

Für mich und für dein Tahlmorra.

Ich ließ mich auf den Boden sinken, wobei ich den Wolf noch immer an meine Brust drückte. Ich spürte Pfoten und Krallen in meine Haut eindrücken, als Serri sich aufzustellen versuchte, einen Anschein von Würde zurückzuerlangen versuchte. Aber ich ließ es nicht zu. Ich nahm ihn nur noch fester in die Arme und barg mein Gesicht in dem dichten Fell, das seine Kehle und Hals vor Angreifern schützte.

»Serri ...«

Ihlini! Das Wort ließ eine Alarmglocke in meinem Kopf anklingen. *Lir ... gegen dich ... Ihlini ...*

Gegen ... *mich?* »Serri ...«

Ihlini ... Ihlini! Und dann streckte er sich nach meiner Kehle aus, zog die Lefzen von den Zähnen zurück.

Ich warf mich sofort zur Seite, versuchte, meine Kehle mit einer zitternden Hand zu schützen. »Hat Ceinn dich gesandt?« fragte ich. »Ist dies ein weiterer Trick?«

Ihlini ... Lir ... Ihlini ... Gerade als ich fortzukommen versuchte, sprang mir der Wolf an die Kehle.

Meine Finger ergriffen das Lederband, und plötzlich wußte ich.

Lilliths Geschenk ... Lilliths Zahn ...

Ich zog den von dem Band herabbaumelnden Zahn aus meiner Kleidung heraus. »Dies?«

Werde es los ... werde es los ... Lir, werde es sofort los!

Ich riß mir das Band über den Kopf. In meiner Handfläche lag der gebogene Zahn: an einem Ende dick und mit einer Goldkappe versehen, am anderen Ende zugespitzt. Der Zahn eines Hundes, oder eines Wolfes.

Eines Wolfes.

»Etwas so Nichtiges ...«, sagte ich laut.

Werde es los, Lir ... sofort ...

Ich betrachtete den Zahn. »Lillith«, sagte ich laut. »Lillith, Alaric ... *Gisella* ...« Und ich erkannte, was sie getan hatten.

Zu was sie *mich* veranlaßt hatten.

Meine Hand verkrampfte sich. Die Finger schlossen sich über dem Zahn. Fest, so fest. Der Zahn drückte in meine Haut. »O Götter, *Deirdre … sie haben mich dazu gebracht, sie alle zu töten!«*

Lir, werde den Zauber los!

Ich stützte einen Arm auf den Boden auf und erhob mich schwankend. Und dann schleuderte ich Lilliths Geschenk so weit ich konnte in die Tiefen des Waldes.

Sie haben mich dazu gebracht, sie alle zu töten. Deirdre, Liam, Shea … sogar Ierne und das ungeborene Kind …

O *Götter …*

Ich begann erneut zu rennen.

Lir! Serri lief hinter mir her. Rannte, *rannte,* genauso wie ich rannte. *Lir … warte …*

Tot. Sie alle waren *tot.*

All die stolzen Adler von Erinn, des stolzen, wilden Erinn, mit seinem Horst auf den weißen Kalkklippen über dem Drachenschwanz.

Deirdre.

O … Götter … *Deirdre …*

Ich hörte auf zu laufen. Ich stand auf der sonnenvergoldeten Lichtung und spürte die Wärme auf meinem Gesicht, als ich es der Sonne zuwandte. *Götter,* sagte ich, *wie könnt ihr mir in dem Augenblick, in dem ihr mir das größte Geschenk von allen macht, ein anderes wieder nehmen? Ihr verleiht mir das Wissen dessen, was ich tun kann … und das Wissen dessen, was ich getan habe.*

Serri, der neben mir saß, hob den Kopf und leckte mir die Hand. *Lir, sei nicht so verbittert. Was getan ist, ist getan. Versuche nicht, das Flechtwerk dafür verantwortlich zu machen, da es ein anderer war, der dieses Flechtwerk gestaltet hat.*

Die Gestaltung des Flechtwerks … »Gisella?« fragte ich laut. »Nein. Alaric hat mir die Fackel in die Hand gedrückt. Und Lillith stand neben ihm, als er dies tat.«

Ich erinnerte mich so gut an jene Nacht auf der Kuppel des Drachenkopfes. Und an all das Licht in meinen Augen, als ich die Fackel an das Signalfeuer legte.

Götter. Alle tot.

Gisella: Die ein Gewebe in meinen Geist eingesponnen und mich in ihren Willen eingebunden hatte.

Aus eigenem Antrieb? Vielleicht nicht. Vielleicht war sie genauso eine Marionette wie ich, die in dem Gewirr der von Lillith und Alaric gezogenen Fäden gefangen saß. Ich dachte, daß ihr der Geist fehlte, solche Pläne zu ersinnen oder auszuführen.

Und doch hatte Gisella einen *lirlosen* Mann verhext.

Einen Mann, der jetzt nicht mehr *lirlos* war.

»Serri«, sagte ich laut, »ich muß einige Dinge lernen, und ich muß sie gut lernen. Dinge wie die Verwandlung in die *Lir*gestalt. Dinge wie das Heilen.« Ich hielt inne. »Und die Gabe, einen Menschen dazu zu zwingen zu tun, was ich will.«

Lir …

»Und dann werden wir zum Stammeskeep gehen. Und dann nach Homana-Mujhar.«

Lir …

Ich schaute zu dem Wolf hinab, zu meinem *Lir,* und wußte, daß ich vollständig war, auch wenn ich noch die Leere des Kummers spürte, die Hohlheit der Verzweiflung. »Serri«, bat ich, »lehre mich, was ich wissen muß.«

Serri schien zu seufzen. *Es beginnt mit dem Gestaltwandel,* sagte er …

Kapitel Neun

Götter ... ich kann nicht annähernd beschreiben, wie es ist, die menschliche Gestalt gegen eine Tiergestalt einzutauschen. Es gibt keine Worte, mit denen man das Verschmelzen von Herz und Verstand und Geist hätte beschreiben können, den vollkommenen Bund zwischen Mensch und Tier. Ich wußte nur, daß ich nicht verstehen konnte, wie ich zuvor gelebt hatte, so leer, so unwirklich, so *unvollständig,* als ein so schwacher Schatten dessen, was ein Mann sein kann, wenn er ein Cheysulikrieger ist.

Diese Fähigkeit, seine Gestalt abzulegen und eine andere anzunehmen, ist ein Handel. Eine Vergänglichkeit, die nicht durch Anfang und Ende festgelegt war, einfach eine Zeit des *Seins*. Wenn ich ein Wolf war, war ich ein Wolf, kein Mensch, nicht Niall, nicht einmal der Prinz von Homana. Nicht einmal ein Cheysuli. Nur ... ein Wolf und von solcher Freiheit erfüllt, wie sie ein ungeweihter Mensch wahrscheinlich nicht begreifen kann. Nicht einmal ein Cheysuli. Weil auch einem Krieger, in menschlicher Gestalt, die Vollkommenheit des Tieres fehlt, zu dem er wird, wenn er die eine Gestalt für die andere eintauscht. Sogar ein *Cheysuli* ist weniger, als er sein kann.

Ich begann zu verstehen. Und ich begann zu erkennen, warum meine Rasse so hochmütig, so stur, sich ihres Platzes im Webteppich der Götter so sicher war. Unsere Farben sind kräftiger. Wir sind die Grundlage des Gewebes Homanas und aller anderen Muster. Nehmt uns aus dem Muster heraus, und die Gestalt des Traumes bricht zusammen. Die Gestalt des *Lebens* bricht zusammen.

Wie Homana selbst zusammenbräche.

Götter, welche Verantwortung. Und ich begann zu verstehen, welchen Schwierigkeiten mein Vater gegenüberstand, der Homana und die Cheysuli zu verschmelzen versuchte. Der widerspenstige Fäden in ein harmonisches Gewebe einzufügen versuchte.

Ich lernte, als Wolf zu denken, wie ein Wolf zu empfinden, wie ein Wolf zu handeln. Ich lernte, wie verletzlich die bloße Haut eines Menschen ist, wieviel stärker Pelz und Fell sind. Ich lernte Geräusche kennen, die ich niemals zuvor gehört hatte, Gerüche, die ich niemals zuvor gerochen hatte, und Geschmäcker, die ich niemals zuvor geschmeckt hatte. Ich lernte, was es bedeutete, lebendig zu sein, so *lebendig*, wie kein Mensch es jemals sein kann, bis er einen *Lir* besitzt.

Ich lernte, daß es eine Marter der Art ist, die kein Cheysuli jemals erfahren sollte, für immer *lirlos* und in menschlicher Gestalt gefangen zu sein.

Ich dachte daran, wie ich gewesen war: *lirlos,* ungeweiht, der Schatten eines Mannes, vollkommen seelenlos.

Und ich dachte an Rowan. Und begann ihn so vollkommen zu achten, wie ich es niemals zuvor getan hatte, und wußte, daß ich ihn nur abgelehnt hatte, weil ich mich selbst abgelehnt hatte – weil wir beide keinen *Lir* besaßen.

O Götter, ich danke euch für diesen Lir.

Serri lehrte mich den Gestaltwandel und die dieser Fähigkeit innewohnende Verantwortung. Er sagte, es sei eine Sache des Gleichgewichts, der Gewichtung, das Verständnis des *Selbst* zu bewahren. Ohne dieses Gleichgewicht kann ein Mensch in *Lir*gestalt, der zu zornig wird, leicht auch zu sorglos werden und die feine Balance kippen. Und wenn er sie kippt, verliert er sich selbst und gleitet in den Wahnsinn ständiger *Lir*gestalt hinüber.

Weil ein Mensch ein Mensch ist, sagte er. Für immer

in der *Lir*gestalt gefangen, verliert er das, was ihn menschlich macht, und wird statt dessen zum Tier.

Ich fragte laut: Wäre es so schlimm, für immer ein Tier zu sein?

Und Serri antwortete, daß ein Mensch, der als Mensch geboren wurde, ein Mensch *sein sollte*. Die Götter würden Vergeltung üben, wenn sie sähen, wie unausgeglichen die Waagschale geworden wäre und warum es so gekommen wäre.

Und ich sagte: Unsere Götter sind nicht nachtragend. Das gilt nur für Asar-Suti, den Sucher, den Gott der Unterwelt.

Und er antwortete: *Das gilt für alle Götter, hoch- und niedrigstehende, wenn ihre Kinder auf Abwege geraten.*

Ja, ein Handel: das Ablegen der menschlichen Gestalt und der Ersatz durch tierische Haut und Blut und Knochen. Aber wohin entschwindet die menschliche Gestalt, wenn der Mensch die eines Tieres anzunehmen wünscht? In die Erde. Wir überlassen unsere menschlichen Gestalten der Macht der Erde, deren Magie uns die Fähigkeit gibt, die tierische Gestalt zu borgen, solange wir sie brauchen. Wir Cheysuli sind so in der Erde verwurzelt, so vollkommen *verwurzelt*.

Und ich fragte mich, wie es gewesen sein mochte, ein Erstgeborener zu sein, zu wissen, daß ich vor allen noch zu gebärenden Kindern kam, Macht im Überfluß zu besitzen, noch mehr als Ihlini oder Cheysuli, und doch auch die Samen der Selbstzerstörung in mir zu tragen.

Ich dachte an Ceinn und seine *A'saii*gefährten, die auf die Zeit der Erstgeborenen zurückgriffen und die Macht wiedererlangen wollten. Ihr Wunsch war nicht wirklich *falsch* – die Prophezeiung würde uns diese Macht wieder geben, und zwar durch die mit eingeflossenen Blutlinien verstärkte Dauerhaftigkeit, wenn sie erst erfüllt wäre –, aber ihre Art der Machterlangung war falsch. Konnten sie nicht erkennen, daß sie das Alte Blut zu hoch werteten?

Aber Eiferer sind nur zu oft von der Großartigkeit ihrer Vorstellung geblendet. Obwohl Hingabe eine bewundernswerte, ehrfurchtgebietende Eigenschaft sein kann, kann sie auch tödlich sein. Und wäre es vielleicht auch für mich gewesen.

Genug. Die Zeit der Besinnung ist vorüber. »Du hast mich gelehrt«, sagte ich zu Serri, »und ich habe gelernt. Jetzt ist es Zeit zu gehen.«

Ich habe dich einige wenige Dinge gelehrt, Lir, und du hast noch etwas weniger gelernt. Sei nicht so trunken nach dem Wein der Vollendung.

Ich lachte. »Bin ich trunken? Nein, ich glaube nicht. Ich glaube, ich habe Angst ... und ich glaube, ich bin auch zornig. Aber nicht so zornig, daß ich das *wenige* vergessen würde, was ich gelernt habe. Ich habe nicht die Absicht, alle *A'saii* herauszufordern. Ich fordere nur, was sie mir schulden.«

Einem Menschen wird nichts geschuldet, *Lir. Außer dem Dienst, den der Mensch selbst den Göttern und der Prophezeiung schuldet.*

»Serri, du klingst hochtrabend. Und ja – ein Mensch schuldet den Göttern den Dienst. Aber ein Mann schuldet einem anderen Mann auch Achtung, wenn dieser sie sich verdient hat.«

Wie du sie dir verdient hast?

»Das habe ich. Ich habe meinen *Lir* errungen.«

Serri seufzte. *Ich glaube, das gilt die meiste Zeit über nicht so sehr. Aber andererseits denke ich manchmal, daß es vielleicht doch zutrifft.*

»Und *manchmal* stimmen wir miteinander überein.« Ich beugte mich hinab, zupfte an einem Ohr mit kohlenschwarzer Spitze und schlug schweigend vor weiterzuziehen. Es war Zeit, zum Stammeskeep zu gehen.

Ein langer Weg.

»Wer spricht von Gehen, wenn ich laufen kann?« fragte ich und nahm *Lir*gestalt an.

Welche Freude es ist, die Beschränkungen der menschli-

chen Haut zu verlassen und statt dessen die Gestalt eines Wolfes zu tragen.

Götter, wie wir rannten!

*

Die Wachen brachen in einem Auflodern von Schwarz und Karmesinrot durch das Unterholz. Pferde peitschten das herabgefallene Laub und das Unterholz beiseite und zertrampelten es, während die Reiter sie vorwärtsdrängten. Ich sah das Glitzern blankgezogenen Stahls, als die mujharische Wache sich ihren Weg durch den Wald schlug.

Serri?

Überrascht – und mit dem Instinkt des Wolfes – sprang ich über einen umgestürzten Baumstamm und verbarg mich hinter einem Schirm aus Zweigen, während Serri neben mich sprang.

Serri ...

Ich bin hier. Ich bin immer hier.

»*Dort!*« rief einer der Wächter. »Habt ihr ihn gesehen? *Dort* ... der weiße Wolf ...«

»Und noch ein zweiter Wolf«, rief ein anderer.

»Aber kein weißer«, sagte ein dritter. »Grau oder silbern ... ich könnte es nicht sagen.«

Und dann ritt Ian, mit Tasha neben sich, aus den Bäumen hervor und schloß sich den anderen an. »Wir verfolgen keine *Wölfe,* Hauptmann. Wir verfolgen den Prinzen von Homana.«

Hinter einem Schleier aus Blättern und dichtem Farn verborgen, sah ich meinen Bruder sein Pferd neben dem Mann zügeln, der zuerst gesprochen hatte, ein älterer Mann mit braunen Haaren.

»Ja«, stimmte der Krieger grimmig zu, »aber sollen wir einen weißen Wolf laufen lassen, wenn wir ihn sehen? Die Seuche ...«

»Wir sind nicht sicher, daß die Seuche durch Wölfe verursacht wird«, sagte mein Bruder freundlich. »Immerhin, wie viele weiße Wölfe kann es denn schon geben?«

Weiße Wölfe? Ich war *selbst* ein weißer Wolf, wenn ich *Lir*gestalt annahm. Es hatte mich zunächst äußerst besorgt gemacht, da die Albinofarbe nicht wünschenswert ist, weil sie Schwäche bedeutet. Albinobestände werden stets getötet. Als ich noch ein Kind war, hatte ich gesehen, wie man dies mit einem ganzen Wurf junger Hunde getan hatte, die eine der Jagdhündinnen des Hauptmanns geworfen hatte. Doch Serri hatte mir versichert, daß ich zwar *weiß* war, aber kein Albino. Meine Augen waren blau, nicht rot. Mein Gehör war unbeeinträchtigt. Es war nichts Schwaches an mir.

Aber ... eine Seuche?

Ich hörte einen der Männer schimpfen: »Es gibt Prämien für weiße Wölfe.«

»Und könntest du es verantworten, die Seuche in die Stadt zu bringen, indem du für eine Kupfermünze einen weißen Wolf hereinbringst?« fragte der Reiter neben ihm.

»Für Silber«, erwiderte der erste. »Für Silber würde ich es vielleicht tun.«

»Reitet weiter«, sagte mein Bruder. »Wir jagen einen Menschen, keinen Wolf. Ich glaube, der Mujhar würde dem Mann, der seinen Erben findet, mehr als eine Silbermünze zahlen.«

Ich hörte jemanden etwas über einen Leichnam murmeln und erkannte, daß sie glaubten, ich sei tot. Ich bin kein Mann, der Scherze über den Tod mag, ob etwas Wahres daran ist oder nicht. Ich nahm sofort wieder menschliche Gestalt an und trat vor sie alle hin. »Aber welche Münze bekommt der Erbe, wenn er sich selbst findet?«

Hände fuhren zu Schwertern und Messern und fielen dann herab. Ich hörte erstaunte Ausrufe, Flüche, gemurmelte Erleichterung.

»*Rujho!* Götter, *Rujho,* du *lebst!*« Ian schwang ein Bein über den Rücken seines Pferdes, sprang aus dem Sattel und schlug sich seinen Weg durch Farne und herabhängende Kriechgewächse.

Ich begegnete ihm auf halbem Wege, ergriff seine bloßen Arme und grinste, als ich das Gold unter meinen Fingern spürte. »Ich lebe«, stimmte ich ihm zu. »Ian … ich wollte wirklich niemandem Sorgen bereiten. Aber …«

»Es genügt, daß du lebst«, unterbrach er mich. »Ich bin nicht dein *Jehan …* laß *ihn* dir die Verweise erteilen.«

Ich verzog das Gesicht. Ja. Er hatte zweifellos mehr als einen Verweis für mich. »Ian …«

»Götter, wir dachten, du wärst tot! Wir fanden die Überreste deines Pferdes … die Ausrüstung …« Er schüttelte den Kopf. *»Rujho.«*

»Es gab einen Grund«, belehrte ich ihn. »Ich verspreche dir, daß du es gleich verstehen wirst …« Ich trat von ihm zu dem noch immer auf seinem Pferd sitzenden Hauptmann und ergriff die Zügel seines Pferdes. »Hauptmann, überbringt dem Mujhar und der Königin sofort die Nachricht, daß es mir gutgeht – *recht* gut – und sagt ihnen, daß ich in wenigen Tagen zu Hause sein werde. Ich habe zuerst noch etwas anderes zu erledigen.«

»Mylord.« Er sah mich an, als sei ich ein von den Toten auferstandener Geist, und vielleicht war ich das in gewisser Weise auch. Aber ich hatte keine Zeit für solche Betrachtungen, wenn mein Vater und meine Mutter mich für tot hielten.

Ich runzelte die Stirn. »Reitet sofort los, Hauptmann. Wartet nicht länger.«

Er zog die Zügel an, um das Pferd umzuwenden, und machte den anderen dann ein Zeichen. Aber gerade als *sie* sich ebenfalls umwandten, hielt er inne und sog tief den Atem ein. »Mylord … vergebt mir, aber … einen Augenblick lang hielt ich Euch für Carillon.«

Er war schrecklich ernst. Und er war alt genug, es zu sein.

»Ihr habt ihm gedient, nicht wahr?« Ich schob die Pferdenase von meinem Gesicht fort. »Also habt Ihr ihn gekannt.«

»Ich habe ihn nicht *gekannt* … nicht so, wie General Rowan oder andere höherer Ränge ihn kannten. Damals war ich noch kein Hauptmann. Aber ja, ich habe ihm gedient.« Er lächelte. Er war also älter, als ich gedacht hatte, aber Berufssoldaten wirken oft alterslos. Sie reifen, bevor ihre Jugend vorbei ist. »Mylord, es wurde Euch schon immer nachgesagt, daß Ihr dem verstorbenen Mujhar ähnlich seht. Aber jetzt ist es doppelt auffallend. Jetzt, da Ihr einen Bart tragt.«

Das hatte ich vollkommen vergessen. Ich würde ihn abrasieren müssen. Aber … noch nicht jetzt. Im Augenblick störte mich der Vergleich nicht.

Carillon besaß niemals einen Lir. Ich lächelte. »Reitet zurück, Hauptmann, und überbringt die Nachricht, daß der Erbe lebt und daß ich bald zu Hause sein werde.«

»Mylord.« Er riß sein Pferd herum, ritt davon und ließ gebrochene Weinranken und Farn zurück.

Ich wandte mich zu Ian um. »Ich schwöre, ich hatte nicht die Absicht, jemandem Sorgen zu bereiten.«

»Sie haben sich tatsächlich Sorgen gemacht. Wir *alle* haben uns Sorgen gemacht. Götter, *Rujho,* was *erwartest* du? Ich habe gesehen, in welcher Stimmung du warst, bevor du verschwandest. Nach allem, was ich wußte, mußtest du das Todesritual gesucht haben.«

Ich zuckte die Achseln. »Das habe ich auch getan.«

Ians Gesicht war angespannt. »Als wir dann das Pferd gefunden hatten, dachte ich, eine Bestie hätte dich erwischt.«

»Auch das ist richtig«, sagte ich grimmig. »Eine Cheysulibestie namens Ceinn.«

»*Ceinn!*« Ian sah mich an. »Was hat Ceinn damit zu tun?«

»Was hat Ceinn *überhaupt damit* zu tun?« fragte ich verbittert. »Er hätte beinahe seinen Herzenswunsch erfüllt bekommen, *Rujho*... Niall tot und nur Ian übrig, der den Löwenthron einnehmen könnte.«

»*Rujho*...«

»Es ist die Wahrheit«, belehrte ich ihn sanft. »Wenn wir ihn sehen, kannst du ihn danach fragen.«

Der erste Schreck über mein Erscheinen war vergangen. Jetzt betrachtete Ian mich genauer als zuvor. Ich bemerkte seine Nachdenklichkeit.

»Der Bart«, sagte ich.

»Nein... nun, ja, aber nicht *nur* der Bart. Da ist noch mehr. Du bist... härter.«

»Erwachsen«, belehrte ich ihn. »Ja, ein wenig.« Ich ließ mich auf ein Knie herab, um Tasha zu begrüßen, die durch den zertretenen Farn herankam. Sie schnurrte und stieß ihren Kopf bei der üblichen Begrüßung unter mein Kinn. »Noch immer das hübsche Mädchen«, sagte ich herzlich zu ihr. »Wenn Ian dich jemals leid sein sollte, kannst du zu mir kommen.«

Ian brummte vielsagend.

»O ja, ich weiß. Du würdest sie genauso wenig leid werden, wie ich Serri leid werde.« Ich grinste. »Möchtest du meinen *Lir* kennenlernen?«

Bevor er antworten konnte, rief ich Serri über die Verbindung herbei. Und als der Wolf kam, die Augen gegen das Sonnenlicht zu Schlitzen verengt, wandte ich mich um, um die Züge meines Bruders zu beobachten.

Er stand eine Weile vollkommen still. Und dann kniete er sich langsam mitten in das Gewirr aus totem Laub, Gestrüpp und Farn. »O Wolf«, flüsterte er, *»leijhana tu'sai... leijhana tu'sai,* weil du meinen *Rujholli* ganz gemacht hast...« Und legte eine zitternde Hand auf Serris wunderschönen Kopf.

Kurz darauf stand er fast unbeholfen auf und wandte sich mir zu. »Wie konnte ich es nicht bemerken? Wie konnte ich es nicht wissen?«

»Wie *hättest* du es wissen können, Ian? Ich wußte es ja selbst nicht.«

Er schüttelte den Kopf. »Ich war selbst *lir*krank. Ich kenne die Sehnsucht, die Leere, die einen Jungen in den Wald auf die Suche nach seinem *Lir* treibt. Ich habe es schon zuvor erlebt. Ich habe es schon zuvor *gespürt … Rujho,* ich hätte es wissen müssen.«

»Nun gut, ich verfluche dich dafür.« Ich sprach den schwächsten Fluch aus, den ich kannte. »Nun, wollen wir zum Stammeskeep weiterreiten? Ich habe dort etwas mit Ceinn und den anderen *A'saii* zu erledigen.«

Er wirkte besorgt. »Vielleicht warten die *A'saii* bereits.«

»Vielleicht aber auch nicht«, vermutete ich. »Ich möchte die Frage meines Wertes ein für allemal klären. Ich glaubc, daß mich die Stämme jetzt vielleicht bereitwillig anerkennen werden.«

»*Sie* vielleicht«, stimmte Ian mir grimmig zu, »aber was ist mit den homanischen Eiferern? Dein Blut setzt sich letztlich durch, deine Magie ist nicht länger ›verborgen‹. Das wird ihnen weiteren Grund für Warnungen und Geschrei geben.«

»Aber es wird ihnen nicht den Löwen einbringen.«

Er ergriff meinen Arm, als ich mich zum Gehen wandte. »Das könnte *vielleicht* geschehen«, sagte er tonlos. »Niall, kannst du nicht mehr rechnen? Du warst länger als ein Jahr in Erinn und Atvia. Und dann verschwindest du, kaum daß du nach Hause zurückgekehrt bist, einen weiteren Monat lang. Du hast den homanischen Aufrührern jede Gelegenheit gegeben, in diesem Kampf um den Löwen festen Halt zu gewinnen.«

»Carillons Bastard«, sagte ich grimmig.

»*Ja,* Carillons Bastard.« Er sah mich an. »Niall, er hat begonnen, ein Heer aufzustellen.«

»Der *Bastard?*« Jetzt sah ich *ihn* ungläubig an. »Wie kann er das tun?«

Ian zuckte die Achseln. »Wie kann er es nicht tun? Er will den Thron einnehmen.«

»Aber … unser Vater ist der Mujhar.«

Mein Bruder seufzte leise. »Der Preis für das Leben in einem friedlichen Reich ist, soweit ich es verstehe, Selbstzufriedenheit – oder vielleicht auch Unkenntnis. Verstehst du nichts von Staatskunst?«

»Du denn?«

»Ein wenig«, sagte er kurz angebunden. »Cheysuli oder nicht, ich verstehe, was es bedeutet. Wie auch *du* es verstehen solltest …« Er schüttelte den Kopf. »Gerade jetzt versammelt er ein Heer und günstige öffentliche Meinungen …«

»… und wenn er von beidem genug beisammen hat, kann er beim homanischen Konzil einen Wechsel in der Erbfolge beantragen.« Ich nickte, erfreut, die Überraschung in Ians Augen zu sehen. Er hatte erwartet, daß ich nichts verstehen würde. »Und das Konzil, angeführt von unserem Vater, wird diesen Antrag natürlich ablehnen …«

»… was den Weg für einen Bürgerkrieg freimacht«, beendete Ian die Überlegung. »Es ist keine leere Drohung, Niall, kein unwahrscheinlicher Zufall. Und du vergißt noch etwas: Das Konzil besteht aus Homanern. Sie alle dienten unter Carillon. Unser *Jehan* hat, außer Rowan, niemanden von ihnen ernannt, und sogar *er* könnte Carillons Sohn dem Enkel vorziehen.«

»Rowan?«

Ian zuckte die Achseln. »Vielleicht. Wer weiß das sicher? Wenn du den Antrag genau betrachtest, wirst du erkennen, daß es Möglichkeiten für seine Anerkennung gibt. Er *ist* Carillons Sohn und daher ein Teil der Prophezeiung.«

»Aber er ist kein Cheysuli.«

Ian blieb ernst. »Sagen wir, die Homaner sind weniger von der notwendigen Erfüllung der Prophezeiung überzeugt als die Cheysuli, Niall. Aber sagen wir auch, daß es jene im Konzil gibt, die die Prophezeiung *tatsächlich* erfüllt sehen wollen … und wie könnte man den Löwenthron besser rechtmäßig beanspruchen, als wenn man den Anwärter mit einer Frau der erforderlichen Blutlinien verheiratet?«

»Cheysuli«, platzte ich heraus. »Aber wer würde dem zustimmen? *Ich* bin der rechtmäßige Erbe!«

»Vielleicht Gisella«, sagte er ruhig. »Wenn du tot wärst – warum sollte sie dann die Chance vertun, Königin von Homana zu werden? Der Titel wurde ihr bei ihrer Geburt von dem Augenblick an versprochen, als ihr Geschlecht bestimmt war.«

Das erschütterte mich, was auch seine Absicht gewesen war. Ja, vielleicht Gisella. Und die Götter wußten, daß sie das richtige Blut hatte. Darum hatte *ich* sie heiraten müssen.

»Gisella!« sagte ich verbittert. »Götter, ich wünschte, sie wäre bei dem Sturz ihrer Mutter *gestorben!*«

»Niall!« Ian ergriff erneut meinen Arm. »Niall ... bei den Göttern ... du *weißt ...*«

»Daß sie mich verhext hat? Ja, das weiß ich ... ich wußte es von dem Augenblick an, als ich meinen *Lir* errungen hatte. Welchen Zauber auch immer sie gewoben hat – er muß von den Ihlini stammen, nicht von den Cheysuli. Ich konnte mich sofort an alles erinnern, nachdem ich mich mit Serri verbunden hatte.« Und dann brach aller Schmerz und Kummer erneut auf. »O Götter ... Ian ... *wozu sie mich gebracht haben ...*«

»Ich weiß.« Er umarmte mich tröstend. »O *Rujho,* ich weiß ... Sie haben mich gezwungen zuzusehen, als du das Feuer entzündet hast.«

»Sie *alle*«, rief ich. »Alle Adler im Horst ...« Ich umarmte ihn, wie ich ihn niemals zuvor umarmt hatte, da ich es noch nie zuvor so sehr nötig gehabt hatte. »Götter, sie haben mich dazu gebracht, den Befehl zur Tötung Liams, Sheas und *Deirdres* zu geben ...«

Er bemerkte die Veränderung in meiner Stimme, als ich ihren Namen aussprach, den Schmerz, die Qual, den Kummer. »Deirdre«, wiederholte er, hauptsächlich zu sich selbst, und es verstärkte den Schmerz, ihn ihren Namen aussprechen zu hören.

O … Götter … Deirdre …

Ich kniete mich auf das zertretene Gras und den Farn. »Sie haben mich gezwungen, *Deirdre* zu töten.«

Er kniete sich schweigend neben mich, umfaßte meinen Nacken mit einer Hand und zwang mich, ihn anzusehen. *»Rujho«*, sagte er, »wenn du sie so sehr geliebt hast, dann tut es mir wirklich leid.«

Das erschreckte mich sogar in meinem Kummer. »*Du* sprichst von Liebe?«

»Warum nicht? Es gibt sie, ganz gleich was die Bräuche sagen. Glaubst du, es gäbe keine Liebe zwischen unserem *Jehan* und seiner *Cheysula?*«

»Gibt es sie?«

»Natürlich. Ich erlebe sie anders, *Rujho,* weil sie es zulassen. Oder …«, er zuckte leise lächelnd die Achseln, »… vielleicht lassen sie es *nicht* zu, und ich sehe es trotzdem. Aber sei versichert, daß es sie gibt.«

»Da war zuerst Sorcha. *Deine* Mutter.«

»Ja. Aber sie starb vor vielen Jahren, und kein Gesetz sagt, daß ein Krieger keine andere Frau lieben darf.«

Ich sah Deirdre in der Ferne. »Ich nicht«, sagte ich abwesend. »Bei den *Göttern* … ich nicht … ich werde Gisella niemals lieben.«

Kurz darauf seufzte er. »Nein«, stimmte er mir zu. »Nein, das glaube ich auch nicht. Ich denke, daß kein Mann Gisella jemals lieben wird … außer vielleicht ihr *Jehan.*«

»Alaric?«

»Ja. Du warst zu geblendet von dem, was das Mädchen dir angetan hat … aber ja, Alaric liebt sie. Und ich glaube, er verzeiht sich nicht, daß er der Mann war, der sie zu dem gemacht hat, was sie ist.«

»Mitleid mit dem Feind?«

»Mitleid mit dem *Jehan.*« Er umfaßte kurz meinen Nacken, zog meinen Kopf in einer brüderlichen Geste der Zuneigung an seine Schulter und kraulte dann mein Haar, während er aufstand. »Vielleicht hast du recht, *Rujho*. Ich glaube auch, daß wir zum Stammeskeep gehen sollten.«

Ich erhob mich. »Nachdem du mir erzählt hast, wir sollten es nicht tun?«

»Du hast noch etwas zu erledigen.« Er grinste und lachte dann laut. »Hast du nach all diesen Jahren das *Lir*gold vergessen? Du hast jetzt das Recht, es zu tragen.«

Mein Recht. Ich schaute zu Serri hinab, der neben meinem linken Bein wartete. *Lirgold, Serri!*

Du hast das Recht, es zu tragen.

Ich lachte. »Ja! Ich habe das Recht!« Ich umfaßte Ians Nacken und umarmte ihn unbeholfen, wobei ich ihn fast umwarf. »Ja, *Rujho,* laß uns losgehen und mein Gold holen!«

Leicht die Stirn runzelnd, griff er zu seinem Ohrläppchen, an dem der katzenförmige Ohrring hing. »Wir haben nur ein Pferd, und du bist zu schwer, als daß mein Pferd uns beide tragen könnte. Manchmal will er nicht einmal mit *mir* etwas zu tun haben.«

»Wer spricht von Reiten, *Rujho?*« Und während er amüsiert zusah, nahm ich meine *Lir*gestalt an.

Als ich loslief, hörte ich ihn fluchen, weil er das Pferd nehmen mußte. Denn er, genau wie ich, wollte in *Lir*gestalt gehen.

Und ich lachte, weil es keinen lebenden Cheysuli gibt, der die Fortbewegung zu Pferde vorzieht, wenn er sich eine andere Gestalt dienbar machen kann.

Götter ... welche Freiheit liegt in der Lirgestalt ...

Kapitel Zehn

An den Toren des Stammeskeeps nahm ich wieder meine menschliche Gestalt an und wandte mich um, um Ian auf seinem Hengst herankommen zu sehen. Tasha lief neben ihm, schlank und geschmeidig im Sonnenlicht, das kastanienbraune Fell bronzefarben getönt. Serri wachte an meinem linken Bein, drückte eine Schulter gegen mein Knie. Ich spürte durch die *Lir*verbindung seine Unsicherheit.

Ein Lir? fragte ich überrascht.

Wie würdest du dich an meiner Stelle fühlen? erwiderte er. *Der Stammeskeep ist der Ort vieler Menschen, vieler Lirs … und ich kenne niemanden.*

Das war ein erstaunlicher Einblick in das Gefühlsleben eines *Lir*. Es war nur zu häufig einfacher, schlicht zu glauben, daß sie über uns allen stehen, den Göttern näher, und doch erinnerte mich Serris abwehrender Tonfall an mich selbst, wenn ich einer Sache gegenüberstand, die ich nicht ganz begriff.

War es für Tasha das gleiche?

Serri spähte um mein Knie herum, als sich der Rotluchs uns zugesellte. *Es ist für uns alle das gleiche, wenn die Verbindung das erste Mal zustande kommt. Wir unterscheiden uns nicht so sehr von den Menschen.*

Ich hätte widersprochen, verbal oder auf andere Art, aber da sprang Ian von seinem Pferd und rief den Kriegern, die den Eingang bewachten, in der Alten Sprache zu, die Tore für uns zu öffnen.

Ich wedelte aufsteigenden Staub fort und trat dann zurück, als die hölzernen Tore aufschwangen. Man hatte mir erzählt, daß es einst nicht nötig gewesen war, die Cheysuli innerhalb der Tore einzuschließen. Aber es war die Zeit gekommen, den Feind abzuwehren, und die Tore waren üblich geworden. Der Stammeskeep erinnerte mich mehr und mehr an Mujhara …

Ian, der seinen störrischen Hengst jetzt führte, trat neben mich. »Wir werden zum *Shar Tahl* gehen. Er muß die Vorbereitungen für die Ehrenzeremonie treffen.«

Ich spürte ein stolzes Schaudern und Aufregung mir eine Gänsehaut verursachen. Eine *Ehrenzeremonie* … Und ich würde endlich das Gold tragen.

Aber gerade als wir von den Toren weitergehen wollten, rief uns einer der Wächter zurück. »Der *Shar Tahl* ist nicht in seinem Zelt, Ian. Er ist bei Rylan, und der Mujhar ist bei ihnen beiden.«

»Unser *Jehan?*« Ian sah mich stirnrunzelnd an. »Ich glaube, dann handelt es sich um etwas Ernstes … was sonst würde ihn veranlassen, Mujhara *jetzt* zu verlassen?«

Ich fand seine Betonung eigenartig und sagte das auch. Aber Ian, der so schnell ging, daß der Hengst in Trab verfiel, schüttelte nur den Kopf. »Ich werde ihn um Erklärung bitten … er hat dir zweifellos viel zu sagen. *Rujho* … beeile dich.«

Und so streckte ich meine längeren Beine aus und überholte ihn ganz, was mir die Gelegenheit gab, *ihn* zur Eile anzutreiben. Aber Ian war zu sehr in seine Gedanken vertieft, davon belustigt zu sein.

Serri?

Ich weiß nichts, Lir. Für mich ist die homanische Staatskunst neu.

Aber was sagt Tasha dir?

Nur daß ihr Lir sehr besorgt ist. Es hat etwas mit den Ihlini, der Seuche und dem Bastard zu tun … Er sorgt sich über vieles. Über sehr vieles.

Ich stimmte ihm grimmig zu. *Ian ist besser für die Staatskunst geeignet als ich. Er versteht mehr davon.*

Wir bahnten uns unseren Weg zwischen eng zusammengedrängt stehenden Zelten hindurch, wobei wir schwarzhaarigen Kindern auswichen, die zwischen den Bäumen und kniehohen Farnen spielten und sich auf der strapazierten Erde der Fußwege vergnügten. Holzrauch ließ den Horizont verschwimmen. Ich roch Eiche, Asche und einen Hauch frischgeschnittenen Zedernholzes. Aber vor allem roch ich das Fleisch. Bär, dachte ich, jemand briet einen Bären. Und das ließ mich an Ceinn denken.

»Ian.« Ich wollte über die *A'saii* sprechen, aber er rief einem der umherlaufenden Kinder etwas zu, einem Jungen, der das Spiel verließ und herübergetrottet kam.

»Blaine, tust du mir den Gefallen, mein Pferd zu meinem Zelt zu bringen? Ich habe etwas mit dem Stammesführer zu besprechen.«

»Ja.« Blaine griff nach den Zügeln. »Wußtet Ihr, daß der Mujhar hier ist?«

»Ja. *Leijhana tu'sai.*« Von dem Pferd befreit, ging Ian beinahe im Laufschritt weiter.

Er sorgt sich, belehrte Serri mich.

Das kann ich auch erkennen.

»Hier.« Ian blieb vor einem grünen Zelt mit einem halb in den Falten verborgenen silbern gemalten Fuchs stehen und bemerkte kaum, daß Tasha sich auf einen Teppich neben dem Eingang warf. Auch Lorn war dort und blinzelte verschlafen ins Sonnenlicht. Der goldfarbene Taj kauerte auf der obersten Querstange des Zeltes. Und der braune Fuchs, der zusammengerollt neben Lorn gelegen hatte, rückte etwas zur Seite, um Tasha Platz zu machen. Ich kannte seinen Namen nicht und wußte nur, daß er Rylans *Lir* war.

Ich habe so wenig Zeit hier verbracht, daß ich zu wenig von meinem Stamm weiß, überlegte ich schuldbewußt. *Es ist kein Wunder, daß es Krieger gibt, die lieber Ian an meiner Stelle sehen würden. Ich glaube, Ian kennt jeden.*

Mein Bruder zog am Eingang und gab sich zu erkennen. Kurz darauf zog der Stammesführer selbst die Falten des Eingangs beiseite. Als er mich sah, öffnete er den Mund zum Sprechen, schloß ihn dann aber sofort wieder. Ich sah das überraschte Flackern in seinen Augen. Ich war der letzte Mensch, den er zu sehen erwartet hatte, und schon gar nicht in solcher Aufmachung.

Und dann lächelte er. »Ihr solltet am besten gleich zum Mujhar gehen, Niall. Er ist bei Isolde – den Weg an der Mauer entlang.«

»Geh nur«, sagte Ian. »Er sollte erfahren, daß du lebst. Ich werde hier bei Rylan und dem *Shar Tahl* bleiben und die Vorbereitungen besprechen.«

»Warte!« Ich hob schwungvoll die Satteltasche von meiner Schulter und zog die mit einem Band verschlossene Öffnung weit auseinander. Ich griff in die Satteltasche und nahm den schweren Gürtel, den ich bei der Hochzeit getragen hatte, fast ganz hervor. »Gold«, sagte ich zu dem Stammesführer. »Von Meisterhänden gestaltetes Cheysuligold. Ich würde es wieder tragen, aber dann richtig.«

Rylan betrachtete den Wolf, der so nahe bei mir stand. Ich sah ihn lächeln.

Ian nahm die Satteltasche und stopfte den Gürtel wieder hinein. »Geh nur, *Rujho*. Ich werde mich um das Gold kümmern.« Aber gerade als ich mich umwandte, ergriff er meinen Oberarm. »Es gibt auch *I'toshaa-ni*«, sagte er ernst. »Alles wird erklärt werden, aber du mußt dich vorbereiten.«

»Wirst *du* es erklären?«

Er grinste plötzlich wieder so jungenhaft wie in der Zeit, bevor er die große Verantwortung kennengelernt hatte, und die Sorge war aus seinem Gesicht verbannt. »Wenn du es willst.«

»Ich will es.« Und dann ging ich fort, ging zu meinem Vater, und Serri lief an meiner Seite.

Der Weg an der Mauer entlang... Rylan meinte den Fußweg, der die den Stammeskeep umgebende, grüngraue Mauer entlangführte. Er erinnerte mich ein wenig an die Wachgänge auf den Befestigungen eines Schlosses, die die Brustwehren umgaben, aber es war nichts Schloßähnliches an einem Cheysulikeep. Es gab nur eine Mauer, die sich wie eine Granitschlange durch die Bäume wand, ohne Mauerzacken und Schießscharten, nur eine wogende Reihe aufgetürmter Steine, ohne Mörtel, nur mit Moos und Efeu verbunden. Die Weinranken wanden sich ihren Weg die bewachsenen Seiten hinauf und klammerten sich beharrlich fest, indem sie ihre Wurzeln und gierigen Ranken in Risse und Spalten setzten. Bäume von der anderen Seite sandten Erkundungspatrouillen über die Mauer, die die Cheysulisicherheit durchbrachen. Misteln wuchsen dicht gedrängt in den Gabelungen. Akelei wand sich um die Zweige und bedeckte den oberen Rand der Mauer.

Ich sah sie vor mir. Isolde saß auf einem umgestürzten Baumstumpf, den Kopf gebeugt und das dichte Haar um das Gesicht. Ich konnte ihre Züge nicht erkennen. Dann sah ich, daß sie weinte. Sie hatte eine Hand an ihr Gesicht gepreßt, und ihre Schultern bebten.

Mein Vater stand über ihr, eine Hand auf ihren Kopf gelegt. Dann hockte er sich hin, um ihr ins Gesicht zu sehen, und ich sah, wie er ihr sanft das Haar hinter die Ohren strich.

Ich konnte nicht hören, was er sagte. Aber ich sah, wie sich 'Solde vorbeugte, ihn unbeholfen umarmte, dann aufstand und davoneilte. Mein Vater blieb noch einen Augenblick bei dem Baumstumpf sitzen, den Kopf gebeugt, als spüre auch er einen Anteil an dem Schmerz meiner Schwester. Und dann stand er auf und wandte sich mir zu.

Und *schrak zurück.* »Carillon ...«, stieß er hervor.

Ich hielt inne. Ich stand ganz allein mitten auf dem Fußweg. Serri hatte bereits früher innegehalten, um die Bekanntschaft eines zu weit von seinem Bau fortgeratenen Kaninchens zu machen. Mein erster Gedanke war, den Irrtum aufzuklären. Früher hätte ich es auch getan, aber jetzt konnte ich es nicht. Ich war zu entsetzt. Mein Vater hatte diese Ähnlichkeit niemals erwähnt, obwohl andere es häufig taten. Er hatte mich niemals auch nur mit meinem Großvater verglichen. Und er hatte mich *sicherlich* niemals angesehen und mich mit Carillons Namen benannt. Nicht einmal irrtümlicherweise.

Aber jetzt war es kein Irrtum. Weil er in diesem Augenblick glaubte, daß ich *tatsächlich* Carillon sei.

Es verging. Es verging schnell. Ich sah, wie das Erschrecken sich in bestürzte Erkenntnis verwandelte, und dann bekam sein Gesicht wieder Farbe. Aber er regte sich nicht sofort. Mein Vater und ich sahen einander an, über einen Morgen Boden hinweg, der tatsächlich nur eine Manneslänge betrug.

»Nein«, sagte ich schließlich. »Niall.«

»Ich weiß.« Seine Stimme klang seltsam. »Ich ... weiß. Verzeih mir.«

Ich zuckte die Achseln. »Es ist schon gut.«

»Es ist *nicht* gut. Glaubst du, das wüßte ich nicht?«

Ich wollte antworten, den üblichen Fehler berichtigen, aber seine erhobene Hand hinderte mich daran. »Es wäre vieles zu sagen, wovon nicht das geringste wäre zu erwähnen, daß du lebst, während jedermann dich *tot* glaubt, aber selbst das wird warten. Etwas anderes ist wichtiger. Etwas, was ich dir schon vor langer Zeit hätte erzählen sollen.«

Er seufzte. Und dann setzte er sich auf den von Isolde freigemachten Baumstumpf und seufzte erneut, als suche er nach den richtigen Worten. »Er war ein unglaublich mutiger Mann. Ein unglaublich *starker* Mann, und ich spreche nicht von körperlicher Kraft, obwohl auch sie vorhanden war. Nein. Ich spreche von der geistigen Kraft, von der Hingabe, von der Bereitschaft, Lasten auf sich zu nehmen, die den Horizont der meisten Menschen bei weitem überstiege.« Er griff hinab und zupfte einen Grashalm ab und begann ihn zu zerreißen. »Nachdem Tynstar ihm seine Jugend gestohlen und die

Krankheit gebracht hatte, verlor er einen großen Teil seiner bemerkenswerten Kraft. Aber nicht seine Hingabe. Nicht seine Bereitschaft, so viele Lasten auf sich zu nehmen. Weil es seine Pflicht war. Weil es sein *Tahlmorra* war.«

Er blickte zu mir hoch. Ich nickte, und er sprach weiter. »Ich sah jeden Tag nach ihm, sah, wie er sich antrieb, Homana vollständig zu machen – sah, wie er sich antrieb, einer Prophezeiung zu dienen, die nicht einmal die seines Volkes war, und ich wunderte mich. Ich fragte mich: *Wie soll ich jemals den Löwenthron von diesem Mann übernehmen? Wie soll ich jemals fähig sein, die Dinge fortzuführen, die er begonnen hat?*«

Ich betrachtete seine Hände. Ich beobachtete, wie er den Grashalm zerpflückte, und dann sah ich ihn die Stücke so leicht durch seine Finger rieseln lassen, wie er jetzt die Selbstzweifel seiner Jugend hervorrieseln ließ.

»Er sagte mir: *Sei Donal*. Er sagte mir: *Beurteile dich nicht nach anderen*. Aber das habe ich natürlich doch getan. Wie du ja auch weißt.«

»Ich hasse ihn«, sagte ich hohl. »Ich hasse einen toten Mann, *Jehan*.«

»Aber hauptsächlich haßt du dich selbst.«

Ich setzte mich unbeholfen mitten auf den Fußweg, weil ich angesichts der Erkenntnis nicht mehr stehen konnte. »Ja«, sagte ich atemlos. »O *Jehan* … das stimmt.«

»Sei Niall«, sagte er sanft. »Beurteile dich nicht nach anderen.«

Ich lachte. Ich hörte den Klang durch die gewölbten Zweige schneiden wie eine Sense durch Sommergras. »Und als Carillon dir das gesagt hat, *Jehan*, hat es dir da etwas bedeutet?«

Mein Vater blieb ernst. »Es bedeutete etwas, daß er es gesagt hatte.«

Ich betrachtete verlegen die Erde zwischen meinen Wildlederstiefeln. »Ja. Ja, *Jehan*, so ist es.«

»Er hat mir ein Erbe hinterlassen. Er hat mir das Wissen hinterlassen, daß ich mich wegen nichts schämen mußte, daß ich unter allen Umständen mein Bestes geben würde. Und das habe ich getan.« Er lächelte. »O ja. Es gibt Leute, die dem widersprechen würden, Leute, die behaupten, ich diene nur meinen eigenen Wünschen, aber ich versuche, Homana zu dienen. Homana und den Cheysuli.« Ich sah, wie ihn sein Lächeln weitete. »Ich glaube, daß ich nur dadurch, daß ich meine Kinder mit der Macht des Erwachsenseins ringen sehe, erkenne, daß ich kein Versager bin. Daß ich kein schlechter Mujhar bin. Und der Tag wird kommen, an dem *du* dasselbe über den Nachfolger Donals sagen wirst.«

»Der Löwe von Homana.« Ich schüttelte den Kopf. »Ich glaube, am meisten stört mich jetzt, da ich beginne, das alles deutlicher zu erkennen, daß sie dich so ungerecht behandelt haben. Immer ist es Carillon. Sogar bei meiner *Jehana*. Es ist für jedermann so leicht, *ihn* zu sehen, wenn sie mich ansehen. Und doch – sie übersehen, daß *du* mich gezeugt hast. Ich sollte Gedanken und Erinnerungen an *dich* erwecken.«

Er lachte ein wenig, und ich sah das Gesicht, das ich besser kannte als Ians, auch wenn es älter war als das meines Bruders. »Ja. Es erfüllt einen Mann mit Stolz, wenn sein Sohn mit ihm verglichen wird – wenn der Vergleich günstig ausfällt.« Er nickte. »Aber ich glaube, es war vorherbestimmt, Niall. Ian erinnert sie an mich, und du erinnerst sie an Carillon.«

Ich verzog grimmig das Gesicht. »Nun, ich glaube, das ist nicht mehr wichtig. Ich glaube ...«

»... ich glaube, es ist an der Zeit, daß wir ernsthaft miteinander reden und die Selbstprüfung beiseite lassen.« Er erhob sich und trat zu mir. »Ich will nicht darauf herumreiten, Niall, aber du hättest niemals so fortgehen dürfen, wie du es getan hast.«

Ich hatte mich ebenfalls erhoben und klopfte meine Hose ab. »Nein, aber ...«

»Ich will keine Entschuldigungen hören. Was geschehen ist, ist geschehen. Aber ich erwarte von dir, daß du in Zukunft mehr Verantwortung übernimmst.«

»Jehan …«

»Wir befinden uns im Krieg, Niall«, sagte er einfach, als könne ich nicht verstehen. »Strahan hat in Solinde ein Heer erhoben. Und der Bastard tut es ihm hier gleich.« Er seufzte und strich sich die Haare aus dem Gesicht, so daß es nackt und offen sichtbar wurde. »Alle dachten, du wärest tot. Und so mußte ich mich mit einem homanischen Konzil auseinandersetzen, das sich anschickte zu erwägen, den Bastard an deiner Stelle zu ernennen – sie würden lieber *Carillons* Bastard anstatt mich selbst sehen – und mit einem *Cheysuli*stammesrat, der, sich auf die Prophezeiung berufend, von Ian als deinem Nachfolger sprach.« Er schloß einen Augenblick die Augen. »Götter, ich fühle mich, als hätte ich unausgewogene Messer jongliert … Aislinn todkrank vor Sorge, diese Seuche, die sich auszubreiten beginnt, der Versuch, verfeindete Konzile zu besänftigen und natürlich Strahan. Götter, immer Strahan.«

Er wandte sich jäh ab und zeigte mir nur noch seinen Rücken. Die Hände lagen auf seinen Hüften, der Kopf war gesenkt. Er wirkte überaus angewidert, aber ich dachte, daß er vielleicht nur erschöpft war. Erschöpft von all den Lasten, die Carillon ihm hinterlassen hatte.

Und die er mir hinterlassen wird.

»Niall.« Er wandte sich wieder um. »Da ist noch etwas. Vielleicht das *Aller*wichtigste … die Götter wissen, daß es die Konzile äußerst verwirrt hat.« Er lächelte. »Plötzlich konnten sie nicht mehr darüber sprechen, welcher Bastard erben würde, sondern wen sie als Regenten für das Erbe des Prinzen von Homana benennen sollten.«

»Das … *Erbe* des Prinzen von Homana?« Ich starrte ihn an. »Gisella hat das Kind bereits *geboren?* Ein *Sohn?«*

»Zwei«, sagte er knapp.

»Zwei?«

»Beides Jungen.« Er grinste. »Und so wurde ich zum Großvater.«

»Beides Jungen«, wiederholte ich flüsternd. »Bei den Göttern, ich habe einen *Erben.*« Und dann betrachtete ich ihn schärfer. »Und Gisella?«

Sein Grinsen wich. »Es geht ihr gut … aber sie ist nicht anders als zuvor.«

»Nein«, stimmte ich ihm grimmig zu, »es ist ein bleibendes Übel.« Und dann begann ich erneut zu lächeln, denn ich konnte mich angesichts solcher Neuigkeiten nicht näher mit Gisella beschäftigen. »Zwei Jungen! Wie soll ich sie jemals auseinanderhalten?«

»Das ist sogar jetzt schon möglich. Aber ich werde es dich selbst beurteilen lassen.« Er streckte die Hand aus und ergriff meinen Arm. »Keine Verzögerungen mehr, Niall. Wir müssen nach Homana-Mujhar zurückkehren.«

»Nein … *Jehan …*« Ich dachte an die beiden Jungen in Homana-Mujhar, und die Wahl wurde plötzlich noch viel schwerer. *Götter, was soll ich tun?*

»Nein?« fragte mein Vater erstaunt. *»Nein?«*

Hin- und hergerissen, versuchte ich mich ihm zu entziehen. »Ich kann nicht … noch nicht.«

»Du *kannst nicht.*« Er riß mich zu sich herum. »Niall, meine Geduld läßt allmählich nach.«

»Meine ebenfalls!« schrie ich. »Was glaubst du, warum ich Mujhara verlassen habe? Weil ich nicht länger *warten konnte!*«

»Niall, ich kann dir nicht erklären, wie ungewiß unsere Lage im Augenblick ist … und auch nicht meine Überraschung darüber, daß du so leicht zwei neugeborene Söhne abtust.«

»Ich *tue* sie nicht *ab*«, sagte ich knapp. »Götter, *Jehan,* das könnte ich nicht. Aber … ich muß bleiben. Ich muß. Ich habe noch etwas zu erledigen …«

»*Was* ist wichtiger als die Sicherstellung deines Anspruchs auf den Löwenthron?« Er war verärgert, sehr verärgert. Ich wollte den Blick abwenden und konnte es nicht. »Verstehst du, was ich dir gesagt habe, Niall? Während Strahan in Solinde ein weiteres Heer erhebt, tut der Bastard *hier* das gleiche. Im ganzen Norden herrscht eine Seuche, die sogar jetzt von den Einöden aus ins restliche Homana voranschreitet. Und du besitzt die Frechheit, mir zu sagen, du *kannst nicht mit nach Homana-Mujhar kommen?*«

Ich antwortete, indem ich Serri zu mir rief. Ich hörte seine Erwiderung durch die Verbindung, und gerade als ich mich umwandte, kam der Wolf bereits angelaufen, *lief* zu mir. Er hatte die Ohren zurückgelegt und die Schnauze weit geöffnet, so daß die Zunge heraushing. Der schwarzgefleckte Schwanz stand hinter ihm ab wie ein Fähnlein im Wind. Wie er lief, mein großartiger *Lir,* wie er rannte, um auf meinen Ruf zu antworten.

Ich sank auf ein Knie und fing ihn in meinen Armen auf. Er rieb seine Schnauze an meinem Hals und brummte an meine Haut und in meinen Bart, ließ die Verbindung außer acht, um seine Gefühle laut auszudrücken. Und dann wandte ich den Kopf und blickte zu meinem erstaunten Vater hinauf. »Ich bin gegangen, weil ich gehen mußte. Ich mußte meinen *Lir* finden. Und jetzt bleibe ich, weil ich bleiben muß, damit ich vollkommen als Krieger anerkannt werde – als ein *Cheysuli* – vor meinem Stamm.«

Er schwieg. Er brauchte nichts zu sagen. Die ganze Welt lag in seinen Augen.

»Jehan ...«

»Drei Tage«, sagte er ruhig. »*I'toshaa-ni,* für die Reinigung und dann für die Ehrenzeremonie.« Er schluckte schwer. »Dafür kann ich dir drei Tage geben. Ich wünschte, ich könnte dir drei Jahre geben.«

Und dann ging er davon.

Aber nicht, ehe ich nicht die Tränen des Stolzes und der Dankbarkeit in seinen Augen gesehen hatte.

Kapitel Elf

I'toshaa-ni. Für die meisten Menschen ist es ein Geheimnis, weil die Cheysuli dafür sorgen und keine Entweihung wünschen. Es war auch für mich stets ein Geheimnis, nicht weil ich kein Cheysuli bin, sondern weil es eine höchst persönliche Angelegenheit ist, ein Ausdruck des starken Bedürfnisses nach der Reinigung von Haut, Verstand, Geist, Herz und Seele.

Ian hatte dieses Bedürfnis zweimal verspürt: einmal während der mit der Ehrenzeremonie verbundenen Rituale und noch einmal, als er so sehr von Lilliths Ihlinimagie beeinträchtigt gewesen war. Er sprach mit mir nicht über seine Erfahrungen, sondern sagte nur, daß ich aus Rauch und Schweiß und Schmerz wieder zu einem Mann geboren würde, neu erschaffen, wie kein anderer Mann es sein kann. Und sicherlich kein Homaner.

Ich verließ den Stammeskeep in der Dämmerung und ging in den Wald. Dort baute ich aus jungen Bäumen sorgfältig einen Schutzraum, verband die Stämme mit Weinranken und versiegelte die Risse mit Blättern, bis der Schutzraum wie eine Bodenerhebung wirkte – bis auf einen winzigen Eingang der Welt verschlossen.

Ich nahm Steine vom Boden auf und errichtete inmitten des Schutzraums eine Feuerstelle. Und als sie fertig war, entzündete ich ein Feuer und nährte es mit Kräutern, die mir der *Shar Tahl* gegeben hatte. Der Rauch ließ mich husten. Der Gestank ließ meine Augen tränen.

Ich rasierte mich. Und als mein Gesicht glatt war, zog ich mich aus. Ich ließ die Kleidung auf einem Stapel draußen liegen. Nackt, *lir*los und allein, setzte ich mich neben das Feuer und ließ den Rauch eine Hülle um meinen Körper bilden.

Ich wartete.

Als schließlich der Schweiß meine Haut hinablief und Tränen aus meinen Augen rannen, begann ich einen Grund für das Ritual der Reinigung zu erkennen. Ich würde drei Tage fasten, bis nichts in meinem Körper verblieben wäre, bis der Schweiß die Unreinheiten aus der Haut herausgewaschen hätte, bis ich ein neu erschaffener Mensch wäre, dem der Schmutz des früheren Lebens genommen wurde.

Ich träumte von Carillon. Obwohl ich in dem Schutzraum blieb, den ich gebaut hatte, brach ein Teil von mir frei. Er ließ den Schutzraum und das Fasten und den Raum überhaupt hinter sich und ging woanders hin, nach Homana-Mujhar, in die Große Halle, wo ich auf dem Löwenthron saß. Ich blickte die Länge der leeren Halle entlang und erkannte, daß sie überhaupt nicht leer war, daß sich ein Mann näherte, und ich kannte ihn.

Carillon.

Ich wußte, daß er es war, obwohl ich ihn niemals gesehen hatte. Weil er mir ähnelte.

Er war … alt. Obwohl er starr aufrecht stand, sah ich, daß seine Schultern ein wenig einsackten, daß sein Rückgrat ihn zu plagen schien. Und ich sah die Hände, so verzerrt, so zerstört, so ruiniert. Aber hauptsächlich sah ich den Geist des Mannes, weil dessen Kraft so groß war, daß er die Halle entflammte.

»Großvater«, sagte ich. »Du bist tot. Wie kannst du zu mir kommen?«

»Ich komme zu dir, weil ich ein Teil von dir bin, wie ich auch ein Teil deiner Mutter, deiner Söhne und aller zukünftigen Kinder bin. Ich bin genauso in ihnen, wie ich in dir bin, und so wird es immer sein. Du kannst mich genauso wenig ablegen wie deine Haut, um ein anderer Mensch zu werden.«

»Kein anderer Mensch«, stimmte ich ihm zu, »sondern ein Tier. Ich bin ein Cheysuli, Großvater.«

»Und wirst du in Tiergestalt jemand, der nicht Niall ist?«

Ich sah ihn stirnrunzelnd an. »Nein, Großvater ... natürlich nicht. Ich bin noch immer ich selbst.«

Er lächelte. Und dann verschluckten die Schatten ihn, und ich befand mich wieder in meinem verrauchten Schutzraum.

Am zweiten Tag, nackt, *lirlos,* allein, mit nur einer Schlinge und einem Messer zur Verfügung, fing und tötete ich einen jungen Wolf mit rötlichem Fell. Er kämpfte bis zum Schluß. Er bekämpfte mich. Er hinterließ Striemen auf meiner Haut und Qual in meinem Herzen, da ich an Serri dachte, aber ich tötete ihn dennoch. Und dann badete ich in dem Blut und aß das noch warme Herz, um den Teil von mir zu bändigen, der von der Freiheit der *Lir*gestalt verleitet werden könnte.

Ich träumte von Ceinn. Er stand vor mir, als ich auf dem Löwenthron von Homana saß, und sagte mir, ich solle aufstehen, ich sei ihn nicht wert, weil mir die Lirgaben fehlten, weil ich kein richtiger Cheysuli sei. Er sagte mir, ich sei von den Göttern vergessen und deshalb kein Teil der Prophezeiung, mein Verzicht wäre ein Segen für die ganze homanische Bevölkerung, Cheysuli und Homaner gleichermaßen.

Ich hörte ihm zu. Ich wartete. Und als er mit seiner Aufzählung der Dinge, die die Shar Tahls ihm seit seiner Geburt erzählt hatten, genauso wie sie sie mir erzählt hatten, fertig war, stand ich auf und trat von dem Löwenthron fort, gab ihn auf. Ich übergab ihn bereitwillig Ceinn. Und als er vortrat, in der Absicht, ihn für sich zu beanspruchen, sah ich, wie sich der hölzerne Kopf des Löwen bewegte.

Die Kiefer öffneten sich abwartend. Ich versuchte aufzuschreien, ihm zu sagen, er solle es nicht tun, ihm zu sagen, der Löwe werde ihn verschlingen ... aber er hörte mich nicht, er wollte mich nicht hören. Und so schlossen sich die weit geöffneten Kiefer über seinem Schädel und zerquetschten ihn, als er sich auf den Löwenthron von Homana setzte.

Am dritten Tag badete ich in einem einsamen Teich und wusch das Blut von meiner Haut ab. Mit Händen voll Sand scheuerte ich den Schmutz und den Rauchgeruch von meinem Körper, löste das Blut aus den Wolfswunden und wusch es dann mit sauberem, kühlen Wasser ab. Und als ich schließlich innerlich und äußerlich gereinigt war, legte ich frische Lederkleidung an, die jemand außerhalb des Schutzraumes abgelegt hatte, und ging als neu erschaffener Mensch zum Stammeskeep zurück, aus dem *I'toshaa-ni* neu geboren.

Ich kniete mich in der Mitte des Stammeszeltes auf das Fell eines gesprenkelten Rotluchses. Rund um mich herum saßen reihenweise Krieger und ihre Frauen – nicht alle, weil das Zelt nicht groß genug war –, aber jene, die Mitglieder des Stammeskonzils waren, der regierende Kern der Cheysuli.

Einst hatte man geglaubt, es sei aufgrund von Shaines *Qu'mahlin* nur noch ein Stamm der Cheysuli in ganz Homana übriggeblieben. Mein königlicher homanischer Vorfahre hatte sein Bestes getan, das Reich von jedem Cheysuli zu befreien, indem er ihrer aller Tötung angeordnet hatte. Das *Qu'mahlin* war, den Göttern sei Dank, gescheitert, aber erst nach dreißig Jahren gezielter Ausmerzung und hauptsächlich, weil Carillon es sofort beendete, nachdem er den Löwenthron von Bellam von Solinde zurückerobert hatte. In jenen Tagen hätte ein ganzer Stamm nur die Hälfte des Zeltes ausgefüllt. Jetzt mußten die meisten Leute draußen bleiben.

Es war Abend. Nur das Feuer in der Feuerstelle vor mir beleuchtete das Zelt und warf seltsame Lichtspiele auf die Gesichter der Krieger und der Frauen. Während ich sie betrachtete, dachte ich an die Zeit der Erstgeborenen, als alle Männer und Frauen der Stämme die Fähigkeit besaßen, *Lir*gestalt anzunehmen. Aber weil wir uns so auf unser eigenes Blut beschränkt, uns in unserer Engstirnigkeit und Unkenntnis so zurückentwickelt hatten, begannen die Gaben nachzulassen. Nur durch die Erfüllung der Prophezeiung würden wir die Macht wieder gewinnen können, die wir einst als selbstverständlich hingenommen hatten.

So viele Gesichter. Fast alle charakteristisch dunkel, kantig, von der Sonne Homanas bronzefarben glänzend. Schwarzes Haar, gelbe Augen, so viel Gold in Ohren, an Kehlen, an Armen und Hüften und Handgelenken. So viel *Kraft*. Warum wollten die Menschen anderer Königreiche diese Kraft brechen?

Warum wollten die *Homaner* dies tun?

Nicht alle, sagte Serri. *Noch immer viele, weil es natürlich ist, daß die Erdmagie jene ängstigt, die sie nicht besitzen, nicht kennen ... aber nicht alle. Carillon hat eine Veränderung in der öffentlichen Meinung bewirkt. Donal fördert diese Veränderung. Und du wirst sie noch mehr fördern.*

Er lag neben mir auf dem Rand des Felles. Ich nahm die Hand von meinem Schoß und barg sie in Serris üppigem Fell. Er war so schnell meine Welt geworden, mein anderes *Selbst*. Ich fragte mich, wie ich leben konnte, bevor wir einander gefunden hatten. Wie ich mich ohne meinen *Lir* verhalten hatte.

Ein großer Teil der Zeremonie war bereits abgeschlossen. Aber der wichtigste Teil stand noch bevor: die Verleihung des *Lir*goldes zum Zeichen, daß ich ein Krieger des Stammes war, ein erwachsener Mann, ein Cheysuli anstatt eines *lirlosen,* beinahe seelenlosen Jungen.

Rylan saß auf der anderen Seite der Feuerstelle vor mir. Der Feuerschein ließ sein Gesicht zu einer schwarzen und bronzefarbenen Maske werden, in den groben Schatten starr, aber doch lächelnd. Und während er lächelte, sprach er.

»*Vor allen Göttern der Cheysuli lege ich als Stammesführer Zeugnis darüber ab, daß du gemäß den Bräuchen unseres Volkes einen Lir gesucht und gefunden hast. Daß du und der Lir euch verbunden habt, wie sich ein Lir und ein Krieger verbinden* müssen, *um die Magie zu vervollständigen. Und ich lege Zeugnis darüber ab, daß der Lir dich durch diese Verbindung in Herz und Seele und Geist genauso angenommen hat, wie du ihn.«*

Er wartete. Ich neigte bestätigend den Kopf.

»Der Lirbund gilt für das ganze Leben. Solange du lebst, lebt auch der Lir. Aber sollte dir dein Leben innerhalb der natürlichen Lebensspanne des Lir genommen werden, soll der Lir, ungeachtet der Art deines Todes, von dem Bund erlöst werden, um in die Freiheit der Wälder zurückzukehren und nicht länger an den Körper gebunden zu sein, der einst ein Cheysulikrieger war.«

Ich nickte erneut.

»Sollte der Lir im Kampf oder durch Krankheit oder aus anderen, unbekannten Gründen sterben, wirst du seelenlos, leer, unvollständig werden und deinen Namen als Cheysulikrieger aufgeben, um ein Ende zu suchen, wie immer du es finden magst, im Todesritual des Stammes, unbewaffnet und allein unter den wilden Tieren des Waldes.«

Ich hatte die *Lirlosigkeit* bereits einmal gespürt. Ich zögerte nicht, die Folgen anzunehmen.

Rylan hielt meinen Blick stetig fest. »Ich muß es für Euch ganz klar sagen: Der *Lir*bund fordert seinen Preis, selbst von jenen, die herrschen. Ihr werdet zwei Menschen sein, Krieger und Mujhar, aber der Bund wird Euch dennoch einschränken. Sollte Serri sterben, Mylord, werdet Ihr aufgefordert sein, den Löwenthron aufzugeben und allein zu den wilden Tieren zu gehen.«

Ich dachte plötzlich an Duncan, meinen anderen Großvater, der nie regierte, weil er Carillon geholfen hatte, den Löwenthron zu erlangen. Er war genauso Stammesführer gewesen wie Rylan, dazu aufgefordert, die Rituale der Ehrenzeremonie durchzuführen, wie Rylan es jetzt für mich tat. Ja, ich dachte an Duncan, meinen schon lange verstorbenen Großvater, der einen *Lir* und sein Leben verloren hatte, es bereitwillig aufgegeben hatte, obwohl er damit auch die Führung der Cheysuli hatte aufgeben müssen.

Und ich dachte an meinen Vater, der zu jung die Verantwortlichkeiten des *Lir*bundes übernommen hatte, bevor er gewußt hatte, daß er Mujhar sein würde.

Und ich dachte: *Das ist nichts, was man leichtfertig tut.*

Nein, stimmte Serri mir zu, *und niemand wird dich dazu zwingen.*

Ich atmete tief durch und nickte Rylan zu. »*y'Ja'hai,* Stammesführer. *Ja'hai-na.*« Ich nickte erneut. »Ich nehme ihn an. Der Preis wird bereitwillig angenommen.«

»*Ru'shalla-tu*«, sagte er ruhig. *So soll es sein.* Er trat still beiseite und machte Platz für den *Shar Tahl,* der eine zusammengerollte, weißgebleichte Hirschhaut in den Armen hielt. Es war Arlen, der nicht jung, nicht alt, aber der Höchstrangige aller Stammesmitglieder war, denn er war ein Mann, der der Prophezeiung und den Geschichten der Cheysuli vollkommen ergeben diente.

Arlen kniete sich vor die Feuerstelle und entrollte die Hirschhaut vorsichtig, wobei er sicherstellte, daß sie keine Falten bildete oder sich verhedderte. Seine Hände glätteten sie. Er mußte dies schon so viele Male getan haben, *zu* viele Male, und doch gab es keinen Hinweis darauf, daß er dieser Aufgabe müde war. Er tat es einfach. Und indem er es tat, bereitete er mir meinen Platz im Stamm.

»*Eines Tages wird ein Mann aller Rassen vier kriegführende Reiche und zwei magische Völker in Frieden vereinen.*« Ein Finger berührte die auf das weiche Fell gemalten Runenzeichen. »Wir nähern uns der Vollendung, der Erfüllung der Prophezeiung der Erstgeborenen bereits allmählich, *und daher:*« – er berührte eine verblaßte grüne Rune – »Hier ist *Hale,* der treue Gefolgsmann Shaines des Mujhar und *Jehan* einer Tochter, die er von Shaines homanischer Tochter bekommen hat.«

Arlen sah mich kurz an, als wollte er sichergehen, daß ich ihm folgen konnte. Das tat ich. Ich konnte meine

Augen nicht von dem Finger abwenden, der mir so sorgfältig mein Erbe zeigte.

Er berührte eine weitere Rune, dieses Mal eine rote von anderer Gestalt. »Hier ist *Duncan,* aus der Linie der Alten Mujhars geboren, in der Zeit, bevor wir den Löwenthron den Homanern übergaben. Hier ist *Carillon,* von Shaines Bruder geboren, *Harani* des Mujhar, der den Löwenthron vom Feind zurückerlangte.« Der Finger bewegte sich erneut. »Und hier ist *Alix,* Tochter von Hale und Lindir, die Duncan einen Sohn gebar: *Donal,* der den Löwenthron von Carillon annahm und mit Duncans zur Hälfte solindischen Tochter einen Sohn zeugte.«

Der Finger hielt auf einer hellblauen Rune inne. Es waren keine weiteren darunter, nur eine freie Fläche, die auf die Namen meiner neugeborenen Söhne wartete.

Aber Arlen sah mich erneut an. »Und hier ist *Niall,* Sohn von Aislinn und Donal, der den Löwenthron von seinem *Jehan* erben und einen Sohn benennen soll, der ihn von ihm erben soll.«

Ich lächelte. »Brennan«, sprach ich. »Es wurde bereits ein Sohn geboren. Ich werde ihn Brennan nennen. Und nach ihm Hart. Gefolgsmann, wenn er will, *Rujholli,* Gefährte, *Geistesverwandter* – sie wurden mit einer einzigen Wehe Gisellas von Atvia, Tochter von Alaric und Donals *Rujholla,* Bronwyn, geboren.«

Arlen neigte kurz den Kopf, um die Weiterführung der Erbfolge anerkennend zu würdigen, rollte dann die Hirschhaut wieder ein und ging zurück auf seinen Platz in der vordersten Reihe der Krieger und Frauen.

Jetzt war erneut Rylan an der Reihe. »Nun wird die Verleihung des *Lir*goldes an den neugeborenen Krieger vorgenommen. Es ist üblich, daß der Krieger einen *Shu'maii* erwählt, einen Paten aus den Reihen seiner Kriegergefährten. Es ist die Aufgabe des *Shu'maii,* das Ohrläppchen zu durchstechen und den Ohrring einzuhängen, wie auch die Bänder um die Arme anzulegen. Es ist ein Zeichen der Achtung, wenn der Krieger den *Shu'maii* darum bittet. Und es bedeutet Anerkennung, wenn der *Shu'maii* dem Krieger vor dem Stammeskonzil und anderen Angehörigen des Stammes diese Bitte gewährt und die Verantwortlichkeiten eines Bundes anerkennt, der fast genauso bindend ist wie der Bund mit dem *Lir* oder der mit einem Gefolgsmann. Wenn er den neugeborenen Krieger mit aller Ehre seines Erbes als dem Stamm geborener Cheysuli und aller seiner Überlieferungen ehrt.«

Nachdem er die letzte Aufgabe, die ich zu bewältigen hatte, erklärt hatte, schwieg er. Er wartete, genau wie alle anderen, auf meine Entscheidung.

Ich betrachtete den leeren Platz in den mich umgebenden Reihen. Er war leer, weil mein Vater nach Homana-Mujhar zurückgekehrt war, da er nicht zu meiner Ehrenzeremonie bleiben konnte. Ich hätte ihn als meinen *Shu'maii* benannt, hätte seinen Namen mit großem Stolz ausgesprochen, aber er war fort, und ich konnte nicht den Namen eines Mannes nennen, der im Augenblick meiner Geburt noch nicht gelebt hatte.

Ich sah meinen Bruder an, der neben dem leeren Platz saß, und sah, wie er mit zu Boden gerichteten Augen wartete. Er war die natürliche Wahl, wie ich wußte, und sicherlich die geeignetste. Aber Ian war mir bereits verschworen.

Und so sah ich Rylan an. »Ich benenne Ceinn.«

Ich hörte eine Frau keuchen: Isolde. Und ich hörte das leise Murmeln der Männer.

Ich schaute zuerst zu meinem Bruder, um zu sehen, ob ich ihn verletzt hatte. Vielleicht hatte ich das getan, aber er zeigte es mir nicht. Er lächelte nur ein winziges Lächeln, als wenn ich etwas getan hätte, was ihn, wie er mit verspätetem Verständnis begriff, der Klugheit wegen erstaunte. Mein Bruder lächelte, und ich wußte, daß ich gut gewählt hatte.

»Ceinn«, sagte Rylan. »Nimmst du die dir angetragene Ehre an?«

Sein Gesicht war mir verdeckt, aber seine Augen nicht. Sie blickten aus der Maske heraus, hart und kalt und *gelb,* und in ihren Tiefen loderte die wilde Flamme. O ja, er würde sie annehmen. Angesichts seiner Ergebenheit in Stamm und Bräuche konnte er nichts anderes tun.

»Ja'hai-na«, sagte er nur und stand auf, um sich seinen Weg durch die anderen hindurch zur Feuerstelle zu bahnen. Er setzte sich an meine rechte Seite. Serri ruhte zu meiner linken.

Rylan nahm den ihm von einem anderen Krieger angebotenen Lederbeutel entgegen. Er entnahm ihm eine silberne Ahle und gab sie Ceinn. Der Feuerschein tanzte auf dem Silber. Die Spitze war sehr fein geschliffen, aber ich wußte, daß es dennoch schmerzen würde.

Ich schob mir die Haare hinter das Ohr und wandte mich Ceinn kniend zu. Wortlos ergriff er mein linkes Ohrläppchen und zog es, dehnte es, bis es dünner war, und drückte dann die Ahle gegen die Haut. Ich biß die Zähne zusammen. Die Spitze glitt in die Haut und hindurch… ich spürte, wie Ceinn sie drehte, bis ich ein Geräusch hörte. Er zog die Ahle wieder heraus und streckte die Hand aus. Rylan legte den goldenen Ohrring in seine Handfläche.

Ein Ohrring in Wolfsgestalt natürlich, ein kleiner, mit großem Können gestalteter Wolf, dessen Gesicht und Pfoten und Schwanz deutlich zu erkennen waren. Von seinem Rücken aus erstreckte sich der gebogene Haken. Ceinn schloß seine Finger um den Wolf, schob den Haken durch das Loch, das er gestochen hatte, und hakte die Spitze mit einer geschickten Drehung in der Öse ein. Ich hörte das leise Schnappen und wußte, daß es vollbracht war.

Mein Ohrläppchen schmerzte. Das Gewicht des Goldes verursachte einen Druck, den ich trotz allem als erträglich empfand: Ich war jetzt fast ein Krieger.

Rylan legte die schweren Armbänder in Ceinns wartende Hände. Ich sah erneut die Maske, solch eine harte kalte Maske, die aber offen die Erkenntnis ausdrückte, daß das, was er tat, ein Versprechen bedeutete, das nicht gebrochen werden konnte. Seine Zeit mit den *A'saii* war vorüber, auch wenn er etwas anderes vorgezogen hätte. Er würde, *konnte* den Bund nicht brechen, oder er würde den Überlieferungen abschwören, die gerade ihn so fest banden.

Die Armbänder klangen aneinander, als Ceinn sie näher zu mir brachte. Solch massive, großartige Bänder, voller ineinander verflochtener Runen, die sich am oberen und unteren Rand in vertraulicher Gemeinschaft ganz um die Bänder herumzogen. Und inmitten eines jeden von ihnen war, an den Rundungen verschwommen, die Gestalt eines laufenden Wolfes zu sehen, der in dem Metall so lebendig wirkte, als würde er aus dem Gold heraus mitten unter uns springen.

Götter ... wie wunderschön mein Lir ist ...

Ceinn ließ ein Armband über mein linkes Handgelenk gleiten und schob es bis über den Ellbogen hinauf, wo er es an die Muskeln drückte. Dann das andere an meinen rechten Arm, während er mein Handgelenk festhielt und er das Band an seinen Platz rückte. Er drückte es erneut an, und ich sah das üppige Blitzen seines eigenen Goldes im Feuerschein, während er mich vor den anderen zum Mann machte.

»Leijhana tu'sai«, sagte ich ruhig. Und ich meinte es auch so.

Er preßte die Lippen zusammen. *»Cheysuli i'halla shansu.«* Aber ich wußte, daß Cheysulifriede das *letzte* war, was er mir wünschte.

Und doch konnte er nichts dagegen tun.

Ich schluckte schwer. Ich wollte den anderen nicht zeigen, was ich empfand. Und doch konnte ich nicht verhindern, es Ceinn zu zeigen. Er war zu nahe, zu aufmerksam. Er mußte mit ansehen, wie ergriffen ich war. Und ich sah, wie er die Stirn runzelte.

Rylans Stimme zerbrach die Stimmung und machte es dann noch deutlicher. »*Ja'hai-na*«, sagte er einfach. »Beim Stamm, bei den Göttern, bei den *Lirs,* der Krieger ist angenommen.«

Ceinn, der *Shu'maii,* mußte mit den Willkommensgrüßen beginnen. Ich wartete, und als er aufstand, zog er auch mich mit hoch und ergriff meine Arme über den *Lir*bändern, um mich willkommen zu heißen.

Er stand schweigend zu meiner Rechten, während die anderen vorüberzogen. Rylan. Arlen. Andere, deren Namen ich nicht kannte. Und Isolde, die mich umarmte und meine Wange küßte, während ich mich hinabbeugte, um auch sie in offener Zuneigung zu umarmen. Ein Seitenblick auf Ceinn zeigte mir ein starres, unnachgiebiges Gesicht, während meine Schwester ohne ein Wort an ihm vorüberging –, und dann sah ich das Aufwallen von Kummer in seinen Augen.

Zuletzt kam Ian, der die Schicklichkeit genauso schnell vergaß wie unsere Schwester, mich zweimal umarmte, aber sehr wenig sprach, weil er nicht dazu in der Lage war. »*Rujho*«, sagte er nur, »du machst einen Mann stolz, ein Cheysuli zu sein.«

Und dann waren er und die anderen fort, bis auf Serri, Ceinn und eine Handvoll der *A'saii.*

Sie kamen nicht zu mir. Ich wußte, daß ich ihnen die Waffe genommen hatte, weil meine *Lirlosigkeit* vorüber war, und doch kamen sie nicht zu mir. Sie blickten wie ein Mann zu Ceinn, wandten ihm wie ein Mann die Rücken zu und gingen durch den Hintereingang hinaus. Ihr Schweigen war sprechend.

Ceinn trat einen Schritt vor, als wollte er hinter ihnen hergehen, ein oder zwei Worte sagen, sie fragen, was sie meinten. Aber er wußte sehr genau, was sie meinten. Er ganz besonders.

Er blieb stehen. Er ging nicht hinter ihnen her. Er fragte nicht. Er starrte blind in die Leere des Zeltes.

»*Shu'maii*«, sagte ich ruhig, »wenn ein Mann sich einen Feind nicht zum Freund machen kann, muß er den Feind von dessen Freunden fortbringen.«

Kurz darauf zuckte er die Achseln. »Warum nicht?« fragte er dumpf. »Ihr habt ihm bereits seine *Cheysula* genommen.«

»'Solde tut das, was 'Solde tun will. *Ihr* versteht das sicher besser als die meisten. Aber ich würde nicht behaupten, daß sie ihre Meinung nicht ändern kann.«

Er betrachtete mich scharf. »Würde sie das tun?«

Ich zuckte die Achseln. »Ich kann nicht für sie sprechen ... nicht jetzt, nicht mehr als ich es getan habe, als sie Euch öffentlich verstoßen hat. Aber sie hat Euch verstoßen, weil Ihr ein *A'saii* wart ... und jetzt seid Ihr ein *Shu'maii*.«

Er stieß erkennend rauh den Atem aus. »Götter ... glaubt Ihr ...?« Aber er beendete den Satz nicht. Er sah mich in starrem Schweigen an, seiner starken Empfindungen wegen unfähig, seine Hoffnung auszusprechen, und auch aufgrund seiner Angst, daß ihm diese Hoffnung, einmal ausgesprochen, genommen würde.

»Ich glaube, ich habe einen Feind von seinen Freunden fortgebracht und einen Freund seiner *Cheysula* zurückgegeben.«

Und ich habe ihn vor dem Löwenthron gerettet.

Ein Muskel an seinem Kinn zuckte. »Glaubt Ihr, es sei so einfach, aus Feinden Freunde zu schmieden? Ich habe an das *geglaubt*, was ich tat. Und wenn Ihr noch immer ein *lirloser* Mann wärt, würde ich alles genauso wieder tun!«

»Das weiß ich«, sagte ich freundlich. »Man kann einen Mann auch an der Ergebenheit an seinen Geist messen. Ja, Ihr habt daran geglaubt. Den alten Traditionen nach zu urteilen vielleicht zuviel, aber es war ein wahrer Glaube. Das kann ich nicht leugnen. Ihr habt mich zu töten versucht, aber ich kann es verstehen. Erkennt Ihr es nicht, Ceinn? Männer wie Ihr sind notwendig, um eine zerrüttete Rasse wieder aufzubauen. Männer wie Ihr... Carillon... mein *Jehan*. Und ich werde jeden Mann brauchen, den ich finden kann.«

»Wofür?« fragte er scharf. »Was habt Ihr vor?«

»Ich habe vor, Homana zu regieren«, belehrte ich ihn, »und den Löwenthron zu behalten, wenn mein *Jehan* einmal stirbt.«

Er betrachtete Serri. Er betrachtete das Gold, das er mir selbst bei meiner Ehrenzeremonie gegeben hatte. Und dann wandte er sich jäh um, als wollte er hinausgehen, mich in dem Zelt mit meinem *Lir* und meinen Erinnerungen allein lassen.

Aber er wandte sich noch einmal um. *»Ru'shalla-tu«*, sagte er tonlos und verließ dann das Zelt.

Ich lächelte. Und dann lachte ich laut.

Soll es so sein? Serris Tonfall zeigte mir, daß er meine Belustigung nicht verstand.

»Ja«, bestätigte ich noch immer lachend. »Aber... von *Ceinn* aus.«

Kapitel Zwölf

Meine Söhne, sagte ich erstaunt zu Serri. Ich schüttelte langsam den Kopf. *Aus diesem unvollkommenen Gefäß sind großartige Kinder entstanden.*

Wenn genug Zeit gegeben ist, stimmte Serri mir zu, während er sich gegen mein Knie lehnte. Diese Haltung wurde ihm zur Gewohnheit, wann immer ich stillstand. *In diesem Alter ist noch nicht viel Großartiges an ihnen, außer einem großartigen Geruch.* Er zog die Lefzen zurück und nieste. Und dann verließ er mich, um sich auf einen Teppich nahe der Feuerstelle zu legen.

Ich lächelte, legte meine Hände auf die Seiten der großen Wiege aus Eiche und Elfenbein und beugte mich hinab, um sie genauer zu betrachten. Zwei Kinder, in kostbares Leinen gewickelt und größtenteils unter einer weißen, mit karmesinroten, wilden Löwen bestickten Seidendecke verborgen. Daß ich Vater eines Kindes war, wäre an sich schon ein Wunder gewesen. Aber daß es nun zwei Kinder waren, war völlig unbegreiflich für mich.

Ich glättete die Decke sorgfältig und spürte die Körper darunter. »Ihr werdet Krieger des Stammes sein«, erzählte ich ihnen leise, »und auch Prinzen von Homana. Und einer von euch wird Mujhar sein.«

Dieser, belehrte Serri mich sogar aus der Entfernung. *Ich kann es spüren, wenn du ihn berührst ... er ist der Erstgeborene ... er wird Mujhar sein.*

»Und der andere?«

Prinz von Solinde?

Ich brummte. »Solinde bereitet sich schon *wieder* auf einen Krieg vor ... Ich glaube allmählich, daß kein Mujhar von Homana dieses Reich jemals in Frieden halten können wird. Zumindest … nicht in einem lange anhaltenden Frieden.«

Prinz von Atvia?

Ich nickte nachdenklich. »Möglicherweise. Da Alaric keine männlichen Erben hat, bliebe ihm nur Gisellas Sohn, den er als Nachfolger als Herr von Atvia in Erwägung ziehen könnte.«

Und dann ist da noch Erinn.

Ich spürte den alten Schmerz in meinem Bauch wieder aufwallen. Der Kummer erneuerte sich. »Nein, *Lir* … nicht Erinn. Ich glaube, das Erinn, das ich kenne, ist für immer vergangen.«

Ich glättete erneut die Seidendecke und versuchte, mich nicht daran zu erinnern, wie *ich* das Signalfeuer entzündet hatte, das Alarics Ermordungen hatte beginnen lassen. Ich berührte zwei kleine Hände, die sehr nahe zusammenlagen. Beide weich vor feinem schwarzem Flaum. Schwarzhaarig waren meine Söhne, zur Hälfte Cheysuli.

Einer von ihnen regte sich unter meiner Hand. Und fast augenblicklich tat der andere es ihm nach. Eine Art Verständigung? Sie waren Kinder derselben Geburt … wer wußte, wie groß die Stärke ihrer Verbindung sein würde?

»Mujhar«, flüsterte ich demjenigen zu, den Serri den Erstgeborenen genannt hatte. »Solch ein gewichtiger Titel für einen so kleinen Jungen.«

Das Gesicht nach unten gerichtet, wandte er den Kopf genauso wie sein Bruder. Sie öffneten die Augen und sahen einander fragend an, als wollten sie sichergehen, daß der andere da war. Und ich erkannte, als ich ihre Augen betrachtete, warum mein Vater gesagt hatte, daß man sie bereits jetzt auseinanderhalten konnte. Der ältere Junge, Brennan, hatte messingbraune Augen, die cheysuligelb werden würden. Hart, der jüngere, besaß die Augenfarbe des Himmels an einem Sommertag – genau wie meine eigenen.

Ich lächelte und legte je eine Handfläche auf je einen der schwarzbeflaumten Köpfe. »*Cheysuli i'halla shansu,* kleine Krieger. Und möget ihr ein langes, erfülltes Leben haben.«

Lir ... sagte Serri scharf, und ich fuhr mit einer Hand an meinem geborgten Messer herum.

Aber es war nur Gisella – nein, nicht *nur*. Dieses Wort würde ich niemals wieder mit ihrem Namen in Verbindung bringen.

Sie stand im geöffneten Eingang und sah mich sorgenvoll an. »Du hast mich verlassen«, klagte sie mich an. »In unserer Hochzeitsnacht.«

Ich verspürte ein Schuldgefühl. Ja, ich hatte sie in unserer Hochzeitsnacht, in der ein Mann und eine Frau zusammensein sollten, verlassen. Und das, obwohl sie hochschwanger gewesen war. Ihr hätte die übliche Höflichkeit ihres Ehemannes zugestanden.

Und dann verging das Schuldgefühl, und ich verspürte statt dessen Zorn. Zorn und *Hilflosigkeit,* weil sie nicht mehr für ihr Handeln verantwortlich war als unsere beiden kleinen Söhne, die im Schlaf in die Windeln machten.

»Ich bin fortgegangen«, belehrte ich sie, »weil ich es mußte.«

Ihr weinrotes Nachtgewand schleifte über den Boden, als sie den Raum betrat. Unter dem Gewand, daß ihr größtenteils von den Schultern gerutscht war, trug sie ein Leinenhemd. Sie lief barfuß über den kalten Steinboden.

»Du hast mich verlassen.« Sie war ein Kind mit gebrochenem Herzen, das stets das wiederholte, was es verletzt hatte. »Du hast mich *allein* gelassen.«

»Gisella ...«

Aber ihr Gesicht erhellte sich sofort wieder. »Hast du meine Kinder gesehen? Hast du meine Söhne gesehen?«

»*Unsere* Söhne, Gisella«, sagte ich sanft, während sie

bereits heraneilte und sich über die Wiege beugte. »Sie sind genauso meine Söhne wie deine.«

»Kinder«, flüsterte sie und griff hinab, um die Decke fester um ihre Körper zu ziehen.

»Gisella.« Ich ergriff ihre Schulter und wandte sie zu mir um. »Gisella ... erinnerst du dich an die Nacht auf den Klippen, als dein Vater mir befahl, das Signalfeuer zu entzünden?«

Sie sah mich ausdruckslos an. Ihr Haar war zu einem einzelnen geflochtenen Zopf aus dem Gesicht zurückgebunden, der über eine Schulter bis auf ihre Hüfte reichte. Fort war der gewaltige Umfang und das Gewicht der Schwangerschaft. Ihr Gesicht erinnerte an Isoldes, dachte ich, aber das war nicht ungewöhnlich, da die meisten Cheysuli einander ähneln. Sie hatte wieder an Anmut und Reiz gewonnen. In dem rein cremefarbenen Leinen und dem weinroten Samt wirkte sie wie eine Frau, die einen anderen Mann daran denken ließ, mit ihr zu schlafen, aber *ich* konnte nicht daran denken, ohne auch an Deirdre zu denken.

»Gisella, erinnerst du dich?«

»Ja. In Atvia.«

Sie wandte sich jäh von mir ab und entzog sich meiner Hand. Sie zeigte mir den Rücken, aber ich sah, wie sie ihr Nachtgewand fester um die Schultern zog. Sie legte die Seide sehr eng um ihren Körper, wobei die Nägel steif auf dem Gewebe kratzten, und ich bemerkte die mich an Lillith erinnernden Silberspitzen.

»Gisella ...«

»Du denkst an *sie*, nicht an mich.« Ich sah, wie sich die Nägel in den Samt gruben, als wollte sie sich verletzen. »Du denkst an sie, nicht an *mich*.«

Ich schloß die Augen. Als ich sie wieder öffnete, blickte Gisella mich an. Ich sah die Tränen in ihren Augen. Ich sah, wie sich ihre schlanken Finger in das Geflecht ihres Zopfes wanden, daran zogen, *zogen*, als wollte sie sich das Haar vom Kopf reißen.

»Wußtest du es?« fragte ich sie. »Wußtest du, was es bedeutete, daß ich das Feuer entzündete?«

»Ich wollte dich für *mich* haben!«

»Bei den Göttern, Gisella, *wußtest du, was das in Gang setzen würde?*«

Sie preßte sich den Zopf auf den Mund, und ich sah, wie die weißen Zähne hineinbissen. Götter, wie sie zitterte. »Es war so hübsch«, flüsterte sie über das glänzende Haar hinweg. »Das Feuer war so hell ... es erhellte das Lächeln des Drachen, und ich konnte alle seine Zähne sehen.«

»Weißt du, was du getan hast?«

»Aber es war *hübsch,* Niall!« Sie wurde plötzlich ärgerlich. Sie riß den Zopf von ihrem Mund. »Ich betrachte gern hübsche Dinge. Ich *will* hübsche Dinge sehen.«

Ich fing ihre Arme ab, bevor sie zum Zug kam. *»Weißt du, was du getan hast?«*

»Ja!« schrie sie zurück. »Ich habe dir *Jungen* geboren ... der Löwenthron ist gesichert.«

Ich hörte ein zunehmendes Wimmern aus der Wiege. Kurz darauf stimmte ein zweites mit ein. Wir hatten ihren Schlaf gestört.

Ich habe dir Jungen geboren ... der Löwenthron ist gesichert.

Das hatte sie nur zu gut verstanden. Sie hatte sich sowohl ihren *eigenen* Platz als auch die Zukunft Homanas gesichert. Welch ein Mann wäre ich, wenn ich die Frau fortschicken würde, die mir nach einem einzigen Beischlaf zwei gesunde Jungen geboren hatte?

In diesem Augenblick, als ich sie jetzt ansah, empfand ich einen dermaßen sinnlosen Zorn, daß der mich zu einem Mord antreiben konnte. Was wäre es schon, meine Hände um ihre Kehle zu legen und zuzudrücken, ihren Atem für immer zum Stillstand zu bringen? Sie war dafür verantwortlich, daß sich mein Sinn verändert hatte, daß ich ein Mann ohne Verstand oder

Willen geworden war … ein Mann, der dazu fähig war, die geliebte Frau den Händen eines Mörders zu überantworten. Und doch wußte ich, daß Gisella nicht verantwortlich gemacht werden konnte. Nicht … ganz.

Aller Zorn wich aus meinem Körper. Statt dessen blieb tiefe Verzweiflung zurück. »O … Götter … *Gisella* … wirst du niemals verstehen?« Ich wandte mich von ihr ab, legte meine Hände auf beide Seiten der Wiege und betrachtete blind meine Söhne. »Du wirst niemals verstehen.«

»Die Kinder *weinen*, Niall. Wir haben sie zum *Weinen* gebracht …« Und sie trat sofort neben mich und beugte sich über die Seitenwand der Wiege, um sich vom Wohlergehen der Kinder zu überzeugen.

Sie sang. Eine kleine, schräge Melodie, die ich niemals zuvor gehört hatte und als äußerst unerträglich empfand. Wie sorgfältig sie sich um die Kinder kümmerte. Wie eifrig bedacht sie war. Wie besorgt sie um ihr Wohlergehen war, auch wenn sie überging – oder vergaß –, wie sie es ermöglicht hatte, daß Deirdre getötet wurde.

Sie sang. Und ich wich zurück, während sie sang. Als ich die Tür erreichte, wandte ich mich um und schwankte gerade in dem Augenblick aus dem Raum, als Serri von seinem Teppich aufsprang.

Ich kam nicht weit. Als ich die Tür mit einem heftigen Knall geschlossen hatte, sank ich an die Wand und preßte meine Stirn dagegen. Götter, wenn ich nur die Erinnerungen und die Schuld genauso leicht meiden könnte wie das Geräusch schreiender Kinder und den Anblick ihrer halb wahnsinnigen Mutter. *Wenn nur* …

Wenn ich nur nach Erinn zurückkehren und meine Gefangenschaft dort wiederholen könnte –, weil dann noch alle Adler leben würden.

»Niall.«

Ich fuhr herum, spürte Serris Wärme an meinem Bein. Und sah meine Mutter sich mir nähern.

»O Niall«, sagte sie plötzlich besorgt, »was verursacht dir solche Qual?«

»Mußt du das wirklich fragen? Die Frau, die ich geheiratet habe.« Ich schüttelte den Kopf. »Ich wünschte, ich hätte auf dich gehört, als du mir die Gelegenheit gabst, die Hochzeit abzusagen.«

»Nun, du hast es nicht getan, aber es lag auch nicht in deiner Macht.« Ihr Blick ruhte auf dem Wolf. »Donal hat mir von deinem *Lir* erzählt… und davon, daß Gisellas Magie dir die Wahrheit verborgen hat.«

»Jehana.« Ich sah, wie sie kurz zusammenzuckte, als ich sie in der Alten Sprache ansprach. *»Jehana,* ich glaube, wir haben etwas zu besprechen, du und ich… wirst du mir die Zeit gewähren?«

»Gern«, sagte sie. »Wir haben in diesem letzten Jahr so wenig Zeit miteinander verbracht.« Sie legte eine kühle Hand auf mein Handgelenk. »Du weißt, daß ich dir alles geben würde, was du dir wünschst.«

Ich verzog das Gesicht: *Aber wirst du mir auch die Freiheit geben, wenn ich dich jetzt darum bitte?*

Ich begleitete sie zu ihrem Lieblingsgemach, einem runden Raum in einem der Ecktürme des Palastes, mit großen gläsernen Fenstern und weißgetünchten Wänden. Sechs Frauen kümmerten sich um sie, wann immer sie es wünschte. Drei davon befanden sich auch jetzt in dem Raum, aber bevor ich darum bitten konnte, schickte meine Mutter sie bereits hinaus. Und so blieben wir allein – bis auf Serri – und ich stellte plötzlich fest, daß es mir widerstrebte, überhaupt über die Angelegenheit zu sprechen.

Meine Mutter lächelte. Sie wandte sich von mir ab, trat an eines der Fenster und blickte hinaus, als wollte sie mir Zeit geben zu überlegen, wie ich mein Anliegen vorbringen wollte. Ich betrachtete ihren Rücken und sah den festen Bogen ihres Rückgrats unter der eng anliegenden Hülle des grün gefärbten Leinengewandes. Die Ärmel lagen ebenfalls eng an, schmiegten sich von den Schultern bis halb über die Hände an ihre Haut an. Das ganze herrliche rotgoldene Haar war im Nacken zu einer grün umwickelten Zopfschlinge hochgebunden.

Meine Mutter war noch immer sehr schlank, wirkte noch immer jung.

Ich atmete tief ein, hielt den Atem an und ließ ihn dann vorsichtig wieder ausströmen. »Ich bin nicht Carillon.«

Das Rückgrat erstarrte. Sie fuhr herum und stützte sich mit den Händen auf das Fenstersims. »*Was?*«

»Ich bin nicht Carillon.«

Ich sah eine ganze Palette von Empfindungen auf ihrem Gesicht: Erstaunen, Bestürzung, eine Spur Begreifen. Als begänne sie genau zu verstehen, was ich sagen wollte. »Niall ...«

»Und auch wenn du mir nachdrücklich sagen willst, daß ich das *natürlich* nicht bin, wünschte ich doch, du würdest es nicht tun. Mutter ...« Ich hielt inne. »*Jehana*, du hast mich in der Vergangenheit zu viele Male minderwertig fühlen lassen. Du *wolltest* es nicht, das weiß ich. Du wolltest nur alle Männlichkeit unterstützen, die ich entwickeln konnte, indem du mich mit *ihm* verglichen hast, aber ich habe stets gegenteilig empfunden. Ich fühlte mich unfähig, ungeeignet. Als Schatten des Mannes, der dein Vater war.« Ich spreizte die Hände. »Ich habe seine Größe, sein Gewicht, seine Hautfarbe ... sicherlich ein Erbe, das ich achten könnte ... wenn ich auch mich selbst achten dürfte.«

Sie stützte sich noch immer auf das Fenstersims, den Kopf auf ihrem schlanken Hals starr aufrechthaltend. Granate glitzerten in ihren Ohren. Ich sah ein Aufblitzen der Goldkette um ihren Hals. Die Kettenglieder reichten bis unter das Mieder ihres Gewandes, zwischen Haut und Stoff gefangen. Ich dachte, sie würde vielleicht etwas sagen. Sie tat es nicht. Sie regte sich nicht einmal.

»Er war nicht vollkommen«, sagte ich zu ihr. »Er

hatte Fehler, wie jeder Mensch Fehler hat. Das macht ihn nicht weniger zu der Legende, zu der er geworden ist. Es macht ihn nur zu einem *Menschen* … wie auch sein Enkel ein Mensch ist.« Ich spürte das Gewicht des Goldes an meinen Armen. Den Schmerz in meinem linken Ohrläppchen. *Endlich bin ich ein Cheysuli.* »Ich muß ich selbst sein können. Ich muß meinen eigenen Namen kennen. Ich muß ungehindert von dem Gewicht der Legende meines Großvaters einhergehen können.« Ich hielt inne. »Ich muß die Erinnerung an diesen Mann achten können dürfen, anstatt mich dadurch gestört zu fühlen.«

Ich sah den Schmerz in ihren Augen. »Habe ich dir das angetan?«

»Du *wolltest* es nicht.«

»Habe ich dir das angetan?«

Ich schluckte schwer, wollte sie nicht noch mehr verletzen. »Ich glaube … vielleicht …« Ich brach ab. Warum sollte ich die Wahrheit im Namen des Anstands vermeiden, wenn ich die Wunde bereits geschlagen hatte? »Ja.«

Sie zuckte zusammen. Nur ein wenig, aber es bestand kein Zweifel darüber, daß die Klinge ihr Ziel gefunden hatte.

»O … Götter …«, sagte sie und bedeckte das Gesicht mit den Händen.

Ich ging sofort zu ihr und nahm sie in die Arme. Sie schluchzte nicht laut, sondern weinte nur leise in meine Lederkleidung. Solche Würde hatte meine Mutter … solch aufrechte Stärke.

Als die Tränen versiegten, hob sie den Kopf und blickte mir ins Gesicht. »Ich habe ihn so sehr geliebt. Er war alles für mich. Ich hatte die meiste Zeit meines Lebens keine Mutter … er hatte sie bereits verbannt. Und als ich meine Mutter endlich *tatsächlich* kennenlernte, erfuhr ich gleichzeitig, daß sie mich gegen ihn benutzen wollte.« Ihre Seelenqual war offensichtlich. Sie hatte ihr eigenes Gewicht der Schuld getragen. »Er war so viele Jahre meines Lebens lang meine Welt ... und dann wurde er aus meinem Leben gerissen.«

»Menschen sterben, *Jehana*.«

»Nicht Carillon von Homana.« Ihre Stimme klang sehr grimmig. »Männer wie er werden in Legenden und Sagen am Leben erhalten. Das haben wir den Harfenisten zu verdanken.«

»Dann *laß* ihn leben«, stimmte ich ihr zu. »Laß die Wahrheit seiner Taten in der Magie der Musik weiterleben.«

»Aber nicht im Leben seines Enkels?« Sie nickte leicht, hauptsächlich zu sich selbst. »Ich weiß ... er wurde, was er war, weil er es werden *mußte*, um Homana zu heilen. Ich kann nicht – und *sollte* nicht – erwarten, daß du ihn nachahmst. Es sind jetzt andere Zeiten ... es bestehen jetzt auch andere Anforderungen. Es ist nicht gerecht zu verlangen, daß du jemand anderer als du selbst sein sollst.« Sie seufzte. Ihre Finger zogen die Umrisse in dem Gold meines Armes nach. »Du warst so lange Homanas *homanischer* Prinz, obwohl du auch Cheysuli bist. Aber es war soviel leichter, den bereits bestehenden Rahmen zu nutzen, als mir die Mühe zu machen, einen anderen zu gestalten.«

Ich zuckte die Achseln. »Ich bin, was immer ich bin: Cheysuli, Homaner, Solinder. Der Rest bleibt mir überlassen.«

»Der Rest bleibt den Göttern überlassen.« Sie lächelte, als ich mich herabbeugte, um sie auf die Stirn zu küssen, bevor ich meine Arme dann löste. »Es ist schwierig für eine Frau mit nur einem Kind, *nicht* zu versuchen, den Ton nach ihren Vorstellungen zu finden. Und es ist noch schwieriger für sie zu erkennen, daß sich der Ton vielleicht selbst finden lassen möchte.«

»Nun, ich glaube, der Ton ist noch ungebrannt.« Ich lächelte und zuckte die Achseln. »Wer kann sagen, was aus mir werden wird?«

»Sie *alle*«, sagte sie ernst. »Sie *alle* werden es sagen. Die Konzile, die Stämme … die Treugesinnten und die Aufrührer. Und sicherlich der Feind.« Sie glättete nachdenklich ihr seidig schimmerndes Haar. »Sei wachsam, Niall … sei vor jedermann auf der Hut. Vor Freund und Feind gleichermaßen.«

Und im Nachklang ihrer Worte schwebte das Echo von Strahans Stimme in den Raum: *»Achtet auf Eure Freunde … Eure Feinde … Eure Verwandten – damit sie kein Bündnis gegen Euch schmieden.«*

Kapitel Dreizehn

Ich verlor meine Freiheit fast genauso bald wieder, wie ich sie errungen hatte. Nicht meine Mutter, mein Vater, die Cheysuli oder auch die Homaner waren daran schuld. Es war ein Zusammenspiel mehrerer Kräfte: der drohende Krieg, die Seuche, die Unruhe im Land. Auch wenn den *A'saii* jetzt die Waffen genommen waren, wußte ich, daß die Cheysulieiferer möglicherweise andere Wege suchen würden, mich zu bedrohen. Niemand konnte mehr sagen, mir fehlten die Gaben meines Volkes – nicht mehr, seit es Serri und unsere so vollkommen offensichtliche Verbindung gab – aber sie *konnten* sagen, daß sie jemand anderen mit einer anderen, ebenfalls benötigten Blutlinie vorzögen. Und vielleicht taten sie das auch.

Die Seuche begann Homana ernstlich heimzusuchen. Was man ursprünglich in den Hirten- und Kleinpächterhäusern als Fieber bezeichnete, als unbekannte Krankheit, breitete sich nun vom Norden bis zur Mitte Homanas aus, und auch Mujhara lag auf dem Weg. Der Mujhar erhielt Berichte über etliche Todesfälle, und nur zu bald wurde die unbekannte Krankheit als etwas weitaus Ernsteres erkannt. Von den homanischen Kleinpächter- und Hirtenhäusern, die fern in den Nördlichen Einöden und in größerem Abstand von Städten und Dörfern lagen, streckte sich die Krankheit sogar bis zu den Keeps aus, und es wurde auch von dort von Toten berichtet.

Die Belohnung für weiße Wölfe wurde erhöht. Eine Reise zu dem Pelzhändler am Marktplatz zeigte mir einen Mann, dessen Geldbörse fast jeden Tag durch in die Stadt kommende Fallensteller weiter gefüllt wurde. Einige Felle waren rötlich, andere silbern, einige holzkohlegrau, als wenn die Fallensteller nichts auslassen wollten und alle Wölfe töteten, die sie erwischen konnten. Aber es gab auch weiße Felle … Felle, die so weiß waren wie mein eigenes, wenn ich *Lir*gestalt annahm.

Und so brachte ich, wenn ich in die Stadt ging, das größtmögliche Opfer: Ich ließ Serri in Homana-Mujhar. Ich wollte nicht riskieren, meinen *Lir* an einen übereifrigen Städter zu verlieren, der darauf erpicht war, Homana von der Seuche zu befreien oder – was noch wahrscheinlicher war – eine Silbermünze in die Handfläche seiner blutbeschmierten Hand gelegt zu bekommen.

Ich ließ Serri nicht gern zurück. Gar nicht gern. Aber sicherlich ließ mein Vater auch Lorn nur mehr oder weniger ungern zurück, wenn *er* in die Stadt ging.

Oder auch zum Stammeskeep.

Meine Söhne entwickelten sich gut, obwohl ich nur zu schnell merkte, daß Regierungsangelegenheiten mir die Stunden stahlen, die ich mit ihnen verbringen wollte. Ich sah sie bestenfalls selten. Meist quälte ich mich, zusammen mit meinem Vater, durch Sitzungen über Pläne und ausgedachte Kriegsschauplätze und lernte, wie Männer den Verlauf eines Kampfes planten. Während Unterrichtsstunden in meiner Jugend hatte ich die Geschichte der Kriege und Unruhen Homanas kennengelernt. Und jetzt begann ich zu verstehen, warum mir das abverlangt worden war. Nur zu oft warf eines der Ratsmitglieder den Namen dieser oder jener Schlacht in die Unterredung, um ein Beispiel für ein angemessenes Vorgehen, einen gut durchdachten Angriff oder sogar ein schreckliches Versagen zu nennen. Nur zu oft hörte ich Carillons Namen heraufbeschworen werden … und eines Tages, als ich wieder einer weiteren Darlegung darüber lauschte, was der verstorbene Mujhar getan hatte und warum, begann ich die Gründe für die Beschwörungen zu erkennen. Mein Großvater, ein Mann mit vielen Fehlern, wie ich meiner Mutter mühevoll erklärt hatte, hatte unwillkürlich gewußt, was in einer Schlacht, und somit auch in einem Krieg, siegbringend sein konnte.

War es ein Gefühl? Oder war es vielleicht einfach *Erfahrung,* inmitten des Gemetzels errungen und bei späteren Anlässen angewandt?

Wenn es Gefühl war, hatte ich vielleicht einen Anteil daran geerbt. Und wenn es Erfahrung war, bezweifelte ich kaum, daß ich auch diese bald erringen würde.

Mit Gisella verhielt es sich im großen und ganzen weiterhin wie bisher. Sie phantasierte, war unzuverlässig und unberechenbar. Die Diener kümmerten sich nicht gern um sie und stritten untereinander darüber, wer ihr Tablett hinauftragen sollte, weil sie nur selten zum Essen in den Speisesaal kam, da sie, wie sie sagte, lieber mit den Kindern aß. Ich stellte insgeheim sicher, daß immer zwei oder mehrere Frauen bei ihr und den Kindern waren. Ich wollte das Leben meiner Söhne nicht durch die wunderlichen Einfälle und seltsamen Vorstellungen einer Frau wie Gisella aufs Spiel setzen.

Wir verbrachten wegen der Anforderungen der Planungssitzungen nur wenig Zeit miteinander. Mein Vater bat mich immer häufiger um meine Meinung und versuchte damit, wie ich glaubte, mir den Gedanken an die Führung eines Krieges vertraut zu machen, wie auch die anderen an den Gedanken an meine Mitwirkung zu gewöhnen. Ian, der ebenfalls bei den Sitzungen anwesend war, sagte weniger als ich und wurde – auch von meinem Vater – weniger gefragt. Sein Platz war an meiner Seite, nicht in der Erbfolgereihe auf dem Löwenthron oder in den Kriegen. Aber ich bezweifelte nicht, daß er, wenn die Zeit gekommen wäre, genauso viel Verantwortung zu tragen hätte wie ich. Sie würde nur einem anderen Hintergrund entwachsen.

Gisella schien meine Gesellschaft nicht zu vermissen, obwohl sie immer froh war, mich zu sehen. Ich dachte, daß es sie sicherlich ersticken würde, sich immer nur innerhalb der Grenzen Homana-Mujhars aufhalten zu müssen, aber sie sagte, dem sei nicht so. Sie wollte nicht zum Stammeskeep oder nach Mujhara gehen oder auch nur die Mauern Homana-Mujhars verlassen. Sie wollte nur bei den Kindern bleiben.

Ich konnte es ihr nicht verbieten, genauso wenig wie ich sie zwingen wollte, den Palast zu verlassen. Und ich war nicht sicher, daß ich tatsächlich *wollte,* daß sie Homana-Mujhar verließ. Man konnte nicht vorhersagen, was sie in der Stadt oder im Stammeskeep tun oder sagen würde. Die Götter wußten, daß *ich* es niemals vorhersagen könnte.

Nicht mehr als ich ihr Verlangen vorhersagen könnte.

Ich hatte ihr Bett seit der Geburt von Brennan und Hart nicht mehr aufgesucht, auch wenn genug Zeit vergangen war, daß es ihr körperlich wieder möglich gewesen wäre. Es war mir zuwider. Es lag nicht an *ihr* – es gab nur so weniges, an das ich mich aus der Zeit erinnern konnte, bevor Serri mich aus Gisellas Bann errettet hatte. Der Gedanke, daß ich für sie kaum mehr als ein Spielzeug gewesen war, das ihren Launen gemäß handelte, verstörte mich zutiefst. Ich wollte nicht erfahren, wie gefügig ich in ihrem Bett gewesen war.

Aber anscheinend würde ich es doch erfahren.

Sie kam in mein Schlafzimmer, als ich gerade die Kerze ausblasen wollte. Nackt schaute ich auf, als der Türriegel angehoben wurde (ich hatte ihn nachts niemals verschlossen) und beobachtete überrascht, wie Gisella in den Raum schlüpfte und die Tür fast geräuschlos wieder schloß. Sie trug nur ein Nachtgewand und den schwarzen Umhang ihres glänzenden Haars. Als sie sich dem Bett zuwandte, um mich aufzusuchen, hörte ich das Rascheln von Stoff und sah den Umhang um ihre Brüste und Oberschenkel schwingen.

Sie sah mich durch den zarten Schirm der gazeartigen Vorhänge an, blieb stehen. Sie stand ganz still. Dann liebkoste eine gespreizte Hand langsam ihre Brüste, glitt schräg von der linken Schulter herab und hielt wie zufällig am Grübchen ihres Nabels inne. Dann ergriff die Hand einen Teil des Stoffes und zog ihn über ihre Hüften hoch.

Ich spürte, selbst gegen meinen Willen, daß ich erregt war.

Sie sagte nichts. Sie durchquerte den Raum, kam zu mir, legte mir die Hände auf die Schultern. Ihre Handflächen fühlten sich warm an, während sie meine sich ebenfalls erwärmende Haut massierte.

Sie lächelte. Es bestand kein Zweifel, daß ich sie begehrte, auch wenn ich sagen zu können glaubte, dem sei nicht so. Sie führte ihre Nägel abwärts und verweilte an dem Gold meiner Arme. Ich hörte ein metallisches Schaben, als sie über die fließenden Umrisse kratzte.

»Wolf«, flüsterte sie. »Ich kann *auch* ein Wolf sein ...«

Sie drängte sich gegen mich. Ich ergriff Hände voll ihres Haars. Ich dachte plötzlich an Serri, der zusammengerollt am Fußende meines Bettes lag. Serri, der mein Leben durch die Verbindung teilte.

Und dann kümmerte es mich nicht mehr.

»Wölfe«, flüsterte sie. »Laß es geschehen, wie bei *Wölfen.*«

»Niall? *Rujho,* das Konzil hat eine Notfallsitzung einberufen.« Ian entriegelte und öffnete während dieser Worte die Tür. Und dann blieb er plötzlich stehen und schwieg. Er hatte nicht erwartet, Gisella in meinem Bett vorzufinden.

Nun, nicht mehr als *ich* es – zumindest ursprünglich – erwartet hatte.

Licht fiel durch die Fenster. Es war früher Morgen, *zu* früh. Ich rieb mir mit einer Hand das Gesicht und versuchte, die Benommenheit aus meinem Geist zu verbannen. »Eine Notfallsitzung?«

Ian schwankte zwischen der Möglichkeit, zu antworten, und der, sofort zu gehen. Neben mir zog Gisella die Bettdecke über ihre Nacktheit.

»Ian ...«, begann ich stirnrunzelnd.

»Zieh dich einfach an. Ich werde draußen warten.« Er schloß die Tür mit einem Knall hinter sich, als er den Raum wieder verließ.

Ich stand auf, zog Hose und Wams an und band mir einen Gürtel um. Zuletzt zog ich die Stiefel an, wandte mich dann um und beugte mich hinab, um Gisella kurz zu küssen –, was sich in die Länge zog. Sie lächelte, streckte sich träge und versprach mir mit halb geschlossenen, träumerischen Augen die Welt.

Götter – wer weiß, inwieweit es Verhexung oder Begierde ist? fragte ich mich unsicher und verließ mit Serri auf den Fersen den Raum.

Ians Gesicht war auffallend ausdruckslos, als ich ihn im Gang traf. Tasha saß neben ihm und säuberte eine makellose Pranke. Ich lächelte verzerrt. Mein Bruder würde sagen, es stehe ihm keine Bemerkung zu, aber er brauchte auch nichts zu sagen. Ich wußte allein durch die bloße Ausdruckslosigkeit seines Gesichts, was er dachte.

Er deutete den Gang hinab, wir paßten unsere Schritte einander beim Gehen an, und unsere *Lirs* folgten uns. »Ich weiß kaum mehr als du«, belehrte er mich. »Es geht wohl um irgendeine Nachricht des Bastards.«

Ich fluchte. »Ärger mit dem Bastard ist das letzte, was wir jetzt, da der Krieg immer näher rückt, gebrauchen können.«

»Er wird Ärger machen, bis er tot ist.« Ian schüttelte den Kopf, als ich ihn scharf ansah. »Nein, ich spreche nicht von Mord, aber andere tun das zweifellos.«

Mord – eine staatskundliche Tatsache, ein Werkzeug, das Könige und andere benutzten, um mögliche Rivalen – oder sehr wirkliche Rivalen – zu beseitigen. Alaric selbst hatte es gegen das Haus Erinn angewandt.

Und aus genau diesem Grund konnte ich mir nicht vorstellen, seinen Gebrauch gegen den Bastard entschuldigen zu können. Auch nicht, um meine Bedrohung zu verringern. Sicherlich gäbe es irgendwo irgend jemanden, der trauern würde. Seine Mutter. Sein Pflegevater. Vielleicht sogar eine Frau.

Wir stiegen hintereinander eine Wendeltreppe hinab. Die Stufen waren zu schmal, um mehr als einen Menschen auf einmal zu tragen. Hinab und hinab, rundherum und rundherum, mit nur einem Seil an der inneren Säule als Halt. Die gewundene Treppe war in ihrer engen Begrenzung für eine leichte Verteidigung wie geschaffen: Es war einfacher, den Palast gegen den Feind zu verteidigen, wenn sich jeweils nur ein Mann und ein Feind gegenüberstanden, als wenn ein Mann vielen Feinden begegnen müßte.

Wir gingen im Erdgeschoß an Wächtern im Gang vorbei und nickten dann denen außerhalb der Holztür zur Begrüßung zu. Einer von ihnen griff hinein, löste den Riegel und stieß die Tür für uns auf. Wir traten ein und ließen die Tür fast augenblicklich wieder schließen …

… und schritten in das Auge eines Sturms hinein.

Niemand nahm von uns Notiz. Obwohl die Männer gewöhnlich ihre Unterhaltungen unterbrachen, um mir mit Verbeugungen und gemurmelten Grüßen Ehre zu erweisen, merkte jetzt niemand auch nur, daß ich anwesend war. Die Bankreihen an den Wänden entlang und unmittelbar vor uns waren besetzt, und weitere Männer standen in den Nischen. Sie saßen und standen Schulter an Schulter und blockierten uns die Sicht auf das Podest und den Tisch, an dem unser Vater gewöhnlich saß. Über das leise Gemurmel ständiger Bemerkungen hinweg konnte ich hören, wie jemand leidenschaftlich zu dem Mujhar sprach.

Ian und ich wechselten bestürzte Blicke. Dann zuckte er die Achseln und begann uns einen Weg durch die Reihen der stehenden Männer zu bahnen, wobei er Entschuldigungen murmelte, während die anderen fluchten, sich regten und ihn anstarrten.

Zweifellos ärgerten sie sich über die Unverschämtheit zweier so viel jüngerer Männer.

Ich trat auf eine Stiefelspitze, entschuldigte mich und stolperte fast über eine weitere. Der Besitzer der Stiefelspitze und ich waren beide verärgert, als wir uns stirnrunzelnd ansahen. Serri knurrte laut hinter mir. Durch die Verbindung spürte ich seinen Widerwillen gegen Homaner ohne Manieren. Aber ich hörte auch, daß sich hinter uns Gemurmel erhob. Ian und ich wurden von jenen angesprochen, die uns kannten, und als wir die Mitte der Halle erreichten, wo man für die Sprecher und Bittsteller Raum gelassen hatte, traten die Männer bereitwillig beiseite. Aber da benötigten wir ihre Höflichkeit eigentlich nicht mehr. Unser Vater, der sich erhoben hatte, rief uns zum Podest.

Wir gingen sofort zu ihm, überquerten die freie Fläche in der Mitte der Halle. Vor dem Podest stand ein Mann in einer Haltung, die fast trotzig wirkte. Er wandte sich um, als Ian und ich näher kamen. Ich sah den wütenden Gesichtsausdruck, als wäre ihm die Unterbrechung zutiefst zuwider. Aber als er mich in Ians Gefolge sah, änderte sich sein Gesichtsausdruck. Er blickte mich an. Und ich sah ihn etwas in sich hineinmurmeln. Ein Gebet. Oder einen Fluch.

Die Männer auf den Bänken erhoben sich. Das plötzliche Schweigen erhob sich, hielt aber nur sehr kurz an, denn ich hörte das Gemurmel fast augenblicklich erneut beginnen. In den meisten der leise geäußerten Bemerkungen schwang ein wenig Anerkennung mit. Und Verständnis in anderen.

Und sogar Feindseligkeit.

Ian zögerte kurz, bevor er das Podest betrat und sich hinter den Tisch stellte. Tasha war wie ein Schatten hinter ihm, und ihr Schwanz schlug heftig, während sie ebenfalls leise auf das Podest stieg. Sie spürte die Spannung in der Halle genauso wie Serri.

Drei Stühle standen dort. Der mittlere war offensichtlich für meinen Vater vorgesehen, denn auf seiner Lehne kauerte Taj. Lorn lag mit fast geschlossenen Augen daneben. Ian trat an ihm vorbei nach links und wartete, während ich meinen Platz zur Rechten einnahm. Dann sprach mein Vater ruhig in die Stille und stellte uns beide den versammelten Leuten vor. Ich sah bekannte und unbekannte Gesichter. Die Mitglieder des Konzils standen in der bogenförmigen Vorderreihe. Außer Rowan kannte ich niemanden von ihnen gut. Und in seinem Gesicht suchte ich nach einem Hinweis auf den Ernst der Lage, aber ich sah nur eine Maske.

Als mein Vater sich setzte, taten wir es ihm gleich. Es herrschte noch immer Schweigen. Der Mann vor dem Podest sah mich weiterhin an.

»Setzt Euch«, befahl mein Vater, und die Stille wurde von dem Geräusch schabender Bänke, dem Klingen von Sporen und dem Klappern von Schwertscheiden unterbrochen.

Der Fremde inmitten der Halle wartete in angespanntem Schweigen.

»Dies ist Elek«, sagte mein Vater. »Er kommt vom Norden, von jenseits des Blauzahnflusses. Er vertritt jenen Teil der Homaner, die das Recht von Carillons Sohn unterstützen, nach meinem Tod den Löwenthron zu erben.«

Jedermann in der Halle sah mich an, um meinen Ausdruck zu beurteilen. Sie erwarteten zweifellos Entsetzen, Verärgerung … vielleicht sogar Feindseligkeit. Und einige wenige wahrscheinlich auch Angst. Aber ich offenbarte nichts von alledem. Statt dessen sah ich Elek an.

Er wirkte nicht wie ein Aufrührer, ein Wilder, ein Wahnsinniger. Er wirkte wie ein *Mann*, der nicht wesentlich älter war als ich. Er hatte braune Haare, braune

Augen, war glatt rasiert und hatte ein offenes, ernstes Gesicht. Er trug einfache Kleidung: eine Tunika und eine Hose ohne Verzierungen. Seine Stiefel waren schlammbedeckt, aber ansonsten aus gutem Leder gefertigt. Elek war kein Adliger, aber er war auch kein armer Mann. Sein Reichtum lag zweifellos in seinen Überzeugungen.

Ich stand auf, wobei mein Stuhl über das Podest schabte. Ich befahl Serri schweigend, beim Stuhl zu bleiben. Langsam trat ich von dem Podest herunter, überquerte die freie Fläche, blieb schweigend vor Elek stehen und bemerkte, wie er die Lippen befeuchtete, wie er aufblicken mußte, um mir in die Augen zu sehen. Und ich bemerkte ebenfalls sein ganz leichtes Schwitzen. Elek war unruhig – jetzt, da ich vor ihm stand. Und so erkannte ich, daß er ausgesprochen erfolgreich darin gewesen war, das Recht des Bastards auf Einnahme meines Platzes in der Erbfolge zu verfechten.

»Warum?« fragte ich. Nur das.

Er schluckte. Sein Blick flackerte zwischen mir und dem Mujhar hin und her. Er wußte zweifellos nicht, was er antworten sollte.

Ich wartete. Wie auch alle anderen.

Kurz darauf räusperte Elek sich. »Er ist Carillons Sohn.«

»Er ist Carillons *Bastard*.«

Er hob kurz das Kinn an. »Üblicherweise erbt der *Sohn* vom Vater.«

»Eher als der Enkel?« Ich nickte. »Ja, das gebe ich zu. Aber die Umstände lagen anders.«

»Wir behaupten, daß Carillon eher seinen Sohn zum Nachfolger bestimmt hätte als Donal von den Cheysuli, wenn er von ihm gewußt hätte.«

»Ich bin der Sohn seiner Tochter«, sagte ich ruhig. »Wenn Frauen in Homana das Recht hätten zu regieren, hätte Aislinn, meine Mutter, den Löwenthron geerbt. Statt dessen hat ihr Mann ihn bekommen. Glaubt Ihr wirklich, daß Carillon seine Tochter enterbt hätte, um den Weg für einen Bastardsohn freizumachen?«

»Wenn er von ihm gewußt hätte ...«

»Woher wollt Ihr wissen, daß er es nicht gewußt hat?« Ich schaute an Elek vorbei zu Rowan. »Hauptmann, Ihr könnt meine Frage am besten beantworten. Hat Carillon gewußt, daß die Frau empfangen hatte?«

Elek wandte den Kopf und blickte ungläubig zu Rowan. Hatte er gedacht, er könnte seine Sache unbestritten verfechten?

Rowan lächelte nur ganz leicht. Er trug, wie stets, die karmesinrote Seidentunika mit dem sich über die Falten erstreckenden wilden schwarzen Löwen. Diese Farben standen ihm bei seinem Cheysuliaussehen gut. »Ja, Mylord. Er hat gewußt, daß sie empfangen hatte.«

Elek wandte sich jäh wieder um, um Rowans Feststellung zu widerlegen, aber meine erhobene Hand gebot ihm Einhalt. »Bevor Ihr die Frage stellt, Elek, laßt sie mich beantworten: Dies ist Hauptmann Rowan persönlich, der Carillon fast fünfundzwanzig Jahre lang gedient hat. Wollt Ihr seine Glaubwürdigkeit in Frage stellen?«

»Ich stelle seine Voreingenommenheit *nicht* in Frage«, antwortete Elek kurz angebunden. »Er ist ein Cheysuli. Glaubt Ihr, er würde lieber einen Homaner anstelle eines Cheysuligefährten den Platz in der Erbfolge einnehmen sehen?«

»Hier spricht Unwissenheit«, erwiderte ich. »Hat man Euch niemals die Geschichten gelehrt? Habt Ihr in Eurem Eifer, für Carillons Sohn einzustehen, niemals die Namen jener gelernt, die dem Vater so treu gedient haben?« Ich schüttelte den Kopf. »Nein, das habt Ihr nicht. Sonst wüßtet Ihr, daß Hauptmann Rowan ein *lirloser* Cheysuli ist. Er wurde als Homaner aufgezogen, Elek ... er hat keine *Lir*gaben, schuldet seiner Rasse keine Treue, besitzt keinen Stamm. Welchen Nutzen hätte es für ihn, Euch anzulügen?«

Elek antwortete nicht.

Ich schaute erneut zu Rowan. »Er wußte, daß sie empfangen hatte, und doch hat er sie gehen lassen.«

»Sie hatte darum gebeten, Mylord.« Rowan wirkte sehr ruhig, und dennoch hörte ich eine Spur Belustigung aus seinem Tonfall heraus. Hatte er so viel Vertrauen in mich?

»Sie bat um seine Erlaubnis, gehen zu dürfen.«

»Ja, Mylord. Sie wollte das Kind woanders bekommen, fern von den Grausamkeiten des Krieges. Der Mujhar machte keinen Versuch, ihr abzuraten.«

Er bemerkte seinen Ausrutscher nicht. *Der Mujhar*. Für ihn würde zweifellos immer Carillon der Mujhar sein. Aber ich dachte, daß dieser Fehler in diesem Fall von Vorteil war. Elek, der sich erneut Rowan zuwandte, runzelte die Stirn, als störe ihn dieser Hinweis. Ein Mann, der Carillon so ergeben war, daß er ihn noch immer als den Mujhar bezeichnete, betonte damit, wem seine ganze Treue galt.

»Wart Ihr anwesend, als er ihr diese Erlaubnis zu gehen gewährte?«

»Ja, Mylord. Er gab ihr Geld und seine besten Wünsche für die Geburt eines gesunden Kindes mit auf den Weg.«

»Und er sagte nichts darüber, daß sie das Kind zu ihm bringen sollte? Daß er das Kind in seiner Obhut wissen wollte, falls es ein Junge wäre?«

»Er sagte nichts davon, Mylord.«

»Warum, glaubt Ihr, hätte er das nicht tun sollen? Ein Sohn ist ein Sohn.«

»Ein Bastard ist ein Bastard.« Rowan blieb ernst. »Er beabsichtigte, Electra von Solinde zu heiraten.«

»Und erwartete einen Sohn von *ihr*.«

»Das … wurde erhofft. Sicherlich.« Rowans Lächeln war vergangen. Zweifellos erweckte die Befragung bei ihm alte Erinnerungen. Schmerzliche Erinnerungen an frühere Zeiten, als Carillons Jugend den Gedanken an Krankheit und beschleunigtes Altern noch ausschloß.

»Ja!« schrie Elek triumphierend. »Aber er *hat* keinen Sohn von ihr bekommen – nur eine Tochter.« Er wandte sich erneut ruckartig mir zu. »Nur eine Tochter, Mylord ... die den Thron nicht erben konnte.«

Ich betrachtete noch immer Rowan. »Ihr habt ihn besser gekannt als die meisten, Hauptmann. Erinnert Ihr Euch daran, daß Carillon jemals daran gedacht hätte – oder daran zu denken *gewünscht* hätte –, nach seinem Bastard zu schicken?«

»Nein, Mylord. Davon hat er niemals etwas gesagt.«

»Zu *ihm* nicht!« schrie Elek. »Aber vertraut ein Mann – ein *Mujhar* – einem anderen, auch seinem Hauptmann, alles an? Ich sage *nein*, das tut er nicht. Ich sage, er äußert seine Wünsche und behält einige Dinge für sich, wie jeder Mann es macht. Sogar ein Mujhar.«

Ich lachte. »Und jetzt wollt Ihr mir die persönlichen Gedanken meines Großvaters offenbaren?«

»Nein. Das brauche ich nicht zu tun. Ich werde es statt dessen die Frau tun lassen.« Jetzt war es an Elek zu lachen, während ich ihn anstarrte. »Ja, Mylord ... die Frau. Die Mutter des *Bastards*. Warum stellt Ihr nicht *ihr* diese Fragen? Sie steht bereits vor der Tür.«

Ich wagte nicht, ihm meine Besorgnis zu zeigen. Es war ganz offensichtlich geworden, daß viele der Fremden in der Halle Gefährten Eleks waren, Mitverfechter der Rechte des Bastards. Und ich konnte nicht sicher sein, wie viele der Männer, die meinem Vater vermutlich treu ergeben waren, dies auch bleiben würden. Es war möglich, daß Elek und jene, die bei ihm waren, weitere Mitstreiter selbst innerhalb der Mauern Homana-Mujhars zu finden hofften.

»Dann bringt die Frau auf alle Fälle herein«, sagte ich ruhig.

Es hatte keinen Sinn, ihr so gegenüberzutreten, wie ich Elek gegenübergetreten war. Und daher kehrte ich zu meinem Platz auf dem Podest zurück, während ein Mann hinausgeschickt wurde, um die Frau hereinzuholen.

Das Gesicht meines Vaters wirkte grimmig. »Er hat nichts davon gesagt, daß die Frau auch hier ist.«

Ich betrachtete ihn scharf. »Glaubst du, *das* würde irgend etwas ändern?«

»Er trägt dem homanischen Konzil eine formelle Bitte vor«, antwortete mein Vater. »Möglicherweise könnte eine Mehrheit der Mitglieder seinem Anspruch im Namen von Carillons Bastard zustimmen.«

»Aber du könntest ihre Entscheidung *verwerfen*.«

»Und das würde ich auch sofort tun. Aber das hätte ernstliche Auswirkungen. Es könnte das Konzil vollkommen spalten, was mehr oder weniger Homana spalten würde. Und die Götter wissen, daß ich kein feindseliges, gespaltenes Konzil gebrauchen kann, wenn ich in den Krieg ziehe.«

»Was ist mit den Cheysuli? Haben *sie* nichts dazu zu sagen?«

Mein Tonfall gefiel ihm nicht. »Und wirst *du* über die *A'saii* sprechen, oder wird Elek es tun?«

Ich antwortete nicht, denn die Frau war eingetroffen. Ich beobachtete nachdenklich, daß die Männer ihr den Weg freimachten, wie sie es für Ian und mich nicht getan hatten.

Zunächst war ich überrascht. Sie war klein, zu dick, mindestens zehn Jahre älter als mein Vater. Ihr bereits grau werdendes braunes Haar war aus einem bläßlich aufgedunsenen Gesicht am Hinterkopf zu einem Knoten zurückgebunden. Sie trug, genau wie Elek, einfache Kleidung, aber von schlechterem Stoff.

Eine graue Frau, dachte ich. Graue Kleidung, graues Haar, grauer Geist. Nichts an ihrem Verhalten oder ihrer Erscheinung deutete auf die junge Frau hin, die die Lust eines Mujhar erweckt hatte.

Sie blieb neben Elek stehen. Sie machte unbeholfen

einen Knicks, als hätte sie vergessen, wie es ging. Sie hielt den Blick zu Boden gerichtet, doch als sie dann die Lider hob und meinen Vater ansah, erkannte ich, daß auch ihre Augen grau waren. Aber es war ein großartiges, noch dazu hübsches Grau, klar wie Glas und ebenso leuchtend. Ganz gleich was sie sonst war, sie schien keine dumme Frau zu sein.

Carillon hat mit dieser Frau geschlafen und einen Sohn mit ihr bekommen.

Rowan erhob sich. »Mylord?«

Mein Vater nickte.

Die Frau wandte sich Rowan zu, als er sich ihr näherte. Ich bemerkte den Blick, den sie wechselten – eine Übereinkunft, nicht übereinzustimmen. Er kannte sie, und sie kannte ihn, und doch fühlten sie sich anderen Menschen ergeben.

Er nickte. Er kehrte schweigend zu seinem Platz zurück. »Mylord.« Rowan schaute erneut zu meinem Vater. »Es ist die Frau, Mylord. Ihr Name ist Sarne.«

»Sarne.« Mein Vater beugte sich in seinem Stuhl vor. »Ihr habt Carillon einen Sohn geboren.«

»Vor fast sechsunddreißig Jahren, Mylord. Als ich zwanzig war.« Ihre Stimme war genauso kühl wie ihre Augen. Sie mochte vielleicht eine Hure sein, aber sie war auch dem Mann verbunden, den sie den Bastard nannten.

»Und jetzt kommt Ihr her und behauptet, er sollte anstelle *meines* Sohnes Prinz von Homana sein.«

»Mylord ... er ist *Carillons* Sohn.«

»Sein *unehelicher* Sohn.« Ich wußte, wieviel diese Betonung meinen Vater kostete, da doch Ian neben ihm saß. Es ist kein Cheysulibrauch, einen Bastard für seine Geburt zu verfluchen, und doch mußte er es um alles in der Welt tun.

»Unehelich geboren, ja«, antwortete sie fest. »Aber von seinem Vater anerkannt.«

Der Mujhar nickte. »Von seinem Vater. Von welchem?

Von Carillon … oder von dem Kleinpächter, den Ihr geheiratet habt?«

Ihr bläßliches Gesicht war vor Verärgerung gerötet. Ihre Augen glitzerten. Ich wurde auf eigenartige Weise an meine Mutter erinnert, als ich sie verärgert erlebt hatte. Die Augen waren gleich.

Und ich fragte mich plötzlich, ob das die Anziehung ausgemacht hatte. Meine Mutter hatte die Augen *ihrer* Mutter, und Electra war für die Macht ihres Blickes bekannt gewesen. Wenn Carillon für die Farbe empfänglich gewesen war, wurde es verständlicher, warum Sarne ihm gefallen hatte.

»Er wurde von seinem *Vater* anerkannt, Mylord, als ich ihn nach Homana-Mujhar brachte.«

Ich hörte das Keuchen der Versammlung. Das hatte niemand erwartet. Nein, vielleicht *hatten* einige es erwartet, denn nicht alle wirkten überrascht.

Ein Seitenblick auf das Gesicht meines Vaters ließ mich seine Bestürzung erkennen. Hinter ihm blickte Ian düster stirnrunzelnd auf die Tischplatte. Fast müßig zupfte er mit dem Daumennagel an einer fehlerhaften Stelle. Aber ich kannte meinen Bruder zu gut. Auch er war zutiefst besorgt.

»Und wann seid Ihr nach Homana-Mujhar gekommen?« fragte mein Vater ruhig.

Sarne nickte leicht, als hätte sie diese Frage erwartet. »Ihr wart nicht hier, Mylord. Ihr wart zur Kristallinsel gereist, um die Prinzessin von Homana nach Hause zu holen.« Sie nickte erneut. »Das war, bevor Ihr sie geheiratet habt. Als Euer einziger Sohn auch ein Bastard war – wie meiner.«

Ich sprang sofort auf. »Ihr geht zu weit«, belehrte ich sie einfach über das Murmeln der Menge hinweg. »Beleidigt meinen Bruder nicht *hier*.«

Ihre Würde offenbarte sich nur schwach, und doch war ich mir ihrer bewußt. »Dann beleidigt *meinen* Sohn nicht hier, Mylord.« Sie trat zwei Schritte vor, eine kleine, dicke Frau, die dennoch in ihrem Stolz stark war. »Glaubt Ihr, ich kenne die Cheysulibräuche nicht? Glaubt Ihr, wir schicken meinen Sohn aus irgendeinem verdrehten Wunsch vor, um den Thron von Euch zu *stehlen?* Nein, Mylord … wir wollen nur das, was für ihn richtig ist … was *sein* Recht ist, weil er Carillons Sohn ist! Er ist ein Bastard? Ja, das ist er! Und genauso dieser Mann dort!« Sie deutete auf Ian. »Genauso ist der Mann, der an der Seite des Mujhar sitzt, unehelich geboren, aber er muß nicht darunter leiden. Er ist ein Cheysuli und wird deshalb nicht beiseite geschoben, obwohl sein Vater seine Mutter niemals geheiratet hat. Und ich frage Euch – welches Recht habt Ihr, *meinen* Sohn beiseite zu schieben? Mit welchem Recht verweigert Ihr ihm seinen angemessenen Platz? *Carillon* hat das niemals getan!«

»Welchen Platz *hat* Carillon ihm zugewiesen?« fragte mein Vater. »Bei den Göttern, Frau, nichts wurde jemals erwähnt. Nicht mir gegenüber, nicht Rowan gegenüber … wenn Carillon Euch einen Platz für Euren Sohn versprochen hat – einen Titel oder was auch immer sonst –, hat niemand jemals davon erfahren!«

»Warum sollte er *Euch* etwas davon gesagt haben?« entgegnete sie. »Er hatte Euch bereits den Thron versprochen. Jedermann in Homana weiß, wie die Gestaltwandler ihrer Prophezeiung dienen. Vielleicht dachte er, daß Ihr oder die anderen Cheysuli versuchen würdet, meinem Sohn Schaden zuzufügen.«

Mein Vater schnappte fast nach Luft. »Ihr seid wahnsinnig«, sagte er zu ihr und schüttelte langsam den Kopf. »Ihr seid *wahnsinnig*.«

»Bin ich das?« erwiderte sie. »So wahnsinnig wie die Prinzessin Gisella?«

»Das genügt!« schrie ich. »Frau, Ihr geht *zu weit!*«

»Jedermann weiß es!« schrie sie. »Ihr seid mit einer Wahnsinnigen verheiratet, Mylord. Wer weiß, welche Art Kinder Ihr bekommen werdet?«

Jetzt hatte sogar mein Vater sich erhoben. »Das genügt«, sagte er. »Bei den Göttern, Frau, *es genügt!*«

»Warum? Weil ich die Wahrheit sage? Weil ich es *wage*, vor allen anderen die Wahrheit zu sagen?« Sie wirbelte herum und sah die versammelte Menge an. »Es ist wahr! *Alles* ist wahr! Mein Sohn wurde von Carillon anerkannt, der ihm einen Platz zuweisen wollte. Und jetzt, da wir um diesen Platz *bitten*, verweigert der Mujhar ihn uns.« Ihr Körper bebte unter dem Ansturm ihrer Empfindungen. »Er fürchtet meinen Sohn. Er *fürchtet*, was es für die Prophezeiung bedeutet. Aber ich sage, wir sind *Homaner* ... wir brauchen keine Prophezeiung. Warum sollen wir Homana nicht wieder *homanisch* machen?«

Die Menschen sprangen auf und versuchten sie niederzuschreien. Andere schrien darüber hinweg und erklärten, sie wollten ihren Sohn unterstützen. Und ich beobachtete das Schauspiel erstaunt.

Ian schob seinen Stuhl zurück. »Ich werde die Wache holen.«

»Nein.« Mein Vater ergriff seinen Arm, als er aufstehen wollte. »Bleib hier. Ich will nicht, daß du dich dieser Menge näherst.«

»Jehan ...«

»Ich sagte *nein*.«

»Sie ist wahnsinnig«, sagte ich benommen. »Noch wahnsinniger als Gisella.«

»Welche Art Mann wollt ihr auf dem Löwenthron sehen?« schrie die Frau gerade. »Einen Cheysuli? Einen Homaner? Das Kind von Carillons Sohn? Oder das Kind der wahnsinnigen Gisella?«

Ich sah Elek an. Er lächelte. Er beobachtete die Frau und lächelte, als wartete er auf etwas.

Hinter ihm hatte sich Rowan den Männern zugewandt. Ich sah, daß er den Mund bewegte, aber sein Ruf ging in dem Aufruhr unter. Wie Ian, wollte auch ich die Wache holen. Aber ich machte keine Anstalten, es zu versuchen.

»Ein *Cheysuli* hat Carillon getötet!« hörte ich die Frau schreien. »Ein *Gestaltwandler* hat den Mujhar umgebracht. Er hat ihm Gestaltwandlergift gegeben!«

»O *Götter*«, hörte ich meinen Vater ausrufen. »Wie kann sie von der *Tetsu*wurzel wissen, die er gegen die Schmerzen einnahm?«

»Carillons Sohn sollte Mujhar sein – Carillons homanischer *Sohn – laßt den Löwenthron homanisch bleiben.«*

Und dann löste sich plötzlich ein Mann aus der Menge. Er schoß vor – und im selben Augenblick sprang ich über den Tisch auf den Boden und versuchte ihn abzuwehren. Aber ich kam zu spät, da ich durch eine schlechte Landung ins Stolpern geriet. Er stieß zu, versenkte sein Messer im Körper der Frau und sah meinen Vater dabei an. »Mylord … das habe ich für *Euch* getan … um Euch meine Treue zu beweisen.«

Und er starb fast augenblicklich. Elek, der von Sarnes zusammengesunkenem Körper aufstand, stieß mit seinem eigenen Messer zu und ließ den Mann zu Boden gehen.

Ich hörte das Klingen und Zischen vom Stahl der mehr als hundert Schwerter und Messer. Ich erhaschte einen Blick auf Rowan, der einen Angreifer zurückschlug. *Götter … sie werden doch* Rowan *nicht töten …*

Und doch wußte ich, daß es geschehen konnte.

Sie kamen vorwärts: eine Mauer menschlichen Fleisches. Elek war ein Ziel. Und ich war ebenfalls eines, dachte ich.

»Niall, *geh zurück!*« Die Stimme meines Vaters, der die anderen überschrie.

Elek fuhr herum und belegte mich mit Bosheiten. Andere hielten ihn fest, schlugen ihm das blutige Messer aus der Hand. Ich glaubte nicht, daß er mich töten, nur daß er mich für den Mord an Sarne verfluchen wollte. Und doch glaubten andere, daß er es doch tun würde. Sie walzten ihn mit mindestens zwölf Mann auf einmal nieder.

»Tötet ihn nicht!« rief ich. »Bei den Göttern, *tötet ihn nicht!*«

»*Rujho …* geh zurück!«

Und dann spürte ich, wie Serri an mir vorbei auf die Menge zuging und nach einer Kehle schnappte. »Serri! Serri, *nein …*« *Götter … sie werden sagen, er sei verrückt geworden … sie werden sagen, er müßte getötet werden … und dann werde auch ich getötet werden …* »Serri … *nein!*«

Ich tauchte hinter dem Wolf her und versuchte, ihn festzuhalten. Ich bekam nur die Spitze seines gesträubten Schwanzes zu fassen, und dann lag ich ausgebreitet am Boden, und Stiefel stampften zu nahe an meinem Gesicht vorbei.

Serri …

»Mylord, steht *auf.*« Jemand ergriff die Rückseite meines Wamses, riß mich hoch und hielt mich fest, als ich schwankte. Ich spürte, wie mir ein Messer in die Hand gedrückt wurde. »Mylord, *bewaffnet* Euch!«

Serri …

Es kam keine Antwort über die Verbindung.

Hände lagen auf mir. Ich spürte etwas Scharfes durch mein Wams schneiden und ein Stechen in meinem Bauch.

Jemand versucht mich wie einen Fisch auszunehmen …

»Mylord!« Ich wurde umgewandt, vorwärtsgeschoben, das Messer in meiner Hand versank tief in Haut.

»Nein!« schrie ich entsetzt.

Eleks Gesicht, der Mund vor Schreck und Entsetzen weit geöffnet. Blut floß über meine Hand. Und dann sank er langsam auf die Knie, bis er in der Menge verschwand.

Götter … sagt, daß ich es nicht getan habe …

Und doch wußte ich, daß ich es getan hatte.

»Serri!« schrie ich. »Serri!«

»Der Prinz hat ihn getötet!« rief jemand. *»Der Prinz hat Elek ermordet!«*

Hände lagen auf mir, zogen mich von der Menge

zurück. Ich wand mich panisch, versuchte mich zu befreien, bis ich die Stimme meines Bruders hörte. »Hör auf, gegen mich anzukämpfen, *Rujho*, und laß mich dein Leben retten.«

»Serri«, sagte ich benommen. »O Götter… *wo ist Serri?*«

Hier, erklang die vertraute Stimme. *Lir, es geht mir gut. Du brauchst keine Angst um mich zu haben.*

Ian riß mich hinter dem Tisch zu Boden und drückte meinen Kopf in den Stuhl. »Bleib unten«, sagte er. »Laß die Wache ihre Arbeit tun.«

»Die Wache…?« Ich setzte mich auf, obwohl Ian mich wieder hinunterzuziehen versuchte. Und dann war Serri in meinem Gesicht. »O Götter… *Lir*…«

Es geht mir gut. Es geht mir gut. Lir, hab keine Angst um mich.

Er drückte seine Nase an meinen Hals. Ich legte einen Arm um ihn und drückte ihn so fest ich konnte. *Lir, wo bist du hingegangen?*

Da war ein Mann, der dich töten wollte. Ich mußte ihn aufhalten, Lir.

Ich hörte das Klingen und Krachen von Stahl auf Stahl, die Rufe der mujharischen Wache. Bänke fielen um, Männer schrien auf, fluchten, baten die Götter um Errettung, wie auch ich es getan hatte.

Ich versuchte, mich zu erheben, um über den Tisch hinwegzuspähen, aber Ian riß mich wieder herab. »Du Narr«, sagte er. »Du hast genau das getan, was sie wollten, damit sie behaupten konnten, daß du Elek getötet hast. Gib ihnen nicht noch mehr Grund zur Zufriedenheit. *Bleib unten!*«

»Wo ist unser *Jehan?*«

»Hier«, sagte er hinter mir. »Ich habe Rowan aus dem Chaos herausgebracht.« Er kniete sich gerade in dem Augenblick hin, als ich den Kopf wandte, um zu ihm zu blicken. »Bist du verletzt?«

Ich schaute an mir herunter. Blut befleckte meine Lederkleidung, aber es war nicht mein Blut. »Nein. Das ist alles Eleks Blut, fürchte ich.«

Hinter dem Mujhar stand der Hauptmann. Seine edle Seidentunika war zerrissen. Aber der Kettenpanzer darunter war heilgeblieben. »Es ist fast vorbei«, berichtete er. »Ich glaube, der Wahnsinn ist vorüber.«

»Aber für wie lange?« fragte ich angewidert. »Götter, welch häßliche Angelegenheit.«

»Wie es sein sollte«, stimmte Rowan mir zu. »Es war sorgfältig geplant.«

»Geplant?« Ich starrte zu ihm hoch, während ich die Hand haltsuchend nach Serri ausstreckte. »Teilweise, ja, das erkenne ich nur zu leicht. Aber ... Sarnes Ermordung? Und Eleks?«

»Wie kann man die noch unsicheren Treuebande besser aufspalten, als wenn man sie durch Mord entflammt?« Rowan schüttelte grimmig den Kopf. »Mylord, Sarne wurde von einem Mann getötet, der dem Mujhar treu zu dienen behauptete ... es sollte so aussehen, als wäre es Donals Wunsch gewesen. Aber Elek war nicht vorsichtig genug. Ich sah ihn unmittelbar vor der Versammlung auf dem Gang mit einem Mann sprechen.«

Ich erinnerte mich daran, wie er ausgesehen hatte, als wartete er auf etwas. »Also wurde sie geopfert.«

»Ja«, sagte mein Vater grimmig. »Und Elek ebenso, obwohl er es nicht erwartet hatte. Das macht diese Leute doppelt gefährlich. Sie werden ihre eigenen Leute töten, um uns die Schuld dafür zuschieben zu können.«

»Götter! Wird das gelingen?«

»Es könnte gelingen«, antwortete Rowan. »Die Nachricht wird verbreitet werden, daß *Niall* Elek getötet hat, und sie wird mehr Leute zu dem Bastard hinziehen. Und das werden die Aufrührer gegen uns alle benutzen.«

»Wie können wir dem Einhalt gebieten?«

»Wir können es nicht«, sagte mein Vater. »Nicht körperlich. Wir können es nach den heutigen Geschehnissen nicht wagen. Wir können es nur leugnen.«

Ich schüttelte den Kopf. »Keine mächtige Waffe.«

»Aber die einzige, die wir haben. Wir können uns keine andere Waffe leisten. Wir können diese Rivalität nur sich selbst erschöpfen lassen – mit dem geringen Beitrag, den wir zu dieser Erschöpfung leisten können –, bis die Homaner wieder auf Vernunftgründe hören werden.« Er bot mir seinen Arm und zog mich hoch.

Ich atmete entsetzt aus, während Serri sich an mein Bein drängte. Männer bedeckten den Boden. Einige waren tot. Einige waren fast tot. Andere nur verletzt. Ein großer Teil der mujharischen Wache befand sich noch in der Halle, während andere im Gang blieben, um den Frieden des Mujhar zu gewährleisten.

»Götter«, sagte ich verzweifelt, »welcher Wahnsinn hat dieses Reich befallen?«

»Kein Wahnsinn«, sagte Rowan. »Nennt es lieber Ehrgeiz. Das Verlangen nach einem Thron.«

»Und dahinter steckt Carillons Bastard.«

Rowans Gesichtsausdruck war schrecklich leer. »Wie der Vater den Sohn hassen würde …«

»Würde er das tun? Könnte er es wirklich tun?«

»Dafür?« Rowan nickte. »Er würde dem ein Ende setzen, wenn er sich aus seinem Grab erheben könnte. Er würde seinem Sohn Einhalt gebieten. Aber er kann es nicht tun … und daher müssen wir es für ihn tun.«

»Ihr würdet es tun?« fragte ich. »Könntet Ihr Carillons Sohn töten?«

Rowan lächelte. »Ich bin dem Mujhar von Homana verpflichtet und nach ihm seinem Sohn. Carillons Zeit ist vorüber. Donal ist der Mujhar. Und der Sohn, dem ich dienen werde, seid Ihr.«

Ich grinste. »Dann werdet Ihr ein alter, alter Mann sein.«

Mein Vater verzog das Gesicht. »Und ich werde ein

toter Mann sein. Laßt uns über etwas anderes sprechen.« Er wandte sich ab, als wollte er hinter dem Tisch hervortreten und von dem Podest heruntersteigen, aber da näherte sich ihm einer seiner Wächter.

»Mylord, es ist eine Nachricht eingetroffen.« Er streckte das versiegelte Pergament vor. »Sie sollte Euch sofort übergeben werden.«

»Ich danke Euch.« Er brach das Siegel und entfaltete das zerknitterte Pergament. Und dann sah er Rowan an. »Schiffe«, sagte er. »Solindische Schiffe. Sie wurden vor der Kristallinsel gesichtet. Hondarth ist in Gefahr.«

»Und so beginnt es erneut.« Rowan reinigte sein blutiges Schwert und steckte es in die Scheide zurück. »Mylord, wollt Ihr uns einteilen?«

»Ich werde es so machen, wie Carillon es einst tat, als er an zwei Fronten bedroht wurde. Ihr und ich werden nach Hondarth ziehen. Meine Söhne werde ich nach Solinde schicken.«

Rowan lächelte wieder. »Und ich werde über *sie* sagen, was ich einst über *Euch* gesagt habe: Sie sind in der Kriegsführung und der Lenkung von Männern ungeübt.«

»Ja, aber sie werden es lernen. Ich schicke die Cheysuli mit ihnen.«

Götter, dachte ich, *Solinde.*

Mein Vater betrachtete seine Söhne. »Deutlicher kann ich es nicht sagen: Ihr zieht morgen früh in den Krieg.«

Götter, dachte ich, *Solinde.*

Teil III

Kapitel Eins

»*R*ujho ... *runter* mit dir!«

In dem Augenblick, als ich aus dem Sattel sprang, verspürte ich das Zwicken eines Pfeils an meiner Schulter, der an dem Leder meines Wamses zerrte. Mein Fuß war noch halb im Steigbügel gefangen. Das Pferd, das einen Schritt vor dem Heulen und Pfeifen der Pfeile zurückscheute, raubte mir das Gleichgewicht. Ich fiel und verdrehte mich unbeholfen, während ich meinen Fuß zu befreien versuchte, bevor mein Knie ausgerenkt würde. Ich hörte das Summen und Zischen zusätzlich befiederter Schäfte. Ich riß den Kopf beiseite, als sich ein Pfeil in meinem Haar verfing.

»*Runter* mit dir«, wiederholte Ian.

»Ich *bin* unten.« Verärgert riß ich den Stiefel aus dem Steigbügel frei, rollte mich herum, landete flach auf dem Bauch und sah meinen Bruder stirnrunzelnd an. Auch er lag mit dem Bauch nach unten auf dem dürren trockenen Gras der solindischen Ebene, die während der ersten grauen Tage des Winters unfruchtbar wirkte. »Wo sind sie? Wie viele sind es?«

Ian, der durch den Schirm aus Gras westwärts spähte, schüttelte den Kopf. Er zog den Kriegsbogen unter seiner Hüfte hervor, rollte sich auf die Seite, um einen Pfeil aus dem Köcher zu nehmen, und legte ihn ein. Dann stand er langsam auf und kauerte sich hinter das oberschenkelhohe Gras. Er verschmolz vollkommen mit den Halmen und den verkümmerten Sträuchern: Bernsteinfarben, Elfenbeinfarben, Ocker, keine Grüntöne, keine Brauntöne, keine Üppigkeit, nur das dumpfe Safrangelb des verbannten Herbstes. Die durch das dumpfe Licht eines Wintertages hindurchbrennende, messingfarbene Sonne ließ das Land milder wirken.

Unmittelbar hinter Ian, zu seiner Linken, kauerte Tasha, die kastanienbraun schrägstehenden Grashalme zerteilend. Nichts an ihr bewegte sich – nichts wies darauf hin, daß sie lebte –, nicht einmal ihre Schwanzspitze regte sich. Sie war die Stille selbst. Sie erinnerte mich seltsam an den auf dem Podest kauernden Holzlöwen in Homana-Mujhar.

Serri?

Er kam gerade heran, als ich an ihn dachte, im geduckten vornübergebeugten Gang eines heranschleichenden Wolfes, die Berührung mit dem Feind meidend. Er hatte den Schwanz eingezogen, so daß die Spitze seine Lenden berührte und ihn so schützte. Die Ohren waren an den Kopf angelegt. Sein Fell sträubte sich von Kopf bis Fuß.

Er kauerte sich neben mich, genau wie Tasha neben Ian kauerte. Er starrte in die Ferne. *Ihlini, Lir. Vor uns.*

Ich schaute sofort zu Ian, wollte es ihm sagen, sah die grimmige Anspannung seines Mundes und erkannte, daß ich es ihm nicht erst zu sagen brauchte. Tasha hatte die Kunde bereits weitergegeben.

Ihlini. Endlich. Nach zwei Monaten in Solinde, in Scharmützel verstrickt, die kaum mehr bewirkten, als unsere Zeit – sowie Leben – zu verschwenden, sollten wir dem wahren Feind in diesem Krieg begegnen. Es waren nicht die Solinder, obwohl sie mit wilder Entschlossenheit kämpften. Nein. Die *Ihlini*. Strahans Günstlinge, die Asar-Suti dienten.

Ihlini. Und das bedeutete, daß Ian und ich, kurz gesagt, unserer Cheysuligaben beraubt waren.

Ich konnte sogar jetzt schon die störende Beeinflussung in der Verbindung mit Serri spüren. Ein betäubend kribbelndes Gefühl, schwach, aber entschieden vorhanden, das die Haare auf meinen Armen, im Nacken und auf den Beinen sich aufrichten ließ. Ich war gereizt, denn offensichtlich schlich sich etwas in die Verbindung ein, die ich mit Serri teilte, und schob die Macht beiseite. Es war, als hätte jemand eine Kerzenflamme in zwei Hälften geteilt und eine Hälfte vollkommen eingesogen … und die andere Hälfte in eine so tiefe Dunkelheit gesandt, daß sogar das *Licht* verschwand. Ich konnte die Macht in die Erde entweichen spüren, mich verlassen, zur Erdenmutter zurückkehren spüren. Und ich war nicht sicher, daß sie zurückkehren würde.

Ich erschauderte. *Wie unheimlich, daß die Götter uns die Gaben der Erdmagie geben und sie uns dann wieder fortnehmen, wenn uns Ihlini begegnen …*

Wie *beunruhigend,* daß wir unserer schlagkräftigsten Waffe beraubt werden, wenn wir unserem größten Feind gegenüberstehen.

»Mehr als Ihlini«, murmelte Ian. »Sie benutzen keine Bogen. Das überlassen sie anderen.«

»Den Atvianern?«

»Atvianische Bogenschützen sind vielleicht die gefährlichsten, die es gibt.«

»Bis auf die Cheysuli.«

Ian warf mir einen Blick zu. »Hast du vergessen? Wir sind nur zu zweit. Ich bin der letzte, der unser Kriegerkönnen abwertet, *Rujho,* aber ich bin auch der erste, der sich den Gegebenheiten stellt. Der Anzahl der abgeschossenen Pfeile nach zu urteilen, sind wir erheblich in der Minderheit.«

»Nur im Augenblick. Das Lager ist nicht weit von hier. Ich werde Serri nach Verstärkung schicken.«

Ian nickte grimmig. Die Verbindung stellte sich zwar nicht mehr ganz her, aber ich vertraute Serris Instinkten mehr als meinen eigenen. Als ich eine Hand auf seine Schulter legte, stand der Wolf auf, wandte sich um und lief in leichten Sprüngen ostwärts davon – auf das homanische Lager zu.

Wir hatten zwei lange Monate in Solinde verbracht, hatten die Grenzen durchbrochen und waren ständig vorangegangen, bis wir uns gut drei Wochen von der homanischen Grenze entfernt befanden. Was natürlich eine noch größere Entfernung von Mujhara bedeutete. Und auch von Hondarth, wo unser Vater geblieben war, denn bis hierher war es mindestens ein Zweimonatsritt.

Wir waren hauptsächlich mit Cheysuli hierhergekommen, aber homanische Truppen folgten uns auf dem Fuße. Es war kein Krieg, wie ich ihn erwartet hatte, da er vorrangig aus Grenzscharmützeln und Überfällen durch schnell zuschlagende, solindische Aufrührer bestand, aber ich lernte bald, daß Tod stets Tod bedeutet, ungeachtet seiner Erscheinungsform.

Carillons Vorgehen, hatte mir einer der Hauptmänner erklärt, *das Bellam den Sieg gekostet hatte, als Carillon aus dem Exil zurückgekehrt war. Wenn nichts sonst, so haben die Solinder in den dazwischenliegenden Jahren zumindest das dazugelernt.*

O ja, sie hatten dazugelernt. Sie wußten, daß man ein möglichst schlagkräftiges Kriegsheer erheben muß, auch wenn man nur unter wenigen Männern wählen kann. Und daß man sie sorgfältig einsetzen muß.

Wie viele Male? fragte ich mich. *Wie oft wird Solinde* noch *Krieg gegen Homana führen?*

»Sie kommen«, flüsterte Ian.

Ja, sie kamen. Während ich in dem kargen solindischen Gras kauerte, beobachtete ich, wie die Solinder herankamen. So vorsichtig. So *sehr* vorsichtig, wie Wanderheuschrecken, die gezielt jeden Grashalm verschlingen, trampelten sie das Gras nieder, während sie es gleichzeitig als Schild benutzten. Ich konnte keine Männer ausmachen, keine Gestalten, konnte keine Worte oder Waffen hören. Nur das sanfte und kaum vernehmbare Zischen von etwas, das sich durch das Wintergras näherte.

Der Feind wußte zweifellos, wo wir uns befanden. Obwohl wir durch das Gras genauso abgeschirmt wurden wie sie, gaben doch die Pferde unsere Anwesenheit preis. Ich betrachtete sie grimmig: Ians grauen Hengst und meinen eigenen Rotschimmel, die müßig im Gras weideten. Gebißstangen klangen, Geschirre klirrten, Ians Hengst schnaubte.

Und dann hörten die Pferde plötzlich auf zu grasen. Sie hoben die Köpfe. Westwärts. Dem Feind entgegen.

Serri, sagte ich, *beeile dich.* Obwohl ich wußte, daß er mich nicht hören konnte.

Ian sprang auf, schoß einen Pfeil ab und kauerte sich fast augenblicklich wieder hin. Ich hörte einen Schrei aus den Reihen des Feindes – ein Schrei der Entdeckung, nicht des Schmerzes – und erkannte, was Ian beabsichtigt hatte. Sie hatten unsere Stellung jetzt sehr genau erkannt ... und es war an der Zeit, daß wir sie verließen.

Ian suchte meinen Blick und deutete dann auf die Pferde. Es war unwahrscheinlich, daß wir aufsteigen und entkommen konnten, ohne entdeckt zu werden, aber wir konnten die Hengste für ein Ablenkungsmanöver benutzen. Und auch als lebenden Schutzschild. So sehr mir der Gedanke, mein Pferd zu opfern, auch mißfiel ... der Gedanke, mich selbst zu opfern, mißfiel mir noch mehr.

Ich nickte. Legte mich flach auf den Boden. Versuchte, auf dem Bauch auf die Pferde zuzurobben, ohne zuviel Gras zu bewegen, was unsere Absicht verraten hätte.

Aber wir erreichten die Pferde nicht. Ohne Vorwarnung brach das Gras vor uns in Rauch und Flammen aus.

Es war ein beißend öliger Rauch, der unsere Gesichter, unsere Augen überzog und in unsere Münder und Kehlen eindrang. Ich hustete, würgte, spie aus. Meine Augen brannten. Tränten. Ich konnte nichts außer Rauch und Flammen sehen.

Die Pferde schnaubten, schrien, rannten davon. Westwärts, fort vom Feind.

Götter, wie sehr wünschte ich, daß Ian und ich es ihnen gleichtun könnten. Aber wir konnten nicht genug sehen, um es zu versuchen. Wir konnten nicht einmal *atmen*.

Ein Mann trat aus dem Rauch hervor und dann noch

ein weiterer: Solinder mit Schwertern in den Händen und Entschlossenheit in den Augen.

Und noch einer. Und noch einer. Aber ich konnte nicht genug sehen, um sie alle zu zählen.

Ian sprang neben mir auf. Ich wollte ihn wieder hinabzerren, seinen Arm ergreifen und ihn *hinabziehen*, aber ich tat es nicht. Ich konnte nur husten, keuchen, ausspeien – und zusehen, wie er Pfeile von einem Bogen abschoß, der durch das Zittern seiner daraufliegenden Hand ebenfalls zitterte. Er konnte nichts sehen, und doch kämpfte er.

Zwei der Solinder gingen sofort zu Boden. Ians Können war so groß, daß er sogar halbblind und halb von beißendem Rauch erstickt sein Ziel finden konnte. In diesem Fall sogar zwei Ziele. Und er legte schweigend einen weiteren Pfeil ein.

Noch mehr Männer traten aus den dichten Rauchwolken hervor. Und hinter ihnen kamen die Ihlini.

Ich erkannte ihn sofort. Irgendwie *erkannte* ich ihn, obwohl ich ihn niemals zuvor gesehen hatte.

Blut, das zu Blut strebte? Nein. Das war Strahans Waffe, mich glauben zu machen, daß wir durch Blut und Erbe miteinander verbunden seien.

Und doch mußte ich mir Fragen stellen.

Ich tat es meinem Bruder nach und sprang ebenfalls auf. Ich riß das Schwert aus der Scheide an meiner Hüfte. Der erste Mann kam mit einer rostigen Klinge – *rostigen Klinge* – heran und zielte auf meinen Kopf. Es überraschte mich – nicht daß er zuschlagen würde, sondern daß er sich so ungeschützt darbot. Er war kein Schwertkämpfer. Nur ein Mann. Ein Mann mit einem sehr alten Schwert. Und ein Mann, der sterben würde.

Ein einziger Schritt vorwärts, während ich mich unter seinem Schlag hinwegduckte. Ein einziger Streich mit meiner eigenen Klinge. Ich spürte die Spitze durch das Leder seines Gürtels dringen, kurz auf einer matten Messingschnalle entlangschaben, weiter in den Bauch eindringen und Haut, Muskeln und die prall mit Blut gefüllten Gefäße durchtrennen. Und wie es herausrann, das Blut. Wie es aus dem Mann herauslief und den Stoff seiner Tunika und das Silber meines Stahls befleckte. Wie es spritzte und in roten Tropfen auf die durstigen Halme des safranfarbenen Grases fiel und es unheimlich karmesinrot färbte.

Ich zog die Klinge wieder aus der menschlichen Scheide heraus und wandte mich erneut dem Feind zu.

Dieses Mal war es der Ihlini.

Rauch schälte sich von seinen Schultern, während er zu mir kam. Er trug Grau, ein blaßlilafarbenes Grau, das dem sich auf sein Geheiß wölbenden Rauch entsprach. Sein Haar war schwarz, seine Augen blau. Ich dachte sofort an Hart, meinen zweiten Sohn.

»Mylord«, sagte er, »eine Botschaft von Strahan.« Der Ihlini sprach ruhig. Und er lächelte. Ich schätzte ihn höchstens ein oder zwei Jahre älter als ich selbst ein. Jung, stark, kräftig. Von dem Vertrauen in seine Mission erfüllt. Von seiner Hingabe vereinnahmt. »Er läßt Euch ausrichten: *›Sage Donals Jungen, daß er Gisella niemals hätte heiraten sollen. Sage Donals Jungen, daß er eines Tages zu mir kommen wird.‹*«

Das Schwert hing schlaff in meiner Hand. Ich brauchte es nur anzuheben…

Aber ich tat es nicht. Er hatte meinen Plan vereitelt. »Zweifellos«, antwortete ich. »Ich hätte es zweifellos nicht tun sollen, weil es Strahans Verderben sein wird. Ich habe Kinder von der Frau, Ihlini… Söhne. *Söhne.* Und so sind die neuen Verbindungen bereits geschmiedet.«

Der Rauch bildete eine Wolke um ihn und klammerte sich an seine Schultern, Hände und Stiefel wie Meersalz an einen Mast. Sie erhob sich, bauschte sich, bildete eine Mauer, verschlang alle anderen um uns herum, bis wir nur noch zwei einzelne Männer waren, die einander über Generationen des Hasses, des Mißtrauens – der *Angst?* – hinweg gegenüberstanden.

War es möglich, daß die Ihlini uns fürchteten?

Ehrlichkeit untergräbt die falsche Anmaßung: Ich wußte, daß ich die Ihlini fürchtete. Und ich hatte keine Angst, es zuzugeben.

Schweigen herrschte um uns herum. Nichts war innerhalb der Mauer aus Rauch zu hören. Die Welt war sicherlich stehengeblieben. Und außerhalb davon? Vielleicht war das Rad der Zeit beeinflußt worden. Ich dachte, daß er der Zeit befohlen hatte, vollkommen stillzustehen.

Ich sah ihn an. »Strahan hat gesagt, die Ihlini und die Cheysuli seien miteinander verwandt. Sie seien beide Kinder der Erstgeborenen.«

Er lächelte. »Das wird behauptet.«

»Glaubt Ihr es?«

»Ich weiß es besser, als daß ich etwas *nicht* glauben würde, was wahr sein könnte.« Er zuckte die Achseln, und Asche rieselte von seinen Schultern.

»Ist Euch das zuwider?«

Seine schwarzen Brauen hoben sich ein wenig. »Daß unsere Rassen miteinander verbunden sein könnten? Nein. Es ist mir nicht zuwider. Vielleicht ... *würdige ich es nur nicht entsprechend.*« Er lächelte erneut. »Warum fragt Ihr mich das, Mylord?«

Er nannte meinen Rang, genau wie Strahan es getan hatte. Und ohne Spott – einfach als feststehende Anrede. Er brachte mich Stück für Stück von den vorgefaßten Meinungen ab, die ich mir aus häßlichen Geschichten aufgebaut hatte.

Waren es Vorurteile? Zweifellos. Aber ich war nicht sicher, daß der Ihlini sie nicht verdiente.

»Ich frage, weil wir beide miteinander verwandt sind, wenn es stimmt, daß die Rassen miteinander verbunden sind.«

Er lachte. »Der Beginn einer Bitte um Nachsicht? Ihr braucht mein Erbarmen, Mylord? Nun, verschwendet Euren Atem nicht. Ich beabsichtige, Euch das anzutun, was Ihr mir antun wollt.« Er neigte ein wenig den Kopf, als lausche er auf etwas, was ich nicht hören konnte. »Selbst wenn wir *Brüder* wären, würde das die Melodie nicht ändern.« Er lächelte, während ich die Stirn runzelte. »Könnt Ihr sie nicht hören? Sie wird für uns gespielt, Mylord. Weil wir den Todestanz tanzen werden.«

Er hob mit einer anmutigen Bewegung die Hand. Ich sah in seinen Fingern hell poliertes Silber schimmern. Strahlend blendendes Silber. Aber es war kein Messer, wie ich erkannte.

Er neigte mit einer Geste kaum wahrnehmbarer Ehrerbietung den Kopf. Oder war es eine Geste des Abschieds? »Mylord.«

Die Hand wurde himmelwärts gestoßen. Ich sah, wie der Rauch sich teilte und den Weg für das Ding in seiner Hand freimachte. Es schimmerte, blitzte auf und zog eine Bahn in den Himmel hinauf.

Ich beobachtete es. Ich legte den Kopf zurück und beobachtete, wie das Silber flog. Ich sah es einen Aufwärtsbogen beschreiben, durch den lilafarbenen Rauch schneiden, und dann erkannte ich seine Absicht.

Ich ließ den Kopf ruckartig wieder sinken. »O nein«, belehrte ich ihn, »Ihr lenkt mich nicht mit kindischen Tricks der Irreleitung ab.«

Er versuchte nicht einmal, meiner Klinge auszuweichen. Ich zerteilte ihn sauber, von vorn bis hinten, und hörte das Schaben der Knochen an der Klinge. Und als er in einer sich ausbreitenden Lache brackigen, schwarzen Blutes lag, lachte er.

Er *lachte.*

»Mylord«, sagte er noch immer lächelnd, »sagt mir, *welche* Ablenkung eine Irrelei ...«

... und er war tot. Ich starrte auf sein Gesicht hinab, das im Tode, im jähen Aufhören des *Lebens,* das ihn leer und *verbraucht* und so bar aller Dinge, die ihn zu einem Mann gemacht hatten, zurückließ, plötzlich schlaff geworden war. Ihlini, Solinder, sogar Homaner oder Cheysuli. Er war ein Mensch. Und er war tot.

Und dann schoß das Silber aus dem Himmel herab und bohrte sich in meine linke Schulter. Nun verstand ich seine letzten Worte.

Irreleitung, ja. Und jetzt könnte sie sich als tödlich erweisen.

Der Schmerz trieb mich auf die Knie. Meine Hand löste sich aus eigenem Antrieb vom Heft des Schwertes und flog aufwärts, um meine Schulter zu umklammern. Ich spürte Stahl, scharfen, tödlichen Stahl, oblatendünn und tief eingedrungen. Eine flache, gebogene Spitze war alles, was über die Haut und mein Wams hinausragte. Der Rest steckte fest in Muskeln und Knochen. Mein linker Arm baumelte hilflos an der Seite herab.

Ich ergriff den Ellbogen und zog den Unterarm herum, so daß ich den Arm an meinen Bauch halten konnte.

… o … Götter … der *Schmerz …*

»Serri …«, keuchte ich. »Ian?«

Der Rauch war fort. Ich sah, wie die letzten Rauchfäden wieder in den Körper des Ihlini eingesogen wurden, als seien sie Teil seiner Seele. Jetzt, da er tot war, war auch die Macht fort. Das zertretene Gras war sein Leichentuch, der blutgetränkte Boden seine Bahre.

Meine Finger zuckten. Wieder. Alle Muskeln in meinem Arm spannten sich an, von der Schulter bis zu den Fingerspitzen. Meine Finger bogen sich nach oben, wurden unter den eingeschlagenen Daumen geklemmt. Die Starre war vollkommen.

»Ian …«

Ich übergab mich. Ich erschauderte. Schweiß bedeckte meine Haut unter der Kleidung. Ich zuckte. Ich roch den Geruch der Angst. Den Gestank der Hilflosigkeit.

O … Götter … Ian …

Ich streckte meine Hand aus und berührte das Gesicht des Todes.

Kapitel Zwei

Ich hörte jemanden aufschreien. Der Klang schmerzte in meinen Ohren und pochte in meinem Kopf. Innerlich verfluchte ich den Menschen, der den Lärm verursachte... und dann erkannte ich, daß ich es selbst war.

»Götter!« platzte ich laut heraus... »Was *tut* ihr mir an?«

Lir, sei ruhig. Das kam von Serri, der neben dem Feldbett saß.

»Du bekommst einen Zahn gezogen.« Ians Stimme, und zwar sehr nahe.

»Zahn?« Ich mochte zwar vor Schmerz benommen sein, aber ich wußte nur zu gut, daß das, was in meiner Schulter steckte, kein *Zahn* war.

»Der Zahn eines Magiers«, antwortete Ian. »Eine Ihliniwaffe... ich finde, der Name paßt.«

Ich schoß beinahe senkrecht hoch, als der Schmerz erneut zu spüren war. Hände drückten mich auf das Feldbett zurück. Ians Hände. Die Hände von jemand anderem. Und noch ein dritter zog an dem Zahn in meiner Schulter. »Götter, Ian... kannst du das nicht selbst machen? Erspare mir ein wenig Schmerz – benutze die Erdmagie bei dieser Wunde!«

Lir, sei ruhig. Bewege dich nicht.

»Das kann ich nicht tun. Der Zahn ist eine Ihlinisache. Es wird von allein heilen müssen.«

»Gebt ihm Wein«, schlug jemand vor. »Laßt ihn sich bewußtlos trinken.«

»Nein.« Eine dritte Stimme, die mir ebenfalls unbekannt war. »Ich weiß wenig genug über die Ihlini, aber ich weiß *dennoch*, daß sie häufig Zuflucht zu Gift nehmen. Ich glaube zwar, daß der Zahn nicht vergiftet war, aber ich will nichts riskieren. Gebt ihm keinen Wein, sonst könnten wir vielleicht vorhandenes Gift noch verstärken.«

Ich biß die Zähne so fest zusammen, daß ich dachte, sie könnten in meinem Mund zu Staub zerfallen. »Zieht ihn ... einfach heraus. *Schneidet* ihn heraus ... wollt ihr mich wohl von diesem Ding befreien?«

»Mylord, wir versuchen es.«

»Versucht es stärker.« Schweiß rann mein Gesicht hinab und befeuchtete das Kissen unter meinem Kopf. Vergiftet oder nicht – der Zahn ließ meinen Körper glühen.

»*Rujho* ...«, erneut Ian, »... einen Augenblick noch ...«

Hände lagen fest auf mir. Ich spürte den scharfen Schmerz in meine Haut einschneiden, und dann war das Ding auf einmal draußen.

»Da«, sagte jemand zufrieden.

»Laßt es bluten«, schlug der andere vor. »Wenn Gift darin ist, wird das Blut es herauswaschen.«

»Und wenn kein Gift darin ist, wird das Blut sein *Leben* hinauswaschen.« Ian war noch nie von dem manchmal fragwürdigen Können homanischer Ärzte beeindruckt gewesen. Da er Cheysuli war, standen ihm andere Möglichkeiten zur Verfügung. Im Gegensatz zu mir. »Stillt die Blutung und verbindet die Wunde«, sagte Ian ruhig, aber ich hörte den Befehlston in seiner Stimme. »Und dann laßt ihn schlafen.«

Sie folgten seinen Befehlen und ich ebenfalls. Ich schlief.

Etwas landete auf meiner Brust. Nur ein Leichtgewicht, aber es weckte mich. Ich öffnete die Augen, sah Ian neben mir stehen und schloß die Augen wieder.

»Der Zahn«, sagte er. »Du hast Glück. Er war nicht vergiftet. Du wirst überleben, *Rujho*.«

Ich fühlte mich nicht so. Ich fühlte mich jämmerlich. Mein Mund war von einem sauren Geschmack erfüllt.

Ich leckte mir die Lippen, wollte ausspeien. Wollte Wein oder Wasser trinken, in der Hoffnung, den bitteren Geschmack fortspülen zu können.

Ich öffnete die Augen und schaute zu Ian hoch. Das Zelt war nur schwach beleuchtet, kaum ausreichend, das Innere zu erhellen, aber der Stoff schien ungebleicht elfenbeinfarben und verlieh dem trüben Winterlicht nur dürftige Kraft. Ian war noch immer überwiegend in Schatten gehüllt. Seine Augen mit den gesenkten Lidern waren schwarz statt gelb.

»Der Zahn«, murmelte ich. Ich strich mit meiner gesunden Hand über die rauhe Heeresdecke und fand das Ding, das mein Bruder mir hingeworfen hatte. Ich nahm es auf. Ich spürte den kühlen Kuß des schimmernden Stahls. Eis in meiner Hand, dachte ich. Und doch brannte die Wunde an meiner Schulter.

Es war eine dünne, kreisrunde Stahloblate, vollkommen flach und mit gebogenen, zu unsichtbaren Spitzen geschliffenen Dornen versehen. Sie wirkte zunächst sternförmig, nur daß die Form zu verfeinert, zu fließend war. Die Dornen flossen aus dem Stahl heraus und bildeten am Rande der Oblate eine kaum sichtbare ›Vorhut‹. Runen waren in das Metall eingeritzt.

Ich verzog das Gesicht. Dieses Ding, von der Hand des Magiers geworfen, war aus dem Himmel herabgeschossen, um sich in Haut und Knochen zu versenken. Als hätte es ein eigenes Leben. Als hätte es sein Ziel gekannt.

Ich streckte es jäh meinem Bruder hin. »Nimm es. Der Zahn ist aus dem Kiefer entfernt. Jetzt kannst du darüber verfügen.«

Ian nahm den Ihlinistahl entgegen und lächelte leise. Er steckte das Ding in seine Gürteltasche.

Serri?

Hier, Lir. Ich spürte, wie sich eine kühle feuchte Nase gegen meine Hand preßte. Ich öffnete die Finger und streichelte Serri zwischen den Augen an der Stelle mitten in seiner kohlenschwarzen Maske. Seine Augen beobachteten mich begierig. *Du wirst dich wieder erholen, Lir*.

Daran habe ich niemals wirklich gezweifelt. Ich blickte erneut zu Ian. »Wie viele wurden getötet?«

»Zehn Solinder. Sie waren insgesamt nur zu zwölft. Die Verstärkung traf ein, unmittelbar nachdem du zu Boden gegangen warst.«

Ich nickte. »Wie viele von uns wurden getötet?«

»Zwei Homaner. Und zwei wurden verwundet.«

Ich runzelte die Stirn. »Was haben sie vor? Wir sind hier in Solinde, wo wir uns schon seit zwei Monaten aufhalten, und doch haben wir kaum gekämpft. Gelegentlich, ja – und ich vergesse die Männer nicht, die wir bereits verloren haben ... aber mich verwirren die Absichten des Feindes. Wir haben sowohl Cheysuli als auch Homaner bei uns, und doch bekommen wir kaum jemals mehr als zwanzig Solinder auf einmal zu Gesicht.«

»Pferde belästigende Moskitos.« Ian nickte. »Wie Sayre sagte – das war Carillons Art. Aber es gibt vielleicht doch eine Erklärung dafür.« Er zuckte leicht die Achseln. »Es ist nur ein Gedanke – aber was ist, wenn die Anzahl des Feindes bei weitem überschätzt wurde? Was, wenn der Aufstand selbst weitaus weniger umfangreich ist, als uns gesagt wurde?«

»Aber die Mitteilungen kamen aus Lestra, vom Regenten selbst.« Ich runzelte die Stirn. »Du willst doch nicht sagen, daß Wycliff ein Verräter ist ...«

»Nein. Er ist ein treuer Homaner, der unserem *Jehan* so gut dient, wie er nur kann. Nein. Ich glaube, die Botschaften werden gefälscht, bevor sie Wycliff erreichen. Ich glaube, er bekommt Berichte über Zahlen, die gar nicht stimmen. Wo sich zehn Männer aufhalten, wird ihm von vierzig berichtet. Wenn die Kundschaften in Lestra eintreffen – und später in Mujhara –, ist die Anzahl schon zehnmal größer als in Wahrheit.«

»Dann *benutzen* die Ihlini uns ... lenken uns von ihrem wahren Ziel ab.« Ich runzelte die Stirn. »Ist es Hondarth? Unser *Jehan* befindet sich dort, und Rowan. Es waren solindische Schiffe dort ...«

Ian schüttelte den Kopf. »Neuigkeiten kommen im Krieg nur langsam voran – langsamer noch als im Winter ... wer weiß, wie die Dinge in Hondarth jetzt stehen? Und das Wetter wird jeden Tag schlechter. Sayre sagt, es wird noch vor Einbruch der Nacht schneien.«

Ein Winterkrieg. Ich erschauderte bei der Vorstellung. »Kann es sein, daß die Ihlini die Solinder belügen? Daß es wirklich kaum mehr als *heimliche* Unruhen gibt und keinen richtigen Aufstand?«

»Ich bin mir ziemlich sicher, daß die Ihlini die Solinder hintergehen. Aber ich weiß *nicht sicher,* ob dieses Reich Homana wirklich angreifen will.« Sein Gesicht zeigte einen grimmigen Ausdruck. »Ich bezweifle nicht, daß es viele gibt, die von Homana unabhängig werden wollen – bevor Carillon Bellam besiegte, hatte Solinde niemals einen fremden Oberherrn –, aber sind sie so gefährlich, wie wir befürchten? O ja, sie sind Aufrührer, Angreifer ... Eiferer ...« – er lächelte dabei nicht – »aber es gibt immer jene, die die Macht niederwerfen und sie selbst übernehmen wollen. *Ungeachtet* der Befähigung des Königs.«

»Unser *Jehan* sollte davon wissen.«

»Ich bin sicher, daß er es weiß. Er hat schon zuvor gegen Solinde gekämpft.«

»Aber nur zusammen mit Carillon.«

Er antwortete nicht sofort. Und als er antwortete, war seine Stimme voller Weisheit. »Ein Mann lernt, Niall. Wie man kämpft, wie man anführt, wie man regiert.« Sein Gesicht wirkte seltsam heiter, und ich sah Mitgefühl in seinen Augen. »Du lernst es jetzt.«

Ich schloß wegen der Schwäche, die von meiner Wunde ausging, die Augen. Ich wußte, was er damit sagen wollte: daß ich das Heer sowohl tatsächlich als auch dem Namen nach bald anführen würde. Weil ich es jetzt nicht anführte. Mein Vater hatte klugerweise nicht von mir erwartet zu wissen, was ein Mann wissen muß, um einen Krieg zu führen. Er erwartete von mir, daß ich es *lernte* – und so hatte er homanische Hauptmannsveteranen ausgesandt, uns durch diesen Krieg zu führen.

»Niall.«

Ich öffnete die Augen.

»Die Götter erwählen nur wertvolle Männer.«

Ich verzog das Gesicht. »Die Götter können sich irren.«

Er lächelte. Ich hatte sehr entschieden geklungen. »Blasphemie?«

»Die Götter haben die Ihlini geschaffen.«

Das Lächeln wich. »Ja. Das haben sie getan. Und ich frage mich häufig warum.«

Ich nicht weniger. Nicht weniger als jeder Cheysuli, der sich zu fragen beginnt, ob die Götter *tatsächlich* eine zweite Saat ausgesät hatten.

Eine Wintersaat, dachte ich, eine im tiefsten Winter einzubringende Ernte. Dann war keine Wärme in der Luft. Kein Frühling. Kein Sommer. Kein Licht.

Nur Dunkelheit.

Sayre nahm seinen Becher mit erwärmtem Wein und leerte ihn. Er stellte ihn fort, wischte sich mit einem Unterarm den Mund ab und nickte nachdenklich. »Vielleicht habt Ihr recht, Mylord.«

Es war ein Zugeständnis. Ich hatte begonnen, mit dem Veteran Pläne zu entwickeln, und wir kamen genauso gut oder sogar besser voran, als es mir mit jedem anderen der Hauptmänner zuvor gelungen war. Er hatte schon mit meinem Vater und mit Carillon gekämpft. Er war nicht zu alt, aber er hatte seine Jugend auf dem Schlachtfeld verbracht, und ihm fehlte die Hälfte seines rechten Ohrs. Das erinnerte mich an Strahan, dem dieses Ohr ganz fehlte.

Sayre kratzte müßig eine rötliche Augenbraue. Eine schmale, blasse Narbe teilte sie. Sein rötliches Haar war großzügig von Weiß durchzogen. »Selbstzufriedenheit wäre tödlich, aber ich glaube, die Männer sind vorbereitet. Fähig. Wenn die Solinder kommen, werden wir sie übernehmen.«

Ich regte mich auf meinem Stuhl. »Dieses Lager besteht schon seit fünf Wochen, Hauptmann. Wir haben noch niemanden je so lange bekämpft. Wie könnt Ihr sicher sein, daß die Solinder *jemals* kommen werden?« Ich legte eine Hand auf Serris Kopf und barg die Finger in seinem üppigen Fell. »Wenn sie nicht kommen, verschwenden wir unsere Zeit. Aber wenn statt dessen die *Ihlini* kommen ...« Ich rieb mir die linke Schulter. Die von dem Zahn hinterlassene Wunde schien recht gut verheilt, aber die Narbe war noch immer empfindlich. Sie schmerzte in der beständigen Kälte fast ununterbrochen.

Sayre erhob sich und schob den Stuhl vom Tisch zurück. Er griff nach dem lederumwickelten Trinkkrug und goß sich selbst und mir erneut ein, obwohl ich erst die Hälfte meines Bechers geleert hatte. Sein vom Wind gerötetes Gesicht wirkte düster, während er erneut Wein trank, der seine wässrigen blauen Augen funkeln ließ.

»Laßt sie kommen«, sagte er tonlos. »Laßt sie kommen. Meine Homaner werden bereit sein.«

Ich schwieg. Ich kannte den Hauptmann zu gut. Und kurz darauf tat er, was ich erwartet hatte: Er fluchte und setzte sich wieder hin.

»Ja, ja – vielleicht habt Ihr recht. Wie kann man den Männern ihren Kampfeswillen besser nehmen, als wenn man ihn ihnen durch Angst austreibt?« Er fluchte erneut und setzte den Becher so heftig ab, daß der Wein über den Rand schwappte. Er spritzte auf den Holztisch und füllte Kerben, Kratzer und von Stahl beschädigte Stellen aus. Ich wich der Pfütze schweigend aus, indem ich die Arme hob und mich vom Tisch zurücklehnte. »Meine Homaner sind Veteranen, aber sie haben bisher nur Menschen bekämpft«, sagte er. »Wer weiß, was sie tun werden, wenn sie Ihlinimagiern gegenüberstehen?«

»Hauptmann ...« Aber dann hielt ich inne. Seine Augen hatten den glasigen Ausdruck der Erinnerung angenommen. Er war in lange vergangenen Schlachten verloren.

»Ich erinnere mich an die Nacht, als Tynstar uns angriff«, sagte er mit fast unheimlicher Losgelöstheit.

Ich sah ihn äußerst aufmerksam an.

»Tynstar griff uns an und nahm den Mond fort. Er erfüllte ihn mit Blut.« Sein Mund verzog sich angewidert zu einer schmalen Linie. »Er sandte einen Nebel über das Land, ein *Miasma,* das uns alle verschlingen sollte. Und das ganze Heer geriet in Panik, wie er es beabsichtigt hatte – außer Rowan, Carillon, Donal ... und sogar dem ellasischen Prinzen, Evan, dem guten Gefährten Eures Vaters.« Er runzelte leicht und in seinen Erinnerungen verloren die Stirn. »Er wollte uns damals alle töten, uns alle *vor* der Schlacht besiegen, und doch gelang es ihm nicht. Donal warf das magische Schwert auf Tynstar, und die Magie war gebrochen.«

Ich dachte an die Magie, der *ich* im Kreis aus lilafarbenem Rauch gegenübergestanden hatte.

»Die Magie war gebrochen«, wiederholte Sayre. »Aber das hatte ein Cheysuli getan – die Homaner waren zu ängstlich gewesen.«

»Dann sollten wir die Aufrührer vielleicht heraussuchen«, schlug ich vor. »Möglicherweise können wir diesen Krieg dann für immer beenden.«

»Vielleicht sollten wir sie zu uns kommen lassen.« Sayre war ernst. »Sie kennen dieses Land – wir nicht.«

Ich stand jäh auf, ging zum Zelteingang und zog ihn beiseite. Vor mir lag der Horizont. Es war ein kalter, windiger, niederdrückender Tag. Wolken ballten sich über blau gefrorenen Ebenen.

»Es gibt nicht vieles, was einen Winterkrieg empfehlenswert erscheinen läßt«, sagte ich leise und rieb mir erneut die Schulter. »Ich glaube, die Solinder werden nicht kommen. Und ich denke, wir sollten nach Lestra ziehen.«

»Wenn Ihr erlaubt, Mylord... ich muß wohl widersprechen.«

Ich lächelte. »Das dürft Ihr gern tun. Aber ich sage gleichermaßen offen: Ich glaube nicht, daß die Solinder einen Krieg gegen uns *und* gegen das Wetter führen werden.«

»Also wollt Ihr, daß wir in der Stadt überwintern anstatt hier auf den Ebenen.« Sayres Tonfall wirkte durch den vorsichtigen Nachdruck sehr beredt. »Wenn wir das tun, Mylord, lassen wir die Meilen zwischen Lestra und der homanischen Grenze ungeschützt. Dem *Feind* geöffnet...« Er hielt inne. »Dem Feind *und* jenen Männern geöffnet, die dem Bastard dienen.«

Ich knirschte mit den Zähnen. Ja, der Bastard. Sein Ruhm nahm jeden Tag zu, und jeden Tag verloren wir einen oder zwei Homaner, die in der Hoffnung auf bessere Ernährung, wärmere Bettstellen und eine höhere Bezahlung die Seite wechselten. Ich konnte dem Bastard nicht vorwerfen, daß er sein anwachsendes Heer in Scharmützel gegen solindische Grenzbewohner führte – was mir angeblich *helfen* sollte –, aber insgeheim verfluchte ich ihn doch jede Stunde einmal. Jene Scharmützel dienten vor allem *seinem* Ruf. Die Nachricht von Eleks Ermordung hatte meinen Namen beschmutzt und den von Carillons unehelichem Sohn erhellt.

»Welchen Nutzen hätte es, die Grenzen im tiefsten Winter einzunehmen?« fragte ich kurz angebunden und wandte mich ruckartig zu Sayre um. »Ich glaube, sie *halten* uns zu ihren eigenen Zwecken hier.«

Von draußen erklang ein Ruf. Ians Stimme. Ich wandte mich erneut um. Ein junger, ganz in Winterfelle und Leder eingehüllter Mann stand bei ihm.

»*Rujho* – Nachrichten aus Mujhara.« Ian duckte sich unter dem Zelteingang hindurch und trat ein, wobei er Sayre grüßend zunickte. Er trug dicke Fellkleidung und Handschuhe gegen die Kälte. Kein Gold war zu sehen, nicht einmal an seinen Ohren, denn als Schutz vor dem Wind trug er das Haar länger als üblich, genau wie ich selbst es tat.

Auch der junge Mann betrat das Zelt. Er trug eine Kapuze und einen Wollschal. In den Händen hielt er ein versiegeltes Pergament. »Mylord.« Er zog den Schal von seinem Mund. »Mylord ... für Euch.«

Ich nahm das feuchte Pergament entgegen, brach das spröde Siegel, öffnete es unter Schwierigkeiten – das Pergament klebte, riß ein, teilte sich in meinen Händen fast in zwei Hälften – und sah dann den Boten verzweifelt an. »Ich kann nichts davon entziffern. Das Papier ist fast völlig aufgeweicht, und die Tinte ist zerlaufen.«

»Mylord, es tut mir leid.« Die Erschöpfung ließ ihn die Ehrerbietung fast vergessen. »Es ... war schwierig, Euch zu erreichen. Die Ihlini haben das Land in Brand gesteckt.«

»In Brand gesteckt?« Ich runzelte die Stirn. »Drückt Euch genauer aus.«

»In Brand gesteckt«, wiederholte er. »Alles zwischen diesem Ort und der homanischen Grenze brennt. Menschen starben, das Wild ist in alle Winde zerstreut, alle Wintervorräte wurden vernichtet. Mylord ... erkennt Ihr, was sie getan haben? Sie haben Euch von Homana abgeschnitten. Ihr müßt weiter landeinwärts ziehen, um zu überleben.«

»Land*ein*wärts.« Ich sah Ian an. »Also kennen wir ihren Plan jetzt.«

Sayre fluchte heftig. »Ein alter Trick«, sagte er tonlos. »Man treibe den Feind heimwärts und in den Hungertod – oder man treibe ihn landeinwärts in den Tod im Kampf. Ich hätte es erkennen müssen. Ich hätte es *wis-*

sen müssen!« Er schüttelte seinen rötlichen Kopf. »Bei den Göttern, ich hätte auf Euch hören sollen.«

Ich sah den Boten an. Sein Gesichtsausdruck wirkte vor der Öde des Tages starr. »*Ihr* seid durchgekommen.«

»Ja, Mylord. Aber ich war *ein* Mann. Ich habe ein wenig Winterration und Korn bei mir gehabt. Aber ... ein *Heer* ...« Er fühlte sich unbehaglich bei den Worten, schüttelte den Kopf und zuckte die Achseln. »Das wenige Wild, das noch übriggeblieben ist, wird bald verhungern. Es gibt kein Gras für die Pferde, keine Nahrungsvorräte oder Korn. Alles ist vernichtet worden.«

Ich wandte mich jäh um und winkte nach Wein. Sayre verstand sofort und reichte einen frisch eingegossenen Becher dampfenden Weins herüber. Ich gab ihn an den Boten weiter. »Ihr werdet etwas zu essen bekommen. Ihr werdet Zeit zum Ausruhen bekommen. Aber zunächst – wurde Euch die Nachricht auch mündlich übergeben?«

Er nippte an seinem Wein. Nickte. Seufzte. »Ja, Mylord. Hauptmann Rowan sagte, Schriftrollen könnten verlorengehen. Er übergab mir die Nachricht auch mündlich.«

»Ihr seid von Hondarth hierhergekommen?« fragte ich überrascht. »Aber das Siegel ist das der Königin.«

»Der Hauptmann befindet sich in Homana-Mujhar, *bei* der Königin.« Er nippte erneut an seinem Wein. Seine blasse Haut begann wieder Farbe anzunehmen. »Es waren zwei Nachrichten, Mylord: eine vom Hauptmann und eine von der Königin.«

»Zuerst Rowans Nachricht«, sagte ich sofort. Und dann wünschte ich, als ich an meine Söhne dachte, ich hätte zuerst die andere verlangt.

Der junge Mann nickte. Seine braunen Augen verloren ein wenig den Ausdruck, während er sich an den genauen Wortlaut der Nachrichten zu erinnern versuchte. »In Mujhara herrscht eine Seuche«, gab er mir wieder. »Sie breitet sich in ganz Homana aus.«

»Eine *Seuche!*«

»Sie tötet ein Mitglied jeder Familie, manchmal sogar mehr«, fuhr er fort. »Die Homaner leiden unter einem Fieber, aber die meisten erholen sich wieder, es sei denn, sie sind sehr jung oder sehr alt. Aber ... die *Cheysuli ...*«

Er hielt inne. Er sah Ian an, dann den *Lir*. Schließlich sah er mich an.

»Ja?« fragte ich zunehmend besorgt.

Er befeuchtete seine Lippen. »Von fünf Cheysuli, die davon befallen werden, sterben vier. Und ... genauso verhält es sich bei den *Lirs*, Mylord.«

»Bei den *Lirs ...*« Ian kam steif näher heran. »Die Seuche betrifft auch die *Lirs?*«

»Mylord.« Er starrte in seinen Wein. »Häufig erholt sich der Krieger. Aber wenn sich der *Lir* nicht erholt ...« Er sah mich mit bleichem Gesicht an. »Wenn sich der *Lir* nicht erholt, stirbt der Krieger ohnehin.«

»Ein doppelter Fluch«, flüsterte Ian. »Wenn die Seuche einen tötet, tötet sie *beide*.«

Ich legte Ian eine Hand auf den Arm, mehr um mich zu beruhigen als meinen Bruder. »Diese Seuche herrscht in *Mujhara?*«

»Ja, Mylord – und im Stammeskeep. Und sie breitet sich in ganz Homana aus.«

»Meine Söhne«, sagte ich tonlos. »Meine Söhne sind in Mujhara.«

»Und unsere *Rujholla* befindet sich im Stammeskeep, zusammen mit anderen Verwandten.« Ians Gesicht war bleich. »Götter, *Rujho,* wie können wir unter diesen Umständen hierbleiben?«

»Mylord.« Der Bote hatte seine Stimme erhoben, als ahnte er, daß wir ihn entlassen würden, bevor er seine Aufgabe zu Ende gebracht hatte. »Mylord, es gibt noch eine weitere Nachricht. Von der Königin von Homana.«

Ich nickte, noch immer zu benommen, um mehr zu tun. *Meine Söhne sind in Mujhara.*

»Mylord, sie sendet die Nachricht, daß die Prinzessin empfangen hat.«

Ich keuchte. »Gisella …?«

»In fünf Monaten, Mylord – und *jetzt* noch eher – werdet Ihr ein weiteres Kind haben.« Er hielt inne. *»Ru'shalla-tu.«*

Ich betrachtete ihn schärfer. »*Ihr* seid ein Cheysuli?«

»Nein, Mylord. Ich bin Homaner. Aber es scheint weise, die Sprache jener zu erlernen, die regieren.«

»Den Göttern sei Dank für ein wenig Weisheit.« Ich sah Ian an. »Du weißt, daß wir gehen müssen.«

»*Ich* weiß es. Aber du hast gehört, was er gesagt hat. Kein Wild, keine Menschen, keine Vorräte …« Er zuckte die Achseln. »Es wird nicht leicht werden, *Rujho*.«

»Und wenn wir es nicht versuchen, werden wir niemals wieder schlafen können.«

»Nein«, stimmte er mir tonlos zu. »Aber ich glaube, das wird mir auch so nicht gelingen, bis ich weiß, daß unsere Leute sicher sind.«

Ich nickte. *Ein Kind. O Götter, ein weiteres Kind. Jetzt sind* drei *in Gefahr …*

Ich wandte mich zu Sayre um. »Wir werden morgen früh aufbrechen. Nur Ian und ich. Es würde niemandem nützen, wenn wir mehr Leute mitnähmen. Hauptmann …«, ich hielt inne, »… tut, was Ihr könnt, um diesen Krieg zu gewinnen. Wie auch immer, Ihr müßt ihn gewinnen.«

»Ja, Mylord. Natürlich.«

O Götter, dachte ich. *Meine Kinder.*

Die Erben der Prophezeiung.

Kapitel Drei

Das Land lag in Schutt und Asche. Obwohl auf den solindischen Ebenen nicht die dichten Wälder Homanas wuchsen, gab es auch hier verkrüppelte Bäume, wirre Hecken und üppige Gräser. Jetzt gab es nichts mehr, *überhaupt nichts* – nur verkohltes Gras, skelettartige Überreste geschwärzter Bäume, Asche und Steine anstelle von Gras. Das Land erstreckte sich in seinem Trauerkleid ostwärts unendlich in der Richtung Homanas.

Unsere Pferde trotteten durch Steine und Asche und wirbelten ein Leichentuch grauen Staubs auf, das unsere *Lirs,* unsere Pferde, unsere Kleidung bedeckte. Eis und Frost säumten die Steine, die gefrorenen Erhebungen von Hufen aufgerissener Erde, sogar die nackten, verzerrten Bäume. Eiskristalle glitzerten wie Juwelen. Unter ihrem Reichtum verlieh das Verkohlte dem Holz falsche Pracht. Wie Diamanten, wie schwarzer Marmor flammte und glitzerte es im schwachen blauen Licht eines frühen Wintermorgens und hüllte sich in vergänglichen Schmuck.

Obwohl der größte Teil meines Gesichts unter Wolle verborgen war, entkam mein Atem dennoch und bildete in der eisigen Luft Nebel. Ich wurde von Kapuze, Fellen, Lederkleidung und Wolle fast erdrückt, aber ich fror dennoch, obwohl ich nicht wußte, ob die Kälte, die ich empfand, von der Temperatur oder von widerwilligem Unglauben herrührte.

Ich blinzelte gegen die beißende Kälte an. Wir ritten im Schritt, nicht im Galopp, nicht im Trab, begleitet von unseren *Lirs,* aber dennoch strengte auch diese Bewegungsart unsere Augen an. Tränen sammelten sich und liefen. Ich wischte mit einem Handschuh über meine

Wangen, denn ich wollte die Tränen nicht in den vor Kälte wundgeriebenen Falten der weichen Haut gefrieren lassen. Um der Wärme willen hatte ich den Bart wieder wachsen lassen, der mich zu Carillon machte, aber dennoch *fror* ich.

»Wie konnten sie das tun?« fragte ich, obwohl die Worte durch die Wolle sehr gedämpft erklangen. »Wie konnten sie einen so großen Teil ihrer Heimat zerstören?«

»Verzweiflung?« Ian, der ebenfalls eine Kapuze trug, schüttelte den Kopf. »Weihung, Entschlossenheit ... vielleicht das und noch mehr. Ich bezweifle nicht, daß es eine schwere Entscheidung war.«

»Aber Menschen zu *töten?* Ihre eigenen Leute?«

Sein Achselzucken war durch die schwere Lederkleidung kaum wahrnehmbar. »Wenn du in einen Krieg eingebunden bist, dem du dich vollkommen überläßt, und ein Teil deiner Leute sich weigert zu helfen, dann wird es vielleicht leichter, sie zum Tode zu verurteilen.«

»Unbedacht *morden?*« Ich sah ihn überrascht an. »*Wie?*«

Ian zog den Schal von seinem Mund. »Ich habe nicht gesagt, daß ich es verstehe, Niall – ich biete nur eine mögliche Erklärung an.«

»Götter.« Der Gedanke machte mich krank. »Ich könnte niemals eine solche Entscheidung treffen. Über die Schicksale unschuldiger Menschen entscheiden? Niemals. Das steht keinem Menschen zu.«

»Du wirst es eines Tages tun müssen.«

»*Nein.*«

»*Rujho* – natürlich. Was glaubst du, was die Königschaft bedeutet? Du hast an Treffen des Konzils teilgenommen, du hast unseren *Jehan* Urteile sprechen hören. Er trifft Entscheidungen, *Rujho*. Und das wirst du ebenfalls tun.«

»Unser *Jehan* würde niemals etwas so Entsetzliches wie *das* befehlen«, erklärte ich. »Mord, Zerstörung ... *Rujho,* schau dich um! Vernichtete Ernten, niedergebrannte Häuser… sogar dem Vieh und dem Wild wurden Nahrung und Heim genommen. Wie soll sich das Land jemals wieder erholen?«

»Es wird sich erholen. Es wird Zeit brauchen, aber die Pflanzen werden wieder wachsen, die Ernten werden sich erholen, die Häuser und Hütten werden wieder aufgebaut, und sogar das Wild wird allmählich zurückkehren.« Er sah sich grimmig um. »Dies ist eine Wildnis, eine furchtbare, leblose Wildnis, aber es ist nicht die vollkommene Zerstörung. Das Land wird wieder leben.«

Ich erschauderte. »Dummheit«, murmelte ich. »Wenn wir diesen Krieg gewonnen haben, werden die Solinder einsehen, daß dies keinem ihrer Leute nützt.«

»Nein, es hat keinen Nutzen«, stimmte Ian mir zu. »Aber wenn ein Krieg verloren zu gehen droht, ergreifst du verzweifelt Maßnahmen. Und wenn dieser Krieg ungeachtet dieser Maßnahmen verloren wird, hast du zumindest nichts übriggelassen, was dem Feind nützen könnte.«

Ich betrachtete meinen Bruder. Ich konnte nur wenig von ihm sehen, nur eine gestaltlose Masse auf einem großen, grauen Hengst im Winterfell. Aber er hatte wenigstens sein Gesicht freigemacht. Ohne Bart, dachte ich, wirkte er jünger als ich. Und doch war er so viel weiser.

»Du solltest der Erbe sein«, sagte ich schließlich. »*Du* solltest es sein, Ian. Du bist besser dafür geeignet. Ich glaube, die *A'saii* haben die ganze Zeit recht gehabt.«

Er schüttelte sofort den Kopf. »Ich bin *nicht* besser geeignet, Niall. Du lebst nicht in meiner Haut. Du kannst nicht wissen, wie ich denke, wie ich in mancher Beziehung empfinde. Ich bin nicht bereit für den Löwenthron. Diese Aufgabe ist für dich bestimmt.«

»Und wenn ich sterben würde? Wenn die Seuche mich töten würde… oder ein solindisches Schwert… oder sogar der Zahn eines Magiers…« Ich sah ihn mit einer ruhigen Erwartung an, die mich genauso überraschte wie ihn. »Wenn ich sterben würde, *Rujho*, könntest du den Löwenthron dann annehmen?«

Der Schreck ließ sein Gesicht zur Maske erstarren. Er starrte mich an. Und er begriff. »Niall ...«

»Könntest du ihn dann annehmen?«

Kurz darauf stieß er ruckartig den Atem aus, der sein Gesicht sofort in Nebel hüllte. »Du hast zwei Söhne, *Rujho*, und bekommst vielleicht noch einen dritten. Ich werde diese Wahl, den Göttern sei Dank, niemals treffen müssen.«

Nein. Das würde niemals geschehen. Es sei denn, wir würden alle getötet. Und das hielt ich für höchst unwahrscheinlich.

Ich blickte zu Serri hinab, der neben meinem Rotschimmel einhertrottete. *Es sei denn, die Seuche würde uns alle töten*.

»Warum hast du gefragt, Niall? Warum ist es wichtig für dich, das zu wissen?«

Ich zuckte die Achseln. »Wenn wir zufällig in anderer Reihenfolge geboren worden wären, wärst *du* vielleicht für den Löwenthron bestimmt gewesen. Bei den Stämmen würde darüber gar kein Zweifel bestehen. Du wurdest zuerst geboren. Und doch kann, aufgrund homanischen Rechts, nur Aislinns Sohn erben. Das scheint ungerecht.«

»Das ist es nicht.« Ian führte seinen Hengst vorsichtig um einen gefrorenen Hügel aus verkohltem Gras herum und suchte nach Tasha. Ihr rötliches Fell glühte vor der geschwärzten, frostigen Erde wie erhitztes Erz. »Die Götter haben es so gewollt, sonst hätten sie uns an andere Stellen gesetzt.« Er lächelte. »Ich bin der Glücklichere, *Rujho*. Meine Entscheidungen werden leichter sein als deine.«

»Nein.« Ich widersprach ihm betont leutselig. »Weil ich dich dazu bringen werde, mir bei *meinen* zu helfen.«

Mein Bruder lachte.

Wir tränkten unsere Pferde, unsere *Lirs* und uns selbst an jedem Fluß und Bach, den wir finden konnten, obwohl viele davon zugefroren waren. Ansonsten tranken wir sparsam vom Inhalt unserer Wasserschläuche und füllten sie bei der ersten Gelegenheit wieder auf. Unsere Nahrung teilten wir sorgfältig ein und ebenso das Korn. Wir konnten es uns nicht leisten, auch nur einen Krümel zu verschwenden, weil es unwahrscheinlich war, daß unsere Vorräte ergänzt werden würden. Es gab kein Wild, kein Getreide, keine Wintervorräte. Wir hatten nur das zur Verfügung, was wir bei uns trugen.

Ich wollte die verkohlten Ruinen der Kleinpächterhäuser und die Überreste der anderen Wohngebäude umgehen, da mir schon beim Anblick der ersten beiden, die wir uns auf der Suche nach Leben und Nahrung angesehen hatten, übel geworden war. Aber Ian bestand darauf, daß wir an jedem Haus anhielten, weil wir es uns nicht leisten konnten, wie er sagte, auch nur eine Gelegenheit zu versäumen. Er hatte recht, aber mir gefiel die Entdeckung der in den Ruinen begrabenen Körper nicht, der verbrannten, zerschlagenen, wie Spielzeuge zerbrochenen Leiber. Der Feind war gründlich vorgegangen. Es gab keine Nahrung, kein Wasser, keine Lagervorräte, die nicht gezielt unbrauchbar gemacht oder vernichtet worden wären.

Und so durchquerten wir das Leichengebiet von Solinde und beteten, Homana zu erreichen, bevor unsere Rationen – oder unser Mut – verbraucht wären.

Ich dachte häufig an die Seuche. Ich erinnerte mich sehr deutlich daran, wie der Pelzhändler auf dem Marktplatz von Mujhara vor mehr als einem Jahr – vor fast *zwei* Jahren – von einer Seuche im Norden gesprochen hatte und die Vermutung geäußert hatte, sie würde von weißen Wölfen übertragen. Und ich erinnerte mich auch daran, daß die Wächter, die mich gesucht hatten, erst vor einem halben Jahr ebenfalls von weißen Wölfen gesprochen hatten und *mich* für die Prämie hatten töten wollen. Das Ganze hatte schon vor so langer Zeit begonnen, und dennoch hatten wir es nicht beachtet, es als eine vorübergehende Angelegenheit angesehen, als erlogenen Unsinn, eine Geschichte, die an den Herdfeuern der Schafhüter erzählt wurde, um sie wachzuhalten, während die Hunde die Herden vor Wölfen jeglicher Farbe schützten.

Aber jetzt war das Märchen wahr geworden. Jetzt war die Bestie losgelassen worden.

Schließlich überquerten wir die Grenze und erkannten, wie sorgfältig die Solinder darauf geachtet hatten, nichts von Homana zu zerstören. Man konnte mit bloßem Auge die gezackte Grenze sehen, die Schneide des Schwertes, die Homana von Solinde trennte. Hier gab es Gras, wenn auch gefrorenes. Hier gab es Leben, wenn auch durch die Kälte träge gewordenes. Hier gab es das Versprechen der Dauer. In Solinde gab es nur das Versprechen des Endes.

Und hier gab es auch Menschen, die uns zu Pferde entgegenkamen, als wir über die Grenze ritten.

Auch sie waren in Felle, Lederkleidung und Wolle gehüllt. Mützen und Kapuzen verbargen ihre Köpfe und einen großen Teil ihrer Gesichter. Ich erkannte keinen von ihnen. Sie waren Homaner, aber mehr konnte ich nicht sehen.

Ian und ich betraten Homana zusammen mit unseren *Lirs,* und die Homaner befahlen uns fast augenblicklich anzuhalten. Gedämpftes Licht lief ihre blankgezogenen Schwerter entlang. Die Sonne schien nur gelegentlich durch das Gewirr der gezackten Schneewolken, die tief über den Ebenen hingen.

Ein Mann ritt ein Stück vor den anderen (ich zählte insgesamt vierzehn Männer) und hielt dann an. Er betrachtete die *Lirs,* dann Ian und bemerkte seine gelben Augen. Schließlich sah er mich an und runzelte die Stirn. »Cheysuli«, sagte er. »Ihr beide?«

»Ja«, antwortete ich und wartete.

Er betrachtete mich noch ein wenig genauer. Aber mein Gesicht war, genau wie seines, überwiegend verborgen. Es ist schwer, einen Mann zu erkennen, der gut gegen den Winter geschützt ist. »In ganz Homana herrscht eine Seuche«, sagte er plötzlich. »Habt Ihr davon gehört?«

»Und seid Ihr ein Spähtrupp, der ausgesandt wurde, um uns von unserer Heimat fernzuhalten?«

Die anderen Männer murmelten untereinander, aber der Sprecher antwortete nicht sofort. Er blinzelte ein wenig und spähte an mir vorbei zu den geschändeten Ebenen Solindes. »Gehört Ihr zum homanischen Heer?«

»Nein«, antwortete Ian ungeduldig. »Wir gehören zum *solindischen* Heer.«

Die braunen Augen des Mannes zuckten zu Ian zurück. Ein mißbilligendes Schimmern war darin zu erkennen. Er hatte nicht viel Sinn für Humor. »Gestaltwandler«, sagte er tonlos, »jetzt ist nicht die Zeit für Leichtfertigkeiten. Am allerwenigsten für Euch.« Er deutete mit einer Kopfbewegung auf die Männer hinter ihm. »Wir sind Männer, die dem Sohn Carillons dienen.«

Ich fluchte innerlich, aber äußerlich ließ ich mir nichts anmerken.

Ian nickte gemächlich. »Wir waren lange nicht in Homana. Wie weit ist die Eingabe gediehen?«

Der andere zuckte die Achseln. »Der Mujhar befindet sich in Hondarth, das homanische Konzil ist wegen des Krieges gespalten. Die Eingabe bleibt im Augenblick unbeachtet, aber nur eine Zeitlang. Wenn der Krieg vorüber und das Frühjahr da ist, werden wir *unseren* Herrn an Nialls Stelle setzen.«

»Mörder«, sagte einer der anderen Männer. »Er hat Elek getötet.«

Nein, das hat er nicht getan – zumindest nicht absichtlich. Aber ich wagte es nicht laut zu sagen.

Ian glättete müßig die helle Mähne seines dunkelgrauen Pferdes. »Diese Seuche – wie ernst ist sie?«

»Für die Cheysuli sehr ernst. Ihr würdet besser in Solinde bleiben.«

»Nein«, antworteten wir gemeinsam.

Er betrachtete uns noch aufmerksamer. »Wir werden Euch nicht zurückschicken. Cheysuli, Homaner, das ist gleichgültig. Unsere Pflicht gilt unserem Herrn.«

»Werbt Ihr Leute an?« fragte Ian.

Die braunen Augen verengten sich. »Und seid Ihr von den *A'saii?*«

Also wußten auch die Homaner von den Eiferern. »Warum?« fragte ich laut. »Haben sich die *A'saii* Euch angeschlossen?«

»Wir haben angefragt. Aber sie haben abgelehnt: Unsere Ziele sind zu verschieden. Und so wurde der Pakt niemals geschlossen.« Er zuckte die Achseln und wikkelte seinen dunkelblauen Schal wieder fester um sich. »Aber ich glaube, daß die *A'saii* erledigt sind. Zu viele von ihnen sind schon tot.«

Die *A'saii* waren meine Feinde. Aber sie gehörten meinem Volk an, meinem Stamm, waren meine Verwandten. Ich trauerte um ihre Tode. Ich trauerte um die Tode ihrer *Lirs*.

»Was ist mit Euch?« fragte Ian. »Die Seuche ist nicht *so* wählerisch. Homaner sterben ebenfalls.«

Ich hörte erneutes Gemurmel. Ein Blick auf die anderen zeigte mir, daß heimlich Blicke gewechselt wurden. Rauhe Gesichter drückten Bestätigung aus. Gleichgültig was gesagt wurde, auch die Anhänger des Bastards erlitten Verluste. *Viele* Verluste. Wie bei den *A'saii*, so würde auch ihre Sache eher durch Unglück fehlschlagen, als alles, was ich vielleicht tun könnte.

»Wir werden siegen. Wir haben die Götter auf unserer Seite.«

»*Tahlmorra lujhala mei wiccan, Cheysu*«, zitierte Ian. »Das Schicksal eines Mannes bleibt immer in den Händen der Götter.«

Der Homaner wandte sein Pferd zur Seite. Und wir waren endlich zu Hause.

Wir fanden in Homana kein herzlicheres Willkommen, als wir es in Solinde gefunden hatten. Hier war das Land heil, die Wohnhäuser unverbrannt, die Kleinpächter lebten, das Wild und das Vieh waren gesund, aber Angst und Mißtrauen gediehen ebenfalls. Wir waren Cheysuli, und Cheysuli übertrugen die Seuche.

Ian und ich lernten schnell, daß es das beste war, wenn *ich* an die Türen ging und nach Nahrung und Wasser gegen Bezahlung fragte. Dieses eine Mal war mir mein homanisches Aussehen von Nutzen. Aber obwohl dem so war, verwandelte sich das schwache Willkommen in grobe Zurückweisung, je näher wir an Mujhara herankamen.

Aber dann, als wir noch einen Wochenritt von Homana entfernt waren, hielten wir an einem eingeschneiten Kleinpächterhaus an und wurden beide herzlich willkommen geheißen und zu einer Mahlzeit hineingebeten. Die alte Frau war allein, aber sie schien uns und die Seuche nicht zu fürchten. Sie führte uns mit unseren *Lirs* ins Haus und servierte uns eine warme Mahlzeit und herben Apfelwein, der mit einer Prise Zimt gewürzt war. Und als wir schließlich in der Hitze des kleinen Hauses unsere Felle ablegten, wurde unser *Lir*gold lächelnd – wenn auch zahnlos – aufgenommen.

»Ja«, sagte sie, »ich wußte, daß Ihr Cheysuli seid. Sogar unter den Fellen und der Lederkleidung verborgen. *Ihr* habt die Augen...« – sie sah Ian an – »... und die Tiere sind mehr als nur Haustiere. Sie sind *Lirs*, nicht wahr? Ja. Wunderschöne Tiere.«

Ihr weißes Haar war sehr fein und bereits etwas ausgedünnt. Es löste sich etwas aus einem festen Knoten geflochtenen Haars oben auf ihrem Kopf. Alle Zeiten der Welt waren an ihrem Gesicht abzulesen. Ihre blaßblauen Augen waren feucht, von der Milchblindheit zerfressen, aber auch wenn sie damit nichts mehr sehen konnte, wußte ich doch, daß sie mit ihrem Herzen sehen würde.

»Lady«, sagte ich, *»leijhana tu'sai.«*

Sie saß in ihrem Sessel, wiegte sich leicht und lächelte über meine Worte. »Die Alte Sprache.« Sie nickte und verflocht ihre Hände in die Enden des zerschlissenen braunen Schals. »Ich habe sie schon so lange nicht mehr gehört. Aber selbst damals war sie mir fremd. Mein Mund wollte die Wörter nicht formen.«

Ich blickte sie überrascht und ahnungsvoll an. »Ihr seid keine Cheysuli?«

»Nein, nein, ich nicht. Keine Cheysuli, nein.« Sie grinste. Sie wiegte sich. Sie lachte.

»Lady«, sagte Ian. »Ihr wißt, daß eine Seuche im Land herrscht, und doch batet Ihr uns herein. Ihr batet *Cheysuli* herein.«

»Ich bin alt. Ich habe nur noch mich selbst – und meine Katze.« Die grau getigerte Katze hatte sich angesichts der weitaus größeren Verwandten Tasha auf die Kaminabdeckung zurückgezogen. »Wenn meine Zeit kommt, werde ich bereit sein. Aber ich glaube, dieses Ihliniunheil wird nicht *mich* zu den Göttern senden.« Sie nickte. Sie wiegte sich. Sie lächelte.

»Ihlini.« Ich tauschte einen Blick mit Ian. »Ihr sagt, die *Seuche* sei Ihliniwerk?«

»Aus Strahan geboren, ja.« Sie nickte erneut. Ihre Augen waren geschlossen. Sie wiegte sich. »Sie kommt aus einer lange zurückliegenden Zeit. Ich erinnere mich an die Zeit Tynstars in Solinde, als er Bellam zum ersten Mal erzählte, daß er Homana einnehmen würde. Und so nahmen sie es zusammen ein, als Shaine erst in der Großen Halle von Homana-Mujhar getötet worden war. Tynstar vertrieb Carillon aus seiner Heimat ins Exil in fremde Reiche ...« Ihr Vortrag brach ab. Ian und ich sahen sie schweigend und auch erschreckt darüber an, daß sie einen so großen Teil der Geschichte unseres

Hauses nacherzählt hatte. »Aber er kam wieder nach Hause – das tat er – und eroberte Homana zurück, und dann stahl ihm Tynstar seine Jugend. Tynstar war stark, aber Carillon ebenfalls. Und am Ende obsiegte Carillon.« Sie lächelte kurz, aber dieses Lächeln schwand nur zu schnell wieder. »Aber Tynstar hatte mit Carillons Königin einen Sohn gezeugt, und jetzt ist dieser Sohn auf das Land losgelassen worden. Wie die Seuche Asar-Sutis.«

Dann schwieg sie. Ian und ich warteten in dem Schweigen des kleinen Raumes, daß sie die Geschichte beenden würde, aber sie schwieg.

»Lady«, sagte ich schließlich, »woher wißt Ihr so viel von Tynstar? So viel von Shaine?«

»Weil ich bereits lebte, als Shaine noch der Mujhar war.« Die Haut um ihre feuchten Augen kräuselte sich verschmitzt. »Und Tynstar war mein Herr.«

»Euer *Herr?*« Ich sprang sofort auf, die Hand um das Messerheft geschlossen. »Lady ...«

»Ja«, sagte sie, »er *war* es. Und ja, ich bin eine Ihlini. Aber ich bitte Euch, mich nicht zu töten: Ich bin nicht der Feind. Bewahrt Euch Euren Zorn für Tynstars Sohn auf.«

Sie hörte auf, sich zu wiegen. Sie saß ganz still in ihrem Sessel, eine kleine, alte, zerbrechliche Frau, die an einer solindischen Brust gesaugt hatte.

»Warum seid Ihr in Homana?« fragte Ian, der ebenso ehrlich neugierig wie vorsichtig war. Für mich galt das gleiche.

»Weil ich es mag«, antwortete sie. »Weil es jetzt meine Heimat ist.« Sie lachte plötzlich. Von einer verborgenen Stelle unter ihrem Schal zog sie ein glitzerndes Ding hervor. Sie hielt es ins Kerzenlicht, und wir sahen den Stein: ein heller und vollkommen roter vielflächiger Kristall. »Nehmt ihn«, sagte sie. »Nehmt meinen Lebensstein. Wenn Ihr glaubt, daß ich Euch schaden will, müßt Ihr ihn nur zerschmettern oder ihn ins

Feuer werfen. Und die Welt wird eine Ihlinihexe weniger beherbergen.«

Kurz darauf streckte ich die Hand aus und nahm den Stein von ihrer welken Handfläche. Ich trug keine Handschuhe. Der Kristall nahm die Farbe meiner Haut an, veränderte sich und seine Schattierung, bis er in meiner Hand verborgen war. Die vollendete Tarnung. Er schien gewichtslos, obwohl er es nicht war. Er schien keine Temperatur zu haben, obwohl der Stein bei der ersten Berührung unleugbar kühl gewesen war.

»Ein Lebensstein«, wiederholte ich. »Was bewirkt er?«

»Wir haben keine *Lirs*«, belehrte sie mich. »Wir haben statt dessen einen Stein. Er ist ein Ort für unsere Macht.« Ihr Blick ruhte auf dem Stein. »Ich habe jetzt nur noch so wenig Macht. Ich bin zu alt. Und ich habe mich von Asar-Suti losgesagt.«

»Von ihm losgesagt!« Ian starrte sie an. »Und Ihr wurdet am Leben gelassen?«

Die alte Frau neigte ein wenig den Kopf. »Manchmal habe ich, glaube ich, nicht gelebt. Aber das kommt nur, weil ich so alt bin. Ich habe meine Jugend verloren, als ich das Vertrauen in den Sucher verlor. Das war der Preis. Und jetzt warte ich auf den Tag, an dem ich sterben werde.«

Ich runzelte die Stirn. »Wie alt seid Ihr, Lady? Wie viele Jahre bleiben Euch noch?«

Sie zählte es kurz an ihren Fingern ab. Und dann grinste sie ihr zahnloses Grinsen. »Nur zwei«, sagte sie. »Zweihundert. Das ist nicht so alt, wenn man bedenkt, wie alt Tynstar war. Oder wie alt Strahan sein wird, wenn ihn niemand aufspürt und tötet.« Sie sah uns beide an. »Ihr könntet es tun«, sagte sie. »Geht zu ihm, spürt ihn auf, beendet die Seuche des Suchers. Das ist die einzige Möglichkeit, wie Ihr Euer Volk retten könnt. Die einzige Möglichkeit, wie die Welt überleben kann.«

Sie streckte eine Hand aus. Ich gab ihr den Stein zurück. Er flammte vor meinen Augen auf, sandte eine einzelne Ranke lilafarbenen Rauchs in die Luft, und dann wurde sein kurzzeitiges Strahlen erstickt. »Wenn Ihr ihm seinen Lebensstein nehmen könntet, wäre seine Macht beendet«, belehrte sie mich. »Wenn Ihr es nicht tut, dann vernichtet wenigstens den weißen Wolf.«

»Götter«, platzte ich heraus, »Ihr wollt, daß ich *mich selbst* töte?«

Ihre Hand krampfte sich zusammen und verbarg den hellroten Stein. »Ihr?« sagte sie. »*Ihr* seid der Prinz von Homana?«

»Ja, Lady – der bin ich.«

»Dann *müßt* Ihr gehen. Ihr müßt diese Aufgabe erfüllen.« Sie schob erregt Haarsträhnen zurück, die ihr ins Gesicht gefallen waren. »Geht nach Hause, Mylord von Homana. Und dann zieht nach Valgaard, zu Strahans Festung in den Bergen von Solinde. Das wird Homanas Befreiung sein.«

»Und das ist Euer Wunsch?« fragte Ian sanft. »Verzeiht, aber Ihr seid eine Ihlini. Welchen Grund könnt Ihr uns nennen, warum wir glauben sollten, was Ihr uns erzählt habt?«

»Einen Grund?« Sie war deutlich bestürzt. »Ich habe Euch die Wahrheit gesagt. Das sollte genügen.«

Ihlini, flüsterte mein Bewußtsein, während Ian und ich zweifelnde Blicke wechselten.

»Einen Grund.« Sie flüsterte die Worte vor sich hin. »Ich bin *zu* alt. Ich habe vergessen, welcher Haß zwischen den Kindern der Erstgeborenen besteht … welche Vorurteile es gibt …«

»Lady.« Ians Stimme klang verletzt. Ich erinnerte mich an seine Erwiderung, als Lillith auf der Reise nach Atvia unsere vermeintliche Verwandtschaft zur Sprache gebracht hatte. »Wir sind nicht miteinander verwandt, Lady. Nicht die Ihlini und die Cheysuli.«

»Nein?« Sie lächelte, zuckte die Achseln und wickelte ihren verblichenen Schal erneut um sich. »Also nein. Wie Ihr wollt.«

Ich schaute zu Serri. *Lir?*

Er blieb auffallend still. Die Frau war vielleicht alt und hatte wahrscheinlich den größten Teil ihrer Magie verloren, aber die Verbindung wurde dennoch durch ihre Nähe beeinträchtigt.

Ich fing Ians Blick auf und deutete als stillschweigenden Vorschlag mit dem Kopf zur Tür. Er nickte einmal ebenso stillschweigend und stand auf. Wir legten unsere Leder- und Fellkleidung wieder an, verhüllten unsere Gesichter und zogen unsere Kapuzen hoch.

»Lady«, sagte ich, »wir danken Euch. *Leijhana tu'sai.*«

Sie sah uns ernst an. »Ich werde Euch einen Beweis geben.«

»Einen Beweis?«

»Einen Grund, mir zu glauben.« Sie stemmte sich aus dem Sessel hoch. Sie war klein, zerbrechlich, unter dem Gewicht ihres Alters gebeugt. »Einen Beweis«, murmelte sie. »Mein Geschenk an Euch – mein Geschenk an *Homana* ...« Und sie warf den Kristall mit erstaunlicher Zielgenauigkeit ins Feuer.

»Nein!« Ich sprang auf sie zu, versuchte sie festzuhalten, während der Stein in die Flammen fiel, aber als ich die Frau berührte, bestand sie schon nur noch aus Staub. Nur *Staub* in Gestalt einer Frau, und dann war auch er fort.

Ich öffnete langsam meine Hände. Winzige Kristalle glitzerten auf der Haut meiner schwieligen Handflächen. Ich neigte sie langsam zur Seite. Staub rieselte auf den Boden hinab.

Ich sah meinen Bruder schweigend an.

»Götter ...« Aber dann hielt er inne, denn dafür gab es keine Worte.

Er wandte sich um und verließ das Kleinpächterhaus.

Kapitel Vier

An den Türen in Mujhara waren Zeichen angebracht. Zuerst betrachteten Ian und ich sie verständnislos und wie blind. Und dann wurde die Antwort deutlich. Ein roter Strich bedeutete, daß in dem Haus die Seuche herrschte. Ein schwarzer Strich bedeutete Tod.

Rund um uns herum herrschte bis auf die von unseren Pferden verursachten Geräusche Schweigen. Gräuliche, von Ruß und Asche überzogene Schneeverwehungen erstreckten sich von Eingang zu Eingang. Inmitten jeder Straße war über gefrorene, schlammige Kopfsteine ein schmaler Pfad aus schmutzigem Schneematsch geschlagen. Unsere Pferde schlidderten und glitten aus und drückten den Schneematsch in die pferdehufförmigen Eiskrusten. Tasha und Serri liefen hinter uns.

Obwohl es bereits später Vormittag war, gingen nur wenige Leute vorüber. Wenn sie uns sahen, hüllten sie sich fester in ihre Kleidung und eilten vor uns davon. Ich sah, wie sie Schutzzeichen gegen unsere *Lirs*, unsere Pferde und uns selbst machten, und erkannte noch einen weiteren Grund, der Behauptung zu mißtrauen, daß die Cheysuli an Bedeutung gewonnen hätten: Jetzt fürchteten sie uns wegen der Seuche.

Der zinnfarbene Himmel spie in unregelmäßigen Abständen Schnee über uns aus. Die Flocken waren nicht größer als die Spitze meines kleinen Fingers, trieben schräg über mein Sichtfeld und blieben, von anderen gefolgt, auf Leder, Stoff und Pferdehaar liegen. Ich blinzelte und vergrub mein bärtiges Kinn tiefer im Stoff. Der Weg vor meinem Rotschimmel wurde schnell von Grau in Weiß verwandelt.

Nach einem Ritt von vielen Wochen und ohne zu wissen, was ich vorfinden könnte, erkannte ich, daß ich am liebsten noch einmal neu aufgebrochen wäre, um die Antwort zu verzögern. Ich wollte nicht an den aus Bronze und Holz gearbeiteten Toren Homana-Mujhars anhalten und den karmesinroten Strich eines von der Seuche heimgesuchten Hauses sehen oder den schwarzen Strich des Todes. Ich wollte überhaupt nichts sehen. Selbst als Ian vor mir anhielt, starrte ich unverwandt zu Boden.

»Mylord!« rief jemand.

»Mylord Prinz!« rief ein weiterer, und die breiten Tore wurden für uns geöffnet.

Ich schaute auf. Ich sah die Flügel des Tores langsam vor mir aufschwingen. Und ich sah die rote Markierung darauf.

»Rujho?« Ian wartete. Und mir wurde bewußt, daß ich keinerlei Anstalten gemacht hatte, in den äußeren Hof einzureiten.

»Mylord.« Jemand nahm die klammen Zügel meines Rotschimmels entgegen. »Mylord?«

Ich regte mich und sah zu dem Mann hinab. Ich kannte seinen Namen nicht, aber ich hatte ihn häufig in den äußeren Bereichen des Palastes gesehen. Ein Mitglied der mujharischen Wache, deren Aufgabe es war, sich um die Tore zu kümmern.

»Kein Ruß«, sagte ich. »Kein Ruß am Tor.«

»Nein, Mylord … noch nicht.«

»Niall.« Wieder Ian. »Wir werden uns hier trennen.«

Ich sah ihn überrascht an. »Du willst nicht mit mir hineinkommen?«

»Ich werde zum Stammeskeep gehen. Isolde ist dort, und auch andere.« Er zügelte seinen Grauen, den es in den vertrauten Stall zog. »Ich werde so bald wie möglich zurückkommen, *es kommt darauf an …*« Er brach ab, schaute nach Osten und riß sich den Schal vom Gesicht. »Götter, *Rujho,* ich habe Angst vor dem, was ich vorfinden werde.«

Der Schnee sammelte sich auf seinen Schultern und am Saum seiner Kapuze. Keine Sonne schien, nur das dumpfe, schwache Licht eines Wintertages erhellte die Szene, so daß der größte Teil seines Gesichts in bläulichen Schatten verborgen lag. Kinn und Mund waren angespannt, ebenso die Haut um seine Augen. Von den Stoffhüllen befreit, dampfte sein Atem in der frostigen Luft.

»Du bist sicherlich nicht ängstlicher als *ich.*« Ich schaute an ihm vorbei zum Innenhof. Die Wächter warteten geduldig darauf, die Tore wieder schließen zu können. »Reite los«, sagte ich jäh. »Reite los und komm zurück, wenn du kannst.« Und ich ritt an ihm vorbei, während Serri rechts von dem Rotschimmel mittrottete.

Ich blickte nicht wieder zurück. Und als ich von dem äußeren Hof in den Innenhof überwechselte, hörte ich, wie die Tore geschlossen wurden.

Jungen kamen angelaufen, um mein Pferd zu übernehmen, und rutschten und stolperten im Schnee. Ich warf ihnen die Zügel zu, sprang von dem Rotschimmel herab und dankte einem mit einem Klaps auf die pelzige Schulter. Und dann lief ich die Stufen des Palastes hinauf, während Serri neben mir einhersprang.

Götter, Lir ... was ist, wenn meine Söhne von der Seuche heimgesucht wurden?

Beschwöre das Unglück nicht herauf, Lir. Sieh zuerst nach, ob dem so ist.

Aber selbst Serris vernünftige Art beruhigte mich nicht.

Meine Söhne – und wer noch? Meine Mutter?

Ich dachte an alle, während ich weitere Treppen im Palast erklomm, ging aber zunächst zu meinen Söhnen.

Frauen saßen im Kinderzimmer und sprachen leise miteinander, während sie ihre Stickereien ausführten. Aber alle Gespräche brachen ab, als ich eintrat. Fünf Frauen erhoben sich gleichzeitig und machten dann bestürzt einen Hofknicks.

»Meine Söhne?« fragte ich. Nur das.

»Es geht ihnen gut«, antwortete eine der Frauen sofort, während die anderen mich nur ansahen. »Mylord, überzeugt Euch selbst.«

Ich war bereits an die eichen- und elfenbeinerne Wiege getreten und hielt mich an dem mit Einlegearbeiten verzierten Rand fest. Hart und Brennan schliefen in weich gekämmte Wolle gehüllt. Es war kein Zeichen von Krankheit an ihnen zu erkennen.

»Sie entwickeln sich gut, Mylord«, sagte mir die Frau, Calla. »Ihr braucht keine Angst um sie zu haben.«

»Und Gisella? Meine Mutter?« Ich konnte den Blick nicht von meinen schlafenden Söhnen abwenden.

»Es geht beiden gut, Mylord.«

»Ich sah das Zeichen am Tor. Das *rote* Zeichen.« Jetzt blickte ich sie an. »Die Seuche ist auch in Homana-Mujhar eingedrungen.«

»Ja.« Sie blickte auf ihre Hände hinab, mit denen sie die vergessene Stickerei umklammert hielt. »Mylord, es ist der Hauptmann. Die Königin ist jetzt bei ihm.«

»Rowan?« *O… Götter… nein…* »Ihr meint nicht Hauptmann *Rowan?*«

»Doch, Mylord, er ist es.«

Eine Messerklinge bohrte sich in meinen Bauch. »Wo ist er?«

»In seinen Räumen. Die Königin sagte, er solle dort bleiben, wo er sich am wohlsten fühle, obwohl andere ihn gern in sicherem Abstand hätten.« Callas Gesicht war bleich. »Mylord.« Sie folgte mir auf dem Fuße, als ich mich jäh umwandte, um das Kinderzimmer zu verlassen. »Mylord – es wäre besser, wenn Ihr nicht hingingt.«

»Damit ich mein Leben nicht riskiere?« Ich schüttelte grimmig den Kopf. »Rowan wäre es wert.«

Aber als ich mich mit dem festen Entschluß umwandte, ihn wirklich zu besuchen, stand ich plötzlich Gisella gegenüber.

Sie trug erneut das Gewicht eines ungeborenen Kindes. Oder waren es wieder zwei? Dieses Mal konnte ich nicht sicher sein.

Hände umklammerten einen weichen Wollschal über ihrem vollen Bauch. »Du bist nicht *hinein*gegangen«, sagte sie. »Nicht ins Kinderzimmer!«

»Gisella.«

»Du hast meine Söhne nicht der *Seuche* ausgesetzt?« Sie war erstaunt, zornig, ernstlich erschreckt. »Niall?«

»Ich habe sie besucht«, sagte ich sanft. »Dachtest du, ich würde fortbleiben?«

»Du hast sie gefährdet!« Sie drängte sich an mir vorbei und lief zu der Wiege, während ich mich wieder von der Tür umwandte. »O meine Jungen, meine kleinen Jungen, hat er euch mit der Seuche besucht?« Ihre Hände lagen auf den weichen Wolltüchern und schlugen sie zurück, um die schlafenden Gesichter freizulegen. Und dann wandte sie sich jäh zu den anderen Frauen um. »Ich *sagte,* er solle nicht hereinkommen. Ich *sagte,* es solle ihm nicht erlaubt werden. Ich *sagte,* ich will, daß er von meinen kleinen Jungen ferngehalten wird.«

»Gisella.« Ich unterbrach ihren Ausfall, bevor sie die bleichen Frauen mit ihrer scharfen Zunge weiter beschimpfen konnte. »Gisella, *niemand* in diesem Palast hat das Recht, mir die Gelegenheit, meine Kinder zu sehen, zu verweigern.«

»*Ich* habe das Recht!« schrie sie. »*Ich* – ihre Mutter! Ich will nicht, daß du sie berührst. Ich habe diesen Frauen *gesagt,* daß du die Kinder nicht berühren sollst.«

Sie stand zwischen mir und der Wiege, beschützte sie mit ihrem Körper. Wie starr sie dastand, wie wild ihre Abwehr war. Und ich konnte es ihr nicht wirklich zum Vorwurf machen.

»Ich habe die Seuche nicht«, belehrte ich sie. »Ich verspreche es dir, Gisella – ich habe die Seuche nicht in mir. Glaubst du, ich wollte ihr Leben eher riskieren als du?«

»Weißer Wolf«, sagte sie. »*Weißer Wolf*. Wie kannst du behaupten, *du* hättest die Seuche nicht. *Du* bist ein weißer Wolf, wenn du die Gestalt deines *Lir* annimmst.«

»Gisella …«

»*Nein!*« Sie sah Serri trotzig an und wandte diesen Blick dann mir zu. »Ich … sage … *nein!*«

Lir, belehrte Serri mich, *du kannst Angst nicht so wild bekämpfen. Laß ihr Zeit. Laß sie erkennen, daß du nicht erkrankt bist. Dann wird sie dich annehmen.*

Es sind meine Söhne, Serri.

Und sie ist ihre Jehana. Glaubst du, ihre Angst ist unberechtigt? Glaubst du, es ist falsch, daß sie die Jungen mit ihrem Leben beschützt?

Ich seufzte innerlich. *Nein. Nein – vielleicht glaube ich das nicht. Aber ich wünschte, das Ziel wäre jemand anderer als ich.*

Zweifellos. Aber du bist gerade durch ein von der Seuche heimgesuchtes Land gekommen, und jedermann weiß, welches deine Lirgestalt ist.

»In Ordnung«, sagte ich laut. »In Ordnung, Gisella, ich verstehe. Aber wenn du erkennst, daß es mir gutgeht, wird es in Gegenwart meiner Söhne keine solchen Bekundungen mehr geben.«

Sie lächelte. »Es herrscht die *Seuche*«, sagte sie. »Die Seuche wuchert in ganz Homana. Glaubst du, ich werde das Leben meiner Söhne riskieren? Glaubst du, ich werde das Leben des Erben des Löwenthrons riskieren?«

Nein, das glaubte ich nicht. Ich glaubte, daß sie nur ihr eigenes Leben riskieren würde, um den Erben und seinen Bruder zu beschützen. Sogar gegen ihren Vater.

Sie war vielleicht wahnsinnig, aber ich konnte ihren Wunsch, ihre Söhne zu retten, nicht in Frage stellen. Noch konnte ich ihre Verantwortung dem Löwenthron gegenüber leugnen.

Ich seufzte. »Nun gut, Gisella. Ich füge mich.« Ich bat

Serri durch die Verbindung, bei meinen Söhnen zu bleiben. Ich traute Gisellas Stimmung nicht ganz.

Und als sie meinen Söhnen ein Lied sang, verließ ich das Kinderzimmer, um das Krankenzimmer aufzusuchen.

Rowans Raum war voller Schatten. Ihr Gewicht lag schwer auf den Möbeln und wogte in den Ecken. Ich roch den Geruch von Bienenwachs und dem Versprechen des kommenden Todes.

Der Rücken meiner Mutter war mir zugewandt, als ich geräuschlos eintrat. Ich sah nur den Stuhl und darüber den oberen Teil ihres Kopfes. Das rotgoldene Haar wirkte im schwachen Kerzenschein matt. Als ich mich ihr näherte, erkannte ich, daß sie sehr still dasaß und die Hände im Schoß gefaltet hielt. Als ich sie erreichte, sah ich, wie starr ihre Finger ineinander verschränkt waren.

Ich hörte sie zu ihm sprechen.

»... so treu«, sagte sie gerade. »Er hatte niemand sonst, der so treu war wie Ihr. Oh, ich weiß, Ihr würdet sagen, es gab auch noch *Finn,* der ein so getreuer Gefolgsmann war, wie er nur sein konnte, aber seine Treue war nicht von Dauer. Nicht so, wie sie hätte sein sollen. Nicht so dauerhaft wie *Eure* Treue.« Ihre Fingernägel zupften abwesend an dem weichen Flaum des jadegrünen Stoffes ihrer Röcke. »Ich kenne die Geschichte, Rowan: Wie Ihr als Junge geschworen habt, Carillon zu dienen, wie ihm kein anderer Mensch dienen könnte, selbst als er von Bellam von Solinde aus Homana vertrieben wurde. Wie Ihr niemals Eure Pflicht dem rechtmäßigen Prinzen von Homana gegenüber vernachlässigt habt. Und wie Ihr ihm, als er als rechtmäßiger *Mujhar* von Homana wieder nach Hause zurückkehrte, alle nur mögliche Hilfe geleistet habt. Ihr habt ihm geholfen, ein König zu werden.«

Ich betrachtete den Mann in dem Bett. Er war größtenteils unter Schichten schwerer Decken verborgen, und ich konnte sein Gesicht nicht sehen. Ich konnte ihn nicht atmen sehen.

»Und als mein Vater von Osric getötet und Donal Mujhar wurde, wart Ihr da, um auch ihm zu helfen. Um ihm zu helfen, den Löwenthron zu bewahren.« Ich hörte das kurze Schwanken in ihrer Stimme. »Eines Tages wird mein Sohn Euch brauchen, wie die anderen Euch gebraucht haben. Wie könnt Ihr uns jetzt verlassen? Wie könnt Ihr Niall im Stich lassen?«

»Mutter«, sagte ich, und sie sprang auf.

»Niall! O... *Götter...*« Sie preßte eine Hand auf ihre Brust. Und dann schüttelte sie den Kopf. »O *nein,* komm nicht her. Nicht *du!*«

»*Du* bist hier«, sagte ich zu ihr.

»Aber ich werde nicht der Mujhar sein. Niall, bitte geh zurück.«

»Ich schulde diesem Mann meinen Beistand. Genauso wie du ihm deinen schuldest.« Ich blieb neben ihrem Stuhl stehen und betrachtete den Mann in dem Bett. »Er hat dem Haus Homana länger gedient als jeder andere, den ich kenne. Hierzusein ist das *wenigste,* was ich für ihn tun kann.« Sie schwieg. Ich trat an ihr vorbei zur Bettkante. »Weiß *Jehan* davon?«

»Ich habe ihm eine Nachricht schicken lassen. Aber ich bezweifle, daß Donal kommen kann. Nicht rechtzeitig. Die Seuche wartet auf niemanden.«

Das tat sie wirklich nicht. Rowans Gesicht war grau und sehr hager. Sogar seine Lippen waren grau, und sie waren auch angeschwollen und aufgesprungen. Sein Atem klang sehr mühsam.

Ich sah meine Mutter scharf an. »Können wir niemanden zu Hilfe rufen?«

»Es bleibt nichts zu tun«, belehrte sie mich sanft. »Was getan werden *kann,* ist bereits zweimal getan worden.«

»Sollten keine Verwandten sein Hinübergehen begleiten?«

»Er ist ganz allein«, sagte meine Mutter. »Wir waren seine Familie.«

Ich schüttelte traurig den Kopf. »Götter«, sagte ich, »welche *Einsamkeit*. Keine Frau, keine Kinder, kein Stamm … nicht einmal ein *Lir*, der um ihn trauert.«

Rowan begann zu husten. Es war ein rauher, trockener Husten, der tief aus den Lungen kam. Speichel befleckte sein Kinn. Seine aufgesprungenen Lippen platzten erneut auf und bluteten.

Ich beugte mich sofort über ihn, glättete seine Decke in dem fruchtlosen Versuch, seinen Schmerz zu lindern. Das von Silberfäden durchzogene Haar wirkte stumpf und leblos. Aus dem Gesicht zurückgestrichen, offenbarte es die Gebrechlichkeit seines Schädels und ließ die Knochen unter der austrocknenden Haut sichtbar werden. Es war so wenig von Rowan übriggeblieben.

Und dann öffnete er die Augen. Er war doch noch kräftiger, als ich erwartet hatte. »Mylord«, sagte er und lächelte. »Mylord … Ihr seid so lange fort gewesen.«

Die Stimme war durch sein Husten beeinträchtigt. Er klang nicht mehr wie er selbst. »Ja«, sagte ich, »aber jetzt bin ich wieder zu Hause. Und ich werde hierbleiben, für eine Weile.«

Die Lider schlossen sich und öffneten sich dann erneut. »Mylord …« Er atmete rasselnd ein. *»Carillon …«*

Ich erstarrte.

»Carillon, ich bitte Euch … nehmt Finn wieder in Eure Dienste …«

Ich schloß die Augen. »Rowan.«

»Ich weiß, was einen Schwur ausmacht … Ich weiß, daß Ihr einen Schwur abgelegt habt … und einen Schwur gebrochen habt, der Cheysuliüberlieferung entsprechend … aber führt eine neue Regel ein. Ihr beide braucht einander.«

Ich sah ihn an und erkannte, wie sehr es ihn schmerzte, diese Worte auszusprechen. Und dennoch versuchte er weiterzusprechen. »Rowan, beunruhigt Euch nicht wegen…« Aber ich beendete den Satz schließlich doch nicht. Es war nicht an mir, diesem Mann zu sagen, was er tun sollte.

Seine Hand lag um mein Handgelenk. Die Finger waren so trocken, so heiß, so seltsam kraftlos. Sogar die Schwielen verloren ihre übliche Härte. »O Mylord«, flüsterte er. »O Mylord, es war ein leichter Dienst. Ich hätte mir keinen besseren Herrn wünschen können…«

Ich umschloß seine schlaffe Hand mit meinen beiden. »Und ich hätte mir keinen besseren *Freund* wünschen können.«

Rowan lächelte. Tränen waren in seinen Augen zu sehen. »Erinnert Ihr Euch, Mylord? Erinnert Ihr Euch an den Tag, an dem wir uns begegnet sind?«

Ich öffnete den Mund, um ihm zu sagen, er solle schweigen, er solle sich nicht so anstrengen, aber ich sagte nichts. Ich ließ ihn mir erzählen, wie er und mein Großvater sich begegnet waren.

»Ihr lagt in Ketten«, sagte er. »Thorne von Atvia hatte Euren Vater getötet und Euch gefangengenommen – und *mich*, am gleichen Tag, aber ich zählte nicht. Ich war nichts – *Ihr* wart der Prinz von Homana.« Er lächelte, und Blut drang aus den Rissen in seinen Lippen. »Und Ihr spracht mit mir – mit einem Jungen, der durch die Gefangenschaft arm dran war –, und Ihr nanntet uns *Geistesverwandte*.« Eine Träne rollte eine Schläfe hinab auf das Kissen. »Aber Thorne brachte Euch fort, zu seinem Vater, Keough, und ich dachte, sie würden Euch töten. Und dann später, als *ich* geholt wurde, dachte ich, sie würden *mich* töten…«

Er hustete. Seine Hand verkrampfte sich in meiner. Ich spürte meine Mutter neben mir. »Rowan«, begann sie, aber er fuhr fort, als der Krampf vorüber war, und sie versuchte ihn nicht davon abzubringen.

»Es war Keough – es war Keough, der mich hätte töten lassen… als ich den Wein vergoß… Thorne hätte mich getötet, aber Ihr batet um mein Leben. Ihr *batet* darum, Mylord … Ihr botet an, meinen Platz einzunehmen …« Er hustete erneut. Seine Hand umklammerte meine. »Aber … sie hörten nicht zu. Und ich wurde ausgepeitscht … weil ich Wein vergossen hatte. Und als Alix mich dann rettete, schwor ich, daß ich Euch mein ganzes Leben lang dienen würde … selbst als Ihr ins Exil gingt.« Das Lächeln ließ seine geschwollenen Lippen erneut bluten. »Wie ich wünschte, Finn sein zu können … als ich hörte, daß ein Cheysuli mit Euch gegangen war, wünschte ich, daß *ich* es hätte sein können …«

Der Atem rasselte in seiner Brust. Ich dachte, er könnte unmöglich weitersprechen.

Aber er tat es. »All diese Jahre – all diese Jahre habe ich ihn in seiner Stellung als Gefolgsmann Carillons beneidet … und doch habe ich dadurch, daß ich als Junge meine Rasse verleugnet habe – dadurch daß ich meinen *Lir* verleugnet habe – auch jegliche Chance verleugnet, die *ich* vielleicht gehabt hätte, der Krieger zu werden, dem Ihr so bereitwillig vertrautet. Und als er fort war – als Ihr ihn aus Eurem Dienst verwiesen hattet – dachte ich, ich würde mich freuen … aber ich tat es nicht. Ich war nicht Finn … und Ihr brauchtet ihn. Ihr brauchtet uns *beide* …« Er seufzte. »O Mylord, nehmt ihn wieder in Eure Dienste. Homana braucht alle seine Kinder.«

Er hielt inne. Ich schluckte schwer. »Rowan – *Cheysuli i'halla shansu.*«

Er lachte nur leise. Seine Stimme war fast geschwunden. »Cheysulifriede, für mich? Aber ich bin ein *lirloser* Mann …«

»*Cheysuli i'halla shansu.*«

Er hob den Kopf vom Kissen. »Carillon …« Und dann fiel er wieder zurück, und ich wußte, er würde nicht wieder sprechen.

Ich saß eine ganze Weile da und versuchte, mich in die Gewalt zu bekommen. Und als ich soweit war, löste ich seine Hand aus meinen Händen und legte sie vorsichtig auf die Decke zurück. Es war schwer zu glauben, daß er tot war. Schwer zu glauben, daß die Hand niemals wieder im Namen des Mujhars von Homana ein Schwert heben würde.

Unmöglich zu glauben.

»Es tut mir leid.« Meine Mutter berührte meine Schulter. »Aber du verstehst sicher.«

»Daß er mich verwechselt hat? O ja … und es macht mir nichts aus. Wenn es ihm Frieden verschafft hat zu glauben, ich sei Carillon, dann ist das ein Geschenk, das ich ihm gern gegeben habe.« Ich erhob mich. Ich sah die Tränen auf ihrem Gesicht. »Ich werde dafür sorgen, daß alle Vorkehrungen getroffen werden.«

»Niall.« Ihre Hand schloß sich um mein Handgelenk und hielt mich zurück. »Das ist die Aufgabe anderer.«

Ich entwand mich ihrer Hand. »Wenn du glaubst, daß ich die Verantwortung für die Bestattung dieses Mannes nur wegen seines *Ranges* an jemand anderen abtreten werde …«

»Nein«, sagte sie deutlich. »Es hat nichts mit seinem Rang zu tun. Wenn ich glaubte, daß es mir Frieden verschaffen könnte, würde ich das Grab selbst ausheben. Aber sie würden mir diese Ehre niemals zugestehen.«

»Sie?« Ich runzelte die Stirn. »*Wer* würde dir das niemals zugestehen?«

Sie blickte an mir vorbei zu dem toten Mann im Bett. »Wir haben keine Wahl. Es ist eine Zeit der Seuche … eine Zeit neuer – und schändlicher – Regeln. Eine Zeit, die Maßnahmen erfordert, die wir üblicherweise ablehnen würden. Aber nicht einmal die Mitglieder des Hauses Homana werden eine Ausrede finden.«

»Jehana …«

»Sie werden ihn fortbringen«, sagte sie einfach, »in ein Gemeinschaftsgrab außerhalb der Mauern. Und dort werden er und die anderen verbrannt werden, damit die Seuche vertrieben wird.«

»Nicht *Rowan*. Er verdient soviel mehr als das …«

»Und wenn du es wärst«, belehrte meine Mutter mich, »würden sie es genauso handhaben. Im Tode gibt es keine Titel mehr.«

Nein. Keine Titel. Nichts als die widerliche *Entfernung* von der Welt.

Ich betrachtete Rowan ein letztes Mal. Und dann umarmte ich meine Mutter, wie auch sie mich umarmte. Wir trauerten in gemeinsamem Schweigen. Wir boten einander gemeinsam Trost, so wie wir ihn brauchten.

Ja'hai, sagte ich zu den Göttern. *Nehmt diesen Cheysulikrieger an.*

Kapitel Fünf

Der Brief bereitete mir Mühe wie niemals zuvor, weil ich versuchte, genau die richtigen Worte zu finden. Es wäre leicht, einfach zu sagen: *Jehan, Rowan ist tot,* aber der Mann war mehr wert als das. Und ebenso mein Vater, dachte ich.

Ich hatte daran gedacht, einen Schreiber diese Arbeit erledigen zu lassen, zu diktieren, was geschehen war und den anderen es aufschreiben zu lassen, aber das wäre zu unpersönlich gewesen. Es ließe mir keine Gelegenheit, zu sagen, was ich wirklich empfand. Also saß ich jetzt am Tisch meines Vaters und schrieb es selbst auf.

Und gerade als ich meinen Namen unter den Brief setzte, betrat mein Bruder den Raum.

»Ian.« Ich bestreute das Pergament schnell mit Sand, schüttelte es und legte es sorgfältig beiseite. »Wie geht es 'Solde? Wie schlimm ist die Seuche im Stammeskeep?«

»Ich hatte es vergessen«, sagte er. »Ich hatte vergessen, daß sie ein Kind erwartete.«

Ich setzte mich auf meinem Stuhl zurück. »Bei den Göttern ... das hatte auch *ich* vergessen.«

»Nun, es war ein Junge. Vor vier Monaten. 'Solde hat ihn Tiernan genannt.«

Sonst hätte ich gelächelt, aber ich mußte zunächst eine Frage stellen, bevor ich meine Freude ausdrücken konnte. »Ein gesundes Kind? Und 'Solde?«

»Ein gesundes Kind? Ja.« Er nickte. Er zuckte die Achseln. »Ceinn sagt, es sei eine leichte Geburt gewesen. Aber die Seuche hat 'Solde befallen.«

Ich rührte mich nicht. Ich *konnte* es nicht. Ich saß auf

meinem Stuhl und betrachtete den Fremden, der vor mir stand.

»Letzte Nacht«, sagte er teilnahmslos. »Letzte Nacht, als Tiernan nach der Brust schrie, die sie ihm nicht geben konnte – die Seuche hatte ihre Milch ausgetrocknet.«

Das Entsetzen bildete eine Schutzzone zwischen dem Begreifen und dem Kummer. »Nicht *'Solde*«, sagte ich, bat ich. »Ian … nicht *Isolde*.«

Ich wartete. Ich beobachtete. Ich wußte, er würde es leugnen. Ian *mußte* es leugnen. Dies war alles ein Teil desselben widerlichen Streiches, den Strahan uns spielte. Ich wartete. Ich wartete darauf, daß Ian es zugab, daß er sagte, Isolde würde leben.

Aber er tat es nicht. Er wanderte ziellos im Gemach meines Vaters umher. Tasha, die ihm gefolgt war, ließ sich neben einer Vorratskiste nieder, als Ian sich auf den Deckel setzte. »Ich habe zugesehen, *Rujho*. Ich habe einfach *zugesehen*. Ich konnte nichts tun.«

Nein … nicht Isolde …

»Ich dachte, daß die Erdmagie die Seuche vielleicht abwenden könnte. Aber nichts geschah. Nichts änderte sich auf meinen Ruf hin.« Er klang erschöpft, verwirrt, abwesend, als hätte der Tod mehr als nur Isolde genommen. »Ich habe *zugesehen* … und wußte, daß ich nichts tun konnte.«

»Nein.« Ich sah Rowans Gesicht vor mir, sein hageres, graues, in die dunkle Haut des Todes gekleidetes Gesicht. »Nein, man kann nichts tun.«

»Das Kind weinte. *Ceinn* weinte. Aber Isolde glitt davon.« Und dann wich seine Teilnahmslosigkeit plötzlich, und ich sah das heftige Aufwallen seines Kummers. »*Nein* … sie *glitt* nicht davon! Sie wurde von uns *genommen!* Wie ein in einer Bärenfalle gefangenes Lamm.«

Ich schob meinen Stuhl zurück und ging durch den Raum zu ihm. Aber gerade als ich die Hand ausstreckte und seine Schulter umfassen wollte, stand Ian auf und wehrte die Geste ab. Er drängte fast grob an mir vorbei. Ich beobachtete, wie er zur Feuerstelle trat und in die Flammen starrte. Die Linie seiner Schultern wurde starr.

Es ist kein Cheysulibrauch, Kummer einzugestehen.

Aber ich hatte ihn schon andere Dinge ohne Gewissensbisse eingestehen und Cheysulibräuche verspotten sehen.

Er und Isolde waren sich immer sehr nahe gewesen. Näher als 'Solde und ich. Sie hatten *Jehan* und *Jehana* geteilt. Und ich dachte: *Vielleicht ist die Tatsache, daß er seinen Kummer nicht mit mir teilen kann, ein Hinweis darauf, wie tief er ihn empfindet.*

»Ceinn ist untröstlich.«

Ich sah 'Solde vor mir, im Regen, in karmesinroten Stoff und die Lebhaftigkeit ihres Geistes gehüllt. Wie sie den Regen geliebt hatte. Wie sie Kinder geliebt hatte. Wie sie Ceinn geliebt hatte.

Er wandte mir noch immer den Rücken zu. Aber ich wußte es besser, als daß ich zu ihm gegangen wäre. »Und du?«

Er wandte sich langsam um, aber nicht bevor ich die vielsagende Geste bemerkte, mit der man Tränen von der Haut wischt. »Verzeih mir. Ich habe kein Recht, selbstsüchtig zu sein, *Rujho* ... sie war auch unsere *Rujholla*.«

»Ja.« Ich atmete tief durch. »Rowan ist ebenfalls tot.«

»*O* ...«, sagte er, sobald er dazu in der Lage war, »o *Götter*, wie heftig Strahan zuschlägt!« Auch er atmete tief durch. »Niall ... es ist schlimmer, viel schlimmer, als wir es uns vorgestellt haben. Die Seuche hat die Hälfte aller unserer Leute getötet.«

»Die *Hälfte?*« Eine Gänsehaut überlief mich. »Die *Hälfte* unserer Leute sind tot?«

»Mindestens. Sie haben noch nicht genau durchgezählt, aber sie überprüfen es soweit wie möglich. Es gibt jeden Tag mindestens drei weitere Tote – ohne die *Lirs* mitgezählt zu haben.«

Jetzt ließ ich mich auf dem Kistendeckel nieder. Die Hälfte. Nur die Hälfte unseres Stammes? Oder die Hälfte der Gesamtzahl der Cheysuli?

Ich fragte ihn. Er blickte düster drein. »*Unser* Stamm hat die Hälfte seiner Leute verloren. Aber die anderen haben Nachricht von weiteren Toten gesandt. Ich denke, man kann sagen, daß die Hälfte der Leute aller Stämme tot sind. Strahan beginnt sein eigenes *Qu'mahlin*.«

Die Hälfte aller Cheysuli.

Ich dachte an Shaine, unseren Vorfahr, der fast eine Rasse vernichtet hätte. Ich dachte an Carillon, der aus dem Exil nach Hause zurückgekehrt war, um die Regierungszeit eines Tyrannen und auch das *Qu'mahlin* zu beenden. Ich dachte daran, wie sich die Stämme wieder vergrößert hatten, wie sie wieder in Freiheit gelebt und Keeps errichtet hatten, wo sie es wollten, um ihre Kinder ungestört aufzuziehen.

Die Hälfte aller Cheysuli.

Durch Strahans Seuche hinweggerafft.

Götter, befreit uns von dem Ihlini. »Die alte Frau«, sagte ich plötzlich. »Die alte Ihlinifrau. Sie hatte recht. Diese Seuche ist aus dem Bösen geboren. Durch Asar-Suti entstanden.«

»Sie hat noch etwas gesagt.« Seine Stimme klang eisenhart. »Sie hat gesagt, wir müßten etwas Bestimmtes *tun*.«

Ich sah ihn an. »Wir werden zu Strahans Festung ziehen.«

Ian nickte schweigend.

»Sein Lebensstein«, sagte ich ernst. »Wir müssen das tun oder den weißen Wolf töten.« Ich betrachtete den Tisch. Das Pergament mußte noch mit meinem Siegel versehen werden. Aber ich wußte jetzt, daß ich es nicht absenden würde. Ich würde ein anderes absenden müssen. »Ian ... es ist spät, wie ich weiß ... aber wirst du darum bitten, das Konzil einberufen zu lassen – zumindest die Mitglieder des Konzils, die hier sind? Wenn wir morgen früh aufbrechen wollen, muß ich meinen Erben benennen.«

»Ohne unseren *Jehan?*«

Ich schüttelte den Kopf. »Wir können nicht auf ihn warten. Und selbst wenn er *käme* – er würde uns verbieten zu gehen.« Ich zuckte die Achseln. »Es wird vielleicht ein unzeremonielles Konzil und eine noch unzeremoniellere Ernennung, aber eine, die notwendig ist. Der Löwenthron muß gesichert bleiben.«

»Ja.« Er wandte sich zum Gehen. Und dann hielt er inne. »Was wirst du der Königin sagen?«

Was würde ich meiner Mutter *tatsächlich* sagen? Ich seufzte. »Ich werde mir etwas ausdenken.«

Ich sagte schließlich einfach, daß ich gehen würde. Ich sagte ihr wann. Ich sagte ihr warum. Ich sagte ihr, was getan werden mußte. Und ich wartete. Auf Ablehnung, Zorn, Tränen. Aber sie offenbarte mir nichts dergleichen.

»Geh«, sagte sie. »Tu, was du tun mußt.«

Ich wartete. Aber sie sprach nicht mehr. Das blieb schließlich mir überlassen. *»Jehana?«* Ich zuckte unter ihrem ruhigen grauen Blick leicht die Achseln. »Ich ... dachte, du würdest es mir verbieten.«

Sie saß, in ein bronzefarbenes Gewand gehüllt, in einem gepolsterten Sessel. Sie hatte sich fürs Zubettgehen bereitgemacht. Das prächtige Haar ergoß sich ungebunden über ihre Schultern bis in den Schoß.

»Nein«, sagte sie. »Das Reich ist dem Untergang nahe. Es wird nichts für Donal übrigbleiben ... es wird nichts für dich übrigbleiben. Es muß etwas getan werden. Strahan muß aufgehalten werden.«

Ich wartete noch immer. Ich war auf alle Arten von Widerspruch vorbereitet gewesen. Mein wortreicher Köcher steckte voller Pfeile. Aber sie hatte mir den Bogen genommen.

»Ian auch?« fragte sie.

»Natürlich.«

»Und die *Lirs.*« Sie nickte. »Ich kann mir keine für diese Begegnung besser ausgerüsteten zwei Krieger vorstellen.«

Ich lächelte. »Solches Vertrauen.«

»Ihr seid beide Donals Söhne. Ich denke, da ist das Vertrauen nicht unangebracht.«

Kurz darauf atmete ich tief durch. »Ian hat das Konzil einberufen. Bevor ich gehe, muß ich Brennan zu meinem Erben ernennen. Und Hart zu *Brennans* Erben.«

Meine Mutter nickte. Ihr Gesicht wirkte seltsam ruhig. »Du bist ein reicher Mann. *Zwei* Söhne, die den Löwenthron hüten.«

Ich wußte, daß sie ihre Unfruchtbarkeit stets bedauert hatte. Ein Sohn. Nicht genug, nicht *annähernd* genug, wenn der Krieg auf der Türschwelle lauert. Aber das Haus Homana hatte immer nur wenige Söhne hervorgebracht. Sie sollte sich das eigentlich nicht vorwerfen.

Zwei Söhne. Ja, ich war ein reicher Mann. Vielleicht änderte sich die Überlieferung jetzt. Ich besaß bereits zwei Söhne, und Gisella würde bald ein weiteres Kind gebären. Ich trat zu meiner Mutter. Ich beugte mich herab, umschloß ihr Gesicht mit meinen Händen und küßte ihre glatte, helle Stirn. »*Tahlmorra*«, sagte ich leise zu ihr.

Sie lächelte. Drückte meine Hände und ließ sie dann los. »*Cheysuli i'halla shansu.*«

Ich lächelte. Ich wollte laut auflachen, ihr sagen, wie fremd ihre Alte Sprache klang, aber ich tat es nicht. Ich glaube, sie wußte es. Und so ging ich schweigend zur Tür. Und an der Tür wandte ich mich noch einmal kurz um, um ihr einen letzten Abschiedsgruß zukommen zu lassen, um ihr für ihre Kraft zu danken.

Aber ich schwieg, als ich Tränen ihr Gesicht hinablaufen sah. Und dann verließ ich den Raum.

Gisella starrte mich an. »Strahan?« sagte sie. »Du willst den Ihlini suchen?«

»Ich will ihn finden. Ihn *töten,* wenn ich kann. Er muß vernichtet werden.«

Ihre gelben Augen waren stark geweitet und blickten bestürzt drein. Sie war ein Kind, dachte ich, das Angst hat, etwas zu verlieren. »Du verläßt mich.«

Ich seufzte. »Nein«, belehrte ich sie. »Nein. Nicht für lange. Ich werde zurückkommen, wenn die Götter es wollen.«

Sie saß inmitten ihres großen Himmelbetts und zerknautschte die Decke mit ihren starren, klauenähnlichen Fingern. »Du verläßt mich. Weil ich nicht wie Deirdre von Erinn bin.«

Götter, wie sie den Schmerz erwecken konnte. »Ich werde dieser Seuche Einhalt gebieten«, belehrte ich sie barsch. »Es hat nichts mit dir zu tun. Und es hat auch nichts mit Deirdre zu tun. Wie *kann* es das, Gisella? Deirdre von Erinn ist tot!«

»Und wenn du gehst, wirst *du* tot sein.« Sie kroch unbeholfen vor, um meine Hand zu ergreifen. Sie preßte sie an ihren gewölbten Leib. »Bleib hier. Bleib hier. Bleib hier.«

»Gisella ... ich kann nicht. Es ist eine Sache, die ich zu tun geschworen habe.«

»Bleib hier. Bleib hier. Bleib hier.«

Ich versuchte, meine Hand zu befreien, aber sie hängte sich mit aller Kraft daran.

»... bleib hier ... bleib hier ... bleib hier ...«

»Nein«, belehrte ich sie. *»Nein.«*

Aber ich wußte, daß sie mich nicht hören konnte. Der Gesang war zu laut geworden.

Das Kind bewegte sich unter meiner Hand.

»... bleib hier ... bleib hier ... bleib hier ...«

Götter, mein Kind bewegt sich …

»… bleib hier … bleib hier …«

Ob Kind oder nicht, ich entwand mich ihrem Griff. Weil ich es tun mußte.

Ich erhob mich. Trat vom Bett zurück.

Der Gesang hörte jäh auf.

Gisella begann sich hin und her zu wiegen. Gisella begann zu singen.

Ich schloß vor ihrem Gesang die Tür.

Ich stellte mich in einem der Empfangsräume meines Vaters dem, was von dem Konzil übriggeblieben war. Es war nicht der gleiche Raum, in dem die Morde an Sarne und Elek geschehen waren, aber er war ähnlich genug, um sofort die Erinnerungen vor uns auferstehen zu lassen. Ich sah, daß zwischen den Homanern Blicke gewechselt wurden, während ich meinen Platz auf einem Stuhl auf dem Podest einnahm, und wußte genau, an was sie sich erinnerten. Wußte genau, was sie dachten.

Ian stand neben meinem Stuhl. Er setzte sich nicht hin, obwohl er das Recht dazu hatte, obwohl ein zweiter Stuhl leer neben mir stand. Er blieb stehen. Als wolle er die Tatsache meines Ranges und mein Recht, die Versammlung in Abwesenheit des Mujhar zusammenzurufen, betonen.

Die meisten von ihnen waren alte oder durch Krankheit und frühere Verletzungen behinderte Männer. Jene, die jung, stark und fähig genug waren, hatten ihre Plätze in den Heeren eingenommen. Aber *diese* Männer genügten, dachte ich, um meine Ankündigung zu bezeugen.

Ich beugte mich ein wenig vor. Ich spürte Serris Wärme und Gewicht an meinem Fuß. Er lag neben dem Stuhl. »Diese Seuche ist kein Zufall«, belehrte ich die Männer. »Keine von den Göttern ersonnene und uns heimsuchende, grausame Prüfung. Sie ist Ihlininiedertracht, die die Cheysuli aus Homana vertreiben soll.«

Erneut wurden Seitenblicke gewechselt. Und ich wußte, was einige davon bedeuteten: *Befreit das Land von den Cheysuli, und das Land ist wieder homanisch.*

»Morgen früh werde ich Homana verlassen«, sagte ich zu ihnen. »Ian und ich werden über den Blauzahnfluß und die Nördlichen Einöden nach Solinde ziehen. Wir suchen Valgaard auf, Strahans Festung. Wir suchen die Wurzel dieser Dämonenseuche auf.«

»Mylord.« Einer der Ratsherren erhob sich. »Was sagt der Mujhar dazu?«

»Es bleibt keine Zeit, es ihm mitzuteilen, bevor wir aufbrechen. Er wird es natürlich erfahren –, aber dann werden Ian und ich schon fort sein.«

Ich hörte Gemurmel. Ich hörte leise ausgesprochene Bemerkungen. Ich wußte, was viele von ihnen dachten. Und ich wußte, daß ich mich dagegen wehren mußte.

»Ihr habt dem Mujhar gut gedient«, sagte ich. »Und wenn die Götter wollen, werdet Ihr mir ebenso gut dienen, wenn die Zeit gekommen ist. Aber jetzt müssen wir weiter vorausschauen und einen anderen Mann berücksichtigen, der für den Löwenthron bestimmt ist.«

Jetzt schwiegen sie und sahen mich aufmerksam an.

»Carillon«, sagte ich. »Carillon hat seine homanisch-solindische Tochter mit einem Cheysulikrieger verlobt. Er tat dies, weil er es tun mußte. Er tat es, weil es ihm *bestimmt* war, um den Thron zu sichern. Und es wurde dem Prinzen und der Prinzessin von Homana beizeiten ein Sohn geboren, so daß der Löwenthron gesichert *war*.« Ich atmete tief durch. »Diesem Sohn ist wiederum ein Sohn geboren worden, ein für den Löwenthron bestimmter Junge. Und ich werde diesen Ort nicht eher verlassen, als bis Ihr Eure Treue geschworen habt.«

Ein weiterer der Ratsherren stand auf. »Mylord, das ist unnötig!«

»Tatsächlich?« Ich schüttelte den Kopf. »Wenn ich

getötet werde, muß es einen Erben für meinen Vater geben. Ich setze meinen Sohn an meine Stelle. Er wird den Titel annehmen, wenn Strahan ihn mir nimmt.«

»Mylord ...«

»Ich fordere es«, sagte ich ruhig. »Ich weiß sehr wohl, daß ich getötet werden kann und daß Carillons Bastard mich bedroht. Meine Verantwortung gilt vorrangig meinem Vater, an zweiter Stelle dem Thron und an dritter Stelle der Prophezeiung.« Ich wußte, daß es ein und dasselbe und alles gleichermaßen wichtig war, aber ich dachte, es würde die Homaner freuen, wenn ich diese Punkte getrennt nannte. »Ich verlange nicht sehr viel«, sagte ich zu ihnen. »Es ist sicherlich ein Treueschwur, den Ihr eines Tages ohnehin ablegen würdet. Warum solltet Ihr es also nicht jetzt tun?«

Als niemand etwas dagegen einwandte, nahm ich es als Einwilligung. Und so machte ich dem Wächter an der Tür ein Zeichen, der daraufhin kurz hinausging. Dann wurde die Tür wieder geöffnet, und zwei Frauen kamen mit meinen Söhnen herein.

Sie brachten sie zu dem Podest, wo ich die Frauen bat, sich der Versammlung zuzuwenden. Zwei eingehüllte Bündel, kaum ausreichend, die Titel zu tragen, die ich ihnen zuweisen würde. Aber ich wußte, daß es getan werden konnte. Ich hatte es selbst getan.

Ich erhob mich, ging um das Ende des Tisches herum und nahm meinen Platz zwischen den Frauen ein. Ich legte eine Hand auf Brennans Kopf. Die andere legte ich auf Harts Kopf. »Vor den Göttern von Homana und den Cheysuli weihe ich die Leben meiner Söhne dem Dienst am Löwen, dem Dienst an Homana. Ich ernenne meinen Erstgeborenen, Brennan, zu meinem Erben. Er wird Prinz von Homana sein. Meinen zweitgeborenen Sohn, Hart, ernenne ich zu Brennans Erben, bis Brennan heiratet und eigene Söhne zeugt. Er wird Prinz von Solinde sein.«

Ich sah die bestürzten Gesichter, hörte die bestürzten

Ausrufe. Welchen besseren Weg gab es, mein Vertrauen ins Heer zu zeigen, als Hart zum Prinzen eines Reiches zu machen, das wir bekämpften?

Die glatten, aber weichen Stirnen unter meinen Händen waren kühl. »Ich fordere, daß diese Ernennungen vom homanischen Konzil formell angenommen werden. Ich fordere den Treueschwur.«

Sie konnten es mir verweigern, jeder einzelne von ihnen. Ich hatte keine Macht über sie. Ich war nicht der Mujhar. Solch eine Forderung wird sonst vom König gestellt, aber mein Vater war nicht hier. Wenn nichts sonst, dann war meine Forderung zumindest ein Test ihrer Treue zu *mir*. Und ich glaube, daß jeder von ihnen das wußte.

Ian leistete den ersten Schwur. Er verließ seinen Platz neben meinem leeren Stuhl und kam, mit Tasha an seiner Seite, um den Tisch herum. Er blieb vor dem Podest stehen. Er zog sein Cheysulimesser aus der mit Runen versehenen Scheide, küßte Heft und Klinge und beugte sich dann herab, um meine beiden Söhne zu küssen. Er war mein Gefolgsmann, aber er bot auch ihnen seine Dienste an. Er bot ihnen sein Leben an.

Dann trat er beiseite. Und einer nach dem anderen kamen langsam alle noch verbliebenen Ratsmitglieder nach vorn. Meine Söhne wurden als meine Erben anerkannt. Der Löwenthron war gesichert.

Wenn die Götter es für angemessen erachten, mich zu sich zu nehmen, wird mein Tod nicht umsonst gewesen sein.

Kapitel Sechs

Ians Hengst brach sich einen Zwölftagesritt von Mujhara entfernt einen Vorderlauf. Er war durch verkrusteten Schnee in einen trügerischen Untergrund eingebrochen, hatte sich das Bein verletzt und meinen Bruder im Fallen abgeworfen. Ian grub sich schnell wieder aus dem Schnee heraus, aber der Hengst hatte nicht soviel Glück.

Ich schwieg. Ich beobachtete, in meinem Sattel kauernd, wie Ian sich hinkniete und dem Hengst die Kehle durchschnitt. Und dann, als sich das helle Leben in den Schnee ergoß, streichelte Ian das gefleckte Maul und sprach ruhig auf den Grauen ein, bis sein Leben ausgehaucht war.

Ian stand auf. Seine Stiefel waren blutgetränkt. Er löste die Satteltaschen, zog sie unter dem Pferd hervor und bahnte sich dann seinen Weg durch den Schnee zu mir.

Ich griff hinab, um die Satteltaschen anzunehmen, die er mir hinaufreichte. »Es tut mir leid.«

»Besser das Pferd als ich.« Aber hinter der grausamen Nüchternheit hörte ich eine Spur wahrhafter Trauer.

Ich befestigte die Satteltaschen am Sattelknauf vor meinen Oberschenkeln und befreite meinen Fuß aus dem linken Steigbügel. Ian stieg hinauf, schwang ein Bein über den breiten Rumpf des Rotschimmels und setzte sich hinter mich. »Wir werden ein anderes Pferd kaufen«, sagte ich zu ihm.

»Das werden wir tun müssen«, stimmte er mir zu. »Oder wir riskieren es, dieses durch Überlastung ebenfalls zu töten.«

Ich beobachtete, wie Tasha und Serri vorausliefen und eine Spur bahnten. »Wir werden ein anderes bekommen«, sagte ich zuversichtlich.

Ich hatte mich geirrt. Es kam mir in den Sinn, umzukehren und zu Hause ein anderes Pferd zu holen. Aber wir waren bereits zwei Wochen von Mujhara entfernt. Die Entscheidungsmöglichkeit war mir genommen. Es war unwahrscheinlich, daß mein eigenes Pferd auch nur die Heimreise überleben würde.

*

Der Rotschimmel starb achtzehn Tage von Mujhara entfernt in dem Augenblick, als wir abstiegen. Obwohl wir während des Gestaltwandels Dinge wie Kleidung, Waffen und Satteltaschen in der Erde lagern konnten, würden verderbliche Sachen jedoch umkommen. Und so machten wir uns nicht die Mühe, die Satteltaschen mitzunehmen, sondern setzten unseren Weg in *Lir*gestalt fort.

Fünf Tage später begann Ian zu husten. Und als wir uns dem Blauzahn näherten, fiel er deutlich zurück. Ich hielt an, wandte mich um, suchte nach zwei Katzen und sah nur eine. Sah meinen Bruder auf Händen und Knien kauern.

Ich lief in Wolfsgestalt zu ihm zurück, kniete mich aber als Mensch neben ihn. *»Ian!«*

Er riß sich die Hüllen vom Gesicht und hustete und spie in den Schnee aus. Sein Atem klang laut, mühsam und rasselnd. Ich hörte einen Laut, den ich schon zuvor gehört hatte. Ich sah ein Gesicht, das ich schon zuvor gesehen hatte.

Rowans Gesicht, bevor er starb. »O Götter ...«, sagte ich, »o *nein ...*«

Er kniete im Schnee und hustete – eine häßliche Verbeugung vor der Seuche. Sein Gesicht war totengrau und schweißbedeckt. Die Lippen begannen anzuschwellen. Seine Augen waren fast vollkommen schwarz.

»Nein ... *nein* ...«, schrie ich, »*... nicht Ian ...*«

Er hustete. Seine Augen glänzten vom Fieber. Schweiß befeuchtete sein Haar und tropfte in den Schnee.

Ich dachte an Rowan. Ich dachte an Isolde. Diese Tode waren schmerzlich genug, hatten mehr als genug Kummer bewirkt. Aber ich konnte nicht auch nur *annähernd* ermessen, wie das Leben ohne Ian weitergehen würde.

Nicht schon wieder ... Götter, nicht schon wieder ... ich habe es bereits einmal erlebt. Ich könnte es nicht noch einmal ertragen ... »Serri!« Der Wolf war sofort neben mir. »Serri ... suche einen Schutzraum! Irgend etwas, es ist gleichgültig was. Aber es muß warm und windgeschützt sein.«

Als der Wolf durch den Schnee davonlief, versuchte Ian ihn zurückzurufen. »Nein«, krächzte er. »Niall ... bemühe dich nicht.«

»Es ist keine Mühe«, sagte ich. »Du würdest dasselbe für mich tun.«

Er hustete. Der Husten drang aus den tiefsten Tiefen seiner Brust herauf und brachte Fäulnis mit sich. Seine Finger umklammerten seine Kehle, befreiten sie von den letzten Hüllen, so daß die angeschwollenen Lymphdrüsen deutlich sichtbar wurden.

Ich zog ihn außer mir vom Boden hoch. Obwohl er sich wehrte, trug ich ihn zum nächststehenden Baum. Dort setzte ich ihn mit dem Rücken gegen den Stamm und hüllte seine Kehle wieder ein.

Er hustete. Götter, wie er hustete, und der Husten riß seine Brust entzwei. Die Lippen platzten auf, bluteten, verkrusteten, platzten erneut auf und bluteten wieder. Sein Gesicht glich einer schmerzverzerrten Maske.

Nehmt ihn nicht zu euch, bat ich die Götter. *Nehmt meinen Bruder nicht zu euch. Ich habe bereits einmal gefürchtet, daß er tot sei … laßt mich das nicht noch einmal durchmachen …*

Seine Augen waren geschlossen, aber er schlief nicht. Er atmete einfach, wie Rowan geatmet hatte. Und jedes Mal, wenn das Rasseln aufhörte, betete ich, daß es wieder beginnen möge.

O Götter … nicht Ian … nehmt statt dessen lieber mich …

Ich dachte, er würde vielleicht frieren, auch obwohl Tasha sich an seine Seite drängte. Und so nahm ich die Gestalt des Wolfes an und schützte seine andere Seite. Ich wartete darauf, daß Serri zurückkäme.

Es war später, viel später. *Ich habe einen Platz gefunden, Lir. Eine Behausung nahe des Flusses.*

Wir brauchten Stunden. Ich stolperte, schwankte, taumelte unter dem Gewicht meines Bruders. Ian half nach Kräften mit, aber er war so krank und schwach, daß er es nur schlimmer machte. Tasha und Serri liefen wieder voraus und schlugen so gut es ging eine Schneise, und schließlich sah ich Laternenlicht durch die dichtstehenden Bäume schimmern.

»Dort«, sagte ich zu Ian. »Siehst du? Ich habe dich in Sicherheit gebracht.«

»Wer würde einem Mann mit der Seuche helfen?« fragte er mit brüchiger Stimme.

»Jemand wird es tun. Das verspreche ich dir.« *O Götter, ich bitte euch … erlöst meinen Bruder davon …*

Wir stolperten vorwärts. Und schließlich waren wir aus dem Wald herausgelangt. Die Behausung war sehr klein, eine Steinhütte mit einem strohgedeckten Dach, die sich an eine verschneite Bergschulter kauerte. Dahinter lag der Blauzahnfluß.

»Das Haus des Fährmannes«, keuchte ich.

Ian sank zusammen. Ich fiel, aus dem Gleichgewicht gebracht, mit ihm hin und spürte, wie ich von Schnee verschlungen wurde. Ich war so erschöpft, *zu* erschöpft. Ich kämpfte mich nur mühsam wieder hoch.

Mein Bruder war bewußtlos. Serri und Tasha legten sich sofort an seinen Körper an, wie sie es während der Reise hierher ständig getan hatten, wann immer wir angehalten hatten. Ich stand unsicher auf und stolperte zur Tür des Hauses.

»Fährmann!« rief ich. »Ich brauche Eure Hilfe!« Ich fiel gegen die Tür, pochte mit der behandschuhten Faust an das Holz. »Fährmann ...«

Die Tür wurde aufgezogen, als ich mich gerade zur Seite wandte. Ich sah verschwommen sein grau werdendes, mausbraunes Haar, die braunen Augen, ein von der kalten Winterluft zerfurchtes Gesicht. »Nee, nee, Ihr werdet mich nich brauch'n«, sagte der Mann in breiter nördlicher Aussprache zu mir. »Die Bestie is' zugefror'n. Man kann 'rübergehen, werdet meine Fähre nich' brauch'n.«

»Nein«, sagte ich. »Nein, ich brauche keine Fähre. Ich brauche Eure *Hilfe* ...«

»*Meine* Hilfe?« Er runzelte die Stirn.

»Mein Bruder ...« An die kalte Steinmauer der Hütte gelehnt, deutete ich auf die von den *Lirs* geschützte Gestalt meines Bruders. »Er ist krank.«

»Cheysuli«, sagte der Fährmann barsch. »Dann is' es also die Seuche?«

»Ich brauche Eure Hilfe«, bat ich. »Wärme, Schutz, Nahrung, Trinken ... ist das zuviel verlangt? Ich kann Euch sogar bezahlen ...«

»Er wird wahrscheinlich dran sterben«, belehrte mich der Fährmann tonlos.

Ich konnte mich kaum selbst aufrechthalten. »Dann laßt ihn in einem Bett unter einem Dach sterben!« schrie ich. »Laßt ihn als Mensch sterben!«

Braune Augen betrachteten mich einen Augenblick lang forschend und zornig. Dann schaute er an mir vorbei zu Ian. Schließlich räusperte er sich, spie aus der Tür heraus, wischte sich den Mund ab und nickte. »Ja. Ja. Habt ja recht ... steht mir nich' zu, 'n kranken Mann wegzuschicken. Dann kommt, Bursche, wir bring'n ihn unters Dach.«

Wir brachten ihn ›unters Dach‹ und legten ihn ins Bett des Fährmannes. Ich zitterte vor einer Müdigkeit, die mich fast hilflos machte. Daher kümmerte sich der Fährmann mehr um Ian als ich selbst. Er zog meinem Bruder die Felle aus, legte heiße, stoffumwickelte Steine an seine Haut und deckte ihn wieder zu. Als ich mich herabbeugte, um Ian zu betrachten, machte mir der Fährmann mit dem Kopf ein Zeichen. »Setzt Euch, Junge, bevor Ihr *fallt* un' Euch 'n Kopf aufschlagt. Ich hol' Euch Essen un' *Usca.*« *Lir, tu was er sagt,* belehrte Serri mich und drängte sich an mein Bein. Er führte mich zu einem Sessel in der Nähe des Bettes. Ich nickte schwach und sank in den Sessel. Er war grob gefertigt und unbequem, aber er stützte meinen erschöpften Körper. *»Usca«*, sagte ich. »Ihr habt hier *Usca?*«

Der Fährmann trat zu einem in der Wand befestigten Regal. Er nahm einen Tonkrug und zwei verbeulte Zinnkrüge herunter. »Ja. Meine Fähre is' die einzige auf der Flußstraße aus Mujhara raus. Es gibt noch 'n Weg von Ellas un' eine Handelsroute nach Solinde. Meistens wenn ich Männer seh', seh' ich auch ihre Waren.« Er goß die Becher voll und hielt mir dann einen davon hin. »Hab' noch anderes zu trinken, aber das wärmt die Seele von 'nem Mann schneller. Ich heb' mir den *Usca* für die Kälte auf.« Er wärmte tatsächlich meine Seele – und auch alles andere. Ich saß bequem in dem Sessel, nippte an meinem Getränk und zog Kraft aus dem beißenden Alkohol. Er brannte sich den ganzen Weg in meinen Bauch hinab, aber er gab mir neues Leben.

Ich zog mich in meinem Sessel hoch und beugte mich vor, um Ian genauer anzusehen. Tasha lag unmittelbar neben dem Bett, den Blick fest auf Ians Gesicht gerichtet. Er rührte sich nicht. Nur seine Atemzüge waren zu sehen. Ich hörte das Rasseln in seiner Brust.

O Götter … ich bitte euch …

»Wird schlimm«, sagte der Fährmann. »Ich hab' schon früher Männer dran sterben sehen.«

»Ich auch.« Ich versenkte eine Hand in Serris Fell und suchte bei ihm Hoffnung. »Herr …«

»Ich heiß' Padgett«, belehrte mich der Fährmann. »Bin kein *Herr,* einfach nur Padgett.«

»Padgett.« Ich lächelte und sank wieder in den Sessel zurück. »Ich muß Euch sein Leben anvertrauen. Ich kann nicht hierbleiben, um ihn zu pflegen.«

Die dunkelbraunen Augen verengten sich gewitzt. »Ich fahr' jetzt schon seit dreißig Jahren auf dieser Bestie. Ich hab' schon einiges gesehen, aber niemals jemand, der bei so 'nem Wetter reist. Warum macht Ihr das?«

Der *Usca* drohte mich schläfrig zu machen. »Die Seuche«, sagte ich mit schwerer Zunge. »Strahan. Ich muß ihn aufhalten, bevor er noch mehr Menschen meiner Rasse tötet – bevor er Homana vernichtet.«

Padgett war offensichtlich überrascht. »Diese Seuche is' also Ihliniwerk? Keine Sache von den Göttern?«

»Strahans Werk«, sagte ich knapp. »Ein Werk Asar-Sutis.«

Padgetts Brauen hoben sich, und dann runzelte er die Stirn. Er setzte sich auf einen Stuhl und zupfte verwirrt an einem geschwärzten Daumennagel. »Sie ham mir nie was getan«, sagte er leise. »O ja – Ihr könnt sagen, sie brauch'n meine Fähre, aber sie sin' Zauberer. Sie könn'n nich' flieg'n, aber es gibt andre Möglichkeiten.« Er seufzte und schaute zu Ian. »Die Leute sagen, die 'lini sin' böse, un' meist nick' ich un' mach' weiter – weil sie *mir* nie was getan ham. Aber … die *Seuche …*« Er schüttelte den Kopf. »Die Seuche is' zu schlimm. Wenn Strahan anfängt, den Leuten von Homana zu schaden – Cheysuli, Homaner, was auch immer –, will ich nix mit denen zu tun ham.« Er seufzte nachdenklich. »Geht wohin ihr wollt, Bursche. Ich werd' für den Jungen tun, was ich kann.«

Für den *Jungen*. Ian war fast fünfundzwanzig. Das ließ mich lächeln, aber dann erstarb das Lächeln wieder. Ich wollte nicht, daß dieses Alter für meinen Bruder ewig galt, wenn er zu nicht mehr als einer Erinnerung geworden war.

»Unser Geld ist verbraucht«, sagte ich, während ich den Siegelring von meinem Finger nahm, »aber nehmt dies anstelle von Gold.« Ich hielt ihm den Ring hin. »Wenn Ihr ihn aufbewahrt, Fährmann, dann seid versichert, daß ich Euch mehr als nur einfaches Geschmeide geben werde.«

Padgett drehte den Ring im Feuerschein und blinzelte, um den eingravierten wilden Löwen betrachten zu können. Und dann fluchte er laut. »Einfacher Schmuck? *Das?* Ich weiß, was das is', Junge – wie seid Ihr da dran gekommen?«

Ich lächelte. »Mein Vater gab ihn mir.«

»Und hat er ihn dem Mujhar selbst gestohlen?«

»Nein.« Ich schüttelte den Kopf.

Padgett betrachtete den Ring noch immer. »Ich hab' einen wie diesen an der Hand von 'nem andren Mann gesehn. Aber da hab' ich ihn nich' erkannt. Ich dachte, es is' nur 'n Ring. Ein andrer Mann, ein Soldat in königlicher Livree, sagte mir, was es war.« Er drehte den Ring. Der Rubin schimmerte im Licht. »Lange her…« Er brach ab. Er sah Ian an und runzelte die Stirn. Er stand auf, trat näher heran, runzelte erneut die Stirn und fluchte dann erstaunt. »Habt Ihr die Jahre also zurückgedreht, Bursche? Habt Ihr den Mujhar so jung erhalt'n, wie die 'lini es tun?« Er sah mich an. »Ich hab' den Mujhar einmal gesehen, vor fast zwanzig Jahren. Dieser Ring war an *seiner* Hand – und dieses Gesicht war auf seinem Gesicht.«

»Nun«, sagte ich, »Ian ist sein Sohn. Die Ähnlichkeit ist nicht überraschend.«

Padgett runzelte die Stirn. »Ihr habt den Jungen Euren Bruder genannt.«

»Ja.«

»Und dieser Ring ist von Eurem Vater.«

»Ja.«

Padgett öffnete den Mund und schloß ihn wieder. Dann schüttelte er den Kopf. »Ich kann ihn nich' annehmen, Bursche. Nich' vom Prinz von Homana.«

Der Ring lag in seiner Hand. Aber ich nahm ihn nicht von ihm entgegen. »Wenn Ihr meinen Bruder am Leben erhaltet, dann ist nicht einmal *das* Bezahlung genug!«

»Mylord ...«

Ich erhob mich und kniete mich neben Ian. Ich sah Padgett nicht an. »Wenn *Ihr* ihn nicht behalten wollt, dann gebt ihn jemand anderem. Aber er ist meine Bezahlung für Euch.«

Nach einer Weile des Schweigens sah ich mich um. Padgetts Hand zitterte ein wenig. Der Ring rollte einmal über seine Handfläche. Dann schloß er die Finger darüber und wandte sich von mir ab.

Ich streichelte Tashas schlanken Kopf und versuchte, sie zu trösten. Ich wußte, daß sie Angst hatte. Ich konnte es in ihren Augen lesen.

Ich schwöre, wenn der Fährmann meinen Bruder am Leben erhalten kann, würde ich ihm, wenn es möglich wäre, die Hälfte von Homana anbieten.

Serri stieß seinen Kopf unter meinen Ellbogen und drängte sich an meine Seite. *Du wirst sie selbst brauchen, Lir. Als Erbe für deine Söhne.*

Und wenn Strahan Homana zerstört? Welches Erbe bleibt dann?

Das mußt du entscheiden, Lir. Die Frage wird beantwortet werden.

Ich seufzte. Ich stand auf und wandte mich von Ian ab. »Ich werde morgen früh aufbrechen.«

Ich hörte Padgett entsetzt und hastig einatmen. »So bald verlaßt Ihr Euren Bruder?«

»Ich habe keine andere Wahl!« sagte ich abwehrend. Das Schuldgefühl lag mir schwer im Magen. »Ian wäre selbst der erste, der mir sagen würde, daß Homana wichtiger ist. Daß es das Opfer wert ist.« In Wahrheit hatte ich Einwände dagegen. Ich dachte, daß nichts mehr wert war als das Leben meines Bruders. Aber er würde es anders sehen, und darum würde ich seine Wünsche achten. »Was sag' ich ihnen dann?« fragte Padgett. »Was sag' *ich* ihnen, wenn dieser Mann stirbt und der Prinz von Homana nich' zurückkommt?«

Ich sah Tasha an. Sie lag so still neben dem Bett, hielt schweigend Wache. Ich dachte daran, daß Ians *Lir* ebenfalls zum Tode verurteilt wäre, wenn er sterben würde. Ich dachte an meinen Vater, dem beide Kinder Sorchas fehlen würden. Und ich dachte an mich selbst, wenn ich keinen Bruder mehr hätte ...

Aber dann schloß ich diese Gedanken sofort wieder aus. »Sagt ihnen die Wahrheit«, antwortete ich. »Sie wissen, wohin wir gegangen sind. Sie wissen um das Wagnis.«

»Und wißt *Ihr* das auch?«

O ja, ich glaubte schon. Und ich war bereit, es auf mich zu nehmen.

Ich wußte, daß ich es auf mich nehmen *mußte*. Für Ian ebenso wie für Homana.

Kapitel Sieben

»Würdest du es spüren?« Serri und ich standen am südlichen Ufer des Blauzahnflusses. »Würdest du es spüren, wenn mein Bruder stirbt?«

Mein *Lir* schaute über die Weite des vereisten Flusses hinweg. Seine grüngoldenen Augen waren verengt. Ich dachte, daß er einer Antwort ausweichen wollte.

»Serri …«

Nicht wenn er *stirbt. Aber wenn es so wäre, würde Tusha ebenfalls sterben – und das würde ich sofort* spüren.

Ich wandte mich um und betrachtete die Bäume, die Padgetts winzige Hütte verbargen. Ich konnte nur eine Wolke bläulichen Rauchs über den kahlen Zweigen schweben sehen.

O Götter … wenn ich ihn verlasse … wenn ich ihn verlasse und er stirbt …

Ich wandte mich entschieden wieder ab und starrte blind über den Fluß. »Komm«, sagte ich zu Serri. »Wir müssen gehen.« Und ich nahm Wolfsgestalt an.

Wir liefen nordwärts, kämpften gegen die rauhen Winde und den Schnee an. Der Blauzahnfluß lag jetzt hinter uns. Wir durchquerten die Nördlichen Einöden. Rund um uns erhoben sich kahle, schiefer- und indigofarbene Wände … das Rückgrat der Welt. Hier gab es keine Bäume, sondern nur windgepeitschtes Gestrüpp und Gebüsch. Kein Weideland, kein Erdreich, kein Gras, nur Schichten verborgenen, blauweißen Eises unter dem vom Wind gepeitschten, verkrusteten Schnee.

Wir kletterten aufwärts. Wo Menschen nicht mehr gehen konnten – *wir* schafften es, bahnten uns unseren Weg durch ein sich über die turmartigen Berge und den vom Wind geformten Fels ziehendes, enges Netzwerk. Unsere Felle wurden dichter, unsere Pfoten wurden härter, unsere Augen blieben ständig verengt. Aber wir wußten, daß wir nicht umkehren konnten.

Der Wald lichtete sich, fiel weit unter uns zurück. Die Berge wurden zu kaum mehr als aufwärts gerichteten, öden Felsen, kahl und blau im heulenden Wind.

Höher. Noch höher. Und dann waren wir durch den Molonpaß in ein anderes Land gekommen und kletterten aus den Einöden Homanas in die Schluchten Solindes hinab.

Serri, sagte ich. *Mein Bruder?*

Wir sind zu weit weg, als daß ich fragen könnte.

Aber du würdest es spüren, wenn Tasha gestorben wäre.

Ich würde es wissen, wenn Tasha gestorben wäre.

Wenig Trost. Aber es war wenigstens etwas, wie ich erkannte.

Die Berge begannen ihre Gestalt zu verändern. Die schieferblauen Schatten homanischen Felses nahmen ein dunkleres, drohenderes Aussehen an. Es gab wieder Bäume, aber von rauhen Winden verdrehte und verzerrte Bäume. Wurzeln brachen aus der Erde hervor. Kahle, geschwärzte Wurzeln, die sich über den Fels wanden wie verknäultes Wandteppichgarn. Und ich begann in den Felsen Umrisse zu erkennen. Gierige Gesichter, gähnende Münder, entsetzt hervorstehende Augen.

Das ließ mein Nackenfell sich aufrichten. *Lir ...*

Ihlini, sagte Serri. *Sie verspotten uns mit ihrer Felsmenagerie.*

Bestien. Scheußliche, schreckliche Bestien, alle im geschwärzten Fels eingeschlossen. Ich spürte, wie sich mein ganzes Fell aufstellte. Die Lefzen zogen sich zurück und entblößten meine Zähne zu einem tiefen wölfischen Grollen.

Serri ...

Vor uns, Lir. Valgaard liegt vor uns.

Wir gelangten durch einen Engpaß in die dahinterliegende Schlucht. Und dort lag plötzlich Valgaard, das wie ein Klumpen glasschwarzen Gesteins aus der Erde herausragte. Zwischenwände, Türme, Brustwehren bildeten alle zusammen eine Wand der Schlucht. Es erinnerte mich an einen riesigen Vogel, der mit ausgebreiteten Schwingen die Welt umschließen will.

Wie er brütet und die Schlucht zu seinem Brutkäfig macht.

Glatte Wände ragten über unseren Köpfen empor. Wir waren klein, so klein, so unbedeutend in der großen Weltordnung. Valgaard kauerte vor uns, eingehüllt in aufsteigenden Rauch.

Meine Lippen zogen sich zurück. *Götter – wie das stinkt.*

Der Atem des Gottes, belehrte Serri mich. *Der Gestank Asar-Sutis.*

Es war ein Gebiet aufgeworfenen Felses, das sich in alle Richtungen erstreckte. Es gab Wellen, Kräuselungen, Blasen, aber alles war aus Fels gemacht. Ein Meer dampfenden Felses.

Serri – etwas stimmt *nicht …*

Was stimmt schon an den Ihlini?

Ich erschauderte. Es war nicht kalt. Der Winter schien hier verbannt. Hinter uns lag der Engpaß und dahinter die vom Wind zerstörten Basaltwände. Aber hier gab es nur Wärme. Eine widerlich faulige Wärme, die mir das Gefühl gab, mich übergeben zu müssen.

Serri …, sagte ich. *Serri, die Verbindung wird schwächer …*

Wir sind zu nahe, belehrte er mich. *Wir sind zu nahe an den Ihlini.*

Das waren wir. Ich konnte das Schwinden der Verbindung spüren, die Schwächung der Macht, die mir sonst die Fähigkeit verlieh gestaltzuwandeln. Noch während ich mich darauf richtete, meine Vollständigkeit zu bewahren, spürte ich die Magie nachlassen. Ich konnte zusehen, wie ich dazwischen gefangen wurde.

Serri!

Ich spürte die Macht aus mir herausfließen wie vergossenen Wein. Sie spritzte auf den Boden, wurde in dampfenden Rauch verwandelt, zerstreute sich dann in der Luft und wurde aus den Außenmauern Valgaards herausgetragen.

Plötzlich, zu plötzlich, wurde ich aus meiner *Lir*-gestalt herausgerissen und in die menschliche Gestalt zurückgeworfen. Die Umwandlung geschah *zu* schnell und war zu überwältigend, als daß ich mich ihr hätte widersetzen können.

Ich schrie auf. Es begann als Heulen und endete als Schrei.

Fels schnitt mir ins Gesicht. Ich schmeckte Schwefel, Salz, Eisen. Ich schmeckte den Speichel des Gottes. Das ließ mich selbst ausspeien.

Ich stieß mich vom Boden hoch. Ich war wieder ein Mensch mit Stiefeln und Fellen, bewaffnet mit Schwert und Bogen und Messer. Aber ich wußte – Götter, und wie ich *wußte* –, daß ich keine dieser Waffen gebrauchen konnte. Dies war Strahans Reich, das Tor des Gottes selbst. Nur mein Verstand konnte mich gegen ihre Macht schützen.

Der Fels unter meinen Stiefelsohlen wärmte. Das Gebiet, das sich vor mir erstreckte, war mit Öffnungen versehen, aus denen Dampf emporstieg. Valgaard war in Rauch gehüllt.

»Götter«, keuchte ich, »seht euch das an. Seht euch die Hunde an, die das Lager bewachen.«

Hunde? Ich konnte nicht sicher sein. Es waren Bestien, aber keine mir bekannten Bestien. Nur Umrisse. Nur *Wesen* mit nur angedeuteten Gestalten. Vollständig scheinende Gestaltlosigkeit.

Sie warteten wie schwarzglasige Spielzeuge träge auf der düsteren Falltür Asar-Sutis.

Ich schloß die Augen. *Götter … ich habe solche Angst …*

Aber ich wußte, was ich zu tun hatte.

»Serri.« Ich blickte zu ihm hinab, kniete mich dann hin und nahm ihn in die Arme. »*Lir*, ich muß dich bitten hierzubleiben.«

Hier? Serris Stimme klang nur schwach in meinem Geist wider, war nur ein Schatten unserer Verbindung. Und sie wurde noch schwächer, während wir miteinander sprachen. *Es ist meine Aufgabe, mit dir zu gehen.*

»Dieses Mal nicht. *Dieses* Mal ist es deine Aufgabe zurückzubleiben. Ich kann dich nicht mitnehmen.«

Lir …

»Ich wage nicht, unser beider Leben zu riskieren. Dies ist meine Aufgabe.«

Er stieß seine Schnauze gegen meinen Hals. *Lir …*

»Serri, sage, daß du bleiben wirst. Sage, daß du auf mich warten wirst.«

Aber wenn alles scheitert …

»Wenn alles scheitert, wirst wenigstens *du* deine Freiheit behalten. Du bist noch jung, sogar nach menschlichen Maßstäben, du wirst nicht dem Tod überantwortet werden.«

Dies ist nicht Teil deines Tahlmorra.

»Ich *mache* es zu einem Teil davon.« Ich drückte ihn fest. »Es gibt eine Möglichkeit, wenn auch nur eine kleine. Aber vielleicht genügt das. Vielleicht wird er zufrieden sein.« Ich löste meine Arme von seinem Hals. »Sage, daß du hierbleiben wirst, Serri. Sage, daß du hier auf mich warten wirst.«

Serris Schwanz senkte sich. Er legte die Ohren flach zurück. Seine Stimme war nur ein Flüstern. *Ich werde warten. Was soll ich sonst tun?*

Serri … Aber die Verbindung war unterbrochen.

Ich verließ ihn. Ich betrat aus dem Engpaß heraus das rauchige und felsige Gebiet und schaute nicht zurück zu meinem *Lir*. Die Verbindung war jetzt vollkommen abgebrochen. Es gab nichts, was uns noch miteinander verband, bis auf das Wissen dessen, was wir waren.

Bis auf das Wissen dessen, was zwischen uns gewesen ist.

Strahan lächelte. »Ihr habt meine Einladung etwas verspätet angenommen.«

»Ich wollte sie eigentlich *überhaupt* nicht annehmen.«

Er nickte. »Die Menschen ändern sich … sogar Prinzen.« Er nippte an einem Becher Wein. »Alle Menschen werden schließlich einmal erwachsen.«

»Werdet Ihr auch erwachsen werden?«

Wir standen einander in einem der Turmzimmer Valgaards gegenüber. Die schwarzen Mauern waren zylindrisch gebogen und auf gläsernen Glanz poliert. Wandteppiche hielten den Frost ab. Ein schneller Blick hatte mir gezeigt, daß ich die Bilder in den Geweben nicht sehen wollte. Sie zeigten etwas, das von Dämonen und dem Gott der Unterwelt schrie.

Strahan saß. Ich stand. Schon daran konnte man die Umstände ermessen.

»Ob ich erwachsen werde?« wiederholte der Ihlini. »Nun, vielleicht … das hängt davon ab, wie ich empfinde.« Er nippte erneut an seinem Wein. Er hatte auch mir einen Becher angeboten, aber ich hatte ihn nicht angenommen. »Die Möglichkeit, die Zeit zurückzudrehen, ist Euch nicht verschlossen, Niall. Nicht mehr als jedem anderen. Wenn Ihr nichts dagegen habt, werde ich nicht den Fehler machen, Euch zu bitten, Euch mir anzuschließen.« Er grinste. »Ich weiß es besser. Ich weiß, daß Ihr es niemals tun würdet. Aber es *gibt* eine Möglichkeit für jene, die die Macht begehren.«

»Und wie viele sind das Bündnis eingegangen?«

»In diesem Jahr? Oder im letzten? Oder während aller Jahre der ganzen Vergangenheit?« Er stellte seinen Becher auf den Tisch und erhob sich. Er trug braune, ziemlich abgetragene Jagdlederkleidung. Sein schwarzes, bis über die Schultern reichendes Haar wirkte glatt und dünn wie das einer Frau und wurde von einem

Diadem aus gehämmerter Bronze zurückgehalten. Umrisse waren in das Metall eingearbeitet, seltsame Umrisse, die an die merkwürdigen Steine im Gebiet des Gottesatems erinnerten. »Also, Niall – Ihr kommt in der Hoffnung zu mir, daß ich der Seuche ein Ende setzen werde.«

Ich beobachtete ihn. Er stöberte in einer von Runen besetzten Truhe mit gewölbtem Deckel. Er wirkte weniger wie ein Magier, als vielmehr wie ein verwirrter Student, der sein Lieblingsbuch verlegt hat.

Dies ist Strahan, erinnerte ich mich, *der mächtigste aller Ihlini. Laß dich von dem Gesicht, das er aufsetzt, oder von den Seichtheiten, die er äußert, nicht irreleiten.*

»Und ich frage Euch: Warum? Warum sollte ich meine Seuche enden lassen?«

Meine Seuche. War er also so begeistert davon? Sah er es als etwas an, worauf man stolz sein konnte?

Ja. Wahrscheinlich. »Wenn es Euch im Gegenzug etwas einbringen würde, sie zu beenden, könnte es Euch das vielleicht wert sein.«

»Aber nur, wenn es sich um etwas Wertvolles handelte.« Er stöberte noch immer in der Truhe und achtete nur halb auf meine Worte.

Es war verwirrend. Er handelte mehr als Mensch denn als Magier, war eher aus den Menschen als den Dämonen geboren. »Das wäre möglich«, sagte ich zu ihm. »Einst wolltet Ihr es besitzen, obwohl Ihr es Euch damals – vielleicht aus Launenhaftigkeit – nicht genommen habt.«

Er hörte auf zu stöbern. Richtete sich auf. Wandte sich um. Sah mich nachdenklich an. »Ihr seid freiwillig hergekommen.«

»Ich wurde nicht dazu gezwungen – nicht *körperlich.* Aber Ihr habt mich hierhergebracht. Ihr sagtet mir, daß ich kommen würde. Und jetzt bin ich gekommen.«

»Ihr seid freiwillig hergekommen.« Er lächelte jetzt nicht mehr. »Und Ihr bietet Euch mir – *freiwillig* – an?«

Ich hatte vergessen, wie eigenartig seine Augen waren, wie unheimlich mit ihrem nicht zueinander passenden Braun und Blau. Strahan starrte mich an. Er wartete. Und ich wußte nicht, was ich sagen sollte.

Er wandte sich wieder der Truhe zu. Griff erneut hinein, zog etwas daraus hervor. Ich konnte es nicht sehen. Er umschloß es mit einer Hand.

»Strahan ...«

»Ich habe zugehört«, sagte er. »Ich habe gehört. Aber ich glaube, Ihr irrt Euch.« Er schloß den Truhendeckel. Ich hörte die Sperre zuschnappen.

Ich wollte Serri bei mir haben. Ich wollte Ian bei mir haben. Ich wollte von diesem Ort fortkommen.

Ich befeuchtete meine Lippen, die trocken wie Papier waren. »Da war die Nacht, in der Ihr nach Mujhara kamt. Ihr sagtet, Ihr wärt *meinet*wegen gekommen. Und damals sagtet Ihr mir, ich sollte Gisella nicht heiraten.«

»Ja.« Er zuckte die Achseln. »Ich sagte, Ihr solltet es nicht tun, aber Ihr habt darauf beharrt.« Er ging zu einem schweren, aufgeschlagen auf einem Ständer liegenden Buch hinüber. »Ihr wißt natürlich, daß ich Euch damals hätte töten können«, sagte er beiläufig. »Es wäre nur zu einfach gewesen. Aber ich wußte, daß Ihr herkommen würdet. Ich *ziehe es vor,* Menschen nach meinem Geheiß handeln zu lassen, bevor ich ihr Leben beende.«

Ich betrachtete das Buch. *Das Grimoire?* fragte ich mich. *Die Quelle der so umfangreichen Ihlinimagie?*

Er blätterte wie abwesend in dem Buch. Und während er die einzelnen Seiten blätterte, sah ich ganz schwache Flammen aus den rot beschrifteten Seiten hervorblitzen.

»Strahan ...«

»Ihr habt sie geheiratet, Niall. Ihr habt Alarics verderbte Tochter geheiratet.«

»Ja.« Meine Lippen waren schon wieder trocken. »Ich will Euch einen Handel anbieten.«

Er schien es nicht gehört zu haben. Er hörte auf, in dem Buch zu blättern, las mit größter Aufmerksamkeit etwas, nickte dann und schloß das Buch wieder. »Das dachte ich mir. Nicht so schwer, glaube ich.« Er lächelte mich an, und die Verwirrung verging. Er war entschieden aufmerksam. »Also, Ihr seid hergekommen, um Euch im Austausch für die Beendigung der Seuche anzubieten. Um mir etwas *Wertvolles* anzubieten.«

»So *ist* es«, sagte ich mit aller mir möglichen Würde. »Ich bin ein Teil der Prophezeiung.«

Er nickte. »Ein Teil der Prophezeiung. Ein makelhaftes Bindeglied vielleicht? Oder Tand anstatt von Gold?«

Er wollte mich verärgern. Und es gelang ihm beinahe. In Wahrheit kochte ich, aber ich würde es ihm nicht zeigen. »Tand, Gold – ist das wichtig? Ich bin der Prinz von Homana.«

»Donals Sohn«, sann er, »und auch Aislinns Sohn, was Euch sowohl zu meinem Verwandten als auch zu meinem Feind macht.« Er blickte kurz auf den Gegenstand hinab, den er in der Hand hielt. »Nun, einst hätte ich das Angebot vielleicht angenommen, wenn der Handel ein Handel gewesen wäre, aber jetzt kann es uns nichts mehr einbringen. Euch nicht – *und* mir nicht.«

»Ich biete Euch die Prophezeiung!« schrie ich. »Damit haltet Ihr die Zukunft in Euren Händen!«

»Nun, nein… nicht wirklich.« Er zuckte leicht die Achseln, hob die Augenbrauen und blickte mich kopfschüttelnd an. »Es ist tatsächlich eine Art Opfer, Euch mir anzubieten, aber es hat wenig Wert. *Ihr* habt wenig Wert. Ihr habt Alarics Tochter geheiratet. Und sie hat Euch Söhne geschenkt.«

Ich öffnete den Mund. Und schloß ihn wieder. Und plötzlich verstand ich.

Er will nicht mich… überhaupt nicht mich. Einst, ja, bevor meine Söhne geboren waren –, aber jetzt ist die Saat gesät. Ich bin nicht mehr das letzte Verbindungsglied.

Strahan spreizte die Hände. »Ihr kommt zu spät, Niall. Das Rad hat sich ohne Euch weitergedreht.«

Ich wollte mich setzen. Ich wollte *fallen*. Ich wollte dem Mann den Rücken zuwenden. Aber ich konnte nichts von alledem tun.

»Wenn Ihr mir natürlich Eure *Söhne* anbötet...«, sagte er.

»Nein«, platzte ich heraus. »*Euch* meine Söhne überlassen?«

»Aber *dann* wäre der Handel den Abschluß wert.« Er zuckte die Achseln. »Ihr könnt sie mir geben, oder ich kann sie mir nehmen. Ihr habt die Wahl.«

Das hat er also die ganze Zeit gewollt. Warum hat er mich nicht sofort getötet, als er meinen möglichen Wert noch schätzte – als Erzeuger, wenn auch als nicht mehr –, wie ein Pferd aufgrund seiner Herkunft geschätzt wird. Er wollte die Söhne, die ich von Gisella bekommen würde.

Ich lächelte. »Nein«, sagte ich einfach.

»In Ordnung«, sagte er ruhig, »in Ordnung. Dann werde ich sie mir einfach *nehmen*... wenn Gisella sie mir bringt.«

»Gisella!« Ich sah ihn an. »Gisella würde sie Euch niemals bringen!«

»Das wird sie doch tun«, sagte er freundlich, »wenn Varien es ihr befiehlt.«

Ich schüttelte langsam den Kopf. »Ihr seid wahnsinnig.«

»Nein«, sagte er, »*Gisella* ist wahnsinnig...« Er hielt bedachtsam inne und lächelte. »Es sei denn natürlich, sie wäre es *nicht*... und täte es aus anderen Gründen.«

Er hatte mich endlich zum Schweigen gebracht. Angesichts Gisellas Verrat und Hinterlist konnte ich den Ihlini nur noch anstarren. *Sie war nicht wahnsinnig? Es war alles erfunden – ein Werk?*

Strahan beobachtete das Spiel meiner Empfindungen auf meinem Gesicht. Und er lachte. »Das ist nachdenkenswert, nicht wahr?« Er war wahrhaft belustigt.

»O ja, Lillith ist eine pflichtgetreue Schwester – sie dient mir sehr gut. Und als Alaric eine Cheysulifrau heiratete, war es Lillith, die vorschlug, die Kinder – oder das *Kind* – auch in unsere Dienste zu nehmen.«

»Nicht Gisella. Gisella ist eine *Cheysuli!*«

Er machte eine nachlässige Geste. »Cheysuli, Ihlini – haltet Ihr das wirklich für wichtig? Wir wurden von den gleichen Eltern geboren, den Göttern, die Homana erschaffen haben.« Er hob Ruhe gebietend eine Hand. »Cheysuli ... ja, sie ist eine Cheysuli und daher einem großen Teil unserer Macht gegenüber unerreichbar, aber es gibt Tricks, die man lehren kann. Glauben, der eingeflößt werden kann. *Treuebündnisse,* deren man sich versichern kann. Ich habe Euch gewarnt, Niall. In jener Nacht in Mujhara, als Euer Pferd lahmte ... Ich habe Euch gewarnt, sie nicht zu heiraten.« Wie er mich schadenfroh und zugleich schweigend beobachtete. »Aber Ihr *habt* es getan – und so habe ich einen anderen Plan erdacht.«

»Ihr werdet meinen Söhnen *nicht* schaden!«

»Nein, Niall. *Natürlich* nicht – ich will ihnen nicht schaden. Ich will sie nur *benutzen.*« Er lächelte. »Und das werde ich tun. Ein Sohn bekommt den Löwenthron, und ein Sohn bekommt den Thron von Solinde. Und sie werden *mir* gegenüber verantwortlich sein.«

Alaric. Lillith. Varien. Und auch Gisella, wie ich jetzt wußte. Alle dienten Strahan? Götter, wie fest war ich gebunden. Wie hilflos hatte er mich gemacht.

»Gisella«, sagte ich laut. »Götter, es sind ihre *Söhne!*«

»Aber sie gehört schon seit ihrer Geburt *mir*. Das hat meine Schwester zustande gebracht.«

Umsonst ... alles umsonst ... »Umsonst«, schrie ich überwältigt laut heraus.

Strahan lächelte, während ich schrie. »Nein. Nicht *umsonst*. Ihr habt an Euer Handeln geglaubt. Einige Menschen haben niemals etwas, woran sie glauben können.« Er deutete auf die Tür. »Nun kommt mit mir. Ich werde Euch etwas zeigen.«

Er führte mich aus dem Turm heraus in den Burghof und befahl dann, die Tore zu öffnen. Vor uns lag das Gebiet stinkenden Rauchs. Der Atem Asar-Sutis.

»Dort«, sagte er, »liegt Eure Freiheit. Ich denke, ich werde sie Euch gewähren.«

»Ich bin kein Narr«, begann ich. »Wenn Ihr denkt, ich würde *das* glauben ...«

»Dann glaubt *dies.*« Er hielt mir etwas hin, das an einer Kette baumelte. Ein mit einer goldenen Kappe versehener Zahn, der von einer dünnen goldenen Kette herabhing. Ich hatte selbst einen solchen besessen, bevor ich ihn auf Serris Geheiß fortgeworfen hatte.

»Nehmt ihn«, sagte er und legte ihn in meine Hand.

Ich wollte ihn nicht. Ich wollte nichts damit zu tun haben. Und als er seine Hand fortnahm, warf ich den Zahn in den Rauch.

Strahan lachte. »Das dachte ich mir schon. Und jetzt ist die Bestie befreit.«

Aus dem Rauch und dem Gestank wurde ein Ihliniwolf geboren. Sein Fell war weiß, seine Augen blau, und er sah mir sehr ähnlich.

»Eine Täuschung«, sagte ich nur.

»War es auf der Kristallinsel eine Täuschung, als ich Finn tötete?« fragte Strahan. »Ja, Ihr kennt die Geschichte – wie ich Donals Onkel getötet habe. Ja, ich sehe, daß Ihr sie kennt.« Er lächelte. »Und erinnert Ihr Euch, was mit seinem Wolf geschehen ist?«

»Storr ... starb. Er war zu alt, um ohne seinen *Lir* zu leben.«

»Er ... *starb.*« Wie er mich verspottete. »Ja, wie ein *Lir* stirbt – vermutlich bleibt nichts übrig, wenn ein alter *Lir* stirbt. Aber von Storr ist ein wenig übriggeblieben. Nur ein *wenig* – vier Zähne –, und diese nahm ich an mich, erst, als Euer Vater und der Ellasier gegangen waren. Und mit jenen vier Zähnen gestaltete ich mit der Hilfe Asar-Sutis eine mächtige Magie – *mächtige* Magie, Niall ... genug, um Variens wahre Gestalt zu verbergen – das war leicht zu machen –, aber auch genug, um Homana zu vernichten. Genug, um das Land von allen Cheysuli zu befreien.« Er betrachtete den in den Atem des Gottes eingehüllten weißen Wolf. »Täuschung, sagt Ihr. Ist er eine Täuschung? Ich glaube es nicht. Ich glaube, er ist die Rettung Homanas.« Der Ihlini lächelte, als ich ihn scharf ansah. »Die Seuche ist aus Wölfen geboren, Niall. Aus *weißen* Wölfen – Tieren aus Legenden und Aberglauben. Und alle außer einem sind jetzt tot, für die gebotene Belohnung getötet, aber das ist jetzt nicht wichtig. Sie haben ihre Arbeit getan.« Er nickte in Richtung des wartenden, in zischenden Rauch gehüllten weißen Wolfs. »Tötet ihn, Niall, und Ihr werdet die Seuche beenden.«

»Warum?« fragte ich. »Warum gebt Ihr mir die Antwort? Warum gebt Ihr mir die Möglichkeit?«

Er zuckte die Achseln. »Es sind bereits genug Menschen gestorben. Ich ziehe es vor, *lebende* Untertanen zu regieren, wenn ich Homana eingenommen habe.«

»Ich glaube Euch nicht«, sagte ich.

Strahan betrachtete den Wolf. »Geht«, sagte er. »Eure Aufgabe ist noch nicht vollendet. Es gibt noch Cheysuli auf der Welt – befreit Homana von ihnen.«

Der Wolf wandte sich um, lief davon, verschwand, noch während ich aufschrie. »Geht«, befahl Strahan mir. »Ihr habt ein Messer, einen Bogen, ein Schwert. Es ist an Euch, ihn aufzuhalten.«

Ich dachte ganz kurz daran, statt dessen Strahan zu töten. Aber dann würde ich den Wolf verlieren.

Strahan lächelte kaum merklich triumphierend, aber ich sah auch Nachdenklichkeit in seinen Augen. »Ihr habt die Wahl, Niall. Rettet Eure Söhne – oder rettet die Cheysuli.« Sein Lächeln wurde breiter. »Aber ich frage mich, welche Wahl werdet Ihr treffen? Gisella ... oder der Wolf?«

Unter meinen Füßen tat sich ein Abgrund auf.

»Eure Söhne ... oder Eure Rasse?«

Ich ließ meine Stimme so fest und so kalt wie möglich klingen. »Ich kann weitere Söhne zeugen.«

Strahan lachte. »Aber wie viele mit Gisella? Wie viele werden das *richtige* Blut haben – das Blut, das die Prophezeiung benötigt?«

Ich blickte dem laufenden Wolf nach. *Ohne die Cheysuli, ohne Homana ... dann werden meine Söhne nicht mehr gebraucht ...*

Ich lief los.

Zuerst der Wolf ... dann Gisella ...

Götter, wie ich lief.

Gestank erfüllte meine Nase. Aufsteigender Rauch vernebelte meine Sicht. Ich schmeckte den Beigeschmack von Schwefel und Galle.

Ich *lief,* bahnte mir meinen Weg durch zischende Öffnungen und Pfützen dampfenden Wassers, immer auf der Suche nach dem Wolf. Aber er war fort, unsichtbar gemacht, von Rauch und Dampf verschluckt.

Serri! Ich rief über die Verbindung um Hilfe, erhielt aber keine Antwort. Ich mußte die Aufgabe allein erfüllen.

Der Boden brüllte und zitterte unter meinen Füßen. Flammenzungen leckten an Felsvorsprüngen, schossen aus gähnenden Mündern hervor.

Ich stolperte, fiel auf ein Knie, stieß mich wieder hoch. Heißes Wasser spritzte mir ins Gesicht.

Ich lief.

Eine Gestalt ragte aus dem Dampf auf. Ich achtete nicht auf sie – bis die Gestalt aus sich herausgriff und mich niederzudrücken versuchte wie ein Mensch, der eine Fliege zerquetscht. Ich duckte mich, sprang zur Seite, fiel erneut fast hin und erstarrte dann. Die Gestalt bestand aus Fels. Sich bewegender, heranschleichender Fels.

Ich lief. Und ich hustete beim Laufen.

... der Atem des Gottes ist faulig ...

Ein Schaben folgte mir, das Knirschen von Stein auf Stein. Das Gurgeln und Aufstoßen von Schwefel, das Zischen und Brüllen ausgespieenen Dampfs. Und über die rauchverhangene Entfernung hinweg hörte ich das Heulen eines Wolfes, der von Liebe singt. Von der Freude zu leben. Aber es war nicht Serris Gesang. Ich kenne seine Stimme zu gut. Es war der weiße Ihliniwolf, der Dämon in Fell: der seinen Todesgesang sang.

Den Todesgesang meiner Rasse.

Götter, wie ich *lief* ...

Ich rannte durch den Engpaß: Ich wurde aus der Hitze in die Kälte gestoßen. Ich zitterte. Ich zitterte erneut. Die Schluchten waren noch immer schneebedeckt. Jetzt bildete der ausgestoßene Atem Dampfwolken. Mein Schweiß gefror.

»Serri?«

Lir, ich bin hier. Und so war es ... plötzlich *war* er hier, sprang aus dem Schnee auf mich zu.

Ich blieb kurz stehen, keuchte, machte mich bereit weiterzugehen ... und glaubte jetzt an eine Möglichkeit. Ich dachte: *Jetzt kann es vollbracht werden*.

Aber ich hatte nicht mit Einmischung gerechnet, nicht mit Ihlinispott.

Serri bemerkte ihn zuerst. *Lir ... Vorsicht vor dem Falken ...*

Ich schaute wie ein Narr zum Himmel. Und der Falke stieg zu mir herab.

Stieg herab ...

... und hackte mir ein Auge aus.

Kapitel Acht

… Hände …
… Hände, die berühren …
… die mich berühren …
O Götter … der *Schmerz …*
Serri … Serri … Serri …
Hände, die mich berühren. Die mich bewegen. Die mich *anheben.*
NeinNeinNeinNein … nicht mit all diesen Schmerzen …
Serri … Serri … SERRI …
O Götter, was ist geschehen?
Was habt ihr mir angetan?

»Was habt ihr mir angetan?«

Die Frage riß mich ins Bewußtsein zurück. Ich erkannte, daß *ich* sie gestellt hatte. Ein Hauch meiner Stimme klang noch in meinen Ohren nach.

»Seid still. Seid ruhig. Seid friedlich. Das Schlimmste ist jetzt vorbei.«

Ich zuckte erschrocken zusammen. Dadurch schoß ein pfeilartiger Schmerz durch meine umwickelten Augen. Ich zuckte erneut zusammen, keuchte, zischte. Der Schmerz berührte alles.

»Seid *still.* Bewegt Euch nicht. Schmerz ist wie ein Wolf, der im Winter an die Tür kommt: Wimmelt ihn mit einem oder zwei Häppchen ab, und er wartet vielleicht bis zum Frühjahr, bis er wiederkommt.«

Die Stimme malte mit dem Tonfall, mit kaum merklicher Betonung Bilder. Solch eine *großartige* Stimme. »Wolf …« *Meine* Stimme war mehr ein Krächzen als alles andere. »O Götter … der *weiße Wolf …*«

»Er ist fort«, belehrte mich die klare Stimme. »Und

jetzt müßt Ihr ihn auch gehen *lassen.* Ja, er muß eingefangen, er muß getötet werden, aber jetzt könnt Ihr nichts tun. Noch nicht. Wartet eine Weile. Ich verspreche Euch, Ihr werdet Euer *Tahlmorra* erfüllen.«

Alles war Dunkelheit. Meine Augen waren durch Tücher fest verschlossen. Ich roch den scharfen Geruch von Kräutern, spürte das warme Gewicht eines Breiumschlags auf meinem rechten Auge.

O Götter … mein Auge ist fort …

»Seid still«, warnte mich die ruhige Stimme. Eine Hand lag auf meiner Schulter, drückte mich hinunter, als ich mich aufzusetzen versuchte.

… der Schmerz … der Schmerz … der Schmerz …

»Serri? *Serri?*«

»Er ist hier«, sagte mir die Stimme, und ich spürte die kalte Nase gegen meinen Hals drücken.

Lir, tu, was Taliesin dir sagt. Seine Kunst wird dich heilen.

»Taliesin?«

»Ja«, antwortete die Stimme. »Aber Ihr seid zu jung, um mich zu kennen. Und mein Name wird nicht mehr erwähnt.«

»Wohin habt Ihr mich gebracht?«

»In meine Hütte. Ihr braucht keine Entdeckung zu fürchten. Strahan kommt nicht hierher.«

»*Ihr* kennt Strahan? Ihr wißt, daß er mir das angetan hat?«

»Ich kenne Strahan, ja. Und ich weiß, was er Euch angetan hat.« Die Stimme hielt kurz inne. »Es unterscheidet sich gar nicht so sehr von dem, was er *mir* angetan hat.«

Ich biß mir auf die Unterlippe. Mein Auge pochte mit zunehmenden Schmerzen. Ich dachte, ich würde dadurch vielleicht ohnmächtig werden.

Serri … Serri …

Ich bin hier. Ich bin hier. Fürchte nicht, daß ich fortgehe. Ich werde dich nicht verlassen, Lir.

»Hier.« Eine Hand wurde unter meinen Kopf geschoben und hob ihn an. Eine starke breite Hand, die meinen Kopf so sanft umfaßte. Eine andere Hand drückte mir einen Becher an die Lippen. Ich trank das bittere Gebräu. »Das wird die Schmerzen lindern«, sagte Taliesin mir. »Schlaft, Mylord … laßt die Kräuter ihre Wirkung tun.«

Mylord … »Ihr kennt mich?«

»Ich *kenne* Euch nicht – wie könnte ich? Aber ja, ich weiß, wer Ihr seid. Seid beruhigt, Mylord. Ich bin zwar Solinder, aber ich habe keinen Streit mit Homana. Und sicherlich keinen Streit mit *Euch.*«

»Eure Stimme …« Ich entglitt in den Schlaf. »Es tut mir leid, aber ich könnte nicht sagen, ob Ihr ein Mann oder eine Frau seid.«

Taliesin lachte. »Nun, ein wahrer Barde ist vielleicht beides oder keines von beidem, wenn er seine Melodien und Legenden singt. Aber wenn Euer Auge wieder freiliegt, werdet Ihr sehen, daß ich ein Mann bin.«

Wenn Euer Auge wieder freiliegt … Wie seltsam es war zu wissen, daß ich nur eines besaß.

Wie dieses Wissen die Klinge in meinem Bauch drehte.

Der Falke hat mein Auge gestohlen …

Sei still, befahl Serri mir. *Ruhe dich aus. Betrüge Strahan um seinen Triumph. Er wollte dich töten, Lir.*

Der Falke? Serri … Serri … dieser Falke …

Er ist tot. Dachtest du, ich würde ihn leben lassen?

Ich verschränkte meine Hand in Serris Halsfell. Ich wollte ihn umarmen, ihn in meine Arme ziehen und ihn an meine Brust drücken, um mein Gesicht in seinem Fell zu verbergen.

Und vor allem wollte ich weinen.

Aber noch während ich mich an sein Fell klammerte, Kraft und Sicherheit suchte, spürte ich, wie ich davonglitt. *Serri, geh nicht fort … verlaß mich nicht …*

Ich werde dich niemals verlassen, Lir.

Ich schlief ein.

»Ihr sagtet, ich würde mein *Tahlmorra* erfüllen.«

»Ja. Das werdet Ihr.«

»Aber Ihr seid Solinder. Was wißt Ihr von *Tahlmorras?*«

»Ihr solltet besser fragen: Was weiß ich von den Cheysuli?«

Ich lag auf dem Bett unter warmen Fellen. Noch war ich ein Blinder. Taliesin erzählte mir, daß der Falke die Haut nahe meinem linken Auge zerfetzt und mein rechtes Auge zerstört hatte. Bis die Wunden geheilt wären, würde ich in Dunkelheit gehalten werden.

Serri bedeutete zusätzliche Wärme, da er sich an meinem Körper ausgestreckt hatte. Er schlief und zuckte in seinen Träumen. Ich fragte mich, wem er wohl nachjagte.

»*Was* wißt Ihr von den Cheysuli?« fragte ich gehorsam. Aber meine Neugier war echt.

»Ich weiß von *Tahlmorras* und *Lirs* und Verantwortlichkeiten. Ich weiß von der Bestimmung, die Euer Volk vorwärtstreibt, von der Loyalität der Eiferer, von der Überheblichkeit eines Mannes, der ein Kind der Götter zu sein glaubt.«

»*Glaubt!*« Mir gefiel seine Haltung nicht, ungeachtet der Tatsache, wie ruhig er sie verdeutlichte. »Wir *sind* Kinder der Götter.«

»O ja, ich weiß. Das Wort *Cheysuli* bedeutet genau das. Aber es bedeutet auch noch anderes: fanatischer Eifer und Selbstgerechtigkeit, zielstrebige Entschlossenheit, die Bereitschaft, viele zum Nutzen eines einzigen Mannes – dem Erstgeborenen, dem Kind der Prophezeiung, dem Löwen von Homana – zu opfern.«

»Bei den Göttern, Ihr klingt wie ein *Ihlini.*«

»Das sollte ich auch. Ich bin einer.« Eine Hand drückte mich wieder hinunter. »Seid still, Mylord. Ich bin keiner von Strahans Günstlingen. Das verspreche ich Euch.«

»Errichtet Ihr für *mich* eine Falle?«

»Tue ich das? Prüft es. Prüft *mich,* Mylord.« Die Hand ließ mich los. »Steht von Eurem Krankenlager auf und verlaßt meine Hütte für immer. Ich werde Euch nicht halten. Ich werde Euch nicht zurückholen. Ich werde niemandem sagen, daß Ihr hiergewesen seid.«

Schweiß brach auf meiner Haut aus. »Ihr wißt, daß ich das nicht kann. Ihr *wißt,* daß ich mich kaum aufrichten kann, ohne daß der Schmerz mich wieder zurückwirft.«

»Dann fragt Euren *Lir*«, sagte er. »Fragt Serri. *Denkt nach,* Niall ... ist die Verbindung zwischen euch unterbrochen worden?«

Nein. Serri und ich unterhielten uns, wie wir uns immer unterhalten hatten. Die Verbindung war nicht geschwächt, wurde von nichts gestört, die Macht war nicht genommen.

»Wenn Ihr ein Ihlini seid, ist es nicht möglich, daß die Verbindung noch ungehindert besteht.«

»Es ist möglich. Ich bin keiner von Strahans Ihlini, und ich bin auch keiner von Tynstars Ihlini, obwohl er einst mein Herr war. Nein. Ich bin ein Ihlini, ja, aber nicht mehr Euer Feind als Euer *Lir.* Es gibt Unterschiede, Mylord, Meinungsverschiedenheiten. Strahan regiert uns nicht alle, nur jene, die es wollen. Nur jene, die Asar-Suti dienen.«

»Und Ihr tut das nicht.« Meine Zweifel waren offensichtlich, aber Taliesin blieb geduldig.

»Asar-Suti ist der Gott der Unterwelt, der Sucher, der die Dunkelheit geschaffen hat und darin lebt. Aber ich warne Euch, Mylord: Seid nicht so schnell bei der Hand damit, uns alle gleich zu beurteilen. Seid nicht so bereit, mich der Dunkelheit zu überantworten, da ich doch das Licht vorziehe.«

Ich dachte plötzlich an die alte Frau in Homana, die alte *Ihlini*frau, die ihr Leben geopfert hatte, um Ian und mich davon zu überzeugen, daß sie die Wahrheit gesagt hatte. Sie hatte es nicht für uns getan. Sie hatte es für Homana getan.

»Wie kann das sein?« fragte ich fassungslos. »Wie ist das möglich?«

»Es ist möglich, weil die Götter uns die Freiheit der Wahl gegeben haben. Sogar Euch haben sie sie gelassen. Ja, ich gebe zu, man scheint keine Wahl zu *haben,* wenn man weiß, daß man die Nachwelt verleugnet, indem man die Prophezeiung verleugnet, aber dennoch hat man die Wahl. Ihr könnt Euren Titel, Eure Geburt, Euer Blut aufgeben. Ihr könnt Euer *Tahlmorra* aufgeben.«

»Dann würde ich sterben!«

»Alle Menschen sterben letztlich.«

»Ich möchte es nicht beschleunigen!«

Ich hörte, wie er sich bewegte. Er kniete jetzt nicht mehr neben mir. Ich hörte Schritte, das Schaben eines Stuhls, das Geräusch, wie er sich hinsetzte. Aber dennoch wurde seine Stimme zu mir getragen, als kniete er neben mir.

»Ich will Euer Vertrauen nicht erschüttern und Eure Bestimmung nicht in Frage stellen. Ich habe einst selbst daran teilgehabt, obwohl ich sie meinem Herrn und Asar-Suti geweiht hatte. Ich *glaubte,* weil Tynstar sichergestellt hatte, daß ich es tat. Und ich habe gedient, so gut ich konnte, bis ich die Gültigkeit von Tynstars Absichten in Frage zu stellen begann. Warum, fragte ich mich, war es so wichtig für ihn, Homana zu bekommen? Warum war es so wichtig, unser Brudervolk zu vernichten, um das Land zu beanspruchen? Und daher fragte ich ihn eines Tages selbst.«

Meine Finger waren in Serris Fell verschränkt. »Was hat er gesagt?« fragte ich angespannt. »Was hat Tynstar geantwortet?«

»Er sagte, wenn die Ihlini die Cheysuli nicht vernichteten, würde die Welt untergehen.«

»Er hat *gelogen!*«

»Tatsächlich?« Einen Augenblick herrschte Schweigen. »Seid Euch dessen nicht so sicher, Niall.«

»Tynstar hat *gelogen!* Wie könnte die Welt enden? Glaubt Ihr, die Götter würden das zulassen?«

»Ich spreche von Vorstellungen, Mylord, nicht von Überzeugungen. Ihr wißt, welche Feindschaft zwischen den Rassen besteht. Ihr selbst seid ein Opfer davon. Mißtraut ihr den Ihlini nicht, und haßt Ihr sie nicht? Tötet Ihr einen Ihlini nicht, wenn es möglich ist?«

»Taliesin …«

»Vorstellungen, Niall: Wenn die Cheysuli weiterleben dürfen und die Prophezeiung erfüllt wird, werden die Blutlinien miteinander verschmelzen. Die Erstgeborenen werden miteinander verschmelzen. Und die ursprünglichen Blutlinien werden beizeiten – wie es auch bei Pferden, Hunden und Schafen der Fall ist – von den neuen Blutlinien überwogen.« Er hielt inne. »Tynstar hat die Wahrheit gesagt: Wenn die Ihlini die Cheysuli nicht vernichten, wird die Welt untergehen. die Welt, *wie die Ihlini sie wahrnehmen.*«

»Aber … wenn das *wahr* wäre …«

»Das ist alles, was wir haben, Niall … unser einziges Erbe. Und die Prophezeiung wird es zerstören.«

Überleben, hatte Lillith es genannt. Lediglich der Kampf, ein Volk vollständig zu erhalten, ungeteilt, *ungeschmälert* durch das, was die Ihlini vernichten würde: die Prophezeiung der Erstgeborenen.

Wie kann ich ihnen das vorwerfen? Wie kann ich sie dafür hassen? *Sie tun, was ich tun würde, was* jedermann *tun würde: sie versuchen, ein Volk vollständig zu erhalten.*

»O Götter«, sagte ich laut, »Ihr verwirrt mich.«

»Ich bitte Euch nicht, Eure Überzeugungen in Frage zu stellen, Niall. Ich sage nicht, Ihr *irrt* Euch, oder die Cheysuli irren sich. Ich sage nur, daß ich es nicht ertragen konnte, als ich erkannte, welchen Preis Tynstars Absichten haben würden.«

»Aber wenn wir der Prophezeiung *nicht* dienten …« Ich brach ab. Es war undenkbar. Es war gar nicht vorstellbar.

Die Prophezeiung beiseite lassen – und wofür leben wir dann?

Ich grub die starren Finger tiefer in Serris Fell. »Wie kann man den Feind besser überwältigen, als wenn man ihm seinen Lebensgrund nimmt?« fragte ich verbittert. »Versucht Ihr das zu erreichen?«

»Ich bitte Euch, keine Urteile zu fällen. Ich will Euer Vertrauen nicht erschüttern. Ich will Euch nur erklären, wie es kam, daß sich ein Ihlini entschloß, seinen Gott, seinen Herrn zu verleugnen... und die Gaben zurückzuweisen, die die Erstgeborenen uns gaben.«

»Die sie *Euch* gegeben haben?«

»Ja«, sagte er freundlich. »Wir sind nicht alle schlecht. Wir dienen Asar-Suti nicht alle. Und wenn wir das nicht tun, wenn wir nicht vom Blut des Suchers getrunken haben, bleiben wir einfach Männer und Frauen mit ein wenig Magie. Ein *wenig* Magie, Niall... die Art, die *Ihr* beanspruchen würdet, wenn Serri Euch verließe.«

Serri? Serri? Aber mein *Lir* antwortete nicht. Das erschreckte mich. »Ich würde *sterben,* wenn Serri mich verließe.«

»Nein. Wenn Serri Euch aus *eigenem Entschluß* verließe, würdet Ihr deshalb nicht sterben. Ihr würdet nicht mehr gestaltwandeln können, nicht mehr heilen können – die Dinge nicht mehr tun können, die der *Lir*bund Euch ermöglicht. Aber Ihr würdet nicht sterben.«

»Da ist das Todesritual.«

»Weil Selbstmord verboten ist. Das ist unwichtig, Niall. Das Ritual tritt nur in Kraft, wenn der *Lir* getötet wird – nicht wenn der *Lir* Euch verläßt.«

»Serri würde mich niemals verlassen! Kein *Lir* würde einen Krieger verlassen!«

Ich erwartete Serris sofortige Zustimmung. Er blieb eigenartig still.

Serri – du hast versprochen, daß du mich nicht verlassen würdest!

»Nicht während Eures Lebens«, sagte Taliesin ruhig.

»Vielleicht wird es nicht einmal während der Zeit geschehen, in der Eure Söhne die Reiche regieren, die Ihr ihnen zuweist. Aber *eines* Tages – *eines* Tages –, wenn das Kind aus der Prophezeiung geboren ist … wird der *Lir* einen neuen Herrn erkennen.«

Nein.

»›*Eines Tages wird ein Mann aller Rassen vier kriegführende Reiche und zwei magische Völker in Frieden vereinen*‹«, sprach Taliesin. »Was geschieht *dann*, Niall? Was wird dann aus den Ihlini? Was wird aus den Cheysuli?«

Nein.

»Die Völker verschmelzen miteinander und bilden ein neues Volk. Es hat schon früher gelebt. Es beansprucht *alle* Macht.«

Serri, sage, daß es nicht wahr ist.

»Das ist die Absicht der Götter. Das müssen die Ihlini abwenden – jene, die Asar-Suti dienen. Weil der Sucher besiegt sein wird, wenn die Erstgeborenen wieder auftauchen. Das Tor wird fest verschlossen sein, die Unterwelt wird verborgen sein. Die Erstgeborenen werden die Welt im Namen anderer Götter regieren.«

»Und deshalb habt Ihr Tynstar entsagt?« fragte ich. »Weil Ihr das Verschmelzen der Völker *unterstützt?*«

»Es bedeutet Leben, Mylord, für uns alle. Ich will die Cheysuli genauso wenig vernichtet sehen wie die Ihlini. Und das einzige Mittel, um unsere Fehde für immer zu beenden, ist, das Gesicht des Hasses umzugestalten.«

Ich konnte es in der Dunkelheit nicht erkennen. Aber ich bezweifelte, daß irgend jemand es konnte.

Serri? Serri?

Nichts.

Götter, dachte ich. *Ich habe Angst – Angst, daß er mir Lügen erzählt. Aber ich habe noch* mehr *Angst, daß er vielleicht die Wahrheit sagen könnte.*

Kapitel Neun

»Es ist jemand *hier!*« sagte ich scharf. Ich richtete mich neben Serri auf einen Ellbogen auf. Die Schmerzen waren inzwischen ziemlich erträglich. »Taliesin.«

»Ihr habt ein gutes Gehör«, sagte der Ihlini. »Ja, es ist jemand hier, aber Caro war schon die ganze Zeit über hier.«

»Caro?«

»Mein Gast. Mein Freund. Meine Hände.«

»Eure Hände?« Ich drückte die Finger auf den Verband und kratzte vorsichtig die darunterliegende, juckende Haut. »Götter, könntet Ihr Eure Hände benutzen, um mich von diesen Verbänden zu befreien? Ich werde noch wahnsinnig.«

»Ja, ich denke, es ist an der Zeit. Aber Caro wird sie Euch abnehmen.«

Kurz darauf spürte ich Hände an den Knoten der Tücher, die sie aufknüpften, lösten und abnahmen. Licht kroch herein und flammte dann auf, als mein linkes Auge freigelegt war. Das rechte Auge blieb blind.

Ich schloß mein linkes Auge. »Es tut weh ... das Licht tut mir weh ...«

»Weil das Auge zu lange nur Dunkelheit gesehen hat. Habt Geduld. Das Auge ist unverletzt. Ihr werdet wieder deutlich sehen können.«

Tränen rannen unter dem schützenden Lid hervor. Ich konnte sie nicht aufhalten. »Und mein rechtes Auge?«

»Fort«, sagte Taliesin sanft. »Ihr werdet eine Augenklappe brauchen. Ich werde Caro Euch eine anfertigen lassen. Ich *könnte* es tun, aber ihm wird es besser gelingen.«

Caros große Hände waren sanft und vertraut. Die ganze Zeit über hatte *er* mich gepflegt, nicht Taliesin. Nicht *körperlich.* Aber mit seiner Stimme, o ja ... mit seiner betörend wunderschönen Stimme.

Caro wischte mir mit einem Tuch die Tränen fort und rieb dann die weiche Haut mit einer Kräutersalbe ein. Jetzt da ich *wußte,* daß er hier war, fragte ich mich, warum ich es nicht schon die ganze Zeit über gewußt hatte.

»Leijhana tu'sai«, sagte ich zu ihm. »Vielen Dank, Caro.«

»Er kann Euch nicht hören«, sagte Taliesin ruhig. »Caro ist taubstumm.«

Mein Augenlid öffnete sich jäh. Ich blinzelte, als erneut Tränen aufwallten. Meine leere Augenhöhle pochte. Aber ich achtete nicht darauf. Ich schaute zu Caro. Ich *starrte* ihn mit großen Augen an, versuchte, ihn deutlich zu sehen. Und als ich dazu in der Lage war, lachte ich.

Es schmerzte. Aber ich lachte. Ich brüllte vor Lachen. Ich konnte nichts dagegen tun.

Weil Caro ich selbst war.

Götter, wie ich lachte.

»Wußtet Ihr es?« fragte ich Taliesin, als das Lachen und die Tränen vergangen waren. »*Wußtet* Ihr es?«

Er antwortete nicht sofort. Ich sah ihn zum ersten Mal an. Er saß auf einem schiefen Stuhl. Sein Haar war weiß und wurde von einem schmalen Silberdiadem zurückgehalten, aber das Gesicht war glatt und alterslos – das Gesicht eines ewig jungen Mannes. Seine klaren Augen waren sehr blau.

Ich betrachtete seine Hände. Verkrümmte, verdrehte Hände, die einst heil gewesen waren, jetzt aber nicht mehr. Jemand hatte sie *absichtlich* zerstört, denn nichts sonst hätte solch einen Schaden bewirken können.

Götter ... wer würde das einem Mann wie Taliesin antun?

Ich betrachtete erneut Caro, der schweigend neben

meinem Bett kniete. »Habt Ihr es gewußt?« fragte ich Taliesin erneut.

Hast du es gewußt? fragte ich meinen *Lir*.

Du warst krank, hattest Schmerzen – was hätte es genützt, es dir zu sagen, bevor du es wissen mußtest?

»Sie haben mir seinen Namen genannt«, sagte Taliesin. »Carollan. Sie baten mich, ihn in Sicherheit zu behalten.«

Carollan/Carillon. Nicht ganz dasselbe, aber nur zu ähnlich. Wie der Vater, so der Sohn – nur daß der Sohn taubstumm war.

»In Sicherheit«, wiederholte ich und betrachtete meinen Verwandten, Carillons Bastard. »Sie glaubten, mein Vater würde ihn töten?«

»Sie waren überzeugt davon. Es gab keinen Ort in Homana, wo er sicher gewesen wäre, sagten sie, und daher brachten sie ihn vor fast zwei Jahren nach Solinde. Zu Taliesin dem Barden, der einst in den Hallen der solindischen Könige und der Ihlinifestungen sang. Sie wußten es. Sie wußten, daß ich ihm niemals Schaden zufügen könnte. Und sie wußten, daß hier niemand nach ihm suchen würde. Wenn sie ihn brauchen, borgen sie ihn sich. Aber sie bringen ihn immer wieder zurück.« Er hielt inne. »Daher erkannte ich Euch, Niall. So nahe an der Grenze höre sogar *ich* die Nachrichten, wie sehr der Prinz von Homana seinem Großvater ähnelt und wie sehr der Bastard an seinen Vater erinnert.«

Ich betrachtete Caro begeistert. Er war ich. Aber *nicht* ganz. Er war sechsunddreißig und damit fast sechzehn Jahre älter als ich. Erwartungsgemäß sah auch sein Gesicht älter aus. Vom Wind gezeichnet und mit Sonnenfalten an den äußeren Augenwinkeln. Er trug einen Vollbart. Aber alles andere war gleich: lohfarbenes, von der Sonne teilweise sonnengebleichtes Haar, ein dunklerer Bart, blaue Augen, fast die gleichen Gesichtsknochen. Carillon hatte seine Nachkommen wahrhaft gezeichnet.

Ich lachte einmal auf. Aber dies war kaum mehr als der Versuch, die Ironie dieser Lage zu vergessen. »Und daher wollen die Homaner, die Niall durch Carillons Bastard ersetzen wollen, nicht mehr als eine Marionette, ein leeres Gefäß auf dem Löwenthron, damit *sie* Homana regieren können.«

»Ja, ich glaube, so ist es.«

Ich dachte an Elek. Ich dachte an Sarne, die so beredt für ihren unfähigen Sohn geworben hatte. Götter, wie fest sie darauf beharrt hatte, daß Carillon seinem Sohn einen Platz in der Erbfolge versprochen hätte. Und ich dachte an die Leute, die sich um Caros Banner versammelt hatten. Götter, wie lächerlich das jetzt alles schien.

Ich schüttelte den Kopf. »Wenn die Wahrheit bekannt wird, werden sie sicherlich verstehen, daß der Antrag abgelehnt werden muß.«

»Sicherlich werden sie das verstehen«, stimmte Taliesin mir zu. »Aber ebenso sicher glauben sie, daß die Wahrheit niemals entdeckt würde, oder daß es – wenn man sie doch entdeckt – schon zu spät sein wird, daß der Löwenthron bereits ihnen gehören wird. Seht doch, was sie bereits erreicht haben, sogar obwohl er versteckt gehalten wird.« Er schüttelte seinen weißhaarigen Kopf. »Vergeßt nicht, Niall, viele Menschen bekommen ihren König niemals zu Gesicht. Viele Menschen kennen nur seinen Namen, nicht was oder wer er ist. Sie plagen sich, um seine Steuern zu bezahlen, sie sterben in seinen Heeren, sie feiern seinen Namenstag und den Geburtstag seiner Söhne und Erben..., aber sie werfen nur selten selbst einen Blick auf den Mann. Er ist ein *Name*. Und so kann ein Reich jahrelang nur von einem Namen regiert werden.«

Ich schüttelte stirnrunzelnd, nachdenklich und vorsichtig den Kopf. »Aber sie waren alle so *bereit*, ihm zu folgen, ihn auf den Löwenthron zu setzen. So bereit, Carillons *Enkel* zu töten, um den Weg für den Bastard freizumachen.«

Taliesin nickte. »Carillon ist eine Legende, wie Ihr nur zu gut wissen solltet. Und wie könnte man diesen Mann besser wiederbringen, als dadurch, daß man seinen Sohn aufstellt? Ein Sohn ist ein *Sohn* und steht ihm näher als der Enkel. Und es gibt jene, die den Thron homanisch erhalten wollen, um ihn für sich selbst nutzen zu können. Aber meiner Meinung nach sind jene in der Überzahl, die nur dem Mann dienen wollen, den sie für den rechtmäßigen Erben halten. Es ist nicht so unmöglich zu glauben, Caro sei dieser Mann. Er *ist* Carillons Sohn. Könnt Ihr es ihnen verdenken? Sie wissen nur das, nicht mehr als daß er ein *Sohn* ist, kein Enkel – Homaner, nicht Cheysuli.« Seine Stimme klang sehr ruhig. »Sie glauben an das, was sie tun.«

Ich streichelte Serris Fell. *Wie es so viele von uns glauben … Cheysuli, Ihlini, Homaner …*

Wie es so viele von uns glauben müssen.

Ja … *müssen.* Ich dachte an Strahan und Lillith, die ihren schändlichen Göttern dienten, während sie gleichzeitig in dem Wunsch zerstörten, ihre Rasse zu retten. Ich dachte an Alaric von Atvia, der anpassungsfreudige Alaric, der zweifellos erkannte, daß er Homana nicht allein besiegen konnte, aber daß er als Sieger hervorgehen könnte, wenn er den Ihlini half, indem er seine Tochter Lillith überließ. Und ich dachte an die *A'saii,* die das reinste Blut von allem suchten und bereit waren, meines zu vergießen, um es zu bekommen.

O ja, *wir alle* – wir alle taten, was wir tun mußten, um sicherzustellen, daß wir überleben würden, um uns den bestmöglichen Platz in dieser und der nächsten Welt zu sichern.

Serris Stimme klang freundlich und weise. *Weil du, ob es nun richtig oder falsch ist, an das glaubst, was du tust.*

Ja. Jeder von uns.

Laut sagte ich: »Nichts rechtfertigt ein Blutvergießen. Nichts rechtfertigt die *Auslöschung* einer Rasse.«

Taliesins Lächeln war wunderbar lieblich. Und jetzt auch mitfühlend. »Bezieht Ihr Euch damit auf die Ihlini? Oder sprecht Ihr von den Cheysuli?«

Ich sah ihn aus meinem verbliebenen Auge verbittert an. »Beides. *Beides*. Was kann ich *sonst* glauben?«

Er seufzte. Seine verkrümmten Hände wanden sich in seinem blau gewandeten Schoß, als wollte er sie im Sieg verschränken und wußte, daß er es nicht konnte.

Caro beugte sich herab und verrieb noch mehr Salbe auf meiner Haut. Aber ich hielt ihn auf. Ich ergriff sein Handgelenk, setzte mich langsam auf und stellte mich ihm von Angesicht zu Angesicht.

Ich suchte nach einem Hinweis, einem *Zeichen* dafür, daß er wußte, wer er war, *was* er war und was er vielleicht geworden wäre. Aber es war nur geduldige Neugier zu erkennen, während er auf eine Erklärung wartete.

Ich ließ ihn los. »Sie haben ihm nichts gesagt.«

»Nein. Ich glaube, sie halten ihn für einen Dummkopf, der nicht verstehen kann. Das ist er natürlich nicht. Aber er ist auch nicht zum Mujhar geeignet.«

Ich schüttelte bedächtig den Kopf. »Und so bleibt der große Plan unvollendet. Ich muß nur sein Unvermögen verkünden, und der homanische Aufstand ist vorüber.«

»So ist es.«

Das klang sehr traurig. Ich sah den Ihlini plötzlich bestürzt an. »Würden sie ihn töten – die Homaner? Würden sie die nutzlose Marionette vernichten?«

»Ich halte es für wahrscheinlicher, daß sie einfach die Fäden durchschneiden. Aber ich werde sie wieder aufheben.« Er hob seine zerstörten Hände. »Es ist noch ein wenig Bewegung möglich. Ich glaube, ich kann die Fäden bewegen. Noch besser – ich werde sie vollkommen abschneiden und ihn ohne Fäden laufen lassen.«

Ich betrachtete Caro. Ich wußte nicht, was er dachte. Aber ich wußte, daß er nicht der Feind war, weder absichtlich noch unabsichtlich.

Ich streckte die Hand aus, umfaßte seinen Arm und nickte ihm kurz zu. »Vielen Dank, Caro«, sagte ich deutlich. »In der Alten Sprache – *leijhana tu'sai.*«

Er beobachtete die Bewegungen meines Mundes, die sich auf meinem Gesicht abzeichnenden Empfindungen. Ich konnte nicht sicher sein, daß er verstanden hatte. Aber er lächelte. Er lächelte mein Lächeln, erwiderte meinen Griff und ging, um sich auf einen Stuhl zu setzen.

Ich blickte zu Taliesin. »Wer hat Euren Händen das angetan?«

»Nicht Tynstar.« Die blauen Augen waren von Erinnerungen umwölkt. »Nein, ich habe ihn viele Jahre lang mit meinem Können erfreut. Anstatt ein umherziehender Ihlinibarde zu bleiben, fand ich einen ständigen Herrn ... bis ich ihn fragte, warum er die Cheysuli vernichten wollte, warum er Homana stehlen wollte.« Er kniff etwas den Mund zusammen. »Aber er hat meine Hände nicht zerstört. Nein. Seine Bestrafung war vollkommen anderer Art. Er gab mir das ›Geschenk‹ ewigen Lebens. Er sagte, wenn ich wirklich ein Mensch sei, der nicht an das glaubte, was er und andere zu erreichen versuchten, würde er vollkommen *sicher*stellen, daß ich am Leben bliebe, um mitzuerleben, wenn er es erreichen würde. Damit ich Gesänge über den Fall Homanas und den Aufstieg der Ihlini ersinnen könnte.«

»Aber wer hat Eure Hände *dann* zerstört?«

»Strahan hat das getan. Er fand, ich hätte eine ernstere Bestrafung verdient. Als sein Vater von Carillon getötet worden war, zeigte Strahan seinen Kummer, indem er jene bestrafte, die ihm nicht dienen wollten. Und so zerstörte er meine Hände, damit ich für immer ohne die Magie der Harfe leben muß.«

Strahan hat das getan. Ja, Strahan tat viel, um andere zu zerstören. Wiedergutmachung für das durch Finn verlorene Ohr?

»Ich muß gehen«, sagte ich schließlich. »Ich kann nicht länger hierbleiben. Ich fürchte um die Sicherheit meiner Söhne, und ich muß einen Wolf töten.«

Taliesin erhob sich. Er ging zu einer Kiste, hob den Deckel an und zog eine polierte Silberplatte heraus. Er brachte sie zu mir und gab sie mir in die Hände. »Damit Ihr im Bilde seid«, sagte er.

Als ich den Mut aufbringen konnte, sah ich mich an. Und sah den Preis für Strahans Launen.

Ich versuchte, nüchtern zu bleiben, mein Gesicht empfindungslos zu betrachten. Aber ich konnte es nicht. Ich sah nur die lidlos leere Augenhöhle und die lebhaft purpurfarbenen Striemen.

Ich sah nur Entstellung, die Zerstörung eines Mannes. Ich ließ die Silberplatte fallen.

Taliesin nahm sie mit seinen verkrümmten Händen wieder auf. »Caro wird Euch eine Augenklappe anfertigen.«

»Eine Augenklappe«, wiederholte ich tonlos. *O Götter, Lir, was werden die anderen denken? Was werden die anderen* sehen?

Was sie immer gesehen haben, jene, die zu sehen wissen.

Ich berührte vorsichtig die zusammengezogenen Klauennarben. Sie teilten meine rechte Braue in zwei Hälften, streckten sich schräg über den Nasenrücken bis zum Lid des anderen Auges und führten dann aus der leeren Augenhöhle heraus bis zum Wangenknochen. Der Falke hatte zweifellos genau gewußt, was er tun sollte. Wäre Serri nicht gewesen, wäre es ihm vielleicht auch gelungen.

»Sie werden verblassen und weicher werden… sie werden bald nicht mehr so auffallen«, sagte Taliesin. Freundlich, mitfühlend. Mit unendlichem Einfühlungsvermögen.

Lir, sie werden heilen.

Der Barde und mein *Lir* gaben sich solche Mühe, mich zu beruhigen. Aber ich wußte *selbst,* daß die Narben heilen würden. Natürlich. Ich wußte es. Eines Tages würde ich mich an die Entstellung gewöhnen und die Narben kaum noch bemerken.

Aber wie sie in fünf oder zehn Jahren aussehen würden, hatte nichts mit dem *Jetzt* zu tun.

»Ich bin entstellt«, sagte ich hohl.

»Niall, Ihr habt noch ein Auge. Wenn Ihr erst daran gewöhnt seid, werdet Ihr feststellen, daß Euch der Verlust des einen Auges kaum beeinträchtigt«, sagte Taliesin ruhig. »Genau wie es sich bei *mir* verhält ...«

»Ich bin entstellt«, wiederholte ich. »Wißt Ihr, was das für einen Cheysuli bedeutet?«

Er runzelte die Stirn. »Ist es ... bedeutet es etwas anderes, als bei anderen Völkern?« Er zuckte kaum die Achseln. »Vergebt mir, aber ich fürchte, ich verstehe Eure Angst nicht.«

»Ein entstellter Krieger ist nutzlos«, belehrte ich ihn fest und versuchte krampfhaft, nicht zusammenzubrechen. »Er kann keine Nahrung jagen und seinen Stamm und seine Familie nicht beschützen.«

Taliesins erhobene Hand gebot mir Einhalt. »Genug«, sagte er. »*Genug*. Vergebt mir, wenn ich offen spreche, aber das ist wirklich Unsinn. Was sollte Euch davon abhalten, ein Schwert zu erheben? Einen Pfeil abzuschießen? Wild und andere Tiere als Nahrung zu töten? *Was*, Niall? Wollt Ihr mir erzählen, daß Ihr aufgeben werdet, nur weil Ihr ein *Auge* verloren habt?«

Ich versuchte, die Stirn zu runzeln, und stellte fest, daß es zu sehr schmerzte. »Ihr versteht nicht. Bei den Stämmen ...«

»Ihr lebt nicht nur beim Stamm«, sagte er ruhig. »Ihr werdet eines Tages der Mujhar von Homana sein. Wollt Ihr den Dienst an Eurem Reich und Eurem Volk aufgeben, weil Euch ein Auge fehlt?« Er hob seine verunstalteten Hände. »Ich kann meine Harfe nicht mehr spielen. Aber ich kann andere Dinge tun. Vielleicht nicht gut, aber gut genug, um mich am Leben zu erhalten.

Und mit Caro ist es noch leichter. Aber was *Euch* betrifft...« Er schüttelte den Kopf. »Ihr seid jung, stark, geweiht... es gibt keinen Grund auf der Welt, warum Ihr eine mindere Beeinträchtigung wie den Verlust eines Auges nicht überwinden könntet.«

»Eine mindere Beeinträchtigung?« Ich starrte ihn an. »Ich habe ein *Auge* verloren!«

»Und Ihr habt noch eines.« Taliesin schaute zu Caro. »Er hat keine Stimme. Er hört nichts. Und er gibt dennoch nicht auf. Warum solltet Ihr es tun?«

Ich habe ein Auge verloren. Aber ich sagte es nicht laut. Ich ließ mich wieder flach auf das Bett sinken und betrachtete mit einem Auge das ungleichmäßige Dach der kleinen Hütte. Aber ich sah gar nichts.

»Es wird schwierig werden«, belehrte Taliesin mich. »Ihr brauchtet Zeit, Niall, mehr Zeit, als Ihr Euch jetzt zugestanden habt. Der Verlust eines Auges erfordert Anpassung. Ihr werdet alles verändert wahrnehmen.«

Das hatte ich bereits erfahren, indem ich mich einfach in der Hütte umherbewegt hatte. Aber ich hatte nicht mehr Zeit für mich selbst, nicht einmal für die benötigte Heilung. Ich mußte zu meinen Söhnen. Ich mußte den Wolf töten.

Wir standen unmittelbar draußen vor der verzogenen Tür. Sonnenlicht ergoß sich durch Zweige und Blätter und warf gitterartige Schatten auf den matschigen Schnee. Caro und ich hatten Taliesin in die Mitte genommen. Serri stand ein Stück entfernt und wand sich, um eine Schulter zu lecken.

»Ich muß gehen. Ich habe – Verpflichtungen.« Ich lächelte. Ich erinnerte mich nur zu gut an seine milde Schmährede über Cheysuliunnachgiebigkeit und unerschütterliche Hingabe.

»Die Götter seien mit Euch, Niall. *Cheysuli i'shalla shansu*.«

»*Ru'shalla-tu*.« Ich rückte die Schultertasche zurecht,

die der Barde mir gegeben hatte, gefüllt mit Proviant für die Zeit, wenn ich nicht in *Lir*gestalt vorwärtsging. Ich legte eine Hand auf Taliesins Schulter. »*Leijhana tu'sai*. Das genügt nicht, ich weiß ... aber im Augenblick werden Worte genügen *müssen*.« Ich schaute zu Caro. »Ihr werdet ihn beschützen, Taliesin? Laßt nicht zu, daß man ihn mißbraucht.«

»Das verspreche ich Euch.«

Caro und ich umfaßten kurz des anderen Arme. Er öffnete den Mund, als wollte er sprechen, und schloß ihn dann widerwillig wieder. Er lächelte kurz bedauernd, so daß ich begriff und ihn in meine Arme zog. »Es ist nicht wichtig«, machte ich ihm deutlich, als er mein Gesicht wieder sehen konnte. »Ich weiß, was du sagen willst.«

Er lächelte. *Mein* Lächeln.

Serri?

Hier, antwortete er. *Es ist Zeit zu gehen, Lir. Der weiße Wolf wird nicht warten.*

Dann sollten wir sofort losgehen. Und ich nahm *Lir*gestalt an. Schulter an Schulter eilten Serri und ich durch solindische Wälder auf den Molonpaß und die Grenze von Homana zu.

Kapitel Zehn

Ich verlor die *Lir*gestalt, als wir uns dem nördlichen Ufer des Blauzahnflusses näherten. Schmerz tobte in meinem Schädel, sammelte sich in der leeren Augenhöhle, und ich konnte die für den Gestaltwandel erforderliche Kraft nicht mehr aufbringen. Ich spürte sie von mir abgleiten, versuchte, die Magie neu heraufzubeschwören, stolperte sogar in der Wolfsgestalt und verlor sie dann vollständig. Ich kniete auf einem Knie im Schnee, stützte mich auf einen starren Arm auf und wartete darauf, daß der Schmerz nachlassen würde.

Lir. Serri drängte sich sanft gegen mich und legte seine Schnauze auf meine Schulter. *Lir, wir müssen weitergehen. Der Wolf …*

»Ich weiß«, keuchte ich laut. »Ich weiß, Serri, aber …« Ich setzte mich unbeholfen hin und preßte die Finger gegen meinen Schädel. *O Götter, nehmt mir die Schmerzen …*

Lir, wir müssen gehen. Ich spüre ihn … er hält sich in der Nähe der Hütte des Fährmanns auf.

Caros Augenklappe schützte meine leere Augenhöhle vor dem beißend kalten Wetter und der Helligkeit der Sonne. Ich befühlte sie leicht und rückte sie zurecht. Sie war noch zu neu und ungewohnt. Sie verlief schräg über meine Stirn und mein rechtes Ohr und wurde am Hinterkopf zugebunden. Aber obwohl Caro sie sehr vorsichtig zugeknotet hatte, hatte sie sich in dem Augenblick wie eine Eisenfessel angefühlt, die in weiche Haut eindrückt.

Lir – wieder Serri.

»Ich weiß … einen Moment noch.« Ich sammelte

meine Knie unter mir, wartete und stand langsam auf. Es kostete mich Mühe, mich nicht zu übergeben.

Lir, der Wolf hat den Blauzahn überquert.

»Dann werden wir das auch tun… aber ich glaube, ich werde laufen müssen.«

Lir, er sucht deinen Rujholli.

»Ian!« Ich sah meinen Lir an. »Kannst du Tasha endlich erreichen? Ian *lebt?*«

Er lebt. Aber er ist in Gefahr. Der Wolf sucht ihn.

O… Götter… »Serri… laß uns *gehen!*«

Der Fluß war noch immer zugefroren, aber die ersten Anzeichen des Tauwetters waren bereits zu erkennen. Ich hörte Murmeln im Eis und das gelegentliche Knakken aufbrechender Eisschollen. Serri lief am Ufer hin und her und versuchte, den sichersten Weg hinüber zu finden. Schließlich sprang er kopfüber hinunter. Er glitt aus, schlidderte, fiel hin, rappelte sich wieder auf und lief weiter. Aber er hatte im Gegensatz zu mir vier Beine und war nicht durch ein fehlendes Auge behindert. Ich folgte seiner Führung vorsichtig, aber mein Vorankommen wurde durch den unsicheren Untergrund und den Schmerz in meinem Kopf verzögert.

Glatt… so *glatt…* ganz gleich wie vorsichtig und sorgsam ich voranging – meine Stiefelsohlen rutschten auf dem Eis aus. Ich drosch mit den Armen die Luft, während ich das Gleichgewicht zu bewahren versuchte. Ich biß mir auf die Lippen und fluchte.

Lir… komm…

Ich schlidderte, rutschte, zuckte ohnmächtig. Flecken verkrusteten Schnees beschleunigten mein Vorankommen, aber häufig lag trügerisches Eis darunter.

Lir, der Wolf…

Die Hälfte war geschafft. *Die Hälfte.* Ich biß die Zähne zusammen und vermied es, zum südlichen Ufer zu schauen, aus Angst, daß ich mein mühsam erhaltenes Gleichgewicht verlieren würde. Einen Schritt nach dem anderen…

Und dann hörte ich das Heulen eines Wolfes.

Ich riß den Kopf hoch. Ich sah das Ufer – die Rauchwolke entlang der Baumlinie – und Serri auf der anderen Seite. Und dann verlor ich das Gleichgewicht.

Ich fiel. Landete auf Schulter und Hüfte und schlug mit der Stirn auf das Eis. Ich sank zusammen und stöhnte, als der Schmerz in meinem Schädel aufbrach.

Lir … du mußt kommen!

Meine Wange war auf das schneeverkrustete Eis gepreßt. Mein Atem klang rauh und sandte Rauchwolken in die Luft. Sie reizten mein verbliebenes Auge.

Lir …

Ich stöhnte. Wand mich. Wiegte mich ein wenig, vor und zurück, legte die Arme um meinen Bauch.

Lir …

Ich hörte das Geräusch erneut: den Gesang eines Wolfes, der seiner Beute auf der Spur ist.

Ian. Eis und Himmel tauschten die Plätze, während ich versuchte, meine Sinne wiederzuerlangen. *Der Wolf verfolgt Ian.*

Aufstehen. Ich stieß mich hoch, noch höher, bis ich auf Händen und Knien kauerte. Meine leere Augenhöhle pochte. Ich dachte, daß mir der Kopf platzen würde.

Lir … Am Ufer hin und zurück: ein silbergrauer Wolf mit grüngoldenen Augen.

Ian. Hoch. Wieder hoch. Ich stand. Ich schwankte. Starrte blind meinen erschreckten *Lir* an.

Ian.

Ich hörte das Heulen des Wolfes.

Ich schloß mein Auge. Ich schloß alle Geräusche, alle Anblicke, die Kälte, den Schmerz und die Schwäche aus. Alles fort, von der Anstrengung verschlungen. Ich war mir der großen Leere bewußt, die darauf wartete, mich fortzutragen, mich an ihre Brust zu drücken. Ich hieß sie ruhig willkommen, ebenso wie ich willkommen geheißen wurde.

Lirgestalt, sagte ich zu ihr. *Ich brauche sie.*

Sie prüfte mich. Schmeckte mich. Spie mich wieder aus.

Ich ging in der Gestalt eines Wolfes weiter.

Serri wartete kaum ab. Als ich das vereiste Ufer hinaufkletterte, lief er bereits weiter, strich durch die Bäume. Ich folgte seiner Führung, auf der Spur von Strahans Wolf.

Die Hütte. Sie verschwamm, während ich darauf zulief: ein Fleck grauen Steins und des Geflechts eines sorgfältig gedeckten Strohdachs. Und ebenso verschwommen sah ich Ian, der vor der Tür stand.

Er wandte sich um. Runzelte die Stirn. Er hatte den Wolf gehört, der jetzt aus den Bäumen hervorbrach: ein Strich reinsten Weiß. Er eilte auf meinen Bruder zu.

Serri ... warne Tasha ...

Das ist bereits geschehen ... Serri lief mir voran.

Ian sah uns: zwei weiße Wölfe und ein silbergrauer, die alle unmittelbar auf ihn zuliefen. Er trat einen Schritt zurück. Blieb stehen. Zog sein Messer halb hervor, beendete die Bewegung aber nicht. Er war offensichtlich verwirrt.

»Niall?« hörte ich ihn fragen.

Götter, er kann nicht wissen, wer von uns ich bin!

Mit einem Auge war es selbst in Wolfsgestalt schwierig, Schatten, Winkel und Flecken Sonnenlicht über der Helligkeit des blendenden Schnees zu unterscheiden. Ich hatte noch nicht gelernt, alle Zeichen zu entziffern. Es würde Zeit brauchen, *zuviel* Zeit – und jetzt hatte ich keine. Also lief ich weiter.

Ich änderte meine Richtung, wollte den Weg des weißen Wolfs kreuzen. Gerade als *er* sich zum Sprung bereitmachte, traf Serri auf Ian, riß ihn zu Boden und wandte sich um, um ihn zu beschützen. Aber da hatte ich schon den Wolf angegriffen.

Meine Kiefer schlossen sich um Fell und Muskeln und verbissen sich in seine Kehle. Wir stürzten, rollten herum, standen wieder auf ...

Er zielte auch auf *meine* Kehle, versuchte, mir das Fleisch herauszureißen. Es war ein häßlicher Todestanz, rituelle Werbung. Wir zerrten aneinander, schüttelten uns gegenseitig, knurrten, versuchten einander niederzuwerfen. Ich war durch mein fehlendes Auge behindert – was für ihn mit zwei gesunden Augen nicht galt.

Ian war aufgestanden, fortgegangen und wieder zurückgekommen. Er hielt jetzt einen Bogen in Händen. Ein Pfeil war eingelegt und abschußbereit.

Aber ich erkannte seine Unentschlossenheit. Er wußte nicht, welcher Wolf sein Bruder war und welcher nicht.

Hinterpranken verletzten meinen Bauch... Zähne verbissen sich in meine Haut... ich roch den Gestank verwesenden Fleischs... den Gestank des Leichenhauses... den Unflat der Unterwelt.

Kiefer schlossen sich, bissen zu, versuchten zu reißen. Ich sprang zurück, dann seitwärts, bemüht, ihn niederzuwerfen. Pfoten scharrten, Krallen rissen das winterharte Gras auf... er knurrte und keuchte und würgte.

Wieder zurück, wieder, *wieder*... und dann sprang ich erneut vorwärts und bekam einen noch größeren Teil seiner Kehle zwischen die Kiefer.

Ich schüttelte ihn, ich riß, ich zerrte. Ich spürte seine Haut reißen. Ich hörte das Rasseln in seiner Brust und schmeckte den salz- und kupferartigen Geschmack seines Blutes.

Er riß sich los. Taumelte rückwärts. Stolperte, blutete stark. Seine Zunge rollte hin und her, hing heraus, baumelte herab. Er fiel um. Scharrte kurz. Und starb.

Ich ließ den Kopf herabhängen. Blut war auf meinem Gesicht zu einer Maske verkrustet und verfärbte mich bis zum Auge hinauf. Ich ließ den Schwanz hängen. Ich wandte mich um, sah Ians Pfeil auf mich zielen, erkannte, daß er nicht wissen konnte, welcher Wolf gesiegt hatte. Und dann verlor ich die *Lir*gestalt.

»Niall! O… Götter… *Rujho…*« Er warf den Bogen hin, sprang auf mich zu und umfaßte meine Schultern, als ich schwankte. »Niall!«

Er brach so jäh ab und sah mich so entsetzt an, daß ich zunächst nicht verstehen konnte, was ihn dazu veranlaßte. Und dann erinnerte ich mich an mein Aussehen.

Ich klammerte mich an seine Arme. »Ich lebe«, keuchte ich. »Den Göttern sein Dank… *du* lebst…«

»Niall… was ist *geschehen?* Götter, *Rujho,* was ist mit dir geschehen?«

Ich konnte nicht glauben, daß ich ihn berühren und sicher sein konnte, daß er lebte. »Ich hatte befürchtet, daß die Seuche bei dir bereits einen tödlichen Verlauf genommen hätte. Götter, ich dachte, du wärst tot! Serri konnte Tasha über die Verbindung nicht mehr erreichen.«

Die Katze saß neben Ian, lehnte sich an sein Knie. »Ich war nicht annähernd so krank wie die anderen. Aber…

Niall…«

Ich führte eine zitternde Hand an meinen Kopf. Er schmerzte. Er schmerzte so sehr. »Strahan«, sagte ich kurz durch zusammengebissene Zähne hindurch. »Strahan hat einen Falken geschickt.«

»Niall, komm herein und setz dich hin. *Sofort.*«

»Nein. Nein… zuerst muß noch etwas…« Ich entzog mich ihm und wandte mich zu dem Wolf um. Er war zweifellos tot. Seine Kehle war vollständig zerfetzt. Ich konnte noch immer den Geschmack von Blut in meinem Mund spüren. »Verbrenne ihn«, sagte ich rauh. »Er ist der letzte der Seuchenwölfe. Homana wird befreit sein.«

»Ich werde es tun«, sagte er kurz darauf. »Das werde ich. Aber jetzt komm erst einmal herein. Du siehst aus, als würdest du jeden Augenblick zusammenbrechen.«

Er hatte recht. Mein Kopf pochte gnadenlos. Ich

dachte, wenn ich ihn vielleicht starr auf den Schultern trüge, würde ich keinen weiteren Schmerz hervorrufen. Ian führte mich in Padgetts Behausung und ließ mich auf einen der schiefen Stühle setzen. Die Hütte war leer.

»Er ist fortgegangen, um Vorräte zu besorgen«, belehrte Ian mich, während er uns eine Erfrischung eingoß. Wieder *Usca*. Ich nahm den Becher von ihm entgegen, trank, schloß mein Auge. »Er sollte bald zurück sein. Ich wollte heute fortgehen.«

»Fortgehen?« Ich öffnete mein Auge, während Serri sich zwischen meine Knie setzte. »Nach Mujhara?«

»Nein.« Ian runzelte die Stirn. »Nein, Niall, natürlich nicht. Ich wollte dir folgen.«

Ich wollte nichts mehr von dem Steppenalkohol trinken und gab Ian den Becher zurück. »Ich glaubte sicher, daß du tot seist. Und es hätte *immer noch* geschehen können – Strahan hat jenen Wolf gesandt, um die Seuche zu den noch übriggebliebenen Cheysuli zu tragen.«

Ian hockte sich vor meinen Stuhl. Er wirkte ein wenig älter. Die Seuche hatte die Kanten seiner Jugend abgeschliffen. »Niall ...«

»Wir müssen sofort nach Hause ziehen. Der Feind verbirgt sich in den Hallen Homana-Mujhars.« Ich rieb meine rechte Schläfe, versuchte, den Schmerz fortzumassieren. »Gisella dient Strahan. Und Varien ist ein Ihlini. Sie wollen meine Söhne entführen.«

»Deine *Söhne?*«

»Er will sie benutzen. Sie *verkehren* und sie dann auf die Throne Homanas und Solindes bringen. Und er könnte Erfolg damit haben, wenn Gisella sie zu ihm bringt.« Ich verzog das Gesicht und biß dann die Zähne über dem Stöhnen zusammen, das sich hinausschleichen wollte. »Wir müssen *jetzt* gehen.«

»Nein. Vielleicht morgen früh. Du kannst jetzt nirgendwo hingehen.« Er stand auf, stellte die Becher und den *Usca* fort und fragte mich, ob ich Hunger hätte.

»Wenn ich jetzt etwas esse, werde ich es nur wieder

erbrechen.« Ich lehnte mich ein wenig zurück und schloß mein Auge. »Ian … erinnerst du dich an das, was die alte Frau zu uns gesagt hat? Die alte Ihlinifrau?«

»Ja.« Er hantierte in der Hütte hinter mir herum. Ich konnte nicht sehen, was er tat.

»Nun, ich beginne zu glauben, daß sie die Wahrheit gesagt hat. Darüber daß die Ihlini und die Cheysuli Brudervölker sind … beide Kinder der Erstgeborenen. Taliesin hat das auch gesagt.«

»Taliesin?«

»Ein Ihlini«, antwortete ich. »Einst ein Barde Tynstars persönlich. Aber jetzt nicht mehr.« Dann erzählte ich Ian, wie Taliesin mich gepflegt hatte. Aber ich sagte nichts von Caro, noch nicht, vielleicht ein anderes Mal.

Ian hörte mir zu, kam dann um meinen Stuhl herum und setzte sich auf einen zweiten Stuhl vor mir. »Es ist Ketzerei, Niall. Du weißt das. Es widerspricht allen Lehren … allem, was die *Shar Tahls* jedes Kind lehrten.«

»Vielleicht hatten sie einen Grund, ihre Lehren abzuändern … um die ganze Wahrheit zurückzuhalten.«

»*Warum* sollten sie das tun, Niall? Es *gibt* keinen Grund dafür!«

»Doch, es gibt einen Grund«, erklärte ich ihm müde. »Wie würdest *du* antworten, wenn du erführst, daß du mit den Ihlini verwandt bist … daß du einmal mit einer Ihlinifrau geschlafen hast?«

Er antwortete nicht.

»Wenn du ein *Shar Tahl* wärst und es deine Pflicht wäre, deine *Ehrenpflicht*, die Prophezeiung zu verteidigen – würdest du dann die Grundfesten dieser Ehrenpflicht erschüttern, indem du sie mit der ganzen Wahrheit beflecktest, wenn ein *Teil* dieser Wahrheit mit der Verwandtschaft der Ihlini und der Cheysuli zu tun hätte?« Ich seufzte. »Überlege einmal, *Rujho …* glaubst du, ein Cheysulikrieger würde sich nur wegen ihrer Rasse von einer Ihlinifrau fernhalten … wenn er sich stark genug nach ihr sehnte?«

Schweigen breitete sich in der Hütte aus. Und dann brach Ian es. »Ich bin der *letzte,* der diese Frage beantworten kann... nach dem, wozu Lillith mich gezwungen hat.«

Ich öffnete mein Auge wieder, richtete mich auf. Beugte mich langsam vor.

Sein Gesicht war gramzerfurcht. Es waren Scham, Schuld, Ekel und eine gehörige Portion Selbsthaß zu erkennen.

»Mach dir keine Vorwürfe«, sagte ich zu ihm. »Du hast geglaubt, du wärst *lirlos* – du *warst* lirlos, da Lillith einen Zauber genutzt hatte, um die Verbindung zwischen dir und Tasha zu unterbrechen. Glaubst du, das könnte ich nicht verstehen?«

Sein Gesicht wirkte grau. »Ich dachte, *i'toshaa-ni* würde helfen. Ich dachte, es würde mich befreien. Aber ich bin noch immer beschmutzt. Ich bleibe *unrein.*«

»Ian, halt.« Ich berührte seinen Arm. »Lillith hat eine Absicht verfolgt. Das wird jetzt immer deutlicher. Verstehst du? Verschmelze das Blut und du verschmilzt die Macht... Cheysuli- und Ihlinimacht.«

Er sah mich entsetzt an. »Sie wollte ein *Kind* von mir...«

Und ich hielt es sogar für wahrscheinlich, daß sie eines bekommen hatte. Sogar Varien hatte es gesagt: *Sie hat von Eurem Bruder bekommen, was sie wollte.*

»Aber... es wäre kein Erstgeborener, kein *wahrer* Erstgeborener«, sann ich. »Das andere Blut wird benötigt. Wenn die Ihlini allerdings ein Kind unserer beider Rassen bekämen, würden sie der Erfüllung der Prophezeiung gefährlich nahe kommen.«

»Aber das bedeutete ihren *Tod!*« schrie Ian. »Warum sollten sie so etwas tun?«

Ich begriff plötzlich. »Wenn sie ihre eigenen Kinder züchteten – wenn *sie* die Blutlinien überwachten, könnten sie die Prophezeiung beeinflussen. Sie könnten die Erstgeborenen zu den Ihren machen. Sie könnten die

Prophezeiung *verkehren.*« Ich starrte ihn begreifend an. »Ein erstgeborenes Kind in Ihlinihänden wäre der Untergang der Cheysuli. Taliesin sagte sogar etwas darüber.« Ich runzelte die Stirn in dem Versuch, mich zu erinnern. »Er sagte … er sagte, wenn das Kind der Prophezeiung geboren ist, würden die *Lirs* einen neuen Herrn erkennen.«

»Götter … *nein* …« Er sah mich entsetzt an. »Die *Lirs* würden uns niemals verlassen!«

»Aber wenn sie es *doch* täten …« Ich betrachtete Tasha, die so nahe an Ians Bein lag. Und dann betrachtete ich Serri. *Lir,* sagte ich, *würdest du das tun?*

Serri antwortete nicht. Und Tasha antwortete, glaube ich, auch nicht, als Ian sie dasselbe fragte.

Mein Bruder glitt von seinem Stuhl. Er kniete sich hin. Er versenkte seine Hände in Tashas samtigem Fell. Ich sah, wie starr er sich hielt, wie fest er sich an seinen *Lir* klammerte. »Sie werden gehen?« fragte er. »Die *Lirs* werden uns verlassen?«

»Er will meine Söhne«, sagte ich tonlos. »Strahan will meine Söhne. Wie Lillith *dein* Kind wollte …«

Ian sah mich an. »Dann werde ich es töten müssen.«

Kapitel Elf

»Ich glaube, die Seuche ist vorüber«, sagte Ian. »Die Leute lassen sich wieder auf den Straßen sehen.«

»Und sie spucken nicht aus, sie laufen nicht davon, sie machen nicht ihre Schutzzeichen gegen uns«, stimmte ich ihm zu. »Götter, ich dachte, sie würde uns *alle* töten.«

Wir gingen in menschlicher Gestalt durch die Straßen Mujharas, und unsere *Lirs* liefen neben uns her. Wir schwitzten in unserer dicken Winterlederkleidung. Die ersten zögernden Ranken hatten sich aus der als Frühjahr bekannten Blüte ausgestreckt, der Schnee begann zu schmelzen, und der Matsch verwandelte die Straßen in schlammigen Morast. Sogar das Kopfsteinpflaster konnte daran nichts ändern.

»Wenn du dich ausruhen willst, *Rujho,* dann sage es.«

Ich lächelte. Ian wußte bereits, wann mich die Kopfschmerzen regelmäßig befielen. Solch heftige, blendende Kopfschmerzen, die manchmal so schlimm waren, daß ich anhalten und mich hinlegen mußte, mich nicht einmal mehr *bewegen* konnte, bis der Schmerz vorüber war. Manchmal war es so schlimm, daß ich Nahrung und Wasser nicht mehr bei mir behalten konnte.

Ich schüttelte den Kopf. »Wir sind jetzt schon zu nahe.« Und dem war auch so. Obwohl ich erschöpft war und sich ein Kopfschmerz ankündigte, wollte ich nicht anhalten. »Noch eine Biegung, und wir werden die Tore erreicht haben.« *Und Gisella wird entlarvt werden.* »Weißt du, es besteht die Möglichkeit, daß sie überhaupt nicht wahnsinnig ist. Daß sie sich auf Befehl von Lillith durch Strahan so gegeben hat.«

»*Nicht* wahnsinnig?« Ian sah mich überrascht an. »Wenn das stimmt – wenn sie uns alle zum Narren gehalten *hat* – ist sie die beste Schauspielerin, die ich jemals gesehen habe.«

»Ja. Und es bedeutet, daß ich keine Wahl mehr habe.«

»Wahl?«

»Was ich mit ihr tun muß«, belehrte ich ihn grimmig. »Glaubst du, ich werde sie bei mir behalten? Sie will meine Kinder Strahan überlassen. Ich kann sie nicht in ihrer Nähe bleiben lassen. Wer weiß, ob sie es nicht erneut versuchen würde?«

Ian nickte. Er runzelte nachdenklich die Stirn. »Welche Wahl meinst du, *Rujho?* Was wirst du mit ihr tun?«

»Ich werde sie entweder auf die Kristallinsel verbannen, wie Carillon es mit Electra getan hat ... sie nach Atvia zurückschicken ... oder sie hinrichten lassen.«

»Letzteres ist ... schlimm.«

»Aber ihr Verbrechen würde es rechtfertigen – meine Söhne dem Feind zu übergeben.«

»Das Konzil könnte etwas dagegen haben.«

»Das Konzil wird keine Wahl haben. Wenn ich ihnen von dem Bastard erzähle, werden sie überhaupt keine Wahl mehr haben. Sie werden erkennen, daß ich der rechtmäßige Erbe bin.«

»*Was* willst du ihnen über den Bastard erzählen?«

»Was ich auch dir erzählen will.« Und so erzählte ich ihm ganz ruhig die Wahrheit. Und als ich fertig war, standen wir vor den bronzebeschlagenen Holztoren Homana-Mujhars. Beide Flügel trugen den schwarzen Strich, der ein Todeshaus kennzeichnete. Das ließ mich an Rowan denken.

Ian schüttelte den Kopf, während ich das Zeichen gab, die Tore zu öffnen. »Nach alledem ... nach all ihren Intrigen und Plänen ... es ist sinnlos. *Umsonst*.«

»Den Göttern sei Dank. Und wenn das Konzil davon erfährt, wird die Eingabe abgelehnt werden.«

Wir eilten durch den äußeren und den inneren Hof, erwiderten kurz Willkommensrufe und gute Wünsche der Männer und Jungen und erklommen die Treppe zu dem gewölbten Eingang. Obwohl Ian von einem der Diener aufgehalten wurde, ging ich weiter. Ich stieg die Treppe zum Kinderzimmer hinauf und ging hinein, um meine Söhne zu sehen, bevor ich meiner Frau gegenübertrat.

Aber sie befand sich ebenfalls in dem Raum.

Ich blinzelte ein wenig gegen den anschwellenden Schmerz in meinem Kopf an und zog mein Schwert. »Bleib meinen Söhnen fern, Gisella. Bleibe ihnen *jetzt* fern.«

Sie fuhr herum, wich einen Schritt zurück, preßte sich an die Wiege. Sie trug einen Umhang mit Kapuze und war offensichtlich bereit zum Ausgehen. In ihren Armen hielt sie ein in ein Tuch gehülltes Kind.

»Was ist mit deinem *Gesicht* geschehen?« fragte sie entsetzt.

»Leg ihn wieder hin«, befahl ich ihr bestimmt. »Leg ihn hin, Gisella, und bleibe der Wiege fern.«

Sie war durch meinen Anblick wie erstarrt, bis ihre Aufmerksamkeit auf die Spitze meines Schwertes gelenkt wurde, während ich voranging. Ihr Mund stand unschicklich offen. Hatte sie gedacht, ich sei getötet worden und ihre Pläne wären unbekannt geblieben?

»Leg ihn hin«, wiederholte ich.

Sie blinzelte. Schloß den Mund. *»Sie«*, erklärte sie ungehalten. »Nenne deine Tochter nicht *ihn*.«

»Tochter!« Meine Hand um das Schwertheft zuckte. Die Schwertspitze schwankte. Ich betrachtete Gisella genauer und sah, daß sie unter dem Umhang wieder schlank war. »Bei den Göttern, du hast das Kind geboren!«

Es hätte mich nicht überraschen sollen. Ich wußte nicht, wie lange ich fortgewesen war, aber sicherlich lange genug. Sie hatte nur zwei Monate vor der Geburt gestanden, als ich von Solinde nach Hause gekommen war.

Sie drückte das Kind fester an ihre Brust. Aber sie schaute seitwärts zu einer zweiten Wiege. Daraus hörte ich das Schreien eines im Schlaf gestörten Kindes.

Die Schwertspitze schwankte erneut. Ich senkte das Schwert. Ich war von meiner Absicht abgelenkt. »*Wieder?*« fragte ich schwach.

Gisella nickte zögernd und betrachtete noch immer fassungslos mein Gesicht, die Narben und die Lederaugenklappe. »Ein Mädchen und ein Junge. Drei Söhne und eine Tochter sind es jetzt.«

»Und alle für Strahan bestimmt?« Ich hob die Schwertspitze erneut an, kitzelte damit die Luft vor ihrem Gesicht. »Sie *alle,* Gisella?«

Ihre Augen füllten sich plötzlich mit Tränen. »Aber ... *ich muß* ... Ich *muß* es tun ... Lillith hat gesagt, ich *müßte* es tun ... Varien hat gesagt, ich *müßte* es tun ... ich muß es tun, weil sie es mir alle *befohlen* haben.«

»Halt.« Kein Vermittlungsversuch mehr. »Leg das Kind hin, Gisella. Leg sie zu ihrem Bruder.«

Sie wandte sich jäh um und tat, wie ihr geheißen. Erleichterung ließ mich wieder durchatmen.

»Ich *mußte* es tun«, sagte sie. »Sie haben mir *befohlen,* es zu tun.«

»Gisella ... sieh mich an.«

Die Tränen liefen. Sie hob eine Hand an ihre Wange und versuchte, sie fortzuwischen. Sie zitterte. Sie umklammerte ihren Umhang und wartete darauf, daß ich das Schwert in ihrem Körper versenken würde.

Bei den Namen aller Götter, wie fordert man jemanden, der krank oder wahnsinnig ist? Wie weiß man, ob er die Wahrheit sagt?

Mußt du sie überhaupt fragen? erklang es von Serri. *Sieh sie dir an, Lir. Welche Art Frau siehst du?*

»Gisella«, sagte ich hilflos, »verstehst du, wozu sie dich bringen wollten? Was sich daraus ergäbe?«

»Sie haben mir gesagt, ich *müßte* es tun.«

»Warum?«

»Weil Strahan es *wollte.*«

»Weißt du warum? Haben sie dir gesagt, was es bedeuten würde?«

»Sie haben gesagt, ich *müßte* es tun.«

»*Gisella!*«

Sie zitterte noch stärker. »Ich habe nur … ich habe nur … getan, was sie mir befohlen haben. Da war der gefleckte Welpe … *zwei* davon … da war das graue Kätzchen … sie sagten, ich müßte es tun. Strahan *wollte,* daß ich es tat.«

Ich sah sie zunehmend erschreckt an. »Daß du *was* tatest, Gisella? Die Welpen … das Kätzchen …?«

Sie verschränkte eine Hand in ihrem Haar, wand es um ihre Finger. »Sie sagten … sie sagten, ich *müßte* es tun … also tat ich es … ich *tat* es!«

»*Was* hast du getan, Gisella?«

Sie öffnete den Mund und schloß ihn wieder. Öffnete ihn erneut. Ihr Atem kam sehr rasch. »Ich … habe die Welpen in einem Brunnen versenkt … weil sie es mir *befohlen* haben!«

Ich atmete unruhig ein. »Und … das Kätzchen?«

Sie zuckte kurz eine Schulter. »Die Klippe … die Kuppel des Drachenkopfes.« Sie zuckte erneut die Achseln. »Ich ließ es *fallen.*«

»*Warum?*« fragte ich entsetzt. »Weil sie es dir *befohlen* haben?«

Sie schluchzte jetzt. »Sie sagten, ich müßte mich daran gewöhnen, Dinge zu verlieren – *Lebewesen* zu verlieren –, weil ich eines Tages meine Kinder aufgeben müßte …«

»O … *Götter …*« Ich steckte das Schwert in die Scheide. Ging zu ihr. Zog sie in meine Arme. »O … Gisella … o *Götter …* was haben sie dir angetan?«

»Wir *mußten* es tun.« Variens Stimme, so glatt und seidig, während er den Raum betrat. »Glaubt Ihr, es sei einfach, eine Frau zu bitten – sogar eine *wahnsinnige* Frau zu bitten –, ihre Kinder freiwillig aufzugeben? Gisella mußte daran *gewöhnt werden.*«

»Ihr Unhold«, sagte ich zu ihm, als ich wieder sprechen konnte. »Ihr götterverfluchter *Unhold!* Wie konntet Ihr ihr das antun? Wie, im Namen aller Götter, konntet ihr einer Frau dies *antun?*«

»Nein«, sagte er liebenswürdig. »Nicht im Namen *aller* Götter – im Namen des einzigen Gottes. Mein Herr ist Asar-Suti.«

»Gisella … bleib fort.« Ich schob sie fort, sanft aber fest. Und als sie ging, zog ich mein Schwert.

Varien runzelte leicht die Stirn. Er betrachtete eingehend mein Schwert. Dann klärte sich sein Gesichtsausdruck. »Ein homanisches Schwert«, sagte er.

»Aber immer noch ein Schwert«, belehrte ich ihn. Ich stürzte los.

»Ein *homanisches* Schwert«, wiederholte er und hob eine Hand. Leicht, so *leicht*, fing er die Klinge mit der Hand ab.

Nun gut – trenne die Hand ab, und dann trenne den Kopf ab.

Aber er hielt die Klinge in seiner Handfläche fest. Ich sah Feuer von seinen Fingern aufbrechen, die Klinge umhüllen und von der Spitze bis zum Kreuzstück das Schwert entlanglaufen. Der Stahl wurde sofort schwarz …

Ich ließ das Heft los – wie er es bezweckt hatte. Und *nur* das Heft schlug auf den Boden auf – die Klinge existierte nicht mehr.

Was habe ich noch zu verlieren – er wird die Kinder ohnehin fortnehmen …

Ich sprang vorwärts. Ich hechtete mit leeren Händen durch den Raum, ergriff eine Handvoll von Variens Wams und riß ihn zu Boden. Er fiel sofort, wand sich aber wie eine Schlange und konnte sich dadurch fast befreien.

Wir kämpften auf dem Boden des Kinderzimmers um die Macht. Ich dachte an meine Kinder, die die Gewalt so hautnah miterlebten. Ich dachte daran, wie ich ihr Leben aufs Spiel gesetzt hatte. Ich dachte sogar an Gisella.

»Serri«, schrie ich, *»die Kinder!«*

Ich erhielt keine Antwort durch die Verbindung. Es konnte nicht sein, weil Varien so nahe war. Aber ich wußte, daß mein *Lir* die Kinder beschützen würde. Er würde sein Leben für sie geben.

Und natürlich meines.

Varien griff nach meinem Gesicht und erwischte eine Ecke meiner Augenklappe. Er riß sie fort, schnappte nach dem Lederband, versuchte, die empfindliche Haut fortzukratzen. Ich empfand deutlich Schmerzen, aber das gab mir nur einen weiteren Grund zu kämpfen.

Wir rollten umher. Mein Kopf schlug auf den Steinboden auf. Ich schrie – der Kopfschmerz wurde sofort verstärkt und erfüllte meinen Schädel mit aufblitzendem Licht. Ich spürte, wie sich mir der Magen umdrehte.

Finger griffen erneut nach meiner leeren Augenhöhle. Ich rächte mich auf kindische Art, indem ich nach den Steinen in seinen Ohren griff und sie durch die Ohrläppchen herausriß. Varien schrie. Das kam mir seltsam vor. Zerrissene Ohrläppchen sind schmerzhaft, wie ich mich erinnern konnte, aber kaum ausreichend, um einen Mann zum Schreien zu bringen.

Es sei denn natürlich, nicht der Schmerz läßt ihn schreien, sondern der Verlust der Steine selbst.

Ich hielt beide fest in meiner Faust. Ich dachte an die alte Ihlinifrau mit dem hellrötlichen Kristall, den sie einen Lebensstein genannt hatte.

Varien schrie mich an, forderte die Steine zurück. Ich konnte jetzt, zusätzlich zu meiner Einäugigkeit, auch nur noch eine Hand gebrauchen und wagte den Verlust der in meiner Faust umklammerten Steine nicht zu riskieren. Varien lag unter mir, von meinem erheblichen Gewicht festgehalten, aber jetzt bäumte er sich auf, wand sich und warf mich fast herunter.

Wir rollten erneut umher. Ich spürte ein Hindernis an meinem Rücken – der Dreifuß der nächststehenden Kohlenpfanne. Sie schwankte, neigte sich, fiel um, und Öl ergoß sich über den Fußboden. Ein Flammenbogen folgte dem Öl und setzte den Steinboden in Brand.

Ich lachte laut. »Verbrennt, Varien – *verbrennt!*«

Ich warf die Lebenssteine ins Feuer.

Er schrie. Götter, wie er *schrie* …

Und dann wurden die Steine verschlungen, und ich war von dem Staub bedeckt, der einst ein Mann gewesen war.

Ich rappelte mich mühsam auf, ohne auf den Schmerz in meinem Kopf zu achten. »Gisella, dein Umhang.«

Sie stand da und starrte mich an. Also riß ich ihn ihr selbst vom Leib und löschte das Ölfeuer.

Menschen betraten den Raum. Frauen liefen zu den weinenden Kindern, Männer zogen hungrige Schwerter. Aber es war kein Feind mehr zu töten.

»Niall?« fragte Gisella. »Niall, Varien ist *fort*.«

»Varien ist fort.« Ich schaute zu einem der Wächter. »Begleitet die Prinzessin zu ihren Räumen. Seid sanft, aber fest. Sorgt dafür, daß sie dort bleibt.«

»Mylord …« Er brach ab und nickte, stellte den seltsamen Befehl nicht in Frage. Vielleicht kannte jedermann Gisella inzwischen.

»Mylord.« Ein anderer Mann. »Der Mujhar wartet in der Großen Halle.«

Ich keuchte. »Mein *Vater?*« Ich blickte zu Serri. *Lir … sofort.*

Wir liefen los.

Ich riß eine der gehämmerten Türen auf, trat hindurch und knallte sie hinter mir wieder zu. *»Jehan?«* Ich sah ihn am Ende der Halle, auf dem Podest nahe des Löwen. *»Jehan!«*

Ian und Tasha waren auch dort. Und auch meine

Mutter, in den Armen meines Vaters. Ich grinste, durchschritt die Länge der Halle, öffnete den Mund, um ihn zu begrüßen – und blieb stehen.

Meine Mutter weinte. Sie *weinte*, aber nicht vor Glück. Es klang, als würde sie von zerstörerischem Kummer vereinnahmt. »Nein«, sagte sie zu ihm, »*nein* ... sag, daß du es nicht tun wirst – sag, daß du es *aufgeben* wirst!«

Ians Gesicht war starr. Seine gelben Augen wirkten leer. Er stand starr neben dem Thron.

»Sag, daß du es nicht tun wirst«, bat meine Mutter. *»Sag, daß du nicht gehen wirst!«*

Seine Arme lagen um ihren Körper, aber sie trösteten sie nicht. Sie hielten sie nur davon ab, sich selbst Schaden zuzufügen. In seinen Augen sah ich Verärgerung, Verwirrung, Verlorenheit ... Es waren die Augen eines *lirlosen* Mannes.

Der Schmerz in meinem Kopf wurde jäh verdrängt. »Wie?« fragte ich. Nur das, denn es war das einzige Wort, das ich hervorbringen konnte.

»Die Seuche«, antwortete mein Vater. »Taj habe ich in Hondarth verloren und Lorn vor zwei Tagen hier. Ich hätte da schon gehen sollen, aber ...« Er hielt inne. Ich sah den Kummer in seinen leeren Augen. »O Niall, was hat er dir angetan?«

Ich hatte die fehlende Augenklappe vergessen. Ich legte eine Hand an mein Gesicht und nahm sie dann wieder fort. »Er hat einen Falken auf mich gehetzt.«

»Götter«, sagte er tonlos, »er ändert seine Maßnahmen nicht.« Er berührte die alten Narben an seinem Hals, und ich erinnerte mich an die Geschichte. Strahan hatte vor über zwanzig Jahren auch auf meinen Vater einen Falken angesetzt und ihn damals beinahe getötet.

Aber jetzt war es ihm tatsächlich gelungen.

Meine Mutter starrte entsetzt auf mein Gesicht. »O ... *Götter* ... *Niall* ...«

»Mir fehlt ein Auge, aber nicht mein Leben.« Ich sah

nur meinen Vater an. »*Jehan …*« Aber ich wußte, daß ein Appell sinnlos war.

»Der Krieg ist vorüber«, belehrte er uns ruhig. »Solinde hat aufgegeben. Der Aufstand war niemals ihre Sache, und jetzt sind sie der Tode müde. Das Reich gehört wieder uns.«

»Wie kannst du vom Krieg sprechen?« schrie Ian. »Götter, *Jehan,* was ist mit *dir?*«

»Du weißt, was ich tun muß.« Er hielt noch immer meine Mutter umfangen. »Was jeder Krieger tun muß.«

»Aber du bist der *Mujhar!*« sagte meine Mutter. »Kannst du nicht *einmal* über die Cheysulibräuche hinwegsehen?«

»Nein.« Ich antwortete für ihn. »Nein, *Jehana,* das kann er nicht. Es ist der Preis für dic Annahme des *Lir*bundes.«

Sie wandte den Kopf und sah mich an … »Und habe ich zu erwarten, daß *du* dasselbe tun wirst, wenn *du* deinen *Lir* verlierst?«

»Ja«, antwortete ich sanft. »Auch ich bin ein Cheysulikrieger.«

»O … Götter … *zwei* davon …« Sie wandte das Gesicht ab.

»Ich habe … etwas«, sagte mein Vater. »Ich habe für jeden von euch etwas. Deshalb bin ich nicht sofort gegangen … in der Hoffnung, daß du zurückkehren würdest, Niall.« Er schob meine Mutter zur Seite. »Aislinn, ich bitte dich …«

Sie schloß die Augen. Aber sie berührte ihn nicht wieder.

Er wandte sich dem Löwenthron zu. Ich sah Bündel auf dem gepolsterten Sitz liegen. Er hob eines an: ein blauseidener Beutel von der Größe einer Schultertasche. »Aislinn.«

Sie hielt mühsam die Tränen zurück. An den Sehnen ihres Halses konnte ich die ungeheure Anstrengung erkennen. Sie stellte sich ruhig vor meinen Vater.

Er hob ihre Hände, legte den Beutel hinein und schloß ihre Hände darum. »Duncan hat für Alix viele Dinge angefertigt. Jetzt gebe ich sie dir.«

Ihre Finger umklammerten das Leder. Sie starrte auf die Hände, die den Beutel festhielten: seine waren fest und sonnengebräunt, ihre glatt und hell.

»Weißt du«, sagte sie, »ich erkenne es erst jetzt – daß es, selbst als du Sorcha liebtest und sie an meiner Stelle sehen wolltest, nicht wichtig war. Ich *dachte* damals, es wäre wichtig, aber jetzt weiß ich, daß ich mich irrte.« Sie lächelte ein kleines, trauriges, bittersüßes Lächeln. »Dich zu teilen war leichter, als dich gar nicht zu besitzen.«

Seine Hände umfaßten die ihren fester. »Die Dinge in dem Beutel sind Zeichen der Liebe meines Vaters für meine Mutter.« Er sprach flüssiges Homanisch. »Mir hat stets das Können dafür gefehlt. Ich kann dir nur geben, was ein anderer gefertigt hat ... und schwören, daß die Gefühle die gleichen sind.«

Er nahm sie in die Arme, hob sie, küßte sie, wie ich ihn meine Mutter niemals zuvor hatte küssen sehen. Für die Cheysuli sind solche Gefühle eine sehr persönliche Angelegenheit, nicht für die Augen anderer bestimmt, aber jetzt gab es keinen Grund mehr dafür. Es war ihnen gleichgültig, wer es sah.

Er ließ sie wieder los. »Es tut mir leid ... *Cheysula*, es tut mir *leid* ...«

Meine Mutter nickte. Sie trat zurück, drückte den Beutel an ihre Brust und ließ den Tränen schweigend ihren Lauf.

»Ian.« Mein Vater beugte sich herab und nahm ein weiteres Bündel vom Löwenthron auf. Er wickelte es vorsichtig aus und entnahm den Falten den schwarzen Bogen mit den Tigeraugen, den er benutzt hatte, solange ich ihn kannte. »Dies war Duncans Kriegsbogen. Er gab ihn Carillon, der ihn nach Hause zurückbrachte und ihn nach dem Tode deines Großvaters mir gab. Und ich gebe ihn jetzt dir.«

Ian schaute zu Boden. »Niall sollte ihn bekommen.«

»Nein.« Aber mein Vater brachte mich mit einem Blick zum Schweigen.

»Niall soll etwas anderes bekommen«, wurde Ian belehrt. »Dies ist für *dich*. Dies ist für meinen erstgeborenen Sohn. Den Erstgeborenen *aller* meiner Kinder.«

Ich konnte nicht umhin, an Isolde zu denken. Und ich wußte, daß mein Vater trauerte, auch wenn er sich bereit machte, ihr zu folgen.

Ian nahm den Bogen entgegen und sah unseren Vater flehend an. Er sagte nichts. Er brauchte nichts zu sagen. Alle Worte waren in seinen Augen zu lesen.

»Niall.« Mein Vater nahm das letzte Bündel vom Löwenthron. Er schlug den Samt zurück, und ich betrachtete das in der Scheide steckende Schwert. »Dies war… meines«, sagte er zu mir. »Es hat anderen gedient, wie ein Schwert dienen soll, einschließlich Shaine und Carillon. Es hat *mir* gedient, wie mein Großvater es sicherlich beabsichtigt hatte, als es aus Sternenmagie und anderen Cheysuliriten geschmiedet wurde. Die Magie wird mit mir sterben, aber ein Schwert ist noch immer ein Schwert.«

»Hales Schwert«, sagte ich.

Er legte es in meine Hände. Die Scheide war aus weichem, geöltem Leder gefertigt und mit Cheysulirunen versehen. Ich wußte, daß Rowan sie eingraviert hatte.

Ich betrachtete das Schwert. Ich hörte meinen *Jehan* das Gold von seinem Ohr und seinen Armen abnehmen. Er gab es seiner *Cheysula*. »Sieh nicht zu, wenn ich fortgehe.«

»Donal!«

»Sieh nicht zu, wenn ich fortgehe.«

Sie schloß die Augen, wandte sich ab und umklammerte das Gold meines Vaters.

Ian blickte entschlossen zu Boden. Ich betrachtete den Umriß im Heft des Schwertes: der wilde homanische Löwe. Und der Rubin, den man das Auge des Mujhar nannte.

Ich lächelte. *Wir sind beide einäugig*.

Als ich aufschaute, war mein Vater fort.

Ich konnte nicht schlafen. Ich lag wach in meinem Bett, starrte blind in die Dunkelheit und wußte, daß sie keineswegs der Düsternis meines Kummers entsprach. Und als ich es schließlich nicht mehr ertragen konnte, stand ich ganz auf.

Es gab etwas, was ich tun mußte.

Ich zog Hose, Hausschuhe und ein Winterwams an. Ich bat Serri, in meinen Räumen zu bleiben. Dies mußte ich allein tun. Ich nahm eine Kerze und das Schwert, das mein Vater mir hinterlassen hatte. Ich ging allein in die Große Halle mit ihrem schweigenden, hoch aufragenden Löwen.

Ich entzündete mit der Kerze eine Fackel, nahm sie aber noch nicht an mich. Am Ende der Feuergrube legte ich das Schwert nieder, trat Asche und kalte Holzscheite beiseite und legte den Eisenring frei. Ich ergriff ihn mit beiden Händen, spannte mich an und zog ihn vom Steinboden der Feuergrube hoch. Der Deckel öffnete sich und schlug klingend auf dem Rand auf.

Ich zischte und hielt dann den Atem an. Durch die Anstrengung begann meine Augenhöhle zu schmerzen. Die häufigen Schmerzanfälle würden beizeiten vergehen. Im Augenblick mußte ich sie einfach noch ertragen.

Ich wartete eine Weile, nahm dann die Fackel an mich und hob das Schwert vom Boden auf. Ich stieg die enge, unter die Erde führende Treppe hinab.

Die Fackel brüllte in der Dunkelheit und warf seltsame Muster an die schattigen Wände. Ich fühlte mich durch den schmalen Abstieg beengt, aber ich stieg dennoch weiter hinab … alle einhundertundzwei Stufen.

Unten befand sich eine Kammer. Ich hob die Fackel

an, suchte die Runen und den richtigen Stein, drückte darauf und wartete, bis die Wand sich öffnete. Die Flamme der Fackel wurde ergriffen und in das Gewölbe eingesaugt.

Ich hielt den Atem an und ging hinein. Es war lange her, seit ich in dem Gewölbe gewesen war, *zu* lange. Ich hatte es fast vergessen. Mein Vater hatte Ian und mich einmal hierhergebracht, hatte uns den Schoß der Erde gezeigt. Selbst jetzt ließ mich die Erinnerung daran noch erschaudern.

Die Wände bestanden aus golddurchzogenem, cremefarbenem Elfenbein, in das die Gestalten von *Lirs* eingemeißelt waren. Ich konnte sie nicht alle benennen. Ich wollte es jetzt auch nicht tun.

Ich hielt die Fackel vor mich, trat ein und steckte sie in eine Halterung neben der Tür. Vor mir, fast in den Schatten verborgen, lag das Verlies, der Schoß der Erde selbst.

Ich trat vier weitere Schritte in das Gewölbe hinein. Ich stand am Rande der Grube. Ich wußte nicht, ob sie einen Grund hatte. Niemand – *der noch lebte* – wußte es. Aber die Legende sagt, daß sie keinen Grund hat.

Ich zog das Schwert aus der Scheide. Die Runen liefen im Fackellicht wie Wasser über den Stahl. Ich las sie in der Stille laut: *»Ja'hai, bu'lasa. Homana tahlmora ru'maii.«*

Ich hörte das Echo in der Grube versinken.

»Nimm es an, Enkel. Im Namen des Tahlmorras von Homana.«

Ich wartete. Ich hörte nichts. Nur den Gesang des Schweigens.

Ich lächelte. *»Ja'hai, o Götter. Homana Mujhar ru'maii.«*

Der Rubin flammte im Fackellicht auf. Solch ein tiefes warmes Karmesinrot. Das Auge des Mujhar war aus Blut gemacht, genauso wie mein Auge es gewesen war.

»Es ist nicht mein Schwert«, sagte ich sanft. »Überhaupt nicht meines – und er wird es dort brauchen, wo er hingeht.« Ich hielt das Schwert über das Verlies. *»Nehmt es an, o Götter. Im Namen des Mujhar von Homana.«*

Ich ließ es los. Es fiel hinab. Hinab, *hinab,* in die hohle Dunkelheit des Schoßes …

… und wurde *willkommen* geheißen.

Epilog

Ich stand allein auf dem Wachgang der Brustwehr und ließ den Wind mein Gesicht peitschen. Unter mir breitete sich Mujhara im hellen Kleid des wahren Frühlings aus: neue Blumen, neue Kinder, neue Kleidung für die Menschen.

Und dann war ich nicht mehr allein. Ich hörte den vertrauten Schritt meines Bruders.

Er trat an die Schießscharte neben mir, so daß nur eine Schartenbacke uns trennte. Er lehnte sich ebenfalls an die Mauer und blickte auf die Stadt hinab. »Bedauerst du deine Entscheidung?«

Ich schüttelte den Kopf. »Nein. Es wird ihr in Atvia besser gehen. Hier ist kein Platz für sie. Soll Alaric sich um seine Tochter kümmern ... er hat sie zu dem gemacht, was sie ist.«

»Einige werden einwenden, du seist zu grausam, weil du eine *Jehana* von ihren Kindern getrennt hast.«

»Ich *bin* grausam ... aber ich wäre noch grausamer, wenn ich zuließe, daß sie die Kinder Strahan übergibt.« Ich sah ihn nachdenklich an. »Sie würde es tun, weißt du, wenn sie die Gelegenheit bekäme. Weil sie es ihr *befohlen* haben.«

Ian seufzte. »Arme, verwirrte Gisella ...« Dann richtete er sich auf. »Hier ... ich bin gekommen, um dir das zu bringen. Ich kenne das Siegel nicht.«

Ich nahm ein Pergament entgegen. Ich betrachtete das Siegel: ein Wolfshund in grünem Wachs. »Erinn!« sagte ich überrascht. »*Liam* hat dieses Siegel benutzt!« Ich brach es, riß das Pergament auf und las das Geschriebene begierig. Und dann starrte ich Ian an. »Bei den Göttern ... sie *leben* ... Liam und Deirdre *leben* ...«

Er riß mir das Pergament aus den Händen und las es selbst. Und dann sah er mich an. »Nur *Shea* wurde getötet, und er hat den Mörder mit sich in die Nachwelt genommen. Liam ist jetzt Herr von Erinn.«

Ich seufzte. »Es tut mir leid um Shea. Er war ein guter Herr, ein Mann, den ich bewundert und geachtet habe.« Kummer nahm dem Augenblick seinen Glanz, trat aber dann im hellen Licht erfreulicherer Neuigkeiten in den Hintergrund. »Aber Deirdre *lebt!*«

»Und ist auf dem Weg nach Homana.« Ian grinste. »Und so verliere ich meinen *Rujho*.«

»Du wirst mich nicht *verlieren!* Du gewinnst eine wahre *Geistesverwandte*.« Ich konnte mein Lächeln nicht verbergen. »Deirdre ist nicht wie andere Frauen.«

»Nein«, stimmte er mir mit ernsthaftem Spott zu. »Da sie dich liebt, kann sie es wohl nicht sein.«

Der Scherz war gut gemeint, aber meine Gedanken beschäftigten sich bereits mit anderen Dingen. Ich berührte plötzlich beunruhigt meine Lederaugenklappe. »Götter, *Rujho* ... was wird sie sagen, wenn sie *das* sieht? Was ist, wenn sie es nicht ertragen kann, mich anzusehen?«

»Du hast gesagt, daß sie nicht wie andere Frauen ist. Ich bezweifle, daß sie sich von dir abwenden wird.« Ian gab mir den Brief zurück. »Wirst du die von Liam angebotenen Verlobungen eingehen?«

»Da ich derjenige war, der sie ursprünglich *vorgeschlagen* hat, werde ich das, glaube ich, tun«, sagte ich trocken. »Meine Tochter für seinen Sohn: Keely soll Sean heiraten. Und *sein* Mädchen für meinen Erben: Aileen wird Königin von Homana sein, wenn Brennan den Löwenthron erbt.«

Ian seufzte. »Also ... ist es geregelt. Aber was bleibt dann für Hart und Corin?«

Ich kratzte müßig meine rechte Wange. »Nun, Brennan soll Homana bekommen, und Keely wird nach Erinn gehen. Dann bleibt noch Solinde und vielleicht Atvia.« Ich nickte. »Solinde gehört jetzt Homana. Ich werde Hart zu seinem Herrn erklären … ihn formell zum Prinzen des Reiches ernennen, damit er den Thron einnimmt, wenn ich ihn für reif dafür halte. Und was *Corin* betrifft, so glaube ich, daß Alaric von Atvia seine Insel einem Enkel überlassen wird. Corin wird nicht unberücksichtigt bleiben.«

Ian nickte. »Eine gerechte Verteilung, *Rujho.* Aber was ist mit dem erinnischen Mädchen? Was ist mit der Tochter, die Deirdre dir geboren hat?«

Ich starrte ihn an. »Tochter? Deirdre hat mir eine *Tochter* geboren?« Ich riß den Brief sofort noch einmal auf. »Bei den Göttern … ich habe ihn nicht zu *Ende* gelesen!«

»Das dachte ich mir«, sagte Ian. »Nun, *Rujho,* ich glaube, wir können sagen, daß der Löwenthron zweifellos gesichert ist … wie auch die Prophezeiung. Vier Reiche, alles in allem. Soll ich sie für dich aufzählen?«

Ich schaute verblüfft zu ihm hoch. »Was meinst du?«

»Homana, Solinde, Erinn und Atvia.« Er lächelte. »Vier kriegführende Reiche. Wenn wir Erinn und Atvia dazu bringen können, den Kampf um einen unbedeutenden Inseltitel aufzugeben, werden wir der Erfüllung der Prophezeiung sehr viel näher sein.«

»O ja, aber ich könnte mir vorstellen, daß die Schlachten von selbst aufhören werden, wenn Keely Herrin von Erinn und Corin Herr von Atvia sein wird.«

Ians Lächeln wurde breiter. »Oder sie werden die Schlachten aus verwandtschaftlichem Eigensinn erst recht *beginnen.*«

Ich las den Brief erneut. »Deirdre hat mir eine *Tochter* geboren.«

Mein Bruder seufzte. »Ja, *Rujho,* das hat sie. Und fünf ist eine ungerade Zahl … ich glaube, es wird *häufige* Kämpfe geben.«

Ich lächelte selig. *»Deirdre hat mir eine Tochter geboren …«*

Ian lachte.

… Deirdre kommt nach Hause.